DIE
VERGESSENEN
KINDER

WEITERE TITEL VON PATRICIA GIBNEY

DIE VERGESSENEN KINDER

PATRICIA GIBNEY

bookouture

Herausgegeben von Bookouture

Ein Imprint von Storyfire Ltd.
Carmelite House
50 Victoria Embankment
London EC4Y oDZ

www.bookouture.com

ISBN: 978-1-80314-189-3
eBook ISBN: 978-1-80314-130-5

Für Aisling, Orla und Cathal
Mein Leben, meine Welt.

PROLOG
31. JANUAR 1976

Das Loch, das sie gruben, war nicht tief, nicht mal einen Meter. Ein milchig weißer Mehlsack, fest zugebunden mit den Schnüren einer verschmutzten, einst weißen Schürze, umhüllte den kleinen Körper. Sie rollten den Sack über den Boden, obwohl er leicht genug war, um ihn hochzuheben. Ehrfurcht vor dem Verstorbenen fehlte, als einer von ihnen den Sack in die Mitte des Loches kickte und ihn mit der Sohle seines Stiefels weiter in die Erde drückte. Es wurden keine Gebete gesprochen, kein Schlusssegen, es wurde nur rasch die feuchte Erde geschaufelt, die das Weiße schnell mit Finsternis bedeckte, wie eine Nacht, die ohne Dämmerung fällt. Unter dem Apfelbaum, der im Frühjahr weiße Knospen treiben und im Sommer eine üppige Ernte liefern würde, ruhten nun zwei Erdhügel, einer verdichtet und fest, der andere frisch und locker.

Drei kleine Gesichter schauten von einem Fenster im dritten Stock aus zu, die Augen schwarz vor Schrecken. Sie knieten auf einem ihrer mit grobfedrigen Kissen gepolsterten Betten.

Während die Leute unten ihre Werkzeuge einsammelten und fortgingen, schauten die drei weiter auf den Apfelbaum, der nun von der Mondsichel beleuchtet wurde. Sie waren Zeuge von etwas geworden, das ihre jungen Köpfe nicht begreifen konnten. Sie zitterten, aber nicht vor Kälte.

Ohne den Kopf zu drehen, sagte das Kind in der Mitte:
„Ich frage mich, wer von uns der Nächste sein wird?"

ERSTER TAG

30. DEZEMBER 2014

1

Susan Sullivan war im Begriff, die Person zu treffen, vor der sie sich am meisten fürchtete.

Sie würde zu Fuß gehen, ja, der Gang würde ihr guttun. Raus ins Tageslicht, weg von der beklemmenden Atmosphäre ihres Hauses, weg von ihren eigenen taumelnden Gedanken. Sie steckte sich ihre iPod-Kopfhörer in die Ohren, setzte eine dunkle Wollmütze auf, zog ihren braunen Tweedmantel enger und ging hinaus in den beißenden Schnee.

Ihre Gedanken rasten. Wem wollte sie etwas vormachen? Sie konnte sich nicht ablenken, konnte dem Alptraum ihrer Vergangenheit nicht entfliehen; er verfolgte sie jede wache Minute ihres Tages und überfiel sie in der Nacht wie eine Fledermaus, schwarz und flink, und machte sie krank. Sie hatte versucht, mit einer Kriminalbeamtin im Garda-Revier von Ragmullin Kontakt aufzunehmen, hatte aber keine Antwort erhalten. Das wäre ihr Sicherheitsnetz gewesen. Mehr als alles andere wollte sie die Wahrheit herausfinden und als sie alle üblichen Kanäle ausgeschöpft hatte, hatte sie beschlossen, es auf eigene Faust zu tun. Vielleicht würde es ihr helfen, die Dämonen auszutreiben. Sie fröstelte. Sie ging schneller, rutschte und schlitterte, egal, sie musste es wissen. Es war an der Zeit.

Mit dem Kopf nach unten gegen den Wind stapfte sie so

schnell durch die Stadt wie es die gefrorenen Gehwege zuließen. Sie schaute hinauf zu den Zwillingstürmen der Kathedrale, als sie durch das schmiedeeiserne Tor ging, und bekreuzigte sich automatisch. Jemand hatte einige Handvoll Salz auf die Betonstufen gestreut und es knirschte unter ihren Stiefeln. Der Schnee ließ nach und eine tiefstehende Wintersonne schimmerte durch die dunklen Wolken. Sie stieß die große Tür auf, stampfte mit ihren tauben Füßen auf die Gummimatte, und als das Echo der sich schließenden Tür verstummte, schritt sie in die Stille.

Sie nahm die Kopfhörer heraus und ließ sie über ihre Schultern baumeln. Obwohl sie eine halbe Stunde gelaufen war, fror sie. Der Ostwind war durch alle Lagen ihrer Bekleidung gedrungen und ihr spärliches Körperfett konnte ihre einundfünfzig Jahre alten Knochen nicht schützen. Sie rieb sich das Gesicht, strich mit einem Finger um ihre eingesunkenen Augen und blinzelte das Wasser weg, das aus ihnen lief. Sie versuchte, sich im Halbdunkel zu orientieren. Die Kerzen auf dem Seitenaltar beleuchteten Schatten entlang der Wandmosaiken. Schwaches Sonnenlicht filterte durch die Buntglasfenster hoch über dem Kreuzweg und Susan ging langsam durch den sepiafarbenen Dunst und schnupperte den Duft von Weihrauch in der Luft.

Mit gesenktem Kopf schlüpfte sie in die erste Reihe und stieß dabei mit den Knöcheln an die hölzerne Kniebank. Sie bekreuzigte sich wieder und fragte sich, wie sie nach all dem, was sie getan hatte, nach allem, was sie durchgemacht hatte, noch einen Funken von Religion haben konnte. Sie fühlte sich allein in der Stille und dachte, wie ironisch es war, dass er die Kathedrale als Treffpunkt vorgeschlagen hatte. Sie hatte zugestimmt, weil sie geglaubt hatte, dass hier zu dieser Tageszeit viele Leute sein würden. Sicherheit. Aber die Kathedrale war leer, das Wetter hatte alle ferngehalten.

Eine Tür öffnete und schloss sich und schickte einen Windschwall durch den Mittelgang. Susan wusste, dass er es war. Die Angst lähmte sie. Sie konnte sich nicht umsehen. Stattdessen starrte sie geradeaus auf die Kerze über dem Tabernakel, bis sie vor ihren Augen verschwamm.

Schritte, langsam und bestimmt, hallten den Gang entlang. Der Sitz hinter ihr knarrte, als er sich hinkniete. Ein Nebel aus kalter Luft umhüllte sie und sein unverwechselbarer Geruch wetteiferte mit dem Weihrauch. Sie erhob sich aus ihrer knienden Position, setzte sich und lehnte sich zurück. Sein Atmen, kurze, harte Züge, war das einzige Geräusch, das sie hörte. Sie spürte ihn, ohne dass er sie berührt hatte. Plötzlich wusste sie, dass sie einen Fehler gemacht hatte. Er war nicht hier, um ihre Fragen zu beantworten. Er würde ihr nicht die Erfüllung gönnen, nach der sie sich sehnte.

„Du hättest dich um deine eigenen Angelegenheiten kümmern sollen". Seine Stimme war ein raues Flüstern.

Sie konnte nicht antworten. Ihr Atem ging schneller und ihr Herz pochte gegen ihre Rippen, hallte in ihren Trommelfellen wider. Sie ballte ihre Finger zu Fäusten, die Knöchel weiß unter der dünnen Haut. Sie wollte rennen, weglaufen, weit weg, aber ihre Energie war verbraucht und sie wusste, dass jetzt ihre Zeit gekommen war.

Tränen drohten in ihren Augenwinkeln und seine Hand schloss sich um ihre Kehle, behandschuhte Finger fuhren auf und ab über ihr schlaffes Fleisch. Ihre Hände flogen hoch, um nach seinen zu greifen, aber er schlug sie weg. Seine Finger fanden das iPod-Kabel und sie spürte, wie er es verdrehte und um ihren Hals wickelte. Sie roch sein saures Aftershave und in dem Moment wurde ihr völlig bewusst, dass sie sterben würde, ohne jemals die Wahrheit zu erfahren.

Sie wand sich auf der harten Holzbank und versuchte, sich loszureißen. Ihre Hände zerrten fieberhaft an den behandschuhten Fingern, was nur dazu führte, dass das Kabel noch fester in ihre Haut schnitt. Sie versuchte, nach Luft zu schnappen, und stellte fest, dass sie es nicht konnte. Warme Flüssigkeit brannte zwischen ihren Beinen, als sie sich einnässte. Er zog stärker. Geschwächt ließ sie ihre Arme fallen. Er war zu stark.

Als ihr Leben unter der Enge nach und nach erstickte, begrüßte sie auf seltsame Weise den körperlichen Schmerz gegenüber den qualvollen Jahren geistigen Leidens. Die herabsteigende

Dunkelheit löschte die Flamme der Kerze als seine Hand einmal, dann nochmal, mit einem Ruck zog und ihr Körper erschlaffte und alle Angst aus ihr entwich.

In diesen letzten Momenten der Pein erlaubte sie den Schatten, sie an einen Ort des Lichts und des Trostes zu führen, zu einem Frieden, den sie unter den Lebenden nie erfahren hatte. Winzige Sterne stachen ihr in die Augen, bevor eine schwarze Woge ihren sterbenden Körper überschwemmte.

Die Glocken der Kathedrale läuteten zwölfmal. Der Mann ließ los und stieß ihren Körper zu Boden.

Noch ein eisiger Windstoß wehte durch den Mittelgang, als er schnell und in aller Stille verschwand.

2

„Dreizehn", sagte Detective Inspector Lottie Parker.

„Zwölf", sagte Detective Sergeant Mark Boyd.

„Nein, es sind dreizehn. Siehst du die Wodkaflasche hinter dem Jack Daniel's? Sie steht an der falschen Stelle."

Sie zählte Dinge. Fetischismus nannte Boyd das. Langweile nannte Lottie es. Aber sie wusste, es war ein Relikt aus ihrer Kindheit. Unfähig, mit einem Trauma in ihren jungen Jahren fertig zu werden, hatte sie sich aufs Zählen verlegt, um sich von Dingen und Situationen abzulenken, die sie nicht verstehen konnte. Doch jetzt war es einfach zur Gewohnheit geworden.

„Du brauchst eine Brille", sagte Boyd.

„Vierunddreißig", sagte Lottie. „Unterstes Regal."

„Ich gebe auf", sagte Boyd.

„Verlierer", lachte sie.

Sie saßen an der Theke in Danny's Bar, inmitten der kleinen Schar von Mittagsgästen. Sie spürte nur wenig Wärme, als das Kohlefeuer den breiten Kamin hinter ihnen hochrauschte und den größten Teil der Hitze mitnahm. Der Koch stand am Fleischbuffet und rührte eine dicke Haut von der Bratensoße in einem Behälter neben seinem Tagesgericht – verschrumpeltem Roastbeef. Lottie hatte Hähnchen in Ciabatta bestellt, Boyd hatte es ihr gleichgetan. Eine schlanke, junge Italienerin stand gelassen mit dem Rücken zu ihnen und sah zu, wie das Brot in einem kleinen Toaster braun wurde.

„Sie müssen wohl erst die Hühner rupfen, so lange, wie diese Sandwiches brauchen", meinte Boyd.

„Du verleidest mir das Essen", sagte Lottie.

„Wenn du Essen hättest, das man dir verleiden könnte", erwiderte Boyd.

Vergessener Weihnachtsschmuck glitzerte oben an der Bar. Ein mit Tesafilm an die Wand geklebtes Poster warb für die Band des Wochenendes, Aftermath. Lottie erinnerte sich, dass ihre sechzehn Jahre alte Tochter Chloe die Band erwähnt hatte. Ein großer prunkvoller Spiegel verkündete in weißer Kreide das Sonderangebot des gestrigen Abends – *drei Shots für zehn Euro.*

„Ich würde zehn Euro für nur einen geben, auf der Stelle", sagte Lottie.

Bevor Boyd antworten konnte, vibrierte Lotties Handy auf der Theke. Der Name von Superintendent Corrigan blinkte auf dem Anrufbildschirm.

„Probleme", sagte Lottie.

Die kleine Italienerin drehte sich mit den Hähnchen-Ciabattas um.

Lottie und Boyd waren bereits gegangen.

„Wer kann den Tod dieser Frau gewollt haben?", fragte Superintendent Myles Corrigan die Kriminalbeamten, die draußen vor der Kathedrale standen.

Offensichtlich wollte ihn jemand, dachte Lottie, aber sie hütete sich, diese Feststellung laut auszusprechen. Sie war müde. Ständig müde. Sie hasste das kalte Wetter. Es machte sie lethargisch. Sie brauchte Urlaub. Ausgeschlossen. Sie war pleite. Gott, wie sie Weihnachten hasste, aber noch mehr hasste sie die düstere Zeit danach.

Sie und Boyd, immer noch hungrig, waren zum Tatort in Ragmullins prächtiger Kathedrale aus den 1930er Jahren geeilt.

Superintendent Corrigan informierte sie auf den eisigen Stufen über die Situation. Das Revier hatte einen Anruf bekommen – in der Kathedrale war eine Leiche gefunden worden. Er ging sofort in den Action-Man-Modus über und organisierte die Tatortabsperrung. Sollte es sich als ein Mord herausstellen, wusste Lottie, würde sie es schwer haben, ihn aus dem Fall rauszuhalten. Als Detective Inspector der Stadt Ragmullin, sollte sie das Sagen haben, nicht Corrigan. Vorläufig jedoch musste sie die Revierpolitik beiseitelassen und sehen, womit sie es hier zu tun hatten.

Ihr Superintendent gab Anweisungen von sich. Sie stopfte ihr schulterlanges Haar in die Kapuze ihrer Jacke und zog ohne großen Enthusiasmus den Reißverschluss zu. Sie beäugte Mark Boyd über Corrigans Schulter hinweg, erwischte ihn, wie er grinste, und ignorierte ihn. Sie hoffte, dass es kein Mord war. Wahrscheinlich eine Obdachlose mit Unterkühlung. Es war in letzter Zeit so kalt gewesen, dass sie nicht eine Minute daran zweifelte, dass eine Unglückliche den Elementen erlegen war. Die Pappkartons und aufgerollten Schlafsäcke in den Ecken der Nischen die Ladeneingänge waren ihr nicht entgangen.

Corrigan hörte auf zu reden, ein Zeichen für alle, sich an die Arbeit zu machen. Nachdem sie sich ihren Weg durch die geschäftigen Gardaí an der Eingangstür gebahnt hatte, ging Lottie durch die zweite Absperrung im Mittelgang. Sie duckte sich unter dem Absperrband hindurch und näherte sich der Leiche. Von der in einen Tweedmantel gekleideten Frau, die zwischen der Kniebank und der Sitzbank der ersten Reihe eingekeilt war, ging ein gasartiger Geruch aus. Sie bemerkte ein Kopfhörerkabel um den Hals und eine kleine Lache auf dem Boden.

Lottie verspürte den Drang, eine Decke über den Körper zu legen. Um Himmels willen, das ist eine Frau, wollte sie rufen, kein Gegenstand. Wer war sie? Warum war sie hier? Wer würde sie vermissen? Sie widerstand der Versuchung, sich vorzubeugen und die starrenden Augen zu schließen. Nicht ihre Aufgabe.

In der kühlen, jetzt von hellem Licht durchfluteten Kathedrale stehend, ignorierte sie Corrigan und tätigte die notwendigen

Anrufe, um sofort die Experten vor Ort zu holen. Sie sicherte den inneren Bereich für die Spurensicherung ab.

„Die Rechtsmedizinerin ist unterwegs", sagte Corrigan. „Sie müsste in dreißig Minuten oder so hier sein, je nach Verkehrslage. Wir werden sehen, was sie dazu sagt." Lottie blickte zu ihm hinüber. Er genoss die Aussicht, sich über einen Mordfall herzumachen. Sie stellte sich vor, wie er im Kopf bereits eine Rede für die unvermeidliche Pressekonferenz verfasste. Aber dies war ihre Ermittlung, er hätte nicht mal an ihrem Tatort sein sollen.

Hinter der Kommunionbank stand Garda Gillian O'Donoghue neben einem Priester, der seinen Arm um die Schultern einer sichtlich erschütterten Frau gelegt hatte. Lottie ging durch das Messingtor und auf die beiden zu.

„Guten Tag. Ich bin Detective Inspector Lottie Parker. Ich muss Ihnen ein paar Fragen stellen."

Die Frau wimmerte.

„Muss das jetzt sein?", fragte der Priester.

Lottie dachte, dass er wahrscheinlich etwas jünger als sie war. Sie würde nächsten Juni vierundvierzig werden, ihn schätzte sie auf Ende dreißig. Mit seiner schwarzen Hose und seinem Wollpullover über einem Hemd mit einem steifen weißen Kragen sah er ganz und gar wie ein Priester aus.

„Es wird nicht lange dauern", sagte sie. „Dies ist der beste Zeitpunkt für mich, um Fragen zu stellen, wenn Sie alles noch frisch in Erinnerung haben."

„Ich verstehe", erwiderte er. „Aber wir haben einen furchtbaren Schock erlitten und ich bin nicht sicher, ob Sie etwas Sinnvolles erfahren werden."

Er stand auf und streckte die Hand aus. „Pfarrer Joe Burke. Und das ist Mrs Gavin. Sie putzt die Kathedrale."

Die Festigkeit seines Händedrucks überraschte sie. Sie spürte die Wärme seiner Hand in der ihren. Er war groß. Das fügte sie zu ihrer ersten Begutachtung hinzu. Seine tiefblauen Augen funkelten im Widerschein der brennenden Kerzen.

„Mrs Gavin hat die Leiche gefunden", sagte er.

Lottie zog ihr Notizbuch aus der Innentasche ihrer Jacke und klappte es auf. Normalerweise benutzte sie ihr Handy, aber an diesem heiligen Ort schien es ihr nicht angebracht, es zu zücken. Die Putzfrau sah auf und begann zu wehklagen.

„Schschsch ...", Pfarrer Burke tröstete sie, als wäre sie ein Kind. Er setzte sich hin und rieb sanft Mrs Gavins Schulter. „Die nette Kriminalbeamtin möchte nur, dass Sie ihr erzählen, was passiert ist."

Nett? dachte Lottie. Das war ein Wort, das sie nie benutzen würde, um sich selbst zu beschreiben. Sie glitt in die Bank vor den beiden und drehte sich so weit herum, wie es ihre gefütterte Jacke zuließ. Ihr Jeans schnitt in ihre Taille. Herrje, dachte sie, ich muss mit dem Junkfood aufhören.

Als die Putzfrau aufblickte, schätzte Lottie, dass sie ungefähr sechzig Jahre alt war. Ihr Gesicht war weiß vor Schreck, sodass sich jede Linie und Falte deutlich abzeichnete.

„Mrs Gavin, können Sie mir bitte alles erzählen, von dem Moment an, als Sie heute die Kathedrale betreten haben?"

Ganz einfache Frage, dachte Lottie. Nicht für Mrs Gavin, die die Bitte mit einem Aufschrei quittierte.

Lottie bemerkte den mitleidigen Blick von Pfarrer Burke, der zu sagen schien – Sie tun mir leid, wenn Sie versuchen, heute irgendetwas aus Mrs Gavin herauszubekommen. Aber, als wolle sie ihnen beiden das Gegenteil beweisen, begann die verstörte Frau mit leiser und zitternder Stimme zu sprechen.

„Ich bin um zwölf Uhr zum Dienst gekommen, um nach der Zehn-Uhr-Messe sauberzumachen. Normalerweise fange ich auf der Seite an", sagte sie und zeigte nach rechts, „aber ich dachte, ich hätte vorne im Mittelgang einen Mantel auf dem Boden gesehen. Also sagte ich mir, ich fange besser da drüben an. Da habe ich gemerkt, dass es nicht nur ein Mantel war. Oh, heilige Mutter Gottes ..."

Sie bekreuzigte sich dreimal und versuchte, ihre Tränen mit einem zerknüllten Taschentuch aufzuhalten. Die heilige Mutter Gottes würde jetzt keinem von ihnen helfen, dachte Lottie.

„Haben Sie die Leiche angefasst?"

„Oh Gott nein. Nein!", sagte Mrs Gavin. „Ihre Augen waren offen und das … das Ding um ihren Hals. Ich habe schon Leichen gesehen, aber so eine noch nie. Bei Gott, Entschuldigung, Herr Pfarrer, aber ich wusste, dass sie tot war."

„Was haben Sie dann gemacht?"

„Ich habe geschrien. Ich habe meinen Mopp und Eimer fallen gelassen und bin zur Sakristei gelaufen. Da bin ich mit Pfarrer Burke hier zusammengestoßen."

„Ich hatte den Schrei gehört und war hinausgeeilt, um zu sehen, was los war", sagte er.

„Hat einer von Ihnen noch jemanden hier gesehen?"

„Keine Seele", antwortete Pfarrer Burke.

Frische Tränen liefen Mrs Gavin über die Wangen.

„Ich sehe, dass Sie sehr erschüttert sind", sagte Lottie. „Garda O'Donoghue wird Ihre Personalien aufnehmen und dafür sorgen, dass Sie nach Hause kommen. Wir werden uns später bei Ihnen melden. Versuchen Sie, sich etwas auszuruhen."

„Ich werde mich um sie kümmern, Inspector", sagte Pfarrer Burke.

„Ich muss jetzt mit Ihnen sprechen."

„Ich wohne im Pfarrhaus hinter der Kathedrale. Sie können mich dort jederzeit erreichen."

Die Putzfrau lehnte ihren Kopf an seine Schulter.

„Ich sollte mit Mrs Gavin gehen", sagte er.

„Gut", lenkte Lottie ein, als sie sah, dass die aufgelöste Frau von Sekunde zu Sekunde älter wurde. „Ich werde mich später melden."

Pfarrer Burke nickte, nahm Mrs Gavin beim Arm und führte sie über den Marmorboden zu einer Tür hinter dem Altar. O'Donoghue folgte ihnen hinaus.

Ein kalter Luftzug wehte in die Kathedrale, als die Spurensicherung eintraf. Superintendent Corrigan eilte ihnen entgegen. Jim McGlynn, der Leiter des Spurensicherungsteams, schüttelte ihm flüchtig die Hand, ignorierte den Smalltalk und begann sofort, seine Leute zu dirigieren.

Lottie sah ihnen ein paar Minuten bei der Arbeit zu, dann ging sie um die Kirchenbank herum, so nah an die Leiche heran wie McGlynn es ihr erlaubte.

„Scheint eine Frau mittleren Alters zu sein. Gut eingepackt gegen das Wetter", sagte Lottie zu Boyd, der wie ein hartnäckiges kleines Hündchen neben ihr stand. Sie ging zurück zur Kommunionbank, zum Teil, um eine gute Sicht zu haben, aber vor allem, um eine Distanz zwischen sich und Boyd zu legen.

„Unterkühlung spielt hier also keine Rolle", konstatierte er das Offensichtliche für niemanden im Besonderen.

Lottie schauderte, als die Ruhe der Kathedrale durch die gesteigerte Aktivität gestört wurde. Sie sah weiter dem Technikerteam bei der Arbeit zu.

„Diese Kathedrale ist unser schlimmster Alptraum", sagte Jim McGlynn. „Gott weiß, wie viele Leute jeden Tag hierherkommen, und jeder lässt ein Teil von sich zurück."

„Der Mörder hat seinen Ort gut gewählt", sagte Superintendent Corrigan. Keiner antwortete ihm.

Das Klicken von hohen Absätzen im Hauptgang ließ Lottie aufblicken. Die kleine Frau, die auf sie zueilte, verschwand fast in einer schwarzen Daunenjacke. Die Autoschlüssel in ihrer Hand klimperten, bis sie sie, als hätte sie sich plötzlich erinnert, wo sie war, in die schwarze Handtasche an ihrem Arm fallen ließ. Sie schüttelte dem Superintendent die Hand, als er sich vorstellte.

„Rechtsmedizinerin Jane Dore." Ihr Ton war scharf und professionell. „Sie kennen Detective Inspector Lottie Parker?", fragte Corrigan.

„Ja. Ich mache so schnell ich kann." Die Rechtsmedizinerin richtete ihre Worte an Lottie. „Ich möchte so bald wie möglich mit der Autopsie beginnen. Je schneller ich das eine oder andere bestätigen kann, desto eher können Sie offiziell in Aktion treten." Lottie war beeindruckt von der Art, wie die Frau mit Corrigan umging und ihn in die Schranken wies, bevor er zu einer Predigt ansetzen konnte. Jane Dore war nur knapp einen Meter sechzig groß und wirkte winzig neben Lottie, die ohne Absätze einen Meter sechsundsiebzig maß. Heute trug Lottie bequeme Uggs und hatte ihre Jeans unordentlich hineingesteckt.

Nachdem sie Handschuhe, einen weißen Teflonanzug und Überschuhe angezogen hatte, machte sich die Rechtsmedizinerin an die Voruntersuchung der Leiche. Sie schob die Finger unter den Hals der Frau, prüfte das in ihre Kehle eingebettete Kabel, hob ihren Kopf an und untersuchte vor allem die Augen, den Mund und den Kopf. Die Spurensicherer drehten die Leiche auf die Seite und ein Gestank stieg in die Luft. Lottie erkannte, dass es sich bei der geronnenen Lache auf dem Boden um Urin und Stuhl handelte. Die Frau hatte sich in den letzten Sekunden ihres Lebens eingekotet.

„Irgendeine Vermutung, was den Todeszeitpunkt angeht?", fragte Lottie.

„Nach meinen ersten Feststellungen würde ich sagen, dass sie in den letzten zwei Stunden gestorben ist. Sobald ich die Autopsie abgeschlossen habe, werde ich das bestätigen können." Jane Dore pellte die Latexhandschuhe von ihren zierlichen Händen. „Jim, wenn Sie fertig sind, kann die Leiche in die Leichenhalle von Tullamore gebracht werden."

Nicht zum ersten Mal wünschte sich Lottie, dass die Gesundheitsbehörde die Leichenhalle nicht ins Krankenhaus von Tullamore verlegt hätte, welches eine halbe Autostunde entfernt lag. Noch ein Nagel in Ragmullins Sarg.

„Informieren Sie mich bitte, sobald Sie die Todesursache feststellen können", sagte Corrigan.

Lottie versuchte, nicht mit den Augen zu rollen. Es war für alle offensichtlich, dass das Opfer erwürgt worden war. Die Rechtsmedizinerin musste den Tod nur offiziell als Mord erklären. Es war ausgeschlossen, dass sich diese Frau versehentlich oder sonstwie selbst stranguliert hatte.

Jane Dore steckte ihre Teflonkleidung in eine Papiertüte und verließ den Schauplatz so prompt wie sie gekommen war, während ihr das Echo ihrer hohen Absätze nachhallte.

„Ich fahre zurück ins Büro", sagte Corrigan. „Inspector Parker, holen Sie sofort Ihr Einsatzteam zusammen." Er marschierte hinter der Rechtsmedizinerin her über den Marmorboden zum Ausgang.

Das Spurensicherungsteam verbrachte noch eine Stunde im Umkreis des Opfers, bevor es den Einsatzbereich ausweitete. Die Leiche wurde in einen Leichensack gelegt, der Reißverschluss zugezogen und der Sack dann auf eine wartende Bahre gehoben, mit so viel Würde, wie man einem großen Gummisack erweisen konnte. Die Holztür knarrte, als sie hinausgingen. Der Krankenwagen ließ die Sirenen heulen – unnötigerweise, da die Patientin bereits tot war und es nicht eilig hatte.

3

Lottie zog sich die Kapuze ihrer Jacke über den Kopf und hielt sie an ihre Ohren. Sie stand auf den schneebedeckten Stufen vor der Kathedrale und hatte das geschäftige Surren hinter sich gelassen. Jede Ecke würde durchsucht und jeder Zentimeter Marmor inspiziert werden.

Sie atmete die kühle Luft ein und spähte himmelwärts. Die ersten Flocken eines Schneegestöbers landeten auf ihrer Nase und schmolzen. Die große Midlands-Stadt Ragmullin lag still jenseits der schmiedeeisernen Tore, die jetzt mit blau-weißem Tatortband umwickelt waren. Genau wie Lottie rang die einst blühende Fabrikstadt jeden Tag um das Erwachen. Ihre Bewohner wurstelten sich durch die Tagesstunden, bis die Dunkelheit ihre Fenster verhüllte und sie sich ausruhen konnten, bis der nächste nüchterne Alltagsmorgen dämmerte. Lottie mochte die Anonymität, die Ragmullin bot, war sich aber auch bewusst, dass ihre Stadt, wie viele andere auch, ihren Anteil an tief vergrabenen Geheimnissen hatte.

Das Leben in Ragmullin schien mit der Wirtschaft erloschen zu sein. Junge Leute flohen zu australischen und kanadischen Ufern, um sich den Glücklichen, die bereits entkommen waren, anzuschließen. Eltern beklagten, dass sie nicht genug Geld für den täglichen Bedarf hatten, ganz zu schweigen von einem iPhone zu Weihnachten. Na ja, Weihnachten war für ein weiteres Jahr überstanden, dachte Lottie, zum Glück.

Der dröhnende Verkehr auf der Umgehungsstraße schien den Boden zu erschüttern, obwohl sie zwei Kilometer entfernt war und dadurch den Einzelhändlern den Durchgangsverkehr vorenthielt. Sie blickte zu den Bäumen hinauf, die schwer unter dem Gewicht der schneebedeckten Zweige zu tragen hatten, und suchte das Gelände vor sich ab, obwohl sie instinktiv wusste, dass sie keine Spuren finden würden. Die Erde war gefroren und der weiche Schnee verhärtete sich so schnell wie er fiel. Die Fußabdrücke der morgendlichen Messebesucher waren bereits unter einer weiteren Schicht von Schnee und Eis verborgen. Gardaí suchten das Gelände mit langstieligen Zangen nach Spuren ab. Sie wünschte ihnen Erfolg.

„Vierzehn", sagte Boyd.

Der Rauch seiner frisch angezündeten Zigarette umwölkte Lottie, als er ihr wieder einmal auf die Pelle rückte. Sie wich zurück. Er trat an den Platz, den sie geräumt hatte und sein Ärmel streifte den ihren. Boyd war groß und schlank. Ein hungrig aussehender Mann, hatte ihre Mutter einmal gesagt und die Nase gerümpft. Seine braunen, haselnussfarben gesprenkelten Augen erhellten ein interessantes Gesicht, stark, mit klarer Haut und leicht abstehenden Ohren. Sein kurzes Haar wurde rapide grauer. Er war fünfundvierzig und trug ein makelloses weißes Hemd und einen grauen Anzug unter seiner dicken Kapuzenjacke.

„Vierzehn was?", fragte sie.

„Kreuzwegstationen", antwortete Boyd. „Ich dachte, du hast sie vielleicht gezählt, und wollte Erster sein."

„Hast du nichts Besseres zu tun?", fragte Lottie.

Sie hatten eine gemeinsame Geschichte und sie schüttelte sich bei dem peinlichen Gedanken an ihre betrunkene Erinnerung, destilliert im Laufe der Zeit, aber immer noch präsent an der Peripherie ihres Bewusstseins. Auch andere Dinge waren zwischen sie gekommen – sie hatte die Stelle als Kommissarin bekommen, auf die Boyd aus gewesen war. Meistens störte es ihn nicht, aber sie wusste, er würde die Chance genießen, diese Ermittlung zu leiten. Pech gehabt, Boyd. Sie war sehr froh über die Beförderung, denn sie bedeutete, dass sie nicht jeden Tag die sechzig Kilometer nach Athlone pendeln musste. Die Jahre, in denen sie dort stationiert gewesen war, waren nervig gewesen; obwohl sie nicht sicher war, ob es nicht noch nerviger war, wieder mit Boyd in Ragmullin zu arbeiten. Aber das Gute war, dass sie nicht mehr von ihrer Mutter – die sich in alles einmischte – abhängig war, um sich um die Kinder zu kümmern.

Boyd blies kindische Rauchringe in die Luft und sie wandte sich von dem Lächeln ab, das sich unter seiner neugierigen Nase abzeichnete.

„Du hast angefangen", sagte er. Mit einem letzten Zug an seiner Zigarette ging er die Treppe hinunter und steuerte auf das Garda-Revier auf der anderen Straßenseite zu.

Lottie musste unwillkürlich lächeln und ging – langsam, damit sie nicht vor den Augen der halben Truppe auf ihren Hintern fiel – hinter dem langen, schlaksigen Boyd her.

Ein paar Leute standen im Empfangsbereich Schlange. Während der diensthabende Polizist versuchte, Ordnung zu halten, huschte Lottie vorbei und eilte die Treppe hinauf zum Büro.

Die Telefone klingelten lautstark. Wer hatte gesagt, dass gute Nachrichten sich schnell verbreiten? Und schlechte Nachrichten? Verbreiteten sich mit Lichtgeschwindigkeit.

Sie schnüffelte die muffige Büroluft und sah sich um. Ihr Schreibtisch war ein Schlachtfeld. Boyds war so ordentlich, wie die Küche eines Fernsehkochs. Keine Spur von Mehl, beziehungsweise, nicht eine Akte oder ein Stift am falschen Platz. Klare Anzeichen einer Zwangsstörung.

„Ordnungsfreak", murmelte Lottie vor sich hin.

Wegen der laufenden Renovierungsarbeiten teilte sie sich ein

Büro mit drei anderen Kriminalbeamten – Mark Boyd, Maria Lynch und Larry Kirby. Die Festnetztelefone, Handys, Kopierer, rasselnden Ölheizungen und durchmarschierenden Polizisten auf ihrem Weg zur Toilette gaben dem Raum eine chaotische Atmosphäre. Sie vermisste ihr eigenes Büro, wo sie in Ruhe nachdenken konnte. Je eher die Arbeiten im Revier abgeschlossen wurden, desto besser.

Wenigstens ging es geschäftig zu, dachte sie, als sie sich an ihren Schreibtisch setzte. Es war, als hätten die Ereignisse in der Kathedrale Schichten von Müdigkeit und Langeweile abgetragen, um einsatzbereite Männer und Frauen zum Vorschein zu bringen. Gut.

„Finde heraus, wer sie ist", wies Lottie Boyd an.

„Die Geschädigte?"

„Nein, Mona Lisa. Ja, die *Tote*." Sie hasste es, wenn er *CSI*-Jargon sprach.

Boyd lächelte vor sich hin. Sie wusste, dass er dabei war, die Oberhand zu gewinnen.

„Ich nehme an, du weißt bereits, wer sie ist." Sie legte Akten von einer Seite ihres Schreibtisches auf die andere, auf der Suche nach ihrer Tastatur.

„Susan Sullivan. Einundfünfzig Jahre alt. Alleinstehend. Lebt allein in Parkgreen. Zehn Minuten Fahrt von hier, je nach Verkehr, etwa eine halbe Stunde zu Fuß. Hat in den letzten zwei Jahren für den Grafschaftsrat gearbeitet. Planungsabteilung. Leitende Sachbearbeiterin, was auch immer das bedeutet. Wurde von Dublin hierher versetzt."

„Wie hast du das so schnell herausgefunden?"

„McGlynn hat ihren Namen, mit Tippex geschrieben, hinten auf ihrem iPod gefunden."

„Und?"

„Ich habe sie gegoogelt. Ich habe Informationen auf der Website der Stadt gefunden und im Wählerverzeichnis ihre Adresse gesucht."

„Hatte sie ein Handy bei sich?" Lottie suchte weiter auf ihrem

Schreibtisch. Sie könnte eine Karte und einen Kompass gebrauchen, um ihre Sachen zu finden.

„Nein", sagte Boyd.

„Schicke Kirby und Lynch, um ihr Haus zu durchsuchen. Eine unserer ersten Prioritäten ist, ihr Telefon zu finden, und irgendjemanden, der ihre Bewegungen heute bestätigen kann." Sie entdeckte ihre WLAN-Tastatur oben auf dem Papierkorb zu ihren Füßen.

„Okay", sagte er.

„Irgendwelche nächsten Angehörigen?"

„Sie scheint nicht verheiratet zu sein. Ich muss weiter recherchieren, um herauszufinden, ob ihre Eltern noch leben oder sie sonst noch Familie hat."

Sie loggte sich in ihren Computer ein. Obwohl sie gespannt war, verfluchte Lottie im Stillen all die Aktivität, die die Ermittlung auslösen würde. Sie hatten genug Arbeit, um sie auf Trab zu halten – sich hinziehende Gerichtsverfahren, eine Fehde zwischen Fahrenden – und der morgige Silvesterabend würde den üblichen nächtlichen Ärger bringen.

Sie dachte an ihre Familie. Ihre drei Teenager, allein zu Hause. Wieder mal. Vielleicht sollte sie sie anrufen, um sich zu vergewissern, dass alles okay war. Scheiße, sie musste Lebensmittel einkaufen und notierte es in ihrer Handy-App. Sie war am Verhungern. Sie wühlte in ihrer überquellenden Schublade, fand eine Packung abgelaufener Kekse und bot sie Boyd an. Er lehnte ab. Sie mampfte einen Keks und tippte ihr erstes Gespräch mit Mrs Gavin und Pfarrer Burke ab.

„Musst du mit offenem Mund essen?", fragte Boyd.

„Boyd?", sagte Lottie.

„Was?"

„Halt die Klappe!"

Sie stopfte noch einen Keks in den Mund und kaute laut.

„Um Himmels willen", sagte Boyd.

„Inspector Parker! Mein Büro."

Beim Klang von Superintendent Corrigans donnernder

Stimme zuckte Lottie unwillkürlich zusammen. Sogar Boyd schaute auf, als die Tür knallte, dass der Deckel auf dem Kopierer klapperte.

„Was zum Teufel ...?"

Sie richtete ihr Oberteil, zog einen Ärmel über das Bündchen ihres Thermounterhemds und fegte die Kekskrümel von ihrer Jeans. Sie strich sich eine lose Haarsträhne hinters Ohr und folgte ihrem Boss durch einen Hindernis-Parcours aus Leitern und Farbdosen. Der Arbeitsschutz würde hier seinen großen Tag haben, aber eigentlich beklagte sich kaum einer. Alles war besser als die alten Büros.

Sie schloss die Tür hinter sich. Sein Büro war das erste, das renoviert worden war; sie roch neue Möbel und den Dunst von frischer Farbe.

„Setzen Sie sich", befahl er.

Sie gehorchte.

Lottie betrachtete den etwas über fünfzig Jahre alten Corrigan, der hinter seinem Schreibtisch saß und über seine Whiskey-Nase strich. Sein dicker Bauch war gegen das Holz gepresst. Sie erinnerte sich an eine Zeit, als er schlank und fit war und alle mit Ideen für einen gesunden Lebensstil bombardierte. Das war, bevor das wirkliche Leben ihn eingeholt hatte. Er beugte sich vor, um ein Formular zu unterschreiben, und sie sah ihr Spiegelbild auf seinem gewölbten Kopf.

„Was ist da draußen los?", bellte er und schaute auf.

Sie sind der Boss, Sie sollten es wissen, dachte Lottie, und fragte sich, ob der Mann auch in einem normalen Tonfall sprechen konnte. Vielleicht kam die Lautstärke mit dem Job.

„Ich verstehe nicht, Sir."

Sie wünschte sich, sie hätte ihre Jacke noch an, so dass sie ihr Kinn tief in der Wattierung hätte vergraben können.

„Ich verstehe nicht, Sir", äffte er sie nach. „Sie und der verdammte Boyd. Können Sie nicht fünf Minuten lang höflich zueinander sein? Dieser Fall wird bald eine offizielle Mordermittlung sein und Sie beide schnauzen sich an wie verdammte Fünfjährige."

Sie haben ja keine Ahnung. Lottie fragte sich, ob Corrigan geschockt wäre, wenn der die Wahrheit wüsste.

„Ich dachte, wir waren sehr höflich zueinander."

„Begraben Sie das sprichwörtliche Kriegsbeil und machen Sie sich an die Arbeit. Was haben wir bis jetzt?"

„Wir haben den Namen, die Adresse und die Arbeitsstelle des Opfers ermittelt. Wir versuchen herauszufinden, ob sie Angehörige hat", sagte Lottie.

„Und?"

„Sie arbeitet beim Grafschaftsrat. Detectives Kirby und Lynch sind dabei, ihr Haus abzusperren, bis die Spurensicherung dort eintrifft."

Er sah sie weiter an.

Sie seufzte.

„Das ist alles, Sir. Wenn ich den Einsatzraum organisiert habe, gehe ich zum Grafschaftsrat und versuche, mir ein Bild von dem Opfer zu machen."

„Ich will keine verdammten Bilder", brüllte er. „Ich will diesen Fall gelöst haben. Schnell. In einer Stunde muss ich dem verdammten Cathal Moroney von RTE Television ein Interview geben. Und Sie wollen sich ein verdammtes Bild machen!" Lottie erwiderte Corrigans Blick, indem sie ihre wahren Gefühle hinter einem teilnahmslosen Gesichtsausdruck verbarg, etwas, das sie nach vierundzwanzig Jahren bei der Polizei gemeistert hatte.

„Richten Sie den Einsatzraum ein, stellen Sie Ihr Team zusammen, bestimmen Sie jemanden, der für das Ermittlungstagebuch zuständig ist, und mailen Sie mir die Einzelheiten. Berufen Sie für morgen früh eine Teambesprechung ein und ich werde daran teilnehmen."

„Sechs Uhr morgens?"

Er nickte. „Und wenn Sie irgendetwas erfahren, lassen Sie es mich zuerst wissen. Na los, Inspector, an die Arbeit."

Sie gehorchte.

Eine Stunde später stellte Lottie zufrieden fest, dass alle wuss-ten, was sie zu tun hatten. Das Fußvolk begann mit den Haus-zu-Haus-Ermittlungen. Ein Fortschritt. Zeit, mehr über Susan Sullivan herauszufinden.

Sie entfloh in den niederprasselnden Schnee.

4

Die Büros des Grafschaftsrats, die in einem neuen, hochmodernen Gebäude im Zentrum von Ragmullin untergebracht waren, befanden sich nur fünf Gehminuten vom Revier entfernt. Heute, auf den vereisten Gehwegen, brauchte Lottie zehn Minuten.

Sie betrachtete den großen Glasbau. Er war wie ein Riesenaquarium mit einem Fischschwarm darin. Als sie an den drei Stockwerken emporschaute, konnte sie Leute an ihren Schreibtischen sitzen sehen, andere, die in den Gängen auf und ab liefen und in ihrem Glasbecken umherschwammen. Sie nahm an, dass es das war, was die Regierung mit Transparenz im öffentlichen Sektor meinte. Sie ging durch Schwingtüren in die relative Wärme im Inneren.

Die Rezeptionistin schnatterte in ein Telefon. Lottie wusste nicht, nach wem sie fragen sollte oder ob es sich schon herumgesprochen hatte, dass Susan Sullivan nicht mehr unter den Lebenden weilte.

Die junge, schwarzhaarige Frau beendete ihr Gespräch und lächelte. „Was kann ich für Sie tun?"

„Ich möchte bitte mit dem Vorgesetzten von Ms Susan Sullivan sprechen." Lottie erwiderte das Lächeln, ohne es zu fühlen.

„Das wäre Mr James Brown. Darf ich sagen, wer ihn sprechen möchte?"

„Detective Inspector Lottie Parker." Sie zeigte ihren Ausweis vor. Es war offensichtlich ein Sauregurkentag im Rat. Sie schienen noch nichts von Sullivans Schicksal gehört zu haben.

Das Mädchen tätigte einen Anruf und wies Lottie den Weg zum Aufzug.

„Dritter Stock. Mr Brown wird an der Tür auf Sie warten."

James Brown sah seinem Namensvetter, dem amerikanischen Soulsänger, kein bisschen ähnlich. Zum einen war der Sänger 2006 gestorben, zum anderen war er schwarz. Dieser James Brown war ausgesprochen lebendig und hatte ein blasses Gesicht mit glatt zurückgekämmtem, rotem Haar, das zu seiner roten Krawatte passte. Er trug einen makellosen Nadelstreifenanzug und er war klein, etwa ein Meter sechzig nach Lotties Schätzung.

Sie stellte sich vor und streckte ihre Hand aus.

Seine kleine Hand ergriff die ihre mit einem starken Händedruck. Er führte sie in sein Büro und zog einen Stuhl hinter einem runden Schreibtisch hervor. Sie setzten sich.

„Was kann ich für Sie tun, Inspector?", fragte er.

War das Ratslingo für *Ich bin sehr beschäftigt, warum stören Sie mich?* Er trug ein aufgesetztes Lächeln in einem gestressten Gesicht.

„Ich würde Ihnen gern ein paar Fragen über Susan Sullivan stellen."

Er antwortete nur mit einer hochgezogenen Augenbraue und einer Röte auf einer Wange, die sich unter seinem Auge niederließ.

„Hätte sie heute zur Arbeit kommen sollen?", fragte Lottie.

Brown konsultierte einen iPad auf dem Schreibtisch.

„Worum geht es, Inspector?", fragte er und tippte auf ein Symbol.

Lottie sagte nichts.

„Sie hat seit dem dreiundzwanzigsten Dezember Urlaub",
sagte er, „und kommt erst am dritten Januar wieder zur Arbeit.
Darf ich fragen, warum Sie hier sind?" Browns Stimme schien von
Panik gefärbt. Wieder ignorierte Lottie seine Frage.

„Was ist ihr Aufgabengebiet?", fragte sie.

Seine langatmige Antwort offenbarte, dass die Verstorbene
Bauanträge verwaltet und zur Genehmigung oder Ablehnung
empfohlen hatte.

„Die kontroversen Akten gehen an den Grafschaftsratsvorsitzenden", sagte er. Lottie sah in ihren Notizen nach. „Das wäre
dann Gerry Dunne?"

„Ja."

„Wissen Sie, ob sie Familie oder Freunde hat?"

„Soweit ich mich entsinnen kann, hat sie keine Familie, und
soweit ich es überblicke, ist Susan Susans beste Freundin. Sie
bleibt für sich, hat keinen Umgang mit dem Personal, isst allein in
der Kantine, geht nicht unter die Leute. Sie war nicht einmal bei
unserer Weihnachtsfeier. Wenn ich das mal so sagen darf, sie ist
sonderbar. Sie wäre die Erste, die das zugeben würde. Wie auch
immer, sie ist hervorragend in ihrem Job."

Lottie bemerkte, dass Brown im Präsens von Susan sprach.
Zeit, die schlechte Nachricht zu überbringen.

„Susan Sullivan wurde heute Morgen tot aufgefunden", sagte
sie und fragte sich, welche Wirkung, wenn überhaupt, ihre
nächsten Worte auf ihn haben würden. „Unter verdächtigen
Umständen."

Bis die Rechtsmedizinerin es bestätigte, konnte sie nicht öffentlich einen Mord verkünden. Brown erbleichte.

„Tot? Susan? Mein Gott. Das ist ja schrecklich. Schrecklich."
Schweißperlen bildeten sich auf seiner Stirn. Seine Stimme ging
eine Oktave höher und sein Körper zitterte. Lottie hoffte, dass er
nicht in Ohnmacht fallen würde. Sie wollte ihn nicht hochheben
müssen.

„Was ist passiert? Wie ist sie gestorben?"

„Ich bin leider außerstande, das zu beantworten. Aber haben

Sie Grund zu der Annahme, dass jemand Ms Sullivan etwas antun wollte?"

„Was? Nein! Natürlich nicht." Er wrang seine Hände wie Stressbälle.

„Kann ich hier mit jemandem sprechen, der Susan kannte? Mit jemandem, der mir einen Einblick in ihr Leben geben könnte?"

Mehr als Sie mir geben, wollte sie hinzufügen. Irgendwie hatte sie das Gefühl, dass er nicht ganz ehrlich zu ihr war.

„Das ist ein Schock. Ich kann gar nicht klar denken. Susan ist … war ein sehr privater Mensch. Vielleicht sollten Sie mit ihrer Assistentin, Bea Walsh, sprechen."

„Vielleicht sollte ich das", sagte Lottie.

Etwas Farbe war in Browns Wangen zurückgekehrt, seine Stimme war wieder tiefer geworden und das Zittern hatte aufgehört. Er begann, sich mit einem weißen Baumwolltaschentuch hin und her über die Stirn zu wischen.

„Ich würde gerne jetzt mit ihr sprechen", sagte Lottie, „wenn Sie das arrangieren können. Zeit ist wichtig. Ich bin sicher, Sie verstehen das."

Er stand auf. „Ich werde sie holen."

„Danke. Ich werde auch bestimmt noch einmal mit Ihnen sprechen müssen. In der Zwischenzeit – hier ist meine Karte mit meinen Kontaktdaten, falls Ihnen etwas einfällt, was ich wissen sollte."

„Selbstverständlich, Inspector."

„Wenn Sie mit bitte den Weg zeigen könnten", sagte sie und wartete, dass er voranging.

Er ging den Flur entlang zu einem anderen Büro, ein Spiegelbild seines eigenen.

„Ich hole Bea. Dies ist übrigens Susans Büro."

Als er gegangen war, setzte Lottie sich an den Schreibtisch. Sie sah sich in dem Büro um. Es war genau wie Boyds. Tadellos. Keine einzige streunende Akte oder Büroklammer, auf dem Schreibtisch ein Telefon und ein Computer. Ein Wendekalender zeigte den 23. Dezember mit dem Motto *Die Taten dieses Lebens sind das Schicksal des nächsten.* Sie fragte sich, ob Susan jetzt ihr Schicksal erntete für das, was sie in ihrem Leben getan oder nicht getan hatte.

Eine vogelhafte Frau mit tränenverschmiertem Gesicht kam herein und strich mit zitternden Händen ihr marineblaues, durchgeknöpftes Kleid glatt. Lottie deutete ihr an, sich zu setzen.

„Ich bin Bea Walsh, Ms Sullivans Assistentin. Ich kann nicht glauben, dass sie tot ist. Mr Brown hat mir die furchtbare Nachricht mitgeteilt. Ms Sullivan hatte so viel Arbeit zu erledigen. Ich habe heute gerade erst ihr Büro aufgeräumt und ihre Akten für ihre Rückkehr geordnet. Das ist entsetzlich."

Sie begann zu weinen.

Lottie nahm an, dass die Frau im Rentenalter war, Anfang bis Mitte sechzig. Ein gebrechliches Ding.

„Fällt Ihnen jemand ein, der Ms Sullivan möglicherweise etwas antun wollte?"

„Ich habe keine Ahnung."

„Ich brauche Ihre Hilfe und die Unterstützung von jedem, den Sie mir nennen können. Ich möchte ein Profil von Ms Sullivan und ihrem Leben, besonders in letzter Zeit, erstellen. Leute, die sie traf, Orte, an denen sie war, ihre Hobbies, ihre Leidenschaften, irgendwelche Feinde oder Leute, die sie verärgert hat."

Lottie hielt inne. Bea blickte erwartungsvoll auf.

„Können Sie mir helfen?", fragte Lottie.

„Ich werde mein Bestes tun, Inspector, aber ich fürchte, ich habe nur sehr wenige Informationen. Sie war ein Buch mit sieben Siegeln, wenn sie mich fragen. Vieles, was ich weiß, ist vom Hörensagen." Lottie machte sich einige Notizen, obwohl es nicht viel aufzuschreiben gab. Sie würde ihre liebe Mühe haben, um herauszufinden, wer Susan Sullivan wirklich war und, wichtiger noch, warum sie getötet worden war und wer es getan hatte.

· · ·

James Brown rieb sich die Stirn und wischte den Schweiß, der sich dort in den seichten Falten gesammelt hatte, weg. Er konnte nicht glauben, dass Susan tot war. Er hatte hinter den verschleierten Worten der Kommissarin gelesen und wusste, dass sie ermordet worden war.

„Oh mein Gott", sagte er.

Er war immer davon ausgegangen, dass Susan immer für ihn da sein würde, bereit, die Scherben aufzusammeln, jedes Mal, wenn er unter der Last ihrer gemeinsamen Vergangenheit zusammenbrach.

„Susan", murmelte er den Wänden zu.

Seine Augen verloren sich in der magnolienfarbenen Leere und er schloss sie. War das, Susans vorzeitiger Tod, weil sie begonnen hatten, lange verscharrte Geheimnisse wieder auszugraben?

Er versuchte, einen klaren Kopf zu bekommen. Er musste sich schützen und den Plan, den er für den Fall, dass so etwas passierte, ausgeheckt hatte, in Gang setzen. Er hatte sich auf so etwas vorbereitet, aber er glaubte nicht, dass Susan das getan hatte.

Klug genug, um zu wissen, dass er und Susan es mit hinterhältigen, gefährlichen Leuten zu tun hatten, hatte er alles von Anfang an dokumentiert. Er schloss eine Schublade auf und nahm einen dünnen Ordner heraus. Er steckte ihn in einen Umschlag und schrieb eine Mitteilung auf die Außenseite. Dann steckte er alles in einen größeren Umschlag, adressierte und versiegelte ihn. Er schob ihn in den Postkorb. Der Empfänger würde wissen, ob er geöffnet werden musste, und ihn gemäß den Anweisungen in der Mitteilung zurückschicken. Musste er geöffnet werden – nun, dann würde er nicht viel davon wissen, nicht wahr? Er zügelte seine Panik und nahm sein Handy heraus.

Es blieb ihm nichts anderes übrig, als den Anruf zu tätigen. Mit zitternden Fingern tippte er eine Nummer in sein Telefon. Er begann zu sprechen, mit einer starken und eindringlichen Stimme, die über das gequälte Herz, das in seiner Brust fast zersprang, hinwegtäuschte. Auch als er sprach, weigerten sich die Erinnerungen, sich zu legen.

Er sagte: „Wir müssen uns treffen."

1971

Die Ministranten waren dabei, ihre eigene Kleidung wieder anzuziehen, als der große Mann mit dem dicken schwarzen Haar und dem bösen Gesicht den Raum betrat. Der kleinste Junge hatte die weißeste Haut und das hellste Haar. Ein Whippet auf zwei Beinen. Er blickte mit großen Augen auf, als wollte er sagen, oh bitte, sehen Sie nicht mich an, und zog seinen abgetragenen Pullover über ein zerknittertes, einst weißes, jetzt verblichenes graues Hemd, das bis zum Hals zugeknöpft war.

Eine knochige Hand mit hervortretenden Adern zeigte auf ihn.

„Du."

Der Junge spürte, wie sein achtjähriger Körper in sich zusammenfiel. Seine Unterlippe zitterte.

„Du. Komm in die Sakristei. Ich habe Arbeit für dich."

„Aber ... aber ich muss zurück", stammelte er. „Die Schwester wird nach mir suchen."

Die Augen des Jungen weiteten sich und salzige Tränen kräuselten sich in den Winkeln seiner hellen Wimpern. Angst breitete sich in seinem Herzen aus und der Mann schien vor seinen Augen zu wachsen. Durch einen wässrigen Schleier sah er einen langen Finger, der sich krümmte und ihn rief. Er blieb starr, einen Schuh an und den anderen unter der Bank hinter ihm. Seine beigen Socken hingen um seine Knöchel; die Gummibänder, vom vielen Waschen geschmolzen, ragten wie kleine weiße Stöckchen im Sand hervor. Der Mann bewegte sich und mit einem einzigen Schritt fiel sein Schatten auf den Jungen und hüllte seinen Körper in Dunkelheit.

Eine Hand packte seinen Arm und zerrte ihn durch die Holztür. Wortlos flehte er mit seinen Augen die anderen Jungen an, ihm zu helfen, aber sie sammelten mit zitternden Armen ihre restlichen Kleidungsstücke ein und flohen.

Goldene Engel schmückten die Ecken der Decke, als seien sie dort hinaufgeflogen, als hätten sie sich dort verfangen und könnten nun nicht mehr herunterkommen. Wasserspeier aus weißem Alabaster saßen zwischen den Engelsputten, ihre Gesichter müde und erschöpft. Der Junge versuchte, sich hinter einem hohen Mahagonitisch in der Mitte des Raumes zu verstecken. Von dem dunklen Holz schien eine tiefe, durchdringende Atmosphäre der Bedrängnis auszugehen.

„Was haben wir denn hier, einen Angsthasen? Bist du ein kleines Mädchen, du weinerlicher Taugenichts?", rief der Mann durch seine blassen, rosa Lippen.

Der Junge wusste, dass niemand ihn hören oder ihm zu Hilfe eilen würde. Er war nicht zum ersten Mal hier.

Schwarze Soutanen an einem Kleiderständer schwangen im Luftstoß, als der Mann vorbeiging, um sich in einen Eckstuhl zu setzen. Der Junge zitterte heftig, als die Augen des Erwachsenen ihn musterten, wie ein Bauer auf dem Markt einen Preisstier begutachtete.

„Komm her."

Der Junge bewegte sich nicht.

„Komm her, habe ich gesagt."

Er hatte keine Wahl. Er ging vorwärts, Fuß vor Fuß, wie ein Seiltänzer, leicht hinkend in seinem einen Schuh.

Der Junge schrie, als er zwischen zwei nackte Knie gezogen wurde. Hände packten ihn und das Priestergewand flog auf.

„Halt den Mund! Du wirst ein braver einschuhiger Junge sein und tun, was ich will." „B-b-bitte tun Sie mir nicht weh", wimmerte der Junge, während ihm die Tränen über die Wangen liefen. Er konnte nichts sehen, so nah war er der Dunkelheit.

Sein Kopf wurde in eine klaffende Leere gestoßen und er begann zu würgen.

Die Angst erfasste sein Frühstück aus wässrigen Eiern ganz unten in seiner Magengrube. Es stieg hoch wie eine Flutwelle und explodierte in einem schwallartigen Erbrechen aus gelbem Schleim.

Der Mann sprang auf, hielt ihn noch immer an den Haaren fest und versetzte ihm einen Schlag gegen den Brustkorb, der ihn durch den Ständer mit dem schwingenden Schwarz schleuderte. Der Junge rutschte an der gegenüberliegenden Wand hinunter, ein schlaffes Stück Fleisch, verwirrt und verängstigt.

Er konnte nicht hören, wie er beschimpft wurde, denn die Schläge kamen hart und schnell gegen seine Schläfen und ließen die Ränder seiner Ohren anschwellen.

Er schrie lauter, wurde von tobendem Schluchzen geschüttelt.

Dann machte er sich in die Hose.

Und die Engel sanken tiefer in die Nischen der Alabasterdecke, als seien auch sie verängstigt.

5

Cafferty's Pub in der Gaol Street war zweihundert Meter vom Gebäude des Grafschaftsrats entfernt. Lottie aß eine dicke Suppe, in der Brocken von Hähnchenfleisch und Kartoffeln schwammen und die sie von den Zehen aufwärts wärmte. Boyd hatte ein Spezial-Sandwich nach Art des Hauses, das zwei normale Menschen satt gemacht hätte, bereits zur Hälfte verspachtelt. Aber er war nicht normal. Er konnte alles essen und nahm nie ein Gramm zu. Dürres Arschloch, dachte Lottie.

Es war später Nachmittag und ein paar Hartgesottene, die dem Wetter getrotzt hatten, saßen an der Bar, tranken ihr Guinness und kreuzten in zerknitterten Zeitungen Pferde an. Ein Breitbild-Fernseher an der Wand zeigte, mit gedämpftem Ton, die Rennen in England. Da lag kein Schnee.

„Bea Walsh sagt, Susan könnte lesbisch gewesen sein", sagte Lottie.

„Hast du es auch schon mal mit einer Frau probiert?", fragte Boyd, nicht ahnend, dass etwas Krautsalat wie ein notdürftiger Schnurrbart an seiner Oberlippe klebte.

„Schön wär's. Dann hätte ich vielleicht nicht diese grässliche Erinnerung daran, wie ich vor sechs Monaten in deinem Bett war."

„Haha. Sehr witzig", sagte er. Aber er lachte nicht.

Lottie versuchte, das Bild von ihrem betrunkenen Stelldichein zu verdrängen. Sie gab es nur ungern zu, aber sie hatte die Wärme seines Körpers neben ihrem in jener Nacht genossen – soweit sie sich daran erinnern konnte. Sie hatten seitdem nie wieder darüber gesprochen. „Aber im Ernst, Adam würde nicht wollen, dass du allein bist", sagte er.

„Du hast keine Ahnung, was Adam gewollt hätte. Also halt die Klappe." Lottie wusste, dass sie ihre Stimme erhoben hatte, und ärgerte sich, dass Boyd sie aus der Ruhe gebracht hatte.

Er hielt die Klappe, aß weiter sein Sandwich und murmelte im Spaß „olle Zicke" vor sich hin.

„Das habe ich gehört", sagte sie.

„Das solltest du auch."

„Jedenfalls hat Bea gesagt, dass es höchstwahrscheinlich Kantinentratsch war, nur weil Susan eine Einzelgängerin war. Die Leute erfinden gerne Geschichten über die Stillen."

„Was soll das heißen? Wie eine nicht praktizierende Katholikin? Kenne ich schon, das ist nichts mehr für mich?"

„Du weißt, dass ich keine Lesbe bin, nicht mal eine nicht praktizierende."

„Du praktizierst nichts mehr, seit Adam gestorben ist."

Lottie wusste, dass Boyd bereute, was er gesagt hatte, sobald die Worte seinen Mund verlassen hatten. Sie sagte nichts, wollte ihm nicht den Gefallen einer sarkastischen Erwiderung tun, selbst wenn ihr etwas Kluges eingefallen wäre, das sie hätte sagen können. So oder so war er aus dem Schneider. Vorläufig.

„Leckere Suppe", sagte sie.

„Du wechselst das Thema."

„Boyd", sagte Lottie. „Ich habe dir erzählt, was Bea Walsh, Susans Assistentin, mir gesagt hat. Soweit sie weiß, war Susan ursprünglich aus Ragmullin, hat zwei Jahre in Dublin gearbeitet und wurde vor zwei Jahren wieder hierher versetzt. Sie hat auch gesagt, dass sie niemanden an sich heranließ. Sie war eine Karrierefrau. Arbeitete Tag und Nacht, war mit ihrem Job verheiratet. Das musste sie auch, in einer Männerwelt, um dahin zu kommen, wo sie war. Beas Worte, nicht meine."

„Aber sie muss doch irgendein Leben außerhalb ihrer Arbeit gehabt haben", sagte Boyd.

„Und du?"

„Und ich was?"

„Hast du ein Leben außerhalb deiner Arbeit?", fragte Lottie und aß ihre Suppe auf.

„Nicht wirklich. Du auch nicht."

„Meine Rede."

„Du weißt, was ich meine."

„Iss dein Sandwich auf, Sherlock. Wir fahren nach Parkgreen und gucken, ob Lynch und Kirby etwas Interessantes in Sullivans Haus gefunden haben."

„Wirst du den Oberboss des Grafschaftsrats vernehmen?"

„Wen?", fragte Lottie.

„Den Vorsitzenden des Grafschaftsrats."

„Gerry Dunne ist nicht vor morgen früh zu sprechen."

„Ich nehme an, du bist nicht gerade begeistert."

„Nimm es, wie du willst."

„Das hängt davon ab, wer es gibt."

„Wirst du nie erwachsen?!", sagte Lottie.

Aber Boyd hatte Recht. Sie war nicht begeistert. Sie teilten die Rechnung und gingen.

Sie eilten die Straße entlang, lehnten sich aneinander, um sich vor der Kälte zu schützen, ihr beider Atem stieg auf und verschmolz zu einer Atemwolke.

Die Straßenlaternen wurden von Schnee und Eis reflektiert und warfen ockergelbe Schatten auf die Ladenfronten. Es war eiskalt. Bitterkalt war das Wort des Tages. Diejenigen, die töricht genug gewesen waren, sich nach draußen zu wagen, huschten vorbei, ihre Gesichter unter Schals und Mützen verborgen, um die Haut vor dem schneidenden Wind zu schützen.

Lottie eilte mit Boyd über den glitschigen Bürgersteig und spürte, wie die Polarluft durch ihre Kleidung drang. Beim Revier ließ Boyd den Wagen an. Lottie stieg ein und rieb ihre blutleeren Finger aneinander.

„Mach die Heizung an", sagte sie.

„Fang nicht damit an", sagte er und fuhr los, wobei er gefährlich nah an der Wand entlang schlitterte.

Gut, dass er ein Abzeichen hat, dachte sie, und während er fuhr, schaute sie aus dem Fenster auf ihre in trügerische Reinheit gehüllte Stadt, wie sie in der abendlichen Dunkelheit versank.

Das Haus von Susan Sullivan war ein freistehendes Haus mit drei Schlafzimmern in einer abgelegenen Siedlung am Rande des „besseren Teils der Stadt". Wenn es so etwas überhaupt noch gab.

Die Gegend schien ruhig, als sie vorfuhren. Ein paar Kinder, warm eingemummt bei dem kalten Wetter, fuhren mit ihren Weihnachtsfahrrädern die gefrorene Straße auf und ab und warfen unter ihren bunten Mützen verstohlene Blicke auf die beiden vor Sullivans Tor geparkten Streifenwagen.

Zwei uniformierte Gardaí standen Wache. Ein Auto in der Einfahrt war weiß von einer Wochenladung Schnee. Blau-weißes Absperrband, das lose an der Haustür hing, schrie förmlich *Betreten verboten*, ohne dass die Worte tatsächlich darauf geschrieben waren. Das waren die einzigen äußeren Anzeichen, dass etwas nicht stimmte. Lottie hatte Lust, wieder ins Auto zu steigen und nach Hause zu fahren.

Detective Maria Lynch begrüßte sie an der Tür.

„Haben Sie etwas für uns?", fragte Lottie.

Sie wusste manchmal nicht, was sie von Maria Lynch halten sollte, mit ihrer sommersprossigen Nase, den wissbegierigen Augen, dem langen, zu einem kindlichen Pferdeschwanz hochgebundenen Haar, und immer elegant gekleidet. Sie sah aus wie achtzehn, musste aber, da sie schon fünfzehn Jahre bei der Polizei war, näher an fünfunddreißig sein. Enthusiastisch, ohne es zu übertreiben. Lottie war sich bewusst, dass Lynch superehrgeizig war, und hatte nicht die Absicht, in die Falle der weiblichen Rivalität zu tappen. Aber sie musste zugeben, dass sie ein bisschen neidisch auf die häusliche Stabilität ihrer Mitarbeiterin war. Lynch war verheiratet, vermutlich glücklich. Es hieß, dass ihr Mann kochte, staubsaugte, ihre beiden kleinen Kinder zu Schule brachte, bevor er zur Arbeit ging, und der ganze Scheiß.

„Es ist ein absoluter Saustall da drin. Ich weiß nicht, wie die Frau in einer solchen Müllkippe überleben konnte", sagte Lynch und wischte Staub von ihrer gebügelten, marineblauen Hose.

Lottie zog eine Augenbraue hoch. „Das passt nicht zu dem Bild, das ich mir von ihr gemacht habe, nachdem ich ihr Büro und die Leute, mit denen sie gearbeitet hat, gesehen habe."

Sie trat mit Boyd in den Flur. Das Haus fühlte sich überfüllt an. Zwei Mitarbeiter von der Spurensicherung arbeiteten geschäftig und Detective Kirbys rundliches Hinterteil ragte hervor, während er den Abfalleimer in der Küche durchwühlte.

„Hier ist nichts als Müll drin", grummelte Kirbys Stimme. Eine große Zigarre hing unangezündet von seinen Lippen und sein buschiger Haarschopf saß wie eine Antenne auf seinem Kopf.

Er grinste Lottie an. Sie machte ein finsteres Gesicht. Larry Kirby war geschieden und tollte derzeit mit einer etwas über 20-jährigen Schauspielerin in der Stadt herum. Viel Glück, dachte sie. Wenigstens würde es vielleicht seinen flirtenden Blicken in ihre Richtung ein Ende setzen. Trotz alledem galt Kirby in der Truppe als liebenswerter Schelm.

„Tun Sie die Zigarre weg", befahl sie.

Er wurde rot und steckte die Zigarre in seine Brusttasche. Laut ächzend öffnete er den Kühlschrank und inspizierte den Inhalt.

„Und sorgen Sie dafür, dass die Nachbarn vernommen werden", wies Lottie ihn an. „Wir müssen feststellen, wann Sullivan zuletzt gesehen wurde."

„Wird sofort erledigt", sagte Kirby, knallte die Kühlschranktür zu und stampfte davon, um jemand anderem den Auftrag zu geben.

Lottie sah, wovon Lynch geredet hatte. In der Spüle stapelte sich schmutziges Geschirr, auf dem Tisch stand ein Topf mit

Kartoffeln, die Hälfte davon geschält, ein offenes geschnittenes Toastbrot, ein Marmeladenglas mit einem Messer darin und weißem Schimmel am Glasrand. Eine Schüssel mit verkrusteten Haferbreiresten saß inmitten des Durcheinanders. Es war schwer zu sagen, ob die Frau gerade gefrühstückt oder zu Abend gegessen hatte. Vielleicht beides zusammen. Der Boden war schmutzig, überall lagen Krümel und Staub.

„Das Wohnzimmer ist noch schlimmer", sagte Lynch. „Sehen Sie es sich an."

Lottie verließ die Küche, folgte dem Zeigefinger ihrer Kollegin und blieb an der Tür stehen.

„Heilige Scheiße", sagte sie.

„Großer Gott", sagte Boyd.

„Genau", sagte Lynch.

In dem Raum stapelten sich Hunderte von Zeitungen an allen erdenklichen Stellen. Auf dem Fußboden, in den Sesseln, auf dem Sofa und auf dem Fernseher. Einige waren vergilbt und andere schienen von einer Maus zerfetzt worden zu sein. Alles war voller Staub. Lottie nahm eine Zeitung vom nächstgelegenen Stapel. 29. Dezember. Sullivan hatte sich von innen nach außen gearbeitet. Lottie begann, die Zeitungen im Kopf zu zählen.

„Was für ein Berg von Müll hier drin", sagte sie. „Zeitungen von mindestens ein paar Jahren."

„Diese Frau hatte ernsthafte Probleme", sagte Lynch, die hinter ihr stand.

Lottie schüttelte den Kopf.

„Ich kann dieses Bild nicht mit der absoluten Ordnung in ihrem Büro vereinbaren. Es ist, als wäre sie zwei verschiedene Personen gewesen."

„Seid ihr sicher, dass es das richtige Haus ist?", fragte Boyd.

Zwei Augenpaare starrten ihn an.

„Ich frage ja nur", sagte er und schlurfte die Treppe hinauf, wobei er den Kopf unter der niedrigen Decke einziehen musste.

„Suchen Sie weiter", sagte Lottie zu Lynch. „Wir müssen ihr Telefon finden. Es wird uns ihre Kontakte liefern und vielleicht

Informationen darüber, wer sie tot haben wollte. Ich sehe hier keine Spur von einem Laptop oder Computer."

„Ich werde danach suchen. Die Spurensicherung ist fast fertig hier." Detective Maria Lynch zwängte sich zurück in die überfüllte Küche.

Lottie folgte Boyd die Treppe hinauf. Er war im Badezimmer.

„Pillen gegen alles, von kaputten Nerven bis zu Schmerzen im Ellbogen", sagte er.

Er hörte sich an wie ihre Mutter. Sie schob ihn beiseite und spähte in den Medizinschrank. Susan hätte wegen Selbstmordgefährdung unter Beobachtung stehen müssen, dachte sie, während sie die Prozac-, Xanax- und Temazepam-Packungen beäugte.

„Sieht aus, als hätte sie ihre Medizin nicht genommen", sagte sie und unterdrückte den Drang, ein paar Blisterpackungen Xanax einzustecken. Mann, mit dem Zeug könnte sie mindestens drei Monate lang funktionieren.

„Weil da noch so viel ist?", fragte er.

„Ja. Und Oxycontin auch."

„Was ist das?"

„Morphium", sagte Lottie und erinnerte sich an ihren eigenen Medizinschrank, bevor Adam starb. Sie prüfte die Rezeptdaten und speicherte den Namen der Apotheke in ihrem Telefon, um dem später nachzugehen. Sie sah sich im Badezimmer um. Es war völlig verdreckt. Sie drängte sich an Boyd vorbei hinaus und ging ins Schlafzimmer.

„Komm her", rief sie.

Er kam zu ihr. „Unglaublich."

„Was ging im Kopf dieser Frau, in ihrem Leben vor?", fragte Lottie.

Das Schlafzimmer war blitzsauber, steril. Alles da, wo es hingehörte. Das Bett war nach Armeestandard mit reinweißem, sauberem Bettzeug bezogen. Eine Frisierkommode ohne jegliche Kosmetikartikel. Ein glänzender Holzfußboden. Das war alles.

„Im Fußboden kann ich mich fast sehen", sagte sie und öffnete die Schublade der Frisierkommode. Alles war mit militärischer

Präzision gefaltet. Sie schob sie wieder zu. Jemand anders würde die Aufgabe haben, die Habseligkeiten der Toten zu entweihen. Sie würde es nicht tun. Nicht nach Adam. „Diese Frau war ein Widerspruch."

„Und sie lebte allein", sagte Boyd, als er das andere Schlafzimmer prüfte. Lottie schaute über seine Schulter. Es war leer. Vier weiße Wände und ein Holzfußboden. Sie schüttelte verwirrt den Kopf. Susan Sullivan war definitiv ein Rätsel.

Unten angekommen, sah sie sich noch einmal um. Irgendetwas stimmte nicht. Was hatte sie übersehen? Sie konnte mit ihren Gedanken nicht ganz zu einem Ergebnis kommen.

Sie musste hier raus.

Boyd kam zu ihr nach draußen, eine Zigarette zwischen den Fingern.

„Wohin jetzt?", fragte er und zog tief an seiner Zigarette. Lottie inhalierte genüsslich den Rauch und gähnte.

„Ich gehe besser nach Hause und mache meinen Kindern etwas zu essen."

„Sie sind Teenager und sehr gut imstande, sich um sich selbst zu kümmern", sagte er. „Du musst dich um dich kümmern."

Eine Feststellung, die keiner Antwort bedurfte. Es war die Wahrheit.

„Ich muss diesen Fall erst einmal verdauen, Ich möchte die wenigen Tatsachen, die wir haben, zusammentragen und sehen, ob ich mir einen Reim auf das Ganze machen kann. Ich brauche Raum."

„Und den bekommst du zu Hause?"

„Sei nicht so besserwisserisch."

Sie spürte seine Nähe, nicht nur körperlich, sondern auch im Geiste. Boyd entnervte sie. Gleichzeitig hätte sie so gerne gespürt, wie er seine Arme um sie legte und sie tröstend an sich drückte. Im selben Moment wusste sie, dass sie ihn abwehren würde. Willkommen in der Welt der frostigen Lottie Parker. Ihre Stimmung stand dem Wetter in nichts nach.

„Es gibt nichts, was wir heute Abend noch tun könnten. Ich gehe zu Fuß. Wir sehen uns morgen früh. Vergiss nicht, Teambesprechung um 6 Uhr. Corrigan wird da sein, also komm nicht zu spät." Überflüssige Worte, dachte sie. Boyd kam nie zu spät.

Sie stapfte die eisigen Fußwege entlang in Richtung ihres Heims, allein.

6

Das Governer's House, ein Gebäude aus dem 19. Jahrhundert, dass an das neue Bürogebäude des Grafschaftsrats angrenzte, war einst Teil des alten Stadtgefängnisses gewesen. Die Tatsache, dass es einen Zugang zu dem neuen Bürogebäude hatte, war den Gardaí, die dabei waren, das Hauptgebäude abzusperren, unbekannt.

In den Tiefen des Hauses waren Kerker erhalten geblieben, die als Besprechungsräume genutzt wurden. Nur wenige Mitarbeiter wagten sich dort hinunter. Gerüchten zufolge hatten die zum Tode Verurteilten ihre letzten Stunden in diesen Mauern verbracht, Mauern, in denen angeblich immer noch die Atemzüge der todgeweihten Seelen pulsierten.

Die Geschichte des Gebäudes hatte ihre Wirkung auf die in einem der unterirdischen Verliese versammelten Männer nicht verfehlt. Sie standen im Kreis wie verurteilte Gefangene, die auf eine Aussetzung ihrer Hinrichtung warteten.

„Heute Nachmittag wurde ein Mitglied der Planungsabteilung, Susan Sullivan, unter verdächtigen Umständen getötet", sagte der Beamte. „Das ist bedauerlich. Schrecklich, um ehrlich zu sein. Für uns wird es eine angespannte Zeit sein. Die Gardaí werden ihre Akten aller Wahrscheinlichkeit nach Zeile für Zeile durchgehen. Sie müssen sich darüber im Klaren sein, dass Ihre

Namen im Laufe der Ermittlungen möglicherweise genannt werden und dass Sie voraussichtlich vernommen werden."

Er hielt inne und sah die drei Männer vor ihm an.

„Wenn unsere Geschäfte bekannt werden, könnten wir durchaus als Mordverdächtige angesehen werden", fügte er hinzu.

„Wenigstens nimmt sie ihr Wissen mit ins Grab", sagte der Bauträger. „Aber die Ermittlung wird das Rampenlicht auf uns lenken."

Der Bankier fröstelte sichtlich. Wenn überhaupt, waren die Temperaturen gefallen, seit sie in dem Kerker angekommen waren. Die abendliche Dunkelheit draußen schien durch die Mauern zu dringen.

„Da ist immer noch James Brown, an den wir denken müssen", sagte der Bankier.

„Ohne Sullivan steht seine Aussage gegen unsere", sagte der Beamte. „Trotzdem, Sie haben Recht. Ich denke, wir müssen angesichts potenzieller Vernehmungen durch die Polizei Notfallpläne vorbereiten. Wir müssen den Anschein wahren, dass wir unabhängig voneinander arbeiten. Vielleicht stoßen sie nicht darauf, was wir tun." Er rieb seine Hände aneinander in dem Versuch, seine Finger aufzuwärmen.

„Lassen Sie sich nicht täuschen", sagte der Bauträger. „Sie sind sehr clever und wir müssen cleverer sein. Wenn Detective Inspector Lottie Parker die Ermittlung leitet, kann ich garantieren, dass wir vorsichtig sein müssen."

„Kennen Sie sie?", fragte der Bankier.

„Ich habe von ihr gehört. Sie hat vor einigen Jahren diesen Fahrenden-Mord gelöst. Man hat versucht, sie zu bedrohen und einzuschüchtern, aber sie hat weitergemacht. Und sie hat den Täter überführt. Sie wird wie ein Hund mit einem Knochen sein, wenn sie sich in diesem Fall festbeißt." Der Geistliche sagte nichts und der Beamte wusste, dass der berechnende Verstand dieses Mannes die Situation innerlich analysierte.

Sie krochen tiefer in ihre Wollmäntel und beäugten sich gegenseitig. „Meine Herren, es geht um Millionen von Euro. Wir müssen sehr wachsam sein. Und wir dürfen uns nicht mehr hier treffen. Seien Sie vorsichtig." Der Beamte schloss die Sitzung und öffnete die Kerkertür. Er warf einen Blick nach draußen. Eine einzige Laterne beleuchtete den verlassenen Privatparkplatz.

Sie verließen das Gebäude einer nach dem anderen.

Jeder von ihnen nun misstrauisch gegenüber den anderen.

Einer von ihnen konnte ein Mörder sein.

7

James Brown parkte seinen schwarzen Toyota Avensis im Hof vor seinem Cottage, schaltete die Scheinwerfer aus, zog die Schlüssel und lauschte, während sich die Innenbeleuchtung verdunkelte, wie sich der Motor abkühlte.

Normalerweise war er froh, nach der Arbeit nach Hause zu kommen, besonders im Frühling. Nach Hause in die Ruhe der Landschaft, wo er sein Wohlbefinden wiederfand, mit den Geräuschen der Bäume und dem Blick auf die Wiesen, die sich unberührt hinter seinem kleinen Garten erstreckten. All das erfüllte ihn mit einem Gefühl der Freiheit, das er anderswo selten verspürte. Aber nicht jetzt. Heute Abend war er traurig und wütend. Traurig wegen Susan und wütend über die Abfuhr, die er von dem Mann am Telefon erhalten hatte. Er hatte ihn angerufen, um ihn zu fragen, was, wenn überhaupt, er über Susans Tod wusste. Als er zu sprechen begonnen hatte, hatte der Mann aufgelegt. Vielleicht hatte er doch die falsche Person angerufen.

Er packte das Lenkrad mit geballten Fäusten und schlug mit dem Kopf auf seine Hände. Susan war nicht mehr da. Es musste es sich immer wieder sagen. Sie hatte ihn vor all den Jahren vor seinen Dämonen gerettet und nun hatte er sie im Stich gelassen.

Er wollte die Sicherheit seines Wagens nicht verlassen. Er fühlte sich darin geborgen und er dachte daran, wie oft er und

Susan sich als Kinder gehalten hatten, wie sie ihm ins Ohr geflüstert hatte, stark zu sein, aufrecht und stolz, und wie er wie ein verirrtes Kätzchen in ihren Armen gewimmert hatte. Er dachte daran, wie Susan ihm als Kind gezeigt hatte, wie man sein Bett vorschriftsmäßig machte, wie man seine Kleider faltete und Flusen vom Boden auflas, damit alles tadellos war. Er war überzeugt, dass sie danach eine Besessenheit mit sauberen Schlafzimmern entwickelt hatte. Wer konnte es ihr verübeln? Er dachte an all das, was sie erlebt und worüber sie nie gesprochen hatten, und er weinte stille Tränen um sie, im Gedenken an sie und ihre Güte ihm gegenüber. Jetzt würde er auf seinen eigenen zwei Füßen stehen und stark sein müssen. Und wenn es nur für Susan war.

Als die Wärme sich in Eis auflöste, zwang er sich schließlich, aus dem Auto zu steigen. Er nahm seine Aktentasche vom Rücksitz, trat auf den schneebedeckten Hof und schloss den Wagen mit einem Klicken ab. Der alte Mond bereitete sich auf seine neue Phase vor und sein Licht schien schwächer, als er erwartet hätte.

Ein Schatten fiel vor ihm und er spähte nach oben in der Erwartung, eine Wolke zu sehen, die den Mond verdeckte. Doch am frostigen Sternenhimmel war keine Wolke zu sehen. Eine Gestalt stand mit erhobenem Haupt vor ihm, das Gesicht unter einer Skimaske verborgen, sodass nur zwei dunkle Augen zu sehen waren.

James sprang zurück an sein Auto, ließ seine Aktentasche fallen, als ihm einfiel, dass sein Telefon darin war. Zu spät.

„Was ... was ... wollen Sie?" Seine Zunge verkrampfte sich über seinen Worten, die Angst perlte in Tropfen über sein Gesicht, an seiner Nase herunter und triefte wie Rotz. Was sollte er tun? Er konnte nicht klar denken.

„Du konntest es nicht lassen, dich einzumischen", sagte der Mann, seine Stimme ein tiefes, bedrohliches Knurren.

James drehte den Kopf von einer Seite zur anderen und fragte sich, warum er das Auto nicht bemerkt hatte, als er vorgefahren war. Jetzt sah er flüchtig einen metallischen Schimmer hinter der

Eiche zu seiner Rechten. Wer war dieser Mann? Woher hatte er gewusst, dass er sein Auto dort drüben verbergen konnte?

„Was? Warum?", wisperte James, scharrte mit den Füßen auf dem eisigen Schnee und starrte zu der riesigen Gestalt auf, die drohend vor ihm stand. Die Taschenlampe in der behandschuhten Hand blendete ihn.

„Du und deine Freundin, ihr seid mir lästig geworden. Nicht zum ersten Mal."

„Meine Freundin?", fragte James, aber er wusste, dass der Mann Susan meinte. Der Mann lachte, packte ihn am Ellbogen und trieb ihn den Weg entlang. James spürte, wie ein Schleimkloß nach und nach seine Kehle verschloss und sein Atem ging schneller, während der Himmel sich bewölkte und der Schnee in dicken, runden Klumpen zu fallen begann.

„Was wollen Sie?" James' Angst verwandelte sich schnell in Panik, sein Gehirn zog sich zusammen, wie eine Schnecke in ihrem Schneckenhaus. Er musste schnell denken. Er musste die Kontrolle über die Situation erlangen. Er könnte um Hilfe rufen, wenn nur seine Stimme nicht irgendwo tief in seiner Brust verschollen war. Und er wusste, es würde ihn niemand hören. Es gab kein anderes Haus im Umkreis von drei Kilometern von seinem Cottage.

Vielleicht sollte er versuchen wegzurennen? Nein. Sein Angreifer war größer, breiter und wirkte so viel stärker, dass James sich wie ein Insekt fühlte, das im Rachen einer Fliege gefangen war.

Seine Panik schwoll an, verschnürte ihm unnachgiebig die Brust und zwang ihn, nach ein paar Schritten anzuhalten. Er konnte nicht weitergehen. Er fühlte sich, als liefe er mit nur einem Schuh an. Der Mann blieb ebenfalls stehen und zog ein Stück Seil aus seiner Tasche. Das genügte.

James machte einen Satz nach vorne, überraschte den Mann, der seinen Ellbogen losließ und hinfiel, wobei die Taschenlampe in einem Schneeklumpen stecken blieb. Während er zur Haustür schlitterte, suchte James mit einer Hand in seiner Tasche nach dem Schlüssel. Eis knirschte hinter ihm. Er hatte den Schlüssel in der Tür, als sich ein Arm eng um seinen Hals legte und er an eine massive Brust zurückgerissen wurde.

James wehrte sich, schaffte es, den Griff um seinen Hals zu lösen, aber ein Ellbogen krachte in seinen Hinterkopf. Schmerz explodierte in seinem Kopf.

„Das hättest du nicht tun sollen!"

Er meinte die Stimme zu kennen, versuchte, sie zu identifizieren, aber es gelang ihm nicht. Er drehte sich schnell um und versuchte zu fliehen, aber er spürte, wie das Seil um seinen Hals glitt und das raue Nylon an seiner Haut kratzte. Das könnte seine letzte Chance sein.

Er holte mit dem Arm aus und traf den Bauch des Mannes, aber sein Arm prallte ab. Schmerz schoss durch seinen Ellbogen bis hinauf in seine Schulter. Das Seil lockerte sich und er sackte zu Boden. Er drehte sich um und krabbelte auf die Knie. Rennen, er musste rennen. Aber er konnte nicht auf die Füße kommen. Da schrie er. So laut wie er konnte, aus seiner verängstigten Kehle.

„Hilfe! Hilfe!" Seine Stimme klang fremd, als sie von den Bäumen widerhallte.

Das Seil wurde enger. Er versuchte, seine Hände in die gefrorene Erde zu graben. Er versuchte, sich dem Ziehen zu widersetzen. Er versuchte noch einmal zu schreien, aber das Seil war straff, biss in seine Haut und war gefährlich nahe daran, ihm die Luft abzuschnüren. Was sollte er tun? Reden, dachte er. Ich muss ihn zum Reden bringen. Er hörte auf, sich zu wehren, aber der Mann zog das Seil enger.

„Komm", sagte der Mann.

Er führte James vom Cottage weg zu der Eiche, deren Äste dämonische Gestalten auf die weiß getünchten Mauern des Hauses warfen. Unter der Eiche standen, weil es dort im Sommer schön schattig war, zwei schmiedeeiserne Stühle. Jetzt, mit Schneehaufen bedeckt, wirkten sie fehl am Platz.

„Was machen Sie?", fragte James, als das Seil leicht nachließ. Der Mann warf ein Ende des Seils in die Luft und schlang es um einen Ast auf halber Höhe des schneeverkrusteten Stammes. James betete um eine Wolke, die den Mond auslöschen und den Garten in völlige Finsternis tauchen würde. Da seine Augen sich an das dämmrige Licht gewöhnt hatten, konnte er jetzt viel zu viel sehen und sein Kopf füllte sich mit irrationalen Gedanken und aufleuchtenden, ungerahmten Bildern. Eines war ein Bild seiner Mutter, von der er sich nicht erinnerte, sie jemals in seinem Leben gesehen zu haben. Ich werde sterben, dachte er. Er wird mich töten und ich kann nichts tun. Sein ganzer Körper verkrampfte sich in einem nicht enden wollenden Zittern. Er brauchte Susan. Sie wusste immer, was zu tun war. Der Mann drehte sich um und James sah in das maskierte Gesicht, starrte in die Augen, die einen frevlerischen Tanz zu einer stummen Melodie walzten, und erkannte sie. Augen, die er nie vergessen konnte, Augen, an die er sich immer erinnern würde.

„Sie waren es … Susan … Sie …", sagte er. „Ich kenne Sie. Ich erinnere mich …" James wehrte sich schwach und versuchte, sich loszureißen, aber bei jeder Bewegung drehte sich das Nylon enger. Jetzt erinnerte er sich. Zu spät? Er versuchte, etwas zu sagen, um den Mann aufzuhalten.

„Die … Nacht der Kerzen … der Gürtel …"

„Du hältst dich wohl für clever. Du warst nicht immer der Kluge, oder? Damals hattest du ein Mädchen, um für dich einzutreten. Jetzt nicht mehr." Die Stimme war so klar, sie hätte das Eis in Scherben schneiden können. Die Augen hörten auf zu kreisen.

James riss verzweifelt an dem Seil, zog und ruckte, quetschte seine Finger darunter, während ihm vor Anstrengung übel wurde. Er konnte nicht atmen. Er versuchte, sich loszureißen. Er trat mit den Beinen um sich und schleuderte Schnee in die Luft. Er musste überleben. Er musste Hilfe holen. Er hatte den Rest seines Lebens zu leben. In einem verzweifelten Versuch, seinen Gegner auf dem falschen Fuß zu erwischen, ließ er seinen Körper zu einem toten Gewicht in sich zusammensinken. Wie sollte der Mann ihn dann nach oben hieven?

„Steig auf den Stuhl", kommandierte der Mann, indem er mit einer Handbewegung einen Schneehaufen wegwischte.

James stand still, wie hypnotisiert, das Seil grub eine Furche in seinen Hals und die Körperwärme des Mannes überwältigte seine Sinne. Er schmeckte Salzigkeit hinten in seiner Kehle. Zwei Arme umschlangen seinen Körper und hoben ihn auf einen der Gartenstühle. Die Stuhlbeine sanken in den Schnee, wackelten und setzten sich dann. Ehe James wieder herunterspringen konnte, zog der Mann das Seil weiter um den Ast.

Der Schnee fiel schneller und dicker. James schwankte, als der Mann auf den anderen Stuhl stieg und das Seil verknotete.

„Es wäre ein passendes Schicksal für dich, vom Apfelbaum zu schwingen, James, aber seine Äste sind nicht stark genug. Stattdessen wird diese Eiche die Aufgabe erledigen."

Das Seil lag sicher um den dicken Ast, auf halber Höhe des Stammes. Der fallende Schnee verdunkelte den Mond, aber sein dünnes Licht warf immer noch einen gelben Schimmer über den Hof. Die beladenen Zweige zitterten unter der zusätzlichen Last und James flehte, bewegte tonlos seine Lippen.

Bevor er weitere Gedanken von seinem Gehirn an seinen Körper leiten konnte, stieß der Mann den Stuhl um und er fiel auf die schneebedeckte Erde.

Als seine Brust aufhörte, sich aufzublähen, trat seine Zunge zwischen seinen violetten Lippen hervor, Blut sickerte punktförmig in das Weiße seiner Augen und James sah den Mond inmitten einer Million weißer Lichter am Himmel tanzen. Er glaubte, frische Äpfel zu riechen, als sein Körper in der windstillen Luft schwang und sich seine Eingeweide öffneten. Er hörte das Knirschen sich entfernender Schritte, bevor die weißen Lichter rot und dann schwarz wurden.

Ein dickes Schneegestöber stürzte auf die Erde. Ein heftiger Schneesturm von biblischem Ausmaß. Der Körper wurde blass. Er verschmolz mit seiner weißen Umgebung und wurde kalt im Tod.

8

Rap-Musik dröhnte, als Lottie ihre Haustür öffnete. Warum ließ sie ihre Kinder diesen Mist hören? Weil sie ihn sich woanders anhören würden, wenn sie versuchen würde, sie daran zu hindern. Sowieso konnte sie die Hunderte von Songs auf ihren iPods und Handys und Online nicht kontrollieren. Leben und leben lassen.

„Ich bin zu Hause", rief sie über das Getöse.

Keine Antwort.

In der Küche fand sie die Überreste einer Teenager-Kochaktion. Leere Nudelbecher, klebrige Gabeln auf dem Tisch und eine offene, halbvolle Flasche Coca-Cola. Wahrscheinlich war das da, seit sie gefrühstückt hatten – zur Mittagszeit. Stiefel, Schuhe und Turnschuhe lagen durcheinander bei der Hintertür. Ungeöffnete Weihnachtskarten stapelten sich auf dem Tisch und die wenigen, die sie geöffnet hatte, verwelkten im Kondenswasser am Küchenfenster. Der Baum stand im Wohnzimmer, außerhalb ihrer Sichtweite. Sie hatte keinen aufstellen wollen. Sean hatte darauf bestanden und nun würde er die Aufgabe haben, die lumpige Ansammlung von Lametta und Kugeln zu demontieren. Sein Pech.

Lottie war froh, dass der ganze künstliche Dekor bald auf dem Dachboden verschwinden würde. Sie hasste – nein, verabscheute – Weihnachten, seit Adam gestorben war. Vor über drei Jahren.

Weihnachten war Familienzeit, aber jetzt war ihre Familie nicht mehr vollständig.

Aber immerhin, sie hatte tolle Erinnerungen an die guten Weihnachtsfeste. Adam und sie, wie sie versuchten, um drei Uhr morgens eine Spielzeugküche zu bauen, nachdem sie eine ganze Flasche Baileys vertilgt hatten. Oder wie sie auf ihn wartete, wenn er am Weihnachtsmorgen aus der Kaserne kam, und Adam sich hineinschlich, bevor die Kinder aufwachten, und sie eine Liste abhakte, um sicherzugehen, dass sie nichts auf dem Dachboden ihrer Mutter vergessen hatten. Einmal hatten sie einen Action Man da vergessen und Adam musste um zwei Uhr morgens hin und ihre Mutter wecken. Er hatte Lottie einen Feigling genannt. Sie lächelte jetzt bei dieser Erinnerung. Adam hatte keine Angst vor ihrer Mutter. Lottie auch nicht, aber ihre Mutter hatte genug Munition für Streit, ohne dass Lottie sie mit noch mehr bewaffnete. Das war es jedenfalls, was sie Adam gesagt hatte. Manchmal dachte sie, dass er ihre Mutter mehr geliebt hatte, als sie es tat. Seine Eltern waren innerhalb eines Jahres gestorben, als er gerade achtzehn Jahre alt war, also wusste er vielleicht zu schätzen, was Rose alles für Lottie und die Kinder tat. Aber Lottie wusste, dass sich hinter Roses Verhalten eine alte Schuld verbarg, und, egal wie sie sich bemühte, sie konnte dieses Gefühl nie loswerden. Seit Adams Tod hatte jede Interaktion, die sie mit ihrer Mutter hatte, im Streit geendet. Mit harten Worten, alten Vorwürfen und knallenden Türen. Wegen ihrer letzten Auseinandersetzung hatte Lottie ihre Mutter seit Monaten nicht mehr gesehen – obwohl sie wusste, dass Rose kam, um die Kinder zu sehen, wenn sie nicht da war.

Sie versuchte, ihr Bestes für die Kinder zu geben, aber es war schwer, mit dem Herzen dabei zu bleiben. Bei vielem war es nicht dabei. Als Adam gestorben war, war ein Teil von ihr mit ihm gestorben. Klischee oder nicht, es war die Wahrheit. Wenn ihre Kinder nicht gewesen wären ... naja, sie hatte drei. Das Leben ging weiter. Es gab noch andere lange Abwesenheiten in ihrem Leben, mit denen sie fertig werden musste – da war der geheimnisvolle Tod ihres Vaters und die nachfolgende Saga um ihren Bruder. Sie hatte ihr ganzes Leben lang das Schwarzer-Peter-Spiel gespielt, aber ihre Trauer um Adam überschattete die bröckelnden Erinnerungen an die anderen. Im Moment jedenfalls noch.

Sean schlenderte in die Küche und balancierte einen Ball auf dem Ende eines Hurleys. Der Junge liebte Hurling, eine der anspruchsvollsten Nationalsportarten, wenngleich sie sich Sorgen machte, wie gefährlich es für ihren Sohn war. Mit dreizehneinhalb Jahren war er bereits so groß, wie Adam es gewesen war. Sein widerspenstiges helles Haar fiel über seine langen Wimpern. Lottie liebte ihren Sohn so sehr, dass ihr manchmal zum Weinen zumute war. Jetzt wo Adam nicht mehr da war, musste sie ihn beschützen, musste sie sie alle beschützen, und das Gewicht dieser Verantwortung war manchmal eine unerträgliche Last.

„Was gibt's zum Abendessen, Mama?", fragte Sean und steckte den Ball in die Tasche.

„Meine Güte, Sean, ich bin gerade erst ins Haus gekommen. Es ist sieben Uhr. Hätte nicht ausnahmsweise mal einer von euch das Abendessen kochen können?" Ihre Liebe schlug schnell in Frustration um.

„Ich habe gelernt."

„Hast du nicht. Du hast nicht einmal deine Tasche aufgemacht, geschweige denn ein Buch."

„Aber wir haben noch Ferien", sagte ihr trotziger Sohn.

Das hatte Lottie vergessen, nur für eine Minute. Sie hatten seit einer Woche Ferien und die Ferien dauerten noch ein paar lange Tage. Was taten sie den ganzen Tag? Nein, vergiss es, sie wollte es lieber nicht wissen.

Die nichtsahnende Chloe kam in die Küche.

„Hallo, Mutter, was gibt's zum Abendessen?"

Chloe nannte sie immer „Mutter". Adam hatte sie vor ihren Kindern „Mutter" genannt. Sie vermutete, dass ihre Tochter versuchte, ihn mit diesen kleinen Dingen am Leben zu erhalten.

Sean flüchtete wieder die Treppe hinauf, wobei er seinen

Hurley bei jedem Schritt aufbumsen ließ. Die Rap-Musik setzte wieder ein, diesmal noch lauter.

Chloe trug eine Trainingshose und ein winziges Trägertop, das sich über ihren (endlich! meinte Chloe) wachsenden Brüsten spannte. Hatte sie nicht gemerkt, dass es draußen unter null war? Ihr langes, blond gefärbtes Haar, oben auf dem Kopf zusammenge-knäuelt, wurde von einem Schmetterlings-Haargummi gehalten. Sie hatte genau die gleichen leuchtend blauen Augen wie ihr Vater. Die Augen, in die Lottie sich verliebt hatte, lebten weiter, verewigt in ihrer schönen Tochter. Das „mittlere Kind", warf Chloe ihr oft vor, wenn sie das Gefühl hatte, die anderen beiden würden bevorzugt.

„Du bist sechzehn Jahre alt, Chloe. Du hast Hauswirtschaft in der Schule. Würde es dir jemals in den Sinn kommen, das Abend-essen zu machen?"

„Nein, warum sollte ich? Du würdest nach Hause kommen und sagen, dass ich alles falsch mache."

Ein Punkt für sie.

„Wo ist Katie?"

„Aus. Wie immer." Chloe öffnete einen Schrank und suchte nach etwas Essbarem.

Lottie ging zum Kühlschrank. Kein Wein. Scheiße. Du trinkst nicht mehr, ermahnte sie sich im Stillen, zumindest nicht so viel wie früher. In Momenten wie diesem vermisste sie den Alkohol am meisten. Er half, den Stress des Tages abzubauen. Sie rauchte nicht einmal mehr. Na ja, vielleicht manchmal, wenn sie Alkohol trank. Gott, sie war ein einziger Widerspruch in sich. Sie hätte ein paar Xanax aus Susan Sullivans Medizinschrank mitnehmen sollen. Aber das würde sie nie tun. Jedenfalls dachte sie, dass sie das nie tun würde. Sie bewahrte einen kleinen Vorrat in ihrem Nachttisch auf und hatte eine Notfallpille mit Tesafilm an den Boden ihrer Schublade im Büro geklebt. Nur für alle Fälle, sagte sie sich. Und der Vorrat schwand rapide.

„Setz Wasser auf, Schatz, ich hatte einen beschissenen Tag", sagte Lottie. Chloe kaute knirschend einen Keks und schaltete den Wasserkocher ein. Der Kocher zischte. Leer.

„Herrgott nochmal", sagte Lottie.

Chloe war weg, die Tür schwang hinter ihr zu.

Nachdem sie Wasser in den Kocher gegossen hatte, schaltete Lottie den Elektrokamin ein, setzte sich in ihren Stuhl und kippte ihn so weit wie möglich nach hinten. In ihre Jacke gekuschelt, schloss sie die Augen und versuchte, das Summen in ihrem Kopf abzustellen, indem sie tief atmete.

9

„James Brown ist tot."

„Was?", sagte Lottie in ihr Handy.

Lottie saß mit der glühenden Hitze des Elektrokamins zu ihren Füßen und sah auf die Küchenuhr. Halb neun. Sie hatte über eine Stunde geschlafen und erst das Telefon hatte sie geweckt.

„James Brown ist tot", sagte Boyd. „Du kommst besser zurück aufs Revier. Corrigan führt einen Tanz auf. Sky News ist angeblich auf dem Weg."

„Eine gute altmodische Fehde unter dem fahrenden Volk ist mir allemal lieber", sagte Lottie.

„Ich kann dich mitnehmen", sagte Boyd. „Es hat die letzten Stunden ununterbrochen geschneit."

„Ich gehe zu Fuß. Das wird mich aufwecken."

„Wie du willst."

Sie beendete den Anruf, suchte nach ihrer Jacke, stellte fest, dass sie sie noch anhatte und rief die Treppe hinauf: „Chloe, Sean, ich muss zurück zur Arbeit."

Keine Antwort.

„Ihr müsst selbst Abendessen kochen." Im Chor kam es: „Och nee, Mama!"

„Lass Geld für ein Takeaway hier.", rief Chloe.

Sie tat es. Dummkopf.

. . .

Superintendent Corrigan stampfte mit hochrotem Kopf, seiner permanenten Stressfarbe, im Flur auf und ab, duckte sich unter den Leitern hindurch und fluchte „verdammte Scheiße" vor sich hin. Er drehte sich um. Lottie blieb stehen.

„Wo waren Sie? Warum waren Sie nicht hier?", fragte er.

„Sir, ich hatte eine zwölfstündige Schicht. Ich war zu Hause."

Corrigan drehte sich um und stapfte davon zu seinem Büro. Boyd und Lynch standen, Jacken an, und warteten. Kirby war nirgends zu sehen.

„Was gibt's zu gucken?", fragte Lottie. Sie hatte Wut im Bauch, aber sie unterdrückte sie. „Also, was ist passiert?"

„Vor einer halben Stunde kam ein Anruf", sagte Maria Lynch und rollte ihr Haar oben auf dem Kopf zusammen, bevor sie eine Strickmütze aufsetzte. „James Brown wurde von einem Baum hängend bei seinem Haus gefunden. Berichten der Polizeibeamten vor Ort nach deutet alles auf einen Selbstmord hin."

„Selbstmord, dass ich nicht lache", sagte Lottie. „Am selben Tag, an dem seine Kollegin ermordet wird? Du meine Güte, wann hatten wir das letzte Mal einen Mord, geschweige denn zwei?" Memory-Man Boyd sagte: „Vor drei Jahren, als Jimmy Coyne Timmy Coyne wegen einer Familienfehde umgebracht hat. Du hast ihn dingfest gemacht."

„Es war eine rhetorische Frage", sagte Lottie. „Wo ist Larry Kirby?" Sie blickte sich um. Im Einsatzraum herrschte reges Treiben. Stadtkarten zierten die kahlen Wände, Berichte stapelten sich in den Ablagekörben und die Kriminalbeamten telefonierten eifrig.

Boyd knöpfte seine Jacke zu und sagte: „Kirby hängt zweifellos mit seiner schauspielernden Freundin in einem Pub herum."

„Bist du neidisch, Boyd?" fragte Lottie.

Lynch sagte: „Ich gehe den Wagen anlassen, er ist wahrscheinlich zugefroren." Sie flüchtete.

„Du siehst scheiße aus", sagte Boyd.

Lottie antwortete: „Und ich liebe dich auch. Komm schon."

Sechs Kilometer außerhalb von Ragmullin wurde die Waldstraße von den blinkenden Blaulichtern zweier Streifenwagen beleuchtet. Die Straßen waren fast nicht passierbar und der Schnee fiel so stark wie seit Heiligabend nicht mehr; die dicken Flocken gefroren, während sie fielen.

Ein Krankenwagen und ein Feuerwehrwagen mit Schneeketten blockierten den schmalen Fahrweg zu Browns Cottage. Feuerwehrwagen? Lottie schüttelte den Kopf. Lynch zuckte nur mit den Schultern.

Boyd ließ das Auto stehen und sie gingen den Rest des Wegs in den Spuren, die die anderen Fahrzeuge hinterlassen hatten. Ihre Beine sanken bis zu den Knien ein, als sie durch den tiefen Schnee stapften.

Ein hagerer, blassgesichtiger Mann saß mit zwei uniformierten Gardaí in einem Streifenwagen außerhalb der inneren Tatortbänder. Lottie war froh über diese Vorsichtsmaßnahmen. Ein mutmaßlicher Selbstmord konnte leicht auch etwas anderes sein.

„Derek Harte", sagte Garda Gillian O'Donoghue und zeigte auf den Mann in dem Wagen. „Er hat den Toten gefunden. Er ist sehr erschüttert."

„Sprechen Sie mit ihm, Lynch. Finden Sie heraus, wer er ist und warum er hier ist. Wenn dies etwas anderes als Selbstmord ist, ist er unser Verdächtiger Nummer Eins", sagte Lottie.

„Auf dem Boden neben dem Auto des Toten liegt eine Aktentasche", sagte O'Donoghue.

„Die Spurensicherung kann sie überprüfen, wenn sie ankommt, anschließend bringen Sie sie aufs Revier." Lottie ging auf den Hof, Boyd lief neben ihr her.

Ein Scheinwerfer beleuchtete gespenstische Schatten an einem Baum. Sie schaute einen Moment weg, um sich einem Sanitäter zuzuwenden, der an einem schneegetarnten Wagen stand.

„Sie haben ihn nicht abgeschnitten?", fragte sie.

„Nein. Ich konnte sehen, dass er tot war und der Mann, der ihn gefunden hat, brabbelte etwas davon, dass das Opfer die Frau, die in der Kathedrale ermordet wurde, kennt, also dachte ich, ich rufe euch besser an. Vorsichtshalber, sozusagen."

„Ich nehme an, Sie gucken *CSI*?", fragte Lottie. Der Mann errötete. „Sie müssen das nicht beantworten", fügte sie hinzu.

„Ich habe der Feuerwehr gesagt, den Scheinwerfer aufzustellen. Stockfinster hier draußen in der Pampa."

„Warum der Feuerwehrwagen?"

„Keine Ahnung", antwortete der Sanitäter. „Darf ich rauchen?" „Nein", sagten Lottie und Boyd wie aus einem Munde.

Lottie wandte sich von dem Sanitäter ab und schaute zu dem hängenden Körper von James Brown hinauf, der von dem provisorischen Licht beleuchtet wurde.

„Ich hatte das Gefühl, dass Brown heute nicht ganz ehrlich zu mir war. Wenn ich nachgehakt hätte, hätte ich möglicherweise etwas herausgefunden, das sein Leben hätte retten können."

„Vielleicht hat er Sullivan ermordet und sich dann, voller Reue, erhängt", sagte Boyd.

„*Er* soll Sullivan ermordet haben? Sieh ihn dir an! Ein dünnes Nichts von einem Meter fünfzig. Er hätte keinem Schnupfen den Garaus machen können."

„In einem Anfall wütender Leidenschaft?", wagte Boyd zu äußern. Lottie starrte ihn an. „Manchmal redest du wirklich nur Scheiße."

Browns Körper schwang leicht in der schneeigen Brise. Sein Kopf hing zur Seite, drehte sich zu ihr hin. Weit offene Augen. Die ins Nichts starrten. Lottie wandte sich von der Leiche ab und watete durch den Schnee.

„Was ist los?", fragte Boyd. „Du siehst aus, als hättest du einen Geist gesehen."

„Vielleicht habe ich das", sagte sie.

Sie blieb stehen und sah sich die Szene an. Ein Stuhl, der auf der Seite lag, teilweise von der Schneelawine verschüttet; die Aktentasche auf dem Boden neben dem Auto und ein weiteres

Auto, das dahinter geparkt war. Dann entdeckte sie einen
Schlüssel in der Haustür. Garda O'Donoghue war dabei, alles
aufzuschreiben, was der Sanitäter zu sagen hatte. Alle waren
durch das Gelände getrampelt. Lottie bezweifelte, dass die
Spurensicherung etwas Brauchbares finden würde.

„Irgendein Abschiedsbrief?", fragte Lottie.

O'Donoghue zuckte mit den Schultern. „Ich habe mich genau
umgesehen, als ich hier ankam. Hier draußen habe ich nichts
gefunden, aber wenn da ein Brief ist, ist er vergraben und durchnässt. Mein Gott, ich habe in meinem ganzen Leben noch nie so
viel Schnee gesehen."

„Ist dieser Harte ins Haus gegangen?", fragte Lottie und zeigte
auf den Schlüssel.

„Nicht, dass ich wüsste", sagte O'Donoghue.

Lynch tauchte an Lotties Seite auf.

„Harte sagt, er ist ein Freund von Brown und hierhergefahren,
um ihn zu sehen, als er von Susan Sullivans Tod gehört hat."

„Woher wusste er von Susan?"

„Brown hatte ihn angerufen. Als er ankam, sah er sofort die
Leiche und rief den Notdienst. Er war hier und starrte zu Brown
hoch, als unser erster Wagen eintraf. Er ist nicht in die Nähe des
Hauses gegangen. Sagt er jedenfalls." Lynch wischte die Schneeklumpen weg, sodass die Tinte in ihrem Notizbuch verlief. „Er
fühlt sich wirklich hundeelend. Soll ich einen Wagen besorgen,
der ihn nach Hause bringt, oder wollen Sie ihn heute Abend noch
vernehmen?"

„Ich bin zu müde, um sinnvolle Fragen zu formulieren. Er soll
morgen früh zur Vernehmung aufs Revier kommen", sagte Lottie.
Sie erspähte eine Alarmanlage an der Wand über der Tür. „Fragen
Sie ihn, ob er den Zutrittscode kennt."

„Soll ich morgen früh auch kommen?", fragte der Sanitäter mit
einem breiten Lächeln.

„Garda O'Donoghue hat Ihre Aussage", sagte Lottie. „Vielen
Dank für Ihre Hilfe."

„Oh, fast hätte ich's vergessen", sagte er. „Das habe ich im Schnee bei der Tür gefunden."

Lottie sah auf die behandschuhte Hand des Mannes, die eine kleine grüne Taschenlampe hielt.

„Sie haben sie aufgehoben?"

„Ja, klar", sagte er. Seine Augen weiteten sich. „Oh, Entschuldigung. Vielleicht hätte ich sie liegen lassen sollen?"

„Vielleicht ja." Lottie steckte die Taschenlampe in einen Spurensicherungsbeutel aus Plastik und schnappte ihn zu. „War sie an oder aus?"

„Ich habe sie ausgeschaltet. Um Batterie zu sparen."

Sie hatte Lust, ihm eine reinzuhauen, und wandte sich ab, bevor sie es tat. „Schwachkopf", fluchte Boyd im Flüsterton, als der Sanitäter sich zurückzog. „Boyd, eines Tages wird dich jemand außer mir hören und du wirst dir eine gebrochene Nase einfangen. Ruf die Spurensicherer hierher." Ihr Handy summte. Corrigan.

„Der Boss will uns in fünfzehn Minuten sehen", sagte sie. „Hat der Mann das Wetter gesehen?"

Zurück in der Stadt, als sie vor dem Revier standen, zündete Boyd sich eine Zigarette an. Der Schnee hatte etwas nachgelassen und die frostige Nachtluft entführte den Rauch. Lottie wünschte, sie könnte einen Zug nehmen, aber es wäre einer zu viel. Sie hörte nie bei einem von etwas auf. Suchtpersönlichkeit, sagte ihre Mutter immer zu ihr. Danke Mama.

Als sie in die warme Empfangshalle trat, prüfte sie ihr Handy. Keine Nachrichten. Keine verpassten Anrufe. Sie rief zu Hause an. Chloe antwortete.

„Hallo, Mutter. Kommst du bald nach Hause?"

„Noch nicht", sagte Lottie. „Ich habe gleich eine Besprechung mit meinem Superintendent. Ich weiß nicht, wann ich nach Hause komme." Sie wehrte einen Anflug von Schuldgefühlen ab. Was konnte sie schon tun? Sie musste arbeiten und das bedeutete unvorhersehbare Arbeitszeiten.

„Keine Sorge. Wir kümmern uns ums Haus", sagte Chloe.

„Ist Katie schon zu Hause?" Lottie machte sich Sorgen um ihr ältestes Kind.

„Ich glaube, sie ist in ihrem Zimmer."

„Sieh nach, um sicherzugehen."

„Mach ich."

„Und sag Sean, er soll seine PlayStation ausschalten."

„Ja, natürlich. Wir reden später." Chloe legte auf.

Sie würden im Bett sein, wenn sie nach Hause kam. Sehr gut imstande, sich um sich selbst zu kümmern. Sie würden schon klarkommen. Hoffte sie. Was sie selbst anging, war sie nicht so sicher.

Boyd wischte sich den Schnee von den Schultern und kam zu ihr.

„Komm", sagte er. „Der Superintendent wartet und wir sind spät dran."

„Sie haben sich Zeit gelassen."

Corrigan marschierte in seinem Büro auf und ab wie ein Regimentsfeldwebel. „War es Selbstmord, oder was?" Er wartete nicht auf eine Antwort. „Sowieso egal, nennen wir es vorläufig Selbstmord. Ein Mord ist genug für einen Tag. Was auch immer es ist, wir werden der Sache auf den Grund gehen. Ich will nicht, dass ein Star-Team aus Dublin sie übernimmt, also kommen Sie besser in die Puschen. Verstärken Sie die Haus-zu-Haus-Ermittlungen. Es gibt Leute zu befragen, Telefone zu besetzen, Pressemitteilungen, Pressekonferenzen." Sie sind in Ihrem Element, dachte Lottie.

„Ich glaube nicht, dass James Brown sich umgebracht hat", wagte sie zu sagen.

Corrigan schnaubte. „Und wie kommen Sie zu diesem Schluss?" „Ich denke ... mir scheint, es trifft sich zu gut, wissen Sie."

„Ich weiß nicht", sagte er. „Klären Sie mich auf."

Lottie kaute an ihrer Lippe. Wie konnte sie ein Bauchgefühl erklären? Corrigan war karriereorientiert und hielt sich an die

Regeln. Sein Lieblingsmantra für Ermittlungen war „auf meine Art oder gar nicht". Lottie hatte eine andere Art ... ihre Art. Auf jeden Fall wartete er nicht auf ihre Antwort.

„Inspector Parker, was Sie *denken,* ist irrelevant. Betrachten Sie die Beweise, die Umstände. Er hing von einem verdammten Baum mitten in der verdammten Landschaft in einem verdammten Schneesturm. Im Rat war was faul, das kann ich von hier riechen. Wahrscheinlich hat er Susan Sullivan wegen eines Problems bei der Arbeit umgebracht, konnte mit den Schuldgefühlen nicht fertig werden, also ... warf er ein Seil über einen Baum und beging Selbstmord. Lassen Sie uns jetzt unsere Aktion planen."

Lottie behielt ihre Worte für sich und zu dritt umrissen sie die Aufgaben des Teams. Sie war zu erschöpft, um mit Corrigan zu streiten.

Als sie alles so gut sie konnten sortiert hatten, wiederholte Corrigan: „Ich will nicht, dass Dublin uns irgendwelche Spitzenleute schickt. Wir können damit fertig werden. Ich will, dass der Mord an Susan Sullivan aufgeklärt wird, pronto."

„Aber, Sir", warf Boyd ein, „wenn es sich herausstellt, dass wir zwei Morde haben, brauchen wir dann nicht Hilfe von außen?"

„Detective Sergeant Boyd! Sie haben gehört, was ich gesagt habe. Damit ist das Thema abgeschlossen. Wie die Dinge jetzt stehen, haben wir einen verdächtigen Todesfall und einen mutmaßlichen Selbstmord."

Corrigans Augen verengten sich zu Schlitzen, forderten sie heraus, ihm zu widersprechen. Lottie erwiderte seinen Blick und zog ihre Jacke an.

„Schlafen Sie ein paar Stunden. Seien Sie morgen früh Punkt sechs Uhr wieder hier", sagte er.

Sie verließen das Büro des Superintendents und gingen den Flur entlang.

„Was zum Teufel?", sagte Boyd und blieb plötzlich stehen.

Lottie schaute ihn an. Er war in die Leiter eines Tapezierers gelaufen und hatte sich eine Schnittwunde an der Stirn geholt. Sie lachte.

Boyd fluchte auf seinem Weg nach draußen. „Das ist nicht lustig." „Ich weiß", sagte sie, aber sie konnte nicht aufhören zu lachen.

10

Lottie lächelte vor sich hin, bevor sie ihre Haustür öffnete. Ein Bündel von Seans Hurleys stand in der Ecke der Veranda und der Stechpalmenkranz war mit Schnee verkrustet, den der Wind dorthin geweht hatte. Auf dem Holzschild neben der Klingel stand „Penny Lane". Adam hatte das Haus getauft. Die vier Schlafzimmer waren nach den Beatles benannt. Damals hatte sie es gut gefunden. Jetzt war es einfach nur traurig.

Sie wohnte in einer von dreißig Doppelhaushälften in der Mitte einer gewachsenen, hufeisenförmigen Wohnanlage. Sie war nahe genug am Windhundstadion, um jeden Dienstag- und Donnerstagabend die Anfeuerungsrufe zu hören. Aber sie ging nie die paar hundert Meter die Straße hinunter zur Rennbahn. Adam hatte die Kinder ein paar Mal mitgenommen, aber sie waren von den dünnen Hunden und ihren fetten Hundeführern wenig angetan. Heute Abend war die Gegend ruhig. Keine Rennen, bis der Boden wieder in Schuss war. Gut, dachte Lottie, sie brauchte den Frieden und die Ruhe.

Stille begrüßte sie, als sie ihre Jacke aufhängte, die Rap-Musik in Seans virtuelle Welt verbannt. Nach achtzehn Stunden Arbeit ächzte Lotties Körper, aber ihr Geist war überdreht.

In der Küche stand ein Teller mit zwei Stück Pizza für sie

bereit. Chloe hatte eine Nachricht geschrieben: „Wir lieben dich!!!"

Sie schob die Pizza in die Mikrowelle und goss sich ein Glas Wasser ein. Sie liebte ihre Kinder, aber meist hatte sie nicht die Zeit, es ihnen zu sagen. Sie sah so wenig von Katie. Die Neunzehnjährige pendelte täglich zum College in Dublin. Aber selbst in den Ferien war sie nie da. Sie war der Augapfel ihres Vaters gewesen und war seit Adams Tod so launisch. Lottie wusste nicht, wie sie mit ihr umgehen sollte.

Nachdem sie die durchweichte Pizza verschlungen hatte, ging sie die Treppe zu ihrem „John Lennon"-Schlafzimmer hinauf. Chloe und Sean waren im Bett. Sie schloss ihre Türen und schaute in Katies Zimmer. Leer. Sie musste mit dem Mädchen reden. Morgen. Vielleicht.

Katie Parker legte sich in die Arme ihres Freundes zurück.

Sein Haar kitzelte sie an der Nase. Sie versuchte, nicht zu niesen, und unterdrückte ein Kichern. Er schien es nicht zu merken. Er zog an dem Joint, den er zwischen seinen langen, dünnen Fingern hielt, und inhalierte tief. Als er seine Lungen gefüllt hatte, gab er ihn an sie weiter. Sie sollte ihn besser nicht nehmen, aber sie wollte unbedingt Jason beeindrucken. Mit neunzehn Jahren sollte sie mehr Verstand haben. Ihre Mutter würde ausflippen, wenn sie sie sehen könnte. Pech gehabt, Mama. Immer dozierte sie über die Gefahren von Alkohol und Drogen, vielleicht sollte ihre Mutter praktizieren, was sie predigte.

Katie führte die gerollte Tüte an ihre Lippen und atmete den beißenden Geruch ein, bevor sie tief daran zog. Sie hatte eine Leichtigkeit in ihrem Kopf erwartet, aber noch nie hatte sie so einen Nervenkitzel erlebt.

„Das ist so cool", sagte sie.

„Lass es ruhig angehen." Jason stützte sich auf seinen Ellbogen. „Ich möchte nicht, dass du mich vollkotzt."

Sie blinzelte zur Decke hinauf und sah dort lauter kleine

gemalte Sterne. Sie nahm an, dass sie aufgemalt waren, sonst
würde es bedeuten, dass sie halluzinierte.

„Hast du gemalte Sterne an der Decke?"

„Ja. Ein Relikt aus meiner Harry-Potter-Zeit."

„Ich liebe Harry Potter", sagte Katie. „All das mystische Zeug.
Früher habe ich mir immer gewünscht, mich in eine andere Welt
zaubern zu können. Vor allem, nachdem mein Vater gestorben ist."
Jason lachte. Sie sah ihn von der Seite an. Er sah so toll aus, mit
seinen Designerjeans und Abercrombie-Kapuzenpullis. Sie hatte
echt Glück. Heute, als er sie zu sich nach Hause eingeladen hatte,
war sie fast gestorben. Ihr Haus würde in sein Wohnzimmer
passen. Sie war froh, dass seine Eltern nicht da waren, denn sie
hätte wirklich nicht gewusst, ob sie sich verbeugen oder einen
Knicks machen sollte. Und sein Zimmer war genial. Es war so groß
wie ihr, Chloes und Seans Zimmer zusammen.

Das erste Jahr auf dem College war langweilig, aber unter all
den anderen Mädchen hatte er sie ausgesucht. Sie schwebte.

„Hier, gib mir was, du gieriges Ding", sagte er.

Sie gab ihm den Joint und, obwohl sein Arm hart unter ihrem
Kopf lag, konnte sie spüren, wie weich das Kissen war. Sie schloss
die Augen. Oh ja, sie schwebte.

Ja, wenn ihre Mutter sie sehen könnten, würde sie einen
Anfall erster Klasse haben. „Ich gehe besser nach Hause. Es ist
nach Mitternacht", sagte sie und versuchte, sich aufzusetzen. „Bist
du Aschenputtel, oder was?", lachte Jason. „Werde ich mich in
einen Kürbis verwandeln, wenn ich dich nicht nach Hause
bringe?"

„Sei mal ernst." Sie setzte sich auf und tastete nach ihrer Jacke.

„Also gut, du Spielverderberin, ich bringe dich nach Hause",
sagte er.

Katie küsste ihn auf die Lippen. Jetzt hatte sie Flügel.

Sean Parker beobachtete von seinem Schlafzimmerfenster aus, wie
seine Schwester und ihr Freund sich in der verschneiten Einfahrt

ineinander verschlangen. Er sah, wie sie sich unter der Straßen-
lampe küssten und sah das Lächeln auf Katies Gesicht. Wann
hatte er seine trübselige Schwester zuletzt so glücklich gesehen?

Er konnte sich nicht erinnern.

Lottie ließ ihren Körper ins Bett gleiten. Sie streckte die Hand aus
und fühlte den Argos-Katalog, der dort lag und die Bettdecke
beschwerte, ihr Trick, um die Bettdecke auf Adams Seite straff zu
halten. Einmal hatte sie es mit dem Telefonbuch versucht. Aber es
funktionierte nicht so gut wie der Argos-Katalog.

Sie lag wach und dachte an Susan Sullivan und James Brown,
versuchte zu verstehen, in was sie möglicherweise verwickelt
gewesen sein könnten, um ihren Tod notwendig zu machen.

Als sie hörte, wie Katie ihren Schlüssel in der Tür umdrehte,
schlief sie sofort ein.

11

Der Mann rieb seine Haut mit harten, gleichmäßigen Bewegungen.

Er hatte getan, was er hatte tun müssen. Geheimnisse mussten geschützt werden. Er musste beschützt werden. Es gab noch andere, die beschützt werden mussten, auch wenn sie es nicht wussten.

Er schäumte seinen Körper ein und versuchte, den Geruch des Todes wegzuschrubben. Er arbeitete langsam und systematisch. Von seinen Haarwurzeln bis zu seinen säuberlich geschnittenen Zehennägeln. Er stieg aus der Dusche und trocknete seine Haut mit präzisen Bewegungen ab.

Als er ganz trocken war, schlenderte er nackt in sein Schlafzimmer, legte sich auf die weißen Laken und starrte für den Rest der Nacht an die Decke.

1974

Sie wusste, dass das, was er tat, falsch war, aber sie hatte zu viel Angst, es jemandem zu sagen. Er hatte einen geheimen Ort, wohin er sie an den meisten Tagen nach der Schule mitnahm. Während der Schulferien ließ er sie mindestens einmal die Woche zu ihm kommen und manchmal kam er zu ihr nach Hause.

Ihre Mama war begeistert, dass ein Priester zu Besuch kam. Jedes Mal holte sie das gute Porzellan heraus und servierte ihm Tee und Kekse. Während ihre Mama in er Spülküche Tee machte, griff er immer nach ihrer Hand und schob sie da unten hin. Ihr wurde übel, wenn er sie dazu zwang. Es war fast schlimmer als die anderen Dinge, die sie für ihn tun musste.

Einmal wären sie fast erwischt worden, als ihre Mama zurück-kam, um zu fragen, ob er statt Keksen gerne Schwarzbrot hätte. Er drehte sich schnell zum Fenster und sagte, er passe auf sein Auto auf, damit es nicht von jungen Rowdys zerkratzt würde.

Danach sah sie ihn einen Monat lang nicht und hoffte, es sei das Ende, aber es war in Wirklichkeit nur der Anfang des wahren Alptraums. Er erzählte ihrer Mama, er habe eine Arbeit für sie, abends im Haus des Priesters zu fegen und Staub zu wischen, und er würde ihr etwas Taschengeld dafür geben. Ihre Mama war entzückt.

Da wusste das kleine Mädchen, dass der Horror nun täglich sein würde.

Manchmal trank sie den Whiskey von ihrem Papa, den sie im Schrank unter dem Fernseher fand. Er brannte in ihrer Kehle, aber nach ein paar Minuten erwärmte er sie innerlich und blendete die Realität um sie herum aus. Sie aß zu viel. Ihre Mama schimpfte ständig mit ihr wegen ihrem Gewicht. Sie wollte ihrer Mama sagen, sie solle sich „verpissen", denn sie hatte eines der Mädchen in der Schule dieses Wort sagen hören und wusste, dass es ein schlimmes Wort war. Manchmal sagte auch der Priester schlimme Worte, wenn er in ihr war. Sie hasste ihn. Sie war wund und blutete. Sie mochte das alles nicht. Und sie wusste, dass es zu spät war, es zu stoppen. Wer würde ihr glauben?

Die Mädchen in der Schule nannten sie Dicke. Dicke dies und Dicke das. Wenn sie sich im Spiegel betrachtete, erkannte sie die Person, die sie anstarrte, nicht wieder. Sie sah aus wie Mr Kinder von nebenan mit seinem Bierbauch, der durch die Knöpfe seines stinkigen Hemdes schaute.

Manchmal weinte sie sich in den Schlaf. Meistens hasste sie sich nur selbst und das, was aus ihr geworden war. Was er aus ihr gemacht hatte. Sie schwor sich, dass sie ihn eines Tages dafür bezahlen lassen würde. Sie wusste nicht wann oder wie, aber eines Tages würde seine Zeit kommen und sie würde bereit sein. Er hatte ihr keine Gnade gezeigt, nur Verachtung. Sie würde es genauso machen.

„Wie du mir, so ich dir", sagte sie zu ihrem Spiegelbild.

ZWEITER TAG

31. DEZEMBER 2014

12

Lotties Auto sprang wie durch ein Wunder beim zweiten Drehen des Zündschlüssels an. Jemand da oben muss mich liebhaben, sagte sie zum dunklen, frühmorgendlichen Himmel. Sie brauchte einen klaren Kopf, also fuhr sie den langen Weg zur Arbeit.

Sie fuhr durch die Ardvale Road und bog am Kreisverkehr links ab, vorbei an der einst geschäftigen Tabakfabrik mit ihren rauchlosen Schornsteinen. Sie erinnerte sich an den stechenden Geruch, der früher immer in der Luft hing, bevor die Fabrik zu einem Vertriebslager verkleinert wurde. Sie vermisste diesen Geruch, er schien den Ort, in dem sie lebte, zu definieren. Jetzt war er weg, wie so vieles andere auch.

Als sie an der Ampel auf der Dublin Bridge wartete, schweifte ihr Blick über die schneebedeckte Stadt unter ihr, eingebettet in ein Tal zwischen zwei sumpfigen Midland-Seen, dominiert von der zweitürmigen Kathedrale auf der rechten Seite und dem Einzelturm der protestantischen Kirche auf der linken Seite. Dazwischen stand ein vierstöckiger, fehlgeplanter Wohnblock, der in keinster Weise zu den umliegenden niedrigen Gebäuden passte.

Historisch gesehen war Ragmullin eine Festungsstadt, aber jetzt war die stillgelegte Kaserne eine Brutstätte für Vandalismus und sollte Gerüchten zufolge zu einem Zentrum für Flüchtlinge und Asylbewerber werden. Sie stand auf der höchsten Erhebung der Stadt, jenseits des Kanals und der Eisenbahnlinie. Die Mönche, die sich im elften Jahrhundert hier niedergelassen hatten, wären stolz gewesen, wenn sie gewusst hätten, dass einige Straßen immer noch Namen zu Ehren dieser Kapuzenmänner trugen. Sonst gab es nicht viel, auf das man stolz sein konnte, dachte Lottie.

Bevor die Ampel umschaltete, betrachtete sie noch einmal den Horizont, wobei ihr Blick sich auf die Kirchtürme richtete, die ihre baumbestandene Umgebung überragten. Ihre Hände wurden weiß, als sie das Lenkrad umklammerte. Sie dachte an die Herrschaft der Kirche über das Leben der Stadtbewohner in der Vergangenheit und den Einfluss, den die langbekutteten Männer auf ihre eigene Familie ausgeübt hatten. Die in einem der Türme gefangene gusseiserne Glocke läutete die sechste Morgenstunde aus und hallte durch die hochgekurbelten Fenster ihres Wagens. Es gab kein Entrinnen. Kirche und Staat. Zwei Dornen in der Geschichte von Ragmullin und in ihrer eigenen Geschichte.

Lottie atmete ein paar Mal tief durch, und das zersplitterte Glas der Ampel leuchtete in einem rissigen Grün. Sie trat auf das Gaspedal, das Auto kam ins Rutschen und stahl dem roten Micra vor ihr, dem einzigen anderen Auto weit und breit, fast einen Streifen Lack. Sie fuhr über die Brücke und durch die vereiste, menschenleere Straße voller Schlaglöcher, gesäumt von dunklen und mit Rollläden verschlossenen Schaufenstern. Sie fragte sich, wie viele Geheimnisse sich wohl dahinter verbargen, welche Machenschaften darauf warteten, aufgedeckt zu werden, und ob es in Zukunft überhaupt noch jemanden in Ragmullin geben würde, der sich die Mühe machen würde, sie zu ergründen.

Dreißig Männer und Frauen waren in dem kleinen Einsatzraum zusammengepfercht. Einige saßen auf klapprigen Stühlen, andere standen Schulter an Schulter, alle schwatzten laut, während sich die Körpergerüche mit diversen Parfums, Aftershaves und dem Geruch von verbranntem Kaffee mischten. Lottie suchte nach einem Sitzplatz und lehnte sich dann, da sie keinen freien Stuhl fand, hinten im Raum mit dem Rücken an die Wand. Sie beobachtete Corrigan, der vor den versammelten Kriminalbeamten stand und in einer Handvoll Blätter herumfingerte. Sie war es, die dort oben hätte stehen sollen.

Boyd fing ihren Blick auf und lächelte. Sie grinste zurück. Sein Lächeln hatte manchmal diese Wirkung auf sie, auch wenn sie gerade vorhatte, finster dreinzublicken. Er sah so adrett aus wie immer in einem grauen Anzug; ein marineblauer Pullover über seinem Hemd das einzige Zugeständnis an das Wetter. Vielleicht könnte heute ein „Sei-nett-zu-Boyd-Tag" sein. Vielleicht? Vielleicht nicht.

Sie trank ihren schwarzen Kaffee, um Energie in ihren müden Kopf zu pumpen. Corrigan nickte ihr zu und sie eilte nach vorne, bevor er es sich anders überlegte. Sie wandte sich dem Team zu. Kirbys Augen waren rot gerändert, wahrscheinlich von einem Whiskeygelage. Maria Lynch war hellwach und quirlig. Wann war sie das nicht? Boyd legte sein Lächeln ab und setzte sein ernstes Gesicht auf. Das Team war ungeduldig loszulegen. Genau wie sie.

„Gut", sagte Superintendent Corrigan und der Raum verstummte. „Detective Inspector Parker wird uns auf den neuesten Stand bringen."

Die Gesichter vor ihr waren voller Erwartung. Sie hatte ein gutes Team. Alle hatten Vertrauen in sich selbst und in sie. Sie durfte sie nicht enttäuschen. Und das würde sie auch nicht.

Sie stellte ihren Becher auf den Tisch, zog die Bündchen ihres langärmeligen T-Shirts herunter, eine Angewohnheit, die sie nicht ablegen konnte, informierte die wartenden Kriminalbeamten über die Ereignisse des vergangenen Tages und der Nacht und delegierte die Aufgaben.

Als sie fertig war, scharrten die Stühle über den Boden, während sich eine Wucht von Körpern regte und streckte. Der Lärm steigerte sich von einem Summen zu einem lauten Geschnatter.

„Alle Mann an Deck", brüllte Corrigan über den Radau.

Lottie hätte schwören können, dass sie Boyd leise sagen hörte: „Zu Befehl, Herr Kapitän." Sie schob ihn vor sich her aus dem Raum, schnappte sich ihre Jacke und ging hinüber zur Kathedrale. Sie hatte einen Zeugen zu vernehmen.

Pfarrer Joe Burke wartete am Tor auf sie. Der Himmel war immer noch mürrisch und dunkel und Lottie sehnte sich nach dem Ende des Winters.

Schneegestöber verschleierte die Kathedrale, nun ein abgesperrter Tatort. Einige frühmorgendliche Schaulustige trotzten dem Wetter, um stehen zu bleiben, sich zu bekreuzigen und Blumen abzulegen. Die beiden Gardaí, die vor dem Absperrband standen, stampften mit den Füßen. Sie sahen erfroren aus. Lottie erging es nicht anders.

Lottie schüttelte Pfarrer Joe durch dicke Handschuhe hindurch die Hand. „Kommen Sie doch auf eine Tasse Tee mit ins Haus", sagte er herzlich. „Das wäre wunderbar", sagte Lottie und warf einen Blick auf die leuchtend blaue Skijacke des Pfarrers. Er hatte sich eine Pelzmütze über die Ohren gezogen. „Sie sehen aus wie jemand vom KGB", sagte sie und lächelte.

Er führte sie um die Seite der Kathedrale herum zum Haus.

Im Haus war es warm. Gurgelnde Luftblasen in den alten eisernen Heizkörpern durchbrachen die Stille. Hohe, dunkle Mahagonischränke warfen Schatten an die Wände des gefliesten Flurs, durch den Pfarrer Burke Lottie führte.

„Tee oder Kaffee?", fragte er und öffnete die Tür zu einem Raum, der ähnlich eingerichtet war wie der Flur.

„Tee, bitte." Sie musste den Geschmack vertreiben, den der Bürokaffee in ihrem Mund hinterlassen hatte. Der Pfarrer sprach mit einer kleinen Nonne, die hinter ihnen erschienen war. Sie schlurfte mit einem Seufzer davon, um irgendwo in den Tiefen des Hauses einen Kessel aufzusetzen.

„Also, Inspector Parker, was kann ich für Sie tun?", fragte er und setzte sich in einen klauenfüßigen Sessel.

„Ich brauche Informationen, Pfarrer Burke", sagte Lottie, zog ihre Jacke aus und nahm ihm gegenüber Platz.

„Nennen Sie mich Joe. Wir brauchen keine Formalitäten, oder?" „Okay. Dann nennen Sie mich bitte Lottie."

Sie wusste, dass sie diese Vertrautheit nicht zulassen sollte. Er war ein Verdächtiger. Er war nach Mrs Gavin der zweite am Tatort und zur Zeit des Mordes in der Kathedrale gewesen. Aber manchmal trug Ungezwungenheit dazu bei, dass die Leute ihre Deckung fallen ließen.

„Ich sehe, Sie haben Überwachungskameras in und außerhalb der Kathedrale. Ich brauche die Aufnahmen."

„Selbstverständlich, aber ich glaube nicht, dass sie Ihnen von Nutzen sein werden. Die Außenkameras haben seit dem drastischen Temperatursturz vor Weihnachten nicht mehr funktioniert, und die Innenkameras sind auf die Beichtstühle ausgerichtet."

„Warum das?", fragte Lottie und verfluchte innerlich die potenzielle Sackgasse. „Bischof Conner hat es so organisiert, damit wir Priester sehen können, wer hereinkommen wird. Für den Fall, dass wir angegriffen werden."

„Ein bisschen ironisch, nicht wahr?" Sie schaute auf, als die Nonne mit klapperndem Geschirr auf einem Silbertablett wieder auftauchte.

„Und die Webcam hat auch nicht funktioniert. Normalerweise gibt es eine Live-Übertragung vom Altar auf die Website der Gemeinde. Wegen der Feiertage konnten wir niemanden finden, um sie zu reparieren."

Noch eine nutzlose Information, dachte Lottie.

Pfarrer Joe nahm das Tablett, stellte es auf den Tisch und dankte der Nonne. Sie verschwand ohne Antwort. Er goss den Tee ein und Lottie die Milch. Beide nippten aus zarten Porzellantassen.

„Ich muss Ihnen ein paar Fragen zu gestern stellen", sagte

Lottie und versetzte sich achselzuckend wieder in den Arbeitsmodus.

„Ist dies eine formelle Vernehmung? Brauche ich meinen Anwalt?", fragte er.

Sie war verblüfft, dann sah sie, dass er lächelte.

„Ich denke nicht, dass in diesem Stadium der Ermittlungen ein Anwalt nötig ist, Herr Pfarrer ... äh ... Joe", stolperte sie über ihre Worte. „Ich versuche nur, ein paar Fakten festzustellen."

„Nur zu. Ich bin ganz für Sie da."

Lottie spürte, wie sie errötete. Flirtete er etwa mit ihr? Sicherlich nicht. Er sagte: „Ich hielt die Zehn-Uhr-Messe, räumte den Altar ab und schloß die Kelche und die heilige Hostie in den Tabernakel ein. Zu dem Zeitpunkt war die Kathedrale schon leer. Normalerweise bleiben ein paar Leute, um zu beten, aber ich glaube, das kalte Wetter hat letztlich über die Religion gesiegt. Der Küster war gegen zehn Uhr fünfundvierzig fertig und ging nach Hause. Ich kam hierher, um eine Tasse Tee zu trinken, und ging dann etwa eine Stunde später wieder in die Sakristei, um die Predigt für nächsten Sonntag zu schreiben. Kurz danach kam Mrs Gavin und begann mit ihrer Putzroutine. Ich hatte gerade den Angelus gesprochen, als ich sie schreien hörte, also muss es nach zwölf Uhr mittags gewesen sein." Der Pfarrer hielt inne, als würde er beten.

„Was taten Sie dann?" fragte Lottie. Sie machte sich im Geiste eine Notiz, dass jemand den Küster vernehmen musste. Wahrscheinlich noch eine nutzlose Übung, angesichts der Tatsache, dass er vor dem Mord gegangen war.

„Ich stürzte hinaus, um zu sehen, was der Aufruhr sollte und stieß direkt auf Mrs Gavin. Die arme Frau war hysterisch. Sie packte mich an der Hand und zerrte mich zur vordersten Kirchenbank. Ich sah die Leiche ... die Frau ... wie sie dort zusammengesackt lag. Ich beugte mich über sie, um zu hören, ob sie atmete, aber ich konnte sehen, dass sie tot war. Ich erteilte ihr die Absolution und segnete sie. Dann rief ich den Notdienst und brachte Mrs Gavin zum Altar, wo wir saßen, bis die Gardaí eintrafen."

Sein schwarzer Pullover ließ sein Gesicht umso blasser erscheinen.

„Haben Sie irgendetwas in der Nähe des Opfers angefasst? Überhaupt, haben Sie sie angefasst?", fragte sie.

„Natürlich nicht. Ich dachte daran, nach einem Puls zu fühlen, aber ich konnte ihr ansehen, dass sie tot war."

„Trotzdem werden Sie sich auf dem Revier melden müssen, um eine Probe für die DNS-Analyse abzugeben." Sie fügte hinzu: „Damit wir Sie in unsere Ermittlungen einbeziehen oder ausschließen können." „Ich *bin* also ein Verdächtiger." Er stellte seinen langen Finger unter dem Kinn zu einem Zelt aneinander.

„Jeder ist ein Verdächtiger, bis wir das Gegenteil feststellen." Lottie versuchte es, konnte aber nichts in seinen Augen lesen. „Kannten Sie Susan Sullivan?" Sie wartete auf seine Reaktion.

„War sie das Opfer?"

Sie nickte. Sein Gesichtsausdruck war gelassen.

„Nein, ich erinnere mich nicht, sie vorher gesehen zu haben." Er dachte einen Moment nach. „Es gibt viele Leute, die in die Kathedrale kommen, aber nicht zur Messe gehen. Sie kommen zum Beispiel, um zu beten oder eine Kerze anzuzünden. Die Gemeinde von Ragmullin hat über fünfzehntausend Mitglieder, wissen Sie."

„Machen Sie Hausbesuche?"

„Nur wenn jemand krank ist und nach einem Priester verlangt. Ich besuche die Krankenhäuser. Ich bin auch der Seelsorger für das Mädchengymnasium. Wir halten Messen und nehmen Beichten ab, obwohl nicht mehr viele zu Beichte gehen." Er schüttelte den Kopf. „Taufen, Hochzeiten, Beerdigungen, Kommunionen und Firmungen."

„Ist das viel Arbeit?"

„Welcher Teil, oder alles davon?" Ein Lächeln machte sich auf seinem Gesicht breit.

Lottie schwieg. Sie erinnerte sich, wie ein Priester zu ihr nach Hause gekommen war, um Adam die Krankensalbung zu erteilen. Wenn es Pfarrer Joe Burke gewesen wäre, hätte sie ihn wiedererkannt. Andererseits war Adam zu dem Zeitpunkt schon so krank, dass sie ihn vielleicht nicht registriert hätte. Nicht wie jetzt.

„Darf ich fragen, was Sie den Rest des gestrigen Nachmittags gemacht haben?"

„Ich begleitete Mrs Gavin nach Hause und wartete, bis ihr Mann eintraf. Dann kehrte ich zurück und verbrachte den Abend mit Lesen in meinem Zimmer. Einen solchen Schneesturm habe ich in meinem ganzen Leben nicht gesehen."

„Sie haben sich also nicht hinausgewagt?"

„Nein, Inspector, habe ich nicht. Warum all die Fragen?"

Lottie überlegte, was sie sagen sollte, und entschied sich dann für Ehrlichkeit. „Wir haben es mit einem weiteren verdächtigen Todesfall zu tun. Es könnte Selbstmord sein, aber wir sind uns nicht ganz sicher."

„Ich hatte gestern keinen Dienst und wurde zu keinem Notfall gerufen. Was ist passiert? Sollte ich wissen, wer es war?"

„James Brown. Er hat mit Susan Sullivan gearbeitet."

„Ich kenne ihn nicht. Gott helfe seiner armen Familie." Pfarrer Joe faltete die Hände und senkte den Kopf.

„Wir haben bisher keine Angehörigen ausfindig machen können. Genau wie bei Susan. Es ist, als seien sie aus heiterem Himmel aufgetaucht und in Ragmullin gelandet."

„Ich werde mich umhören. Irgendjemand muss mit ihnen verwandt sein."

„Danke, ich weiß es zu schätzen." Lottie seufzte, und da ihr nichts mehr einfiel, um ihren Aufenthalt hinauszuzögern, stand sie auf. „Ich werde jemanden schicken, um die Aufnahmen der Überwachungskameras abzuholen. Bitte kommen Sie heute noch aufs Revier. Wir werden einen Mundschleimhautabstrich machen und Ihre Fingerabdrücke nehmen. Wenn die Ermittlungen voranschreiten, werde ich wiederkommen, um nochmal mit Ihnen zu sprechen."

Sie zog ihre Jacke an.

„Ich freue mich darauf", sagte er und half ihr, den Arm in den

Ärmel zu stecken. Diesmal sah sie ein eindeutiges Zwinkern in seinen Augen.

Sie reichte ihm ihre Visitenkarte und sagte: „Falls Ihnen noch etwas einfällt, hier ist meine Handynummer."

„Es war schön, mit Ihnen zu plaudern. Schade, dass es unter solchen Umständen war."

„Danke für den Tee." Sie zog die Kapuze über den Kopf gegen den herumwirbelnden Schnee. Als er die Tür schloss, blieb Lottie, nach der düsteren Einrichtung von der Helligkeit geblendet, einen Moment stehen und versuchte zu erfassen, was gerade zwischen ihr und Pfarrer Joe Burke vorgefallen war.

13

Boyd nahm einen tiefen Zug von seiner Zigarette und atmete aus.

„Wir haben nichts", sagte er.

Sie waren unterwegs zum Grafschaftsrat. Lottie wünschte sich, er würde den Mund halten. Es war gut zu wissen, dass sie nichts hatten, aber es war nicht nötig, sie daran zu erinnern.

„Wir werden ihre Akten durchgehen", sagte sie. „Es muss eine Verbindung zu ihren Jobs geben. Beide arbeiteten in der Planungsabteilung und das ist ein sehr umstrittenes Gebiet. Sonst scheinen sie nichts gemeinsam gehabt zu haben. Zumindest für den Augenblick."

Boyd inhalierte tief. „Vielleicht hatten sie eine Affäre?"

Lottie blieb stehen und starrte ihn an.

Dann ging sie kopfschüttelnd weiter. „Na und? Beide waren ledig, soweit wir wissen."

„Dann muss es eine krumme Sache im Planungsbereich sein", sagte er.

„Nein!", äffte Lottie Homer Simpson nach. „Mal sehen, was wir herausfinden können."

Boyd drückte seine Zigarette im Schnee aus und sie betraten das gläserne Aquarium.

.   .   .

Im Gebäude war es unnatürlich still. Ein paar Mitarbeiter liefen mit gesenkten Köpfen umher, als sie zur Arbeit eintrafen, die Silvesterfröhlichkeit nun verdorben. Das Team von Detective Maria Lynch war dabei, in einem Raum im zweiten Stock alle Mitarbeiter einzeln zu befragen. Lottie konnte es kaum erwarten, das Resultat zu hören.

In Sullivans Büro entsperrte ein Techniker den Computer. Sie hätte es auch selbst tun können, dachte Lottie, nachdem sie das Passwort gefunden hatte, das an der Unterseite der Tastatur klebte. Manche Menschen lernten es nie. Sie setzte sich und scrollte durch die elektronischen Ordner. Als sie mit dem Cursor auf einem als privat markierten Ordner anhielt, spürte sie Boyd an ihrer Schulter.

„Warum fängst du nicht mit Browns Computer an", sagte sie. Sie war zickig, aber er nervte sie. So viel zu dem „Sei-nett-zu-Boyd-Tag." Nach einer Stunde Suchen blickte Lottie auf und sah ihn kopfschüttelnd in der Tür stehen.

„Hier ist nichts Ungewöhnliches", sagte sie. „Ihre privaten Ordner enthalten Steuererklärungen und ihre Krankenversicherung. Ein paar Dinge könnten jedoch von Interesse sein. Zum Beispiel die Sitzungsprotokolle einer Gruppe namens „Anwohner gegen Geistersiedlungen". Es sind Protokolle von etwa einem ganzen Jahr." Lottie streckte sich. „Hast du auf Browns Computer irgendetwas gefunden?"

„Nichts, was ich verstehen könnte."

„Wir brauchen jemanden, der sich mit diesen Sachen auskennt, und sehen, ob er oder sie etwas Illegales oder Dubioses ausfindig machen kann", sagte Lottie. „Ich werde mit dem Vorsitzenden des Grafschaftsrats sprechen."

„Soll ich mitkommen?"

„Sieh zu, dass du diese Dateien zippst, oder wie auch immer man das nennt, und an das Revier schickst. Mach dich mal wirklich nützlich."

Sie ging hinaus, ohne auf Boyds Erwiderung zu hören.

. . .

Mit fünfundvierzig Jahren war Gerry Dunne der zweitjüngste Grafschaftsratsvorsitzende des Landes.

Er managte ein Umsatzbudget in Millionenhöhe und ein Investitionsbudget, das sich in einer Abwärtskurve befand, seit die Rezession in die Infrastrukturentwicklung eingeschlagen hatte. Während der Jahre des keltischen Tigers hatte er mehrere Millionen Euro teure Bauprojekte beaufsichtigt, einschließlich einer wichtigen Autobahn durch die Grafschaft. Kein Trost für am Hungertuch nagende Autofahrer, dachte Lottie, als sie vor seinem Büro den Jahresbericht des Rats durchblätterte. Die Leute konnten sich den Diesel nicht leisten, sie konnten sich die Autos nicht leisten, sie konnten sich die Steuern nicht leisten und manche konnten es sich nicht leisten, anständiges Essen auf den Tisch zu bringen. Gerry Dunne verdiente weiterhin sein Gehalt von über Hunderttausend pro Jahr und Lottie war sicher, er gehörte zu denen, die ihr Auto jeden Januar wechselten. Seine Biografie war eine interessante Lektüre für Lottie, während sie darauf wartete, in sein Büro eingelassen zu werden. Sie dachte an ihr eigenes schrumpfendes Bankguthaben und wand sich innerlich.

Eine Sekretärin summte sie herein. Sein Büro war doppelt so groß wie das von James Brown. Eine Kühle zog durch den Raum. Schnee hatte sich draußen auf der Fensterbank niedergelassen und wo der Wind Flocken an die Fensterscheibe geweht hatte, hatten sich mystische Bilder aufgeprägt. Ein vernetzter Laptop und ein Telefon waren die einzigen Makel auf der glatten Holzoberfläche seines Schreibtisches.

„Ich werde alles tun, was ich kann, um Ihnen behilflich zu sein, Inspector", sagte Dunne. Seine markanten Gesichtszüge waren von Stress gezeichnet und seine Mundwinkel zogen sich herunter zum Kinn. Er hatte kurzes, dunkles Haar mit grauen Strähnen, die seine Ohren beschatteten.

„Wir sind alle schockiert über diese Todesfälle", fuhr er fort, während seine Augen in die Tiefen ihrer Seele einzudringen schienen. Er konnte Lottie nur leidtun, wenn er lesen konnte, was da geschrieben stand. Es gab eine Zeit, da hätten diese

Vernehmungen sie nicht berührt, aber das war damals, dies war jetzt und ihr Leben hatte sich verändert. „Zwei geschätzte Mitglieder meines Personals an einem Tag. Es ist nicht auszudenken."

„Gibt es irgendetwas, das mit der Arbeit zu tun hat und jemanden dazu bringen konnte, Susan zu töten? Oder James natürlich, obwohl ich anmerken sollte, dass sein Tod gegenwärtig als Selbstmord behandelt wird."

Sie forschte in seinem Gesicht und fand kaum eine Reaktion.

„Beide hatten mit Bauanträgen zu tun. Von Zeit zu Zeit gerieten sie unter politischen oder bauherrenseitigen Druck. Inspector, ich kann mich dafür verbürgen, dass meine Mitarbeiter von höchsten ethischen Grundsätzen geleitet werden."

Er sprach langsam und gemessen. Es klang wie eine vorbereitete Rede.

„Wurden Drohungen gegen sie ausgesprochen?", fragte sie.

„Oh ja. Gegen andere Mitarbeiter auch. Zur Zeit des keltischen Tigers hatten die Bauträger Millionen von Euro, um Grundstücke zu kaufen. Der Erwerb von Baugenehmigungen für große Wohnsiedlungen, Einkaufszentren, Gewerbegebiete und Ähnliches sicherte ihnen den Profit. Die, die zu spät auf den Plan traten, haben alles verloren. Andere, die früh im Spiel waren, haben ein Vermögen gemacht."

„Wie wurden diese Drohungen ausgesprochen?"

„Per Telefon, Brief ..." Er zuckte mit den Schultern und sagte: „Einmal habe ich eine Kugel in einem Miniatursarg erhalten."

Lottie erinnerte sich an den Vorfall. „Und alle diese Drohungen wurden gemeldet?"

„Ja, selbstverständlich. Sie müssten Aufzeichnungen darüber haben."

„Ich bin sicher, dass wir das haben. Ich werde es nachprüfen."

„Ja, Inspector, tun Sie das", sagte Dunne mit zusammengepressten Lippen und zog einen Schlussstrich unter die Angelegenheit.

Maßregelte er sie? Reiß dich zusammen, ermahnte sie sich. Er war schwer zu durchschauen. Corrigan schrie und brüllte wenigstens, sodass sie wusste, woran sie bei ihm war.

„Ich muss ihre aktuellen Planungsunterlagen sehen. Ich weiß, Sie werden mir sagen, dass sie vertraulich sind ...“

„Im Gegenteil“, unterbrach er sie, „alle Planungsinformationen sind öffentlich zugänglich. Ich werde dafür sorgen, dass Sie Zugriff erhalten. Ist das alles?“

„Wo waren Sie gestern um die Mittagszeit?“

„Ich kam frühmorgens mit meiner Frau Hazel von einem mehrtägigen Urlaub auf Lanzarote zurück. Ich glaube, unser Flug war der letzte, bevor der Flughafen wegen des Wetters geschlossen wurde. Nachdem ich zu Hause angekommen war, blieb ich dort.“

„Wird Hazel das bestätigen?“

Sein Lächeln offenbarte gerade weiße Zähne. Seine Augen bewegten sich nicht.

„Ich bin sicher, das wird sie.“

Du lieber Himmel, ein Barrakuda in einem Nadelstreifenanzug. Gott helfe den anderen Fischen im Aquarium. Lottie ging und machte sich auf die Suche nach Boyd.

Das Lächeln verließ Gerry Dunnes Gesicht, sobald die Kommissarin sein Büro verlassen hatte. Er blickte auf den vereisten Fluss unterhalb seines Bürofensters.

Er war nicht dumm. Er wusste, dass sie in der kurzen Zeit, in der sie bei ihm gewesen war, eine Charakteranalyse durchgeführt hatte. Wahrscheinlich hatte ihr nicht gefallen, was sie gefunden hatte. Es war ihm egal. Er mochte sich selbst auch nicht besonders.

Zwei seiner Mitarbeiter waren tot und erregten Aufmerksamkeit zu einem Zeitpunkt, an dem er so weit unter dem Radar bleiben wollte, dass er unsichtbar war.

Die Maske der Gelassenheit, die er so gut trug, zerfiel in winzige Scherben. Er setzte sich wieder an seinen Schreibtisch, hielt sich mit zitternden Händen den Kopf, in dem Versuch, alles zu beherrschen, und wünschte sich zurück nach Lanzarote.

14

Boyd bemühte sich, den Wagen in der Spur zu halten, und Lottie stellte sich darauf ein, dass sie im Graben landen würden. Er war ein geübter Fahrer. Hut ab.

„Zweizundzwanzig", sagte Lottie, rieb sich mit ihren kalten Fingern über die Stirn und ihre Stirnfalte vertiefte sich.

„Was?", fragte Boyd.

„Bäume auf der linken Seite der Allee."

„Und das bedeutet ... was genau?", fragte Boyd weiter und brachte den Wagen zum Stehen.

„Nur eine Beobachtung. Das ist alles", sagte Lottie. Warum fühlte sie sich gestresst? Der Tag war noch jung. Sie stieg aus dem Auto aus.

Im Hof vor dem Haus von James Brown waren ein Gerätewagen der Garda, ein Streifenwagen und zwei weitere Autos geparkt. Lottie betrachtete das von schneebedecktem Efeu überzogene Natursteinhaus bei Tageslicht. Es dominierte die Einfriedung. Ein blattloser Baum, seine Wurzeln von einem Steinhaufen umgeben, wuchs in der Mitte des gepflasterten Hofes. Sieht einsam aus, dachte sie. Die Eiche zu ihrer Rechten, nun ohne den Körper, der gestern Abend von ihrem Ast gehangen hatte, warf unheilvolle Schatten. Die Rechtsmedizinerin war gekommen und gegangen.

Sie zogen Schutzkleidung und Überschuhe an und betraten das Cottage. Von einem Flur mit sechseckigen schwarzen und weißen Fliesen auf dem Boden gingen sie in den Wohnbereich. Holzbalken durchzogen die Decke. Die Wände waren kahl und weiß getüncht. In der Mitte des Raumes befand sich ein runder Tisch mit vier Stühlen. Ein cremefarbenes Stoffsofa stand vor einem offenen Kamin. Rote Ziegelsteine kletterten den Kamin empor und erstreckten sich bis zum Fenster. Der ganze Raum besaß eine karge Helligkeit. Alles war ordentlich und sauber. Auf dem Boden vor dem Kamin standen verstreut dicke, weiße Kerzen in verschiedenen Abbrennstadien. Lottie roch nur ihr Wachs, keine Vanille oder Jasmin. Sie schloss daraus, dass die Kerzen möglicherweise einen anderen Zweck erfüllten, als einen beruhigenden Duft zu verströmen.

Mit zwei Mitarbeitern von der Spurensicherung, ein paar uniformierten Polizeibeamten sowie ihr und Boyd fühlte sich der Raum überfüllt an. Nichts wirkte fehl am Platz. Keine Spuren eines Kampfes.

„Wir sind fertig hier", sagte Jim McGlynn zu Boyd und ignorierte Lottie.

„Arschloch", murmelte sie, seine Nichtbeachtung als Respektlosigkeit interpretierend.

„Das habe ich gehört", flüsterte Boyd.

„Haben Sie irgendetwas gefunden, das wir wissen sollten?", fragte Lottie McGlynn.

„Wir haben Fingerabdrücke und Proben für Vergleiche genommen. Das heißt, wenn Sie irgendetwas finden, womit wir Sie vergleichen können. Kein Abschiedsbrief."

Sie nickte und bückte sich durch die Tür zur Küche. Klein und kompakt. Sie öffnete den Kühlschrank. Behälter mit Bio-Pampe, stellte sie fest, als sie die Lebensmittel anhob, prüfte und durchsuchte. Sie schloss den Kühlschrank wieder und inspizierte die Arbeitsplatte. Eine leere Spüle, eine Frühstücksschüssel, eine Tasse und ein Löffel im Geschirrkorb. Keine Mikrowelle. Die

Küche war sauber und aufgeräumt. Es war offensichtlich, dass James Brown keine Teenager hatte, die sie verwüsteten.

Boyd stand an der Schlafzimmertür und schaute in den Raum. Lottie ging zu ihm. Sie schnappte laut nach Luft. „Was zum Teufel?"

„Ganz deiner Meinung."

„Und ich dachte, Brown war Herr Oberspießer, als ich gestern mit ihm sprach."

Lottie erkundete das kleine Schlafzimmer. Es war mit einem freistehenden Holzschrank, einer Kommode und einem Himmelbett, das eine schwarze Seidendecke zierte, eingerichtet und wirkte beklemmend. Lebensgroße Fotos von nackten Männern in verschiedenen Stadien der Erregung bedeckten jeden Zentimeter Wandfläche.

„McGlynn hätte uns warnen können", sagte sie.

Sie blickte nach oben und gab Boyd ein Zeichen, dasselbe zu tun. An der Decke über dem Bett hing ein quadratischer Spiegel, der mit Ketten an den Dachsparren befestigt war.

„Hugh Hefner kann mit diesem Typ kaum mithalten", sagte Boyd.

Ein Laptop, offen auf dem Bett, war halb mit einem schwarzen Seidenbetttuch bedeckt. Sie hatten seinen Büro-Laptop, dies musste ein persönlicher sein. Lottie tippte die Return-Taste mit dem Stift von ihrem Notizbuch. Der Bildschirm erwachte zum Leben. Eine pornografische Seite erschien. Brown hatte offensichtlich nicht erwartet, dass nicht er, sondern jemand anderes zu ihr zurückkehren würde. Der Inhalt war drastisch, aber es waren nur Erwachsene zu sehen, keine Kinder. Sie hatte im Laufe ihrer Arbeit schon Schlimmeres gesehen.

„Guck dir mal die Eier von dem Kerl an." Boyd starrte auf die Fotos.

Lottie fühlte sich unwohl dabei, die Geheimnisse eines toten Mannes zu verletzen, klappte den Laptop zu und klemmte ihn unter den Arm. Das Technikerteam konnte seine Geschichte abfragen. Boyd begann, die Schubladen zu durchsuchen. Sie ging weiter zu einem beengten Badezimmer.

Eine Flasche Parfum stand auf der Ablage über dem Waschbecken, eine Tube Zahnpasta und eine einzelne Zahnbürste steckten in einem Glas auf der Fensterbank. Ein Gefühl der Sympathie für Brown wuchs in ihr. Sie ging zu Boyd.

„Was gefunden?", fragte sie.

„Eine ganze Menge", sagte er. „Aber nichts, was auf ein Mordmotiv hinweist, es sei denn jemandem gefiel seine sexuelle Neigung nicht. Ich denke immer noch, er hat sich erhängt."

„Es ist alles zu perfekt." Lottie schüttelte den Kopf. „Bis jetzt ist der einzige gemeinsame Nenner zwischen den Opfern ihr Arbeitsplatz. Es muss noch etwas anderes geben, das Susan Sullivan und James Brown verbindet."

Boyd zuckte mit den Schultern. Sie gingen nach draußen und zogen ihre Schutzanzüge aus.

„Willst du fahren?", fragte er und unterdrückte ein Gähnen.

„Rate mal", antwortete sie und setzte sich auf den Beifahrersitz. „Mach die Heizung an, ich erfriere."

„Und ich nicht?"

Er ließ den Motor an und stupste beim Zurücksetzen den Kotflügel eines der Streifenwagen.

„Was ist los mit dir?", fragte Lottie. „Hat dich da drin irgendetwas erregt?" Er antwortete nicht.

Sie schloss die Augen und lehnte den Kopf gegen das Fenster. Vielleicht sollte sie Chloe texten, die Heizung einzuschalten. Vielleicht auch nicht. Wenn ihnen kalt genug war, würden sie sie einschalten. Sie dazu zu bringen, sie wieder auszuschalten, könnte das Problem sein.

Ihr Telefon klingelte.

„Inspector, Sie wissen, dass wir Browns Handy in seiner Aktentasche gefunden haben?", sagte Kirby.

„Ja. Und?"

„Wir haben seine letzten Anrufe ausgewertet."

„Irgendwas Ungewöhnliches oder Wiederkehrendes?" Sie hoffte, sie hatten eine Spur. Sie brauchte etwas, und zwar schnell.

„Wird gerade analysiert. Die letzte Nummer, die er vor seinem vorzeitigen Ableben angerufen hat, war die von Derek Harte. Die vorletzte Nummer ist interessanter."

„Ich bin ganz Ohr."

„Der Anruf hat siebenunddreißig Sekunden gedauert."

„Treiben Sie keine Spielchen mit mir, Kirby. Wen hat er angerufen?"

„Tom Rickard."

Lottie dachte eine Sekunde nach.

„Rickard Construction? Auf den Namen bin ich in den Geistersiedlungsdateien auf Susan Sullivans Computer gestoßen. Ich weiß noch, was es vor ein paar Jahren für ein Trara gab, als er die Genehmigung bekam, die alte Bank in der Main Street abzureißen, und an ihrer Stelle seine monströse Unternehmenszentrale errichtet hat."

Kirby sagte: „Ihrem Bericht zufolge, Inspector, hat James Brown den Anruf ungefähr vier Minuten nach dem Ende Ihres Gesprächs mit ihm getätigt."

„Danke, Kirby." Lottie beendete den Anruf.

„Ich nehme an, unser nächster Halt ist Tom Rickard", sagte Boyd.

„Ich werde allein mit ihm reden."

„Sollte ich nicht lieber bei dir sein?"

„Ich kenne seinen Typ, glaub mir, es ist besser, wenn ich allein gehe. Außerdem will ich diese Anrufliste vom Revier abholen."

Die Sicht wurde zunehmend schlechter. Boyd hatte Mühe, der Straße zu folgen.

„Eine tolle Art, Silvester zu verbringen", bemerkte Lottie und beugte sich vor, um die Heizung aufzudrehen. Sie schloss die Augen, als Boyd fluchte.

15

„Mr Rickard. Ich hoffe, Sie können mir ein paar Minuten Ihrer Zeit widmen." Lottie folgte, als Rickard an ihr vorbei zum Glasfahrstuhl eilte. „Sie sind Tom Rickard, nicht wahr?" Sie stieg neben ihm in den Aufzug. „Sind Sie immer noch hier?", fragte er.

Sie verschränkte die Arme, ohne sich von der Stelle zu rühren.

„Sie brauchen einen Termin", sagte er und drückte mit seinem pummeligen Finger auf den Knopf zum Aufhalten der Tür.

Sie hielt ihm ihren Ausweis vor die Augen.

Rickard warf einen Blick darauf und grinste.

„Ich hätte Sie erkennen sollen, Inspector, aber Sie sehen anders aus als auf Ihren Zeitungsfotos."

„Ich muss Ihnen ein paar Fragen stellen."

Lottie trat ihm einen Schritt näher.

„Ein Scherz", sagte er. „Ich bin sehr beschäftigt, aber da Sie schon mal hier sind, gebe ich Ihnen zwei Minuten."

Er drückte die Nummer drei auf dem Tastenfeld. Die Türen glitten zu und der Aufzug fuhr schnell nach oben. Sein Büro schien den größten Teil des dritten Stockwerks einzunehmen.

Gegen ihren Willen musste Lottie den Geschmack des Mannes bewundern. Der Raum war modern und minimalistisch eingerichtet, in hellen, warmen Farben, die die elegante Gestaltung vor ihr widerspiegelten.

Rickard zog seinen Kaschmirmantel aus, hängte ihn in eine Marmorgarderobe und setzte sich hinter seinen Schreibtisch, wobei er Lottie einen Stuhl zuwies. Sie hatte keine Ahnung von Designerkleidung, aber sie schätzte, dass sein Mantel bestimmt mindestens eine Woche ihres Lohns gekostet hatte. Vielleicht zwei. Eine andere Welt.

Sein grauer Anzug besaß handgenähte Biesen und eine zweireihige Weste umspannte seinen dicken Bauch. Lottie schätzte ihn auf etwa ein Meter achtzig und Mitte fünfzig. Sein glattes, rostrotes Haar war sorgfältig frisiert. Seine Zähne waren so weiß, es mussten Veneers sein. Ein blaues Hemd und eine dunkelgraue Krawatte vervollständigten seinen Managerlook. Sie wollte ihn nicht attraktiv finden, aber er war es. Sein zerklüftetes Kinn und seine hellen Augen erinnerten sie an Robert Redford.

„Ich bin äußerst beschäftigt." Er beugte sich vor, beide Hände fest auf den Schreibtisch gelegt. „Was kann ich für Sie tun?"

„Mr Rickard." Lottie sprach langsam. Ohne Rücksicht auf seinen vollen Terminkalender würde sie sich Zeit lassen. „Sie wissen von dem verdächtigen Todesfall gestern in der Kathedrale?"

„Ich habe gestern Abend den Bericht in den Nachrichten gesehen. Sehr tragisch." Er setzte sich in seinem Stuhl zurück und schuf einen Abstand zwischen ihnen. „Was hat das mit mir zu tun?"

„Können Sie mir sagen, wo Sie von etwa elf Uhr morgens bis acht Uhr gestern Abend waren?"

Sie musterte Rickard. Sein Gesichtsausdruck wechselte chamäleonartig von selbstgefällig und pompös zu fragend und verwundert.

„Warum muss ich das? Ich kannte das Opfer nicht."

„Sind Sie sicher?"

„Ich kann mir nicht hundertprozentig sicher sein. Ich treffe viele Leute im Laufe meines Geschäfts. Ich kann mich nicht an jeden erinnern."

„Ich frage Sie noch einmal. Können Sie mir sagen, wo Sie

gestern waren, vor allem zwischen elf Uhr vormittags und acht Uhr abends?"

Sie begann, diese Begegnung zu genießen. Vielleicht klammerte sie sich an einen Strohhalm, aber seine veränderte Körpersprache sagte ihr, dass sie es versuchen sollte.

„Ich muss in meinem Terminkalender nachsehen", sagte er widerstrebend.

„Ich spreche von gestern, nicht vom letzten Jahr. Sie wissen doch sicher, wo Sie waren, was Sie getan haben und mit wem Sie es getan haben?"

Ich reise im ganzen Land, in der ganzen Welt herum. Ich hätte gestern an der Wall Street in New York sein können."

Spielte er auf Zeit oder fabrizierte er ein Netz, um eine Geschichte zu spinnen? Lottie hatte keinen Zweifel, dass Tom Rickard an der Wall Street keineswegs fehl am Platz wirken würde.

„Hören Sie auf, meine und Ihre Zeit zu vergeuden", sagte sie. „Der Dubliner Flughafen war gestern ab dem frühen Morgen wegen Schnee geschlossen. Also denken Sie sich etwas anderes aus."

Er klappte sein iPad auf, tippte mit dem Zeigefinger auf das Symbol für seinen Terminkalender und dann auf das Datum. Sie spähte über den Schreibtisch und versuchte, die auf dem Kopf stehenden Worte zu sehen.

Sie hoben gleichzeitig den Kopf und ihre zwei Augenpaare forderten sich gegenseitig heraus.

„Ich war unterwegs. Ich ließ meine Assistentin eine Besprechung in Dublin absagen – wegen des schlechten Wetters. Stattdessen habe ich ein paar Baustellen besucht."

Sie bemerkte, dass ein Hauch von Unverschämtheit in seine Stimme zurückkehrte.

„Kann jemand für Sie bürgen?"

„Bürgen?" Er lachte.

„Was ist so lustig?"

„Nichts, Inspector. Bin ich ein Verdächtiger?"

„Ich versuche festzustellen, ob Sie ein glaubwürdiges Alibi haben."

„Hmm ... Auf den Baustellen war niemand. Das Wetter, wissen Sie. Bürgen?", wiederholte er. „Ich bezweifle es."

„Ich brauche eine Liste dieser Baustellen."

Er zuckte mit den Schultern. „Sonst noch etwas?"

„Sie haben einen Anruf bekommen. Am späten Nachmittag", sagte Lottie und änderte damit den Schwerpunkt des Gesprächs.

Rickard setzte sich anders hin.

„Was für einen Anruf?"

„Einen Anruf von James Brown, kurz bevor er starb." „Er ist tot?", fragte Rickard, und seine Augen weiteten sich, Er schien seine Gedanken zu sammeln. „Ich kenne keinen James Brown und habe mit Sicherheit keinen Anruf von ihm bekommen."

„Netter Versuch."

Lottie zog das zerknitterte Blatt Papier aus ihrer Tasche. Sie faltete es auf dem Schreibtisch auseinander und bügelte die Falten mit dem Finger aus. Sie ließ sich Zeit. Sie nahm seinen silbernen Kugelschreiber und unterstrich die vorletzte Zeile von Ziffern. Der Rest der Seite war geschwärzt.

Sie drehte sie ihm zu und fragte: „Ist das Ihre Nummer?" „Sieht ganz so aus."

„Es ist Ihre Nummer. Sie wissen, dass es Ihre Nummer ist. Weshalb hat James Brown Sie angerufen, kurz bevor er, allem Anschein nach, ein Seil um den Hals gewickelt und sich erhängt hat?"

Rickard zeigte keine Reaktion.

„Ich leugne nicht, dass ich möglicherweise in der Vergangenheit mit Brown zu tun gehabt habe. Es tut mir leid, dass er tot ist, aber das werden Sie nicht mir anhängen, Inspector."

„Ich versuche nicht, jemandem etwas anzuhängen. Ich habe eine einfache Frage gestellt."

„Er könnte mich aus Versehen angerufen haben. Ich weiß nicht." Er zuckte mit den Schultern.

„Der Anruf hat siebenunddreißig Sekunden gedauert."

„Und?"

„Ich werde mir einen Durchsuchungsbefehl für Ihre Telefon-daten besorgen."

„Tun Sie das. Wir sind hier fertig. Ich habe wichtige Arbeit zu erledigen."

Lottie sah zu, wie Rickard anfing, die Schubladen unter seinem Schreibtisch zu öffnen und zu schließen, um sie mit seiner Geschäftigkeit zu entlassen. Sie stand auf.

„Ich werde wiederkommen, Mr Rickard."

„Daran habe ich keinen Zweifel", sagte er. „Überhaupt gar keinen Zweifel."

„Frohes neues Jahr", sagte Lottie und ging zur Tür hinaus, bevor er etwas erwidern konnte. Als sie in den Aufzug stieg, wusste sie, dass sie sich auf Kollisionskurs mit Tom Rickard befand. Das war wahrscheinlich keine gute Sache.

In der anschließenden Stille starrte Tom Rickard auf die geschlossene Tür. Er zog das Blatt Papier mit Browns ausgestrichenen Telefonanrufen vom letzten Tag seines Lebens zu sich hin. Er starrte auf seine eigene, grob unterstrichene Nummer.

Sie stand da, schwarz auf weiß. Datum, Zeit und Dauer des Anrufs.

Er schnaubte, knüllte die Seite zusammen und warf sie in seinen Papierkorb.

Er hatte zu viel zu verlieren. Sollten sie doch beweisen, dass er mit Brown gesprochen hatte.

Tom Rickard würde es leugnen, leugnen und leugnen.

Er tippte eine Kurzwahlnummer in sein Telefon.

„Wir müssen uns nochmal treffen."

16

„Brown könnte erpressbar gewesen sein, nach den Requisiten in seinem Schlafzimmer zu urteilen", sagte Boyd zu Lottie, als sie ins Büro zurückkehrte.

Sie stand auf, zu überdreht, um still sitzen zu können.

„Weil er Bilder von nackten Männern an seiner Schlafzimmerwand hatte? Komm schon, Boyd. Das ist nichts, womit man erpresst werden kann." Sie lief in dem kleinen Büro auf und ab. Corrigans Angewohnheit war ansteckend.

Sie hatte Browns Laptop zum Durchforsten an die Techniker geschickt und einen Kriminalbeamten beauftragt, die gemeldeten Drohungen an die Planungsabteilung zu überprüfen. Sie musste immer noch Derek Harte vernehmen, der die Leiche von James Brown gefunden hatte. Sie fragte sich, wer er war und was er bei Browns Haus gemacht hatte. Sie hatte Lynch beauftragt, ihn ausfindig zu machen, nachdem er zu dem Termin um zehn Uhr morgens nicht erschienen war.

„Kann jemand, egal wer, bitte einen Durchsuchungsbefehl nach Paragraf 10 für die Telefondaten von Tom Rickards beschaffen", sagte Lottie. „Und herausfinden, wann das Bezirksgericht das nächste Mal tagt. Wir müssen den Stein ins Rollen bringen."

„Setz dich hin, du machst mich nervös", sagte Boyd.

Sie setzte sich hin.

Das Schreibtischtelefon klingelte.

„Guten Tag, Detective Inspector", sagte die Rechtsmedizinerin. „Haben Sie Zeit, nach Tullamore zu kommen? Ich weiß, das Wetter ist grauenhaft, aber es gibt ein paar Dinge, die Sie sich ansehen sollten."

„Sicher."

„Ich habe die vorläufigen Berichte fertig."

„Können Sie sie mailen?"

„Es gibt etwas, das ich Ihnen zeigen möchte."

„Ich bin in einer halben Stunde da."

„Gibt es etwas Neues?", fragte Boyd.

„Nerv mich nicht", sagte Lottie. Er hatte jedes Wort der Unterhaltung gehört.

„Ich wünschte, ich hätte mein Büro wieder." Sie zog ihre Jacke an.

„Du kannst genauso gut hier träumen wie im Bett", sagte er.

Oh Gott, er klang mit jedem Tag mehr wie ihre Mutter. Lottie zog schnell den Reißverschluss hoch und klemmte sich fast die Kehle ein.

„Wo willst du denn hin?"

Sie antwortete ihm nicht und knallte beim Hinausgehen die Tür.

„Frauen", sagte er.

„Das habe ich gehört", rief sie.

Eine Minute später, nachdem sie den Zustand der Straße draußen begutachtet hatte, kam sie zurück.

„Boyd?"

„Ja, Inspector?"

„Fährst du mich nach Tullamore?"

Er war auf dem Weg zurück zu seinem Büro, als er den Teenager in Danny's Bar gehen sah und ihm folgen musste. Die dunkle Inneneinrichtung half ihm, mit den Holztäfelungen zu verschmelzen. Er beobachtete, wie der Junge sich einem Mädchen entgegenstreckte, ihren Mund küsste und dann seinen Mantel auszog.

Der Mann bestellte ein Pint Guinness, setzte sich an die Bar und drehte sich auf dem Hocker so, dass er das junge Paar sehen konnte. Der Junge ließ den Mantel über seinen Arm rutschen und schlang seinen anderen Arm um die schmale Taille des Mädchens. Aber an dem Mädchen war der Mann nicht interessiert. Er lockerte seine Krawatte am Hemdkragen und starrte weiter.

„Haben Sie die Absicht, das zu trinken oder es jemandem ausgeben?" Der Barmann grinste ihn an.

Der Mann guckte missmutig, nahm sein Pint und nippte daran, bevor er seinen Blick wieder auf die feinen Gesichtszüge des Jungen richtete. Er schob seine Beine weiter unter die Bar, um den hart werdenden Muskel unter dem Reißverschluss seiner Hose zu verbergen. Er hatte viel zu tun, aber im Moment wollte er nur dasitzen und zusehen und sich vorstellen, wie es sich anfühlen würde, dieses jugendliche Fleisch in seinen Händen zu haben.

Jane Dore, die Rechtsmedizinerin, begrüßte Lottie und Boyd. Eine winzige Brille saß auf ihrer zierlichen Nase und durch die Gläser blickten dunkelgrüne Augen. Ein elegantes, marineblaues Kostüm schmiegte sich um ihren winzigen Körper und an ihrem Hals lugte eine blaue Bluse hervor. Sie trug sehr hochhackige Schuhe. Lottie fühlte sich underdressed in ihrer warmen Jacke, den Jeans und dem langärmeligen Oberteil mit einer Thermoweste darunter. Sie hatte die vierzig Kilometer lange Fahrt nach Tullamore schweigend verbracht. Boyd hatte – ziemlich falsch – zu der Musik im Radio gesungen und sie hatte es irritierend gefunden, aber nichts gesagt. Manchmal war das die beste Art, mit seinen Launen umzugehen.

„Willkommen im Totenhaus", sagte Jane Dore und streckte Lottie eine zierliche Hand entgegen.

Lottie schüttelte ihr die Hand.

„Nennen Sie mich Lottie. Totenhaus?", fragte sie.

„Ein Relikt aus alten Zeiten. Kommen Sie." Jane führte sie durch einen schmalen Flur.

Lottie folgte und hoffte, dass der intensive Geruch von Desinfektionsmittel den Geruch von Tod überdecken würde. Sie bezweifelte es. Boyd folgte ihnen auf dem Fuße.

Die Rechtsmedizinerin stieß eine Schwingtür auf und betrat

einen vom Boden bis zur Decke weiß gekachelten Raum. In der Mitte standen drei Edelstahltische. Auf zweien lagen Leichen unter reinweißen Baumwolltüchern. Susan Sullivan und James Brown, mutmaßte Lottie. Sie konnte Spiegelungen in den Stahlschränken sehen und schreckte vor ihrem eigenen verzerrten Bild zurück.

Jane Dore setzte sich auf einen hohen Hocker in der Ecke und fuhr einen Computer hoch.

„Es dauert ewig, bis er aufwacht", sagte sie.

„Solange er das Einzige ist, was aufwacht", sagte Lottie in dem Versuch, die Stimmung aufzulockern. Boyd zog eine Augenbraue hoch, verschränkte die Arme und sagte nichts.

Die Rechtsmedizinerin trommelte mit einem rot lackierten Fingernagel auf die Bank. Lottie zog sich auch einen Hocker heran, setzte sich und wartete in dem stillen Raum darauf, dass der Computer in die Cyberwelt zappte.

„Ist irgendetwas Unerwartetes aufgetaucht?", fragte sie, während Jane ihr Passwort eingab. Diese Frau klebte keine Post-its unter die Tastatur.

„Die Todesursache war in beiden Fällen Erstickung durch Strangulation", antwortete sie. „An Sullivans Körper gibt es nur wenige Anzeichen von Abwehrverletzungen. Es gibt Schürfwunden an Browns Fingern und Blutergüsse an seinem Hals um die Ligatur herum, als hätte er versucht, das Seil zu lösen. Ich habe auch einige blaue Nylonfasern unter seinen Fingernägeln gefunden. Ich habe alle Fasern und Haare an das forensische Labor geschickt und sie haben auch das Seil. Da ist eine leichte Prellung an seiner Schädelbasis. Ich weiß nicht, was sie verursacht hat, und bis ich die forensischen Ergebnisse habe, kann ich nicht abschließend feststellen, dass er sich den Tod selbst zugefügt hat."

Lottie gratulierte ihrem Bauchgefühl. Es konnte sich immer noch als falsch erweisen, aber sie war fast sicher, dass Brown keinen Selbstmord begangen hatte. Eine Beule am Hinterkopf sagte ihr, dass letzte Nacht noch jemand anderes in der Nähe gewesen war.

„Sullivan war in übler Verfassung ...“ Die Rechtsmedizinerin hielt mitten im Satz inne und schob sich die Brille wieder höher auf die Nase.

„Und es ist möglich, dass sie entbunden hat. Ich bin mir nicht hundertprozentig sicher, ich muss noch weitere Tests an dem entnommenen Gewebe durchführen.“

„Warum sind Sie sich nicht sicher?“, fragte Lottie.

„Ihr Fortpflanzungssystem ist ein einziges Chaos. Sie hatte Eierstockkrebs im fortgeschrittenen Stadium. Beide Eierstöcke haben Tumore so groß wie Mandarinen und ein weiterer befindet sich in ihrer Gebärmutter.“

„Es ist mir durch den Kopf gegangen, dass sie Krebs gehabt haben könnte“, sagte Lottie und dachte an das Oxycontin im Medizinschrank des Opfers.

„Es ist möglich, dass sie die Symptome mit der Menopause verwechselt hat“, sagte Jane.

„Sie wusste es“, sagte Lottie mit Überzeugung.

„Eierstockkrebs ist stumm. Normalerweise ist er schon in einem fortgeschrittenen Stadium, wenn Symptome auftreten. Sullivan hatte nur noch Wochen zu leben, aber jemand ist dem Krebs zuvorgekommen.“

Lottie dachte zurück an den Tag, an dem Adam seine Diagnose erhalten hatte. Hatte Susan das gleiche welterschütternde Szenario mit ihrem Arzt durchgemacht? Wie hatte sie reagiert? Hatte sie die Nachricht ruhig und würdevoll aufgenommen, wie Adam, oder hatte sie den Arzt angeschrien, wie sie, Lottie, es getan hatte?

„Alles in Ordnung?“ Jane Dore zog ihre Augenbrauen hoch, zwischen ihnen stand Besorgnis geschrieben.

„Ja, ja, alles in Ordnung. Ich dachte nur gerade an etwas anderes.“ Lottie nahm sich schnell zusammen, Professionalität überlagerte ihre persönlichen Gefühle. Sie hatte Lust, mit dem Finger auf den Computer zu hämmern, so lange dauerte es. Aber ihre Fingernägel waren abgebissen und unregelmäßig. Besser nicht, dachte sie.

„Endlich", sagte die Rechtsmedizinerin, als das Programm anpingte und ein grüner Farbton den Bildschirm erhellte.

Sie tippte den Namen von Susan Sullivan ein. Es erschienen zahlreiche Textzeilen und mehrere Symbole. Sie klickte und ein Foto von Sullivans Leiche füllte den Bildschirm aus.

„Hier können Sie das Strangulationsmal sehen, eine tiefe Furche im Gewebe. Sie stammt von einem sehr dünnen Plastikkabel. Das ist mit den iPod-Kopfhörern, die um den Hals des Opfers gefunden wurden, vereinbar. Das Labor führt gerade eine Analyse durch, um zu bestätigen, dass das die Mordwaffe war. Ein kurzer Ruck, fünfzehn bis zwanzig Sekunden fest ziehen und das Opfer ist tot."

„Müsste der Mörder ein Mann sein?"

„Nicht unbedingt. Mit einem ausreichenden Kraftaufwand an der richtigen Stelle kann dieser Mord von Mann oder Frau ausgeübt worden sein. Es gibt nur wenige Blutergüsse am Hals, also hat sie sich nicht sehr zur Wehr gesetzt."

Lottie sah zu, wie die Rechtsmedizinerin den Cursor weiter nach unten über das Bild und auf den Oberschenkel des Opfers bewegte.

„Was ist das?", fragte Lottie und schaute mit zusammengekniffenen Augen auf den Bildschirm.

„Ich glaube, es ist eine selbstgemachte Tätowierung. Aus Tusche, die auf die Haut aufgetragen und wiederholt mit einer Nadel eingestochen wurde. Es sieht aus wie Linien in einem Kreis. Nicht sehr klar. Es ist schlecht gezeichnet und auch tief. Vielleicht mit einem Messer eingeritzt und dann mit Tusche beschmiert. Ich zeige es Ihnen", sagte sie. „Ziehen Sie die an."

Sie holte Latexhandschuhe aus einer Schublade bei ihrem Knie und gab sie Lottie und Boyd. Sie sprang von ihrem Hochsitz herunter, ging mit kleinen, eleganten Schritten zum nächstgelegenen Tisch und zog das Laken von der nackten Leiche von Susan Sullivan. Ein grober Y-Einschnitt markierte die Brust der Frau, derb mit dickem Faden genäht.

Lottie erschauderte. War es das, was sie mit ihrem Adam

gemacht hatten? Da er zu Hause gestorben war, hatte der Bestatter seinen Körper in eine Stahlkiste legen und Adam zur Obduktion ins Krankenhaus bringen müssen. Sie war damals zu verzweifelt gewesen, um Einspruch zu erheben. Aber sie wollte jetzt nicht daran denken, also zwang sie ihre Aufmerksamkeit auf das, was die Rechtsmedizinerin zeigte.

Jane Dore bewegte ein Bein des Opfers und fingerte an der Innenseite des Oberschenkels der toten Frau. „Sehen Sie?" Sie zeigte auf das Mal an der Beininnenseite des Opfers.

Lottie verlagerte ihr Gewicht von einem Fuß auf den anderen und versuchte, ihr Unbehagen loszuwerden. Sie beugte sich vor, um zu schauen. Das Schambein der toten Frau war fast in ihrem Gesicht.

„Ja, ich sehe es", murmelte sie. Boyd blieb in ihrem Schatten.

„Jetzt sehen Sie sich das an."

Jane ging zum zweiten Tisch und riss das Laken von der anderen Leiche. James Brown lag da, weißer als er es jemals im Leben gewesen war. Stiche durchzogen auch seine Brust. Die Rechtsmedizinerin zog seine Beine auseinander.

Das Mal, das er dort trug, sah so ähnlich aus, wie die Tätowierung an Sullivans Oberschenkel. Beide befanden sich ungefähr an der gleichen Stelle. Aber dieses war mehr oval, als wäre die Hand dessen, der es gezeichnet hatte, ausgerutscht.

„Ich habe Proben der Tinte zur Analyse ins Labor geschickt. Es kann dauern, bis das Ergebnis kommt."

„Ich bin sicher, dass es sich nicht um einen Initiationsritus des Grafschaftsrats handelt", sagte Boyd.

„Heutzutage würde mich nichts mehr überraschen", sagte Lottie.

„Meiner Meinung nach wurden diese Male vor dreißig oder vierzig Jahren gemacht. Das Wachstum der Epidermis und die verblassende Tinte würden das bezeugen."

Lottie öffnete den Mund, um etwas zu sagen, entschied sich aber dagegen. Es war eine wichtige Verbindung zwischen Susan Sullivan und James Brown, außer ihrer Arbeit.

Jane Dore druckte die Bilder der Tätowierungen aus.

„Weidmannsheil", sagte sie und überreichte sie Boyd.

Lottie blies Luft durch ihre Nasenlöcher, um den Geruch von verwesendem Fleisch zu vertreiben. Sie pellte sich die Handschuhe von den Händen und warf sie in einen sterilen Abfalleimer unter einer Bank. Die Rechtsmedizinerin scrollte über den Computerbildschirm und druckte ihre vorläufigen Berichte aus.

Als sie fertig war, gab sie sie Lottie und kehrte zu den Leichen zurück, um zu kennzeichnen und einzutüten und alles das zu tun, was ein Rechtsmediziner tun muss, um eine Autopsie abzuschließen. Lottie wollte davon nichts wissen. Sie blätterte durch die Seiten, als sie hinter Boyd her schlenderte, und konnte nicht umhin, sich zu fragen, ob Susan Sullivan irgendwo da draußen ein Kind hatte.

„Finde den Namen von Sullivans Arzt heraus", sagte sie zu Boyd.

Als sie das Klicken von hohen Absätzen hörte, drehte sie sich um und sah Jane Dore hinter sich stehen. Zu nah. Lotties Wirbelsäule kribbelte. Sie fühlte sich unbehaglicher mit den Lebenden als mit den Toten. Reiß dich zusammen, Parker.

„Ich gehe einen Happen essen. Möchten Sie sich mir anschließen?"

„Es tut mir leid", sagte Lottie, „DS Boyd und ich müssen zurück nach Ragmullin. Nächstes Mal?"

„Ich hoffe, es gibt kein nächstes Mal. Wenn sie verstehen, was ich meine."

Lottie lächelte. Es war der einzige Versuch der anderen Frau, irgendeine Art von Humor zu zeigen.

Das Licht war an und machte es schwierig, zwischen Tag und Nacht zu unterscheiden. Lottie vermutete, dass es früher Nachmittag war, nach ihrem knurrenden Magen zu urteilen. Auf dem Rückweg von Tullamore hatten sie keine Zeit verschwendet. Vom Totenhaus hatte sie genug gesehen.

Derek Harte saß in dem fensterlosen, stickigen Vernehmungsraum. Er war in der Nacht von James Browns Tod bei dessen Haus gewesen. Er hatte den Notdienst angerufen und gewartet. Ende dreißig, glattes, braunes, knapp über den Ohren geschnittenes Haar und glatt rasiert. Seine grünen Augen schienen leblos in seinem aschfahlen Gesicht, wie tiefliegende verglühte Kohlen. Ein maskuliner Duft wehte von ihm her und Lottie fragte sich, ob er versuchte, sein feminines Aussehen mit Männerparfum zu kaschieren. Er trug den Duft, als sei er für jemand anderen bestimmt. Unter seiner schwarzen, gefütterten North Face-Jacke schmiegte sich die Kapuze eines roten Sweatshirts um seinen breiten Hals.

In die Wände waren Kameras und Mikrofone eingelassen. Der DVD-Rekorder war an. Nachdem die Formalitäten erledigt waren, begann Harte: „James und ich haben uns letzten Juni kennengelernt." Bei der Erinnerung daran schloss er die Augen und ein Hauch von einem Lächeln umspielte seine dünnen Lippen.

Lottie empfand Mitgefühl. Flüchtige Erinnerungen, die heimliches Lächeln und ungebetene Tränen auslösten, konnten einen in den unpassendsten Momenten überfallen. Sie kannte das nur zu gut.

„Wo haben Sie ihn kennengelernt?", fragte sie.

„Das ist sehr privat." Er hob seinen Blick und sah ihr in die Augen.

„Alles, was Sie sagen, wird mit äußerster Vertraulichkeit behandelt", sagte sie, ohne ihre eigenen Worte wirklich zu glauben.

„Ich habe ihn über das Internet kennengelernt. Ich war schon eine Weile auf dieser Dating-Website und hatte nie den Mut, mich mit jemandem einzulassen. Bis ich auf James stieß. Er wirkte nett, harmlos, wenn Sie wissen, was ich meine."

Lottie nickte nur, um seinen Redefluss nicht zu unterbrechen. Jahre des Vernehmens hatten ihre Technik verfeinert.

„Er sah normal aus. Gab sich keine Allüren. Das konnte ich an seinem Foto und seiner Biografie erkennen. Ich beschloss, ihm eine E-Mail zu schreiben und drückte auf „Senden", bevor ich meine Meinung ändern konnte. Er schickte mir eine E-Mail zurück. Wollte sich mit mir treffen. Ich konnte nicht glauben, dass er an mir interessiert war."

Harte sah Lottie an und fuhr fort: „Ich arbeite in einer Schule, sechzig Kilometer von hier."

„Wo?"

„In Athlone."

„Haben Sie sich dort mit ihm getroffen?"

„Nein. Ich war der Meinung, dass wir diskret sein mussten, also trafen wir uns in einem Hotel in Tullamore."

„Worüber haben Sie gesprochen?"

„Unsere Arbeit, hauptsächlich. Wie stressig sie war, wie wir damit fertig wurden. Das Thema unserer Sexualität sprachen wir nicht an. Nicht bei den ersten paar Malen. Ich nehme an, man könnte sie als Rendezvous bezeichnen, aber wir waren einfach wie zwei Freunde, die an der Bar etwas tranken und Fußball guckten. Nur haben wir die Fußballspiele nie geguckt."

„Wie hat sich die Beziehung entwickelt?", fragte Lottie, als es so aussah, als würde er nicht weiterreden.

„James lud mich in sein Cottage ein. Wir hatten einen wunderschönen Abend. Er hatte den Esstisch mit roten Rosen und Kerzen geschmückt. Ich hatte so etwas noch nie erlebt. Seine Liebe zum Detail war außergewöhnlich. Von da an entwickelten sich die Dinge."

„Entwickelten sich wie?", fragte Lottie, um ihn am Reden zu halten.

„Wir wurden ein Liebespaar. Wir hatten eine Zukunft vor uns." Harte hielt inne, die Augen geschlossen, und fuhr dann mit einer autoritären Miene fort: „James war der ruhigste, friedfertigste Mensch, den man sich vorstellen konnte. Ich kann nicht verstehen, warum jemand ihm so etwas antun würde. Sie haben seine Zukunft zerstört. Unsere Zukunft."

„Mr Harte, im Moment behandeln wir seinen Tod noch als Selbstmord."

„James hatte keinen Grund, sich umzubringen."

„Erzählen Sie mir von den Bildern in seinem Schlafzimmer", sagte Lottie.

„Nur Poster." Er zuckte mit den Schultern. „Heterosexuelle Männer hängen Kalender mit Frauen auf, denen die Titten raushängen." Er wurde rot. „Entschuldigung, aber ist doch wahr. James mochte seine Poster. Es gibt kein Gesetz dagegen, oder?"

„Nicht, dass ich wüsste."

„Wir waren nur zwei Männer in einer Beziehung." Er ließ die Schultern hängen.

„Ist Ihnen eine Tätowierung an James' Oberschenkel aufgefallen?"

„Ja", sagte er.

„Haben Sie ihn darauf angesprochen?"

„Er war sehr abwehrend. Sagte mir, es ginge mich nichts an. Es sei aus einem früheren Leben. Das ist es, was er sagte. Ein früheres Leben."

„Das ist alles?" fragte Lottie.

„Diese Erinnerung, was immer es war, schien ihm Schmerzen zu bereiten, also habe ich es nie wieder erwähnt."

Harte schloss die Augen und atmete tief durch.

„Geht es Ihnen gut? Möchten Sie etwas trinken? Wasser? Kaffee?" „Es geht mir gut."

„Waren Sie Weihnachten mit James zusammen?" Lottie trieb das Gespräch voran.

„Ja. Er fuhr am Heiligabend durch den Schnee, um mich zu besuchen. Aber er war aufgeregt. Verärgert, weil er zu irgendeiner Verabredung an dem Abend nicht zurückfahren konnte, aber das Wetter war so schlecht, dass er bei mir bleiben musste."

„Was für eine Verabredung könnte er am Heiligabend gehabt haben?"

„Ich habe keine Ahnung. Immerhin konnten wir den ersten Weihnachtstag zusammen verbringen." Harte lächelte. „Es war mein glücklichstes Weihnachten, seit ich aufgehört habe, an den Weihnachtsmann zu glauben."

„Wann haben Sie ihn zuletzt gesehen?"

„Am zweiten Weihnachtstag. An dem Tag fuhr er nach Hause. Er musste am siebenundzwanzigsten Dezember wieder zur Arbeit."

„Haben Sie einen Schlüssel zu seinem Cottage?"

„Nein. Aber es gibt eine Stelle, wo er ihn hinlegt."

„Wo wäre das?"

„Unter einem Stein bei dem Apfelbaum im Hof."

Lottie seufzte. Machten es alle so wie sie, was die Haussicherheit betraf?

„Könnte noch jemand davon wissen?"

„Ich habe keine Ahnung."

„War es James' Schlüssel, der letzte Nacht in der Tür steckte?"

„Das nehme ich an. Ich bin nicht in die Nähe gegangen", sagte er. Kurz darauf sprach er mit gebrochener Stimme weiter. „In dem Moment, als ich hinter seinem Auto parkte, sah ich ihn. Wie er da hing."

„Haben Sie sonst noch jemanden in der Nähe gesehen?

Andere Autos? Ist Ihnen in der Allee oder auf der Hauptstraße jemand begegnet?"

„Nichts. Ich habe nichts gesehen, Inspector. Nur James. Wie er da hing. Wie ... wie ... Oh Gott." Er bedeckte seinen Mund mit den Händen, stützte die Ellbogen auf den Tisch und schluckte einen Schluchzer hinunter.

Lottie schrieb in ihr Notizbuch, obwohl das Gespräch aufgezeichnet wurde. Sie musste ihre Gedanken sammeln.

„Wissen Sie, ob er eine kleine grüne Taschenlampe besaß?" Harte schüttelte den Kopf.

„Weiß ich nicht."

„Warum sind Sie gestern Abend zu ihm gefahren?"

„Wir hatten uns für heute Abend verabredet ... für Silvester, aber dann rief er mich wegen Susan Sullivans Tod an. Er klang so bestürzt."

„Also beschlossen Sie, durch einen Schneesturm zu fahren?"

„Ja, Inspector, das tat ich."

Lottie beobachtete ihn. Er schien aufrichtig zu sein.

„Hatte sich seine Stimmung in letzter Zeit geändert?", fragte sie.

Harte dachte einen Moment nach.

„Vor ein paar Monaten hat James mir erzählt, dass bei Susan Krebs diagnostiziert wurde. Er schien sie schon lange zu kennen, aber ich habe sie nie kennengelernt. Einmal habe ich gefragt, ob er uns vorstellen würde. Er hat es nicht getan."

„Hat er Ihnen sonst noch etwas über Susan erzählt?"

„Nur, dass sie in ihrem Leben viel durchgemacht hatte. Er redete, als würde er ihre Sorgen teilen. James war so. Eine mitfühlende Seele. Jetzt, wo ich darüber nachdenke, schien er manchmal von ihr besessen zu sein."

„Irgendeine Idee, warum?"

„Ich nehme an, es hatte etwas mit ihrer Arbeit zu tun."

„Was könnte das sein?"

„Er war sehr aufgebracht über eine Abstimmung über einen Bebauungsplan des Rats. Er sagte immer wieder, er könne nicht glauben, dass sie irgendwas umgewidmet hatten. Ich verstehe von all dem nichts, aber ich bin sicher, Sie könnten es leicht herausfinden. Man muss nur wissen, wonach man suchen muss."

„Und genau das ist der Knackpunkt", sagte Lottie und stellte sich Kirbys grimmiges Gesicht vor, wenn er sich durch einen Morast von Planungsakten wühlen musste.

„Haben Sie irgendeine Idee, wann das war?"

„Bin mir nicht sicher. Vielleicht im Juni oder Juli. Ehrlich, ich weiß es nicht. Es könnte auch nichts sein, Inspector."

„Das lassen Sie mich entscheiden", sagte sie. Nichts hatten sie schon. Was konnte ein bisschen mehr Nichts schaden?

„Ich bereue so vieles."

„Ich kenne das Gefühl", sagte Lottie. Sie dachte an alles, was sie mit Adam begraben hatte, Gefühle, mit denen sie nicht zurechtkam.

„Ich danke Ihnen, Mr Harte. Sie können gehen", sagte sie, indem sie ihr Notizbuch zuklappte, „aber ich werde sicher nochmal mit Ihnen sprechen müssen."

„Jederzeit", sagte Harte. Er stand auf und ging zur Tür hinaus. Er trug seine Jacke wie ein totes Gewicht auf den Schultern.

Als er weg war, blieb noch sein Geruch und rang mit der Luft um Lottie herum. Ein bitterer Geruch von tiefem Verlust. Sie erkannte ihn und hoffte, Harte würde trauern und seinen Kummer hinter sich lassen können. Sie bezweifelte es.

Und aus irgendeinem Grunde hatte Lottie trotz alledem einen nagenden Zweifel an seiner Ehrlichkeit.

„Würdest du dich hinsetzen, Tom? Du machst mich wahnsinnig."

Tom Rickard, der Bauträger, lief weiter in der marmorgefliesten Küche auf und ab und warf dabei hin und wieder einen Blick auf seine Frau Melanie. Er ärgerte sich über seine eigene Dummheit in Bezug auf das Telefongespräch mit James Brown. Noch mehr ärgerte er sich über die Kriminalkommissarin und ihre Schnüffelei. Melanie Rickard leerte den Rest ihres Cabernets, ging zur Spüle und spülte das Glas aus. Sie bevorzugte Weißwein, also warum hatte sie seinen Roten geöffnet? Sie benahm sich zickig, weil er ihre Silvesterpläne abgesagt hatte, ohne sie zu fragen.

Er hatte reichlich Platz zum Hin- und Herlaufen. Ihre Küche war so groß wie das Erdgeschoss eines normalen Hauses. Aber ihr Haus war nicht normal. Nichts war normal, wenn es um Melanie Rickard ging, mit der er seit einundzwanzig Jahren verheiratet war.

„Was ist eigentlich los?" Sie trocknete das Glas ab, während sie ihm weiter den Rücken zuwandte.

Er gab keine Antwort. Er wusste, dass sie nicht wirklich eine wollte. Melanie stellte Fragen, weil sie meinte, dass es erwartet wurde, nicht weil sie sich kümmerte. Sie hatte schon vor Jahren aufgehört, sich um Dinge zu kümmern, die mit ihm zu tun hatten. Dessen war er sich sicher.

Die Wanduhr tickte den Abend vorbei und verstärkte die

Unruhe, die in seinem Kopf wütete. Melanie wollte eine Party. Sie wollte einen weiteren Urlaub. Ihr Kleiderschrank ächzte vor Kleidung mit Designerlabels und teuren Preisschildern. Sie wollte alles. Sie bekam alles. Er hatte alle ihre Wünsche erfüllt. Damit war jetzt Schluss. Alles, was er hatte, steckte in dem neuen Projekt. Einem Projekt, das rasant im Treibsand versank. Er würde mit ihm versinken. Er erstickte in der Schlinge uneinbringlicher Schulden und jetzt waren auch noch zwei Menschen tot.

Er wusste nicht, was er tun sollte. Also lief er weiter auf und ab. Auf und ab auf ihrem importierten grünen italienischen Marmor.

Als er aufblickte, war Melanie gegangen.

Er musst mit jemandem reden. Er wollte seine Seelenfreundin, wollte den Trost ihrer Arme und Beine um sich spüren.

Und seine Seelenfreundin war nicht Melanie.

Rickard zog seinen Mantel an, steckte sein Telefon in die Tasche, wickelte sich einen Kaschmirschal um den Hals und tauschte die Wärme seiner stillen Küche gegen die kalte Nachtluft.

21

Lottie stand vor Susan Sullivans Haus. Tatortbänder flatterten in der arktischen Brise. Sie nickte den uniformierten Wachen zu, die im Streifenwagen saßen. Es würde eine lange, kalte Nacht werden. Sie hoffte, sie hatten eine Thermoskanne mit etwas Warmem dabei. Sie hatte angeordnet, dass das Haus ein paar Tage lang beobachtet werden sollte. Nur für den Fall, dass jemand auftauchte.

Dunkelheit umhüllte das Haus wie ein Kapuzenumhang. Alle umliegenden Häuser waren in helle Lichter getaucht, an einigen funkelte noch die eine Woche alte Weihnachtsdekoration. Sie vermutete, dass die Bewohner ihren Champagner kühlten, um das neue Jahr einzuläuten. Aber das Sullivan-Haus stand in Trauer, die dunklen Fenstern reflektierten das Licht des gefrorenen Schnees auf den Fensterbänken.

Bevor sie das Revier verlassen hatte, hatte sie das Einsatzteam über die Berichte der Rechtsmedizinerin und die Vernehmung von Derek Harte informiert. Sie hatte Boyd zurückgelassen, um sich um das Ermittlungstagebuch zu kümmern, und Kirby war damit beschäftigt, die Berichte der Haus-zu-Haus-Ermittlungen miteinander zu vergleichen. Bis jetzt, nichts. Niemand hatte etwas gesehen. War Ragmullin die Stadt der Tauben, Blinden und Stummen? Was war aus dem Tal der spähenden Fenster geworden? Keine Spur von einem Ehemann, Freund oder gar einer Freundin von Sullivan und ihr Handy oder ihren Laptop hatten sie auch noch nicht gefunden.

Während das Team in Papierkram versunken war und alle darüber schimpften, dass es Silvester war und sie ihre Partys verpassen würden, war sie geflüchtet. Sie brauchte frische Luft und trotz der Kälte, die sie überfiel, war sie auf den gefrorenen Fußwegen durch die Stadt gewandert, angezogen von Sullivans Haus. Die Erfahrung sagte ihr, dass in diesem Haus ein Hinweis war. Sie musste ihn nur finden.

Sie duckte sich unter dem Absperrband hindurch und öffnete die Tür. Als sie das Flurlicht anknipste, spürte sie, wie das Haus knarrte, und hörte irgendwo oben einen Heizkörper rattern und dann wieder ruhig werden. Das Haus war warm. Heizung mit Zeitschaltuhr, schlussfolgerte sie. Als sie die Küche betrat, ertönte ein Summen aus dem Kühlschrank in dem ansonsten stillen Raum.

Während sie sich umsah, fragte sich Lottie, wie die Küche in einem solchen Zustand sein konnte, verglichen mit dem Schlafzimmer im Obergeschoss. Es war, als bewohnten zwei verschiedene Menschen das Haus. War Susan bipolar oder schizophren, oder was? Konnte es etwas mit Susans Kindheit zu tun haben?

Als sie den Kühlschrank öffnete, erhellte die Innenbeleuchtung die Küche. Sie zog die winzige Gefrierschublade ganz oben auf. Becher mit Ben & Jerry's-Eiscreme starrten sie an. Ordentlich aufgereiht, um nie gegessen zu werden. Sie schloss die Schublade und durchsuchte den Rest des Kühlschranks. Ein halber Block Rotschimmelkäse mit ausgetrockneten Rändern. Milch und die Reste einer roten Zwiebel. Eine ungeöffnete Packung Schinken in Scheiben und zwei Tafeln Schokolade. Hinter der Milch ein Karton mit Orangensaft. Im Fach ganz unten lagen grüne Paprika und ein halber Kohlkopf.

Bevor sie die Tür schloss, öffnete sie noch einmal die Gefrierschublade. Als sie die Eiscremebehälter herausnahm, bemerkte sie einen vereisten Beutel. Es war ein Gefrierbeutel aus Plastik mit Papier darin. Sie zog sich ein Paar Latexhandschuhe an und holte den Beutel heraus. Hart gefroren. Durch den Frost konnte sie sehen, dass es Bargeld war. Der oberste Schein war ein Fünfziger. Du liebe Güte, wenn das alles Fünfziger waren, mussten da mindestens zweitausend Euro drin sein. Mehr sogar. Warum hatte Susan Sullivan Geld in ihrem Gefrierschrank versteckt? Eine Urlaubskasse? Aber wozu sollte sie eine haben, wenn sie todkrank war? Lottie wollte das Geld zählen, aber sie würde warten müssen, bis es aufgetaut war.

Kirby und Lynch! Wie konnten sie das übersehen? Was hatten sie noch übersehen? Sie sah sich nach etwas um, worin sie das gefrorene Paket transportieren konnte, und entschied dann, dass es vernünftig wäre, es dort zu lassen, wo sie es gefunden hatte. Die Spurensicherung würde es untersuchen müssen.

Lottie legte den Beutel mit dem Geld wieder in den Kühlschrank und schloss die Tür. Sie ging zum Fenster, zog die Jalousien herunter und schaltete das Licht an. Sie schaute in alle Schränke. Altmodisches Teakholz, fettverkrustet. Da sie sonst nichts Ungewöhnliches fand, schaltete sie das Licht aus und schloss die Küchentür.

Sie warf einen Blick auf die Stapel vergilbter Zeitungen im Wohnzimmer und unterdrückte den Drang, sie zu durchsuchen. Sie würden wahrscheinlich nichts offenbaren, was für ihre Ermittlung von Interesse war, nichts als eine Sammlung von Gerümpel, die Befriedigung einer Besessenheit. Sie musterte den Raum jenseits der Stapel. Ein Fernseher, zwei Sessel und ein Kamin. Da fiel ihr ein, was sie bei der ersten Besichtigung des Hauses im Hinterkopf gehabt hatte.

Eine leere Postkarte. Ein Bild auf der einen Seite, nichts auf der anderen. Ein Haus ohne menschliche Dinge. Dinge, die Menschen im Laufe der Zeit sammelten und die ihr Leben widerspiegelten. Dinge, die einem sagten, wer sie waren, wo sie gewesen waren, wie sie gelebt hatten. Keine Bücher, die verrieten, was Susan las, keine Fotos von Leuten, die sie kannte, oder von Orten, die sie besucht hatte, keine CDs, die ihren Musikgeschmack offenbarten, keine DVDs mit Filmen, die sie mochte, keine Parfums, die einem einen Duft der Frau vermittelten. Sullivans Haus war eine leere Leinwand ohne Reflexionen ihrer Persönlichkeit, ihrer Emotionen, ihres Lebens. Ihr Haus war ein Spiegel dessen, was sie von Susan Sullivan wussten. Nichts.

Lottie brauchte nicht noch einmal oben nachzuschauen. Detectives Larry Kirby und Maria Lynch würden wiederkommen. Dieses Mal würden sie gründliche Arbeit leisten. Inkompetenz war etwas, das sie nicht duldete. Ihre Leute waren gut und so etwas durfte ihnen nicht passieren. Und Sullivans Handy blieb verschwunden, ihr GPS-Trackingsystem hatte es nicht aufgespürt.

Sie zog die Haustür hinter sich zu, die Tür schnappte ins Schloss und Lottie machte sich auf den Weg nach Hause.

Die arktische Brise hatte sich in einen heulenden Wind verwandelt. Schnee umwirbelte Lottie und sie musste vorsichtig gehen. Sie überlegte, ob sie Boyd anrufen sollte, damit er sie abholte, aber entschied sich dagegen. Es wurde schon spät und er war sehr wahrscheinlich dabei, das Ende des alten Jahres zu feiern. Sie nahm die Abkürzung durch das schwach beleuchtete Gewerbegebiet, um die aus den Pubs strömenden Nachtschwärmer, die mit ihrem Wein und ihren Zigaretten über die verschneiten Gehwege stolperten, zu meiden.

Der Wind hallte zwischen den hohen, leeren Industriegebäuden wider und einige Stromkabel hingen gefährlich tief. Mit schnellen Schritten ging sie gegen den Schneesturm an und verfluchte das Wetter.

Der erste Schlag traf sie in die Rippen, zwang sie in die Knie und nahm ihr den Atem. Sie versuchte sich zu fangen, aber der Schmerz in ihrer Seite schoss durch ihren Körper. Was war los? Vor lauter Wind hatte sie niemanden näherkommen hören.

Der zweite Schlag auf ihren Rücken warf sie mit dem Gesicht nach unten auf das Eis, die Arme ausgestreckt, verzweifelt nach etwas greifend, woran sie sich festhalten konnte. Sie prallte mit dem Gesicht auf den Boden und ein Gewicht hielt sie unten. Ihre

Kehle wurde zusammengedrückt, als die Kordel ihrer Kapuze fest-gezogen wurde. Sie rang nach Atem. Sie erstickte. Er war auf ihr drauf. Ein Bild ihrer Kinder flitzte ihr durch den Kopf, der Instinkt, sich zu wehren, setzte sich durch und ihr Training mobilisierte sich.

Sie versuchte, ihre Arme zu bewegen und sich auf die Ellbogen zu stützen, aber der Angreifer war zu schwer. Sie würgte an dem metallischen Geschmack des Blutes, das sich in ihrem Mund sammelte. Als der Schmerz größer wurde, packte sie die Wut. Der Angreifer zog fest an der Kordel. Sie biss die Zähne zusammen, schob einen Arm unter sich und schwang ihren anderen Ellbogen rückwärts. Der Griff um ihren Hals lockerte sich und sie schnappte nach der kalten Luft.

Sie sah Lichter in der Ferne. Autoscheinwerfer, dachte sie. Der Druck von oben war wieder da und sie war auf dem blutigen Eis gefangen. Sie roch Körperschweiß, als er seinen Mund ihrem Ohr näherte.

„Denken Sie an Ihre Kinder, Detective Inspector", sagte er, seine Stimme hoch über dem Wind. Er versetzte ihr einen dumpfen Schlag gegen die Schläfe.

Sie versuchte, sich umzudrehen. Er schlug sie noch einmal.

Die Scheinwerfer des näherkommenden Wagens leuchteten einmal, dann nochmal auf und sie spürte, wie ihr Körper frei wurde, als das Gewicht, das sie unten hielt, verschwand. Sie hörte, wie das Auto anhielt und eine Tür aufging.

„Alles in Ordnung, Missus? Ich glaube, ich habe ihn vertrieben."

„Bringen Sie mich nach Hause", stöhnte sie.

22

„Sie nimmt nicht ab", sagte Chloe.

„Wenn ich gewusst hätte, dass sie so lange arbeiten würde, wäre ich zu einer Party gegangen." Katie klang verärgert. „Du willst doch sowieso nur Geld für ein Takeaway von ihr."

„Nein, Schlaumeier", sagte Chloe. „Ich will, dass wir heute Abend eine Familie sind."

„Ruf das Revier an", sagte Sean. „Und hört auf zu streiten oder ich gehe ins Bett." Er schaltete den Fernseher aus.

„Hey, ich gucke das", sagte Katie und hob den Kopf. „Haltet ihr beide mal die Klappe", sagte Chloe. „Komm zurück, Sean."

Im Flur stand Lottie und starrte ihren Sohn an. Alle drei waren zu Hause. Am Silvesterabend. Sogar Katie.

„Mama! Was ist dir denn passiert?"

Sean eilte zu ihr. Lottie packte seinen Arm, er hakte sie unter und führte sie ins Wohnzimmer. Sie setzte sich in den Sessel neben dem nicht angezündeten Kamin. Die Heizung schien auf vollen Touren zu laufen. Es war ihr egal.

„Mutter? Ich wollte gerade deine Arbeit anrufen", sagte Chloe. Sie und Katie standen vor ihr und starrten sie an.

„Kein Grund zur Sorge. Ich bin im Gewerbegebiet überfallen worden." Lottie rieb sich mit der Hand über die Nase. Als sie die Hand wegnahm, hatte sie Blut an den Fingern.

„Ich rufe einen Arzt an", sagte Chloe, Besorgnis stand ihr in ihrem jungen Gesicht geschrieben.

Lottie wischte mit zitternden Fingern das Blut von ihrem Gesicht.

„Mir geht's gut. Ich glaube nicht, dass etwas gebrochen ist." Sie hoffte, ihre Nase war nicht gebrochen, aber sie wusste, wenn die Nase gebrochen wäre, wären die Schmerzen deutlich schlimmer.

Drei besorgte Gesichter schauten sie an. „Alles ist okay. Ehrlich. Ich muss mich nur waschen."

Sie mochte nicht darüber nachdenken, was hätte passieren können, wenn das Taxi nicht aufgetaucht wäre. Der Fahrer hatte ihr gesagt, er habe den Angreifer nur noch von hinten gesehen, als er auf die alten Waggons unten an der stillgelegten Bahnstrecke zulief. Er wollte ihm folgen. Sie wollte nur noch nach Hause. Um ihre Kinder zu sehen. Um sicherzugehen, dass ihnen nichts passiert war. Der Taxifahrer war ihrem Wunsch nachgekommen.

„Ich mache dir eine Tasse Tee", sagte Chloe.

„Ich helfe dir", sagte Katie.

Sean saß auf der Sessellehne.

Sie war froh, ihre Kinder um sich zu haben. Sie waren in Sicherheit und sie war es auch. Im Moment jedenfalls.

„Keinen Tee", sagte Lottie. „Ich muss ins Bett. Wir bestellen uns ein Takeaway." Sie sah sich suchend um. Keine Handtasche. Der Straßenräuber war beim Kreischen der Autobremsen geflohen, aber nicht mit leeren Händen. Von dem Inhalt ihrer Tasche würde er nicht reich werden. Gott sei Dank war sie nicht so dumm gewesen, das Bargeld aus Susan Sullivans Gefrierschrank mitzunehmen. Glück im Unglück und so weiter, dachte sie.

„Vielleicht ist noch genug in der Küchendose", sagte sie und stand behutsam von dem Sessel auf.

Langsam stieg sie die Treppe zu ihrem Schlafzimmer hinauf und ignorierte die Kleidungsstücke, die durcheinander auf dem Boden herumlagen und an der Kleiderschranktür hingen. Nachdem sie sich vorsichtig ausgezogen hatte, ging sie unter die

Dusche und ließ den heißen Wasserstrahl ihre Schmerzen lindern und ihre Wunden säubern.

Während sie ihren warmen Körper abtrocknete, begutachtete sie ihre Wunden. Im schlimmsten Fall hatte sie eine gebrochene Rippe, im besten Fall geprellte Rippen. Ein tiefer Schnitt klaffte auf ihrem Nasenrücken. Kein Bruch. Ein weiterer, kleinerer Schnitt befand sich unter ihrem linken Auge. Sie würde morgen einen schönen Anblick bieten, dachte sie, wenn die blauen Flecken auftauchen würden.

Die Arme taten ihr weh, ihre Kehle war roh und die Haut an ihrem Hals verfärbte sich bereits bläulich. Er hatte es fast geschafft, sie zu erwürgen. Sie tröstete sich – sie hatte sich gewehrt. Verzweifelt. Warum hatte Susan Sullivan nicht gekämpft, um sich zu retten? Jane Dore hatte wenige oder keine Abwehrverletzungen festgestellt. Was für ein Mensch hat keinen Überlebensinstinkt? Lottie konnte es nicht verstehen.

Sie warf ihre Klamotten vom Bett auf den Fußboden und legte ihren Kopf auf die Kissen. Weil sie jemanden brauchte, mit dem sie reden konnte – außer Boyd – scrollte sie durch ihre Telefonkontakte nach der Nummer ihrer langjährigen, gelegentlichen Freundin. In letzter Zeit hatte sie Annabelle O'Shea, eine ihrer ältesten Freundinnen und das genaue Gegenteil von Lottie, nicht viel gesehen. Fitness, Yoga und jedes andere modische Training, das man sich ausdenken konnte – Annabelle machte mit. Lottie hatte keine Lust, so viel Zeit mit sich selbst zu verschwenden. Die Voice-Mailbox wies sie an, eine Nachricht zu hinterlassen. Das tat sie nicht. Sie legte auf, zog sich die Bettdecke über ihren schmerzenden Körper und wünschte sich den Schlaf herbei.

Sie lag noch eine lange Zeit wach, mit der Hand auf dem Argos-Katalog, und dachte an James Brown mit seinen pornografischen Schlafzimmerwänden und an Susan Sullivan mit einem Wohnzimmer voller Zeitungen, einem Kühlschrank mit gefrorenem Geld und einem Haus, das nichts über ihr Leben aussagte. Und ihren eigenen gesichtslosen Angreifer. Die ganze Zeit hallten in ihrem Kopf die Worte „denk an deine Kinder" wider. Er hatte es auf sie abgesehen gehabt. Warum?

Zum ersten Mal seit Jahren spürte Lottie, wie die Angst unter ihrer Haut kribbelte.

Boyd arbeitete bis spät in die Nacht. Als die Glocken der Kathedrale den Anbruch eines neuen Jahres einläuteten, war er dabei, den Bericht der Rechtsmedizinerin zu lesen.

Er öffnete die Online-Planungsdateien und begann, Einzelheiten mit den Geistersiedlungsdateien zu vergleichen. Eine systematische, akribische Arbeit. Eine Arbeit, in der er gut war. Sie lenkte ihn von anderen Dingen ab. Von anderen Leuten. Von einer Person, genauer gesagt.

Nachdem er erfolgreich nichts gefunden hatte, ging er nach Hause und schwitzte auf seinem Turbo-Bike. Seine Frustration half, Adrenalin zu pumpen, bis sein Brustkorb fast zusammenbrach.

Er gab auf, zündete sich eine Zigarette an und saß rauchend auf seinem stehenden Fahrrad. Hin und wieder wurde der Raum von dem sprudelnden Feuerwerk am Nachthimmel erleuchtet. Und er war allein.

Um vier Uhr morgens piepte Lotties Handy auf dem Nachttisch. Sie blinzelte auf die Nummer. Sie war ihr unbekannt.

Eine SMS. Möge das neue Jahr Ihnen Frieden bringen.

Sie textete zurück. Wer ist das?

Ein paar Sekunden später erschien die Antwort.

Pfarrer Joe.

Sie lächelte und fiel in einen unruhigen Schlaf. Sie träumte von blauen Augen, Kreuzen in Kreisen und einem Strick, der sich um ihre Kehle schloss, bis sie in kalten Schweiß gebadet erwachte. Sie schleppte sich in die Dusche, stand unter dem heißen Wasser und legte sich dann, ein Handtuch lose um ihren gebeutelten Körper gewickelt, wieder aufs Bett.

Aber der Schlaf kehrte nicht zurück.

1. Januar 1975

Das Mädchen wachte mit furchtbaren Schmerzen unten im Bauch auf.

Sie schleppte sich aus dem Bett und schrie, als die Schmerzen wellenartig stärker wurden.

„Heilige Mutter Gottes. Oh, Jesus Christus", schrie sie.

Ihre Mutter kam ins Zimmer gerannt.

„Was soll die ganze Aufregung?"

Beim Anblick von Blut und Wasser, das die Beine ihrer Tochter hinunterlief, blieb sie stehen. Plötzlich wusste sie, was los war. Sie bekreuzigte sich und ging zu dem Mädchen. Sie legte es auf das Bett.

„Was hast du getan?"

Das Mädchen schrie. Und schrie wieder.

Ihre Mutter schaute entsetzt zu, als ihre Tochter ein einziges Mal presste und ihr Enkelkind auf die Welt kam.

Das Baby schrie.

Sie weinten beide.

Keine von ihnen wusste, was sie tun sollte.

Also weinten sie noch mehr.

„Ich hole eine Hebamme", sagte die Mutter. „Und den Priester. Er wird wissen, was zu tun ist."

„Nein!", heulte das Mädchen schrill und von Schrecken erfüllt auf.

DRITTER TAG

1. JANUAR 2015

23

„Ich wünsche mir ein frohes neues Jahr", sagte Lottie, als sie die Jalousien in der Küche hochzog. Da es draußen noch dunkel war, sah sie in der Fensterscheibe ihr lädiertes Spiegelbild. Sie fuhr mit den Fingern durch ihr Haar und dachte, dass sie es mal wieder schneiden und färben lassen müsste. Das Kastanienbraun wuchs heraus und an ihrem Scheitel machte sich eine dünne graue Linie bemerkbar. Bald würde sie wie ein Dachs aussehen, aber sie hatte wichtigere Sorgen. Scheiße, sie sah aus, als hätte sie zehn Runden mit dem olympischen Boxer von Ragmullin gekämpft.

Sie schaute auf ihr Handy und las die nächtliche SMS von Pfarrer Joe Burke. Sie hatte nicht geantwortet. Besser so. Er ist ein Verdächtiger, dachte sie.

Sie machte sich daran, die Küche aufzuräumen, drückte leere Colaflaschen zusammen und knickte den Pizzakarton in die Recyclingtonne. Zwei Abende nacheinander hatten ihre Kinder Junkfood gegessen. Das konnte so nicht weitergehen. Sie musste in den Supermarkt, einkaufen. Sie hoffte, dass Tesco geöffnet sein würde, aber es war Neujahr, verdammt. Sie öffnete die Schranktüren und notierte sich im Geiste, was sie brauchte. Alles.

Dann fiel ihr ein, dass sie kein Portemonnaie hatte, keine Karten, kein gar nichts. Sie legte die letzten zwei Weetabix in eine Schüssel, setzte sich an den Tisch und dachte über ihren Angreifer nach. Könnte er derjenige sein, der Sullivan und Brown ermordet hatte? Wollte er sie umbringen? Sie schüttelte diesen Gedanken ab. Sie musste an ihre Kinder denken.

Ihre Kinder. Chloe stand in der Schule unter Druck. Katie kämpfte mit den ständigen schriftlichen Arbeiten für das College und hatte sie seit Adams Tod geistig ausgesperrt. Und Sean verbrachte den ganzen Tag an seiner PlayStation. Lottie war am Verzweifeln. Wie sollte sie mit ihnen und ihrem Job fertig werden? Vielleicht sollte sie ihre Mutter bitten, nach ihnen zu sehen. Aber ihr letzter Streit war noch zu frisch.

Seufzend goss sie Kaffee in einen Becher und Milch über ihre Frühstücksflocken. Sie plumpste in dicken Klumpen heraus. Bei dem sauren Geruch musste sie würgen und schlürfte ihren schwarzen Kaffee. Eine Zigarette wäre schön, dachte sie, als der Schmerz in ihrem Kopf stärker wurde. Sie suchte in einer Schublade nach Schmerztabletten, fand eine Xanax und schluckte die stattdessen. Sie wickelte die Arme um ihre geprellten Rippen und wünschte sich, die Schmerzen würden aufhören.

Ihre Kinder würden wahrscheinlich bis Mittag schlafen. Nächste Woche erwartete sie ein böses Erwachen. Sie mussten wieder zur Schule.

Und sie – musste zur Arbeit.

Als Lottie schließlich beim Revier eintraf, war ihre Laune so frostig, wie der eisige Wind, der ihr auf dem Weg zur Arbeit ins Gesicht gepeitscht hatte.

„Kirby. Lynch", kommandierte sie, als sie das überfüllte Büro betrat, und zog ihre Jacke aus.

Die beiden drehten sich in ihren Stühlen herum, warfen sich einen Blick zu und sahen dann wieder Lottie an.

„Mein Büro!" Scheiße, dies ist jetzt mein Büro, dachte sie.

Boyd saß an seinem Schreibtisch und plauderte am Telefon. Er sah zu ihr auf und dann zu Kirby und Lynch, die stramm standen. Kirby klopfte seine Tasche nach einer Zigarre ab, die er im

Gebäude nicht rauchen konnte, sein Gesicht verquollen wie von einem Kater, und Lynch hatte ihr Haar zu einem nüchternen Pferdeschwanz gebunden. Lottie nickte Boyd zu, dass er verschwinden sollte. Er beendete hastig sein Telefongespräch.

„Mein Gott, was ist mit dir passiert?", fragte er.

„Nichts." Lottie warf ihre Jacke über die Rückenlehne ihres Stuhls und wich seinem eindringlichen Blick aus.

„Sieht mir nicht nach nichts aus. Bist du im Flur gegen ein paar Leitern gelaufen?"

„Ich erzähle es dir später."

„Ich möchte lieber nicht wissen, wie der andere Typ aussieht."

„Lass es, Boyd. Es war nur irgendein Straßenräuber im Gewerbegebiet, unten bei dem alten Getreidespeicher. Wahrscheinlich einer der Bahnhofjunkies auf der Suche nach Geld. Er hat meine Handtasche."

„Bist du in Ordnung? Hast du es gemeldet?", fragte er. „Vermutlich nicht."

„Kein Grund zur Aufregung."

„Sag mir, wo es passiert ist, und ich schicke jemanden, um deine Tasche zu suchen." Boyd saß auf der Kante ihres Schreibtisches.

Lottie gab nach. „Gestern Abend bin ich zum Haus von Susan Sullivan gegangen, um mich noch einmal umzusehen. Das führte zu etwas, das ich mit den beiden besprechen möchte. Auf dem Weg nach Hause durch das Gewerbegebiet bin ich überfallen worden."

„Warum hast du es nicht gemeldet?"

„Das tue ich doch gerade."

Sie informierte Boyd über alle Einzelheiten, an die sie sich erinnern konnte und gab ihm die Visitenkarte des Taxifahrers, damit er alles weiterverfolgen konnte, was dieser vielleicht gesehen hatte.

„Und frag die Uniformierten, die Sullivans Haus bewacht haben, für den Fall, dass sie letzte Nacht jemanden gesehen haben."

„Ich bin in einer Minute zurück", sagte Boyd und holte seine Jacke.

Ein unbeaufsichtigter Kopierer jaulte und spuckte Papier aus, das sich mit alarmierendem Tempo ansammelte. Lottie schaltete ihn ab und wandte ihre Aufmerksamkeit Maria Lynch und Larry Kirby zu.

„Die Schnittwunden sehen schlimm aus. Sind Sie sicher, es ist alles okay?", fragte Lynch, den Blick voller Sorge.

„Es geht mir gut." Lottie verschränkte die Arme und stellte sich direkt vor die beiden. „Wie gut haben Sie das Haus von Susan Sullivan durchsucht?"

„Gründlich", sagten die beiden Kriminalbeamten einstimmig.

Lottie schaute von einem zum anderen.

„Nicht *gründlich* genug. Wer hat das Gefrierfach im Kühlschrank überprüft?"

„Das war ich", meldete sich Kirby und eine Sorgenfalte zog eine Furche über seine Stirn. Der Whiskey der letzten Nacht trieb Schweißperlen in die Rillen. Sein Atem stank. Lottie trat einen Schritt zurück.

Lynch ließ die Schultern sinken und ihr Mund verzog sich zu einer geraden Linie. „Raten Sie mal! Nein, versuchen Sie es gar nicht erst", sagte Lottie, als Kirby den Mund öffnete. „Ich habe ein Bündel Geld gefunden, ziemlich viel sogar, eingefroren in einem Beutel. Im Gefrierfach. Was sagen Sie dazu?"

„Jemand muss es dorthin gelegt haben, nachdem wir es durchsucht hatten", sagte Kirby krampfhaft. „Alles, was ich gesehen habe, war Eiscreme."

„Haben Sie hinter der Eiscreme nachgesehen? Haben Sie die Eiscreme herausgenommen?"

„Nein, habe ich nicht."

Kirby zog mit seinem unpolierten, schwarzen Lederschuh eine imaginäre Linie auf dem Boden nach.

Ich bin enttäuscht von Ihnen", sagte Lottie. „Von Ihnen beiden."

Ein scharfer Schmerz riss an ihren Rippen und zwang sie, sich hinzusetzen. Ihre Lust auf Wut verebbte. Sie war zu angeschlagen, um noch länger ärgerlich zu sein.

„Ich möchte nicht, dass in Zukunft noch mal so etwas passiert. Ich brauche Ihnen nicht zu sagen, dass stümperhafte Durchsuchungen inakzeptabel sind."

„Ja, Inspector", sagte Lynch. Sie biss sich auf die Lippe, aber ihre Augen blitzten vor Zorn.

Lottie wusste, dass Detective Lynch nicht wollte, dass dieses Armutszeugnis ihre tadellose Akte verunstaltete. Es könnte Probleme für ihre Karriere bedeuten, aber Lottie war die direkte Vorgesetzte, und das bedeutete, dass sie Leute für schlechte Arbeit zurechtweisen musste. Hier liefen wichtigere Dinge als die Ambitionen von Maria Lynch.

Kirby sagte nichts, sondern ließ nur den Kopf mit einer Armesündermiene hängen. Da verstand Lottie, wie eine Mittzwanzigerin auf ihn hereinfallen konnte – wahrscheinlich tat er ihr leid. Sie entließ die beiden und sie eilten davon.

Boyd kam zurück und warf ihr eine Papiertüte von der Apotheke auf den Schreibtisch. „Nimm nicht alle auf einmal", sagte er. „Du hast Glück, dass Boots heute aufhat." Er schaltete den Kopierer wieder ein, bevor er sich an seinen Schreibtisch setzte.

„Du bist ein Lebensretter." Schnell schluckte sie drei Schmerztabletten. „Hast du keine Arbeit zu erledigen?", fragte sie und loggte sich in ihren Computer ein.

„In der Tat, das habe ich", sagte er und begann, laut auf seine Tastatur zu hämmern. Lottie saß, das Kinn auf die Hand gestützt, beobachtete Boyd und lauschte dem Kopierer in dem ansonsten ruhigen Büro. Plötzlich verspürte sie das Bedürfnis, dass jemand sie umarmte, sie festhielt und ihre Schmerzen linderte. Fast hätte sie die Hand nach Boyd ausgestreckt, tat es aber nicht.

24

Die Gerüchteküche von Ragmullin brodelte, aber Cathal Moroney, ein Journalist bei RTE, dem nationalen Fernsehsender, konnte nichts finden, was einen Bericht wert gewesen wäre. Er blätterte durch sein leeres Notizbuch. Er hungerte nach einem neuen Blickwinkel auf den Mord und vermuteten Selbstmord.

Er hatte einige der Kollegen der Opfer interviewt, aber sie wussten nichts. Er wollte eine Geschichte, die das Leben geschrieben hatte, eine Geschichte, die sein müdes Publikum aufwecken würde. Er wollte den Scoop seines Lebens.

Er stellte sich immer wieder die Frage, die sich alle stellten. Hatten die Todesfälle etwas mit der Bebauungsplanung zu tun? Und war Brown ermordet worden? Wenn es sich herausstellte, dass es zwei Morde waren, hieß das, es gab einen Serienmörder, der diese müde Stadt in den Midlands heimsuchte? Bei dem Gedanken geriet er ins Schwitzen. Na, das wäre vielleicht eine Geschichte!

Während er sich die Hände an einer frühmorgendlichen Tasse Kaffee wärmte, lauschte er dem Klatsch und Tratsch im McDonald's. Alle hatten eine Meinung. Alle redeten Scheiße.

Er bemerkte einige Gardaí an einem Tisch in der Ecke bei den Toiletten, die die Köpfe zusammensteckten. Jeder kannte Cathal Moroney, aber diese Gruppe war so in ihr eigenes Gespräch vertieft, dass sie ihn nicht bemerkte. Er schlüpfte in die schummerige Ecke hinter ihnen und nippte an seinem Kaffee. Und horchte. Und er hörte. Etwas Neues. Das konnte genau die Geschichte sein, auf die er gewartet hatte. Er brauchte nur noch eine offizielle Stellungnahme.

Er zückte sein Handy und rief seine Quelle an.

Lottie legte beide Füße auf den Schreibtisch und verschränkte die Hände hinter ihrem Kopf. Die Tabletten hatten den klopfenden Schmerz in ihren Rippen gelindert und sie hatte ein Pflaster auf die Schnittwunde an ihrer Nase geklebt.

Die vorläufigen technischen Berichte boten nicht viel Hoffnung. In der Nähe von Sullivans Körper war DNS gefunden worden. Massenhaft Hautzellen und Haare. Alles war registriert und bereit, verglichen zu werden. Und es würde wahrscheinlich Wochen dauern, bis Ergebnisse kamen, wenn überhaupt.

Die forensischen Berichte für James Brown waren noch nicht da, also sah sie sich die vorläufigen Autopsieberichte an. Vielleicht hat er sich umgebracht, dachte sie mit einem Gähnen, aber was ist mit den abgeschürften Fingern und der Prellung am Hinterkopf?

Ihr Kiefer tat weh und Schmerz schwächte ihre Knie, also stellte sie die Füße mühsam auf den Boden, stand auf und versuchte, sich zu strecken. Sie hatte Hunger. Vielleicht könnte Kirby ihr ein Happy Meal holen. Sie beäugte den mürrischen Kriminalbeamten auf der anderen Seite des Raumes. Lieber nicht.

Ihr Telefon klingelte.

„Inspector?"

„Ja, Don", antwortete Lottie dem Polizisten an der Rezeption.

„Cathal Moroney von RTE ist hier und bittet um eine Stellungnahme. Superintendent Corrigan ist heute Morgen später dran, aber er sagt, Sie sollen mit ihm reden. Er hat es von der Pressestelle absegnen lassen. Ich habe Moroney in den Konferenzraum gebracht. Werden Sie mit ihm sprechen?"

Nein, werde ich nicht, wollte sie sagen.

„Ich bin gleich da", seufzte sie und ging die Treppe hinunter.

„Inspector." Moroney ließ sein Megawatt-Fernsehlächeln aufblitzen. „Ich freue mich, dass Sie mir ein paar Minuten Ihrer kostbaren Zeit schenken können."

„Ein paar Minuten ist alles, was ich habe, Mr Moroney."

„Nennen Sie mich Cathal", sagte er, nahm ihre Hand in die seine und erzwang so einen Kontakt, den Lottie nicht angeboten hatte. Der Kameramann, der hinter Moroney stand, stellte sein Objektiv ein und richtete es auf sie.

„Was kann ich für Sie tun?" Lottie zog ihre Hand so schnell zurück, wie es die Höflichkeit erlaubte. Sie widerstand dem Drang, sie an ihrer Jeanshose abzuwischen. Trotz seines entwaffnenden Lächelns und seiner plump vertraulichen Art hatte Moroney etwas entschieden Unangenehmes an sich, etwas, das sie nicht genau ausmachen konnte, aber sie spürte es nichtsdestoweniger.

„Inspector Parker, was können Sie mir zu den Gerüchten sagen, dass James Brown ein aktiver Pädophiler war?"

Völlig überrumpelt, blinzelte Lottie verwirrt.

„Ich ... wovon reden Sie?"

„Davon, dass er in irgendwelche rituellen, sadistischen, psychosexuellen..."

„Das reicht", schnauzte Lottie. „Sie, schalten Sie die Kamera aus. Jetzt."

„Vielleicht möchten Sie sich zu der großen Menge Geld äußern, die in..."

„Aus.Das ist ein Befehl."

„Schon gut." Der Mann senkte seine Kamera.

„Ich weiß nicht, was für ein Spiel Sie hier spielen, *Mister* Moroney", Lottie richtete einen Finger auf Moroneys selbstgefälliges Gesicht, „aber von jetzt an werden Sie auf eine Mitteilung der Pressestelle warten, wie alle anderen auch."

Sie drehte sich um und ging auf die Tür zu.

„Ach, Inspector?"

Sie hielt inne, die Finger auf dem Türknauf.

„Was?"

„Ihr Gesicht, haben Sie dazu etwas zu sagen?"

„Ja." Lottie drehte sich zu ihm um. „Sie können froh sein, wenn Sie es so bald nicht wiedersehen. Das können Sie mir glauben."

Sie verließ den Raum und eilte den Flur entlang, wütend auf sich selbst, Corrigan, Moroney und alle anderen. Auch wenn Moroneys Informationen verdreht und völlig ungenau waren – jemand hatte etwas gesagt, was er nicht hätte sagen sollen. Ein Spitzel, dachte sie, toll. Sie hatten einen verdammten Spitzel.

25

Der Einsatzraum war ein Gewirr fluchender und stöhnender Stimmen, als Lottie eintrat. Da alle Urlaube gestrichen worden waren, sah es so aus, als wären alle zur Arbeit erschienen.

Einige Kriminalbeamte murmelten mit gedämpfter Stimme etwas in ihre Handys, während einige andere plauderten, ohne sich dessen bewusst zu sein, wie nahe sie anderen kamen. Alle benahmen sich, als seien sie inmitten des Chaos allein. Dies war ihr Team, das mit einem gemeinsamen Ziel arbeitete, Informationen sammelte, nach einem Hinweis suchte, nach irgendetwas. Bei so vielen Leuten war es unvermeidlich, dass durch müßiges Geschwätz vertrauliche Informationen enthüllt und diese dann wiederum von den Medien verdreht wurden. Sie hielt der versammelten Truppe eine Mini-Rede darüber, ihre Münder schön geschlossen zu halten.

„Irgendetwas Neues über das Geld?", fragte sie Kirby.

„Die Spurensicherung hat es jetzt. Zweieinhalb Riesen. In dem verdammten Gefrierfach!"

„Wir brauchen Sullivans und Browns Bankbelege. Es geht hier vielleicht um mehr als zweieinhalb Riesen."

„Ich habe die Unterlagen, die wir in den beiden Häusern gefunden haben", sagte Maria Lynch. Sie zog eine Akte herunter und stöberte darin herum. „Hier ist ein Kontoauszug von James

Brown. Warten Sie einen Moment." Eine andere Akte, dann wedelte sie mit einem anderen Stück Papier in der Luft. „Und einer von Susan Sullivan." Triumphierend legte sie beide auf Lotties Schreibtisch.

„Die gleiche Bank", sagte Lottie, während sie durch die Unterlagen blätterte. Boyd warf einen Blick darauf.

„Ich werde Mike O'Brien in der Bank anrufen. Ich kenne ihn ein wenig", sagte Boyd. „Er ist der örtliche Filialleiter."

„Gut", sagte Lottie. „Kirby, prüfen Sie noch einmal James Browns Telefon. Finden Sie heraus, ob und wann er den Bauträger Tom Rickard sonst noch angerufen hat. Ich mag den aufgeblasenen Mistkerl nicht. Und wo ist der Durchsuchungsbefehl für Rickards Telefondaten?"

„Dafür brauchen wir einen hinreichenden Verdacht."

„Brown hat ihn kurz vor seinem angeblichen Selbstmord angerufen. Verdächtig genug für mich."

„Okay", sagte Kirby zweifelnd.

„Rickard steckt bis zum Hals in irgendetwas drin", sagte Lottie. „Auch wenn es nicht Mord ist, garantiere ich, dass er etwas zusammenbraut und ich werde ihn stoppen, bevor sein Kessel überkocht."

„Hast du ein Kochbuch verschluckt?", fragte Boyd.

Lottie ignorierte ihn und fragte Lynch: „Die Tätowierungen, gibt es da etwas Neues?" „Ich habe die Bilder in die Datenbank eingescannt und gegoogelt. Bis jetzt nichts. Wenn die Läden morgen öffnen, versuche ich es in dem Tattoostudio in der Stadt."

„Und James Browns Laptop?"

„Pornoseiten", warf Kirby ein. „Kein Hinweis auf Pädophilie. Wir prüfen seine E-Mails. Immer noch keine Spur von Sullivans Laptop oder Handy. Nach allem, was wir derzeit wissen, könnten sie auf dem Grund des Kanals liegen."

„Bleiben Sie dran", sagte Lottie.

Sie blickte zu Boyd hinüber. „Was hatte die Apotheke über Susans Arzt zu sagen?"

„Ich werde dem sofort nachgehen", sagte er und fluchte leise.

„Und ich muss wissen, was es mit dem ganzen Geld auf sich hat."

„Wir sind unter einem Berg von Papierkram begraben, weißt du", murmelte Boyd.

„Ja, ich weiß. Ich weiß auch, dass wir nichts haben", sagte Lottie. „Nichts." Sie warf den drei Kriminalbeamten einen finsteren Blick zu, bevor sie aus dem Einsatzraum stürmte. Sie brauchte Raum, um ihre Laune zu besänftigen. Zum Teufel mit Cathal Moroney und seinem Gossenjournalismus. Das war vielleicht ein bisschen unfair, aber dies war ihre Heimatstadt und sie wusste nicht, was hier vor sich ging.

Sie stand auf der Reviertreppe und atmete die kalte Januarluft in tiefen Zügen ein. Auf der anderen Seite der verschneiten Straße erhob sich die majestätische Kathedrale, einst offen und einladend, jetzt zwangsweise Sperrgebiet. Lottie holte noch einmal tief Luft, wobei ihre Rippen schmerzten, und ging wieder ins Gebäude zurück, wobei sie ihre Müdigkeit zusammen mit den Schneeflocken von ihren Schultern abschüttelte.

Sie brauchte einen Kaffee.

Superintendent Corrigan brauste so schnell durch den Flur, wie es die Leitern der Bauarbeiter zuließen. Er stürmte ins Büro, sein Handy in der Hand.

„Inspector Parker. Bewegen Sie Ihren Arsch rüber zu Bischof Connors Haus."

Spucke schoss aus seinem Mund und landete auf seiner Beute. Lottie richtete ihren Kaffeebecher gerade. Was war jetzt schon wieder los?

„Ja, Sir", sagte sie und fühlte sich kein bisschen wie die leitende Ermittlerin in einem Mordfall.

„Wie war es mit Moroney?", fragte er.

„Gut, Sir. Kurz."

„Gut." Er starrte sie an. „Was zum Teufel ist mit Ihrem Gesicht passiert?"

„Überfall, Sir."

„Muss das genäht werden?", fragte er und beäugte das Pflaster, das schief auf ihrer Nase saß.

„Nein, es geht mir gut."

„Sie sehen mir nicht gut aus." Corrigan drehte sich um, um zu gehen.

„Sir, was soll ich bei Bischof Conner?" Sie zog mühsam ihre Jacke an.

„Er wird es Ihnen erklären."

Und schon war Corrigan weg.

„Gut? Warte, bis er erfährt, was wirklich passiert ist", grinste Boyd. „Kommt Zeit, kommt Rat. Komm, du musst mich fahren."

„Was bin ich jetzt? Dein Chauffeur?"

„Weißt du was, Boyd? Du kannst dich verpissen." Lottie stolzierte aus dem Büro, während Boyd hinter ihr herrief:

„Was habe ich denn jetzt gesagt?"

26

Das Haus des Bischofs, vor acht Jahren am Ufer des Ladystown Lake, sechs Kilometer außerhalb von Ragmullin, gebaut, trotzte der örtlichen Logik. Wie hatte er eine Baugenehmigung in einer so malerischen Gegend bekommen?

Lottie studierte ein, wie sie vermutete, echtes Picasso-Gemälde, das über einem Kamin aus weißem Marmor hing. Alles strotzte vor Geld. Wessen Geld?

Nach ungeduldigem, zehnminütigem Warten folgte sie einem schweigsamen jungen Priester durch einen marmorgefliesten Flur zu einer Tür mit goldener Klinke. Er öffnete sie und sie trat auf einen hochflorigen, cremefarbenen Wollteppich. Der Priester schloss die Tür hinter ihr.

„Inspector Parker, nicht wahr?" Bischof Connor sprach, ohne seinen Kopf mit den kurzen, schwarzen Locken zu heben. Er saß an seinem Schreibtisch und schrieb auf ein Blatt Papier, einen goldenen Stift zwischen seine langen Finger geklemmt. Färbte er sein Haar? fragte sie sich. Sie schätzte, dass er etwa fünfundsechzig Jahre alt war, aber ihr fiel auf, wie gesund und fit er wirkte.

„Ja." Sie stand mit den Händen in den Taschen. Er schrieb weiter. „Sie können sich setzen", befahl er. „Ich bin gleich so weit."

Sie setzte sich hin und grub ihre kurzen Nägel in die Handflächen, um sich im Zaum zu halten.

Er unterzeichnete das Blatt Papier mit einem Schnörkel und sah sie von unter seinen scheckigen Augenbrauen her an.

„Ich kenne Ihre Mutter. Eine reizende Frau." Er drehte das Papier um und legte seinen Stift darauf.

Lottie zweifelte nicht eine Minute daran. Jeder kannte Rose Fitzpatrick.

„Ein unglücklicher Vorfall vor Jahren, der Selbstmord Ihres Vaters..."

„Ja, das war es", unterbrach ihn Lottie.

„Wurde jemals herausgefunden, warum er...?"

„Nein."

„Und Ihr Bruder. Da irgendetwas Neues?"

„Sie wollten mich sehen?" Sie ignorierte seinen neugierigen Smalltalk. Die problematische Geschichte ihrer Familie ging ihn nichts an.

„Ich spiele Golf mit Myles, Superintendent Corrigan. Wenn das Wetter es zulässt."

Sie schwieg. Wollte er etwa Konversation machen?

„Danke, dass Sie so schnell gekommen sind", sagte er.

„Superintendent Corrigan sagte, es sei dringend. Wie kann ich Ihnen helfen?"

„Ich fürchte, Pater Angelotti ist verschwunden." Sein Gesicht war todernst.

„Wer?"

„Ein Gastpriester."

„Gast? Von wo?"

„Rom. Er ist im Dezember gekommen."

„Und er ist verschwunden?"

„Ja, Inspector." Er lehnte sich zurück und verschränkte die Arme. „Verschwunden."

„Können Sie mir die Umstände seines Verschwindens erklären, bitte?"

„Es gibt nicht viel zu erzählen. Er ist nicht mehr hier und ist nicht

nach Rom zurückgekehrt."

„Wann haben Sie bemerkt, dass er verschwunden sein könnte?" Lottie fragte sich, was es mit alldem auf sich hatte, und zog ihr Notizbuch aus den Tiefen ihrer Jacke, konnte aber keinen Stift finden.

„Ich habe ihn seit vor Weihnachten nicht gesehen."

Lottie zog eine Augenbraue hoch. „Und Sie melden es erst jetzt?"

„Ich wusste nicht, dass er verschwunden war. Einer der Priester hier begann, sich Sorgen zu machen, nachdem er überall nach ihm gesucht hatte, und nahm es auf sich, die Gardaí zu informieren. Ich hätte es wahrscheinlich nicht getan. Aber was geschehen ist, ist geschehen."

„Sie haben einen vermissten Priester und hatten nicht vor, es zu melden?"

„Das Verschwinden von Pater Angelotti war ein großer Schock für mich."

„Ich bin mir nicht sicher, wie viel Priorität ich einer vermissten Person geben kann. Wir sind zurzeit sehr beschäftigt." Logistik rotierte in Lotties Kopf.

„Myles wird dafür sorgen, dass der Fall die notwendige Priorität erhält", betonte er.

„Ich werde mein Bestes tun."

„Ich bin sicher, dass Sie das tun werden. Ich weiß das sehr zu schätzen. Vielen Dank, Inspector." Er nickte in Richtung Tür, um sie zu entlassen.

Lottie hatte nicht die Absicht zu gehen. Sie nahm seinen Stift und schrieb den Namen des vermissten Priesters in ihr Notizbuch.

„Ich muss Sie etwas fragen", sagte sie.

„Nur zu."

„Kannten Sie Susan Sullivan?"

„Wen?"

„Die Frau, die in der Kathedrale ermordet wurde."

Bischof Connor zögerte, seine Augen steinerne, grüne Murmeln.

„So tragisch", sagte er. „Die arme Frau. Nein, Inspector, ich kannte sie nicht. Ich leite eine große Diözese. Die Gemeinde Ragmullin hat, wie Sie sicher wissen, über fünfzehntausend Mitglieder. Ich kenne nur eine Handvoll."

Eine Handvoll? Golfkumpel?

„Ich dachte ... vielleicht spielte sie Golf oder so", sagte Lottie.

„Wirklich? Wollen Sie mich veralbern?", fragte er.

„Natürlich nicht", log sie. „Ich habe Schwierigkeiten, Leute zu finden, die sie kannten. Sie wurde in Ihrer Kathedrale ermordet und, da Sie nun einen vermissten Priester haben, ist mir gerade der Gedanke gekommen, dass es da vielleicht eine Verbindung gibt."

„Mir fällt kein einziger Grund ein, den Mord mit meinem vermissten Priester in Verbindung zu bringen."

„Erzählen Sie mir von Pater Angelotti. Warum war er hier?"

„Er wurde auf einen Sonderurlaub von Rom hierhergeschickt. Persönliche Probleme."

„Probleme?"

„Eine Identitätskrise oder so etwas. Ich war in die Details nicht eingeweiht."

„Hatte er eine frühere Verbindung zu Ragmullin?" Sie klopfte mit dem Stift auf den Schreibtisch. Mit einem Namen wie Angelotti wahrscheinlich nicht.

„Ich weiß nicht, Inspector."

„Warum wurde er dann ausgerechnet hierhergeschickt?"

„Vielleicht hat der Papst eine Reißzwecke in eine Landkarte gesteckt?"

Lottie starrte ihn an, senkte das Kinn auf die Brust und weitete die Augen.

„Ich bitte um Entschuldigung", sagte er. „Das hätte ich nicht sagen sollen. Pater Angelotti wurde mir anvertraut und jetzt kann ich ihn nicht finden."

„Ich brauche seine Personalien und werde sehen, was ich tun kann."

„Er ist siebenunddreißig Jahre alt. Er ist irischer Abstammung, lebt in Rom und macht ein Promotionsstudium am Irish College. Offenbar begann er in den letzten Monaten, seine Berufung und seine Sexualität in Frage zu stellen. So etwas in der Art. Seine Vorgesetzten meinten, er brauche eine Auszeit und schickten ihn hierher."

Lottie schrieb schnell in ihrer eigenen Kurzschrift, dann sah sie auf. „Wann ist er angekommen?"

„Am fünfzehnten Dezember."

„In was für einer geistigen Verfassung war er?"

„Er sprach wenig. Er blieb die meiste Zeit in seinem Zimmer, soweit ich weiß."

„Kann ich mich umsehen?"

„Wo?"

„In seinem Zimmer."

„Wozu soll das gut sein?" Die Augen des Bischofs waren wachsam, seine Stirn gerunzelt.

„Das ist üblich bei einem Vermisstenfall." Lottie bemerkte seinen wechselnden Gesichtsausdruck.

„Müssen Sie das jetzt tun?"

„Was du heute kannst besorgen, das verschiebe nicht auf morgen", sagte sie.

Er nahm den Telefonhörer ab und drückte eine der Tasten. Der junge Priester kam herein.

„Pater Eoin, zeigen Sie Inspector Parker das Zimmer von Pater Angelotti."

„Vielen Dank", sagte Lottie und erhob sich von ihrem Stuhl.

„Können Sie diese Ermittlung mit der größtmöglichen Diskretion behandeln?", fragte Bischof Connor.

„Ich bin immer professionell in meiner Arbeit. Sie haben keinen Grund zur Sorge." Außer wenn Cathal Moroney mich auf dem falschen Fuß erwischt, schimpfte Lottie mit sich selbst.

Der Bischof stand auf und schüttelte ihr schnell die Hand. „Ich werde ungeduldig auf Neuigkeiten warten."

„Sobald ich etwas weiß, werden Sie es sicher auch erfahren", antwortete Lottie mit einer großen Portion Sarkasmus.

. . .

Pater Angelottis Zimmer war spärlich, aber funktionell eingerichtet; magnolienfarben gestrichene Wände und eine rote Lampe unter einem Bild. Ein finster dreinblickender Jesus mit einem brennenden Herzen.

Lottie zog Latexhandschuhe an und musterte den Raum. Ein Einzelbett mit schlichten braunen Bezügen. Ein Kleiderschrank und eine Kommode. Ein eigenes Bad. Rasiertasche, Rasierer, Zahnbürste und Zahnpasta, Duschgel, Shampoo und eine Haarbürste. Eine Jacke, fünf schwarze Hemden, zwei Pullover und zwei Hosen hingen im Kleiderschrank. Er hatte nicht vor, lange zu bleiben, dachte sie. Die Schubladen der Kommode enthielten Unterwäsche, schlicht und unauffällig. Ein schwacher Geruch von schalem Tabakrauch hing in der Luft. Ein Laptop war der einzige Gegenstand auf dem Tisch. Ausgeschaltet.

Der junge Priester stand an der Tür, Sie spürte, wie er ihren Bewegungen mit den Augen folgte.

„Pater Eoin?"

„Ja."

„Kannten Sie Pater Angelotti?", fragte sie und packte die Haarbürste ein. Sie könnte für die DNS gebraucht werden. Bei allem, was passiert war, konnte sie nichts ausschließen.

„Nicht wirklich. Er sprach nicht viel. Er blieb für sich. Meist war er in seinem Zimmer."

„Hatte er ein Handy?"

„Ja."

„Es ist nicht hier. Wann haben Sie ihn zuletzt gesehen?"

„Ich bin mir nicht sicher. Er war vom Dienst befreit. Wir waren mit den Vorbereitungen für die Weihnachtsfeierlichkeiten beschäftigt, deshalb hatte ich nicht viel mit ihm zu tun."

„Sie haben keine Idee, wo er sein könnte?", drängte Lottie.

„Absolut keine."

„Haben Sie ihn als vermisst gemeldet?"

Sein Gesicht verfärbte sich leicht.

„Ich fand es merkwürdig", sagte er. „Das ist alles. Ich erwähnte es gegenüber Bischof Connor. Er schien nicht besorgt zu sein."

„Warum waren Sie es dann?"

„Nach dem Mord an dieser Frau, Susan Sullivan ... Ich habe mich gefragt, wo er sein könnte", sagte er und öffnete die Tür. „Sind Sie fertig? Ich habe einiges zu tun."

„Ich glaube, es gibt etwas, das Sie mir sagen möchten?"

„Ich war beunruhigt. Nichts weiter."

Lottie nahm den Laptop. „Kann ich den mitnehmen?"

„Sicher", sagte er und geleitete sie zur Tür hinaus.

27

Auf dem Revier ordnete Lottie eine komplette Prüfung des Laptops des Priesters an und registrierte die Haarbürste für die DNS-Analyse. Nur für alle Fälle.

An ihrem Schreibtisch sitzend öffnete sie die unterste Schublade und holte unter einem Wust von Akten eine abgenutzte, vergilbte Aktenmappe hervor. Tief durchatmend öffnete sie sie und betrachtete das verblichene Foto – ein Bild, das aus dem Grübchenkinn, den zu großen Augen und dem hochstehenden Haar oben auf dem Kopf keinen Hehl machte. Immer, wenn sie sich das Bild ansah, dachte Lottie, dass der Junge einen Haarschnitt nötig gehabt hatte. Ein Schulfoto, aufgenommen an einem der wenigen Tage, an denen er zur Schule gegangen war.

„Was guckst du dir da an?", fragte Boyd und stellte einen Becher Kaffee neben ihren Ellbogen.

Lottie schlug die Akte zu und stellte den Becher darauf ab.

„Du hast meine Frage nicht beantwortet." Er hockte sich auf die Kante ihres überfüllten Schreibtisches.

Zwei Stifte fielen auf den Boden. Sie legte die Akte wieder an ihre Ruhestätte, knallte die Schublade zu und trank ihren Kaffee.

Boyd hob die Stifte auf und reihte sie ordentlich neben ihrer Tastatur auf. „Es ist dieses vermisste Kind aus den Siebzigern, nicht wahr?"

„Du hast genug zu tun, ohne mir nachzuspionieren."

„Und du hast genug zu tun, ohne kalte Fallakten wieder auszu-graben. Warum bist du so besessen davon?"

„Das geht dich nichts an", sagte Lottie und warf die Stifte durcheinander auf den Schreibtisch. Sie bemerkte, dass einer von ihnen dem Bischof gehörte.

„Diese Akte gehört in ein Museum, um restauriert zu werden. Du hast sie fast totgeblättert."

„Hau ab." Aus zusammengekniffenen Augen warf sie ihm einen irritierten Blick zu.

Boyd schlenderte zu seinem ordentlichen Schreibtisch hinüber. Lottie räumte ihren eigenen hastig auf, stapelte die Akten und warf zerknülltes Papier in den Papierkorb. Sie tippte den Bericht von ihrem Treffen mit Bischof Connor und erstellte eine Vermisstenakte für Pater Angelotti. Sie kopierte sie in die Daten-bank des Sullivan-Mords. Sie könnten miteinander verbunden sein. Sie konnte nichts dem Zufall überlassen. Sie erzählte Boyd von Pater Angelotti.

„Glaubst du, er hatte etwas mit den Opfern zu tun?", fragte er.

„Das finden wir besser heraus", sagte sie. Und sie kannte jemanden, der Informationen haben könnte.

„Hab' ganz vergessen, es dir zu sagen", sagte Boyd, „Garda O'Donoghue hat das hier gefunden." Er hielt ihre abgewetzte Lederbeuteltasche hoch.

„Wo?" Lottie griff sich die Tasche und wühlte darin herum.

„Sie lag bei dem Tunnel, unten bei dem Altreifen-Recycling-hof. Nicht weit von der Stelle, wo du überfallen wurdest", sagte er. „Dein Portemonnaie und deine Bankkarten sind noch drin, aber ich glaube, er hat dein Bargeld gestohlen."

„Ich hatte keins."

„Warum bin ich nicht überrascht?"

„Du kennst mich zu gut." Lottie rollte mit den Augen.

Sie nahm ihre Jacke und machte sich auf, ohne Boyd zu sagen, wohin sie ging.

. . .

Als sie mit Pfarrer Joe in Sesseln zu beiden Seiten des lodernden Kohlenfeuers saß, entspannte sich Lottie ein wenig.

„Ich habe Pater Angelotti nicht sehr oft gesehen. Er sprach leise und sein Englisch war gut. Ich hoffe, er ist okay. Er schien sich sehr verloren zu fühlen", sagte Pfarrer Joe.

„Jetzt ist er wirklich verloren, wenn man Bischof Connor glauben darf."

„Warum sagen Sie das?"

„Ich habe mir, in den wenigen Minuten, die ich bei ihm war, eine Meinung über Ihren Bischof gebildet. Vielleicht liege ich falsch, aber ich glaube, ich mag ihn nicht."

„Zu seiner Verteidigung – um in hohe Positionen zu kommen, müssen manche Leute ihren Weg durch eine Jeder-gegen-jeden-Welt erkämpfen. Das untergräbt ihre Menschlichkeit." Pfarrer Joe hielt inne und sah sie direkt an. „Ich halte auch nicht viel von ihm."

„Ist das nicht gleichbedeutend mit Blasphemie?", lachte sie.

„So ähnlich. Aber ich neige dazu, meine Meinung zu sagen." Er strich sich eine Haarsträhne aus der Stirn. „Soweit ich weiß, wurde Pater Angelotti entsandt, um „sich selbst zu finden". Mit anderen Worten, um herauszufinden, ob er Priester bleiben wollte oder nicht. Ich mache das jeden zweiten Tag durch, also kann ich nicht verstehen, warum er hierhergeschickt wurde. Es sei denn, es gab einen anderen Grund."

„Welchen anderen Grund könnte es geben?"

„Ich weiß nicht." Das Blau seiner Augen funkelte im Schein des Feuers. „Ich könnte versuchen, es herauszufinden."

„Könnten Sie das?" Sie neigte sich zu ihm hin.

„Die Kirche ist übervorsichtig, also kann ich Ihnen nichts versprechen."

„Bitte versuchen Sie es", sagte Lottie.

Seine Lippen verzogen sich zu einem verschwörerischen Lächeln. „Sie müssen es mir nicht sagen, wenn Sie nicht wollen", sagte er.

„Ihnen was sagen?" Sie errötete verlegen.

„Ihr Gesicht?"

„Ich bin gestern Abend überfallen worden. Sowas kommt halt vor."

„Ja, das ist wohl so", sagte er. „Sie sind eine sehr interessante Frau, Inspector Parker. Ich hoffe, Sie nehmen es mir nicht übel, wenn ich sage, dass diese blauen Flecke Sie noch faszinierender machen."

Eine unwillkommene Röte überzog ihr verletztes Gesicht.

„Sie haben mich ja gewarnt, dass Sie Ihre Meinung sagen", antwortete sie mit einem Lächeln.

Ihr Telefon klingelte. Corrigan. Das Lächeln verschwand aus ihrem Gesicht. Verdammte Scheiße.

„Ich muss gehen", sagte sie.

„Wollen Sie den Anruf nicht annehmen?"

„Glauben Sie mir, ich weiß, worum es geht."

„Sie sind ein Schwachkopf. Wissen Sie das?"

Superintendent Corrigan brüllte nicht. Er sprach mit einer sanften, ruhigen Stimme. Es wurde ernst.

„Cathal Moroney hat die Informationen verdreht", sagte Lottie.

„Und woher hatte er die Informationen, um sie verdrehen zu können? Beantworten Sie mir das."

„Mit einem so großen Team ist es schwer, sich gegen undichte Stellen, absichtlich oder anderweitig, abzusichern."

„Eine faule Ausrede, Inspector."

„Ja, Sir."

„Es ist Ihr verdammtes Team. Wer ist Moroneys Quelle?"

„Ich werde es herausfinden."

„Tun Sie das."

„Ja, Sir. Ich übernehme die volle Verantwortung für mein Team, aber wir stehen unter großem Druck."

„Wir stehen alle unter Druck, aber in Zeiten wie diesen müssen wir unser Bestes geben."

„Ja, Sir. Sie müssen mich nicht daran erinnern. Ich weiß, dass ich es vielleicht vermasselt habe."

„Nicht nur „vielleicht". Sie müssen noch eine Schippe drauflegen. Wir wollen die Medien auf unserer Seite. Wir benutzen sie, wann und wie wir es wollen. Gehen Sie Moroney nicht noch einmal ins Garn. In Zukunft geht der ganze Pressekram über mich."

„Nein, Sir", sagte sie. „Ich meine, ja, Sir." Sie wusste nicht mehr, was sie sagte. Ordnungsgemäß ausgeschimpft, fühlte sie sich schlimmer, als wenn Corrigan sie angebrüllt hätte. Seine Ruhe entnervte sie.

Und Lottie Parker ließ sich nicht gerne entnerven.

Sie fragte sich, wer der Spitzel sein konnte. Maria Lynch ging ihr durch den Kopf. Sie hatte sie zusammen mit Kirby wegen der verpatzten Durchsuchung von Sullivans Haus angeranzt. Lynch hatte das überhaupt nicht gefallen. War sie hinter Lotties Job her?

Bevor sie nach Hause ging, schaute sie noch im Einsatzraum vorbei.

„Der Laptop wurde platt gemacht", sagte Kirby.

„Welcher Laptop?", fragte Lottie.

„Der von dem vermissten Priester. Alles komplett gelöscht."

„Das wissen Sie schon?"

„Einer der Techniker hat kurz reingeschaut. Er hat gesagt, da sei nichts drauf. Nicht mal ein Betriebssystem. Er hat gesagt, jemand muss eine dieser neuen illegalen Anwendungen heruntergeladen haben. Da ist null, nada, nichts, leer ...", sagte Kirby und suchte angestrengt nach weiteren Wörtern.

„Ich hab's kapiert", sagte Lottie.

„Ich frage mich, warum er leer ist?"

„Pater Angelotti ist verschwunden und sein Laptop ist leer. Vielleicht werden wir das Rätsel lösen, wenn wir ihn finden."

„Hat das irgendwas mit Susan Sullivan und James Brown zu tun?", fragte Kirby.

„Ich weiß nicht." Sie dachte einen Moment nach. „Aber ich glaube, die einzigen Leute, die Zugang zu dem Laptop hatten, wohnen im Haus des Bischofs und die Schlußfolgerung daraus gefällt mir nicht."

„Soll ich sie befragen?"

„Vorläufig nicht." Lottie wandte sich zum Gehen, drehte sich dann auf dem Absatz um. „Kirby?"

„Ja, Boss?"

„Danke dafür."

„Kein Problem."

„Es ist nach sieben, ich bin kaputt. Ich gehe nach Hause. Das sollten Sie auch tun." Sie ließ ihn dort stehen, während er sich am Kopf kratzte, als hätte er sich verirrt. Sie wusste, wie er sich fühlte.

28

Die Party war in vollem Gange, obwohl es noch früh am Abend war. Körper schmiegten sich aneinander und ein Grasaroma hing in der Luft. Katie Parker fuhr mit ihrer Zunge über das schmale Schrifttattoo auf Jasons Hals. Sie hatte alle Silvesterpartys verpasst, aber diese hier machte es wieder wett.

Ich bin verliebt, dachte sie, als er ihren Kopf zurückzog und ihr einen Spliff zwischen die Lippen steckte. Sie inhalierte. Dann nahm er ihn in seinen eigenen Mund und zog am Ende der Tüte. Sie fühlte sich, als schwebten sie, während sie sich in den Armen lagen, ohne die Band wahrzunehmen, und machten ihre eigene Musik

„Kommst du später mit zu mir nach Hause?", fragte Jason.

Katie sah ihn durch den rauchigen Dunst an.

„Ich muss nach Hause. Meine Mutter ist gestern Abend überfallen worden. Sie wird sich Sorgen um mich machen."

„Bitte?"

„Meinetwegen", lachte Katie. So wie sie sich jetzt fühlte, konnte der Teufel ihre Mutter holen.

Als sie sich endlich mit einer Tasse Tee hinsetzte, schloss Lottie die Augen, damit sie das schmutzige Essgeschirr, das sich auf der

Arbeitsplatte stapelte, nicht sehen konnte. Im selben Moment klingelte ihr Telefon.

„Lottie?"

„Ich bin zu Hause, Boyd. Was willst du?"

„Rate mal."

„Ich bin müde."

„Ich habe herausgefunden, wer Susan Sullivans Arzt war."

„Wie? Wer?"

„Ich habe die Apotheke angerufen, die auf dem Rezept steht."

„Das wurde auch Zeit."

„Und du wirst es nie erraten."

„Sag's mir."

„Mach schon, rate."

„Ich lege jetzt auf, Boyd."

„Spielverderber."

„Ich lege auf ..."

„Doktor Annabelle O'Shea."

Lottie stellte ihre Tasse auf den Boden. Ihre Freundin. Annabelle.

„Bist du noch da, Lottie? Willst du selbst mit ihr..."

„... reden? Was glaubst du?"

„Dann lasse ich dich das machen. Gute Nacht."

„Boyd?"

„Ja?"

„Danke."

Lottie beendete den Anruf und schaute auf die Uhr. Viertel vor neun. Nicht zu spät.

Doktor Annabelle O'Shea saß in einer Ecke der Bar des Brook Hotels und nippte an einem Glas Rotwein.

Ihr Aussehen wirkte mühelos und Lottie fühlte sich uralt. Unfähig, einen Anflug von Neid zu unterdrücken, der sie erröten ließ, zog sie ihre Jacke aus und hoffte, dass ihr T-Shirt sauber war.

Sie stöhnte. Es war das T-Shirt, das sie zusammen mit einer schwarzen Jeans von Sean gewaschen hatte.

„Was ist mit dir passiert?", fragte Annabelle mit großen Augen und deutete mit einem Kopfnicken auf Lotties Gesicht.

„Meine eigene Dummheit. Irgendein Dreckskerl hat mich überfallen." Lottie faltete ihre Jacke und legte sie auf den Stuhl neben sich. „Danke, dass du gekommen bist."

„Tut mir leid, dass ich deinen Anruf gestern Abend verpasst habe." Annabelle sprach mit einer Stimme, die ihr Aussehen widerspiegelte. Schnittig und prägnant. „Was trinkst du?"

„Mineralwasser. Du siehst umwerfend aus, wie immer." Annabelle gab dem Barmann ein Zeichen.

Ihr marineblauer Hosenanzug saß perfekt über einer weißen Seidenbluse und ein auffälliger Silberanhänger hing an ihrem Hals. Die Beine an den Knöcheln gekreuzt und die Füße in einem irren Paar Stiefel von Jimmy Choo, hätte Annabelle auch ein Model sein können. Das hoch auf dem Kopf zu einem Knoten aufgesteckte blonde Haar wirkte natürlich, aber Lottie wusste, es war gefärbt.

„Klugscheißer", sagte Annabelle. „Du siehst schrecklich aus."

„Danke. Weißt du, warum ich dich treffen wollte?" Ihr Wasser kam und sie nippte daran.

„Weil du dich schuldig fühlst, dass du mich in den letzten Monaten so oft versetzt hast?", scherzte Annabelle.

„Es ist schwer, für alle Zeit zu finden."

„Wie geht's den Kindern?"

„Gut. Und den Zwillingen?" Lottie hasste Smalltalk.

„Sie haben Weihnachten damit verbracht, für ihren mittleren Schulabschluss zu lernen." Lottie seufzte. Wie kam es, dass alle anderen gewissenhafte, kluge Kinder hatten, während ihre herumlungerten und Musik hörten oder mit den Daumen an einer PlayStation herumspielten?

„Ich nehme an, Super-Dad ist so effizient wie immer." Lottie wusste, dass Cian O'Shea die Sorte Ehemann war, für die jede

Frau sterben würde. Obwohl sie den Verdacht hatte, dass Annabelle dieses Gefühl nicht teilte.

„Derselbe alte Cian. Ein Geschenk Gottes", sagte Annabelle mit mehr als einem Hauch von Sarkasmus.

„Nimm's leicht. Er arbeitet von zu Hause aus und führt den Haushalt für dich – ohne ihn wärst du verloren."

„Das ist das Problem. Er ist immer da. Ich habe nie eine Minute Ruhe. Ich kann mir nicht mal einen Tag frei nehmen, um zu Hause zu bleiben, denn er ist da und schüttelt die Kissen auf und schiebt den Staubsauger durch die Wohnung. Wenn er nicht saubermacht, arbeitet er an seinem Computer und entwirft Gott weiß was für Spiele, hat geräuschreduzierende Kopfhörer auf und singt aus voller Kehle."

Lottie lächelte süßsauer. Liebend gerne würde sie Adams Stimme wieder hören, auch nur für eine Minute.

„Genug über mich und mein Schicksal. Wie geht es dir?", fragte Annabelle mit Nachdruck.

„Ich könnte ein Rezept für mehr Beruhigungspillen gebrauchen." „Lottie, es wird Zeit, der Realität ins Auge zu sehen."

Blut schoss Lottie ins Gesicht. Sie wollte keine Belehrung.

„Ich möchte über Susan Sullivan sprechen."

„Noch nicht", sagte Annabelle und drehte sich auf ihrem Stuhl, um Lottie anzusehen.

„Dafür bin ich im Moment zu beschäftigt", sagte Lottie.

„Beeinflusst deine Stimmung deine Arbeit?", beharrte Annabelle.

„Nein."

„Ich glaube, die richtige Antwort ist ‚ja'."

„Fragen wir das Publikum", sagte Lottie, aber ihre Leichtfertigkeit zog nicht. „Ehrlich gesagt, ich weiß es nicht", fügte sie hinzu.

„Ich habe es dir schon mal gesagt, du brauchst Trauerbegleitung."

„Leck mich am Arsch", sagte Lottie, nur halb im Scherz.

„Wenn du nicht an dich selbst denken willst, denk an deine

Kinder. Du musst in der richtigen Gemütsverfassung sein, um mit ihren Problemen fertig zu werden."

„Es geht ihnen gut", betonte Lottie. Was für Probleme? Sie schloss für einen Moment die Augen. „Nein, es geht ihnen nicht gut. Mir geht es nicht gut. Bei mir zu Hause geht es nicht gut und ich habe mich mit meiner Mutter gestritten."

Annabelle lachte. „Schon wieder? Gut. Ich habe immer gesagt, sie ist ein verrückter Hutmacher ohne die Teeparty."

„Ach, sei nicht so grausam."

„Sie kontrolliert dich. Hat sie immer getan."

„Ich habe jetzt die Oberhand. Sie hat seit Monaten nicht mehr mit mir gesprochen."

„Du magst im Moment die Oberhand haben, aber für wie lange?"

„Ich will nicht über sie sprechen."

„Und die Geschichte, die sie begraben hat. Dein Vater, dein Bruder..."

„Wir sind hier, um über Susan Sullivan zu sprechen", unterbrach Lottie. Sie wollte nicht wieder diesen alten, geheimen Weg gehen.

„Seit Adams Tod bist du nicht in guter Verfassung..."

„Geistig?"

„Emotional", sagte Annabelle und nippte an ihrem Wein.

Lottie stellte ihr Glas hin. Nahm es wieder in die Hand.

„Also bin ich depressiv?"

„Trauer. Sie trübt dein Urteilsvermögen in Bezug auf die Lebenden und die Toten. Du brauchst eine Auszeit."

„Es ist drei Jahre her. Alle denken, in bin über Adam hinweg."

„Bist du das?" Annabelle zog eine Augenbraue hoch. „Du wirst nie ganz über ihn hinweg sein. Aber du wirst lernen, damit umzugehen, und du musst in der Lage sein, deiner Arbeit hundert Prozent zu geben. Bist du das?"

„Ich kann hundertzehn Prozent geben, auch wenn ich ans Höllentor klopfe."

Annabelle seufzte. „Okay, ich gebe dir das Rezept. Hol es dir im Laufe der Woche in meinem Büro ab. Aber nur unter der Bedingung, dass du dich gründlich untersuchen lässt und die Suchtstoffe reduzierst."

„Schreib noch ein paar Schlaftabletten auf das Rezept", riskierte Lottie.

„Jetzt übertreibst du es aber."

„Wenn dieser Fall abgeschlossen ist, lasse ich mich gründlich untersuchen."

„Und beraten?"

„Ich brauche nur die Pillen", sagte Lottie. Sie würde entscheiden, wann sie bereit war, sich beraten zu lassen. Sie wollte die Pillen, sie hielten ihren Kopf beieinander. Tag für Tag, Pille für Pille. Was immer es brauchte, um sie durch den Tag zu bringen.

„Also gut", sagte Annabelle.

Erleichtert wechselte Lottie das Thema zu dem Grund ihres Treffens. „Erzähl mir von Susan Sullivan."

„Gott, ich kann nicht glauben, dass sie ermordet wurde. Hier, in Ragmullin! Warum? Worum geht es überhaupt?"

„Das ist es, was ich herauszufinden versuche."

„Ich glaube nicht, dass irgendetwas, das ich dir sagen kann, hilfreich sein wird."

„Ich versuche, mir ein Bild von ihr zu machen. Momentan habe ich keine Ahnung, was relevant sein könnte."

„Da sie tot ist, nehme ich an, dass ich keine ärztliche Schweigepflicht verletze", sagte Annabelle.

„Wann wurde bei ihr Krebs diagnostiziert?", fragte Lottie, während sie sich vor den Erinnerungen fürchtete, die das K-Wort bei ihr wachrief.

„Sie war seit einem Jahr meine Patientin. Sie hatte Unterleibsschmerzen, also schickte ich sie zu einer CT. Die bestätigte Anomalien an beiden Eierstöcken und durch eine Biopsie wurde Gebärmutterkrebs festgestellt. Im fortgeschrittenen Stadium. Letzten Juni habe ich sie darüber informiert."

„Und ihre Reaktion?"

„Die arme Frau. Sie hat es einfach akzeptiert."

Wie Adam, dachte Lottie, und umklammerte ihr Glas ganz fest, damit ihre Hand nicht zitterte.

„Sie tat mir leid, sie hatte so ein hartes Leben", sagte Annabelle und nahm einen langsamen Schluck von ihrem Wein.

„So?"

„Ich riet ihr, zu einem Psychotherapeuten zu gehen. Sie lehnte es ab. Ich ermutigte sie, mit mir zu reden und das hat sie getan, ein bisschen."

„Sag mir, was sie dir erzählt hat."

„Sie hat mir erzählt, dass sie ein Baby bekommen hat, als sie selbst noch ein Kind war. Ihre Mutter, eine schreckliche Frau allem Anschein nach, zwang sie, es wegzugeben. Susan war davon besessen, das Kind zu finden. Sie ..." Annabelle sah einen Moment zur Seite und biss sich auf die Lippe.

„Was? Sprich weiter", drängte Lottie.

„Nun, ich nehme an, da Susan tot ist, kann ich es sagen ... Sie hat sich sogar deswegen an deine Mutter gewandt."

„Meine Mutter?" Lottie war verblüfft. Sie hatte ihre Mutter seit fast vier Monaten nicht gesehen. Rose war die letzte Person, über die zu sprechen sie erwartet hatte. „Warum in aller Welt sollte sie das tun?"

„Weil deine Mutter bei der Geburt des Babys geholfen hat."

Lottie lehnte sich zurück und fühlte sich etwas begriffsstutzig. Natürlich. Ihre Mutter, eine Hebamme, jetzt im Ruhestand, hatte viele Babys auf die Welt geholt, die in und um Ragmullin geboren wurden. Daraus schloss sie, dass Susan in Ragmullin aufgewachsen war.

„Das ist sicherlich interessant", sagte Lottie. „Und weißt du, ob sie bei ihr etwas erreicht hat?"

„Das solltest du deine Mutter selbst fragen."

„Vielleicht werde ich das müssen", sagte Lottie. „Hatte Susan irgendwelche Angehörigen?"

„Ihre Mutter ist vor ein paar Jahren gestorben. Ich glaube nicht, dass sie jemanden hatte." Lottie saß nachdenklich da. Ein

Fernsehsender übertrug ein Fußballspiel, der Ton war gedämpft. Wie ihr Verstand.

„Hat Susan jemals darüber gesprochen, wie sie schwanger wurde? Wer der Vater war?" Annabelle schwieg.

„Sagst du es mir?", bohrte Lottie nach, während sie Stücke von einem Bierdeckel abriss, und hoffte wider alle Hoffnung. „Es kann etwas damit zu tun haben, warum sie ermordet wurde."

„Sie war damals noch ein Kind, vielleicht erst zwölf Jahre alt. Alles, was sie mir erzählte, war, dass sie von klein auf systematisch vergewaltigt wurde."

„Ihr Vater? Könnte er es getan haben?"

„Lottie, ich weiß nicht, wer ihr das angetan hat. Sie hat es mir nie gesagt."

„Hast du ihr geraten, es zu melden?"

„Das habe ich, aber sie wollte nichts davon hören. Sie sagte, es sei zu lange her und sie habe in der Zeit, die ihr noch blieb, schon genug zu regeln. Ich konnte sie nicht vom Gegenteil überzeugen."

„Es fällt mir schwer zu verstehen, wie Susan all die Jahre damit gelebt hat."

„Sie hieß nicht immer Susan Sullivan", sagte Annabelle.

„Was?" Lottie stellte ihr Glas mit einem Knall auf den Tisch. „Wer … wie?"

„Ich weiß nicht, wie sie vorher hieß. Ich kann nur vermuten, dass sie ihren Namen geändert hat, um ihre frühen Jahre auszulöschen." Annabelle lächelte traurig. „Aber einen Namen zu ändern kann den Schmerz nicht ändern. Susan trug diesen Schmerz mit sich herum, jeden Tag ihres Lebens. Ich glaube, die Krebsdiagnose war für sie so etwas wie eine willkommene Erlösung."

„Und dann beschloss jemand, ihren Eintritt ins Jenseits noch zu beschleunigen", sagte Lottie. Plötzlich war ihr zu warm.

„In der Tat."

„Meine Aufgabe ist es jetzt, herauszufinden, wer und warum." Lottie wälzte die neuen Informationen in ihrem Kopf hin und her.

„Und das wirst du, Nancy Drew. Wusstest du, dass ich dich in der Schule hinter deinem Rücken so genannt habe?"

„Ja, wusste ich." Lottie wünschte, sie könnten über alte Zeiten sprechen und darüber, was sie als gute Zeiten in Erinnerung hatten. Das Gedächtnis war eine seltsame Sache, es verzerrte die Vergangenheit. Das hatte sie aus Erfahrung gelernt.

„Es tut mir leid, dass ich nicht mehr helfen kann", sagte Annabelle.

„Du hast mir Anhaltspunkte gegeben." Lottie stellte ihr Glas hin und sah ihre Freundin direkt an. „Was wirst du wegen Cian tun?"

„Er treibt mich die Wände hoch und wieder runter."

„Ehrlich, Annabelle! Warum?"

„Weiß der Teufel", antwortete Annabelle. Sie fluchte selten, aber sie konnte damit durchkommen. Lottie wusste, dass Annabelle O'Shea mit so gut wie allem durchkam.

„Ich würde sagen, es hat etwas mit deinem geheimnisvollen Mann zu tun."

„Seit ich ..." Annabelle zögerte. „Ich bin eine andere Person, seit ich den Mann getroffen habe, in den ich jetzt verliebt bin."

„Du hast dich immer verliebt und wieder entliebt. Wer ist er?"

„Du bist meine Freundin, aber ich halte es für das Beste, wenn du ahnungslos bleibst."

„Ich bin völlig ahnungslos. Über mehr als deinen Loverboy."

29

Katie schlang ihre Arme um Jasons Hals und zog ihn eng an ihren Körper. „Mir ist eiskalt."

„Ich werde dich warmhalten. Warte nur, bis ich dich im Bett habe."

„Du bist ein Schuft", scherzte sie. Er umarmte sie fester, und sie spürte ein sanftes Flattern in ihrem Magen, als er mit seinen Lippen federleicht über ihren Hals fuhr.

Über seine Schulter hinweg beobachtete sie die lärmende Menge hinter ihnen, die auf Taxis wartete.

„Guck jetzt nicht hin, aber erinnerst du dich an diesen unheimlichen alten Sack, der uns neulich im Pub beobachtet hat?"

„Was ist mit ihm?", murmelte er.

„Er steht in der Schlange."

„Es ist ein freies Land." Jason drehte sich um und lehnte sich in die eiskalte Luft. „Wo ist er?"

„Ich hab dir doch gesagt, du sollst nicht gucken!" Katie zog ihn wieder zurück. „Jetzt ist er weg."

„Der unsichtbare Mann", lachte Jason.

„Das ist nicht lustig. Er macht mir Angst."

„Wenn du ihn noch mal siehst, sag es mir."

Katie kuschelte sich tiefer in seine Arme und wartete geduldig mit Jason auf das nicht erscheinen wollende Taxi. Irgendwie fühlte sie sich nicht sicher.

Der Mann beschleunigte seinen Schritt, als er um die Ecke bog. Das war ganz schön knapp gewesen. Er war sicher, dass das Mädchen ihn entdeckt hatte. Er würde in Zukunft vorsichtiger sein müssen. Aber es war die Sache wert gewesen. Nur um den Jungen zu sehen.

Lottie konnte nicht schlafen. Wieder mal.

Ihr Gespräch mit Annabelle ging ihr im Kopf herum und verwirrte sich zu einem Knoten. Ihre Mutter. Die Frau, die die Macht hatte, quälende Erinnerungen heraufzubeschwören.

Lottie machte die Augen fest zu. Aber sie konnte das Bild von Rose Fitzpatrick nicht verdrängen. Morgen würde sie sie sehen müssen.

Sie lehnte sich über die Bettkante, drehte die Heizdecke höher, kroch tiefer unter die Bettdecke, schmiegte sich in die künstliche Wärme und driftete in einen unwohlen Schlaf.

Zehn Minuten später war sie wieder wach. Schmerz bohrte durch ihre Rippen und ihre Stirn stand in Flammen. Sie schluckte zwei Schmerztabletten. Die Schmerzen wollten nicht aufhören.

Die Ereignisse des Tages stürmten ihre Nacht. Die Vergangenheit krallte sich ihren Weg in ihre Gegenwart.

Sie brauchte einen Drink.

Sie brauchte wirklich einen Drink.

Sie brauchte einen richtigen Drink.

Lottie knüllte die Bettdecke zu einem Ball zusammen. Sie wollte nicht wieder zu der unkenntlichen Person werden, die sie nach Adams Tod gewesen war. Zu einer Zeit, als ihr Mund den Hals der Weinflasche nicht mehr losließ und der Wein sie fast nicht mehr losgelassen hätte. Bis sie ihn vor einem Jahr besiegt hatte. Trotzdem sehnte sie sich manchmal danach, in die Besinnungslosigkeit zu flüchten. Dieses Verlangen löschte jeden Verstand aus und sie kämpfte darum, wieder zur Normalität zurückzufinden. Jetzt rang sie damit, wehrte sich wie wild, drehte und wand sich und verlor schließlich den Kampf.

Sie sprang aus dem Bett.

Sie zog einen Kapuzenpulli über ihren Schlafanzug, steckte die nackten Füße in ihre Uggs und schlich auf Zehenspitzen die Treppe hinunter. Die Küchenuhr zeigte halb zwei. Sie nahm den Schlüssel vom Haken hinter der Hintertür und ging hinaus in den schneebedeckten Garten zum Schuppen. Sie wischte die weißen Klumpen vom Schloss. Es war darunter eingefroren. Ein Zeichen, wieder ins Bett zu gehen? Sie hauchte auf das Messing. Hielt inne. Gab fast auf. Versuchte es wieder. Es öffnete sich.

Sie knipste das Licht an, holte Adams Werkzeugkasten herunter und öffnete ihn. Sie beäugte die Flasche Wodka. Sie schloss den Deckel und setzte sich auf den kalten Boden. Ein Drink war nie genug. Sie biss auf ihren Daumennagel und kaute.

Nachdem sie den Werkzeugkasten einige qualvolle Minuten lang angestarrt hatte, öffnete sie ihn wieder, nahm den Wodka heraus, schloss den Deckel und eilte, die Flasche unter den Arm geklemmt, zurück zum Haus. Die Schuppentür ließ sie im kalten Nachtwind schwingen.

1. Januar 1975

Sie konnte es nicht fassen.

Er saß auf ihrer geblümten Couch in ihrem Wohnzimmer und starrte sie an, während ihre Mama mit Porzellantassen und Keksen hantierte. Ihr Papa paffte laut an seiner Pfeife und der beißende Rauch füllte die Leere zwischen ihm und dem Priester.

Ihre Augen traten protestierend hervor. Sie diskutierten ihr „Problem", als wäre sie gar nicht da. Das Geschirrtuch in ihrem Schlüpfer füllte sich mit Blut und Glibber, sie hielt das kleine Baby in ihren Armen und fragte sich, wie es möglich war, dass sie nicht gewusst hatte, dass es in ihr wuchs. Sie lächelte und dachte, dass es ein perfektes Baby war, obwohl der Priester es „eine fette Sünde mit Armen und Beinen" nannte. Wie konnte er dasitzen und so etwas sagen?

Sie brannte darauf, es ihnen zu sagen. Sie wollte ihrer Mama, die mit der goldumrandeten Teekanne in der Hand dastand, und ihrem Papa, der wie ein verdammter Idiot dasaß und mit seinem Taschenmesser Flocken von einer Tabakstange abhackte, sagen, dass alles die Schuld des Priesters war.

Sie sagte nichts. Ihr Herz brach in winzige Stücke. Sie hielt ihr Baby, das in nichts anderes als ein Handtuch als Windel gewickelt war.

Sie hatte es der Frau, der Hebamme, mit ihrem glatten Gesicht und den gelockten Haaren sagen wollen. Sie hatte die Nabelschnur durchtrennt und das Herz des Babys überprüft und ihrer Mama zugeflüstert, sie solle aufhören zu schreien. Kaum war sie da, war sie auch schon wieder weg.

Und jetzt redeten sie, als ob sie unsichtbar wäre. Das Baby wimmerte. Aus ihren winzigen Brustknospen lief Milch und beschmutzte ihr Hemd. Sie begann zu weinen und alle gafften sie an.

Sie klammerte das Baby an ihre Brust. Angst, um sich und ihr Kleines, durchströmte jede Ader in ihrem Körper.

„St Angela's", sagte der Priester. „Da werden sie ihr Manieren beibringen."

VIERTER TAG

2. JANUAR 2015

30

Das Bein eines Mannes lag quer über ihr und hielt sie am Bett fest.

Wer war er? Wo war sie? Lottie drehte sich so gut sie konnte und schaute zu ihm herüber, aber sie konnte sein Gesicht nicht sehen. Er lag auf dem Bauch. Als sie sich auf den Ellbogen stützte, zuckte sie vor Schmerz zusammen, und mit ihm kam ein plötzlicher Erinnerungsblitz.

Scheiße. Scheiße. Scheiße. Sie hatte getrunken.

Sie spürte Tränen wie winzige Gummitropfen in ihren Augenwinkeln und Selbsthass stieg zusammen mit der fauligen Galle aus ihrem Magen in ihr hoch. Sie war kurz davor zu kotzen.

Sie strampelte mit den Beinen, schüttelte seines ab, glitt aus dem Bett und kroch auf eine offene Tür zu. Sie erreichte die Toilette gerade noch rechtzeitig, bevor sie sich übergab.

Der ranzige Geruch von Alkohol erfüllte das Badezimmer, als sie noch einmal würgte und sich dann mit dem Po auf die Fersen setzte. Dass sie nichts als ihre nicht zusammenpassende Unterwäsche anhatte, kümmerte sie nicht und sie saß da und stützte ihren hämmernden Kopf in ihre Hände. Was sie kümmerte, war, dass sie die Kontrolle verloren hatte, zu einem Zeitpunkt, an dem sie volle Kontrolle haben musste.

Ein Schatten fiel durch die Tür, dann ging das Licht an und blendete sie.

„Möchtest du eine Zigarette?"

Boyd.

Da begann sie wirklich zu weinen. Sie konnte nicht anders. Sie hasste sich selbst.

„Was habe ich getan?", fragte sie und wandte ihre Augen von ihm ab.

Er ließ seinen langen Körper, nur mit Boxershorts bekleidet, heruntergleiten und setzte sich neben sie auf die kalten Fliesen.

„Du warst betrunken und hast mit angerufen, damit ich dich abhole, was ich auch tat. Du hast mich angefleht, dich hierher zu bringen, dann hast du mich angemacht."

Er zündete zwei Zigaretten an und steckte ihr eine zwischen ihre zitternden Finger. „Gegen meine niederen Instinkte widerstand ich deinen Liebkosungen. Zu diesem Zeitpunkt warst du zu nichts anderem fähig, als zu schlafen. Abgesehen davon, mich gewaltsam auszuziehen."

Sie inhalierte tief, während ihr die Schamesröte ins Gesicht stieg.

„Lottie, was ist los?", fragte Boyd und blies Rauchringe in die kühle Luft.

„Ich habe keine Ahnung."

„Du brauchst Hilfe."

„Ich muss mein Leben in den Griff bekommen."

„Du schaffst das nicht allein."

„Wart's ab", sagte sie.

„Das tue ich und es gefällt mir nicht, was ich sehe."

„Was soll das heißen?"

Er zog an seiner Zigarette. Stille legte sich um sie.

„Du hast im Schlaf geweint", sagte er schließlich.

„Ich komme schon klar", sagte sie.

Sie saßen und rauchten zum tropfenden Geräusch der Toilette. Dann feuchtete er die Kippen unter dem Wasserhahn an, warf sie in einen glänzenden Mülleimer unter der Spüle und brachte Lottie zurück zu seinem Bett. Er deckte sie zu, küsste sie auf die Stirn, fuhr ihr mit der Hand durchs Haar und legte sich neben sie. Lottie hielt sich an der Bettkante fest und zog eine imaginäre Linie zwischen ihnen, bevor sie in einen sanften Schlaf fiel.

Sie erwachte und setzte sich auf. Allein. Sie drehte die Uhr, um die Zeit zu sehen: 6.38 Uhr. Lottie kuschelte sich zurück in das bequeme Kissen und war dankbar, dass es Boyd war, dem sie ihr betrunkenes Selbst aufgezwungen hatte und nicht irgendein gesichtsloser Bar-Aufreißer. Ihre Kinder! Scheiße. Sie sprang abrupt auf. Sie musste nach Hause, bevor sie aufwachten.

Boyd kam herein, fertig angezogen mit schwarzer Hose und weißem Hemd, und reichte ihr einen Becher mit Kaffee. Der Duft prickelte ihr in der Nase. Sie sah ihm wortlos fragend in die Augen.

„Keine Sorge. Ich kann diskret sein. Trink aus. Wir haben einen langen Tag vor uns."

„Du bist ein guter Mann", sagte sie. „Danke."

„Du hast fünf Minuten, um dich zu waschen und anzuziehen", sagte er und verließ das Zimmer.

„Sadist", sagte sie.

„Gleich und gleich gesellt sich gern", hallte Boyds Stimme zurück.

Sie musste lächeln.

Sie zog ihre Klamotten von gestern an. Wenigstens hatte sie letzte Nacht genug Verstand gehabt, ihren Schlafanzug auszuziehen. Sie fand eine zerquetschte Xanax in der Gesäßtasche ihrer Jeans, steckte sie in den Mund und spülte sie mit zwei Schlucken Kaffee hinunter. Sie brauchte die künstliche Ruhe, um die Nacht auszulöschen und den Tag anzugehen.

Sie nahm eine Schachtel Zigaretten und verstaute sie in ihrer Tasche. Sie rauchte nur, wenn sie betrunken war. Fang gar nicht erst damit an, warnte sie sich selbst und verließ das Schlafzimmer.

Draußen attackierte der Schneeregen die Schnittwunden in ihrem Gesicht, bevor sie sich ins Auto duckte.

„Bring mich erst nach Hause", sagte sie „Ich muss nach den Kindern sehen und mich umziehen."

Das Rauschen der Scheibenwischer war das einzige Geräusch im Auto. Keiner von beiden hatte dem anderen viel zu sagen, und das, was sie dachten, blieb wahrscheinlich am besten ungesagt.

Boyd hielt vor ihrem Haus an. Sie hob ihre langen Beine aus dem Auto.

„Danke, Boyd."

„Was soll ich Corrigan sagen, wenn er nach dir sucht?"

„Sag ihm, dass ich einer Spur nachgehe."

„Welcher Spur?"

„Sobald ich das rausgefunden habe, sage ich es dir."

Sie schloss die Tür mit einem leisen Schlag. Zeit, die starke Lottie wiederzuerwecken. Ehe es zu spät war.

31

Chloe Parker saß am Tisch mit feuchten, mascaraverschmierten Wangen. Lottie blieb an der Tür stehen. Reingehen oder weglaufen?

„Es tut mir leid, Chloe", sagte sie und betrat die Küche.

Das Mädchen ignorierte sie, ging zum Mülleimer, holte die zu zwei Dritteln leere Wodkaflasche heraus, schraubte den Deckel ab, leerte das restliche Drittel in die Spüle, warf die Flasche zurück in den Mülleimer und rannte die Treppe hinauf.

Lottie sank in ihren Stuhl. Sie würde mit Chloe sprechen müssen. Später.

Sie rief ihre Mutter an, in dem Wissen, dass Rose es genießen würde, dass es Lottie war, die die festgefahrene Situation aufbrach. Sie redete sich ein, dass ihr rasender Kater dem bevorstehenden Showdown eher förderlich als hinderlich sein würde.

Rose Fitzpatrick hatte weniger als zehn Minuten gebraucht, um durch die Stadt zu fahren. Jetzt stand sie am Bügelbrett, das Bügeleisen in der Hand, in der Mitte der Küche.

„Lottie Parker, du solltest öfter zu Hause sein. Die armen Kinder sind immer am Verhungern und haben überhaupt nichts anzuziehen", sagte sie und faltete Seans Trainingstrikot.

Lottie wollte Rose sagen, dass das Sportoberteil nicht gebügelt werden musste, behielt den Gedanken aber für sich. Wie sie erwartet hatte, hatte ihre Mutter in dem Moment, als sie das Haus betrat, ohne zu fragen die Kontrolle übernommen. Nach Adams Tod hatte Rose versucht, seinen Platz in ihrer Familie einzunehmen. Mischte sich ein und kontrollierte. Lottie vermutete, dass das alles in der Liebe zu ihren Enkelkindern und einer beschützenden Ader, die Rose hegte, verwurzelt war. Aber die Lage hatte sich bei ihrem letzten Streit zugespitzt, als Lottie ihrer Mutter gesagt hatte, sie solle verschwinden, oder Worte in diesem Sinne.

Erhobenen Hauptes fuhr Rose Fitzpatrick mit dem Bügeleisen über die Kleidungsstücke. Ihr Gesicht war ein Bild der Glätte mit nur Kriechspuren von Linien an ihren Augen, wie verwelkendes Efeu. Ihr Haar war kurz, flott und silbern. Früher hatte sie sich einmal monatlich die Haare gefärbt, aber das hatte sie aufgegeben, als sie vor fünf Jahren siebzig wurde, obwohl sie immer noch wöchentlich zum Friseur ging, um sich die Haare waschen und föhnen zu lassen.

„Soll ich eine Tasse Tee machen?", fragte Lottie höflich.

„Es ist deine Küche", sagte Rose, während sie mit dem Bügeleisen über eine Jeanshose fuhr, der Stoff steif wie Pappe.

„Möchtest du eine Tasse?" Lottie füllte den Wasserkocher.

„Geh du erst mal duschen." Rose wickelte das Netzkabel auf. „Du riechst, weißt du. Dann kannst du mich fragen, was immer es ist, weswegen du mich hier haben wolltest."

Lottie stürmte aus der Küche. Ihre Mutter hatte nicht einmal gefragt, wie sie zu ihrem zerschrammten Gesicht gekommen war. Sie zog sich aus und stand unter dem heißen Wasserstrahl, bis er in ihren Schnittwunden brannte. Ihr Rippen waren violett und ihr Kopf schmerzte, aber wenigstens fühlte sie sich sauber. Sie zog ein Thermounterhemd und ein langärmeliges T-Shirt über ihre Jeans und war bereit, sie zu konfrontieren.

Bevor sie nach unten ging, schaute sie in Chloes Zimmer. Ihre Tochter lag auf dem Bett, einen riesigen Kopfhörer auf dem Kopf. Als sie Lottie erblickte, drehte sie sich entschlossen zur Wand.

Als sie einen Blick in Katies Zimmer warf, sah sie, dass es leer war. Sie überlegte, ob sie Chloe fragen sollte, wo ihre Schwester war, entschied sich aber dagegen. Sean war in seinem Zimmer und chattete in einem online PlayStation-Spiel. Er war wahrscheinlich die ganze Nacht wach gewesen.

Rose saß mit einer Tasse Tee in den Händen am Küchentisch. Das Bügelbrett war weg, die Kleidungsstücke ordentlich aufgestapelt, Kartoffeln zischten in einem Topf auf dem Herd, ein Hähnchen brutzelte im Ofen und es war noch nicht acht Uhr morgens. Der erste Weihnachtstag. Das war das letzte Mal gewesen, dass sie ein richtiges, gekochtes Abendessen gehabt hatten. War das ein von ihrer Mutter inszenierter Schuldtrip? Lottie zwang sich zu einem Lächeln.

„Danke für ..." Lottie deutete mit dem Arm um die aufgeräumte Küche. „Dafür sind Mütter doch da, oder?", sagte Rose. „Das Chaos aufzuräumen, das ihre Kinder hinterlassen."

Das Lächeln erstarb auf Lotties Lippen.

„Also, was willst du von mir?", fragte Rose.

„Susan Sullivan", sagte Lottie und kam sofort zur Sache. Sie goss sich eine Tasse Tee ein.

„Die ermordete Frau? Was ist mit ihr?"

„Ich habe mit Annabelle gesprochen und sie hat mir gesagt, dass Susan mit dir Kontakt aufgenommen hat."

„Das hat sie."

„Und du hast sie getroffen?"

„Ja. Vor ein paar Monaten. Oktober, vielleicht November. Ich bin mir nicht sicher, wann."

„Erzähl weiter."

„Sie versuchte, ein Kind aufzuspüren, das man ihr weggenommen hatte..."

„Was hatte das mit dir zu tun?", warf Lottie ein.

„Willst du es hören oder nicht?"

„Entschuldigung. Mach weiter."

„Susans Mutter hatte sich geweigert, ihr etwas über das Baby zu sagen. Aber auf ihrem Sterbebett, vor zwei Jahren, erwähnte sie meinen Namen."

„Und ...“

„Sie sagte, ich hätte bei der Geburt des Babys geholfen. Was nicht stimmte, weil ich kurz nach der Geburt eingetroffen war. Ich konnte ihr damals nicht helfen und auch nicht, als sie mich um Informationen bat.“

Lottie rührte mit dem Löffel in ihrem Tee.

„Es muss mehr als fünfundzwanzig Jahre her sein, seit...“

„Ich eine Hebamme war? Ja, aber das war vor langer Zeit. In den Siebzigern. Das Mädchen war erst elf oder zwölf Jahre alt. Ein Kind. Armes Ding. Damals war ihr Name Sally Stynes.“

„Wirklich? Erzähl mir mehr.“ Lottie unterbrach ihr müßiges Rühren. Vielleicht konnten sie mit Susans altem Namen etwas Neues auftun.

„Es gibt nicht viel zu erzählen.“

„Was ist mit dem Baby passiert?“

„Als Susan zu mir kam, rief sie alte Erinnerungen wach“, sagte Rose und runzelte ihre Stirn. „Ihre Mutter hatte einen Priester hinzugezogen, den Ortspfarrer. Anscheinend schlug er vor, das Mädchen und ihr Baby in St Angela‘s unterzubringen. Kennst du das alte Gebäude nicht weit vom Friedhof? Es ist jetzt stillgelegt.“

Lottie nickte. St Angela‘s. Wie könnte sie es vergessen? Sie sprachen nie davon. Aber jetzt redete Rose.

„Ursprünglich war es ein von Nonnen geführtes Waisenhaus, dann wurde es zusätzlich zu einem Heim für unverheiratete Mädchen. Offensichtlich wuchsen dort einige ungewollte Babys auf. Die Nonnen nahmen auch unfügsame Jungen auf.“

„Ein Ort, an den man nicht gefügige Kinder schickte“, murmelte Lottie. „So kann man es auch nennen, Mutter.“

Rose ignorierte Lotties Bemerkung.

„Als sie mich traf, wusste Susan natürlich schon von St Angela‘s und, dass das Baby wahrscheinlich adoptiert worden war. Sie erinnerte sich, dort Zeit verbracht zu haben. Aber sie konnte von der Kirche keine Informationen über ihr Baby bekommen. Leider konnte ich ihr auch nichts Neues sagen“, endete Rose mit stählerner Entschlossenheit.

„Weißt du, wer der Vater ihres Babys war?"

„Keine Ahnung. Als ich in dem Haus war und bei der Nachgeburt half, schrie die Mutter das Mädchen an und nannte es ein kleines Flittchen. Es war sehr erschütternd, aber wenn das Mädchen eine Herumtreiberin war, hätte jeder der Vater sein können." Rose verschränkte ihre Arme fest.

Lottie schreckte vor der Härte ihrer Mutter zurück und grübelte über ihre Enthüllungen nach. Hoffentlich würden sie mehr Erfolg haben, etwas über Susan alias Sally Stynes herauszufinden. Was für ein Zufall, dass ihre Mutter diese Informationen hatte. Kleinstadtmenschen trugen solche Geheimnisse ihr ganzes Leben lang mit sich herum. Zufälle waren unvermeidlich. Andererseits kannte ihre Mutter jeden und bildete sich gerne ein, dass sie alles wusste. Lottie nippte an ihrem Tee. Eine Erinnerung, tief verborgen, drängte freigesetzt zu werden.

„Denkst du manchmal an Eddie?", erkundigte sich Lottie, die sich mutig genug fühlte, die Frage nach ihrem Bruder zu stellen.

Rose stand auf, spülte ihre Tasse aus, trocknete sie ab und stellte sie an ihren rechtmäßigen Platz im Schrank.

„Eddie ist weg. Sprich nicht über ihn", sagte sie.

Verleugnung, dachte Lottie, aber sie blieb hartnäckig. „Und Papa, können wir über den reden?"

„Das Hähnchen wird in einer halben Stunde gar sein. Pass auf, dass das Kartoffelwasser nicht verkocht." Rose zog ihren Mantel an und setzte ihre Mütze auf. „Du kannst alles heute Abend zum Abendessen in der Mikrowelle aufwärmen."

„Also nehme ich an, wir können nicht über sie reden", sagte Lottie ironisch.

„Du brauchst einen Mann in deinem Leben, Lottie Parker", sagte Rose, die Hand auf der Türklinke.

„Was?", fragte Lottie, überrumpelt.

„Boyd? Ist das sein Name? Der lange Dünne. Netter Mann."
„Was meinst du?"

„Du weißt ganz genau, was ich meine. Und bring die Kinder bald zu Besuch."

Lottie hielt die Kinder nicht von ihr fern – sie hatten selbst entschieden, dass sie von ihrer Großmutter, die sich in alles einmischte, genug hatten.

Auf der Türschwelle sagte Rose: „Übrigens habe ich dein Interview in den Nachrichten gesehen."

„Und?"

„Nicht sehr beeindruckend, meine Liebe." Sie zog sich die Mütze über die Ohren. „Du hättest die blauen Flecken mit ein bisschen Make-up kaschieren können."

Wie immer hatte ihre Mutter das letzte Wort.

Lottie knallte die Tür zu. Sie schaltete den Herd aus, goss das Wasser von den Kartoffeln ab und schmiss sie in den Treteimer. Das Hähnchen warf sie auch weg. Sie wollte verdammt sein, wenn sie etwas aß, dass ihre herrschsüchtige Mutter zubereitet hatte. Lieber würde sie verhungern.

Ihr Kater hämmerte, aber sie musste zur Arbeit.

32

Als der morgendliche Schneeregen nachließ, stiegen die Temperaturen unerwartet an.

„Hör dir das an", sagte Garda Gillian O'Donoghue.

„Was?", fragte Garda Tom Tierney.

„Schmelzender Schnee."

Das Geräusch war wie ein Wald von Kolibris, so stark taute es. Sie standen an der Tür von James Browns Cottage.

„Geradezu mild", sagte Tierney. „Ein warmes ein Grad plus ist allemal besser als die minus zehn an Silvester."

„Ich mache einen Spaziergang durch den Garten. Meine Füße sind in einem Zustand ständiger Gefrorenheit", sagte O'Donoghue.

„Ist das überhaupt ein richtiges Wort?"

„Wen kümmert's?", lachte sie und ging den Weg in den Garten hinterm Haus hinunter, begeistert von dem Grün, das langsam unter dem verrutschten Schnee erschien. Die weiße Schönheit war in den ersten Tagen magisch gewesen, dann war sie zu einer unerträglichen Last geworden. Sie atmete die kühle Luft ein und lauschte dem schmelzenden Schnee.

Als sie sich umdrehte, fiel ihr Blick auf einen Farbfetzen unter einem Baum. Sie ging darauf zu, wich dann zurück und rief: „Tom. Tom!"

Eine Hand in einem schwarzen Ärmelaufschlag ragte aus dem Schnee.

O'Donoghue griff nach dem Funkgerät an ihrer Brust.

Als Lottie und Boyd eintrafen, herrschte im Garten ein organisierter Tumult.

Lottie stöhnte. Das war mehr Arbeit in drei Tagen, als sie in den letzten zwei Jahren erlebt hatten. Sie hatte nicht einmal Zeit gehabt, die Offenbarungen ihrer Mutter zu verarbeiten. Boyd und Maria Lynch hatten auf der Treppe des Reviers mit den Neuigkeiten auf sie gewartet und sie waren so schnell wie möglich zum Haus von James Brown gefahren, wie der Schneematsch es zuließ.

Sie ging mit Lynch hinters Haus und beide hielten die Augen offen nach irgendwelchen Beweisen, die freigelegt worden sein könnten. Boyd sprach mit den uniformierten Beamten.

Lottie entdeckte den Leiter des Spurensicherungsteams, Jim McGlynn. Er grinste.

„Der Blödmann", sagte Lottie.

„Wer?", fragte Lynch.

„McGlynn."

Er machte sich über sie lustig. Schade, dass er nicht unter ihrem Kommando stand. Sie würde ihn für den Rest seines Arbeitslebens Schweinemist durchsieben lassen, auf der Suche nach unsichtbaren Dioxinen.

Der Garten war kompakt. Ein Schuppen und ein Holztisch mit daran gelehnten Stühlen nahmen den Terrassenbereich links von der Hintertür ein. Immergrüne Bäume säumten zwei Seiten der Einfriedung, am Ende war eine Mauer und dahinter verschneite Felder. McGlynn bearbeitete das Gelände, entfernte sorgfältig den Schnee und legte das Opfer frei.

Lottie wartete. Schließlich lag die Leiche völlig frei. Männlich, mit dem Gesicht nach unten, bekleidet mit einer schwarzen Jacke und Hose. Die sichtbare Hand schien faltenlos, an einem Finger war ein silberner Ring. Glasscherben und Stücke von schwarzem Plastik lagen um und über den Körper verstreut. McGlynn hob sie mit einer Pinzette auf und steckte sie in einen Beweisbeutel.

„Ein Handy?", fragte Lottie.

„In Stücke zertrümmert", sagte er. „Ich bezweifle, dass selbst unsere besten Techniker damit etwas anfangen können."

„Wie lange liegt die Leiche schon hier?"

„Ich warte auf die Rechtsmedizinerin", antwortete McGlynn schroff.

„Arsch", murmelte Lottie.

Jane Dore rauschte in ihrem Schutzanzug an den Ort des Geschehens und grüßte Lottie mit einem raschen Kopfschütteln.

„Jemand muss der Ansicht sein, dass ich nichts zu tun habe; sie liefern mir eine Leiche nach der anderen."

„Sehe ich auch so", sagte Lottie und stand neben der Rechtsmedizinerin, während sie ihre Voruntersuchung durchführte.

„Scheint eine Strangulation zu sein", sagte Jane. An seinem Hals ist eine Ligaturspur. Nach ersten Beobachtungen kann ich gefrorenen Schnee unter seinem Körper feststellen. Es ist gut möglich, dass er innerhalb der letzten Woche getötet wurde. Die arktischen Temperaturen haben ihn in perfektem Zustand konserviert."

In perfektem Zustand, abgesehen davon, dass er tot ist, dachte Lottie. Ihr war kotzübel; ihr Kater war unnachgiebig.

„Glauben Sie, dass dies der Tatort ist?", fragte sie, als ihr klar wurde, dass, wenn die Leiche bereits eine Woche hier lag, der Mann vor Sullivan und Brown getötet worden war.

„Ich werde mehr wissen, wenn ich ihn auf meinem Tisch habe." „Und Sie werden mich informieren, falls er eine Tätowierung hat?"

„Selbstverständlich", sagte die Rechtsmedizinerin und verließ mit kurzen, vorsichtigen Schritten den Schauplatz.

Lotties Kopfschmerzen verstärkten sich. Die Zahl der Toten stieg. Corrigan kochte. Die Presse fieberte. Die Öffentlichkeit war verängstigt und ihr Team war einer Erklärung für alle oder einen der Morde nicht nähergekommen. Willkommen im La-La-Land, Inspector Parker. Sie kratzte sich am Kopf. Verdammte Scheiße.

„Bist du okay?" Boyd stand neben ihr.

„Wer ist er?", fragte sie.

„Woher soll ich das wissen?"

Sie verkniff sich eine Erwiderung und sah Boyd an. Sein Gesicht wirkte noch magerer, falls das möglich war. „Es war eine rhetorische Frage. Das Opfer wurde höchstwahrscheinlich vor Sullivan und Brown getötet."

Als die Leiche auf den Rücken gedreht war, betrachtete Lottie das aufgedunsene, schwarz verfärbte Gesicht.

„Ich würde ihn auf Mitte dreißig schätzen", meinte sie und sah geduldig zu, wie die Spurensicherer die Leiche in einen Sack legten und abtransportierten.

McGlynn hielt einen kleinen Beweisbeutel aus Plastik hoch.

„Blaue Fasern", stellte Lottie fest.

„Von seinem Hals", sagte er.

„Danke", antwortete Lottie. Ein ähnliches Seil wie das, das um James Browns Hals gewickelt gewesen war.

„Keine Brieftasche, kein Ausweis, aber hier sind zwei Zigarettenstummel", sagte McGlynn und hob einen mit einer Pinzette auf.

„Von dem Opfer?"

„Möglich. Oder seinem Mörder." Er ließ die Kippe in einen Beweisbeutel fallen. Lottie schaute McGlynn ein paar Minuten bei der Arbeit zu und ging dann ins Haus.

Diese Leiche ist der Beschreibung, die wir von Pater Angelotti haben, nicht ganz unähnlich", sagte Boyd und folgte ihr nach drinnen.

„Das Gesicht ist unkenntlich und wir haben keine Informationen über besondere Merkmale, nach denen wir suchen könnten", erwiderte Lottie. „Wir werden auf eine formelle Identifizierung warten müssen. Ansonsten bleibt uns nur die DNS-Analyse."

„Wer er auch ist, jemand muss ihn vermissen."

„Da ist kein Auto", bemerkte Lottie, während sie aus dem Fenster auf den Hof vor dem Haus blickte. „Wie ist er hierhergekommen?"

„Vielleicht hat der Mörder ihn gefahren oder er ist mit einem Taxi gekommen", sagte Boyd. „Warum war er hier? Das ist eine weitere Frage."

„Und kannte Brown ihn?"

„Wir haben zu viele Fragen und nicht genug Antworten", sagte Boyd.

„Finde heraus, was du kannst."

„Er könnte Browns Liebhaber gewesen sein. Brown fuhr ihn hierher und tötete ihn in einem Anfall von Eifersucht", spekulierte Boyd.

„Ich nehme an, du denkst jetzt, dass Brown diesen Mann getötet, Sullivan erwürgt und sich dann selbst erhängt hat?" Lottie schüttelte ärgerlich den Kopf.

Boyd sagte nichts, zog noch eine Zigarette heraus und ging hinaus, um sie anzuzünden. Lottie folgte ihm auf den matschigen Hof. Sie war vollkommen durcheinander.

Sie könnte einen Drink gebrauchen.

Sie entschied sich für eine von Boyds Zigaretten und erzählte ihm von ihren Gesprächen mit Doktor Annabelle O'Shea und ihrer Mutter.

33

Auf dem Revier fügten Sie der Einsatztafel das unbekannte Opfer und Einzelheiten vom Tatort hinzu. Lottie vertrat die Theorie, nach der die visuelle Interpretation von Daten produktiver war als Informationen in Datenbanken, die übersehen oder vergessen werden konnten. Nicht, dass es viel zu interpretieren gab.

Sie beauftragte einen Kriminalbeamten damit, Informationen über Sally Stynes alias Susan Sullivan zu recherchieren, und fragte sich, wo sie die Akten von St Angela's in die Finger bekommen könnte. Wenn sie mehr über die Einrichtung herausfand, konnte sie vielleicht etwas über Susan Sullivan erfahren. Lottie wandte ihre Aufmerksamkeit wieder dem letzten Opfer zu.

„Wenn es nicht so stark geschneit hätte", sagte sie, „wäre die Leiche vielleicht..."

„Vor einer Woche gefunden worden", warf Boyd ein.

„Ja. Sofern der Mörder nicht die Wettervorhersage verfolgt hat, wollte er, dass die Leiche gefunden wird."

„Und es wurde kein Versuch gemacht, sie zu verbergen."

„Nur der Schnee."

„Wenn es nicht geschneit hätte ...", begann Boyd.

„Hat es aber. War es ein Versuch, den Finger auf..."

„James Brown zu richten? Als die Leiche nicht gefunden wurde, musste der Mörder aus irgendeinem Grund Sullivan und

Brown töten." Boyd hielt inne und fuhr dann fort: „Trotzdem hätte Brown diesen Mord begehen können."

„Oh, diese Mutmaßungen sind sinnlos." Lottie seufzte entnervt. Als sie auf die Tafel schaute, bemerkte sie, dass sie kein Foto von Pater Angelotti hatten. Sie machte schnell einen Anruf, schnappte sich ihren Mantel und eilte an Boyd vorbei aus dem Gebäude.

„Hallo Schwester. Ich bin hier, um Pfarrer Burke zu sehen. Er erwartet mich."

Die Nonne führte sie in den Raum, in dem sie am ersten Tag gesessen hatte. Lottie ging zwischen den Mahagonimöbeln herum und betrachtete die großen Porträts längst verstorbener Bischöfe, die an den Wänden hingen. Sie würden einem die Gottesfurcht einflößen, dachte sie.

„Würden Sie Ihnen die Gottesfurcht einflößen?", sagte Pfarrer Joe, der hinter ihr in den Raum kam.

„Genau das habe ich auch gerade gedacht." Sie grinste ihn an. Synchronizität?

„Tee? Schwester Anna wird so freundlich sein."

„Nein, danke."

„Wie kann ich Ihnen helfen? Es klang dringend am Telefon."

„Ich brauche ein Foto von Pater Angelotti", sagte Lottie, obwohl sie nicht wirklich eins brauchte. Sie hatten die Haarbürste für DNS-Vergleiche.

„Sie haben ihn noch nicht gefunden?" Er ging zu einem Computer in der Ecke und druckte ein Foto aus. Das hätte sie auch selbst machen können. Was es nicht nur eine Ausrede, um ihn wiederzusehen? Sie hätte nicht herkommen sollen. Ihre Logik und ihr Gefühl widersprachen sich. Genau wie sie.

Als sie das Foto studierte, zog sie die Nase kraus. Es war möglich, dass er die Leiche in Browns Garten war.

„Raucht Pater Angelotti?", fragte sie, als sie sich an den abgestandenen Tabakgeruch im Zimmer des Priesters und die Zigarettenkippen am Tatort erinnerte.

„Ich weiß nicht", sagte er. „Warten Sie." Er rief jemanden an, hörte zu und legte auf.

„Laut Pater Eoin, dem Sekretär von Bischof Connor, rauchte er. „Warum wollen Sie das wissen?"

„Ich sammle so viele Informationen wie möglich." Sie änderte das Thema. „Was wissen Sie über St Angela's?"

„St Angela's? Nicht viel. Der Kinderheimbetrieb wurde in den frühen Achtzigern eingestellt. Ich glaube, es war dann ein Altersruhesitz für Nonnen, bevor es endgültig geschlossen wurde. Vor ein paar Jahren wurde es verkauft."

„Was ist mit den Akten passiert?"

„Ich nehme an, sie wurden archiviert", sagte er. „Warum die Fragen über St Angela's?"

„Wie kann ich herausfinden, wo die Akten sind?" Lottie ignorierte seine Frage.

„Alles sehr mysteriös, Inspector, aber überlassen Sie es mir. Ich kann ein bisschen Amateurdetektiv für Sie spielen."

Lottie erhaschte ein schelmisches Funkeln in seinen Augen und glaubte, den Jungen zu sehen, der er einst gewesen war, bevor der weiße Kragen von Rom ihn in die strengen Ketten des Erwachsenseins gelegt hatte. Sie erhob sich, um zu gehen, und streckte ihre Hand aus. Er schien sie eine Sekunde länger zu halten als nötig, oder bildete sie sich das nur ein?

„Sie haben meine Nummer. Sagen Sie mir Bescheid, sobald Sie etwas herausfinden", sagte sie.

„Natürlich."

Pfarrer Joe durchsuchte die Diözesanakten im lokalen Netzwerk und benutzte dazu sein persönliches Passwort. Er gab „St Angela's" ein.

Zugriff verweigert.

Ungewöhnlich.

Er rief Pater Eoin an.

„Ich habe Schwierigkeiten, die Datenbank der Diözesanarchive zu finden", sagte er.

„Bischof Connor hat einen Fachmann engagiert, um unser Intranet aufzupolieren. Er wollte mehr Sicherheit."

„Aber für uns Priester sind diese Akten doch sicher zugänglich."

„Sie können mein Passwort haben. Versuchen Sie, ob Sie damit reinkommen. Ich bin sicher, Bischof Connor hat nichts dagegen."

„Sie sind ein Lebensretter."

Er legte auf und gab das neue Passwort ein.

Er war drin.

Er schaute auf den blinkenden Cursor auf dem leeren Bildschirm.

Es gab keine Akten über St Angela's.

Er griff wieder nach seinem Telefon.

34

„Du hast was?" Boyd explodierte, als Lottie ihm sagte, wo sie gewesen war. „Hast du den Verstand verloren?"

„Was ist *dein* Problem? Er hat sicher Wege, von denen wir nichts wissen." Warum rechtfertigte sie ihre Handlungen gegenüber Boyd?

„Du bist immer noch betrunken", sagte er. „Das ist die einzige logische Schlussfolgerung." „Red nicht so laut", sagte Lottie und schaute sich um, um zu sehen, wer das Gespräch mitbekam. Lynch und Kirby hielten ihre Köpfe geflissentlich gesenkt.

„Er ist ein Verdächtiger im Mordfall Sullivan." Boyd ging auf und ab; seine langen Beine trugen ihn in drei Schritten von Wand zu Wand. Ihre Kopfschmerzen verstärkten sich mit jedem seiner hämmernden Schritte. „Ich habe ihm nicht gesagt, warum ich die Akten will, nicht mal, nach welchen Akten ich suche. Ich muss wissen, ob sie existieren und wo sie jetzt sind."

„Nur mal angenommen, er wäre der Mörder, dann weiß er entweder schon, dass in den Akten etwas ist, das du willst, und wird sie zerstören, wenn sie nicht bereits zerstört wurden, oder, wenn er es vorher nicht schon wusste, dann weiß er es jetzt und wird sie sowieso zerstören."

„Du redest nichts als Scheiße, Boyd." Sie zog einen Stuhl heran und ließ sich darauf fallen.

„Was willst du denn überhaupt damit?", fragte er, vor ihr stehend.

„Ich weiß nicht."

Sie wünschte sich, sie wäre wieder in ihrem eigenen Büro. Dort konnte sie wenigstens ohne Publikum nachdenken.

„Die Akten haben vielleicht nichts mit unserem Fall zu tun. Im Moment ist es nur ein leiser Verdacht. Ich hake nur Kästchen ab", sagte sie.

„Apropos Kästchen, hast du heute Morgen meine extra Schachtel Zigaretten genommen?", fragte Boyd und warf eine leere Schachtel in den Papierkorb.

Lottie kramte die Schachtel aus ihrer Tasche und warf sie nach ihm. Er fing sie auf und marschierte zur Tür hinaus.

„Lynch?"

„Inspector?"

„Ich gehe für eine Weile raus."

Lottie war überzeugt, dass der Friedhof von Ragmullin der kälteste Ort in Irland war. Der eisige Wind umspielte sie und die kalte Sonne warf einen schimmernden Nebel zwischen die Grabsteine. Gespenstische Monolithen, die im Halbdunkel unter großen Kiefern standen, warfen tiefe Schatten auf die Gräber und verlangsamten die Schneeschmelze. Kristallisierter Schnee, der zu Weihnachtskränzen gefroren war, verlieh der Umgebung eine sonderbar mystische Stimmung.

Der Wind nahm für einen Moment zu und raschelte an der Plastikverpackung eines Weihnachtssterns in einem Topf. Der rote Kopf, schwarz verfärbt und verwelkt unter dem Gewicht des Schnees, war eine Erinnerung daran, dass jemand gekommen war, um ein Zeichen für diejenigen zu hinterlassen, die nicht mehr am Leben waren, aber in einem Gedächtnis weiterlebten.

Ein großes Granitkreuz markierte die vier kurzen Jahrzehnte, die Adam in dieser Welt verbracht hatte. Sie hatte das Grab seit einiger Zeit nicht mehr besucht, hatte es an Weihnachten gemieden und jetzt, wo die Einsamkeit des Friedhofs sich wie ein fadenscheiniger Schal um sie legte und wenig Trost bot, entschuldigte sich Lottie bei Adam.

„Es ist zu einsam hier", sagte sie zu dem Steinkreuz. „Ich behalte dich in meinem Herzen." Sie blinzelte umher zu den anderen Grabsteinen mit ihren tief im behauenen Granit verborgenen Geschichten. Eine Glocke läutete in der Stille und ein Schauer lief ihr über den Rücken. Zeit zu gehen. Sie hatte Geheimnisse zu lüften und einen Mörder zu fangen.

Als sie durch das offene Tor hinausging, bemerkte Lottie die Silhouette von St Angela's, jenseits der Felder, etwa anderthalb Kilometer entfernt, eingehüllt in einen sanften grauen Nebel. Welche Skelette lagen tief in seinen Mauern begraben? Wie viele Leben hatte es zerstört? Sie dachte an Susan und ihr Baby. Sie erinnerte sich an ein anderes Kind, das vor langer Zeit verschwunden war. War er tot? Würde er jemals auf einem Friedhof ruhen? War dieser vermisste Junge der wahre Grund, warum sie die alten Akten sehen wollte? Sie war sich ihrer Motive keineswegs sicher. Aber sie wusste, dass sie ihn niemals vergessen würde. Auch wenn er schon so lange verschwunden war, dass andere ihn möglicherweise vergessen hatten, sie hatte es nicht. Ihr ständiges Ansehen seiner Akte war mehr als eine Gedächtnisübung, es war ein Mittel, ihn tief in ihrer Erinnerung verankert zu halten. An dem Tag, an dem sie bei der Garda Síochána angefangen hatte und damit in die Fußstapfen ihres verstorbenen Vaters getreten war, hatte sie sich geschworen, ihn zu finden. Bislang hatte sie dieses Versprechen nicht halten können.

Sie eilte zurück zu ihrem Auto, bevor die Last der Geister der Vergangenheit auf ihren Schultern noch schwerer wurde.

35

Lottie saß mit Boyd vor dem Bankdirektor Mike O'Brien. Sie hatte sofort eine Abneigung gegen den Mann entwickelt, als er sich ohne ein einziges Wort der Begrüßung an seinen Schreibtisch gesetzt hatte. Aber Boyd kannte ihn. Sie gingen in dasselbe Fitnessstudio und trainierten die minderjährige Hurling-Mannschaft von Ragmullin. Lottie fragte sich, ob er jemals Sean trainiert hatte. Boyd ja, das wusste sie.

„Sie haben die Kontoauszüge von Brown und Sullivan", sagte O'Brien, „also was wollen Sie noch von mir?"

Seine kleinen Augen erinnerten Lottie an ein Frettchen, das ihr Sohn einmal versucht hatte, als Haustier mit nach Hause zu bringen. Dunkel und verschlagen. Sie hatte das Gefühl, dass O'Brien versuchte, sie zu durchschauen, während er seine Brust aufblähte und hoffnungslos daran scheiterte, wichtig zu wirken. Schuppen aus seinem zu langen grauen Haar sprenkelte die Schultern seines schwarzen Anzugs. Diamantene Manschettenknöpfe funkelten an seinen Handgelenken und glitzerten im Neonlicht. Hier war ein Mann, der versuchte, halb so alt auszusehen, wie er war, und dem es dabei nur gelang, älter auszusehen. Pech gehabt, O'Brien. Trotzdem war ihr, als er sie eben in sein Büro geführt hatte, sein schneller, athletischer Gang aufgefallen. Besuche im

Fitnessstudio zahlten sich für manche Leute aus. Wenn man die Zeit dazu hatte, sagte sie sich.

„Detective Sergeant Boyd hat sich die Kontoauszüge der Opfer angesehen", sagte Lottie.

„Wir müssen wissen, woher das Geld kam", sagte Boyd.

„Was meinen Sie damit?" O'Briens Augen huschten zwischen den beiden Kriminalbeamten hin und her.

„In den letzten sechs Monaten sind regelmäßig Beträge von bis zu fünftausend Euro auf ihren Konten eingegangen", sagte Boyd.

„Fast dreißigtausend für jeden der beiden", sagte Lottie. „Wer gab ihnen das Geld?"

„Das geht Sie nichts an", sagte O'Brien, wobei ein Hauch von Arroganz seinen Tonfall verschärfte.

„Lassen Sie mich das beurteilen", sagte Lottie. „Diese Leute wurden ermordet und das Geld scheint von einem Konto auf ihre beiden Konten geflossen zu sein. Sie müssen mir sagen, wer das Geld zahlte."

„Nein", antwortete O'Brien und drehte die Diamanten tiefer in seine Manschetten.

„Nein was?" Lottie erhob ihre Stimme.

„Nein, ich kann es Ihnen nicht sagen." O'Brien zog seine Krawatte zurecht. Die Schuppen auf seinen Schultern schienen sich zu vermehren und ein Schweißgeruch kam aus seinen Achselhöhlen.

„Diese beiden Personen sind tot." Lottie schlug auf den Tisch. „Geben Sie die Informationen heraus, oder…"

„Oder was, Inspector?" O'Brien ließ ein süffisantes Lächeln aufblitzen.

„Oder ich besorge mir einen Durchsuchungsbefehl." Lottie stand auf.

„Tun Sie das." O'Brien schob seinen Stuhl zurück und stand ebenfalls auf. Er war fünfzehn Zentimeter kleiner und vielleicht zehn bis fünfzehn Jahre älter als Lottie.

„Merken Sie sich meine Worte, Mr O'Brien, wir werden wiederkommen", warnte sie.

„Sie haben die Kontoauszüge. Mehr kann ich nicht tun. Im Rahmen des Gesetzes."

„Belehren Sie mich nicht über das Gesetz."

„Glauben Sie mir, das war nicht meine Absicht."

Lottie trat auf O'Brien zu und sah auf ihn herab.

„Ich fange an zu glauben, dass diese Stadt voll von lästigen, hinderlichen *kleinen* Scheißern ist", zischte sie.

„Wir sehen uns später im Fitnessstudio", sagte O'Brien mit einem kurzen Winken zu Boyd und ignorierte Lottie.

„Vielleicht", sagte Boyd und wandte sich zum Gehen.

„Schwitziges kleines Arschloch", sagte Lottie und folgte Boyd aus dem Büro.

„Hüten Sie Ihre Zunge, Inspector", sagte Boyd.

„Ich kann nicht glauben, dass du mit ihm in dasselbe Fitnessstudio gehst."

„Und er trainiert die unter zwölfjährigen Hurler von Ragmullin." „Gott sei Dank spielt Sean jetzt bei den unter Sechszehnjährigen." „O'Brien ist gar nicht so übel", lachte Boyd.

„Was du nicht sagst."

Lottie wandte sich ruckartig ab und ging energisch vor Boyd die Straße hinauf.

36

Als der Nachmittag dunkler wurde, verflüchtigte sich das Tauwetter so schnell, wie es gekommen war, und ein eisiger Nebel senkte sich herab, der die ohnehin schon trübe Atmosphäre noch grauer werden ließ.

Boyd begann, die Unterlagen für den Durchsuchungsbefehl zusammenzustellen, und Lottie ging hinunter zum Laden am Ende der Straße. Sie kaufte eine Zeitung und eine Tüte Chips.

Ein körniges Bild von ihr begleitete die Schlagzeile „Pädophiler ermordet?"

Es folgte eine Neufassung von Moroneys Interview für alle, die das Debakel im Fernsehen verpasst hatten. Sie hatte sich geweigert, es anzuschauen, aber Boyd hatte sie über ihre fünf Sekunden ungewollten Ruhmes aufgeklärt. Eine PR-Katastrophe war es, wie Corrigan es zwischen Kraftausdrücken weiterhin nannte. Auch diese Information hatte Boyd ihr mitgeteilt. Alles, was sie im Haus von James Brown gefunden hatten, waren pornografische Fotos und Bilder auf seinem Laptop. Nichts, das auf Pädophilie hingedeutet hätte. Das wahrscheinlichste Szenario war also, dass Moroney müßige Spekulationen belauscht und so verdreht hatte, wie es ihm gefiel. Scheiß auf ihn, dachte sie.

Sie brauchte einen Durchbruch in dem Fall. Etwas, mit dem

sie Corrigan gegenüber als Friedensangebot winken konnte. Aber was? Vielleicht hatte Jane Dore etwas gefunden. Sie hoffte es.

Sie holte sich Schlüssel vom diensthabenden Sergeant, nahm einen der Wagen auf dem Parkplatz des Reviers und fuhr hinaus in den Nebel.

Im Totenhaus kochte Jane Dore Wasser auf und goss es über zwei Beutel Kamillentee.

„Bitte sagen Sie mir, dass Sie etwas Bedeutsames gefunden haben", sagte Lottie, froh über die Wärme des Tees. Die vierzig Kilometer lange Fahrt nach Tullamore hatte ihre Laune verbessert, nicht aber das Pochen in ihrem Kopf.

Ich habe die Leiche aus dem Garten noch nicht obduziert. Aber erste Tests deuten darauf hin, dass die Fasern vom Tatort mit dem Seil übereinstimmen, das um James Browns Hals gefunden wurde."

„Großartig. Beweise, die die Morde miteinander verbinden. Sonst noch was?"

„Auf der Innenseite des Rings ist das Wort *Pax* eingraviert. Latein. Übersetzt bedeutet es „Frieden"."

„Ist es ein Ehering?"

„Falscher Finger, aber das bedeutet nichts, so oder so."

„Auf einem Ehering könnte das Wort „Liebe" stehen oder sogar der Name des Ehepartners." Lottie drehte an ihrem eigenen Goldring, auf dessen Innenseite Adams Name eingraviert war. Ihr Name stand auf seinem Ring. In seinem Sarg. Sie hatte nicht daran gedacht, ihn zu behalten. Noch etwas, das sie bedauerte.

Jane sagte: „Ich war nie verheiratet, also was weiß ich schon?" Sie lächelte wehmütig. „Nicht, dass ich es nicht versucht hätte, wohlgemerkt. Ich habe nie jemanden getroffen, der sich mit meinen schrecklichen Arbeitszeiten abfinden konnte, ganz zu schweigen von meinem Job."

„Er ist wahrscheinlich unser vermisster Priester", sagte Lottie und stellte ihre Tasse auf den Schreibtisch. Sie holte Angelottis Foto heraus und zeigte es der Rechtsmedizinerin.

„Die gleiche Knochenstruktur", sagte Jane und führte Lottie hinein, um die Leiche zu sehen. Sie verglichen das aufgedunsene Gesicht des Toten mit dem jungen, lebhaften Gesicht auf dem Foto.

„Er könnte es sein", sagte Lottie und wandte sich von der Leiche ab.

„Ich glaube, Sie haben ihn gefunden", antwortete die Rechtsmedizinerin. „Aber das ist nur meine Meinung."

„Ich habe die Haarbürste des Priesters ins Labor geschickt. Die DNS sollte es uns bestätigen", sagte Lottie.

„Es wird eine Weile dauern, aber ich werde es Sie wissen lassen, sobald die Ergebnisse da sind".

„Wann, schätzen Sie, ist er gestorben?"

„Nach den Wetterberichten und dem Zustand der Leiche zu urteilen, würde ich sagen an Heiligabend oder davor. Nicht danach, denn an Heiligabend haben Schnee und Eis so richtig eingesetzt."

„Es ist ein Anfangspunkt."

Lottie hielt eine Hand auf ihren knurrenden Magen. „Ich muss zurück nach Ragmullin. Und ich muss etwas essen."

„Der einzige Weg, einen Kater zu kurieren", sagte die Rechtsmedizinerin und nippte an ihrem Tee.

„Sehe ich so schlimm aus?"

„Ja", antwortete Jane mit einem Lachen. Ich würde Ihnen gerne Gesellschaft leisten, aber ich muss mit dem Schneiden anfangen. Ihr Superintendent Corrigan scharrt schon mit den Hufen."

„Und ich versuche, ihm aus dem Weg zu gehen", sagte Lottie und verließ die Leichenhalle.

Der Nebel hatte sich gelichtet und Schatten fegten über die Straße, als sie zurück nach Ragmullin fuhr. Silberner Reif glitzerte im Scheinwerferlicht entlang der Grünstreifen. Wieder einmal waren die Temperaturen unter den Gefrierpunkt gesunken.

Über ihre Freisprechanlage rief sie Bischof Connor an.

„Ich glaube, ich habe Ihren vermissten Priester gefunden", sagte sie.

„Gott sei Dank. Geht es ihm gut?", fragte der Bischof.

„Er ist tot", antwortete Lottie und kreuzte ihre Finger auf dem Lenkrad. Vielleicht würde ihn ja eine kleine Notlüge aus der Ruhe bringen.

„Was ... das ist ja furchtbar. Wo ... wie?"

„Haben Sie irgendeine Ahnung, warum jemand Pater Angelotti ermorden wollte?"

„Mord? Wovon reden Sie?"

„Ich dachte, Sie könnten mich aufklären. Warum war er wirklich in Irland?"

„Inspector, das ist ein großer Schock. Ich schätze die Unterstellung nicht, dass ich nicht die ganze Wahrheit gesagt habe."

„Ich habe nichts unterstellt." Lottie lächelte in sich hinein, als sie hörte, wie die Stimme des Bischofs schriller wurde. War das Panik?

„Für mich hörte es sich so an", sagte er. „Ich werde mit Ihrem Superintendent über Sie sprechen."

„Dann müssen Sie sich hinten anstellen", sagte Lottie und beendete den Anruf.

Bischof Terence Connor schloss die Augen und lauschte dem Freizeichen seines Telefons. Er stand jetzt vor einem Höllenchaos, mit dem er fertig werden musste.

Er öffnete die Augen, ging zum Fenster und blinzelte in die Dunkelheit. Eine Partie Golf wäre schön, aber es konnte noch Wochen dauern, bis die Grünflächen wieder bespielbar sein würden. Golf war sein Fluchtmechanismus. Über den Rasen zu gehen, den Ball zu schlagen, sich in seinen Schlägen und Puttdurchschnitten zu verlieren. Andererseits konnte er auch zur

Nationalgalerie fahren, um die Turner-Ausstellung zu sehen. Er schätzte die schönen Künste. Er genoss erlesenen Wein und Gourmetessen. Er war ein Mann mit teurem Geschmack. Er konnte es sich leisten.

Angelotti war tot. Seine Leiche war gefunden worden. Das war gut. Oder nicht? Der Priester hatte vom ersten Tag an Ärger gestiftet. Bischof Connor wusste, dass Rom sich in seine Angelegenheiten einmischte. So viel zu dem Vorwand, dass der junge Priester „sich selbst finden musste". Er war kein Narr. Angelotti war auf eine Mission geschickt worden.

Ihm dämmerte die Erkenntnis, dass, nach allem, was in den letzten paar Tagen geschehen war, Angelottis Tod ihm nun doch mehr Sorgen bereiten könnte als schwindende Gemeindegelder und Entschädigungsprozesse wegen Missbrauch. Was er nicht gebrauchen konnte, war, dass Inspector Lottie Parker Dinge ans Licht brachte, die sie nichts angingen.

Er musste mit Superintendent Corrigan sprechen.

37

Die Küche war sauber, als Lottie kurz nach sieben nach Hause kam.

Sean schlenderte herein.

„Bist du okay, Mama?", fragte er. In einem seltenen Moment der Zärtlichkeit schlang er seine Arme um sie.

„Stress bei der Arbeit", sagte Lottie und umarmte ihren Sohn.

„Chloe war den ganzen Tag zickig", sagte er.

„Kümmere dich nicht um sie", sagte sie. „Ich muss mit ihr reden."

„Wirst du jemals wieder kochen? So wie früher."

„Was meinst du damit?" Worauf wollte ihr Sohn mit dieser Konversation hinaus?

„Du weißt schon. Richtiges Essen. Wie als Papa noch lebte."

Lotties Brust schnürte sich zusammen. „Warum sagst du das?"

„Ich habe diese Abendessen geliebt. Eigentlich habe ich jetzt gerade einen Scheißhunger."

„Benutze solche Ausdrücke nicht in diesem Haus."

„Du benutzt sie", sagte Sean und zog sich von seiner Mutter zurück.

„Ich weiß, dass ich das tue, aber ich sollte es nicht und du solltest es auch nicht."

„Tut mir leid."

„Mir auch."

„Ich meine, es tut mir leid, dass ich Papa erwähnt habe."

„Oh, Sean, es muss dir niemals leidtun, über deinen Vater zu sprechen." Lottie spürte, wie ihr die Tränen in die Augenwinkel stiegen. „Wir sollten öfter über ihn reden." Sie schluckte den Kloß in ihrem Hals herunter. „Manchmal ist es sehr schwer für mich, also versuche ich, die Vergangenheit zu verdrängen."

„Ich weiß. Aber ich denke jeden Tag an ihn."

„Das ist gut."

„Und ich vermisse ihn."

In den Augen ihres Sohnes standen Tränen. Lottie drückte ihn fest an sich und küsste ihn auf die Stirn. Er machte sich nicht los.

„Du bist genau wie er", flüsterte sie in sein Haar.

„Bin ich das?"

Sie hielt ihn auf Armeslänge. „Sein verdammtes Ebenbild."

„Guck mal, wer da flucht."

Sie lachten beide.

„Okay. Ich koche etwas", sagte sie und bereute, dass sie das Essen, das ihre Mutter am Morgen gekocht hatte, so unüberlegt weggeworfen hatte.

„Super!", sagte Sean und gab ihr ein High Five.

Lottie lachte wieder. Er konnte sie um seinen kleinen Finger wickeln. Genau wie Adam.

„Wo ist Katie?", fragte sie. „Sie kann mir zur Hand gehen, jetzt, wo Chloe schmollt."

„Im Wohnzimmer. Mit ihrem Freund."

„Freund?"

Sean verschwand, ohne zu antworten, und turnte die Treppe hinauf in seine PlayStation-Welt.

Lottie ging zum Wohnzimmer. Die Tür war fest geschlossen. Sie lauschte. Kein Geräusch. Sie öffnete die Tür. Alles dunkel. Sie knipste das Licht an.

Katies Stimme brüllte: „Ich habe dich gewarnt, Sean. Raus hier."

„Katie Parker!"

„Ach, du bist es, Mama", sagte Katie und löste sich aus den Armen eines Jungen.

Lottie erkannte den stechenden Geruch in der Luft.

„Rauchst du etwa Marihuana?"

„Sei nicht so prüde, Mama."

„In meinem Haus wirst du das nicht tun."

Lottie konnte es nicht fassen. Was war in ihre Tochter gefahren?

„Und wer ist das? Stellst du mich vor?" Sie verschränkte die Arme so fest, dass ihre lädierten Rippen schmerzten.

„Das ist Jason", sagte Katie und zog ihren Pulli runter über ihre Jeans. Sie setzte sich gerade auf die Couch und wickelte ihr Haar zu einem Knoten an ihrem schlanken Hals. Der Junge sprang auf, seine Beine unsicher, aus dem Bund seiner ausgefransten Jeans schauten Boxershorts von Calvin Klein. Er hielt ihr die Hand hin.

„Hallo, Mrs Parker."

Er war so groß wie Katie, hatte schulterlanges Haar und trug ein schwarzes Nirvana-T-Shirt, das sich über seiner muskulösen Brust spannte. Er hatte einen Holzstecker im Ohr und wirkte allgemein ungepflegt.

„Katie, ich brauche deine Hilfe in der Küche." Lottie verließ den Raum, ohne auf einen Einwand zu warten. Wie sollte sie die Sache angehen? Vorsichtig, warnte sie sich selbst. Sehr vorsichtig.

Katie kam mit einem trägen, bekifften Gang in die Küche.

„Ich will keine Predigt", sagte sie.

„Du bist alt genug, um zu wissen, was das Zeug mit dir anstellen kann. Und, es ist illegal. Ich könnte dich verhaften."

Katie kicherte, ihr erweiterten Pupillen waren glasig.

„Wer ist er überhaupt?", fragte Lottie, während sie Kartoffeln in die Spüle unter das laufende Wasser warf. Ein Geruch von Wodka kam aus dem Abfluss. Sie begann, wütend Kartoffeln zu schälen.

„Jason."

„Das habe ich mitbekommen. Jason wer?"

„Das sagt dir doch nichts."

„Wer sind seine Eltern? Vielleicht kenne ich sie."

„Du kennst sie sicher nicht", sagte Katie und unterdrückte ein Gähnen.

„Woher habt ihr die Drogen?", fragte Lottie und ließ die Kartoffeln

platschend in den Topf fallen.

„Es ist nur ein bisschen Gras."

Lottie drehte sich um.

„Gras ist eine Droge. Es lässt dein Gehirn auf Erbsengröße schrumpfen. Du wirst in einer psychiatrischen Klinik enden und deinen Kopf gegen die Wand schlagen. Ich sage dir hier und jetzt, junge Dame, du wirst es besser los. Und zwar schnell."

„Es ist nicht meins. Es ist Jasons. Ich kann es nicht loswerden."

„Dann sieh zu, dass du ihn loswirst", sagte Lottie und wusste, dass sie irrational war.

„Er ist mein Freund."

Katies Haar fiel ihr über die Augen. Die Augen ihres Vaters. Alle ihre Kinder hatten seine Augen. Erinnerungen an Adam hatten Lottie den ganzen Tag über verfolgt.

„Ich mache mir Sorgen um dich", sagte Lottie.

„Das brauchst du nicht, Mama. Es geht mir gut. Die meisten von meinen Freunden rauchen ein bisschen. Ich bin nicht dumm."

Lottie spürte, dass ihre Tochter müde war, und beschloss, dass es nicht der richtige Zeitpunkt für dieses Gespräch war. Wann würde es jemals einen richtigen Zeitpunkt geben? Aber die Quelle dieses Grases auszuschalten, stand definitiv auf ihrer To-Do-Liste.

„Hier, schneid die klein", sagte sie und nahm drei Paprika aus dem Schrank.

„Was kochst du?"

„Ich habe keine Ahnung", sagte Lottie.

Katie ging mit Jason. Bevor das Essen fertig war.

„Wir haben schon gegessen", sagte Katie.

Lottie fragte: „Wohin geht ihr?"

„Aus."

Die Tür knallte ohne weitere Erklärungen zu. Lottie versprühte Lufterfrischer im ganzen Wohnzimmer, um den Grasgeruch zu überdecken, und dachte darüber nach, wie schnell sie die Kontrolle über ihre Kinder verlor. Eines war sicher, sie würde Katie und ihre Freunde von nun an genauer überwachen müssen. Der Gedanke erfüllte sie mit Erschöpfung.

Sie sehnte sich nach Schlaf, aber wegen der letzten Nacht hatte sie Angst, ins Bett zu gehen. Nachdem sie sich ein Glas Wasser eingeschenkt hatte, sank sie in ihren Küchensessel und schlug die Beine unter. Sie schaltete ihr iPad ein und meldete sich bei Facebook an. Es war schon Wochen her, dass sie dort reingeschaut hatte.

„Heiliger Strohsack", murmelte sie, als ihr Newsfeed erschien. Hundertvierzehn Nachrichten. Wahrscheinlich alles „Frohe Weihnachten"- und „Frohes Neues Jahr"-Scheiß. Sie hatte keine vierzehn echten Freunde, geschweige denn über hundert. Da war eine persönliche Mail und eine rote Fahne für eine Freundschaftsanfrage. Sie tippte zuerst auf die Freundschaftsanfrage.

„Was zum ...?" Lottie blinzelte, stellte ihr Glas auf den Boden, nahm ihre langen Beine vom Sessel und setzte sich aufrecht hin. Susan Sullivan. Nur der Name, kein Foto. Warum hatte Susan Sullivan ihr eine Freundschaftsanfrage geschickt? Sie schaute auf das Datum der Anfrage. Fünfzehnter Dezember. War es überhaupt die ermordete Frau?

Sie kannte Susan Sullivan nicht, hatte vor dem Mord nie von ihr gehört, aber Susan hatte sich mit ihrer Mutter getroffen. Hatte Rose sie erwähnt? Wahrscheinlich. Aber warum war die Frau nicht zu ihr aufs Revier gekommen?

Sie tippte auf „Bestätigen" und öffnete das Konto der Frau. Immer noch aktiv.

Auf der Seite war nichts, genau wie in ihrem Profil der ermordeten Frau. Sie hatte sich am ersten Dezember bei Facebook angemeldet. Lottie tippte sich ein, um zu sehen, welche Freunde Susan hatte.

Keine.

Keine Status-Updates, keine Likes oder Shares. Was hatte sie dazu getrieben, ein Konto einzurichten? Lottie nahm ihr Glas und trank das Wasser langsam, wobei sie sich nach einem Schluck Wodka sehnte. Vielleicht könnte sie an der Spüle schnuppern.

Sie öffnete ihre privaten Nachrichten. Susan Sullivan. Wieder. Sie las das kurze Schreiben der toten Frau.

Inspector, Sie kennen mich nicht und wissen nichts über mich, aber ich erinnere mich, dass ich in der Zeitung über Sie gelesen habe, und ich habe mit Ihrer Mutter gesprochen. Ich würde Sie gerne treffen. Ich habe Informationen, von denen ich glaube, dass sie Sie interessieren werden. Ich würde mich freuen, von Ihnen zu hören.

Das war alles.

Nachdem sie ein paar Minuten auf ihr iPad gestarrt hatte, griff Lottie nach ihrem Handy und rief Boyd an.

„Ich habe eine Nachricht von Susan Sullivan", sagte sie.

„Bist du betrunken?"

„Ich bin stocknüchtern."

„Die Toten reden nicht."

„Glaub mir, Boyd, diese ja."

„Du bist definitiv betrunken", sagte er.

„Komm einfach her. Jetzt. Ich versichere dir, dass ich nüchtern bin."

38

Boyd saß in Lotties Küche, löffelte Bechernudeln und hatte eine Hand auf ihrem iPad.

„Ich frage mich, warum sie es nicht weiter versucht hat", meinte er. „Oder zu dir aufs Revier gekommen ist."

„Es ist sehr merkwürdig. Ich möchte wissen, was für Informationen sie hatte." Lottie beugte sich über Boyds Schulter. „Diese Nudeln riechen widerlich."

„Sie schmecken scheiße." Er schob den leeren Karton von sich weg und sagte: „Hat deine Mutter irgendetwas über diese Informationen gesagt, die Sullivan erwähnt?"

„Nein."

„Vielleicht sollten wir überprüfen, ob James Brown auch auf Facebook war."

„Das habe ich schon." Lottie lief in ihrer Küche hin und her. „Ist dir klar, wie viele Leute James Brown heißen?"

„Zu viele?"

„Du sagst es."

„Wenn du schon dabei bist, überprüf die anderen", sagte sie.

„Wen? Pater Angelotti? Den vermissten Priester?" Er tippte den Namen ein. Wieder nichts.

Lottie setzte sich neben ihn, nahm ihm das iPad aus der Hand und fragte: „Bist du bei Facebook?"

„Verdammt noch mal!", sagte er, „wage es nicht."

„Ich wette, du bleibst deiner schönen Ex-Frau Jackie und ihrem Freund auf der Spur."

„Er ist ein Verbrecher. Und von Rechts wegen ist sie immer noch meine Frau."

„Du musst noch etwas für sie empfinden, wenn du dich noch nicht von ihr scheiden lassen hast. Warum hast du das nicht?"

„Sie war eine Partymaus. Ich nicht. Aber ich liebe sie, ich meine, liebte sie. Ich nehme an, ich war einfach nicht das, was Jackie wollte."

„Und sie wollte Jamie McNally? Er ist der größte Drecksack in Irland. Wo sind sie jetzt?"

„Costa del Sol, soweit ich weiß."

„Also behältst du sie im Auge." Lottie tätschelte seine Hand. Er schlug sie weg.

„Das tue ich nicht."

„Es ist Jahre her, Boyd. Vergiss sie."

„Fang nicht damit an."

„Okay", sagte Lottie, „ich versuche es mit Mr Frettchen."

„Mike O'Brien? Ach, hör auf. Ich kenne ihn."

„Na und?" Sie zog eine Augenbraue hoch. „Er hat mich mit seinen verschlagenen Augen ausgezogen."

„Ich wette, er hatte nicht so einen guten Blick wie ich letzte Nacht." „Halt die Klappe." Sie tippte O'Briens Namen ein. „Nichts."

„Ich habe ihn heute Abend im Fitnessstudio gesehen. Er war sehr gesprächig. Er ist sehr fit für einen Mann, der nicht danach aussieht, weißt du."

„Du hast mir ein obszönes Bild in den Kopf gesetzt."

„Welches Bild?"

„O'Brien in Lycra."

„Igitt", meinte Boyd. „Soll ich Tom Rickard versuchen?"

Lottie gab den Namen ein. „Ein zu häufiger Name. Wir würden eine Woche brauchen, um alle durchzugehen und unseren Mann zu finden."

„Rickard Construction?"

„Jawoll. Ich hab's." Sie scrollte die Seite herunter. „Hauptsächlich Werbekram. Es ist seine Geschäftsseite."

„Wer hat sie gelikt?"

„Meine Güte, da sind Hunderte von Likes. Er muss ein Sonderangebot für eines seiner Geisterhäuser gehabt haben."

Sie scrollte durch die Namen.

„Ich bringe sie um", sagte Lottie.

„Wen?"

„Katie."

„Deine Katie?"

„Ja, meine Katie." Lottie zeigte auf ein Foto. „Jason Rickard."

„Hässlich, nicht wahr?", sagte Boyd. „Er muss der Sohn und Erbe sein. Was hat er mit Katie zu tun?"

„Er ist der Freund meiner geliebten Tochter! Der kleine Schnösel saß heute Abend in meinem Wohnzimmer. Und rauchte Gras."

„Du willst mich veräppeln." Boyd zog eine Augenbraue hoch.

Lottie starrte ihn an. „Ich mache keine Witze."

„Verhafte den kleinen Furz."

„Er ist nicht so klein und er ist der Sohn einer unserer Personen von besonderem Interesse." Sie kämpfte mit dem Gedanken, dass Katie mit Rickards Sprössling zusammen war.

„Du lässt dich immer über Kleinstädte aus, Lottie. Am Ende kennt jeder jeden und alle wissen über die Angelegenheiten der anderen Bescheid."

Sie wusste, dass er Recht hatte, aber sie wollte nicht, dass ihre Tochter mitten in dem steckte, mit dem sie gerade zu tun hatten, was immer es auch war. „Warum sind wir immer die Letzten, die es erfahren?"

„Die Eltern oder die Polizei?"

„Beides."

„Du bist müde. Lass das bis morgen." Boyd streckte sich und gähnte.

„Ich will noch nicht ins Bett gehen. Ich bin überdreht." Sie sah zu ihm auf. „Und keinen Kommentar darüber, wie du mich müde machen kannst."

„Wir können das morgen weiter untersuchen."

„Aufgeschmissen, egal wohin wir uns wenden."

„Ich gehe nach Hause", sagte Boyd. „Es sei denn, du möchtest, dass ich bleibe?"

„Geh", sagte Lottie.

Sie sah ihn nicht an. Sie brauchte den Schmerz in seinen Augen nicht zu sehen.

Er zog die Haustür leise hinter sich zu.

Sie wandte sich wieder der Facebook-Nachricht von Susan Sullivan zu.

„Was wollten Sie mir sagen?", fragte Lottie.

2. Januar 1975

Er beobachtete sie vom Fenster aus. Die Luft im Flur umgab ihn mit einem kühlen Hauch.

Er sah, wie das Mädchen aus dem Auto stieg, gefolgt von einer großen, dünnen Frau, die ein kleines Bündel in einer Armbeuge hielt. Das Mädchen sah blass und müde aus. Er duckte sich, als sie zu den weißen Schiebefenstern hinaufblickte. Ihre Augen, mit einem dunkel verschleierten, leeren Blick, erinnerten ihn an einen verängstigten Jungen, den er einmal gesehen hatte, nachdem er verprügelt worden war. Genauso sah das Mädchen aus, als es benommen, wie von einer unsichtbaren Kraft getrieben, weiterging. Ein Mann saß in dem gelben Cortina und ließ den Motor laufen.

Schwester Immaculata kam die Treppe hinuntergeeilt. Sie nahm das verhüllte Bündel und wies dem Mädchen an, mit ihr zu gehen. Ohne eine Umarmung oder einen Kuss lief die große Frau – er nahm an, dass sie ihre Mutter war – von dem Mädchen weg zum Auto und fuhr schnell davon.

Er stand da und lauschte dem Wind, der ihm zuerst Angst gemacht hatte, bevor ihm aufging, dass es in St Angela's schreckli-

chere Dinge gab als zugige Flure. Er dachte an das neue Mädchen und ihr Bündel, ihr Baby. Er wusste, dass es ein Baby war, ihr Baby.

Er hatte schon viele solcher Ankünfte hier erlebt, aber die fassungslosen Augen dieses Mädchens hatten ihn erschüttert. Manche blieben nur eine kurze Zeit hier. Aber nicht alle. Nicht wie er. Er glaubte, er war immer hier gewesen. Er vermutete, dass er vor vielen Jahren wie das eingewickelte Bündel war – ein dunkles Geheimnis, tief in Windeln verborgen. War seine Mutter wie dieses Mädchen gewesen? Normalerweise erlaubte er sich solche Überlegungen nicht, aber ihr von Unsicherheit und Angst gezeichnetes Gesicht hatte ihn berührt. Dies war sein Zuhause. Er kannte es nicht anders. Würde es nun auch ihr Zuhause sein? Was war ihre Geschichte und wo würde sie enden?

„Patrick, komm von dem Fenster weg. Wie oft muss ich es dir noch sagen? Du holst dir eine Erkältung", sagte Schwester Teresa, als sie an ihm vorbeiging.

Er streckte seine zwölfjährigen Beine auf den Boden und begrüßte den Klaps auf seinen Kopf von ihrer alten Hand. Er mochte sie. Nicht wie die anderen Nonnen. Sie hatten sich verändert, als dieser letzte Priester gekommen war. Der mit den schwarzen Augen. Nein, Patrick mochte ihn überhaupt nicht und die Nonnen waren misstrauisch. Ängstlich? Er beschloss, dass es ihm so oder so egal war, als er an den schwarz-weißen Mosaiken vorbei zur gemeißelten Steintreppe ging. Plötzlich stand Schwester Immaculata vor ihm. Sie war gerade aus dem Säuglingssaal gekommen.

„Abendessen, Patrick", sagte sie. Ihre Stirn wölbte sich unter ihrer Haube mit dem langen schwarzen Schleier. Er zuckte mit den Schultern.

In einer Woge von schwarzen Röcken ging sie vor ihm her die Treppe hinunter. Er roch Mottenkugeln und folgte ihr schweigend.

Wie würde sie wohl unten an der Treppe aussehen, wenn er ihr ein Bein stellte? Es war nicht das erste Mal, dass er sich das fragte. Er lächelte in sich hinein und ging, um sich vor dem Abendessen die Hände zu waschen.

FÜNFTER TAG

3. JANUAR 2015

39

Die Bewohner von Ragmullin waren hellwach und argwöhnisch. Die Nachricht von einem weiteren Mord war durch die Klatschspalten gesickert. Es hieß, ein Priester sei tot. Lottie runzelte die Stirn. Die Gerüchteküche schien Früchte zu tragen, selbst im tiefsten Winter.

Verschneite Eiszapfen, die von den Regenrinnen hingen, tropften langsam, während die Temperaturen mühsam anstiegen. Der Morgen war in einen trüben grauen Nebel gehüllt. Lottie wandte sich vom Fenster des Einsatzraums ab. Die ausgiebigen Suchaktionen hatten keinen Hinweis auf den Verbleib eines Handys oder Laptops von Susan Sullivan geliefert.

„Sie könnte ein Internet-Café benutzt haben", schlug Boyd vor.

„Sie könnte auf dem Mars gewesen sein, soweit wir wissen", fauchte Lottie. Sie fühlte sich aufgebläht, nachdem sie auf dem Weg zur Arbeit ein Frühstück von McDonald's verschlungen hatte. Junkfood. Sie futterte, wenn der Drang nach Alkohol zu mehr als einem Verlangen zu werden drohte. Die Untersuchungen würden einen Heiligen dazu treiben, Altarwein zu trinken. Lottie wusste, dass sie keine Heilige war, doch immerhin hatte sie die Nacht, zwar mit nur wenig Schlaf, aber ohne Alkohol überstanden.

Das Technikerteam hatte die einschlägigen Facebook-Seiten durchsucht und nichts gefunden. Es war, als würde man ohne GPS oder Kenntnisse der Landessprache durch eine fremde Stadt fahren. Sie waren wie verirrt.

Als sie wieder aus dem Fenster schaute, bemerkte sie ein Dutzend Journalisten in dicken Jacken, bewaffnet mit Kameras und Notizbüchern, die sich unten in Pulks versammelt hatten. Sie wandte sich der dürftigen Einsatztafel zu. Ihr war, als wäre der Mörder eine unsichtbare Person. Aber er war da draußen. Sie drehte sich zu Boyd um.

„Wir müssen die Punkte bald miteinander verbinden und wenn wir das tun, wird das Bild sehr schnell kompliziert werden."

„Es ist schon kompliziert genug", sagte er.

„Wir brauchen einen Durchbruch, sonst werden wir beide für den Rest unseres Lebens an kalten Fällen arbeiten. Und dieser wird der kälteste von allen sein."

„Manchmal sprichst du in den Rätseln ägyptischer Götter", sagte Boyd.

„Ägyptische Götter?" Lottie studierte die Ausdrucke an der Einsatztafel.

„Wie Hieroglyphen. Du weißt schon, Symbolsprache", fügte er zur Erklärung hinzu.

Lottie seufzte. Sie hatte einen Punkt erreicht, an dem sie sich mit jedem Zeichen begnügt hätte, dass ihnen die richtige Richtung wies. Etwas, dass die eklatanten leeren Stellen füllen würde. Sie betrachtete die Kopien der Tätowierungen von Susan Sullivan und James Brown.

„Ich frage mich, ob das altertümliche Symbole sein könnten." Sie verglich die Tätowierungen von Brown und Sullivan miteinander.

„Es sind Kreuze in Kreisen", meinte Boyd.

„Nein, es sind keine Kreuze", sagte sie. „Vielleicht haben sie mit einem Ritual oder einer Sekte zu tun. Ich frage mich, ob Opfer Nummer drei, das eigentlich Opfer Nummer eins ist, auch eins hat?"

Sie wählte Jane Dores Privatnummer. Die Rechtsmedizinerin antwortete sofort.

„Ich nehme an, die Hoffnung, dass unser letztes Opfer auch die Tätowierung hatte, ist übertrieben?", fragte Lottie.

„Ich habe eine gründliche Sichtprüfung gemacht und keine gefunden", antwortete Jane Dore mit ihrer sachlichen Stimme. „Ich werde bald mit der Autopsie beginnen. Wenn ich fertig bin, schicke ich Ihnen meinen vorläufigen Bericht."

„Gibt es etwas Neues von der DNS-Analyse?", fragte Lottie. „Ich muss bestätigen, dass es tatsächlich Pater Angelotti ist."

„Ich habe Ihnen ja gesagt, die DNS-Vergleiche können Wochen dauern. Setzen Sie Ihre Hoffnungen nicht darauf. Finden Sie jemanden, der die Leiche identifizieren kann."

Noch eine Sackgasse. Sie hoffte, dass er es war, sonst säße sie tief in der Scheiße, nachdem sie dem Bischof gesagt hatte, dass es sein vermisster Priester war.

Sie sah sich noch einmal die Tätowierung an. Vielleicht konnte Pfarrer Joe sich einen Reim darauf machen. Eine unorthodoxe Maßnahme, einen potenziellen Verdächtigen um Hilfe zu bitten, aber zum Henker damit. Sie würde sich halt noch ein bisschen tiefer in die Sache verstricken.

Sie drückte die Klingel ein zweites Mal. Schließlich öffnete die krumme kleine Nonne die Tür.

„Ich möchte gerne mit Pfarrer Joe sprechen, bitte", sagte Lottie und beugte sich unwillkürlich zu der Nonne herab.

„Ich bin nicht taub, wissen Sie", sagte die Nonne. „Und er heißt Pfarrer Burke." Lottie stellte sich die alte Nonne in ihren besten Jahren vor, wie sie in einem Klassenzimmer das Leben aus verängstigten Kindern herausprügelte.

Die Nonne hielt die Tür bis auf einen Spalt geschlossen.

„Entschuldigung, ich sollte Pfarrer Burke sagen", antwortete Lottie und fügte hinzu: „Ist er hier?"

„Jetzt nicht mehr", sagte die verschleierte Frau und wollte die Tür schließen.

Lottie stellte ihren gestiefelten Fuß in den Spalt, in der Hoffnung, sich keine gebrochenen Knochen einzufangen.

„Was meinen Sie mit ‚nicht mehr'? Ich habe gestern noch mit ihm gesprochen."

„Er ist nicht hier. Er ist weg", sagte die Nonne mit kalter Autorität.

„Gibt es jemanden, mit dem ich darüber sprechen kann, warum er fort ist?", fragte Lottie, während ein Grauen in ihrer Brust hochstieg. Pfarrer Joe war eine ihrer Personen von Interesse, obwohl sie selbst nicht glaubte, dass er etwas Unrechtes getan hatte.

„Ich kann Ihnen nicht helfen. Sie werden mit Bischof Connor sprechen müssen."

Lottie machte einen Satz zurück, als die massive Holztür gegen den Pfosten krachte und ein Riegel in ein Schloss glitt. Sie wandte sich in den bitteren Wind und ging den Pfad hinunter, weg von der hutzeligen alten Frau.

Boyd wird seinen großen Tag damit haben, dachte sie. *Hat sich aus dem Staub gemacht*, das war's, was er sagen würde. Instinktiv wusste Lottie, dass da mehr dahintersteckte. Sie versuchte, Pfarrer Joe auf seinem Handy anzurufen. Ausgeschaltet. Sie musste ihn unbedingt finden.

Sie blies warme Luft auf ihre kalten Hände, sehnte sich nach einer Zigarette und dachte an Katie, die kiffte. Sie musste etwas Konstruktives tun. Zum Beispiel, sich Katie vorknöpfen.

40

Die vier Männer saßen an einem langen Tisch, vor ihnen standen Kaffeetassen. Jeder von ihnen war besorgt, argwöhnisch den anderen gegenüber, beunruhigt und ängstlich.

Tom Rickard sprach zuerst. „Also?"

„Wir sollten uns nicht auf diese Weise treffen. Jemand könnte uns sehen", sagte Mike O'Brien und wischte sich nervös die Schuppen von den Schultern. „Und ich muss zurück zur Bank, bevor man mich vermisst."

„Der entscheidende Stichtag steht kurz bevor. Wir müssen sicher sein, was wir tun", sagte Gerry Dunne. „Diese Art Einstellung würde es bei einer Ratsversammlung nicht geben."

„Und ich muss sicher sein, dass Sie die Baugenehmigung bestätigen", sagte Rickard und zeigte mit dem Finger auf Dunne. „Ich will, dass dieses Bauvorhaben vorangeht, sonst bin ich bankrott."

Dunne richtete sich in seinem Stuhl auf und strich die Falten in seiner makellosen Nadelstreifenhose glatt. „Ich weiß, wie wichtig es für alle von uns ist."

Rickard musterte die Männer und fragte sich, nicht zum ersten Mal, warum er sich auf den Deal eingelassen hatte. Gerry Dunne, der Vorsitzende des Grafschaftsrats, hatte das Planungsschicksal in der Hand, O'Brien manövrierte das Geld durch die Banken und

Bischof Connor würde nach dem Verkauf einen Anteil an der Investition behalten.

„Ich habe heute Morgen ein Gerücht gehört. Was hat es damit auf sich, dass ein Priester tot gefunden wurde? Und auch noch in James Browns Garten." Rickard nickte dem Bischof zu. „Wissen Sie etwas darüber?"

„Es ist für uns nicht von Bedeutung", antwortete Bischof Connor.

„Um unser aller willen hoffe ich, dass Sie recht haben", sagte Rickard. „Zwei Morde und jetzt das."

„Je schneller das alles vorbei ist, desto besser", sagte O'Brien.

„Wir verlassen uns darauf, dass Sie den Finger auf dem Geld halten", sagte Rickard und bemerkte ein Zittern in der Hand des anderen Mannes.

O'Brien nahm sein Glas, trank schnell und begann zu husten. „Ich brauche noch etwas Wasser", sagte er würgend.

„Ich brauche noch einen Urlaub", sagte Dunne und stieß seinen Kaffee um.

„Sie müssen sich alle beruhigen", sagte Bischof Connor, während sich die dunkle Flüssigkeit auf dem Schreibtisch ausbreitete.

Lottie fuhr vor der fensterreichen Backsteinvilla vor und stellte den Motor ab.

Jedes Mal, wenn sie versuchte, ihre Gedanken in einer kohärenten Folge zu ordnen, drängte sich ihr das Bild ihrer Tochter mit ihrem kiffenden Freund auf. Anstatt es den ganzen Tag schwelen zu lassen, und um es zu vermeiden, sich mit Pfarrer Joes überstürzter Abreise aus Ragmullin zu beschäftigen, hatte sie beschlossen, mit den Rickards über die illegale Angewohnheit ihres Sohnes und die Quelle seiner Drogen zu sprechen.

Sie stieg aus dem Auto und drückte die verschnörkelte Klingel, bevor sie es sich anders überlegen konnte. Als der Klang drinnen widerhallte, bemerkte sie, wie die blasse Sonne um die Seite des

Hauses herumglitt. Hohe Bäume umgaben das Gebäude wie riesige Regenschirme. Die ersten Schneeglöckchen sprießten durch vereiste Beete und stemmten sich gegen das Wetter. Eine Rasenfläche erschien stellenweise unter dem Schnee. Irgendjemand würde im Frühling viel zu tun haben. Und wahrscheinlich nicht der irrende Sohn, dachte Lottie.

Leise Schritte näherten sich auf der anderen Seite der Tür. Dann wurde sie von Jason Rickard geöffnet.

„Oh! Mrs Parker", sagte er und sprang barfuß in dem marmorgefliesten Flur rückwärts. Er trug die Kleidung von gestern.

„Sind deine Eltern zu Hause?" Ihre Augen fielen auf die schwarze Inschrift, die sich an seinem Hals über die Haut schlängelte.

Er trat vor, lehnte sich an den Türrahmen und verschränkte die Arme über seiner mageren Brust. „Sie sind nicht hier."

„Wirklich? Wem gehören denn dann die Autos da draußen?"

„Uns."

„Du meine Güte, wie viele Autos habt ihr?", platzte Lottie heraus. Hinter ihr standen vier Autos und ein Quad, alle schön ordentlich vor einer Dreifachgarage aufgereiht.

„Das Quad und der BMW gehören mir. Die anderen gehören meiner Mutter und meinem Vater." Der Junge bewachte den Eingang zu seinem Haus mit einem Hauch jugendlicher Dreistigkeit.

Ein BMW? Und sie hatte ihn zunächst für einen Gammler gehalten. Fehlanzeige, Inspector.

„Ich dachte, du hast gesagt, deine Eltern seien nicht zu Hause", sagte sie.

„Sie haben noch andere Autos", sagte er.

Lottie starrte ihn an.

„Wie alt bist du, Jason?"

„Neunzehn."

„Also, wenn du mit meiner Tochter rumhängen willst, erwische ich dich besser nicht in Besitz."

„In Besitz Ihrer Tochter?"

„Hör zu, Klugscheißer, ich mag dich nicht und ich weiß nicht, was Katie in dir sieht, aber nimm diesen Besuch als Warnung. Das nächste Mal komme ich mit einem Durchsuchungsbefehl."

Lottie trat näher an den Türspalt heran. Sie bemerkte, wie sich Jasons Augen zu dunklen, herausfordernden Kreisen trübten. Wie der Vater, so der Sohn, schloss sie.

„Katie ist alt genug, um zu wissen, was sie will", sagte er und schob die Tür weiter zu.

„Weißt du, was du willst? Ich bezweifle es ernsthaft", erwiderte Lottie. „Ich werde wiederkommen, um mit deinen Eltern zu reden."

Die Tür schloss sich.

Lottie stiefelte missmutig davon. Zweimal an einem Morgen hatte man ihr eine Tür vor der Nase zugeschlagen. Verlor sie ihr Gespür? Und all die Autos. Sie mussten überprüft werden. Sie knipste Fotos mit ihrer Handykamera.

Nur für den Fall, dass der kleine Kacker gelogen hatte.

Jason schlenderte vom Flur in die Küche auf der Rückseite des Hauses und schenkte sich ein Glas Wasser ein. Er schaute aus dem Fenster.

Der weiße Audi seines Vaters, ein dunkelblauer BMW und zwei schwarze Mercedes waren im Hof geparkt. Sein Vater hatte ihm gesagt, dass die Besucher nicht gestört werden durften. Und das wurden sie auch nicht.

Er wünschte, er würde ein neues Auto bekommen. Er wünschte, Katies Mutter wäre nicht so eine Zicke.

Er drehte sich um. Einer der Freunde seines Vaters stand in der Tür.

„Ich brauche etwas, um verschütteten Kaffee aufzuwischen", sagte der Mann, „und einen Krug mit Wasser."

„Damit müsste es gehen." Jason gab ihm ein Geschirrtuch. Er hätte schwören können, dass die Finger des Mannes ein oder zwei Sekunden länger als nötig auf den seinen verweilten. Hastig zog er seine Hand zurück und rieb sie an seiner Jeans ab. Er suchte im Schrank, fand einen Krug und füllte ihn mit Wasser. Der Mann nahm ihn und seine Lippen kräuselten sich zu einem langsamen Lächeln, während seine Augen an Jasons Körper auf und ab huschten.

„Du bist zu einem gutaussehenden jungen Mann herangewachsen", sagte er und ging hinaus, wobei er die Tür hinter sich zufallen ließ.

Jason war wie angewurzelt. Es war, als habe jemand durch seine Haut gefasst und ich ins Herz gekniffen.

Er fühlte sich plötzlich nackt.

Draußen vor der Küchentür holte der Mann ein paar Mal tief Luft, zerknüllte das Geschirrtuch zu einem Ball und versuchte, das Zittern in der Hand, die die Kanne hielt, zu stoppen. Er schloss die Augen und hinterlegte das Bild des schlanken Körpers des Jungen in seinem Gedächtnis. Er konnte immer noch den jugendlichen Duft des Jungen riechen, zart und süß. Wunderschön.

Es war Jahre her, dass er solche Gefühle gehabt hatte, warum waren sie also in den letzten Monaten wieder aufgetaucht? Es musste an dem ganzen Stress liegen, den er mit dem Projekt hatte, dachte er. Oder war es, weil St Angela's wieder in den Vordergrund seiner Gedanken gerückt war? Er hatte geglaubt, so weit von dem Jungen, der er einmal gewesen war, entfernt zu sein, dass nichts die Vergangenheit wieder aufleben lassen konnte. Aber nun verfolgte sie ihn jeden Tag. Jeden einzelnen Tag. Und mit ihr kamen die Emotionen, die er unterdrückt hatte. Er erschauderte und Wasser spritzte aus dem Krug. Er hatte vergessen, dass er ihn hielt. Hatte einen Moment lang vergessen, wo er war und wer er jetzt war.

Er atmete tief durch, tupfte sich die Stelle an der Hose ab, wohin das Wasser gespritzt war, und ging zur Versammlung zurück, das Bild des Jungen fest vor Augen.

41

Bea Walsh war in ihrem Büro beim Grafschaftsrat und ging sorgfältig Susan Sullivans Akten durch. Bei einem zeitgesteuerten Planungsprozess galt ein Antrag automatisch als genehmigt, wenn er nicht innerhalb der Acht-Wochen-Frist abgeschlossen wurde. Sich dieser Tatsache nur allzu gut bewusst, überprüfte sie die Datenbank und glich die Akten auf ihrem Schreibtisch mit der Computerliste ab. Der Bildschirm sagte ihr, dass sie zehn Akten haben musste. Sie hatte neun.

Sie überprüfte die Liste von James Brown. Vielleicht war sie da hineingeraten. Aber sie war effizient und wusste, dass sie keinen Fehler gemacht hatte. Selbst mit dem Trauma der Morde erledigte sie ihre Aufgaben professionell. Die Akte fehlte.

Sie blickte erneut auf den Bildschirm. Die Entscheidung war am 6. Januar fällig. Realistischerweise wusste sie, dass die Akte an diversen Orten liegen konnte, aber alle Kästchen in der Datenbank waren angekreuzt. Das bedeutete, dass der Antrag alle erforderlichen, von den Ingenieuren und Planern fertiggestellten und unterzeichneten Berichte enthielt. Dann erinnerte sie sich, wo sie sie zuletzt gesehen hatte. Susan Sullivan und James Brown, in seinem Büro, in einer heftigen Diskussion, und die Akte auf dem Schreibtisch zwischen ihnen. An dem Tag, bevor Ms Sullivan ihren Weihnachtsurlaub antrat.

Bea nahm ihre Lesebrille ab und rieb sich die Augen.

Seitdem hatte sie die Akte nicht mehr gesehen.

Lottie schloss ihr Handy an den Computer auf ihrem Schreibtisch an und lud die Fotos der Autos von Rickards Haus hoch.

Sie gab die Kennzeichen in die PULSE-Datenbank ein.

Alle Autos gehörten der Familie Rickard. Reiche Arschlöcher.

Boyd schaute über ihre Schulter auf den Bildschirm.

„Was hast du zu finden erwartet?", erkundigte er sich.

„Ich weiß nicht. Etwas", antwortete sie und beschwor den Computer, einen Hinweis zu liefern.

Dann erzählte sie Boyd von Pfarrer Joes Verschwinden.

„Er hat sich aus dem Staub gemacht", sagte Boyd.

Lottie seufzte. Der vorhersehbare Boyd. Ihr Telefon klingelte.

„Ich muss mit Ihnen sprechen, Inspector." Bea Walshs Stimme bebte.

Lottie war überrascht, von Susan Sullivans Assistentin zu hören.

„Sicher. Soll ich zu Ihrem Büro kommen?"

„Nicht hier. Cafferty's? Nach der Arbeit. Passt Ihnen das?" „Natürlich."

„Ich bin um fünf da", sagte Bea präzise und legte auf.

„Ich frage mich, worum es geht?", sagte Lottie zu Boyd.

Er knurrte.

Sie betrachtete wieder die Fotos von Tom Rickards Autos und zupfte an einem Loch, das sich am Saum ihres T-Shirts auftat.

Lynch steckte ihren Kopf durch die Tür. „Derek Harte ist unten. Sie wollten noch einmal mit ihm sprechen?"

„Ja, in der Tat", sagte Lottie

42

„Hat James geraucht?", fragte Lottie nach der Routineeinführung für die Aufzeichnung. Maria Lynch saß zurückhaltend, das Notizbuch parat. James Browns Liebespartner, Derek Harte, saß aufrecht auf dem Stuhl gegenüber.

„Nein, aber ich rauche", sagte Harte. „Marlboro Lights. Ich habe versucht aufzuhören. Das wird mir jetzt definitiv nicht gelingen."

„Sind Sie bereit, uns eine DNS-Probe zur Verfügung zu stellen?"

„Warum?", fragte er und lehnte sich zurück.

„Um Sie aus unseren Ermittlungen auszuschließen. Standardprozedur", sagte Lottie und hoffte, dass sie eine Übereinstimmung mit den beiden Zigarettenstummeln, die neben der Leiche im Garten gefunden wurden, finden würden.

Harte nickte, als wolle er sagen, er habe ja doch keine Wahl. „Warum nicht."

„Sie haben mir erzählt, dass Sie und James an Heiligabend nicht in seinem Haus waren. Ist das die Wahrheit?"

„Ja, natürlich. Der Schnee kam herunter wie eine Lawine. Niemand ging in der Nacht irgendwohin. Worauf wollen Sie hinaus?"

„Meinen Sie, dass James eine Beziehung mit jemand anderem

gehabt haben könnte?"

Harte lachte. „Hat das was mit der Leiche zu tun, die Sie gefunden haben?"

„Ich stelle die Fragen", sagte Lottie.

Harte zuckte die Schultern. „Nein, Inspector, James hatte keine Beziehung mit jemand anderem. Wir waren aneinander gebunden. Und ehe Sie fragen, ich habe keine Ahnung, wie eine Leiche dorthin kommen konnte."

„Hat er Ihnen gegenüber jemals einen Pater Angelotti erwähnt?" „Nein", antwortete er, schnell.

„Sie scheinen ziemlich sicher zu sein", sagte Lottie.

„An so einen Namen würde ich mich erinnern." Harte lehnte sich noch weiter auf dem harten Stuhl zurück. Seine Haltung begann, Lottie auf die Nerven zu gehen.

„Warum, meinen Sie, könnte ein Priester bei ihm gewesen sein?", fragte sie.

„Keine Ahnung."

„Hat James jemals etwas gesagt, das darauf hindeuten könnte, dass er etwas mit einem Priester zu tun hatte?" Lottie versuchte, so diplomatisch wie möglich zu sein, aber sie hatte das Gefühl, mit dem Kopf gegen die sprichwörtliche Wand zu rennen.

„Nein."

„Irgendwas, das mit Susan Sullivan zu tun hatte?"

„Nein, aber wenn mir etwas einfällt, lasse ich es Sie wissen." Er stieß den Stuhl mit den Kniekehlen zurück und stand auf. „Ist das alles, Inspector?"

„Detective Lynch wird Ihren DNS-Abstrich veranlassen, dann können Sie gehen", sagte Lottie.

Als er ging, wusste sie, dass er mit der Wahrheit sparsam umgegangen war. Aber er war bereit, eine DNS-Probe abzugeben, also was war es, das er zu verbergen hatte?

Sie stellte einen Becher Kaffee neben Boyds Computer.

„Wofür ist das?", fragte er.

„Ich glaube, du sollst ihn trinken."

Lottie ging zu ihrem Schreibtisch, um die Harte-Vernehmung aufzuschreiben. Den ganzen Tag über hatte sie in jeder freien Minute alle Informationen, die sie über die Morde hatten, noch einmal gelesen, und sie war weder einem Motiv noch einem Mörder nähergekommen.

Boyd hob den Becher an, wischte den feuchten Ring darunter weg und legte einen Notizblock hin, bevor er den Becher wieder hinstellte.

„Dieser Derek Harte kommt als aufrichtig rüber", sagte sie und rührte ihren Kaffee mit dem Ende eines Kugelschreibers um.

„Aber?"

„Ich glaube nicht, dass er es ist."

„Sein Liebhaber ist tot. Wir haben die Leiche eines vermissten Priesters im Garten seines Liebhabers gefunden. Grund genug zur Sorge", meinte Boyd.

„Ich möchte, dass sein Hintergrund überprüft wird, wenn das nicht schon geschehen ist. Und warum haben wir seine DNS-Probe nicht genommen, als er das erste Mal hier war?"

„Wir hatten keinen Anlass", sagte Lynch. „Wir haben Browns Tod als Selbstmord behandelt."

„Ich bin sicher, es ist Mord, der wie Selbstmord aussehen soll, also sorgen Sie dafür, dass die DNS so schnell wie möglich analysiert wird", sagte Lottie. „In diesem Stadium können wir nichts dem Zufall überlassen."

Kirby schlenderte mit einem Armvoll Zeitungen herein.

„Irgendwelche guten Nachrichten?", erkundigte sich Lottie.

„Wir sind jetzt die Bösewichte, der Presse zufolge", sagte er. „Wir haben nicht genug getan, nicht schnell genug gehandelt, die Ermittlung ist ins Stocken geraten und kommt nicht voran, und ein Mörder läuft frei herum."

„Sind die DNS-Ergebnisse von den Zigaretten in Browns Garten schon da?", fragte sie.

„Noch nichts", antwortete Kirby, nachdem er schnell durch die Unterlagen geblättert hatte. „Sie wissen, es könnte ..."

„Wochen dauern. Ja, ich weiß", sagte Lottie und warf die Arme hoch. „Jemand hat dort lange genug gestanden, um zwei Zigaretten zu rauchen. Wonach haben sie Ausschau gehalten oder worauf haben sie gewartet?"

„Vermutlich James Brown", sagte Kirby.

„Und er kam nicht, weil er sechzig Kilometer entfernt in Athlone eingeschneit war", sagte Lottie.

„Wenn man Derek Harte glauben darf", meinte Boyd.

„Gibt es sonst noch etwas Neues, Kirby?", fragte Lottie.

Er legte die Zeitungen auf den Boden und las von seinem Bildschirm ab.

„Wie Sie schon wissen, ist Susan Sullivans Mutter, Mrs Stynes, vor zwei Jahren in Dublin gestorben. Ihr Mann starb im Jahr davor. Wir haben keine weiteren Verwandten finden können."

Lottie seufzte. „Der Vater stirbt, die Mutter stirbt, dann zieht Susan zurück nach Ragmullin. Sie stirbt. Sackgasse."

Würden sie die Wand jemals durchbrechen? Sie checkte ihre E-Mails. Der vorläufige Obduktionsbericht von Jane Dore über Pater Angelotti war da.

„Ich liebe Sie, Jane", rief Lottie dem Bildschirm zu.

„Ich wusste es", sagte Boyd.

„Halt die Klappe, Boyd."

„Also, warum die Aufregung?"

„Jane hat einen Riesengefallen eingefordert. Ex-Freund im Forensiklabor. Er hat die Analyse der DNS von der Leiche beschleunigt", sagte Lottie vom Bildschirm ablesend, „und sie stimmt mit den Bürstenhaaren überein, die ich aus Pater Angelottis Zimmer genommen habe."

„Wir haben unseren vermissten Priester gefunden", sagte Boyd.

„Sind Sie sicher, dass es seine Bürste war?", fragte Kirby, ohne den Kopf zu heben. Er klopfte mit seinen tabakverfärbten Fingern auf seiner Tastatur herum. Gegenwärtig ging das Gerücht herum, seine junge Geliebte, die Schauspielerin, sei mit dem Nachtzug von Ragmullin zurück nach Dublin gesaust und habe Kirby in einem Dunst aus Zigarrenrauch und Whiskey-Dämpfen zurückgelassen.

„Kirby", sagte Lottie, „was genau machen Sie da?"

„Nichts", sagte Kirby.

„Genau wie ich dachte."

„Die Spurensicherung kann mit dem zertrümmerten Telefon nichts anfangen." Kirby sah von seinem Bildschirm auf.

„Typisch", sagte Lottie.

Sie dachte an Derek Harte. Sie hatte ihn schon zweimal vernommen und wurde das Gefühl nicht los, dass sie etwas übersehen hatte. War er der Mörder?

„Endlich eine gute Nachricht", meldete sich Lynch. „Der Durchsuchungsbefehl für die Bankkonten der Opfer wurde erteilt."

„Wir haben ihre Konten", sagte Lottie, „aber mal sehen, ob wir damit den Wieselmann in die Enge treiben können."

„Diamanten sind für immer", flüsterte Lottie Boyd zu.

Die Edelsteine auf O'Briens Manschettenknöpfen funkelten, als er die Konten auf seinem Computer aufrief.

„Und die besten Freunde der Frauen", erwidert Boyd hinter vorgehaltener Hand.

Der Bankier reichte ihnen einen Ausdruck.

„Was ist das?", fragte Lottie und schüttelte Schuppen von dem Papier. Die Seite enthielt eine Zahl und Geldbeträge. Die gleichen Ziffern, die sie auf den Konten von Brown und Sullivan gesehen hatten.

„Das ist die Kontonummer", sagte er. „Eingetragen bei einer Bank in Jersey. Strenge Geheimhaltungsvorschriften. Also keine Namen. Tut mir leid."

„Davon bin ich überzeugt", sagte Lottie.

„Ach, komm schon, Mike", sagte Boyd. „Du musst uns schon mehr geben als das."

O'Brien schüttelte den Kopf. „Das ist alles. Ihr könnt es selbst bei der Jersey Bank versuchen. Aber wie ihr wisst, ist es aufgrund ihrer Bankgesetze praktisch unmöglich, Informationen zu bekommen."

Lottie stand auf, ihre Haut prickelte vor Wut. Noch eine Sackgasse. Sie starrte zornig auf den Banker hinunter und erspähte eine winzige Kerbe in seinem Ohr.

„Wissen Sie, Mr O'Brien, ein Diamant glänzt von außen, aber innen ist er nur schwarzer Kohlenstoff. Also, was sind Sie?"

„Ich habe keine Ahnung, wovon Sie sprechen." O'Brien rieb sich verunsichert das Ohr. „Ich glaube, Sie sollten gehen." Er stand auf und Schuppen fielen von seinem Kopf auf seine Schultern, als er sich bewegte.

„Wir gehen", sagte Boyd und schob Lottie vor sich her durch die Tür.

Draußen auf der Straße sagte Boyd: „Warum musst du alle vergrätzen?"

„Kommt mit dem Abzeichen", antwortete Lottie.

„Kommt mit dir", sagte Boyd.

„Jersey. Ausgerechnet." Lottie begann, sich von ihm zu entfernen. „Ich muss zu Cafferty's."

„Ein bisschen früh für einen Drink", sagte Boyd, als er die Uhrzeit auf seinem Handy checkte. „Kann ich mitkommen?"

Aber Lottie war schon um die Ecke gebogen und ging die Gaol Street hinunter, sodass er ihr nur noch hinterhersehen konnte.

43

Bea Walsh saß im Nebenzimmer, hinter der Tür zur Bar, einen heißen Whiskey vor sich auf dem Tisch. Lottie bestellte einen Kaffee.

„Entschuldigung, ich bin ein bisschen spät dran", sagte Lottie und schaute auf ihre Uhr. Es war viertel vor sechs. Nicht zu spät, dachte sie.

„Danke, dass Sie gekommen sind", sagte Bea.

„Kein Problem." Lottie setzte sich.

Der Duft von Nelken und Whiskey erfüllte die Luft um Bea herum. Der Pub war dunkel, und soweit Lottie sehen konnte, saßen nur drei weitere Kunden an der Bar. Darren Hegarty, der Barmann, brachte ihren Kaffee.

„Irgendein Glück auf der Jagd nach dem Mörder?", fragte er.

„Ich arbeite dran", antwortete Lottie und wandte sich Bea zu. Darren wischte den Tisch ab und kehrte an seinen einsamen Wachtposten hinter der Bar zurück.

„Ms Sullivan weinte viel", sagte Bea und wischte sich die Nase mit einem zerknüllten Taschentuch. „Heimlich, meine ich, wenn sie dachte, dass niemand sie sehen konnte. Ich wusste, dass sie etwas bedrückte." Bea begann zu wimmern.

„Alles in Ordnung?", fragte Lottie.

„Ich bin nur traurig." Bea tupfte sich die Augen ab. „Vor ungefähr einem Monat bin ich in der Damentoilette auf Ms Sullivan gestoßen. Sie weinte. Als sie mich sah, wirkte sie verlegen. Ich fragte, ob ich ihr irgendwie helfen könne. Sie sagte, ihr könne niemand mehr helfen. Die Dinge sind außer Kontrolle. So hat sie sich ausgedrückt. Die Dinge sind außer Kontrolle." Bea schloss die Augen.

„Haben Sie irgendeine Ahnung, was sie damit meinte?"

„Ich habe sie gefragt, aber sie wischte sich nur die Augen und sagte, ich solle es vergessen", sagte Bea und nippte behutsam an ihrem Getränk. Der Geruch von Nelken wehte Lottie entgegen. „Ms Sullivan stand bei der Arbeit unter enormem Druck."

„Irgendetwas Bestimmtes, von dem ich wissen sollte?"

Bea zögerte, öffnete den Mund, um zu sprechen, und machte ihn dann wieder zu.

„Was?", drängte Lottie.

„Nichts."

„Sind Sie sicher? Ich hatte den Eindruck, Sie wollten noch etwas hinzufügen."

„Nein, Inspector, ich habe nichts hinzuzufügen."

Lottie beschloss, es dabei zu belassen. Vorläufig.

„Hatte Susan einen Laptop?"

„Nein. Sie sagte, sie bräuchte keinen."

„Hatte sie ein modernes Handy? Mit Internet?" Lottie fragte sich, warum sie diese Frage nicht schon am ersten Tag gestellt hatte.

„Ja. Ein iPhone, glaube ich."

„Sie wissen nicht zufällig, wo es ist?" Lottie drückte die Daumen und hoffte.

„Nein, tut mir leid."

Lottie sackte in sich zusammen. Susans Handy blieb unauffindbar. Aber inzwischen müssten sie die Anrufprotokolle von ihrem Dienstanbieter haben. Sie machte sich einen gedanklichen Vermerk, dem nachzugehen.

„In ihren Computerdateien sind mir Dokumente aufgefallen, die sich auf ‚Geistersiedlungen' beziehen. Was war ihre Rolle dabei?"

Bea nahm wieder einen Schluck. Der warme Whiskey hatte Farbe in ihre blassen Wangen gebracht.

„Mr Brown hatte mehr damit zu tun. Es ist ein Verbrechen, wie diese Siedlungen von den Bauträgern unvollendet gelassen wurden. Die Mitarbeiter versuchten, einen Weg zu finden, um sie fertigzustellen, anstatt sie halb gebaut und leer stehen zu lassen."

Lottie mochte diese Frau; sie drückte sich gut aus, obwohl sie schüchtern wirkte.

Bea fuhr fort: „Was das Ganze noch schlimmer macht, Inspector, ist, dass diese Bauträger ihre leichenhallenähnlichen Bauprojekte einfach aufgeben können und dann die Frechheit haben, noch mehr davon zu bauen."

„Wer ist verantwortlich?", fragte Lottie und wünschte sich, sie hätte das aktuelle Geschehen aufmerksamer verfolgt.

„Niemand will die Verantwortung übernehmen. Es heißt, die Baugenehmigung hätte von vornherein nicht erteilt werden dürfen. Ich nenne es Habgier."

Lottie dachte einen Moment nach. „Glauben Sie, dass es in Ragmullin irgendwelches Fehlverhalten in Bezug auf die Planung gab?"

Bea zögerte, als würde sie ihre Antwort abwägen. „Nach dem, was mit Ms Sullivan und Mr Brown passiert ist, bin ich mir nicht mehr so sicher. Vorher hätte ich gesagt, dass alles korrekt war. Jetzt? Ich frage ich mich, ob es das war." Ihre Stimme verstummte allmählich, wie ein Star auf der Flucht vor dem Winter.

„Können Sie mir einen Tipp geben, nach welchen Akten ich suchen sollte? Wir haben nur sehr wenige Anhaltspunkte und alles, was Sie mir sagen, egal, wie unbedeutend es Ihnen erscheint, könnte uns helfen. Ich will damit nicht sagen, dass ihr Tod mit ihrer Arbeit zusammenhängt, aber im Moment ist das alles, was ich habe."

Schließlich öffnete die kleine vogelähnliche Frau den Mund.

„Das ist der Grund, warum ich mit Ihnen sprechen wollte. Ich wusste nicht, was ich tun sollte. Mein Job unterliegt der Schweigepflicht, aber unter diesen Umständen fühle ich mich verpflichtet, es Ihnen zu sagen." Sie hielt inne und fuhr mit Tränen in den Augen fort. „Eine Akte fehlt. Ms Sullivan hat sie bearbeitet und Mr Brown ebenfalls. Sie ist in der Datenbank als ‚in Bearbeitung' und wartet auf die Unterschrift. Die Entscheidung ist in ein paar Tagen fällig. Die Sache ist die, ich kann die Akte nirgendwo finden." Die kleine Frau lehnte sich erschöpft zurück.

„War es eine umstrittene Akte?", fragte Lottie.

„Ich glaube ja. Aber meine Aufgabe ist es, die Datenbank zu überprüfen, sicherzustellen, dass die Berichte pünktlich sind, und wenn nicht, bei den entsprechenden Leuten nachzuhaken. Ich verfolge die Akten. Ich lese sie nicht. Aber ich habe zufällig mitbekommen, dass die Immobilie für ein Butterbrot gekauft wurde und dass sie vor einigen Monaten Gegenstand einer Kontroverse um den Bebauungsplan war."

„Um welche Akte handelt es sich?"

„Ich habe das Gefühl, ich darf es nicht sagen. Jetzt, wo ich hier bin, komme ich mir dumm vor."

Lottie wühlte in ihrer Tasche und zog einen Stift und einen Notizblock heraus. Sie schob sie Bea hin. „Würden Sie die Einzelheiten für mich aufschreiben?"

Bea zögerte erneut.

„Bitte", sagte Lottie.

„Vielleicht ist ja gar nichts." Bea begann zu schreiben.

Es musste etwas sein, dachte Lottie, sonst hätte Bea Walsh sich nicht die Mühe gemacht, es zu melden.

Sie las die Worte der Frau. Endlich. Etwas, dem man nachgehen konnte.

Sie sah Bea wortlos fragend an.

Die Frau nickte bestätigend mit dem Kopf.

Die Immobilie – St Angela's. Der Bauträger – Tom Rickard.

44

„Du siehst zufrieden mit dir aus", sagte Boyd.

Lottie saß an ihrem Computer und grinste.

„Los, erzähl schon", drängte er.

„Brown und Sullivan arbeiteten an einem Bauantrag für St Angela's. Kannst du raten, wer der Eigentümer ist?"

„Etwa Tom Rickard?"

„Genau, Tom Rickard." Lottie loggte sich schnell in ihren Computer ein. „Also hängen diese Morde wahrscheinlich mit aktuellen Angelegenheiten zusammen und nicht mit der Vergangenheit", sagte Boyd.

„Das weiß ich noch nicht", erwiderte sie. „Kirby, als Sie die Planungsakten des Grafschaftsrats überprüft haben, ist da irgendetwas in Bezug auf die Immobilie St Angela's aufgetaucht?" Sie schaute zu Kirbys Schreibtisch hinüber und verdrehte die Augen beim Anblick seiner Unordnung.

Er stopfte hastig eine Happy Meal-Schachtel unter den Tisch zu seinen Füßen, einen schuldbewussten Zug um die Lippen.

„Ich hatte noch keine Zeit." Schnell fügte er hinzu: „Wonach soll ich suchen?"

„Wenn ich das wüsste, würde ich Sie nicht bitten zu suchen, oder?"

„Haben Sie vielleicht einen Tipp?"

„Sie sind ein Ermittler, fangen Sie an zu ermitteln."

Im Flüsterton verfluchte Kirby jede Frau, die er je gekannt hatte. „Okay", lenkte Lottie ein. „Finden Sie alles heraus, was Sie können, darüber, was Tom Rickard mit St Angela's zu tun hat."

Sie verbrachte weitere zwei Stunden damit, alle bisherigen Berichte zu überprüfen. Ohne Erfolg. Das trübte ihre gehobene Stimmung jedoch nicht. Sie spürte, dass sie dem Schlüssel zu dem Fall nahe war.

Sie googelte St Angela's. Ein Foto im Midland Examiner vom letzten Februar erregte ihre Aufmerksamkeit. Bischof Terence Connor bei der Schlüsselübergabe an Tom Rickard, von Rickard Construction. Die Nebenzeile informierte sie darüber, dass das Anwesen als Hotel und Golfplatz entwickelt werden sollte, vorbehaltlich einer Baugenehmigung.

Sie sprang auf, ging auf die Suche nach Boyd und fand ihn am Kaffeeschrank dabei, den Wasserkocher aufzusetzen.

„Hast du Lust auf eine Spazierfahrt?", fragte sie.

„Wohin?"

„Du stellst zu viele Fragen. Komm schon."

Es war ein langer Tag gewesen, und nun schweifte der Mond ein schimmerndes Licht über den Himmel. Boyd fuhr. Lottie war todmüde. Sie wies ihn an, die alte Straße aus der Stadt zu nehmen.

„Ich hoffe, du erwartest nicht, dass ich im Dunkeln den Friedhof besuche", sagte Boyd.

„Feigling. Bieg hier links ab."

Er schwenkte in eine schmale, von Bäumen gesäumte Straße und hielt am Einfahrtstor zu St Angela's.

„Es wirkt furchteinflößend", sagte Boyd und stellte den Motor ab. Lottie stieg aus. Das Tor war offen, aber sie wollte zu Fuß gehen. Das gelbe Neon der Straßenlaternen spendete ein schwaches Licht. Zweihundert Meter weiter, am Ende der gewundenen, von Bäumen gesäumten Allee, stand ein vierstöckiges Haus, dessen Silhouette sich im Mondlicht abzeichnete. Lottie schaute nach oben. Ein kalter Schauer lief ihr den Rücken hinunter. Sie hatte dieses Gebäude schon oft aus der Ferne gesehen. Es war vom Friedhof aus sichtbar. Aber jetzt konnte sie die Beunruhigung, die es in ihr auslöste, nicht stoppen. Um sich zu beruhigen, begann sie, die Fenster zu zählen. Sechzehn in der obersten Etage.

Boyd stand neben ihr.

„Warum gucken wir uns dieses Gebäude im Dunkeln an?"

„Wir wissen jetzt, dass St Angela's Gegenstand eines Bauantrags von Tom Rickard ist", sagte Lottie und schirmte sich hinter Boyd gegen die scharfe Brise ab, die mit den Ästen über ihren Köpfen rang.

„Und?"

„James Brown hat Tom Rickard an dem Abend, an dem er ermordet wurde, angerufen. Rickard hat uns kein solides Alibi geliefert." Sie hielt inne und überlegte, was Rickard mit einem Mord erreichen könnte. „Laut Bea Walsh hatten Brown und Sullivan mit der Planungsakte zu tun, die anscheinend verschwunden ist. Rickard hat St Angela's von Bischof Connor gekauft, der jetzt einen ermordeten Priester hat. Und dies ist der Ort, die Einrichtung, in die die junge Susan, damals noch Sally, zusammen mit ihrem neugeborenen Baby verstoßen wurde."

Boyd schwieg.

„Also?", fragte Lottie.

„Ich mag diesen Tom Rickard nicht", sagte er und schob die Hände tief in seine Manteltaschen.

„Ist das alles, was du zu sagen hast?"

„Im Moment, ja. Und mir ist eiskalt. Komm schon, du verrückte Frau." Er ging auf das Auto zu.

Sie machte ein paar Schritte vorwärts. Ein Windstoß hallte um sie herum und schickte einen weiteren Schauer ihren Rücken hinauf. Sie versuchte, ihn zusammen mit dem Gefühl der alten dunklen Erinnerung, die sich in ihr regte, abzuschütteln. Sie zitterte am ganzen Körper. Sie ging hinter Boyd her.

„Was ist los?", fragte Boyd und schaute über seine Schulter zurück. „Nichts. Geh und lass das Auto an."

Noch einmal starrte sie zu dem Gebäude hinauf, als Boyd ins Auto sprang und den Motor anließ. Sie fixierte St Angela's und fragte sich, ob es tatsächlich etwas mit zwei, möglicherweise drei Morden zu tun hatte. Sie bemerkte eine Nische in der Mitte des Daches, eine runde Konstruktion, die eine Betonstatue beherbergte. Sie blinzelte, aber die Nacht war zu dunkel, um sie erkennen zu können. Sie würde sie bei Tageslicht sehen müssen. Sie schlenderte zurück zum Auto, weg von St Angela's, dessen Geister sich hinter Schatten verbargen.

„Morgen knöpfen wir uns Tom Rickards vor", sagte sie und setzte sich neben Boyd. „Und dreh die Heizung auf."

45

„Lust auf einen Happen zu essen?", fragte Boyd und ließ den Motor vor dem Revier im Leerlauf laufen.

„Nein, danke", sagte Lottie.

„Komm schon. Es ist nach neun und ich habe nichts mehr gegessen, seit ich weiß nicht wann. Ich hätte Lust auf indisch." Er machte eine Kehrtwende und fuhr die Hauptstraße hinunter. Die Stadt war menschenleer.

„Mensch, Boyd, wenn Corrigan gesehen hat, was du gerade getan hast."

„Keine Chance, dass er mich sieht."

„Warum nicht?"

„Er ist bei einem Wohltätigkeitsball im Park Hotel. Dem Golf-Ball."

„Machst du Witze?"

„Ganz im Ernst."

„Er hat Nerven."

„Warum?"

„Wir stecken mitten in drei großen Ermittlungen und er stellt sich bei irgendeinem Schickimicki-Event zur Schau. Die Medien werden einen großen Tag haben." Als Boyd den Wagen auf der doppelten gelben Linie vor dem indischen Restaurant Sagaar parkte, begann es zu schneien.

„Ich sollte nach Hause gehen und meine Kinder füttern oder ihnen wenigstens ein Takeaway mitbringen", protestierte Lottie.

„Sie sind keine kleinen Kätzchen. Sie können sich selbst etwas zu essen machen. Bis jetzt sind sie noch nicht verhungert", sagte Boyd.

Er hatte nicht ganz unrecht, vermutete sie. Sie stiegen aus dem Auto und gingen die Treppe zum Restaurant im ersten Stock hinauf.

Sie waren die einzigen Kunden. Bis auf leise Musik wurde die Stille durch nichts unterbrochen. Schwache Wandlampen dämpften das scharlachrote Interieur. Manche mochten das romantisch finden, aber Lottie erinnerte es an einen für Halloween hergerichteten Raum.

Sie wählte einen Tisch am Fenster, von wo aus sie auf die Straße schauen und gleichzeitig Boyds Blicken ausweichen konnte. Eine Weile beobachtete sie müßig, wie die Schneeflocken an der Fensterscheibe schmolzen.

„Ich muss auf die Toilette", sagte sie und stand auf. „Du kannst für mich bestellen."

Sie pinkelte, wusch sich die Hände und strich sich eilig mit Katies Lippenstift über ihren Mund. Katie. Gegen die Quelle ihrer Kiff-Gewohnheit anzugehen, stand immer noch auf ihrer To-Do-Liste, die von Tag zu Tag länger wurde. Sie prüfte, ob ihr T-Shirt sauber genug war, um ihre Jacke auszuziehen. Es würde genügen müssen.

„Ich habe bestellt", sagte Boyd, als sie sich wieder setzte.

„Es tut mir leid."

„Was tut dir leid?"

„Du weißt schon. Dass ich dich neulich abends angerufen habe, als ich betrunken war."

„Es macht mir nichts aus." Er beschäftigte sich mit der Weinkarte.

„Ich weiß. Das ist ja das Problem", sagte Lottie.

„Es war kein Problem für mich", sagte Boyd. „Aber ..."

„Aber was?"

„Ich hätte gern, dass du mich mal abends anrufst, wenn du nüchtern bist."

Der Kellner brachte eine Flasche Mineralwasser und goss es in Trinkgläser.

„Bestell dir Wein", sagte Lottie. „Ich fahre dein Auto für dich nach Hause."

„Bist du sicher?"

„Sonst würde ich es nicht sagen."

Boyd deutete dem Kellner auf eine Flasche des roten Hausweins.

„Das hat nicht viel Überredungskunst gekostet", sagte Lottie, und sie verfielen wieder in Schweigen, beide schauten aus dem Fenster.

Sie wandte sich von dem Blick nach draußen ab und studierte ihn. Er konzentrierte sich auf den Verkehr unten. Sie musste zugeben, dass er auf seltsame Weise gutaussehend war. Seine strenge Kieferlinie untermalte seine braunen Augen, die schimmerten, wenn sie das Licht auffingen. Ein kleiner Teil von ihr sehnte sich danach, unter die Oberfläche zu tauchen, um zu ergründen, wie Mark Boyd tickte, aber ein anderer Teil von ihr hatte Angst davor, was sie über sich selbst entdecken könnte, falls sie ihm zu nahe kam.

Ihre Vorspeise wurde serviert.

„Ich hoffe, es ist nicht zu scharf", sagte Boyd.

„Ich könnte ein wenig Würze in meinem Leben gebrauchen", sagte Lottie und schnupperte das Aroma.

„Ich habe es dir angeboten."

„Ich weiß."

„Du hast abgelehnt."

„Ich weiß", wiederholte Lottie und löffelte Minzchutney auf ein Chapati.

Sie aßen schweigend.

„Willst du über den Fall sprechen oder sollen wir die Stille genießen?", fragte Boyd, als der Kellner die Teller abräumte.

„Tom Rickard steckt bis zum Hals in der Sache drin."

„Der einzige Beweis, der diese Theorie stützt, ist ein Telefonanruf von James Brown. Den er, wie ich hinzufügen möchte,
abstreitet erhalten zu haben."

„Wir können beweisen, dass er ihn erhalten hat."

„Stimmt, aber wir werden nie wissen, worüber sie gesprochen
haben."

„Vielleicht hat Brown ihm gesagt, dass Susan Sullivan tot ist",
meinte Lottie. „Rickard musste sie aus dem Grafschaftsrat kennen.
Er hatte wahrscheinlich wegen des Bauantrags mit den beiden zu
tun."

„Okay", sagte Boyd. „Theoretisch können wir davon ausgehen,
dass er Brown und Sullivan kannte. Aber warum sollte er sie
töten?"

„Das weiß ich nicht, aber er ist ein Multimillionär. Er besitzt
mindestens vier Autos. Es könnte sein Geld gewesen sein, das auf
den Konten der Opfer ein- und ausgegangen ist." Sie sah Boyd an.
„Aber warum?"

„Vielleicht war er es nicht. Zugegeben, er hatte einen Antrag
für den Ausbau von St Angela's eingereicht, aber er muss
Dutzende solcher Anträge im ganzen Land haben. Ist dieser
anders? Gibt es hier einen Grund zu morden?"

„Lass uns rekapitulieren", sagte Lottie. „Die ersten beiden
Opfer, die wir gefunden haben, hatten Geheimnisse. James Brown
trieb es mit einem jüngeren Mann und Susan Sullivan war
unheilbar krebskrank und hatte im Alter von elf oder zwölf Jahren
ein Baby bekommen und war ins St Angela's geschickt worden.
Außerdem hatte sie ihren Namen geändert. Versuchte sie, die
Vergangenheit zu exorzieren? Die Immobilie, die Tom Rickard von
Bischof Connor gekauft hat, ist jetzt Gegenstand eines Bauantrags
für ein mehrere Millionen Euro schweres Hotel, einen Golfplatz
oder was auch immer." Lottie nahm einen Schluck von ihrem
Wasser. „Zwei der Opfer, die die Akte bearbeitet haben, haben
eine ähnliche Tätowierung am Bein, ganz zu schweigen von den
zwei Riesen in Susans Gefrierfach und den Hunderten von
Zeitungen, die sich in ihrem Wohnzimmer zum Himmel stapeln.

Das ist alles, was wir bis jetzt haben." Lottie holte Luft. Sie hatte zu schnell geredet. Boyd wusste das alles.

„Und der tote Priester in Browns Garten. Vergiss ihn nicht", sagte er.

„Wir haben Leichen, eine Unmenge Fragen und keine Antworten", sagte Lottie. Sie zog am Ärmel ihres T-Shirts, zupfte an einem losen Faden und sah zu, wie er sich aufribbelte. „Ich fange an, mich wie die sprichwörtliche kaputte Schallplatte zu fühlen."

Der Kellner kam und stellte silberne Schüsseln mit ihrer Hauptspeise auf den Tisch. Der Kokosnussduft von Hähnchen-Korma erfüllte die Luft.

„Guten Appetit", sagte Lottie.

Sie entspannte sich, während sie aßen. Als die Teller abgeräumt waren, bestellte sie einen grünen Tee. Boyd schüttete sich den Rest des Weins ein und schaute nach draußen.

„Trink aus", sagte Lottie. „Wir haben um sechs Uhr morgens eine Fallbesprechung mit Superintendent Corrigan."

„Er wird eine ganz schöne Birne haben."

„Da muss ich spontan an Glashaus und Steine denken", sagte Lottie mit einem Lächeln.

„Da", sagte er, „dein Gesicht leuchtet auf, wenn du dich dafür entscheidest, diese faszinierenden Lippen nach oben zu verziehen."

Sie lachte und fühlte sich schwindelig.

Er trank seinen Wein aus.

Sie teilten sich die Rechnung und gingen.

Lottie fuhr Boyd zu seiner Wohnung, parkte den Wagen, reichte ihm die Schlüssel und begleitete ihn zur Tür. Der schwere Schnee hatte sich in leichte Flocken verwandelt.

„Danke für das Essen. Ich glaube, ich brauchte die Auszeit", sagte Lottie.

„Kommst du auf einen Kaffee rein?"

„Kaffee hält mich die ganze Nacht wach."

„Gut", grinste Boyd.

„Ich gehe besser nach Hause."

Sie zögerte noch einen Moment. Er streichelte ihre Wange und zeichnete eine imaginäre Linie von ihrem Auge zu ihrem Mund.

„Lass das", sagte Lottie.

„Warum? Neulich abends hat es dir gefallen. Erinnerst du dich?"

„Ich mag es nicht, wenn ich an Dinge erinnert werde, an die ich mich nicht erinnere, weil ich mich in einem Zustand der Unerinnerung befand." Lottie drehte den Kopf weg.

„Das ist kein Wort."

„Mir ist alles egal."

„Das hast du an dem Abend auch gesagt."

„Du bist ein sadistischer Mistkerl, Mark Boyd." Sie lachte.

„Ich will dich", sagte er und schob seine Hand hinter ihren Nacken, hinauf in ihr Haar.

„Ich weiß."

Sein Finger zeichnete kleine Kreise an ihrem Haaransatz. Er beugte seinen Kopf zu ihr und küsste sie auf die Lippen.

Sie schmeckte Wein und Gewürze, spürte ein Flattern in der Magengrube und gönnte sich einen Moment des Genusses, die Hände immer noch in den Taschen.

Dann stoppte sie ihn.

„Es tut mir leid", sagte sie und ließ ihren Kopf sinken.

„Nicht doch. Lieber Gott, Lottie, es muss dir nicht leidtun." Er hob ihr Kinn mit einem Finger.

„Ich muss gehen", sagte sie.

„Ich verstehe." Er küsste sie keusch auf die Lippen. „Du hättest deine Nase nähen lassen sollen. Du wirst eine Narbe haben."

Er zog eine letzte Linie über ihre Wange, streichelte den blauen Fleck unter ihrem Auge, und sie spürte seinen sanften

Seufzer auf ihrem Haar, bevor er den Schlüssel im Schloss drehte, hineinging und die Tür schloss.

Sie wusste, dass er da drinnen stand, hinter der Tür.

Darauf wartend, dass sie ihren Finger auf die Klingel legte.

Sie könnte es ganz einfach tun. Klingeln.

Aber sie tat es nicht.

Sie zog ihre Kapuze über den Kopf und ging nach Hause, das Gesicht nach oben gewandt, um die sanften Flocken aufzufangen.

46

Die Stadt war so still, als er nach Hause fuhr, dass er überrascht war, eine Frau zu sehen, die allein durch den Schnee ging. Fast hätte er angehalten, um ihr anzubieten, sie mitzunehmen, als sie den Kopf hob und ihr Gesicht von der Straßenlaterne beleuchtet wurde. Detective Inspector Lottie Parker.

Er fuhr noch ein paar Minuten weiter, bevor er an einer geschlossenen Autowerkstatt anhielt, für den Fall, dass ein Streifenwagen herumfuhr. Er hatte nicht zu viel getrunken, aber trotzdem war er sicher, dass er über der Promillegrenze war. Als er in den Rückspiegel schaute, sah er sie in eine abgelegene Straße einbiegen. Da wohnst du also, dachte er.

„Gut, diese Dinge zu wissen. Wer weiß, wann ich dir vielleicht einen Besuch abstatten muss", sagte er und merkte dann, dass er laut sprach. Was war los mit ihm? Geh nach Haus und mach dir einen anständigen Drink, sagte er sich. Und denk an das schöne Exemplar von einem Jungen, das du heute Morgen gesehen hast.

Er schaltete den Motor ein, legte den Gang ein und fuhr auf die schneebedeckte Straße hinaus, wobei er sich fragte, wie lange der bloße Gedanke genügen würde, bevor er etwas würde tun müssen.

47

„Ist sie diejenige?"

Melanie Rickard war betrunken. Sie schleuderte ihre Stöckelschuhe von sich. Tom Rickard beobachtete, wie sie über den marmornen Küchenfußboden rutschten.

„Was meinst du?", fragte er.

„Die Schlampe, die du fickst."

„Wovon redest du?", fragte er leise. Man schrie nicht, wenn Melanie schrie.

„Spiel nicht den Unschuldigen", spottete sie. „Ist sie diejenige, die du fickst und dann nach Hause kommst und nach Waldbeeren und Jasmin riechst? Verdammtes ... Jo ... Malone ... Parfum. Ich bin nicht blöd, du Arschloch."

„Du bist betrunken", sagte er. Was man zu einer betrunkenen und aufgebrachten Melanie nicht sagen durfte.

Sie schrie und schlug mit den Fäusten auf die Arbeitsplatte, bevor sie gefährlich ruhig wurde.

„Ich bin nicht blind", sagte sie. „Deine Augen waren tief in ihrem Kleid versenkt, fast bei ihrem Bauchnabel!"

Er sagte nichts. Er konnte nicht leugnen, dass er die schöne Blondine, die ihm gegenüber am Tisch saß, angestarrt hatte; dass er mit den Händen über ihren Hals streichen und seine Lippen auf die ihren pressen wollte. Wie er es letzte Nacht getan hatte. Er

verfluchte sich innerlich, dass er sich von Melanie dazu hatte über-
reden lassen, zu dem Golfball zu gehen. Er wusste, dass sie dort
sein würde. Mit ihrem unscheinbaren Ehemann. Vielleicht wollte
er unbewusst tatsächlich dort sein. Um ihre exquisite Schönheit
mit Melanies rapide schwindender Attraktivität zu vergleichen.
Aber neben Superintendent Corrigan sitzen zu müssen, machte
den Abend unbehaglich, also hatte er ihn mit Brandy abgefüllt.
Ein Haufen Trunkenbolde, alle zusammen, dachte er, und
Melanie war die Schlimmste von allen. So früh er konnte, war er
mit ihr geflüchtet.

„Ich würde sie nicht mal mit einer Bootsstange anfassen",
sagte er.

„Das war es also, was versucht hat, aus deiner Hose auszubre-
chen. Fick dich doch ins Knie, du Arschloch!" Sie schnappte sich
eine Flasche Cabernet.

Er dachte, sie wolle sie nach ihm werfen. Aber sie entkorkte
die Flasche, schneller als sie es nüchtern gekonnt hätte, holte ein
Glas aus dem Schrank und ging barfuß von der Küche ins Wohnzimmer, wo sie prompt in einem übergroßen Sessel einschlief.

Er stand in der Mitte des kalten Raumes und fragte sich, wo
das alles schiefgelaufen war.

Er hasste sie.

In diesem Augenblick hätte er sie erwürgen können.

48

Facebook. Lottie meldete sich an.

Sie lauschte dem Summen des Kühlschranks und dem Gemurmel der Fernsehsendung, die Sean und Chloe im Wohnzimmer ansahen. Katie war wieder einmal aus. Wahrscheinlich mit Jason Rickard.

Während sie in ihrem Küchensessel saß und an einem Glas Wasser nippte, kam eine Freundschaftsanfrage. Träge tippte sie auf das Symbol. Ein Foto von Pfarrer Joe erschien. Sie stellte ihr Glas hin und nahm die Beine vom Sessel. Klickte auf „Bestätigen". Die Chatbox öffnete sich. Er war online.

— HALLO.
— WO SIND SIE?
— IN ROM.
— WAS MACHEN SIE DA? SIE SIND EIN MORDVERDÄCHTIGER!
— SEHR WITZIG.
— SUPERINTENDENT CORRIGAN WIRD EINEN ANFALL BEKOMMEN. IHR BISCHOF WIRD EINEN ANFALL BEKOMMEN.
— ICH HOFFE, ICH BIN ZURÜCK, BEVOR MICH EINER DER BEIDEN VERMISST.
— WIE WOLLEN SIE DAS HINKRIEGEN?

— Ich habe gesagt, meine Mutter sei krank und ich
müsse sie in Wexford besuchen.
— Was machen Sie überhaupt in Rom?
— Ich spiele Hobbydetektiv.
— Sehr amüsant. Wissen Sie, dass wir noch eine Leiche
gefunden haben?
— Ich habe es in den Nachrichten gehört.
— Wissen Sie, wer es ist?
— Nein. Wer?
— Pater Angelotti.

Eine Zeit lang kam keine Antwort. Aber die Anwendung
zeigte, dass er aktiv war. Dann antwortete er.

— Das ist ja furchtbar. Ich verstehe es nicht.
— Ich auch nicht. Können Sie herausfinden, ob jemand
in Rom weiß, warum er hier war?
— Ich werde herumfragen. Lottie?
— Was?
— Erinnern Sie sich, dass Sie mich gefragt haben, ob
ich etwas über die Akten von St Angela's ausfindig
machen kann?
— Ja.
— Ich habe in unserem Archiv nachgesehen, aber
online war nichts zu finden. Die Akten sind in
Papierform.
— Wo?
— Normalerweise werden Unterlagen wie diese von
der Diözese archiviert. Aber ich habe es nachgeprüft,
weil ich dachte, dass die Akten von St Angela's viel-
leicht an die Erzdiözese Dublin weitergeleitet
wurden, was das normale Verfahren wäre.
— Und?
— Ich habe mit dem Archivar dort gesprochen. Sie
hatten die Unterlagen für eine gewisse Zeit. Aber

DANN, SAGTE ER, WURDEN DIE AKTEN VON ST ANGELA'S NACH
ROM ÜBERMITTELT.

— VON WEM? WARUM? DAS IST NICHT NORMAL, ODER?

— NEIN, DAS IST NICHT NORMAL. ICH WEISS NICHT, WER DIE
ÜBERGABE BEANTRAGT HAT UND SO ETWAS IST MIR NOCH NIE
VORGEKOMMEN, ABER ICH WERDE HERAUSFINDEN, WAS ICH
KANN.

— WANN WURDEN SIE ÜBERFÜHRT?

— AUCH DAS WEISS ICH NICHT. ICH WERDE ES NACHPRÜFEN.

— ICH HOFFE, SIE BEKOMMEN KEINEN ÄRGER.

— WERDE ICH NICHT. ICH HOFFE, ICH FINDE ETWAS INTER-
ESSANTES.

— DANKE.

— UND ICH VERSUCHE ZU ERFAHREN, OB JEMAND IRGEND-
ETWAS ÜBER PATER ANGELOTTI WEISS.

— DANKE, PFARRER JOE.

— JOE.

— OKAY. JOE. GUTE NACHT.

— CIAO, WIE DIE ITALIENER SAGEN.

Beide meldeten sich ab.

Rom. Lottie fragte sich, was das alles zu bedeuten hatte.
Warum wurden die Akten von St Angela's woanders hingebracht,
wenn das nicht das normale Vorgehen war? Sie nahm einen A4-
Notizblock und einen Stift aus Seans Schultasche. Am Küchentisch schrieb sie alles auf, was sie bis jetzt wusste. Nichts davon
ergab einen Sinn. Sie sah sich die Namen an und fragte sich, ob sie
zusammenhingen oder ob das alles ein zufälliges Durcheinander
war.

Die Haustür öffnete und schloss sich.

„Wo kommst du um diese Zeit her?", fragte Lottie, als Katie in
die Küche geschlendert kam und ihre feuchte Jacke auszog.

„Was ist das?", fragte Katie und betrachtete die auf dem Tisch
verstreuten Blätter Papier.

„Arbeit," sagte Lottie.

„Das habe ich mir gedacht. Warum steht da der Name von Jasons Vater?"

„Also kenne ich ihn jetzt doch?" Lottie musterte ihre älteste Tochter.

Ihre Augen, wenn auch mit dickem, schwarzem Eyeliner umrandet, waren klar.

„Jason hat mir erzählt, dass du heute Morgen bei ihm zu Hause warst."

„Wo warst du?"

„In seinem Zimmer. Ich musste dableiben, weil unten eine Geschäftsbesprechung stattfand."

Das kleine Arschloch Jason hatte gelogen.

„Wer war bei dieser Besprechung?", fragte Lottie.

„Woher soll ich das wissen? Ich hatte Ausgangssperre, wie Papa immer zu sagen pflegte, wenn er mich auf mein Zimmer schickte." Katie öffnete die Kühlschranktür und betrachtete den kargen Inhalt. „Warum warst du überhaupt dort?"

„Weil ich dieser Gras-Sache auf den Grund gehen will. Ich meine es ernst, Katie."

„Mutter! Ich bin kein Kind mehr."

„Du bist mein Kind und ich werde nicht zulassen, dass du in irgendeinem Hauseingang mit einer Nadel im Arm stirbst. Und ich kann garantieren, dass Jason Rickard meilenweit von dir weglaufen wird, wenn er das Interesse verliert."

„Was soll's. Ich gehe ins Bett", sagte sie und zog die Verpackung von einer Käseschnur ab.

„Hast du heute was gegessen?"

Katie winkte mit dem Käse aus dem Kühlschrank und eilte aus dem Raum, bevor Lottie sie weiter ermahnen konnte.

Am Tisch sitzend, grübelte sie über Tom Rickard nach und darüber, wer sonst noch an dem Treffen teilgenommen haben könnte. Warum musste er seine Geschäfte zu Hause abwickeln? Er hatte ein sehr passables Büro im Stadtzentrum. Wurde etwas unter der Hand verhandelt?

Sie sammelte die Seiten ein, steckte sie in ihre Tasche und

setzte sich mit untergeschlagenen Beinen in ihren Sessel. Sie schloss die Augen, fiel in einen unruhigen Schlaf und träumte von schwarzen Krähen, die eine blutende Frauenstatue umkreisen, um deren Hals ein blaues Nylonseil gespannt war. Eine der Krähen schoss herab, stieß mit ihrem gefederten Körper in ein Kinderbett und flog mit einem schreienden Baby im Schnabel davon.

Lottie wachte plötzlich auf, kalter Schweiß lief in Rinnsalen zwischen ihren Brüsten hinunter.

2. Januar 1975

Sally sah den Jungen am Fenster sitzen, als sie der Nonne zu dem Geräusch des wegfahrenden Autos die Treppe hinauf und durch die Tür folgte.

Der Flur war kalt und der Fußboden roch nach Wachspolitur. Panik drohte sie zu überwältigen, als die Nonne in einem Korridor verschwand. Mit ihrem Baby. Eine Tür knallte und sie folgte dem Echo.

Ein Baby weinte und sie fragte sich, ob sie die Stimme ihres eigenen Kindes wiedererkennen würde und war sich dessen keineswegs sicher. Sie ging langsam weiter über die Holzmuster, bis der Fußboden in bunte Mosaike überging. Sie hielt vor einer Tür inne, bevor sie den Griff drehte. Ihr Schlüpfer war klatschnass, das Blut sickerte an ihren Beinen hinunter und färbte ihre weißen Kniestrümpfe rot. Ihre winzigen Brüste taten weh und leckten. Sie wollte sich in ihrem eigenen Bett zusammenrollen und sterben.

Sie drehte den Griff und öffnete die Tür.

Drei Reihen von eisernen Gitterbetten, je fünf in einer Reihe und in jedem ein Baby. Die Nonne stand in der Mitte des Raumes, drehte sich um und breitete ihre Arme aus. Sally fragte sich, in welchem Bettchen ihr Baby lag. Sie sahen aus wie Puppen. Kleine Puppen in Käfigen.

„Sie sind alle das Werk des Teufels, Kinder der Sünde, Ausgeburten Satans", fauchte die Nonne.

Sally spürte, wie ihre Knie einknickten und Blut zwischen ihre Beine sickerte.

Die schwarzen Roben rauschten ihr entgegen; sie rochen wie die Schublade im Kleiderschrank ihrer toten Oma. Die meisten Nonnen in ihrer Schule trugen kürzere Röcke und einige wagten es sogar, eine Haarlocke zu zeigen. Diese hier war in altmodische Gewänder gehüllt und um ihre Taille war eine fleckige weiße Baumwollschürze gebunden. Sie war groß und ihr verwaschenes Gesicht mit durchsichtiger Haut sah bedrohlich aus.

„Wo ist mein Baby?", fragte Sally, schaute ängstlich an einer Reihe von Kinderbetten entlang und versuchte, an der Nonne vorbeizusehen. Alle Babys waren jetzt still, einige schliefen, andere waren wach – ihre kleinen Augen blickten flehend zur rissigen Decke empor.

„Es ist nicht mehr deins", sagte die Nonne. „Sie gehören alle dem Teufel." Sally sammelte ihre Kräfte und drängte sich, getrieben von ihrer Angst, an der Nonne vorbei, rannte zum Ende des Raumes und zurück. Tränen machten sie blind. Verzweifelt suchte sie nach ihrem Baby. Aber welches war ihres?

„Wo ist mein Baby?", schrie sie. „Sagen Sie es mir."

Der Raum begann sich zu drehen. Der Gestank von schmutzigen Windeln und saurer Milch verstopfte ihre Nase. Einige Babys, durch ihr Schreien aufgestört, begannen zu weinen.

Als sie auf dem Boden aufschlug, sah sie die blau-weiße Statue am Ende des Raumes. Die Jungfrau Maria mit einer Schlange um ihren geschwollenen Bauch gewickelt, die das Leben des Kindes erstickte, noch bevor es geboren war.

SECHSTER TAG

4. JANUAR 2015

49

Die Konferenz um sechs Uhr morgens hatte ein Katerbier bitter nötig.

Superintendent Corrigan hatte einen Brummschädel. Boyd hatte einen Brummschädel. Kirby hatte einen Brummschädel. Lottie und Maria Lynch standen im Kreuzfeuer.

Nachdem sie sich vom Küchensessel ins Bett geschleppt hatte, war Lotties Nacht von weiteren Albträumen erfüllt gewesen. Um fünf Uhr morgens war sie schweißgebadet aufgewacht. Sie war froh über die frühe Morgenbesprechung, brauchte etwas, auf das sie sich konzentrieren konnte, um die nächtlichen Schrecken zu vertreiben.

Sie umriss die Fortschritte, die sie gemacht hatten, und sprach den Wunsch aus, dass der heutige Tag weitere Erfolge bringen würde. Wenn Schweine fliegen könnten. Sie sah Corrigan skeptisch an.

„Ich werde heute mit Tom Rickard sprechen", sagte sie.

„Mit Tom Rickard?", bellte Corrigan, zuckte zusammen und senkte seine Stimme. „Worüber?"

„Ich will sehen, was ich über sein Bauprojekt für St Angela's herausfinden kann. Das ist der einzige Anhaltspunkt, den wir haben. Es kann eine Sackgasse sein, aber wir müssen ihr nachgehen."

„Stürmen Sie nicht in irgendwelche verdammten Gassen, wie der sprichwörtliche Elefant in den Porzellanladen. Er ist ein Bekannter von mir. Ich habe gestern Abend mit ihm geredet. Großartiger Mann. Ich will nicht, dass er wieder anruft und sich beschwert, dass Sie ihn belästigen. Schon gar nicht heute." Er strich sich über die Glatze, sodass sie noch mehr glänzte.

„Natürlich." Lottie war auch nicht in der Stimmung für Auseinandersetzungen.

Der diensthabende Sergeant steckte seinen Kopf durch die Tür.

„Wir haben gestern Abend einen Betrunkenen festgenommen. Er ist jetzt wach und schreit den Laden zusammen. Ich glaube, Sie sollten mit ihm sprechen, Inspector."

„Ich bin mitten in einer Fallbesprechung."

„Er sagt, er kannte Susan Sullivan."

„Also gut", sagte Lottie und sammelte ihre Papiere ein. „Bringen Sie ihn in einen Vernehmungsraum und ich komme sofort."

„Er ist etwas angeschlagen", warnte der Sergeant.

„Sind wir das nicht alle", sagte Kirby.

Alle Augenpaare im Raum richteten sich auf ihn. Kirby senkte den Kopf.

„Ich komme", sagte Lottie.

Die Luft stank nach weichen, fauligen Zwiebeln.

Lottie drehte sich der Magen um und sie versuchte, die hochkommende Galle zu stoppen. Boyd saß neben ihr und sie wusste, dass es ihn in den Fingern juckte, eine Zigarette anzuzünden. Sie schaute den Säufer über den Tisch hinweg an und überprüfte seinen Namen auf dem Anklageprotokoll.

Patrick O'Malley war ein Wrack; sein Gesicht war übersät mit gärenden Pickeln und unentwegt leckte er mit seiner geschwollenen Zunge über die Fieberblasen an seinen rissigen Lippen. Seine bebenden Hände mit langen, krummen Fingernägeln, unter denen immer noch Reste seiner letzten Mahlzeit saßen, steckten in fingerlosen Handschuhen. Ein alter Wollmantel, der Lottie an einen erinnerte, den ihr Vater zu tragen pflegte, hing über mindestens zwei verschossenen Kapuzenpullis. Hier ist ein Mann, dachte sie, der seinen Lebensweg nicht nur in seiner Kleidung, sondern auch in seinen Augen trägt.

„Mr O'Malley", sagte sie, „ich weiß es zu schätzen, dass Sie mit uns sprechen. Sie kennen Ihre Rechte und dieses Gespräch wird aufgezeichnet."

Er wandte die Augen ab, schaute sehnsüchtig zur Tür und senkte dann den Kopf.

„Möchten Sie eine Tasse Tee?", fragte sie.

Er blickte langsam unter klebrigen Augenlidern auf, und sie erkannte, dass sein Zittern nicht nur vom Alkohol geschürt wurde – er hatte Angst vor der Obrigkeit.

„Nein, danke, Inspector", sagte O'Malley schließlich mit einer leisen und brüchigen Stimme. „Ich bin okay."

„Sind Sie sicher?"

„Ja."

„Sie hatten eine etwas harte Nacht?"

„Ja, hatte ich", sagte er, während er sich verstohlen in dem kleinen Raum umsah.

„Ich hatte in letzter Zeit auch ein paar", sagte Lottie.

O'Malley lachte heiser.

Lottie entschied, dass er jetzt einigermaßen entspannt war und sie ihn danach fragen konnte, was er in der Gewahrsamszelle gebrüllt hatte.

„Sie haben meinen Kollegen gegenüber erwähnt, dass Sie Susan Sullivan kannten. Gibt es etwas, das Sie mir sagen möchten?"

„Das kann man wohl sagen", antwortete er. „Aber vielleicht auch nicht."

Lottie schluckte einen Seufzer hinunter und hoffte, dass dies nicht eines dieser kryptischen Gespräche werden würde, die so oft das Ergebnis betrunkener Ausschweifungen waren. Sie hatte

Angst, ihn vollzukotzen, bevor sie fertig waren. Sie fragte sich, wie Boyd damit fertig wurde, traute sich aber nicht, ihn anzusehen.

„Ich lag nur im Eingang von Carey's Elektrogeschäft und versuchte, mich warm zu halten, wissen Sie. Das ist gar nicht so einfach bei diesem Wetter, nur mit diesem alten Mantel und ein paar Stücken Pappe. Aber ich nehme an, über solche Sachen müssen Sie sich keine Gedanken machen, Inspector, oder?"

Lottie schüttelte den Kopf.

„Dachte ich mir. Eine hübsche Frau wie Sie. Ich bin sicher, Sie haben einen Mann, der Sie nachts warmhält." O'Malleys Glucksen ging sofort in einen Hustenanfall über. Gelber Schleim überzog seine Lippen.

„Alles in Ordnung?" Lottie sah sich nach Taschentüchern um, fand eine Schachtel hinter sich und bot sie ihm an. Er zog ein Bündel heraus und stopfte sie tief in seine Tasche, ohne sich den Mund zu wischen.

„Ich bringe Ihnen Wasser", sagte Boyd und entwischte, um es zu holen.

„Ich habe diese Erkältung, wissen Sie. Kann sie nicht loswerden." Er hielt inne, während seine Lunge laut in seiner Brust rasselte.

Boyd kam mit zwei Plastikbechern zurück und gab einen O'Malley.

Er trank ihn in einem durstigen Zug aus.

„Hier, nehmen Sie meins", sagte Boyd und schob ihm seinen Becher hin.

„Danke, Sir", sagte O'Malley und senkte den Kopf.

„Fahren Sie fort, Mr O'Malley", sagte Lottie. „Sie wollten mir etwas erzählen."

„Wo war ich stehengeblieben?"

Er schaute von Lottie zu Boyd, als versuche er sich zu erinnern, wo er war. Nicht nur, wo er in der Konversation war, sondern auch, wo er tatsächlich war. Lottie kämpfte darum, ihre Ungeduld zu zügeln.

„Sie waren vor Carey's", ermutigte sie ihn.

„Ich trank gerade etwas Wein, als Ihre Leute mich hierhergebracht haben. Dabei habe ich mich nur um meine eigenen Angelegenheiten gekümmert. Ich war nicht immer ein Säufer oder
Obdachloser, wissen Sie. Andererseits, vielleicht war ich's doch."
Er legte sein Gesicht in Falten.

Oh Gott, er fängt an zu weinen. Lottie warf Boyd heimlich
einen Blick zu, aber der starrte auf einen Punkt an der Wand über
dem Kopf des Mannes.

„Sie sind bestimmt sehr beschäftigt mit all diesen Morden,
Inspector. Ich möchte nicht Ihre Zeit vergeuden." Er hielt inne, bis
ein weiterer Hustenanfall vorüber war.

Ich werde ihn selbst erwürgen, dachte Lottie, aber sie lächelte
freundlich, um ihn zum Reden zu ermuntern.

„Ich habe die Nachrichten im Fernsehen im Schaufenster
gesehen. Neulich abends, wissen Sie. Ich konnte nichts hören, ich
habe nur die Bilder gesehen. Ihr Foto war im Fernsehen."

„Wessen Foto?", fragte Lottie nach.

„Ich kannte sie."

„Wen?"

„Sally brachte uns allen, die wir im Freien schlafen, abends
immer die Suppe. Sie war einer der wenigen Menschen, die nett
zu mir waren."

Er hörte auf zu reden, schloss die Augen und senkte den Kopf,
das Kinn auf die Brust gestützt.

Sally? Meinte er Susan? Wenn ja, dann war die Information,
dass sie den Obdachlosen Suppe brachte, neu. Lottie schrieb
es auf.

„Diese Suppenküche? Erzählen Sie mir davon."

O'Malley wurde von einem weiteren Hustenanfall erstickt.
Nach einem Moment sagte er: „Das ist alles, was es zu erzählen
gibt. Sie kam mit der alten Frau. Jeden Abend." Tränen glitzerten
in den Winkeln seiner gelb gefärbten Augen.

„Wer war diese alte Frau?" O'Malley zuckte wortlos die
Schultern.

„Also, diese Sally, von der Sie sprechen, war Susan Sullivan",
sagte Lottie.

„Früher hieß sie Sally, bevor sie Susan war", antwortete O'Malley. „Ich kannte sie noch von damals, wissen Sie. Am ersten Abend, als sie mir die Suppe brachte, habe ich ihr in die Augen geschaut. Ich sah diesen Blick in ihnen." Er kratzte mit einem schmutzigen Fingernagel am Tisch. „Die Angst. Wir alle hatten sie. Als wir Kinder waren, nicht älter als zwölf Jahre. In St Angela's." Lotties und Boyds Blicke trafen sich. St Angela's!

2. Januar 1975

An diesem Abend sah er das Mädchen beim Essen.

Der Speisesaal war laut und übelriechend. Sie saß an einem Tisch mit Schwester Immaculata und zwei anderen Jungen. Patrick wollte mehr über sie herausfinden, also hüpfte er zwischen zwei Stuhlreihen hindurch und rutschte hinter ihnen zum Stehen.

„Setz dich hin, Patrick. Du machst mich nervös", sagte Schwester Immaculata.

Er setzte sich geräuschvoll neben sie.

„Das ist Sally. Sie wird für eine Weile hier bei uns bleiben. Ich möchte, dass du ihr hilfst, sich hier zu Hause zu fühlen."

„Ich hasse mein verdammtes Zuhause", sagte Sally und Tränen liefen ihr über die Wangen.

„Lieber Gott im Himmel, solche Obszönitäten sind bei uns nicht erlaubt. Du wirst bestraft werden. Aber erst musst du essen", sagte Schwester Immaculata und nahm mit ihrer knochigen Hand die Gabel auf.

Patrick schaute auf seinen Teller mit Rührei und die Scheibe Brot mit einer harten, fünf Zentimeter dicken Kruste. Er griff nach seinem Glas, stieß es um, und die Milch ergoss sich über seinen Teller. Sie durchtränkte das Brot und verwässerte die Eier zu einer dünnflüssigen Suppe.

Schwester Immaculata holte mit dem Arm aus und schlug ihm hart auf den Kopf.

Sally schrak zusammen.

„Du kannst meine haben", sagte sie, „ich mag keine Eier." Sie

schob ihm ihren Teller hin.

„Du dummer Junge", schrie die Nonne.

Er grinste, die Frechheit stand ihm ins Gesicht geschrieben, seine Augen funkelten teuflisch. Er drehte sich um und lächelte Sally an. Sie starrte ihn mit großen Augen und offenem Mund an.

Die Nonne schlug ihn wieder.

Schwester Teresa kam zwischen den Tischen herbeigeeilt. Sie nahm Patrick bei der Hand und zerrte ihn weg von Schwester Immaculatas Tyrannei.

Auf dem hastigen Marsch aus dem überfüllten Raum schaute er die ganze Zeit hinter sich und ließ Sallys Augen nicht los.

„Niemand hat mir jemals viel Freundlichkeit gezeigt, bevor Sally kam", sagte O'Malley. „Sie mied die anderen, also wurden wir Freunde, sie und ich. Und dann, all die Jahre später, wenn sie die Suppe austeilte, hielt sie immer kleine Schwätzchen mit mir." Er schloss seine rissigen Lippen zu einer geraden Linie. „Ich sollte besser nichts sagen."

„Sie können es mir sagen", drängte Lottie. „Bitte fahren Sie fort."

„Ich nehme an, ich kann. Es wird keinen großen Unterschied machen, jetzt wo die beiden tot sind."

„Welche beiden? Von wem reden Sie?"

„Sie hat mir erzählt, dass sie mit James Brown arbeitete. Und jetzt ist er auch tot."

„Kannten Sie ihn?"

„Ja. Er war mit uns in St Angela's."

Lottie starrte ihn an, dann drehte sie sich zu Boyd um, der sich schnell gerade hingesetzt hatte. Das war gut. Die Verbindung zwischen Susan und James, nach der sie gesucht hatte.

„James Brown war in St Angela's?", fragte sie ungläubig.

„Habe ich das nicht gerade gesagt?"

„Ich wusste das nicht." Lottie spürte, wie ihr die Kinnlade

herunterfiel. Sie dachte an die Tätowierungen an den Beinen der Opfer.

„James und Susan hatten ähnliche Male auf der Innenseite ihrer Beine. Wie eine primitive Tätowierung. Wissen Sie etwas darüber?"

O'Malley schwieg.

„Hatte es etwas mit St Angela's zu tun?"

„Das könnte man so sagen", antwortete er schließlich.

„Was bedeutet es?", drängte Lottie.

„Ich weiß nicht." Sein Gesicht verschloss sich.

„Haben sie die Tätowierungen bekommen, als sie in St Angela's waren?"

„Ja."

Lottie dachte einen Moment nach. „Haben Sie auch eine?"

O'Malley starrte sie an, als überlegte er, ob er es ihr sagen sollte oder nicht. Er sagte: „Ja, Inspector. Ich habe auch eine."

„Also was hat es damit auf sich?"

Er leckte sich die Lippen und schüttelte den Kopf. „Ich kann mich nicht erinnern."

Er log, aber Lottie bedrängte ihn nicht, weil sie Angst hatte, er würde völlig dichtmachen. Sie wollte mehr über St Angela's hören.

„Erzählen Sie mir von Susan und James."

„Wir haben uns zusammengetan, wir drei. In St Angela's." Er lächelte. „Wir waren noch mit einem anderen Jungen befreundet. Ich weiß seinen Namen nicht mehr. Viele von ihnen haben ihre Namen geändert, als sie rauskamen, wussten Sie das? Ich hatte keine Lust. James auch nicht, nehme ich an."

„Wie lange war Susan dort?", fragte sie.

Er sah verwirrt aus.

„In St Angela's", fügte sie hinzu.

„Ich weiß nicht. Vielleicht ein Jahr, es kann aber auch mehr oder weniger gewesen sein. Um die Wahrheit zu sagen, ich weiß nicht mal, wie lange ich dort war."

„Was haben Sie alle den ganzen Tag in St Angela's gemacht?", fragte Lottie, während sie Notizen kritzelte.

„Morgens nach der Messe gingen wir zur Schule. Im Herbst haben wir Äpfel gepflückt."

„Äpfel?" Lottie senkte ihr Kinn und hob die Augen.

„Die Nonnen machten Apfelgelee."

„Zum Essen?"

„Zum Verkaufen", erwiderte O'Malley. „Es gab dort einen Obstgarten. Wir mussten die heruntergefallenen Äpfel vom Boden auflesen. Wenn man für etwas bestraft wurde, musste man die Maden und Fliegen aus den matschigen Äpfeln suchen. Pech, wenn man Angst vor Maden hatte", sagte O'Malley mit einem kurzen Lachen, aber Lottie bemerkte, dass seine Augen todernst waren.

„Apfelgelee", grübelte Lottie und erinnerte sich an die Gläser mit von Gummibändern gehaltenen Stoffdeckeln, die vor ihrer Mutter auf dem Frühstückstisch standen.

„Ja, Inspector", sagte O'Malley. „Ich erinnere mich an das Jahr, in dem Sally kam. Es war ein sehr gutes Jahr für Äpfel. Für uns allerdings nicht."

August 1975

„Sortiere die Äpfel in diesem Korb aus, James", sagte der große Priester und zeigte auf einen Haufen gequetschter Früchte.

„Bitte Pater, ich mag keine Würmer. Zwingen Sie mich nicht dazu", antwortete James. Der Priester richtete sich zu seiner vollen Größe auf. Der Junge duckte sich, als ob er eine Ohrfeige erwartete.

„Lassen Sie ihn in Ruhe", sagte Sally.

Patrick stand neben Sally und einem anderen Jungen namens Brian. Sie hatte einen Apfel in der Hand. Er war matschig und schwarz. Patrick dachte schon, sie würde ihn nach dem Priester werfen. Pater Con war ein Dreckskerl. Das wussten sie alle. Sie hatten alle Angst vor ihm.

Patrick beobachtete misstrauisch, wie Pater Con auf James

zuging und mit der Hand in den Korb griff. Er wählte einen Apfel, begutachtete ihn und warf ihn zurück in den Korb. Er nahm einen anderen heraus. Dieser war fast breiig und eine Made saugte an dem Fleisch. Er hielt dem Jungen die Frucht hin. James stand da und klemmte seine zitternden Armen fest an den Körper.

„Iss ihn", rief der Priester und hielt dem Jungen den Apfel unter die Nase. „Iss."

„Zwingen Sie ihn nicht dazu", schrie Sally.

„Halt du den Mund", sagte der Priester.

Patrick fasste Sallys Arm. Es hatte keinen Sinn, dass sie alle bestraft wurden.

„Ich sagte, iss!"

James streckte die Hand aus, aber er war kaum imstande, den Apfel zu halten. Seine Finger waren weiß bis zu den Handgelenken. Er ließ ihn fallen, drehte sich um und rannte weg.

„Das ist deine Schuld", sagte der Priester und packte Sally an den Haaren.

Sie schrie. Patrick erstarrte in seinen Schuhen. James erreichte das Ende des Obstgartens und verkroch sich in die Backsteinmauer.

Der Priester packte Brian am Arm. „Du wirst Browns Strafe auf dich nehmen."

Dann zog er Sally zu sich heran.

„Du nimmst jetzt den Apfel und sorgst dafür, dass Brian jeden einzelnen Bissen isst." Seine Stimme war ein bedrohliches Flüstern. „Ich werde zusehen."

Was auch immer in seinen Augen stand, Patrick sah, dass es Sally solche Angst machte, dass sie nichts mehr sagte. Sie hielt Brian den Apfel an den Mund. Der Junge kreischte auf.

„Bitte", sagte Sally und sah Brian flehend an, während Tränen über ihr Gesicht liefen.

„Nein", schrie Brian.

Sie steckte den Apfel in seinen offenen Mund.

Der Priester zog fester an ihrem Haar. James kam zu ihnen zurückgelaufen. Patrick stand regungslos da.

„Noch mal", sagte Pater Con. „Noch mal!"

Sally stopfte dem Jungen den Apfel in den Mund und ein schwarzer Wurm wand sich zwischen seinen Zähnen. Ihre Augen weiteten sich vor Entsetzen. Sie ließ ihre Hand fallen und die Frucht blieb im Mund des Jungen stecken und erstickte seine Schreie.

Patrick stand immer noch wie erstarrt, als Sally sich zu ihm umdrehte.

Mit flehendem Blick.

Aber er konnte sich nicht bewegen.

O'Malleys Augen waren geschlossen, er war tief in seinen Erinnerungen versunken.

„Das ist entsetzlich", sagte Lottie. Sie hatte eine Gänsehaut von den Bildern, die er beschrieben hatte, und sie ballte die Faust. „Wer war dieser Pater Con?" Sie schaute auf den Namen, den sie aufgeschrieben hatte.

„Ein Arschloch, das war er", sagte O'Malley, seine Augen vor Wut weit aufgerissen. „Eine Geißel, eine verdammte Plage." Er hielt inne. „Entschuldigen Sie meine Ausdrucksweise, Inspector."

„Kennen Sie seinen vollen Namen?"

„Ich kannte ihn nur als Pater Con."

„War dieser Brian der Freund, den Sie erwähnt haben?"

O'Malley lachte. „Brian war kein Freund von uns, Inspector."

„Und seinen vollen Namen wissen Sie auch nicht?"

„Nein." Er saß einen Moment lang schweigend da. Als er sprach, ächzte seine Stimme schmerzhaft. Lieber Gott, dachte Lottie, hatte er noch mehr zu erzählen?

„Sally und James", sagte O'Malley. „Sie sind nicht die ersten, die getötet wurden, wissen Sie."

Lottie sah ihm in die Augen, während er eine weitere Erinnerung aus den Tiefen seines Wesens hervorkramte.

August 1975

Patrick hörte Schwester Teresa schreien. Dann hörte er den Aufruhr. Nonnen rannten die Flure auf und ab. Kinder kamen aus ihren Zimmern gelaufen. Alle fragten sich, was los war. Ein Baby war aus dem Säuglingszimmer verschwunden. Wessen Baby?

Patrick fühlte, wie eine schreckliche Angst seine Brust zu einem Knoten zusammenschnürte. Er hoffte, dass es nicht Sallys acht Monate altes Baby war. Nicht, dass Sally jemals ins Säuglingszimmer durfte, um es zu besuchen. Dafür sorgten die Nonnen.

Alle suchten stundenlang, Erwachsene und Kinder, bis sie das Baby in einem Körbchen fanden, unter einem Apfelbaum, umgeben von frischen, glatthäutigen Äpfeln. Die Kordel aus der Schlafanzughose eines Jungen war fest um den winzigen Hals gewickelt.

Die Kinder standen zusammengedrängt, während die weinende Schwester Teresa den kreideweißen, puppenartigen Körper an ihre Brust drückte. Sie schritt langsam durch die schweigende Menge, die sich vor ihr teilte wie das Rote Meer vor Moses.

Während sie zusahen, wie die Nonne die Stufen hinaufging, hielt Patrick eine von Sallys Händen und James die andere.

„Jesus, Maria und Josef", sagte James.

„Scheiße", sagte Patrick.

„Ist das mein Baby?", fragte Sally.

Niemand ließ sie die Leiche sehen. Niemand erzählte Sally irgendetwas.

Patrick drückte ihre Hand. Sie drückte die seine und die beiden Jungen führten sie ins Haus.

„Wurden die Gardaí gerufen?", fragte Lottie O'Malley.

„Sind Sie verrückt, oder was?", sagte er, wobei seine Zunge aus seinem Mund raus und rein schnellte, als suchte er nach seinen Fieberbläschen. „Wir wurden wie Tiere in den Hausflur getrieben. Es sei ein tragischer Unfall gewesen, haben sie uns gesagt. Lügner. Und wir waren so verängstigt, dass wir den Mund hielten."

„Was ist danach passiert?", fragte Lottie, etwas zu laut, unfähig, ihre Fassungslosigkeit zu verbergen.

„Sie haben das Kind begraben. Unter einem der Apfelbäume."

„Und Sally?"

„Sie hat sich eingeredet, ihr Baby sei bereits adoptiert worden. Aber niemand war bereit, das zu bestätigen oder abzustreiten. Der Gedanke, dass es schon weg war, bewahrte sie davor, an diesem Ort verrückt zu werden."

„Hatten Sie damals irgendeine Ahnung, wer das getan hatte?"

„Ich bitte sie, woher sollte ich das wissen, Inspector", sagte O'Malley. „Vielleicht der Priester. Oder dieser Typ, Brian. Schließlich war es Sally, die ihm den Apfel in den Mund gesteckt hatte. Wie auch immer, ich weiß es nicht. Das Schreckliche ist, dass sie es einem anderen Jungen in die Schuhe schoben. Einem mageren, rothaarigen Rabauken. Er war jünger als wir."

„Wer war er?"

„Kann mich nicht erinnern. Mein Kopf ist ein bisschen verwirrt vom Trinken, wissen Sie."

Er deutete auf eine Hautstelle direkt unter seinem Auge.

„Aber ich weiß noch, dass er mir einmal eine Gabel ins Gesicht gestochen hat. Hätte mich blind machen können, aber aus irgendeinem Grund wurden wir so etwas wie Freunde. Keine richtigen Freunde. Respekt voreinander vielleicht. Schwer zu erklären." O'Malley starrte auf einen Punkt an der Wand über Lotties Kopf. „Armes Schwein."

Lottie schwamm der Kopf von all diesen neuen Informationen. „Ihn haben sie auch umgebracht", sagte O'Malleys sanft in die Stille hinein.

„Was meinen Sie? Wer hat wen umgebracht? Wann?", fragte Lottie, zu verwirrt, um klar zu denken.

„Ach, es war Monate später. Im Winter. Es war bitterkalt. Er wurde zu Brei geschlagen. Dann haben sie ihn neben dem Baby im Obstgarten begraben." O'Malleys Kopf sank auf seine Brust.

Lottie fragte sich einen Moment lang, ob er sich das alles nur ausgedacht hatte. Aber sie kam zu dem Schluss, dass der Mann zu verstört war, um das zu tun. Was war an dem Ort vor sich gegangen? Wer hatte das Baby ermordet und wer hatte diesen namenlosen Jungen ermordet? Wer war das Baby? War es Susans? Sie hatte eine Flut von Fragen auf der Zungenspitze, sprach sie jedoch nicht aus.

Sie beobachtete O'Malley, der mit seinen Augen ein Loch in die Wand bohrte, und sie wusste, er hatte alles gesagt, was er zu sagen hatte. Er drehte den Kopf und sah sie an und sie spürte, wie seine tiefbraunen Augen in ihren Hinterkopf blickten.

„Wir nannten es die Nacht des schwarzen Mondes", sagte er.

„Der schwarze Mond", sagte Boyd. „Ich glaube, ich habe davon gehört."

„Ich kann Ihnen sagen, wir hatten Angst, bevor der Junge umgebracht wurde, aber das war nichts im Vergleich zu der Angst, die wir danach mit uns herumtrugen."

„Und Sie wissen nicht, wer er war?" fragte Lottie noch einmal.

Er schüttelte den Kopf. „Ich muss es verdrängt haben."

„Wenn es Ihnen wieder einfällt, lassen Sie es mich wissen." Rätsel über Rätsel. Sie schaute Boyd an. Er schien genauso gelähmt, wie sie sich fühlte.

O'Malley nickte ihr müde zu.

Sie warf einen Blick auf den Namen, den sie sich notiert hatte.

„Wissen Sie, wo dieser Pater Con jetzt ist?"

„Ich hoffe, er ist tot."

„Und Brian, wissen Sie, was mit ihm passiert ist?"

„Ich habe ihn nie gemocht und hatte immer einen Verdacht in Bezug auf ihn und das tote Baby. Also hoffe ich, er ist auch tot."

Lottie stand neben Boyd draußen vor der Tür zum Revier und schaute O'Malley hinterher, wie er gebeugt die Straße hinunter durch den Schnee schlurfte.

Boyd zündete eine Zigarette an. Lottie nahm sie ihm weg. Sie inhalierte und er steckte sich eine weitere an.

„Was für ein Höllenloch", sagte sie.

„St Angela's?"

„Ja. Mein Gott, wie viele Leben hat es ruiniert?"

„Guck dir nur Patrick O'Malley an. Armer Kerl."

„Und wie viele wie er sind noch da draußen?", fragte Lottie. „Ich glaube, Susan Sullivan wurde ihr ganzes Leben lang von ihren Erfahrungen verfolgt, und Brown wahrscheinlich auch. Aber ich bin nun wirklich überzeugt, dass es in diesem Fall um mehr geht als um eine Baugenehmigung."

„Du bist sicher, dass ihre Vergangenheit ein Faktor ist?", fragte Boyd.

„Natürlich ist sie das." Lottie war unerschütterlich. Sie wusste, dass Boyd nicht überzeugt war.

Er sagte: „Zwei scheinbare Morde vor fast vierzig Jahren. Ich sehe nicht, wie sie mit den jetzigen Morden in Verbindung gebracht werden können."

„Ich auch nicht. Noch nicht." Lottie trat ihre Zigarette aus.

„Ich frage mich, wer dieser Pater Con ist und wo er ist", sagte Boyd.

„Im Knast, wenn er Glück hat."

„Ich werde seinen Namen durch PULSE laufen lassen und sehen, was dabei herauskommt", sagte Boyd. „Aber ohne einen vollständigen Namen mache ich mir nicht viel Hoffnung."

„Finde auch über diese Suppenküche heraus, was du kannst", sagte Lottie.

„Ist dieser O'Malley ein Verdächtiger?"

„Gott steh ihm bei, aber er muss mit im Spiel sein. Irgendwie. Er ist mit Brown und Sullivan durch ihre gemeinsame Vergangenheit verbunden. Wir sollten ihn im Auge behalten."

„Ich glaube nicht, dass er lange genug nüchtern bleiben könnte, um jemanden zu töten." Boyd versuchte, Rauchringe zu blasen, aber sie verflogen in der Luft.

„Und er würde Spuren von Haut hinterlassen, die alle forensischen Labore im Land füllen würden." Lottie blickte zur Kathedrale hinüber und zuckte zusammen, als die Glocken zehnmal läuteten.

„Ich werde unserem Freund, dem Bauträger Tom Rickard, einen Besuch abstatten", sagte sie.

„Rüttle an seinem Baum und schau mal, was herausfällt", sagte Boyd und löschte seine Zigarette im Schnee aus.

„Und ich muss herausfinden, wie Bischof Connor in all das hineinpasst."

„Frag deinen Priester, wenn du ihn findest."

„Wen?"

„Tu nicht so unschuldig, Lottie Parker. Ich glaube, Pfarrer Joe hat bei dir einen Nagel im Brett."

„Boyd, du blendest mich mit deiner blühenden Fantasie."

Lottie schloss den Reißverschluss ihrer Jacke und eilte die Straße hinunter, bevor Boyd die Röte auf ihren Wangen sehen konnte.

50

Tom Rickard gab ihr zu verstehen, dass er beschäftigt war, klapperte mit Schreibtischschubladen, stapelte Akten vor sich auf und tippte auf seiner Tastatur. Alles gleichzeitig.

Seine Augen, zu einem finsteren Blick verkniffen, schienen enger zusammen zu stehen.

„Ich kann auf Ihre Unterbrechungen verzichten", sagte er und schüttelte seine Anzugjacke ab. Dann krempelte er seine Hemdsärmel langsam und methodisch bis zu den Ellbogen hoch.

Bereit für den Kampf, mutmaßte Lottie, und fragte sich, wie er jemals einen Sohn gezeugt hatte. Andererseits war er ein reicher Scheißkerl. Manchmal konnte Geld kompensieren.

„Warum haben Sie St Angela's gekauft?", fragte sie, ohne jegliche Vorrede. Sie hatte ihn auf dem Weg zur Arbeit erwischt und gehofft, dass er vielleicht einen Kater hatte, wie fast alle anderen, denen sie heute Morgen begegnet war. Er war nicht begeistert, dass sie an der Tür auf ihn wartete. Widerstrebend hatte er ihr ein paar Minuten seiner kostbaren Zeit gewährt.

„Das geht Sie nichts an." Rickard hörte auf herumzuhampeln.

„Ich habe zwei Mordopfer, die beide an dem Bauantrag für die Immobilie, die Sie von Bischof Connor gekauft haben, arbeiteten. Ich habe auch einen toten Priester. Und Sie sagen mir, es geht mich nichts an?"

„Ganz einfach", sagte er. „Ich habe St Angela's gekauft, weil ich zufällig glaube, dass es ein erstklassiges Grundstück für das Bauprojekt ist. Ich habe eine Menge Geld in dieses Projekt gesteckt, und ich werde in der Zukunft Gewinne damit machen. Ich schätze es nicht, wenn Sie sich in meine Geschäftsangelegenheiten einmischen." Er gab der Schublade einen letzten Stoß und verschränkte die Arme.

„Es ist meine Angelegenheit, wenn es mir hilft, einen Mörder zu finden." Lottie legte eine Pause ein, um ihren Worten mehr Wirkung zu verleihen. „Sagen Sie mir, warum hat James Brown Sie angerufen, nachdem Susan Sullivan ermordet wurde?"

„Sind Sie taub? Ich habe Ihnen bereits gesagt, ich habe nicht mit ihm gesprochen."

„Der Anruf hat siebenunddreißig Sekunden gedauert", beharrte Lottie. „In siebenunddreißig Sekunden kann man eine Menge sagen."

„Ich habe nicht mit dem Mann gesprochen", sagte Rickard, seine Stimme langsam und bestimmt, und seine Veneers blitzten.

„Vielleicht wurde eine Nachricht auf Ihre Voice-Mailbox gesprochen. Haben Sie das überprüft?"

„Ich habe nicht mit ihm gesprochen", knurrte er und verzog zornig den Mund.

„Wie viel hat Sie St Angela's gekostet?" Lottie schlug einen anderen Kurs ein.

„Das geht Sie definitiv nichts an", sagte Rickard, nahm die Arme auseinander und klopfte auf seinen Schreibtisch.

Lottie lächelte. Das Baumrütteln funktionierte.

„Mr Rickard, ich habe herausgefunden, dass Sie St Angela's für nicht mehr als die Hälfte des Marktwerts gekauft haben." Bea Walsh hatte Lottie diese Information geliefert. „Diese Information könnte die Finanzgurus im Vatikan interessieren. Ich höre, sie sind knapp bei Kasse. Was meinen Sie?"

„Ich meine, dass Sie keine Ahnung haben, Inspector. Es geht niemanden etwas an, wie viel ich für die Immobilie bezahlt habe." Seine Nasenlöcher blähten sich auf wie bei einem wütenden

Stier. „Meiner Ansicht nach kann das mit Ihren Ermittlungen nichts zu tun haben." Sein Gesicht wurde von Sekunde zu Sekunde röter.

„Da bin ich anderer Meinung", sagte Lottie ruhig. „Bei der Kostenlast, die diese Gemeinde zu tragen hat, denke ich, dass die Medien an Ihrem kleinen Geschäft sehr interessiert sein werden."

„Dann besprechen Sie das besser mit Bischof Connor."

„Das habe ich vor."

Lottie fühlte sich wie beim Schulhofpoker. Rickard war gut im Mauscheln und ließ sich nicht in die Karten schauen. Sie ging lieber gleich auf die Farbe Herz los.

„Ich glaube, Sie haben St Angela's mit Auflagen gekauft", sagte sie. „Glauben Sie, was Sie wollen."

„Also, wer war bei der Besprechung gestern Morgen bei Ihnen zu Hause?"

„Ich habe absolut keine Ahnung, wovon Sie reden."

„Bestreiten Sie, dass es ein Treffen gab?"

„Ich muss nichts dergleichen bestätigen oder leugnen." Er öffnete eine Schublade und schlug sie wieder zu.

„Waren Sie jemals in St Angela's?"

„Es gehört mir, verdammt nochmal. Natürlich bin ich da gewesen."

„Ich meine, als Kind, als junger Bursche. Waren Sie da jemals, ach, ich weiß nicht ... in den siebziger Jahren?"

„Was?" Rickard blies die Backen auf, wodurch die Farbe, die ihm ins Gesicht stieg, von Rot zu Violett wechselte, und warf die Arme hoch.

„Waren Sie da?" Lottie bemerkte feuchte Flecken, die aus seinen Achselhöhlen sickerten.

Der Geruch seines Schweißes begann, sich im Raum auszubreiten.

„Nein. Ich habe nie einen Fuß in St Angela's gesetzt, bis ich anfing, mich für den Kauf des Anwesens zu interessieren."

„Hmmm." Lottie war nicht überzeugt. Aber sie konnte es nicht beweisen, jedenfalls nicht im Moment.

„Sie können so lange *hmmm* machen, wie Sie wollen", äffte er sie nach.

Lottie lächelte ihr süßestes Lächeln und fragte: „Mal was ganz anderes ... Wissen Sie, dass Ihr Sohn mit Drogen herumexperimentiert?" Sie hatte nicht die Absicht, ihn ungeschoren davonkommen zu lassen.

„Was Jason macht oder nicht macht, hat nichts mit Ihnen zu tun."

„Im Gegenteil, es hat sehr wohl etwas mit mir zu tun, weil er, Mr Rickard, so sehr es mich auch ärgert, zufällig mit meiner Tochter zusammen ist."

Sie beobachtete Rickard aufmerksam. Sein Mund öffnete sich, um eine Erwiderung abzufeuern, aber er hielt inne, als ob ihm klar wurde, was sie gesagt hatte. Das erste Anzeichen von Unsicherheit schlich sich in die Falten um seine müden Augen und seine Lippen erschlafften. Er stand auf und ging zum Fenster. Endlich hatte sie ihn auf dem falschen Fuß erwischt.

„Mit *Ihrer* Tochter?"

„Ja. *Meiner* Tochter Katie."

Rickard drehte sich zu ihr um, die Wintersonne hinter ihm zeichnete die Silhouette seines runden Bauches, der jetzt, ohne die Weste, um ihn zu halten, schlaff war. Entfernte Verkehrsgeräusche hallten von der Straße unter ihm wider.

„Was mein Sohn treibt oder in was er seine Nase steckt, spielt hier keine Rolle. Und ich sage es Ihnen laut und deutlich, Inspector Parker, ich habe mit diesen Morden nichts zu tun. Wenn Sie mich weiter belästigen, werde ich Sie anzeigen." Wie alle anderen auch, dachte Lottie. Sie hatte von Tom Rickard genug gehört. Sie stand ebenfalls auf.

„Ich hoffe, Sie stellen nicht meine Professionalität in Frage. Denn ich kann Ihnen versichern, Mr Rickard, dass ich der Sache auf ehrliche und transparente Weise auf den Grund gehen werde. Ich arbeite nicht so, wie Sie Ihr Geschäft führen."

„Und damit wollen Sie andeuten ... was genau?"

„Sie wissen genau, was ich damit andeuten will. Braune Umschläge, Schmiergelder, in den Fluren des Ratsgebäudes geflüsterte Versprechen. Denken Sie über mich, was Sie wollen, aber ich warne Sie: Unterschätzen Sie mich nicht."

Lottie machte auf dem Absatz kehrt, schnappte sich ihre Jacke von der Stuhllehne und ließ ihn zurück, wie er aus dem Fenster seines modernen Büros starrte und dem morgendlichen Verkehr weit unter seinen Füßen lauschte.

Sie hätte zum Fahrstuhl hüpfen können. Sie fühlte sich gut. Nein, nicht gut. Großartig.

Als sie, zurück auf dem Revier, durch die überfüllte Rezeption eilte, stieß sie mit Boyd zusammen. Er nahm ihren Arm, drehte sie herum und steuerte sie wieder zur Tür hinaus.

„Was ist los?", fragte Lottie, während sie versuchte, ihr Gleichgewicht zu halten.

„Corrigan. Er hatte einen Anruf von Tom Rickard. Etwas von wegen, du würdest seine Familie bedrohen."

„Das ist ein Haufen Blödsinn", sagte sie und befreite ihren Arm aus seiner Umklammerung. Sie drehte Boyd herum, damit er sie ansah. „Totaler Schwachsinn."

„Vielleicht. Aber etwas Zeit außerhalb von Corrigans Schusslinie könnte im Moment nicht schaden."

Er packte ihren Arm. Sie gab nach und ging mit ihm zum Auto.

„Wohin fahren wir?" fragte sie, während sie sich anschnallte.

„Zur Suppenküche."

„Ist das ein neues Restaurant?", fragte sie trocken.

Boyd setzte das Auto zurück. „Wie du genau weißt, ist das, wo Susan Sullivan ihre Wohltätigkeitsarbeit geleistet hat."

Lottie beruhigte sich und Boyd schaltete das Radio ein. Irgendein Rapper grölte und sie dachte an Sean.

„Bin ich eine schlechte Mutter?"

„Nein. Bist du nicht. Warum?"

„Seit Adam gestorben ist, kriege ich mein Privatleben nicht mehr auf die Reihe. Ich habe mich in meine Arbeit gestürzt. Ich habe meine Kinder sich selbst überlassen. Gott weiß, was Chloe und Sean den ganzen Tag treiben. Und Katie ist mit einem drogenabhängigen Millionärssohn zusammen. Ich glaube, ich verliere die Kontrolle, Boyd."

„Es könnte schlimmer sein", sagte er.

„Wie das?"

„Katie könnte mit einem Junkie ohne Millionen zusammen sein."

51

Mellow Grove, eine Sozialsiedlung mit zweihundertzehn düsteren Häusern, war nur eine kurze Fahrt durch die Stadt entfernt.

Boyd parkte den Wagen vor der Nummer 202, einem kieselverputzten Endhaus mit einem kleinen Flachdachanbau an der Seite. Ein kleiner Junge, nicht älter als fünf Jahre, mit schmutzig blonden Haaren, die unter einer Schirmmütze von Manchester United hervorlugten, ging auf die vordere Stoßstange zu und musterte die beiden Kriminalbeamten.

„Wen suchen Sie, Mister?", fragte er.

„Kümmere dich um deine eigenen Angelegenheiten", sagte Boyd und schob das verrostete Tor auf.

„Verpiss dich, du langes Stück Elend", rief der Junge.

Lottie und Boyd drehten sich um, sahen ihn an, sahen einander an und lachten.

Ein lindgrüner Fiat Punto, Baujahr 1992, war vor der Mauer geparkt. Zwei schwarze Katzen und ein deutscher Schäferhund saßen auf der Treppe Wache.

Eine Frau öffnete die Tür. Ihr Körper füllte die Türbreite aus und ihre grauen lockigen Haare umrahmten eng ihre plumpen rosa Wangen. Eine schief geknöpfte Strickjacke hing über einem schwarzen Midikleid aus Polyester. Geschwollene Beine in elasti schen Strümpfen endeten in ausgetretenen, schottengemusterten Pantoffeln.

„Mrs Joan Murtagh?", fragte Lottie. „Wir haben vor ein paar Minuten bei Ihnen angerufen."

„Haben Sie das?" Die Frau sah sich ihre Ausweise an und dirigierte sie an ihr vorbei in ihr Haus. „Mein Gedächtnis lässt mich manchmal im Stich." Sie scheuchte den Hund den Weg hinunter. Er streckte sich und ging davon, wobei seine warmen Pfoten Fußspuren im Schnee hinterließen.

Lottie schnupperte den Duft von frischem Backwerk im Haus. Als sie die Küche betrat, erspähte sie Schwarzbrot auf einem Gitterrost.

„Möchten Sie etwas davon?", fragte Mrs Murtagh, als sie Lotties Blick bemerkte.

Ohne auf eine Antwort zu warten, schnitt sie den halben Laib auf, legte die Scheiben auf einen Teller und nahm den Deckel von einer Butterschale. Ein hölzerner Gehstock hing, unbenutzt, von der Tischkante. Sie bewegte sich erstaunlich schnell, und Lottie schätzte, dass sie etwa so alt wie ihre Mutter war.

„Bedienen Sie sich", sagte Mrs Murtagh. Sie goss kochendes Wasser aus einem Kessel in eine Teekanne. „Sie beide sehen aus, als könnten Sie eine anständige Mahlzeit gebrauchen."

„Danke." Lottie butterte eine Scheibe Brot und biss hinein. „Köstlich. Probier mal", sagte sie zu Boyd.

„Ich bin auf Diät", sagte er und nahm sein Notizbuch und seinen Stift heraus.

Mrs Murtagh brach in ein kräftiges Lachen aus.

„Diät, wer's glaubt", sagte sie. Sie schaute zu Lottie hinüber. „Gefährlicher Job für eine Frau, bei der Polizei zu sein." Sie stellte die Teekanne auf den Tisch und setzte sich.

Lottie befingerte ihre lädierte Nase. „Ich mag meinen Job."

„Und ich wette, Sie sind auch gut darin", sagte Mrs Murtagh, während sie schwarzen Tee in drei Tassen goss.

„Wann haben Sie Susan Sullivan kennen gelernt?", fragte Boyd und sah sich nach Milch um.

„Sie müssen Geduld mit mir haben. Ich neige dazu, wichtige Dinge zu vergessen. Frühes Alzheimer, meint mein Arzt. Also lassen Sie mich nachdenken. Es muss fünf oder sechs Monate her sein." Mrs Murtagh mampfte das Brot. Krümel blieben in den Gesichtshaaren in ihren Mundwinkeln hängen. „Susan hatte von meiner Wohltätigkeitsarbeit mit den Obdachlosen gehört. Ich sammelte Spenden für ein Obdachlosenheim, wollte den Anbau neben meinem Haus zu einer Art Herberge umbauen. Haben Sie ihn beim Reingehen bemerkt? Der arme Ned, mein verstorbener Mann, hat ihn selbst gebaut, Gott hab ihn selig. Es war ein Haufen Schrott."

Lottie nickte.

Mrs Murtagh fuhr fort. „Der Grafschaftsrat hat mich daran gehindert. Sie sagten, es würde nicht zu dem Wohngebiet hier passen. Ich wusste, dass sich die Nachbarn beschwert hatten. Sie starteten eine Kampagne gegen mich. Am Ende war es sowieso egal. Ich hatte zu der Zeit nicht genug Geld."

„Was hat Susan getan?", fragte Lottie.

„Sie kam zu mir. Wollte helfen. Gab mir zehntausend Euro, einfach so. In bar. Ohne Rückfragen. Einem geschenkten Gaul schaut man nicht ins Maul, oder? Ich ließ den Anbau renovieren und baute einen Herd ein, wie ihn Restaurants haben. Ich habe ihn wirklich erstklassig ausgestattet. Und wir haben unsere eigene Suppenküche gestartet." Mrs Murtagh trank von ihrem Tee; ihr Gesicht strahlte vor Stolz. „Habe ich sie Ihnen gezeigt?"

„Vielleicht später", sagte Lottie. „Wie haben Sie sie betrieben?"

Als Mrs Murtagh eine Augenbraue hochzog, sagte Lottie: „Die Suppenküche."

„Oh. Wir kochten die Brühe, füllten sie in Flaschen und fuhren durch die Stadt, um sie an die armen Unglücklichen zu verteilen. Ein paar von ihnen leben auf der Straße und dann gibt es noch eine andere Gruppe unten beim Gewerbegebiet. Sie wissen schon, am Kanal hinter dem Bahnhof."

Lottie wusste. Ihre Rippen schmerzten immer noch von dem Überfall.

„Hat Susan Ihnen irgendeine Erklärung gegeben, warum sie das tat?" Lottie butterte sich eine zweite Scheibe Brot. Wenn Boyd nicht essen wollte, war es sein Verlust.

„Sie wollte denen helfen, die sich nicht selbst helfen konnten. Sie war besonders besorgt um obdachlose Kinder. Es ist eine nationale Schande, was in diesem Land vor sich geht, das kann man nicht anders sagen. Alle diese mit Brettern vernagelten Häuser und die Armen haben keinen Platz zum Schlafen."

Mrs Murtagh schlug mit der Faust auf den Tisch, ihre Augen loderten. Ihre Leidenschaft überraschte Lottie. Schade, dass es nicht mehr von ihrer Sorte gab, dachte sie.

„Susan schimpfte über die Bauträger, die all diese Geisterhäuser bauen. Sie sagte, es sei kriminell, dass der Rat ihnen erlaubte, so weiterzumachen", sagte Mrs Murtagh.

Lottie sah Boyd an. Boyd warf ihr einen vielsagenden Blick zu.

„Aber sie arbeitete für den Grafschaftsrat", sagte Lottie.

„Ich weiß. Aber sie hatte nie das letzte Wort. Das hat sie mir gesagt."

„Hat sie jemals Tom Rickard erwähnt? Er ist ein Bauträger."

„Ich bin nicht dumm, nur vergesslich. Ich weiß, wer er ist. Mit seiner hochnäsigen Frau und seinem Junkie-Kid, die auf uns normale Sterbliche herabblicken. Ich sage Ihnen, ich habe mehr Reichtum in meinem Herzen, als Tom Rickard jemals auf seinem Bankkonto haben wird, Detective Dottie." Sie knallte den Deckel auf die Butterschale.

„Sind Sie mit ihm aneinandergeraten?", fragte Boyd.

Lottie bemerkte, wie er grinste, als Mrs. Murtagh ihren Namen falsch sagte. Sie ignorierte ihn.

„Nicht persönlich, aber ich kenne die Sorte", sagte Mrs. Murtagh „Susan hatte sowieso nicht viel für ihn übrig."

„Warum nicht?", fragte Lottie.

„Es hatte etwas damit zu tun, dass ihm St Angela's gehört. Das ist das große leere Waisenhaus an der Straße aus der Stadt. Einmal erwähnte sie, dass er sich seinen Weg durch den Bebauungsplan gekauft hat. Ich weiß nicht, was das bedeutet, aber ich glaube, ich kann es erraten."

Lottie trank den Rest ihres Tees aus. Mrs Murtagh begann, die Tassen nachzufüllen.

Boyd lehnte den Tee ab und fragte: „Wie viele Leute sind an der Suppenküche beteiligt?"

„Nur ich, jetzt wo Susan nicht mehr da ist. Ich weiß nicht, wie lange ich sie am Laufen halten kann, wenn kein Geld reinkommt."

Lottie hatte so ein Gefühl, dass Mrs. Murtagh ihre Suppenküche bis zu ihrem Tod weiterführen würde, Geld oder kein Geld.

„Haben Sie irgendeine Ahnung, warum jemand Susan umbringen wollte?", fragte Boyd.

„Ich weiß nicht." Die Frau schüttelte traurig den Kopf. „Sie war eine anständige Seele. Wollte nur Gutes für die Menschen tun. Es ist mir ein Rätsel." Sie wischte sich Tränen aus den Augen. „Viele Dinge sind mir heutzutage ein Rätsel."

„Sie muss mit Ihnen über ihr Leben gesprochen haben. Hatte sie irgendwelche Sorgen oder Anliegen?"

„Sie sagte mir, dass sie todkrank war. Ich habe noch nie jemanden getroffen, der ein Todesurteil so hingenommen hat wie sie. Sie hat sich einfach mit ihrem Schicksal abgefunden."

„Hat sie Ihnen jemals gesagt, woher das Geld kam?"

„Geld?" Mrs Murtagh schwieg und dachte einen Moment nach. „Ja, sie sagte, es sei ihr geschuldet worden, vor langer Zeit. Jeder muss am Ende zahlen', sagte sie. Komisch, wie ich mich an diese Dinge erinnere und an andere nicht. Wissen Sie, ich habe das Gefühl, dass da noch etwas ist, was ich Ihnen sagen muss. Aber ich kann mich beim besten Willen nicht erinnern."

Lottie verdaute die Informationen.

„Hatte jemand einen Groll gegen sie?", fragte Boyd und tippte ungeduldig auf sein Notizbuch.

„Susan war eine ruhige Seele, sie wollte nur anderen helfen. Ich weiß nicht, warum ihr jemand etwas hätte antun wollen."

„Hatte sie einen Freund oder Partner?", fragte Lottie.

„Nicht, dass ich wüsste."

„Wussten Sie, dass sie als Kind in St Angela's war?"

Die ältere Frau schwieg eine Zeit lang und nickte vor sich hin. „Sie sagte mir, es war ein schrecklicher Ort. Kein Kind sollte von seiner Mutter verlassen werden, so wie sie es war. Sie sagte, sie gehöre zu den Glücklichen, wenn man es glücklich nennen kann, für sein ganzes Leben lang gezeichnet zu sein. Die katholische Kirche hat eine Menge zu verantworten in diesem Land." Sie schüttelte müde den Kopf.

„Was hat sie Ihnen über die Suche nach ihrem Kind erzählt?", fragte Lottie.

„Es hat ihr das Herz gebrochen, dass man ihr ihr Kind weggenommen hat. Sie war sich nie sicher, was eigentlich mit ihrem Baby passiert ist."

„Sie hatte also kein Glück mit ihrer Suche?"

„Sie hat alle möglichen Wege ausprobiert und nichts erreicht. Das größte Hindernis war die Kirche. Sie ist sogar zum Bischof gegangen. Nichts hat es ihr gebracht." Wieder blitzte Zorn in den Augen der alten Frau auf.

„Sie hat sich mit Bischof Connor getroffen?" Lottie stupste Boyd mit dem Ellbogen an. Der Bischof hatte geleugnet, Susan zu kennen, und nun schien es, als hätte er sich doch mit ihr getroffen.

„Ja, das hat sie. Lassen Sie mich eine Minute nachdenken." Mrs Murtagh schloss die Augen, dann sagte sie: „Als sie danach hierher zurückkam, war sie sehr verstört. Deshalb konnte ich nicht verstehen, warum sie ein zweites Mal hingegangen ist."

„Ein zweites Mal? Wann? Warum?", fragte Lottie, der es nun in den Fingern juckte, sich Bischof Connor noch einmal vorzuknöpfen.

„Ich weiß nicht. Ich sagte ihr, sie solle nicht wieder hingehen, aber sie bestand darauf, dass er Informationen habe." Mrs Murtagh senkte die Augen. „Arme Seele. Der Mann sagte ihr, sie sei nichts als eine Schlampe, und dass sie bestimmt deswegen in St Angela's untergebracht worden war. Er ist ein Dreckskerl. Möge Gott mir vergeben." Mrs Murtagh bekreuzigte sich wieder.

Lottie verdaute diese Informationen. Warum hatte Bischof Connor gelogen?

„Wann war dieses zweite Treffen, Mrs Murtagh?"

„Weihnachten! Ja, es war vor Weihnachten."

„Wissen Sie vielleicht, wann genau?"

„Susan war in Jahresurlaub vom Grafschaftsrat. Heiligabend. Genau! Wir hatten drei Töpfe auf dem großen Herd am Kochen. Habe ich Ihnen den Herd gezeigt? Natürlich nicht. Erinnern Sie mich, bevor Sie gehen. Normalerweise hatten wir maximal ein oder zwei Töpfe. Komisch, dass ich mich daran erinnern kann, wo es doch so viel gibt, an das ich mich nicht erinnern kann. Es schneite wie verrückt, und der Wetterfrosch sagte, es würde minus zwölf Grad werden oder irgendsowas Absurdes. Also ja, ich bin ziemlich sicher, es war Heiligabend."

Boyd machte sich eine Notiz.

„Wie ist es ihr beim zweiten Treffen ergangen?", fragte Lottie und nahm einen weiteren Bissen vom Brot. Sie hatte nicht gemerkt, wie hungrig sie war.

„Ich glaube, ich habe sie nicht einmal gefragt. Als sie zurückkam, haben wir die Flaschen abgefüllt, meinen Wagen vollgeladen und sind losgefahren, durch den Schneesturm."

„Hatte sich ihre Stimmung geändert?"

„Wie meinen Sie das?"

„Nach ihrem Treffen mit dem Bischof. War sie bekümmert oder verstört?"

„Ich denke, sie war dieselbe Susan wie immer. Unglücklich, sehr unglücklich."

Lottie dachte an Bischof Connor und empfand ein zunehmendes Mitgefühl für Susan Sullivan. Ihr war ihr ganzes Leben Unrecht widerfahren und je mehr sie über sie erfuhr, desto entschlossener wurde sie, Susan eine Art von Gerechtigkeit zukommen zu lassen, wenn auch zu spät.

„Wann haben Sie Susan das letzte Mal gesehen?", fragte Boyd.

„An dem Abend, bevor sie ermordet wurde." Mrs Murtagh wischte sich eine weitere Träne aus dem Augenwinkel. „Wir haben über Weihnachten jeden Abend unsere Suppenfahrten gemacht."

„Sie hatte Urlaub", sagte Lottie, „also was hat sie tagsüber gemacht?"

„Ich weiß nicht. Susan blieb für sich."

„Sie wohnte am anderen Ende der Stadt. Aber ihr Auto sieht aus, als ob es seit Wochen nicht bewegt worden wäre. Ging sie überall zu Fuß hin?"

„Sie mochte die Bewegung. Hatte immer dieses Musikding in den Ohren. Wie nennt man das?"

„Ein iPod."

„Sie hörte gerne Musik", sagte Mrs. Murtagh wehmütig.

„Gibt es sonst noch etwas, das Sie uns sagen können?", fragte Lottie.

„Zwei Tassen Vollkornmehl, ein Teelöffel Hefe, ein Esslöffel Butter, eine Prise Salz und zwanzig Minuten im Ofen."

„Ich fürchte, ich backe nicht", sagte Lottie. „Und selbst wenn ich es täte, glaube ich nicht, dass mir jemals ein so köstliches Brot gelingen würde wie dieses."

Sie fragte sich, ob die alte Frau das Thema wechseln wollte. Sie fürchtete sich vor dem Gedanken, dass ihre Mutter jemals Alzheimer bekommen könnte. Oder vielleicht wäre es eine gute Sache. Schwer zu sagen bei Rose Fitzpatrick.

„Sie versuchen, mir zu schmeicheln. Ich hole etwas Alufolie, dann können Sie den Rest des Brotes mit nach Hause nehmen."

Lottie begann zu protestieren, beschloss aber, dass es ein zu gutes Angebot war, um es abzulehnen. Als sie das Brot einpackte, sagte Mrs Murtagh: „Und Sie, junger Mann, Sie könnten auch ein oder zwei Scheiben vertragen."

Boyd lächelte und blieb stumm.

Lottie nahm das Gespräch wieder auf.

„Ich habe den Eindruck, dass St Angela's ein brutaler Ort war. Was hat Susan Ihnen darüber erzählt?"

„Sie hat mir einmal etwas erzählt. Sie sagte, sie hätte es nie einer lebenden Seele erzählt. Ein Baby wurde dort ermordet und ein junger Bursche wurde zu Tode geprügelt." Mrs. Murtagh machte das Kreuzzeichen, Stirn, Brust und Schultern, langsam und bedächtig. „Sie nannte es das Babygefängnis; all die kleinen Würmer in ihren Bettchen mit Eisenstangen. Und sie war sich nicht sicher, ob es ihr Baby war, das ermordet wurde, aber sie redete sich ein, dass es es nicht war." Mit tränenfeuchten Wangen hielt sie inne. „Es nicht zu wissen, das war das Schlimmste. Die arme gequälte Seele. Wissen Sie, sie kaufte sich jeden Tag die Zeitung, um sich die Fotos anzusehen. Sie dachte, sie würde ihr Kind erkennen, auch wenn es inzwischen erwachsen ist."

„Wir haben die Zeitungen in ihrem Haus gesehen", sagte Boyd.

„Sie war besessen. Als ob sie jemanden erkennen könnte, den sie nur als Baby gesehen hatte. Ich versuchte, mit ihr zu reden. Aber sie meinte, wenn sie ein Bild sähe, würde sie es wissen."

Die Vergeblichkeit von Susans Zeitungs-Suchmission abtuend, sagte Lottie: „Patrick O'Malley. Haben Sie je von ihm gehört?"

„Ja, natürlich. Ein gestörter Mann. Einer unserer Suppenkunden", sagte Mrs Murtagh. „Susan war sehr freundlich zu ihm, aber sie hat nie mit mir über ihn gesprochen. Detective, ich kannte Susan nur für die letzten sechs Monate ihres Lebens, aber es fühlte sich an, als würde ich sie schon ewig kennen. Es ist so traurig. Warum passieren diese Dinge den guten Menschen und die bösen Mistkerle kommen ungeschoren davon?"

Lottie und Boyd schwiegen. Es gab nicht viel, was sie dem noch hätten hinzufügen können.

Die Frau stand auf, sammelte die drei Tassen ein, stellte sie in die Spüle, drehte den Wasserhahn auf und spülte sie unter dem fließenden Wasser ab. Sie stellte sie zum Trocknen auf das Abtropfbrett, nahm ihren Gehstock und deutete auf die Seitentür.

„Kommen Sie. Ich zeige Ihnen unsere Suppenküche. Wir waren so stolz darauf." Lottie brachte es nicht übers Herz, abzulehnen.

.   .   .

Alle vier Räder intakt, und der unflätige kleine Junge war nirgendwo in Sicht.

„Was für ein Setup", sagte Boyd, als er den Wagen startete.

„Wo auch immer Susan das Geld herhatte, es scheint, dass sie es in die Suppenküche gesteckt hat." Lottie legte das Brot zu ihren Füßen. „Ich hoffe, dass das, an was Mrs Murtagh sich nicht erinnern kann, nichts allzu Wichtiges ist."

„Wir müssen noch einmal Susans Telefonunterlagen durchgehen." „Auf jeden Fall."

„Wohin als nächstes?", fragte Boyd. „Oder darf ich raten?"

„Bischof Terence Connor", sagte Lottie. Er hat einiges zu erklären."

52

„Ich sehe, Sie haben die Kavallerie mitgebracht, Inspector."

Bishof Connor deutete auf zwei Stühle vor seinem Schreibtisch. Lottie und Boyd setzten sich.

„Wann werden Sie Pater Angelottis Leiche freigeben?", fragte er. „Das hängt von der Rechtsmedizinerin ab", sagte Lottie. „Gibt es irgendetwas, was Sie bezüglich seines Mordes zu unserer Ermittlung beitragen können?"

„Ich bin tief erschüttert", sagte er. „Wenn man bedenkt, dass er nur ein paar Wochen hier war, und dann passiert so etwas Furchtbares."

„Warum war er bei dem Haus von James Brown?"

„Ich habe keine Ahnung."

„Hat er Ihnen gegenüber jemals James Brown oder Susan Sullivan erwähnt?", drängte Lottie.

„Er hat nie etwas erwähnt, Inspector. Er kommunizierte kaum mit mir."

„Hatte er ein Auto zur Verfügung?"

„Ich bin sicher, er hätte eines bekommen können, wenn er es gebraucht hätte."

„Aber da war kein Auto bei Browns Haus. Wie ist er dorthin gekommen?" Connor zögerte. Eine unmerkliche Augenbewegung, aber Lottie fing sie auf.

„Mit einem Taxi?", sagte er. „Ich bin sicher, Sie können bei den örtlichen Unternehmen nachfragen."

„Wir sind bereits dabei", sagte Lottie und machte sich geistig eine Notiz, dem nachzugehen.

„Sie haben mir gesagt, Sie wüssten nichts von Susan Sullivan. Ist das korrekt?", fragte sie und blätterte durch ihr Notizbuch, mehr um des Effekts willen, als wegen des Inhalts. Die intensiven grünen Augen, die bei ihrem ersten Besuch versucht hatten, sie einzuschüchtern, beäugten sie jetzt mit Misstrauen.

„Ich glaube, das ist korrekt", sagte er, Lotties Worte aufgreifend. „Sie müssen sehr genau nachdenken", betonte sie. „Ich habe Beweise,

dass Sie Ms Sullivan mindestens zweimal getroffen haben." Hörensagen, aber das wusste er ja nicht.

„Und was für Beweise könnten das sein?" Die Augen des Bischofs funkelten.

Lottie ließ Boyd das Wort. Er war besser darin, die Wahrheit zu frisieren.

„Wir haben Telefonunterlagen, aus denen hervorgeht, dass Susan Sullivan Sie angerufen hat. Und ihren Computerkalender, in dem ein geplantes Treffen mit Ihnen vermerkt ist", sagte Boyd und bluffte zuversichtlich.

„Ich dachte, Sie könnten ihr Handy nicht finden." Bischof Connor lehnte sich zurück und lächelte.

„Und woher wollen Sie wissen, ob wir es haben oder nicht?", fragte Lottie.

„Ich habe sehr gute Quellen."

„Ihre Quellen liegen falsch und Sie haben mich angelogen", sagte Lottie.

„Ich kannte Susan Sullivan nicht. Ich gebe jedoch zu, dass ich mich mit ihr getroffen habe. Es gibt einen Unterschied zwischen jemanden kennen und sich mit ihm treffen." Er streichelte mit den Fingern über sein glattes Kinn.

„Sie weichen mir aus. Ich könnte Sie wegen Behinderung der Ermittlungen verhaften." Arschloch, dachte Lottie.

„Ich glaube nicht, dass ich irgendwelche Informationen habe, die Ihnen helfen könnten", sagte der Bischof.

„Lassen Sie mich das beurteilen. Worum ging es bei den Treffen?" Sie hatte von dem Leisetreten die Nase voll.

„Private Angelegenheiten. Ich muss Ihnen nichts weiter sagen."

„Bischof Connor, Sie waren mit zwei unserer drei Mordopfer bekannt. Susan Sullivan, von der ich weiß, dass sie sich mit Ihnen getroffen hat, und Pater Angelotti, der in Ihrer Obhut war. Und Sie behaupten, Sie haben uns nichts zu sagen." Lottie hielt ihre Stimme fest und herausfordernd. „Je länger Sie dieses Spiel spielen, desto mehr glaube ich, dass Sie sich etwas haben zuschulden kommen lassen. Und glauben Sie mir, wenn ich wittere, dass Sie uns an der Nase herumführen, werden Sie vielleicht erfahren, was die Hölle auf Erden ist." Sie beugte sich vor und atmete schnell.

„Drohen Sie mir, Inspector?" Der Bischof erwiderte ihren wütenden Blick.

Boyd unterbrach die Konfrontation.

„Wir drohen Ihnen nicht, Bischof Connor. Wir sagen nur, wie es ist, und wir wüssten gerne, warum Sie geleugnet haben, sich mit Susan Sullivan getroffen zu haben. Sie müssen zugeben, dass das alles sehr verdächtig aussieht."

Bischof Connor holte tief Luft und lehnte sich in seinem bequemen Stuhl zurück. Lottie blieb nach vorne gelehnt, so angespannt, als wolle sie jeden Moment über den Schreibtisch springen. Boyd legte eine Hand auf ihren Arm. Sie weigerte sich, sich zu bewegen. Verdammt, dieses Mal würde sie Connor nicht so einfach davonkommen lassen.

„Und berufen Sie sich nicht auf die Drohung mit dem Superintendent", sagte sie. „Es ist mir scheißegal, wie viele Golfpartien Sie und Superintendent Corrigan zusammen gespielt haben. Oder wie viele Whiskeys Sie am neunzehnten Loch hinuntergeschüttet haben, oder wie viele Birdies, Eagles oder Albatrosse Sie verzeichnen können. Bei mir kommen Sie damit nicht an. Ich will

Antworten. Und wenn ich Ihren gottlosen Arsch aufs Revier schleppen muss. Aber so oder so, Sie werden mit mir reden."

Bischof Connor lächelte, was Lottie nur noch mehr erzürnte.

Boyd sagte: „Erlauben Sie mir, unseren Standpunkt zu umreißen. Pater Angelotti kam am ersten Dezember aus Rom hier an. An Heiligabend haben Sie sich mit Susan Sullivan getroffen, nach einem anderen Treffen früher im letzten Jahr. Nach unserer Einschätzung wurde Pater Angelotti an Heiligabend ermordet. Ich denke, es ist Zeit, dass Sie anfangen zu reden."

„Und ich denke, es ist Zeit, dass Sie gehen", sagte Bischof Connor. „Was verbergen Sie?", fragte Lottie und hielt ihre Augen auf die züngelnden Smaragde des Bischofs gerichtet.

„Ich habe nichts zu verbergen", sagte er, und ein rosa Schatten kroch seine Wangenknochen hinauf.

„Aber Sie wollen nicht mit uns reden", sagte Boyd.

„Ich bin beschäftigt ..., wenn Sie so freundlich wären ..." Er deutete auf die Tür, sein Telefon bereits in der Hand.

„Sie verschwenden Ihre Zeit damit, mit Superintendent Corrigan zu reden", sagte Lottie und stapfte zur Tür hinaus.

„Und Sie verschwenden Ihre Zeit damit, mit mir zu reden." Er schloss die Tür hinter ihnen.

———

Als sie sich ins Auto setzte, sagte Lottie: „Wenn ich so geneigt wäre, könnte ich diesen Arsch selbst umbringen."

„Ich auch", sagte Boyd. „Und wie kommt's, dass du so viel über Golf weißt?"

„Sean hatte eine Rory McIlroy-Phase mit seinen PlayStation-Spielen." Boyd nickte, als habe er verstanden. „Connor verheimlicht etwas", meinte Lottie.

„Ich brauche einen Drink", sagte Boyd.

Lottie schaute auf den See hinaus, als sie wegfuhren. Das Wasser kräuselte sich silbern unter den Spiegelungen des Mondes. „Es ist fast sieben. Ich sollte zu Hause reinschauen."

Boyd konzentrierte sich auf die Straße.

„Wenn ich es mir recht überlege, warum nicht?", sagte sie und lehnte den Sitz zurück. Sie legte ihre Füße auf das Armaturenbrett und schloss die Augen.

Er sagte nichts.

Sie war froh über sein Schweigen. Rickard und Connor führten sie an der Nase herum und nach dem heutigen Tag war sie überzeugt, dass sie etwas zu verbergen hatten. Aber was? Sie war sich fast sicher, dass es mit St Angela's zusammenhing. Sie wusste nur nicht, ob es mit der Vergangenheit oder der Gegenwart zu tun hatte. Aber eines war sicher: Sie war entschlossen, es herauszufinden. Das war sie den Opfern schuldig.

Der Mann verließ sein Büro und sagte, er würde in einer Stunde zurück sein. Er brauchte frische Luft, auch wenn sie voll von stiebendem Schnee war.

Als er durch die fast menschenleere Stadt schlenderte, eilte ein jugendliches Pärchen lachend und eng aneinander gelehnt an ihm vorbei. Ein Windstoß wehte den Schal vom Hals des Jungen und das Mädchen zog ihn um ihren eigenen. Die schwarze Tätowierung hob sich gegen die weißen Flocken ab, die vom Himmel fielen. Der Mann trödelte vor einem Schaufenster, während das Mädchen den Jungen an sich zog und die beiden küssten. Er konnte sehen, wie ihre blassen Hände an den Oberschenkeln des Jungen entlang strichen und dann nach oben wanderten, bis sie seinen Hals streichelten.

Er versuchte, sein Atmen zu kontrollieren; es war so laut, dass er dachte, sie würden es hören. Der Hals. Die Tätowierung. Dieser schöne Junge.

Das junge Paar setzte seinen Spaziergang fort und ging in Danny's Bar.

Er musste diese Haut berühren.

Bald.

Detectives Larry Kirby und Maria Lynch waren bereits in Danny's Bar und saßen vor dem Kamin, als Lottie und Boyd eintrafen.

Zwei Pints Guinness standen in der Mitte des runden Tisches vor Kirby, sein Haar war wilder als sonst. Lynch trank einen heißen Whiskey. Die Luft war vom Summen der Gespräche erfüllt und eine Gruppe von Jugendlichen, mit Piercings und Tattoos als Blickpunkte auf ihrer blassen Haut, saß in einem Halbkreis in einer schummrigen Ecke. Eine Teekanne und zahlreiche Tassen und Untertassen standen durcheinander auf ihrem Tisch. Teestunde im Zoo, dachte Lottie, als sie sich zwischen ihren beiden Kriminalbeamten niederließ. Sie schenkte den Jugendlichen keine weitere Beachtung. Boyd ging, um die Getränke zu bestellen.

„Trinken Sie für zwei, Kirby?", fragte Lottie.

„Ich sitze hier und denke an das zweite", sagte er und zog seine Jacke aus, bereit für eine Sitzung. Aus seiner Hemdtasche ragten ein Bündel Papier und drei zerkaute Kugelschreiber heraus.

„Und das erste?"

„Das wird so schnell runtergehen, dass ich mich nicht mal daran erinnern werde, es getrunken zu haben."

Er nahm das Pint, prostete den beiden Frauen neben ihm zu

und trank das Bier in drei Schlucken hinunter. Er wischte sich mit seinem rauen Handrücken den Mund ab und stellte das leere Glas zurück auf den Tisch.

„Das habe ich gebraucht", sagte er.

Lottie lächelte zu Lynch hinüber. Boyd kam mit einem Glas Rotwein für sich und einem Weißwein für Lottie.

„Ich dachte, Sie trinken nicht mehr", sagte Kirby, der noch weißen Guinness-Schaum an der Oberlippe hatte.

„Dies ist nicht ‚nicht mehr'", sagte Lottie. „Dies ist jetzt. Ich brauche es genauso sehr, wie Sie das erste Pint gebraucht haben."

„Völlig einverstanden", sagte Kirby, nahm einen großen Schluck und ließ ihm ein lautes Rülpsen folgen, ohne jede Spur von Verlegenheit.

Die vier Kriminalbeamten tranken ihren Alkohol und das lodernde Feuer wärmte sie auf.

„Gucken Sie jetzt nicht hin, Inspector", sagte Lynch und nickte mit einem Schwung ihres Pferdeschwanzes zu einem Punkt hinter Lottie, „aber Ihre Tochter sitzt da in der Ecke." Lottie drehte sich sofort um. Katie! Sie fläzte sich mit ihrem Kopf auf der Schulter von Jason Rickard. Ihre Augen waren müde Schlitze, während ihre roten Schmolllippen von einem Lächeln geschürzt wurden. Ihr Gesicht, künstlich blass von einer intensiven weißen Grundierung, forderte Lottie heraus.

„Bleib, wo du bist", riet Boyd.

„Ich habe nicht die Absicht, mich zu bewegen. Ich habe genug Konfrontationen gehabt für einen Tag."

Lottie nippte an dem verbotenen Wein und hatte gute Lust, ihn runterzukippen, wie Kirby es mit seinem Pint getan hatte. Sie hatte jedoch nicht solchen Mumm wie er und musste in der Lage sein, nach Hause zu laufen. Katie konnte warten. Aber es ärgerte sie, dass Maria Lynch Zeugin ihres Familienkonflikts war. Sie wandte sich ihren Kollegen zu und erzählte ihnen von den Fortschritten, die sie und Boyd gemacht hatten.

„Geben Sie mir fünf Minuten mit dem Bischof und er wird reden", sagte Kirby und leckte sich die Lippen.

„Wie war Ihr Tag?", fragte Lottie, während sie die Teenager hinter ihr geflissentlich ignorierte.

„Ich hatte so etwas wie einen Bingo-Moment", sagte Kirby. „Ich habe Browns Telefondaten überprüft und festgestellt, dass einige seiner Anrufe an eine Handynummer gingen, die niemand anderem als Pater Angelotti gehört."

„James Brown kannte Pater Angelotti!" Lottie trank ihren Wein mit einem Schluck aus. „Damit haben wir jetzt eine eindeutige Verbindung zwischen James Brown und dem toten Priester." Sie stellte das leere Glas auf den Tisch. „Wann war das? Welches Datum?"

„Daten", korrigierte Kirby sie. „Es gab mehrere Anrufe. Der erste war Mitte November. Warten Sie."

Er zog das Bündel Papiere aus seiner Hemdtasche und breitete es aus. Gelber Textmarker, mit dem unzählige Nummern eingekreist waren, leuchtete hell auf den Seiten.

„Hier ist es", sagte Kirby und zeigte mit einem Wurstfinger. „Am dreiundzwanzigsten November um achtzehn Uhr fünfzehn. Und zwei weitere, am zweiten Dezember und am vierundzwanzigsten Dezember."

„Um welche Zeit am vierundzwanzigsten Dezember?", fragte Lottie und eine Woge der Erregung ging durch sie hindurch.

„Zehn Uhr dreißig und neunzehn Uhr dreißig", sagte Kirby, nahm einen seiner Stifte und zeichnete einen weiteren Kreis um die Ziffern.

„Und nach der Schätzung unserer Rechtsmedizinerin wurde Pater Angelotti an Heiligabend ermordet", sagte Lottie.

„Und Susan Sullivan hat sich an Heiligabend mit dem Bischof getroffen. Auch wenn der überhebliche Mistkerl sich weigert, uns zu sagen, worum es ging", sagte Boyd.

„Was verbindet das alles?", fragte Lynch.

„St Angela's und der Bauträger Tom Rickard." Lottie warf einen Blick über ihre Schulter auf Rickards Sohn. Er schmuste am Hals ihrer Tochter. Sie wandte sich ab und rümpfte angewidert die Nase.

„Wie passt Pater Angelotti da rein?", fragte Boyd.

„Ich weiß es noch nicht, aber wir könnten annehmen, dass Brown ihn um zehn Uhr dreißig angerufen hat, um ein Treffen zu vereinbaren, und später wieder angerufen hat, um zu sagen, dass er nicht rechtzeitig zurückkommen konnte", sagte Lottie. „Das ist die Verabredung, von der sein Liebhaber Derek Harte gesprochen hat."

„Aber Pater Angelotti war bereits dort", sagte Boyd. „Und jemand anderes auch."

„Scheint so", sagte Lottie. „Aber wer?"

Ein Barmann trat zwischen sie und kippte einen Eimer Kohle auf das Feuer. Die Flammen wurden kurz schwächer und züngelten dann den Kamin hinauf. Funken ließen sich auf dem Kaminboden vor den Kriminalbeamten nieder. Kirby bestellte eine weitere Runde. Alle vier schwiegen. Eine Lachsalve inmitten des Geplauders hinter ihnen zerriss die Luft.

Lottie versuchte, sich auf Kirbys Informationen zu konzentrieren. Gleichzeitig wollte sie wissen, was ihre Tochter trieb. Sie schaute auf ihr leeres Glas und wünschte sich, der Barmann würde mit dem Nachschub kommen. Sie bemerkte die ausgefransten Ärmelsäume ihres T-Shirts. Würde Adam noch leben, hätte sie mehr Geld. War es der Reichtum des Rickard-Jungen, der Katie anzog?

Die Drinks kamen. Boyd reichte sie herum. Kirby bezahlte. Lottie hörte wieder Gelächter hinter sich. Sie drehte sich um.

Katie schaute direkt durch sie hindurch. Ein Zungenpiercing im offenen Mund des Mädchens reflektierte den Feuerschein. Wann hatte sie das machen lassen? Jason hatte seinen Arm um Katies Schulter gelegt und befingerte ihr Schlüsselbein. Als sie spürte, wie Boyd an ihrem Arm zog, merkte Lottie, dass sie aufgestanden war.

„Lass sie in Ruhe", sagte er. „Sie ist nur jung und hat ihren Spaß".

„Was weißt du denn schon davon?", blaffte Lottie und schob Boyds Hand weg.

„Nicht viel, das stimmt. Aber eines weiß ich: Deiner Tochter vor ihren Freunden eine Szene zu machen ist der falsche Zug. Setz dich hin."

Sie gehorchte. Boyd hatte natürlich recht. Sie seufzte und ließ den Wein ihr Gehirn in eine leichte Taubheit hüllen.

„Ich sage das nur ungern, aber Ihre andere Tochter, Chloe, nicht wahr? Sie ist gerade reingekommen", sagte Lynch.

„Du lieber Himmel." Lottie drehte sich auf ihrem Stuhl um. Chloe winkte und kam zu ihr.

„Hallo Mutter", sagte Chloe. Sie nickte den anderen Kriminalbeamten zu. „Das ist also dein voller Terminkalender."

„Sarkasmus passt nicht zu dir", sagte Lottie. „Wo ist Sean?"

„Nun, er ist nicht bei mir."

„Offensichtlich", zitierte Lottie eines von Chloes Lieblingswörtern.

„Er ist zu Hause. Wir hatten Bechernudeln zum Mittagessen", sagte Chloe, die abwartend hinter dem Stuhl ihrer Mutter stand.

„Igitt", sagte Boyd und rümpfte die Nase.

„Was machst du hier?", fragte Lottie und spürte die Schuldgefühle, die ihre Tochter ihr schickte. „Du bist minderjährig."

„Offensichtlich, Mutter", sagte Chloe und zog an der Kordel eines rosa Kapuzenpullis unter ihrer weißen Puffjacke. Sie sah aus wie zwölf, nicht wie sechzehn. „Ich habe Katie gesucht und jetzt habe ich sie gefunden."

„Ich glaube, du solltest nach Hause gehen", sagte Lottie, der bewusst war, dass sie nun im Mittelpunkt der schweigenden Aufmerksamkeit standen. „Warte draußen auf mich. Ich komme in einer Minute nach."

Chloe drehte sich um, ihr blondes Haar wippte auf ihrem Kopf, und sie marschierte aus dem Pub.

„Machen Sie sich keine Sorgen um sie", sagte Lynch. „Es wird schon besser werden."

„Wann?", fragte Lottie. „Das ist es, was ich gerne wüsste. Es wird immer schlimmer." War das ein Grinsen auf Lynchs Lippen?

Sie musste Lynch genauer im Auge behalten. Sie glaubte nicht, dass sie ihr überhaupt trauen durfte.

Sie ignorierte ihren nicht ausgetrunkenen Wein und zog sich ihre Jacke an. „Wir sehen uns alle morgen früh um sechs Uhr. Danke für die Drinks. Sie haben was gut bei mir."

„Soll ich euch fahren?", fragte Boyd. Er blieb sitzen.

„Wir gehen zu Fuß. Ich möchte wieder einen klaren Kopf bekommen. Trotzdem, danke."

„Hüten Sie sich vor Straßenräubern", sagte Kirby.

Lottie blieb einen Moment vor Katie und ihren Freunden stehen, sagte nichts und ging weiter.

Boyd, Kirby und Lynch sagten auch nichts. Sie tranken ihre Getränke und lauschten dem Knistern des Feuers.

Draußen vor dem Pub, als sie die Kapuze gegen den Schneesturm über den Kopf zog, dachte Lottie, dass es manchmal einfacher war, gegen das Wetter anzukämpfen als gegen den tosenden Sturm, der in ihrem Inneren tobte. Chloe hakte sich bei ihr unter und endlich fühlte Lottie sich warm.

Der Mann blieb in der dunklen Ecke sitzen, von der Menschenmenge im Pub verdeckt, bis die Kriminalbeamten nach einer weiteren Runde Drinks endlich gingen. Er war sicher, dass sie ihn nicht bemerkt hatten. Aber er erreichte langsam den Punkt, an dem es ihm so oder so egal war. Als der Junge mit dem Nackentattoo zur Bar ging, gesellte er sich zu ihm.

„Möchtest du ein Bier?", fragte er und bestellte eines für sich.

„Nein, danke. Ich bin mit Freunden da."

„Bist du sicher?" Er winkte mit einem Fünfziger.

„Würden Sie sich verpissen?"

Der Mann starrte einen Moment lang in die dunklen Augen, bevor er sein Pint bezahlte und das Wechselgeld einsteckte. Und als er sich entfernte, strich er, indem er es so zufällig wie möglich erscheinen ließ, mit der Hand über die Wirbelsäule des jungen Mannes und fühlte die Wirbel unter dem Baumwoll-T-Shirt.

„Oh, Entschuldigung", sagte er. „Ziemlich voll hier heute Abend." „Hauen Sie ab, Sie perverses Schwein."

Der Mann kehrte in die Ecke zurück; seine Finger kribbelten und sein Körper wurde hart. Das Warten war unerträglich. Er würde etwas dagegen tun müssen.

Tom Rickard saß auf der Bettkante und band sich die Schnürsenkel.

„Habe ich dir gesagt, wie schön du bist?", fragte er.

„Nur alle fünf Sekunden in der letzten Stunde", antwortete die Frau, deren langes Haar ihr Gesicht umrahmte. „Tom, ich weiß nicht, wie lange ich noch so weitermachen kann." Er seufzte, als sie das Laken bis zum Hals hochzog; ihr feuchter Körper zeichnete sich verführerisch darunter ab und eine silberne Kette hing an einer schimmernden Schulter herunter.

„Sag das nicht." Er drehte sich um, beugte sich vor und küsste sie hart auf die Lippen.

Sie rappelte sich in eine sitzende Position. Dabei rutschte das Laken herunter und entblößte ihr Fleisch, warm und einladend. Er wollte sie schon wieder. Hatte er Zeit?

„Es wird immer schwieriger, Ausreden zu erfinden", sagte sie. „Und eines Tages wird uns jemand sehen, wie wir hierherkommen und wieder gehen." Sie hielt inne. „Tom, hörst du mir zu? Sie dir diesen Ort an. Wie lange können wir so weitermachen? Ich hasse es."

Er traute sich nicht, etwas zu sagen. Er nahm seine Jacke von dem schmalen Holzstuhl und zog sie über sein zerknittertes lila Hemd. Er musterte den Raum und sah ihn als das, was er war. Ein dürftiger elektrischer Heizstrahler mit zwei Heizstäben in einer Ecke, abblätternde Farbe, die von der feuchten Decke tropfte, und rissige Holzdielen, an denen sie sich beide schon mehr als einmal die Füße aufgeschnitten hatten. Seine Lust hatte den Raum in ein Liebesparadies verwandelt. Das schöne Geschöpf auf dem knarrenden Bett verdiente mehr als einen uralten Schlafsaal. Aber sie waren zu gut bekannt, um ihre Stelldicheins in Hotels zu haben. Schon gar nicht jetzt, wo Melanie um ihn herumschnüffelte. „Können wir das ein andermal besprechen?" Er setzte sich wieder auf die Bettkante.

„Es gibt keinen Grund, mit mir zu reden, als wäre ich eine deiner jüngeren Angestellten. Du kannst mich nicht einfach für einen Quickie in deinem Terminkalender einplanen und dich dann zu Mrs Versace Rickard verpissen. Wir sollten nicht einmal hier drin sein, ganz abgesehen davon, was wir tun, wenn wir hier sind." Sie ließ sich auf das feuchte Kissen sinken und schloss die Augen.

„Gib mir noch ein bisschen Zeit. Ich arbeite dran. Ehrlich. Wir werden es schaffen. Zusammen."

„Und wie stellst du dir das vor? Wach auf, Tom. Du machst dich lächerlich."

„Willst du raus?", fragte er, entsetzt bei dem Gedanken, dass sie tatsächlich zustimmen könnte.

„Nein. Ja. Ich weiß nicht. Was wir machen, ist falsch." Sie drückte ihre Augen zu.

„Bald, ganz bald. Ich bin fast so weit. Tu nichts Überstürztes. Noch nicht. Gib mir Zeit."

Ihre Augen blitzten auf und er zitterte unter der Intensität ihres Blickes. Dann schien sie nachzugeben.

„Gib mir einen Kuss und ich ziehe mich an. Wir können zusammen gehen. Dieser Ort lässt mir das Blut in den Adern gefrieren."

Er beugte sich vor, fuhr mit der Zunge über ihre Schulter, saugte an der Kette in der Kurve, presste seinen Mund fest auf den ihren und überfiel sie mit einem heftigen Kuss. Ein spitzer

Schrei entwich ihren Lippen, und er merkte, dass sie am Mund blutete.

„Warum hast du das getan?", schrie sie und stieß ihn weg. Sie sprang aus dem Bett und zog ihre Unterwäsche an. Der Geruch von Sex haftete an ihrer Haut, moschusartig, wie Parfüm von gestern. „Manchmal weiß ich nicht, was ich von dir halten soll", fauchte sie, wobei jedes Wort von Empörung durchzogen war.

„Es tut mir leid", sagte er. Die Frustration darüber, dass er sie letzte Nacht auf dem Ball nicht berühren konnte, wucherte in ihm wie ein Tumor. Er konnte nicht genug von ihr bekommen. „Es tut mir leid", wiederholte er.

„Mir auch. Es tut mir leid, dass ich mich in dieses schäbige Schlamassel habe verwickeln lassen." Sie machte den Reißverschluss an ihrem Kleid zu. „Ich bin mir nicht sicher, ob ich noch länger mit dir zusammen sein will."

„Sag das nicht. Ich liebe dich. Wir sind füreinander bestimmt", flehte er.

„Siehst du. Genau das meine ich." Sie knöpfte ihre Strickjacke zu, dann ihren Mantel. „Du bist manchmal so unreif. Ich erlebe das nicht zum ersten Mal. Ich habe gesehen, wie Männer unter der Last von Affären zusammenbrachen. Und du entwickelst dich genau wie der Rest."

Er sah zu, wie sie den Gürtel an ihrem Mantel zuzog. Als sie ihn auslachte, ging es ihm durch Mark und Bein. Er stand mit offenem Mund da.

„Ach, komm schon. Du glaubst doch nicht ernsthaft, dass ich zum ersten Mal in so einer Situation bin. Werde erwachsen." Sie lachte wieder, hob ihre Handtasche auf und hängte sie sich über die Schulter. „Du musst dir einen anderen Ort für deinen regelmäßigen Fick suchen. Ich werde nie wieder einen Fuß hier hineinsetzen."

Sie knallte die Tür zu. Die Fenster klapperten, und er spürte, wie sich sein Herz zusammenzog. Tom Rickard setzte sich auf die fleckigen Laken und schüttelte den Kopf. Erst rastete Melanie aus, nun seine Geliebte. Dazu kamen das finanzielle Chaos, in dem er stecken würde, wenn das St Angela's-Projekt scheiterte, und Detective Inspector Lottie Parker mit ihrer Schnüfflernase, und er fragte sich, ob es noch schlimmer werden konnte.

Dann fing er an zu lachen.

Er hatte schon Schlimmeres konfrontiert und war auf der anderen Seite wieder herausgekommen. Diesmal würde es nicht anders sein. Er war ein Problemlöser und würde auch dieses Problem lösen.

56

Es schneite stark, als sie nach Hause gingen, und die kalte Luft half, den Wein in Lotties Blutkreislauf zu verdünnen. Sie stapfte mit ihrer Tochter schweigend dahin; das Wetter war zu miserabel, um zu reden, und sie schaute ständig über ihre Schulter, um sicherzugehen, dass sie nicht verfolgt wurde. Sie wollte nicht paranoid sein, aber sie hatte dennoch Angst, dass der Straßenräuber wieder zuschlagen könnte.

Zu Hause angekommen, hängte sie ihre Jacke über das Treppengeländer und Chloe ging ins Wohnzimmer. Sean lag auf der Couch und zappte wahllos durch die Fernsehkanäle. Chloe warf sich auf den Stuhl ihm gegenüber und verschränkte die Arme. Der Raum war warm, die Stimmung kalt.

„Es tut mir leid", sagte Lottie. „Ich hätte nach der Arbeit direkt nach Hause kommen sollen. Aber es war ein langer Tag und ich musste mich erst ein bisschen entspannen." Sie lehnte sich an die Tür und beobachtete ihre Kinder. Warum musste sie sich rechtfertigen? Schuldgefühle?

Chloe sprang von ihrem Stuhl auf und lief zu ihr hin.

„Nein, mir tut es leid", sagte sie, schlang ihre Arme um Lottie und umarmte sie. „Ich hatte Angst, du könntest dabei sein, dich zu besaufen. Das ist der wahre Grund, warum ich zum Pub gegangen bin."

Lottie war froh über die Besorgnis ihrer Tochter.

„Du brauchst dir um mich keine Sorgen zu machen", sagte sie. „Ich hatte nur zwei. Ich werde das nicht zu einem regelmäßigen Ereignis machen."

„Du brauchst nicht zu denken, dass ich dich umarmen werde", sagte Sean und lächelte sie über seine Schulter hinweg an. „Ich brauche eine neue PlayStation."

„Deine ist erst zwei Jahre alt. Was stimmt mit ihr nicht?", fragte Lottie und befreite sich von Chloe.

„Sie stürzt ständig ab. Niall hat sie sich angesehen und gesagt, dass sie fast am roten Licht des Todes ist. Sie kann nicht repariert werden", erklärte Sean. „Und ich habe sie seit vier Jahren, nicht zwei. Ich habe sie bekommen lange bevor Papa gestorben ist."

„Und Niall ist ein Experte, ja?"

Lottie wusste, dass Seans bester Freund ein Meister darin war, Dinge auseinanderzunehmen und wieder zusammenzusetzen. Sie hoffte, dass er sich irrte. Rotes Licht des Todes? Was zur Hölle war das? Ihr Budget reichte nicht für eine neue PlayStation.

„Er *ist* ein Experte. Wann kann ich eine neue kriegen?", bat Sean flehentlich, wobei der kleine Junge in ihm den Teenager überstimmte. „Ich habe etwas Geld auf der Bank."

„Dein Geld kannst du nicht anrühren. Du weißt, dass es in einem Treuhandfonds verwahrt wird, bis du einundzwanzig bist." Sie hatte das Geld aus Adams kleiner Lebensversicherung auf speziellen Konten für die Kinder angelegt.

„Das weiß ich. Aber ich habe ein paar Hundert auf meinem eigenen Konto", schmollte Sean.

„Ich werde sehen, was ich tun kann. In ein paar Tagen gehst du wieder zur Schule, also wirst du lernen", sagte sie hoffnungsvoll. „Dann hast du keine Zeit für die PlayStation."

„Ohne FIFA und GTA werde ich sterben. Im Fernsehen läuft nichts." Lottie seufzte. Vielleicht sollte sie ihr Sky-Abo kündigen. „Komm, Chloe, lass uns nachsehen, ob es in der Küche noch etwas anderes als Bechernudeln gibt."

Sean begann wieder, von einem Kanal zum anderen zu

schalten und entschied sich für eine Wiederholung von *Breaking Bad*.

Lottie war sich nicht sicher, ob das für einen Dreizehnjährigen geeignet war, hatte aber nicht die Kraft zu protestieren.

57

Mike O'Brien hatte die Bank in mieser Laune verlassen, nachdem
er Rickards Kreditkonto an die Zentrale geschickt hatte. Er wusste,
dass es ein Nachspiel haben könnte. Eines Tages. Aber jetzt noch
nicht. Er hatte die Zahlen so gut er konnte geschönt. Jetzt konnte
er nur noch warten und hoffen, dass das Konto in der Cyberwelt
verloren ging. Die Ablenkung auf dem Heimweg hatte wenig dazu
beigetragen, seine Gereiztheit zu mindern.

Er saß mit seiner orange-gestreiften Katze auf dem Schoß, wie
er es an den meisten Abenden tat. Klassische Musik aus den Laut-
sprechern der Musikanlage erfüllte die Luft. Normalerweise
entspannte sie ihn. Heute Abend nicht.

Er kaute an seinen Nägeln und streichelte das schnurrende
Tier. Die meiste Zeit seines Lebens verbrachte er allein. Er mochte
es so. Einsamkeit und Alleinsein gingen bei ihm Hand in Hand. Er
war noch nie jemand gewesen, der Freundschaften einging, ganz
zu schweigen von Beziehungen. Er hatte ein paar Bekannte im
Fitnessstudio, darunter Boyd, der Kriminalbeamte. Aber sie waren
keine Freunde. Seine sexuellen Unzulänglichkeiten hatten sein
Zugehörigkeitsgefühl beeinträchtigt. Er hatte gelernt, damit zu
leben. Hatte Wege gefunden, es zu ersetzen. Nicht immer
geschmackvoll, aber er überlebte. Und es waren nur noch ein paar
Monate, bis die Hurling-Saison wieder anfing. Er vermisste es, die

jungen Burschen zu trainieren. Die Aktivität half, die Frühlings-
abende zu füllen.

Die Türklingel ertönte und riss ihn aus seiner Träumerei.

O'Brien setzte die Katze auf den Boden und sah sich wild um.
Hatte die Zentrale bereits die Kriminalpolizei geschickt? Konnten
sie seinen betrügerischen Aktivitäten mit den Rickard-Darlehen so
schnell auf die Spur gekommen sein? Das war Wahnsinn. Nicht
um neun Uhr abends.

Er stellte die Musik aus, zog den Vorhang zurück und spähte in
die Dunkelheit. Am Stadtrand zu wohnen hatte seine Nachteile,
zumal sein Haus mitten in einer von Rickards Geistersiedlungen
stand. Fünfundzwanzig Häuser, eingeschlossen hinter hohen
Mauern, war der ursprüngliche Plan gewesen, aber nur die Hälfte
war fertiggestellt, und die Errichtung von Toren mit Gegensprech-
anlage hatte nicht stattgefunden. Der Rest verschwand hinter
verrosteten Gerüsten, und der Wind heulte durch fensterlosen
Beton. Das Geräusch hallte durch O'Briens Schädel.

Er zog sich vom Fenster zurück, sein Spiegelbild im Glas war
alles, was blieb. Er ließ den Vorhang fallen und glättete die Falten.

Es klingelte ein zweites Mal.

Er fluchte und ging, um die Tür zu öffnen.

Bischof Connors Gesicht war von düsterer Unruhe geprägt.

„Lassen Sie mich rein, bevor mich jemand sieht", sagte er und
schob sich an O'Brien vorbei.

„Was ist los?", fragte O'Brien mit einem zögernden Lächeln. Er
schloss die Tür, nachdem er sich vergewissert hatte, dass niemand
sonst draußen war.

„Ich hasse Katzen." Bischof Connor ging geradewegs ins
Wohnzimmer und beäugte die rote Katze, die unter einem Queen-
Anne-Stuhl kauerte.

O'Brien ballte seine Hände zu festen Fäusten. Dies war sein
Zuhause.

„Ich nehme Ihren Mantel", sagte er und rettete ihn von der

Couchlehne, wo Connor ihn hingeworfen hatte. Ein Katzenhaar hing an einer Schulter. O'Brien zupfte es weg und hängte den Mantel in den Flur.

Als er zurückkam hielt Connor die zerbrechliche Lladro-Figur eines kleinen Jungen in der Hand.

„Ihr Dekor könnte ein Lifting gebrauchen", sagte Connor und stellte die Keramikstatuette zurück auf den Kaminsims.

„Für mich ist es gut genug. Ich sehe keinen Grund, unnötig Geld zu verschwenden."

„Ah, ja. Immer der Bankier."

„Einen Drink?", fragte O'Brien.

Er goss großzügige Fingerbreit Whiskey in zwei Kristallgläser und reichte eines Connor. Sie stießen an, blieben stehen und nippten an dem Alkohol.

„Diese neugierige Inspector Lottie Parker steckt überall ihre Nase hinein", sagte Connor.

„Sie hat einen Job zu erledigen."

„Sie weiß, dass ich diese Sullivan getroffen habe, und sie schnüffelt wegen Pater Angelotti herum."

„Das hatte nichts mit Ihnen zu tun", sagte O'Brien. „Nicht wahr?"

„Ich möchte nicht, dass sie noch mehr Punkte miteinander verbindet."

„Was ist mit Ihrem Freund, Superintendent Corrigan? Kann er nicht helfen?"

„Ich glaube, diesen Aspekt der Freundschaft habe ich ausge-schöpft."

„Setzen wir uns?" O'Brien deutete auf einen Stuhl. Unter dem Stuhl schmollte die Katze.

„Ich stehe lieber", sagte Connor und positionierte sich mitten im Raum.

O'Briens Beine fühlten sich schwach an, er hätte sich gerne gesetzt, blieb aber stehen.

„Was soll ich tun?"

„Schaffen Sie sie mir vom Hals. Wir müssen ihren Fokus auf

etwas anderes lenken."

„Und was schlagen Sie vor?", fragte O'Brien, während ihn ein Gefühl der Hilflosigkeit überschwemmte. Seine Kehle schnürte sich zusammen, also nahm er noch einen Schluck Whiskey. Lottie Parker hatte ihn gestern in seinem eigenen Büro lächerlich gemacht. Am liebsten würde er sie dafür bezahlen lassen, aber was konnte er tun?

„Was ist mit Tom Rickard? Was hat er dazu zu sagen?"

„Ich spreche mit Ihnen, nicht mit Rickard", sagte Connor, seine Stimme hart wie Stahl.

Der Raum wirkte kleiner mit dem Bischof darin. O'Brien schwitzte unkontrolliert und das Glas rutschte leicht in seiner Hand. Er stellte es auf den Kaminsims hinter ihm.

„Sie und ich wissen, wie wichtig es ist, dass nichts aufgedeckt wird." Mit einem Schritt trat Connor sehr nah an O'Brien heran. Er schnippte dem Bankier eine Schuppenflocke von der Schulter. „Geheimnisse müssen genau das bleiben. Geheimnisse."

O'Brien wich einen Schritt zurück. Sein Knöchel prallte gegen das Kamingitter. Er konnte nirgendwo hin. Die beiden Männer standen sich Auge in Auge gegenüber. Der saure Whiskeygeruch drehte ihm den Magen um. Connor trug kein Collar und seine Halsschlagader pochte sichtbar in seinem nackten Hals. Wie hypnotisiert beobachtete er, wie sie sich ausdehnte und zusammenzog, und stellte sich vor, wie sie Blut in das Herz des Bischofs pumpte, falls er eines hatte. Er hielt den Atem an.

„Was meinen Sie damit?" fragte O'Brien schließlich.

„Muss ich es für Sie buchstabieren?"

„Nein ... nein, ich glaube nicht."

Connors Augen verfinsterten sich. Er stellte sein Glas neben den Lladro-Jungen und legte seine Hände auf O'Briens Schultern.

„Gut. Ich kann es mir nicht leisten, bei diesem Deal zu verlieren", sagte Connor. „Sie sind der Geldmann. Sie sorgen dafür, dass meine Finanzen und ... alles andere geheim bleiben."

Jedes Wort hallte durch den Raum. Er schüttelte O'Brien einmal, nahm die Hände von seinen Schultern, nahm sein Whiskeyglas, trank es aus und stellte es zurück auf den Kaminsims. Er wandte sich ab. Erst dann atmete O'Brien aus.

„Ich hasse Katzen", sagte Connor noch einmal auf dem Weg in den Flur. O'Brien schwieg. Er konnte nichts sagen. Der Atemgeruch des Bischofs ließ ihn fast ersticken. Er lehnte sich an den Kamin, um Halt zu finden.

Connor zog seinen Mantel an.

„Sie müssen mich nicht hinausbegleiten", sagte er.

Erst als die Katze unter dem Stuhl hervorkam und sich an seinem Bein rieb, bewegte sich O'Brien.

Um die Position eines Grafschaftsratsvorsitzenden zu erreichen, brauchte es viel harte Arbeit, Köpfchen und einen guten Geschäftssinn. Es half auch, wenn der eigene Vater einmal Grafschaftsratsvorsitzender gewesen war. Gerry Dunne war kein Narr, er wusste, dass sein Vater hinter den Kulissen die Fäden gezogen hatte, um seinen Erfolg zu sichern. Jetzt bedauerte er es. Der Job brachte ihm zu viele Probleme, bei denen er die letzte Entscheidung hatte. Er hasste es, schwierige Entscheidungen zu treffen, besonders wenn er dafür verantwortlich gemacht werden würde.

Er hatte das Büro früher verlassen, kehrte aber zurück, um die Akte noch einmal zu überprüfen, und verfluchte im Stillen seinen aufdringlichen Vater. Er blätterte durch die Bauantragsakte von St Angela's und war dankbar, dass James Brown sie ihm kurz vor seinem vorzeitigen Tod zur endgültigen Prüfung übergeben hatte. Legte sie in seine Schreibtischschublade. Schloss sie ab. Das Projekt war nicht so umstritten, wie es sein sollte, denn es war ihnen gelungen, den Bebauungsplan zu umgehen. Aber Tom Rickard wollte doppelt sicher sein, also war er bereit, noch mehr Geld zu zahlen. Dunne hatte nicht vor, das Angebot abzulehnen. Er hoffte, dass er die Sache bald vergessen und mit seinem Leben weitermachen können würde, ohne dass Rickards Krallen überall an ihm kratzten. Er schaute hinaus auf den fallenden Schnee und

fragte sich, woher zum Teufel er genug Salz für den Rest der
Woche beschaffen sollte.

Er nahm seinen Mantel, knipste das Licht aus und machte sich
auf den Weg nach Hause. Noch nie in seinem Leben hatte er sich
so unter Druck gefühlt.

Mike O'Brien drehte die Dusche voll auf und ließ das heiße
Wasser seine Haut zwicken. Er stand in der Kabine und fühlte
sich sehr klein.

Dämonen krochen innen an seiner vernarbten Epidermis
entlang und ließen ihn panisch nach Luft ringen. Er zwang sie
weg. Er mochte es nicht, an die Vergangenheit erinnert zu werden.
Sie war begraben. Endgültig. Niemand würde sie wieder aufer-
stehen lassen. Niemand. Er schrubbte fester, sodass seine Fingernägel rote Streifen an seinen Armen und seinem Oberkörper
hinterließen. Er versuchte, die eskalierende Wut, die ihn zu über-
fluten drohte, zu unterdrücken.

Er musste der seelischen Qual, die sein Gehirn schnell über-
mannte, entfliehen. Er drehte das Wasser ab und ließ die Badezim-
merluft seinen nackten Körper kühlen.

Es gab nur einen Weg, seine innere Pein zu beruhigen.

Er zog sich an, fütterte seine Katze und ging hinaus in die
Nacht.

Bischof Terence Connor fuhr eine Weile herum, dann parkte er
und blieb lange Zeit im Auto sitzen. Er ging immer wieder seine
Begegnung mit O'Brien durch.

Er machte sich Sorgen, dass er vielleicht zu viel Druck
gemacht hatte. Seine Verzweiflung war dabei, die Oberhand zu
gewinnen. Es war ins Wespennest gestochen worden und zu viele
Wespen waren entwischt. Er musste die Lage dringend unter
Kontrolle bringen. Er brauchte nicht noch eine tickende Zeit-
bombe, außerdem musste er sicherstellen, dass Tom Rickard

seinen Teil der Abmachung einhielt. Sie steckten alle gemeinsam da drin. Drastische Zeiten erforderten extreme Maßnahmen. Er fragte sich, ob sie alle dazu bereit waren.

Er saß lange da und schaute durch den Schneeregen auf den gefrorenen See hinaus und stellte sich vor, wie er an einem sonnigen Tag auf der neuen St Angela's-Anlage Golf spielte. Ja, dachte er, am Horizont zeichneten sich gute Tage ab.

58

„Ich hatte Besuch von unserem Freund, dem Bischof", sagte O'Brien und ließ sich in einem Sessel nieder.

„Was will der hässliche Dreckskerl denn jetzt?", fragte Rickard und bot O'Brien einen Drink an.

O'Brien schüttelte den Kopf.

„Ich fahre, und ich habe schon ein paar getrunken."

„Wie Sie wollen." Rickard schenkte sich einen Drink ein. „Sie sehen nervös aus."

„Nun ja, er hat so eine Art, die mir eine Scheißangst einjagt."

Tom Rickard lachte laut auf. „Ach, kommen Sie schon, seien Sie nicht so ein Wichser. Was wollte er?"

„Er mag es nicht, dass die Gardaí, insbesondere Inspector Parker, in unseren Geschäften herumschnüffeln."

„Zu spät. Zwei der Opfer haben eine Verbindung zu unserem Projekt, wenn auch eine schwache. Aber wir haben nichts zu verbergen." Rickard musterte O'Brien. „Oder?"'

„Nein ... nein. Ich glaube nicht."

„Sie glauben nicht?" Rickard sah drohend auf O'Brien herab. „Ich hoffe, Sie sind sich sicher."

„Es ist nur ... alle diese Kredite. Ich stecke tief in der Scheiße, wenn Sie sie nicht bald zurückzahlen."

„Das hat nichts mit unserem gemeinsamen Freund zu tun."

„Ihre Kredite stützen den Deal."

„Ich kenne mich aus in meinem Geschäft." Rickard ging um sein weißes Ledersofa herum. „Es wäre besser für Bischof Connor, wenn er sich um seine eigenen Angelegenheiten kümmern würde."

„Es gibt noch andere Dinge …"

„Wovon reden Sie?"

„Ich … kann ich nicht sagen. Aber wenn sie rauskommen …"

„Herr Gott nochmal! Spucken Sie es aus."

„Sie brauchen es nicht zu wissen."

„Ich warne Sie jetzt, wenn die Gardaí etwas finden, wovon ich nichts weiß, ist dieser Deal vom Tisch. Haben Sie mich verstanden? Vom … Tisch." Rickard knallte sein Glas hin, sodass Whiskey auf die Sofalehne spritzte. Dieser Abend wurde immer schlimmer.

„Das ist doch nicht Ihr Ernst?", sagte O'Brien und seine Augen weiteten sich vor Bestürzung.

„Oh doch, das ist es. Wenn Sie und Connor hinter meinem Rücken etwas ausgeheckt haben, mache ich einen Rückzieher." Rickard verschränkte die Arme über seinem dicken Bauch. „Was wird dann aus Ihnen beiden?"

„Ich … ich … ich …" O'Brien stand auf und fuchtelte mit den Händen in der Luft herum.

„Ich mag Sie nicht, O'Brien. Aber wissen Sie was? Ich muss Sie nicht mögen."

„Warum nicht?"

„Sie kennen mich, ich nenne die Dinge beim Namen und Sie sind der Dreck, der darauf wartet, aufgeschaufelt zu werden. Also sorgen Sie dafür, dass das Geld in Sicherheit ist, und bleiben Sie mir vom Leib." Rickard ging zur Tür und öffnete sie. „Verschwinden Sie aus meinem Haus."

„Ich … ich gehe."

„Wissen Sie was, O'Brien?"

„Was?"

„Sie putzen sich schick heraus mit Ihren diamantenen Manschettenknöpfen und Designeranzügen, aber diese Verkleidung kann nicht darüber hinwegtäuschen, dass Sie ohne Ihre Kostüme ein Schwindler sind."

„Sie beleidigen mich", sagte O'Brien. War Lottie Parker nicht zu demselben Schluss gekommen? Welches Recht hatten die beiden, ihn so zu behandeln? Er ließ den Kopf hängen.

„Raus", rief Rickard. „Beleidigungen sind nichts im Vergleich zu dem, was ich tun werde, wenn Sie jetzt nicht gehen."

O'Brien huschte zur Tür hinaus.

Rickard schenkte sich noch einen Drink ein und ging zum Fenster.

„Diese elende Ratte", sagte er.

Er schob den Vorhang beiseite, sah O'Briens Rücklichter die Auffahrt hinunter verschwinden, ließ den Vorhang wieder zufallen, schluckte seinen Whiskey und ging zu seinem Bartisch. Er mochte es nicht, im Dunkeln gelassen zu werden, und O'Brien hatte angedeutet, dass es etwas gab, von dem er hätte wissen müssen. Dieser Fiesling hatte zu viel Angst vor dem Bischof. Was hatte Connor gegen O'Brien in der Hand? Aber in einem Punkt hatte der Bankier recht, schloss Rickard. Sie konnten es nicht gebrauchen, dass Kommissarin Lottie Parker ihnen das Projekt vermasselte. Die Dinge waren dabei, ein wenig außer Kontrolle zu geraten.

Er goss sich noch zwei Fingerbreit Whiskey ein und trank gierig. Die Tür öffnete sich und Jason schlenderte in den Raum, Hand in Hand mit Katie Parker. Melanie folgte ihnen. Rickard starrte das junge Mädchen an und hatte nur ihre Mutter vor Augen.

„Ich glaube, du solltest nach Hause gehen, junge Dame", sagte er und zeigte mit seinem Glas auf sie.

„Warum?", fragte Jason und legte seinen Arm um Katie.

„Weil ihre Mutter eine verdammte Kriminalkommissarin ist, darum."

„Das ist kein Grund", sagte Jason. „Du bist betrunken."

„Wage es nicht, mich infrage zu stellen", brüllte Rickard und trat näher an die beiden heran.

„Okay, dann stell du mich nicht infrage", antwortete Jason und zog Katie fester an seine Seite.

Tom Rickard ballte die Faust, holte aus und schlug seinem Sohn auf die Wange. Das Glas purzelte aus seiner anderen Hand auf den Boden und zerbrach. Er schlug den Jungen ein zweites Mal, voll auf den Kiefer. Jason fiel zu Boden.

Katie schrie auf, drehte sich um und flüchtete.

59

Lottie stellte die Teller in den Geschirrspüler, fegte den Boden und steckte die zweite Ladung des Abends in die Waschmaschine. Auf allen Heizkörpern trocknete Wäsche und sie drehte das Thermostat des Heizungskessels höher. Im Haus war es heiß und der frische Duft von Weichspüler schwebte in der Hitze umher.

Sie unterdrückte ein Gähnen, streckte die Arme und überlegte, was sie zu dieser nächtlichen Stunde sonst noch zu tun hatte. Sie sah sich in der Küche um und fühlte sich wohl in ihrem eigenen Haus. Es war kein Palast, aber es war ihr Zufluchtsort; ein Heim für sie und ihre Kinder. Sie wünschte, sie könnte die ganze Zeit hier sein. Aber das kam nicht in Frage. Vielleicht sollte sie ihre Mutter bitten, ein paar Stunden Hausarbeit zu machen? Vielleicht auch nicht, dachte sie grimmig. Aber in Wirklichkeit wusste sie, dass sie sich bald mit Rose würde versöhnen müssen. Immerhin war sie ihre Mutter und sie liebte sie, trotz allem, was Rose in der Vergangenheit getan hatte. Wenn sie nur die Wahrheit herausfinden könnte. Ein weiterer Punkt auf ihrer To-Do-Liste. Sie spielte ihr Gespräch mit Rose über Susan Sullivan im Kopf noch einmal ab. Vielleicht hatten die Morde etwas mit Susans Suche nach ihrem Kind zu tun?

Die Haustür ging auf, knallte zu, und Schritte polterten die Treppe hinauf.

„Katie?", rief Lottie.

Keine Antwort. Sie ging ihrer Tochter nach und fand sie, wie sie in ihr Kissen schluchzte. Lottie setzte sich auf den Rand der Matratze und legte ihre Hand auf Katies Schulter.

„Du bist klatschnass. Bist du zu Fuß nach Hause gegangen?" Sie wischte Schneeflocken aus dem Haar ihrer Tochter.

„Du bist schuld", schniefte Katie. „Du und dein Job. Du hast mir alles kaputt gemacht. Wie immer."

„Wovon redest du?"

Lottie wusste, dass das Mädchen vorhin in Danny's Bar wahrscheinlich halb bekifft gewesen war, aber jetzt waren ihre Augen weit vor Wut, Schlieren von Wimperntusche schwärzten ihre kreideweißen Wangen, und das Kind, das Lottie einst großgezogen hatte, war nirgends zu sehen. Sie hatte keine Ahnung, wie sie mit Katies Kiffen umgehen sollte, obwohl sie verdammt gut darin war, die Mütter von Junkies zu beraten, die sie durch ihren Job kennenlernte. Sie musste das Problem ansprechen. Sie würde mit diesem Rickard-Jungen reden und ihn und seine Drogen weit von ihrer Tochter fernhalten müssen. Boyd würde ihr helfen.

„Missus *Detective Inspector*", fauchte Katie. „Du hältst dich für so wichtig, wie du im Pub sitzt mit deinen drei Handlangern. Ganz groß und mächtig. Weißt du was? Du bist nur eine Säuferin. Nichts weiter. Eine Säuferin! Du hast mein Leben ruiniert." Sie vergrub ihr Gesicht im Kissen, um ihr Weinen zu unterdrücken.

Lottie sprang auf; die Worte verursachten ein Brennen auf ihrer Haut wie eine allergische Reaktion. Sie konnte nicht sprechen. Sie rang die Hände und schluckte die Demütigung herunter. Sie zählte die Poster an der Wand. Sie zählte die Lidschattendosen auf dem Schminktisch. Sie zählte die Schuhe, die neben dem Bett aufgereiht waren. Sie sah sich wild im Zimmer um. Panik und Schmerz trieben ihr die Tränen in die Augenwinkel. Sie wollte ihre Tochter beruhigen und trösten, aber sie wusste nicht, wie.

Katie hob ihren Kopf vom Kissen.

„Jasons Vater hat ihn heute Abend geschlagen", wimmerte sie, wieder das kleine Mädchen, das Lottie kannte und liebte. „Ich habe schließlich ein Taxi genommen, nachdem ich kilometerweit gelaufen war. Im Schnee. In der Dunkelheit. Ich hatte solche Angst."

„Oh mein Gott. Du hättest mich anrufen sollen. Komm, ich helfe dir aus den nassen Klamotten und dann gehst du schlafen."

„Wie konnte er ihn schlagen?" Katie setzte sich auf und kämpfte sich aus ihrer feuchten Jacke.

„Ich weiß nicht, warum Menschen so etwas tun", sagte Lottie. „Ich weiß es ehrlich nicht."

Alles, woran sie denken konnte, war, wie ihre wilde Tochter in einer dunklen Winternacht die Straße am See entlangging. Und bei Jane Dore im Totenhaus lagen drei Mordopfer.

Hatte sie ihren Kindern gar nichts beigebracht?

60

Nachdem Jason aus dem Haus gestürmt war, beobachtete Tom Rickard, wie Melanie sich von ihm abwandte, das Gesicht verzerrt von einer Mischung aus Angst und Abscheu.

Seine Hand zitterte, als er sich noch einen Whiskey eingoss. Noch nie in seinem Leben hatte er seinen Sohn geschlagen. Welcher Teufel hatte ihn geritten, es jetzt zu tun? Egal was in seinen geschäftlichen Angelegenheiten vor sich ging, es war keine Rechtfertigung dafür, den Jungen zu schlagen.

Vielleicht sollte er einfach noch einen trinken.

Er lockerte seine Krawatte und schluckte die bernsteinfarbene Flüssigkeit.

Die Antworten waren wie die Schneeflocken am Fenster und verschwanden, bevor er sie zu fassen bekam.

Er hasste seinen Vater.

In dem Moment, als der Schlag seinen Kiefer getroffen hatte, hatte Jason ihn mehr verabscheut als alles und jeden auf der Welt.

Er war aus dem Haus gerannt, an seinem Auto vorbeigeeilt, hatte die Hände in die Jeanstaschen gesteckt und war die Allee hinuntermarschiert. Er war auf die Hauptstraße gebogen, ohne zu wissen, wohin er ging. Er wollte einfach nur weg. Er hoffte, dass

Katie okay war. Scheiße, er hatte sie allein nach Hause gehen lassen. In der Dunkelheit. Er blieb stehen. Er sollte sie anrufen. Ach du Scheiße! Er hatte sein Handy zu Hause auf dem Flurtisch liegen lassen, zusammen mit seinen Schlüsseln.

Und er war ohne seine Jacke aus dem Haus gegangen. Der Schnee drang durch sein T-Shirt bis in seinen Körper und klebte an ihm wie eine zweite Haut. Er war immer noch bekifft, aber ohne sein Telefon konnte er nirgendwo hingehen.

Als er kehrtmachte, um nach Hause zu gehen, erhellten Autoscheinwerfer die Straße hinter ihm. Als er merkte, dass er auf der falschen Seite lief, trat Jason in den Graben, um das Auto passieren zu lassen. Es wurde langsamer, blieb stehen und der Fahrer kurbelte das Fenster herunter.

„Kann ich dich mitnehmen?", fragte der Mann, indem er sich über den Beifahrersitz lehnte. Jason glaubte, ihn zu erkennen. Ein Freund seines Vaters? Der Mann aus der Bar? Er war sich nicht sicher, mit dem Dunst, der in seinem Kopf herumschwirrte. Aber er hatte nicht die Absicht, das Angebot abzulehnen.

„Danke. Ich weiß allerdings nicht, wohin ich will."

„Kein Problem", sagte der Mann. „Ich auch nicht."

Jason öffnete die Tür und setzte sich in die Wärme. Der Mann lächelte, legte den Gang ein und fuhr los. Die Scheibenwischer surrten hin und her und der Mann schaltete das Radio ein, um das monotone Summen zu übertönen.

Sie fuhren durch die Nacht und die klare Stimme von Andrea Bocelli erfüllte die Stille. Als der Schnee flatterte und erstarb, senkte sich ein scharfer Frost herab und ein heller Mond erhob sich hinter den Wolken. Jason fröstelte unter den eindringlichen Klängen des blinden Sängers und wusste, wie es sich anfühlte.

Mrs Murtagh parkte ihren Fiat Punto und hievte sich ihren Rucksack auf den Rücken. Sie kämpfte mit der großen Thermosflasche und den Plastikbechern, die schräg aus dem oberen Teil der Tasche ragten. Sie humpelte mit ihrem Gehstock und dachte, wie anstrengend das alles war, ohne Susans Hilfe.

Sie vermisste Susan. Warum war sie getötet worden? Hoffentlich hatte es nichts mit einem ihrer unglücklichen Kunden zu tun. Arme, verzweifelte Menschen. Tagsüber, verborgen vor den Augen der unachtsamen und gefühllosen Menschen von Ragmullin, verschmolzen Sie mit den Ziegelsteinen und dem Mörtel der Stadt. Nachts gehörten Sie zum Straßenbild.

Die Lufttemperatur sank schnell in den Minusbereich. Ihr Atem hing in der Luft und eilte ihr voraus, als sie auf dem eisigen Fußweg in Richtung von Careys Elektrofachgeschäft schlurfte. Sie stellte ihre Thermosflasche auf den Boden. Patrick O'Malley war normalerweise hier, entweder betrunken oder schlafend.

Aber als sie sich umsah, sah sie keine Spur von ihm. Sie guckte auf ihre Uhr. Dieselbe Zeit wie jeden Abend. Einen regelmäßigen Zeitplan einzuhalten, war Susans Idee gewesen. Damit sich diese Leute wenigstens auf eines verlassen konnten, hatte sie gesagt.

Mrs Murtagh seufzte tief. Sie nahm die Flasche und ging die

Straße weiter zu ihrem nächsten armen Kunden. Sie konnte nur hoffen, dass Patrick nicht irgendwo erfroren lag.

Höchstwahrscheinlich, dachte sie, war er sturzbetrunken.

Das Gebäude war dunkel, die Fenster – tiefe, hohle Löcher im Beton.

„Was machen wir hier?", fragte Jason und öffnete blinzelnd die Augen. Scheiße, er war eingeschlafen.

„Hier kannst du heute Nacht pennen", sagte der Mann und ließ den Motor im Leerlauf.

„Auf keinen Fall. Bringen Sie mich nach Hause. Ich brauche mein Telefon. Ich muss wissen, ob meine Freundin okay ist."

„Ich bin sicher, es geht ihr gut. Wer ist sie überhaupt?"

„Katie. Ihre Mutter ist eine Kriminalbeamtin."

„Wirklich?" Der Mann war einen Moment still. „Wie interessant."

„Ich muss nach Hause", sagte Jason, dessen Körper vor Kälte zitterte.

„Ich dachte, ihr jungen Leute liebt alle das Abenteuer. Ich wollte dir das Gebäude zeigen. Dir eine Lektion in Geschichte erteilen."

„Es ist spät und ich hasse Geschichte", sagte Jason. Er setzte sich gerade hin, während der Mann den Wagen manövrierte, die Scheinwerfer waren abgeblendet. Er konnte ihn nicht richtig sehen, aber er kam ihm irgendwie bekannt vor.

„Ja, aber dies wird eine interessante Lektion", beharrte der Mann. Er stellte den Motor ab.

„Es ist sehr dunkel", sagte Jason und bemühte sich, sich nicht wie ein kleiner Junge anzuhören.

„Komm schon", sagte der Mann und stieg aus dem Auto aus.

Jason stieg aus und zog seine feuchte Jeans bis zu Hüfte hoch.

Der Mann schaltete die Taschenlampe an seinem Telefon ein und ging die Stufen hinauf zu der großen, massiven Tür. Jason stand unentschlossen auf der untersten Stufe. Da er nicht allein im Dunkeln draußen bleiben wollte, folgte er ihm.

Die Tür knarrte, als der Mann sie mit der Schulter aufstieß. Er eilte hinein. Während er das Licht durch den marmorgefliesten Flur wandern ließ, rief er: „Schatz, ich bin zu Hause."

Er lachte. Das Geräusch, laut und hässlich, hallte von den Wänden wider. Und er ging auf die Treppe zu. Das Holzgeländer schien irgendeine Erinnerung in ihm wachzurufen; er strich mit den Fingern über das Holz und legte seine Wange darauf, als fühlte er die Glätte darunter.

Jason spielte mit dem Gedanken, die Treppe wieder hinunterzulaufen, durch das Tor hinaus und nach Hause. Aber sein Vater war ein totales Arschloch gewesen. Sein Kiefer pochte immer noch von der Wucht seiner Faust. Er sehnte sich nach einem Joint. Verdammt, wenn Katie bei ihm wäre, würden sie sich über diesen Scheißkerl im Treppenhaus kaputtlachen.

„Hier hinauf", sagte der Mann, stieg die Treppe nach oben und ließ Jason in der Dunkelheit hinter sich zurück.

Ein lautes Kreischen hallte hoch über ihren Köpfen wider.

„Was ist das?" Jason duckte sich.

Der Mann kicherte.

„Nur der Wind, der durch diese alten Flure pfeift", sagte er. „Oder Vögel. Ich weiß nie, was. Komm, ich will dir was zeigen."

Jason, kalt und nass, wollte unbedingt sehen, was da oben war. Die Wut auf seinen Vater schürte seine Entschlossenheit. Er stapfte die Treppe hinauf.

Was konnte schon passieren?

63

Lotties Telefon klingelte um viertel vor Mitternacht.

Sie war dabei, ihre Fallnotizen durchzugehen, und verfluchte die Tatsache, dass sie das Schwarzbrot von Mrs Murtagh in Boyds Auto vergessen hatte. Superintendent Corrigans Name leuchtete auf dem Bildschirm. Sie ignorierte ihn. Zu spät, um sich eine Tirade anzuhören. Das Handy verstummte. Gleich darauf begann es wieder zu klingeln. Da sie wusste, dass Corrigan nicht aufgeben würde, ging sie ran, ohne auf die Anrufer-ID zu schauen.

„Ja, Sir?"

„Das ist eine sehr offiziell klingende Begrüßung."

Lottie lächelte und klappte ihr Notizbuch zu.

„Pfarrer Joe. Schön, von Ihnen zu hören."

„Wie gehen die Ermittlungen voran?"

„Langsam ist eine Untertreibung."

„Kommen Sie mich in Rom besuchen. Das Wetter ist wunderbar. Kalt mit blauem Himmel."

„Hört sich gut an. Aber..."

„Sie fragen sich, warum ich Sie um diese Zeit anrufe, richtig?"

„Gedankenleser."

Er lachte. „Wie geht es Ihnen?"

„Gut", log Lottie.

Es ging ihr überhaupt nicht gut. Sie hatte Katie in den Schlaf gewiegt und war dann in die Küche zurückgekehrt, während die Worte ihrer Tochter in ihrem Kopf nachhallten. Eine Säuferin? Hatte das Mädchen recht? War es nicht das, was sie seit Adams Tod geworden war? Sie kontrollierte es die meiste Zeit, aber nicht völlig, und sie wurde immer abhängiger von ihren Pillen. Ein tolles Vorbild für ihre Kinder im Teenageralter. Sie seufzte.

„Es geht Ihnen nicht gut. Ich kann es in Ihrer Stimme hören", sagte er. „Kommen Sie nach Rom. Ich habe interessante Informationen beschafft. Sie müssen sie sich ansehen, aus erster Hand."

„Haben Sie noch einen Da-Vinci-Code aufgedeckt?", scherzte Lottie.

„Nicht ganz. Ich habe die St Angela's-Akten gefunden. Sie befinden sich an einem sicheren Ort, alles in Papierform. Ich kann sie unmöglich fotografieren und dann faxen oder mailen. Es würde ewig dauern. Und wenn ich dabei erwischt würde, würde ich exkommuniziert werden. Ganz im Ernst, Sie müssen sie sich selbst ansehen. Können Sie das mit Ihrem Superintendent schaukeln?"

„Keine Chance", sagte Lottie. „Ich bin Ihrem Bischof ungeschickt auf die Zehen getreten. Ich glaube, er hat mich wieder gemeldet."

„Sie machen doch nur Ihren Job."

„Er ist Superintendent Corrigans Golfkumpel."

„Wenn ich Sie wäre, würde ich besagtem Bischof sehr fest auf die Füße treten. Ob Sie es glauben oder nicht, er ist nicht der Saubermann, für den er sich ausgibt."

„Glauben Sie wirklich, dass das, was Sie gefunden haben, uns helfen wird?"

„Ich weiß nicht. Aber es wird Ihnen Hintergrundinformationen liefern. Ein paar Lücken füllen, vielleicht."

„Bischof Connor ist definitiv sparsam mit der Wahrheit", sagte Lottie.

„Das überrascht mich nicht, nach den Dokumenten, die ich gesehen habe."

„Jetzt haben Sie mich neugierig gemacht. Irgendetwas, das mit Pater Angelotti zu tun hat?"

„Ich habe einen Freund von ihm getroffen. Er denkt, dass Pater Angelotti vielleicht dorthin geschickt wurde, um ein Auge auf Bischof Connor zu haben, nicht umgekehrt, wie man uns glauben machte."

„Und dann geht Pater Angelotti hin und lässt sich ermorden."

Pfarrer Joe hatte ihr Interesse geweckt und nun wollte sie sehen, was er herausgefunden hatte. Sie wollte ihn sehen.

„Lottie, was ich hier gesehen habe, sagt mir, es könnte noch einen anderen Grund geben, warum Pater Angelotti in Ragmullin war."

„Sagen Sie es mir."

„Es ist mir unangenehm, das am Telefon zu besprechen", flüsterte Pfarrer Joe.

„Sind Sie im Bett?", fragte Lottie.

„Wer ist jetzt der Gedankenleser?" Er lachte. „Ich muss Schluss machen. Ich höre meinen Zimmergenossen die Treppe raufkommen."

„Haben Sie kein eigenes Zimmer?"

„Ich habe nicht die Absicht, so lange hier zu bleiben, dass ein eigenes Zimmer gerechtfertigt wäre", sagte er. „Ich schlafe nur für ein paar Nächte im Irish College. Lottie, sehen Sie zu, was Superintendent Corrigan sagt, okay?"

„Gut. Kann ich Sie unter dieser Nummer erreichen?" Sie schaute auf die Ziffernreihe auf dem Bildschirm.

„Hinterlassen Sie eine Nachricht, wenn ich nicht antworte. Ich könnte gerade die Messe lesen."

Lottie stellte sich sein Lächeln vor.

„Gute Nacht, Lottie."

Sie sagte gute Nacht und beendete den Anruf.

Sie räumte die letzten Notizen auf und ging nach oben, um nach Katie zu sehen. Sie schlief fest. Sie hauchte ihr einen Kuss aufs Haar und ging, um die Lampe auszuschalten. Ein Foto auf dem Schrank, eingerahmt mit Muscheln, erregte ihre Aufmerksamkeit. Sie nahm es hoch, um es genauer zu betrachten. Alle fünf. Lanzarote. Vor vier Jahren. Das letzte Mal, dass sie zusammen

Urlaub gemacht hatten. Sie fuhr mit dem Finger über das staubige Glas. Alle lächelten. Glücklich. Aufgenommen vor einer Jeepfahrt auf den Timanfaya-Vulkan.

Sie ließ sich auf das Bett sinken und Katie seufzte im Schlaf.

Das Foto hatte eine Vision von einer Zeit geweckt, in der alles so anders war. Gewohnt, sicher und liebevoll. Ein Konflikt tobte in ihr. Sie war hin- und hergerissen zwischen ihrer stabilen Vergangenheit und der ungewissen Zukunft. Drei Jahre und sie konnte Adam nicht gehen lassen. Aber die Tatsache, dass sie erwog, nach Rom zu fliegen, um sich mit einem Priester zu treffen, den sie erst vor einer Woche kennen gelernt hatte, schien ihr ein Anzeichen dafür zu sein, dass sie nun wirklich am Rad drehte.

30. Januar 1976

Sally weinte im Schlaf und wachte auf.

Halb erwartete sie, ihre Mutter an ihrem Bett stehen zu sehen. Es war Patrick. Er legte den Finger an seine Lippen und machte Pssst!. Sie setzte sich auf, neugierig, warum er im Mädchenschlafsaal war. Sie schaute sich prüfend in dem dunklen Raum um, hörte aber nur das sanfte Murmeln des Schlafes.

„Komm mit", flüsterte Patrick und zog ihr die Decke weg. „Ich muss dir was zeigen."

Sie kroch aus dem Bett und zog ihr geblümtes Flanell-Nachthemd eng über ihrer Brust zusammen. Er ließ ihr keine Zeit, ihren Morgenmantel zu holen.

„Wohin gehen wir?", fragte sie.

„Sch!", sagte er und nahm ihre Hand.

Im Flur vor dem Schlafsaal drang ein gedämpftes Licht unter einem staubigen Lampenschirm hervor, der über dem Treppenhaus hing. Das Zimmer der diensthabenden Nonne befand sich am anderen Ende des Korridors, und Patrick führte Sally hinunter in den zweiten Stock. Sie schlichen bis zum Ende des Flurs und durch eine Tür. Hier war sie noch nie gewesen. Sie huschten durch die Dunkelheit und er öffnete eine weitere Tür, die zu einem kurzen

Durchgang führte. In dem Mondlicht, das durch die drei Fenster schien, waren ihre Gesichter weiß wie die von Leichen. Vor ihr war ein Torbogen.

Sie blieb stehen.

„Patrick, ich habe Angst.“

Er drehte sich und sagte, immer noch ihre Hand haltend: „Dies ist ernst, Sally. Bitte. Du musst es sehen.“

Sie seufzte und ließ sich von ihm durch den Torbogen und eine schmale Steintreppe hinunterführen. Ihre Füße waren kalt. Sie hatte vergessen, ihre Hausschuhe anzuziehen. Auf der untersten Stufe hielt Patrick inne. Sie waren in der Kapelle. Sie drehte sich um und sah ihn an. Mit einem Kopfschütteln warnte er sie, leise zu sein. Das war das erste Mal, dass sie auf diesem Weg in die Kapelle gekommen war.

Sie sah, dass der Altar mit brennenden Kerzen erleuchtet war, und konnte das Kerzenfett riechen. Dann sah sie Pater Con. Sie packte Patricks Hand fester. Der Priester kniete auf den Stufen des Altars, eingehüllt in einen schweren cremefarbenen und goldenen Umhang, wie er ihn zur Segnung trug. Seine Hände waren in Richtung des Mosaiks der Jungfrau Maria mit dem Jesuskind in einer Nische vor ihm ausgestreckt. Sein langer Ledergürtel lag auf seiner ordentlich gefalteten Kleidung auf der Stufe.

Sally schlich sich an Patrick heran und lehnte sich an ihn. Obwohl die Luft kalt war, trug er einen dünnen Pyjama, und sie konnte spüren, wie Wärme von seinem Körper aufstieg.

„Patrick, was ist los?“, flüsterte sie.

Er schüttelte den Kopf, zuckte mit den Schultern und führte sie nach rechts, entlang der letzten Reihe der Kniebänke. Er zog sie in die Ecke hinter einen hölzernen Beichtstuhl. Da war noch jemand. Zwei Personen. Fast hätte sie geschrien. Patrick sah sie an, Wut flammte in seinen Augen auf. Sie hielt den Atem an und hoffte, der Schrei würde irgendwo in ihrem Bauch ersticken.

Als sich ihre Augen an die Schatten gewöhnt hatten, die die Kerzen warfen, erkannte sie die Jungen in der Ecke. James und Fitzy. Patrick schob sie neben die beiden, und sie drängten sich *zusammen. Sie wollte tausend Fragen stellen, schwieg aber. Patrick hielt weiter ihre Hand. Sie war froh darüber.*

Ein leises Summen stieg in einem Crescendo an und fiel dann wieder ab. Sie weitete die Augen und biss sich auf die Zunge, um sich zu zwingen, still zu sein.

Der Priester neigte sich, nach oben und nach unten, und sang. Ein Vorhang an der Seite des Altars öffnete sich. Brian stand da, nackt. Sein Körper war kreuz und quer von tiefen, roten Striemen überzogen. Sie schaute weg, dann wieder zurück und hielt Patricks Hand fester, damit er sie nicht allein dort zurücklassen konnte. Der Priester stand auf und winkte Brian zu sich. Der nackte Junge schlurfte vorwärts, die Arme fest an die Seiten gepresst. Er muss frieren, dachte Sally.

Der Priester stieß den Jungen auf die Knie und umschloss ihn mit dem goldenen Umhang. Sie konnte es nicht ertragen und diesmal schrie sie tatsächlich.

Patrick presste ihr eine Hand auf den Mund. Pater Con schwang herum und seine Nacktheit prangte im Kerzenlicht. Seine Augen waren schwarz. Das machte Sally mehr Angst als die Tatsache, dass sie alle in argen Schwierigkeiten steckten.

„Lauf", rief Patrick und zerrte Sally hinter sich her.

Sie lief, Fitzy hart auf ihren nackten Fersen. James bildete die Nachhut. Während sie die Treppe hinaufrannten, prägte sich der Anblick Brians in ihrem Kopf ein. Nackter Körper. Offener Mund. Tote Augen.

In dem Raum mit den zwei Türen hielten sie an, um Atem zu schöpfen. Sally begann zu weinen. Fitzy legte seinen Arm um ihre Schulter. James stand neben Patrick und sagte immer wieder „Jesus, Maria und Josef. Jesus, Maria und Josef."

„Was hat er mit Brian gemacht?", fragte Sally, aber sie wusste es. Pater Con hatte sie schon viele Male gezwungen, das Gleiche zu tun. Sie konnte das Bild des Jungen mit seinem offenen Mund und dem weißen Zeug an seinen Lippen nicht verdrängen.

„Er ist ein riesiges Arschloch, nichts weiter", sagte Patrick.

„Ich werde den Dreckskerl mit einer dieser verdammten Kerzen

verbrennen. Ich werde ihm die Eier verbrennen", sagte Fitzy. Seine Stimme hallte von den Wänden wider.

Sally hörte die Angst, die in ihrem Atem herumkroch, roch sie, wie sie aus ihrer Haut sickerte. Sie offenbarte sich so schmerzhaft deutlich, dass sie meinte, sie sehen zu können, sie sogar anfassen zu können. Sie lauschte an der Tür und hoffte, dass der Priester ihnen nicht gefolgt war. Sie mochte die Dunkelheit nicht.

„Wir müssen etwas tun", flüsterte sie.

„Ja, klar", sagte Patrick, „nämlich was?"

„Ich meine es ernst. Ehrlich. Was können wir tun?" Sally schluchzte und schluckte ihre Tränen hinunter.

Nackte Füße klatschten die Treppe herauf. Sie wirbelte herum und sah das Weiße der Augen der Jungen im Mondlicht glänzen. Der Schrecken hatte sie unbeweglich gemacht.

„Jungs, was sollen wir tun?", rief sie.

James begann zu schluchzen.

SIEBTER TAG

5. JANUAR 2015

64

Detective Sergeant Larry Kirby war dabei, computergedruckte Fotos an die Tafel im Einsatzraum zu pinnen, als Lottie kurz nach fünf Uhr dreißig eintraf. Sie hatte nicht gut geschlafen, und ihre beschissene Laune suchte nach einem Ventil.

„Sie sind früh auf", sagte sie, stellte ihren lauwarmen Kaffee auf die Fensterbank und zog ihre Jacke aus.

Sie hatte ihr Auto am Abend zuvor am Revier stehen lassen, aber der Gang zur Arbeit hatte nichts dazu getan, ihre Stimmung zu heben. Sie stellte sich neben Kirby. Zigarrenrauch klebte an seiner Kleidung, wie schmutzige Socken am Boden ihres Wäschekorbs. Sie war froh, dass sie gestern Abend die ganze Wäsche erledigt hatte. Eine Aufgabe weniger, um die sie sich kümmern musste.

„Bin nicht ins Bett gegangen, damit ich nicht aufstehen muss", sagte er und steckte ungeschickt Reißzwecken in die Fotos. Seine tabakverfärbten Finger waren zu groß für die kleinen Stahlstifte. Einer fiel auf den Boden zu den vielen anderen, die sich dort bereits angesammelt hatten.

„Was machen Sie da?"

„Ich habe beschlossen die Einsatztafel neu zu organisieren. Es ist eine Woche her, seit das alles angefangen hat."

„Erinnern Sie mich nicht daran. Soll ich das für Sie machen?"
Kirby schüttelte den Kopf.

Lottie zuckte mit den Schultern, nahm ihren Kaffee und setzte sich hinter ihm hin. „Sagen Sie mir, was ich da sehe." Vielleicht hätte sie ihm einen Kaffee bringen sollen. Er sah aus, als könnte er jeden Moment einschlafen.

„Fotos von den Hauptakteuren in unserem Drama", sagte er.

Sie musterte die Tafel. Bis jetzt hatte er Patrick O'Malley, Derek Harte, Tom Rickard und Gerry Dunne schief nebeneinander hängen. Er hielt ein Foto des Bischofs in der einen Hand, eine Reißzwecke in der anderen.

„Das würde ich an Ihrer Stelle nicht tun", riet sie.

Er sah sie an. Sein grauhaariger Bauch schaute durch einen offenen Knopf auf halber Höhe seines zerknitterten, schmutzigweißen Hemdes und eine fleckige Krawatte ragte aus seiner Jackentasche.

„Und warum nicht? Nach Ihrer gestrigen Episode mit ihm, denke ich, dass er der Star der Show ist."

„Superintendent Corrigan hat dazu vielleicht etwas zu sagen", erwiderte Lottie. „Immerhin sind sie Golffreunde."

Sie hatte ihn gestern Abend nicht zurückgerufen. Sie würde in Kürze einen Anschiss bekommen. Hoffentlich hatte Mrs Corrigan ihren Mann heute Morgen mit einem Lächeln und einem vollen Magen losgeschickt.

„Zur Hölle mit ihm", sagte Kirby und steckte dem Bischof einen Reißnagel mitten in den Hals als hätte er keinen Bock, noch drei weitere Zwecken hineinzustecken. Er trat einen Schritt zurück und bewunderte sein Werk. Ein müdes Grinsen kroch sein Gesicht hinauf zu den blutunterlaufenen Augen, wie der cremige Schaum, der sich auf einem Pint Guinness bildet.

„Sie sind nicht wirklich Verdächtige", sagte Lottie.

„Sie sind, was dem am nächsten kommt."

Er ließ sich auf einen Stuhl fallen. Sie saßen in der morgendlichen Stille. Sie gab ihm ihren Kaffee. Er nahm ihn, tat, als prostete er ihr zu, und trank.

„Wir haben ein sehr schmales Spektrum an Kandidaten", sagte er und betrachtete das schiefe Arrangement.

„Wir könnten Mrs Murtagh, Bea Walsh und Mike O'Brien, den Bankdirektor, hinzufügen", sagte sie, „dann hätten wir alle Leute, von denen wir wissen, dass sie die Opfer kannten. Mein Gott, es ist, als hätten Brown und Sullivan in einem geschlossenen Nonnenorden gelebt."

„Scheiße, wo habe ich O'Brien hingelegt?" Kirby wühlte in einem Stapel Papiere auf einem Stuhl, fand, was er suchte, und pinnte ein weiteres Foto an die Tafel.

„Was ist mit Pfarrer Joe Burke?", fragte Boyd, als er hereinkam. Sein von der morgendlichen Dusche noch frisches, kurzes Haar glänzte im Neonlicht.

„Was ist mit ihm?", fragte Lottie, wobei sie in innerer Abwehr eine winzige Gänsehaut bekam.

„Er war der erste am Sullivan-Tatort, nach Mrs Gavin, der Putzfrau", sagte Boyd und setzte sich neben Kirby. Er hatte einen Becher Kaffee in der Hand. Lottie nahm ihn ihm ab und trank.

„Wir sollten uns besser auch ein Foto von Mrs Gavin besorgen", sagte sie, unfähig, ihren Sarkasmus zu verbergen.

„Lassen Sie uns für einen Moment ernst bleiben", sagte Kirby.

Lottie wusste, dass Kirby es nicht mochte, wenn man seine Arbeit zu einer Nebenvorstellung abwertete. Er war übermüdet.

Kirby zeigte auf das Foto von Derek Harte.

„Loverboy könnte den Priester, Pater Angelotti, in einem Eifersuchtsanfall getötet haben", sagte er. „Dann tötete er Brown, als er es herausfand."

„Aber warum sollte er Sullivan töten?", fragte Boyd.

Kirby starrte ihn an. „Ich weiß nicht ..."

„Noch nicht", fügte Lottie hinzu.

„Als nächstes haben wir Tom Rickard. Bauträger par excellence", sagte Kirby. „Hat St Angela's für einen Spottpreis gekauft. Hat eine wesentliche Verletzung des Bebauungsplans durchgesetzt, wahrscheinlich durch Bestechung, damit er auf dem Gelände alles bauen kann, was er will. Sobald sein Freund, Gerry Dunne, die Baugenehmigung erteilt." Er zeigte hinüber zu den Fotos der Opfer. „Die beiden Ratsangestellten könnten versucht haben, ihn zu stoppen, oder drehten möglicherweise ein Erpressungsding. Daher die großen Geldsummen, die auf ihre Bankkonten überwiesen wurden und von denen sich ein Teil in Sullivans Gefrierfach befand. Brown rief Tom Rickard an, bevor er vor seinen Schöpfer trat. Jetzt, wo Sullivan und Brown aus dem Weg sind, kann er allen hinterrücks den Stinkefinger zeigen." Kirby stieß mit seinem dicken Zeigefinger auf das Foto von Rickard.

„Nehmen wir mal an, Sie haben recht, wie passt Pater Angelotti da rein?", fragte Boyd.

„Ich habe keinen blassen Schimmer", sagte Kirby und kratzte sich den drahtigen Haarschopf. „Aber er könnte dem Geld gefolgt sein."

„Machen Sie weiter", sagte Lottie, die immer mehr Interesse an Kirbys kleinem Drama gewann.

„Wo wir gerade von Geld sprechen ... Mike O'Brien." Kirby studierte das Foto eine Sekunde lang. „Er weiß, wer die Gelder auf die Konten der Opfer transferiert hat. Ist er ein Mittelsmann? Ich weiß nicht. Vielleicht sollten wir ihn genauer unter die Lupe nehmen. Und dann ist da noch unser gemeinsamer Freund, Bischof Connor."

Er machte eine Kunstpause und fuhr dann fort: „Er hat St Angela's unter dem Marktwert verkauft. Wer weiß, ob er nicht einen fetten braunen Umschlag voller Euros direkt aus Rickards Pfote bekommen hat? Wir sollten auch sein Gefrierfach überprüfen." Er lachte über seinen eigenen Witz und erstickte sein Lachen dann mit einem Husten. „Zurück zu Pater Angelotti. Warum war er hier? Diese Selbstfindungsscheiße kaufe ich nicht. Er hatte einen Grund, hierher zu kommen."

Lottie sagte nichts. Sie dachte an ihr spätabendliches Gespräch mit Pfarrer Joe. Sie schaute hinaus auf den Schneeregen, der gegen das Fenster schlug und den Frost aufzehrte. Ein Tag im sonnigen Rom wäre vielleicht eine gute Idee.

„Ich finde immer noch, dass da auch ein Foto von Pfarrer Joe

Burke hängen sollte", sagte Boyd, den Knochen fest zwischen den Zähnen.

„Dann häng doch eins auf", sagte Lottie kratzbürstig.

„Empfindlich heute Morgen, Inspector", sagte Boyd.

„Fangt ihr beiden nicht auch noch an", sagte Kirby, dem die Augen vor Erschöpfung zufielen.

„Habe ich etwas verpasst?", fragte Maria Lynch, die gerade mit ihrem hin und her wippenden Pferdeschwanz den Raum betrat. Sie hatte eine Tüte mit Croissants in der Hand.

Drei Augenpaare wandten sich ihr zu.

„Nein", kam die synchrone Antwort.

Superintendent Corrigan folgte Lynch und sprühte Spucke über die sitzenden Kriminalbeamten, noch bevor die Worte seinen Mund erreichten.

„Detective Inspector Parker!"

Er stand da, die Hände in die Hüften gestemmt, die Beine gespreizt, sein Gesicht so rot wie das von Kirby. Er war also nicht mit einem großen Frühstück zur Arbeit geschickt worden.

„Sir?", fragte Lottie.

„Mein Büro."

Corrigan machte auf dem Absatz kehrt und ging den Korridor hinunter. Während sie Boyd den Kaffee reichte, formulierte Lottie im Geiste Antworten auf die unvermeidlichen Fragen. Zum Kampf gerüstet folgte sie Corrigan in sein Büro.

„Bevor Sie etwas sagen, Sir...", begann sie.

„Nein, Inspector Parker", unterbrach er sie und hob die Hände. Er setzte sich in seinen Lederstuhl und die Luft zischte unter seinem Gewicht heraus.

„Bevor *Sie* etwas sagen, kommen Sie mir nicht mit irgendwelchen verdammten Ausreden. Ich will sie nicht hören. Haben wir uns verstanden?"

Lottie nickte nur, da sie den Worten nicht traute, die ihren Weg auf ihre Zungenspitze finden könnten.

„Ich hoffe, Sie hatten einen guten Grund, Bischof Connor zu verärgern. Wieder."

„War das eine Frage, Sir?" Von wegen, den Mund halten. Corrigans Brille rutschte von seiner verschwitzten Nase, seine Augen traten darüber hervor, sein Kopf glich einem gekochten Ei, das darauf wartete, mit einem heißen Löffel aufgeschlagen zu werden.

„Erklären Sie sich. Bevor ich den Chief Superintendent dazu bringe, Sie zu suspendieren."

„Suspendieren?" Das war ernst. Scheiße. „Wofür?"

„Mir fällt schon was ein", sagte er, und seine Stimme ließ den Raum zusammenschrumpfen.

Sie hielt den Atem an und platzte dann heraus: „Ich möchte nach Rom fliegen." Ich kann auch gleich aufs Ganze gehen, dachte sie.

„Ro ... Rom?", stammelte Corrigan. „Wollen Sie jetzt den verdammten Papst beleidigen?"

Er schob seine Brille wieder an ihren Platz. Lottie hielt ihren Mund fest geschlossen.

„Und setzten Sie sich hin. Setzen Sie sich, um Himmels willen. Sie stehen da wie eine Giraffe, die sich in einem verdammten Zoo verlaufen hat."

Lottie setzte sich.

„Haben Sie sie noch alle?" Corrigan hob verzweifelt die Hände. „Was ist in Sie gefahren?"

„Ich muss nach Rom", riskierte Lottie erneut. „Ich glaube, dass Pater Angelotti die Verbindung zu den Morden an Sullivan und Brown ist. Und die Erklärung für diese Verbindung ist in Rom." Sie hoffte, dass sie überzeugend klang, denn sie wusste nicht, was Pfarrer Joe aufgedeckt hatte. Sie fuhr fort, bevor Corrigan sie unterbrechen konnte. „Ich muss die St Angela's-Akten sehen. Zwei Kinder wurden dort ermordet, vor fast vierzig Jahren, und zwei unserer Opfer wohnten damals dort. Ich glaube, diese Akten könnten helfen, ein Motiv zu finden. Sie sollten im Archiv der Dubliner Erzdiözese sein, wurden aber aus irgendeinem unbekannten Grund nach Rom gebracht. Also muss ich nach Rom."

„Sie sind entweder betrunken oder verrückt", sagte Corrigan. „Und da ich keinen Alkohol riechen kann, muss es Letzteres sein."

„Das heißt nein, oder?"

„Ganz entschieden."

„Darf ich erklären, wie ich darauf gekommen bin?", fragte Lottie.

„Sie können ja nicht mal erklären, wohin Sie damit wollen", donnerte Corrigan. „Aber ich werde Ihnen etwas erklären, Inspector Parker." Er stand auf und ging um sie herum. „Diese Ermittlungen laufen seit einer Woche und Sie haben rein gar nichts herausgefunden. Ich gebe täglich Pressekonferenzen und rede einen Haufen Scheiße, weil Sie, Boyd, Kirby, Lynch und die anderen Clowns in Ihrem Zirkus da draußen zu sehr damit beschäftigt sind, dem verdammten Esel den verdammten Schwanz anzustecken, um mir irgendwelche Antworten zu geben. Die Bewohner von Ragmullin machen sich vor Angst in die Hosen. Der Mörder ist da draußen und lacht uns aus. Und was wollen Sie? Sie wollen verdammt nochmal nach Rom. Ha!"

Er beendete seinen Rundgang um sie herum und setzte sich, wobei noch mehr Luft entwich. Lottie fragte sich, ob sie aus dem Stuhl oder aus seinem Arsch kam.

„Es muss eine logische Erklärung geben, und ich habe ein Gefühl im Bauch..." Sie brach mitten im Satz ab, als Corrigans Wangen violett aufflammten.

„Ich will keinen Schwachsinn über weibliche Intuition oder Bauchgefühle hören, verstanden?"

„Ja, Sir."

„Und hören Sie auf, Bischof Connor zu belästigen. Wenn ich seinen Namen noch einmal auf meinem Telefon sehe, werde ich Sie suspendieren lassen, bevor ich den Anruf beantworte. Sind wir uns einig, Inspector?"

„Ja, Sir", sagte Lottie und verbiss sich die Bemerkung, dass Connor wegen einer Runde Golf anrufen könnte.

„Und halten Sie sich auch von Tom Rickard fern."

„Ja, Sir."

„Und jetzt sehen Sie zu, dass Sie hier rauskommen und

konstruktive Arbeit leisten, wenn Sie noch wissen, was das bedeutet."

Superintendent Corrigan nahm seine Brille ab, rieb sich die Augen, und als er sie wieder aufsetzte, war Lottie schon halb aus der Tür. Sie hörte seine Worte, als sie sich zurückzog.

„Rom, dass ich nicht lache."

65

Tom Rickard kaute sein Frühstück. Energisch.

„Jason ist letzte Nacht nicht nach Hause gekommen", sagte Melanie.

„Ich weiß." Rickard stopfte sich ein Würstchen in den Mund.

„Ich mache mir Sorgen", sagte sie und füllte seine Tasse aus einer roten Le Creuset-Teekanne nach. „Er bleibt oft weg, aber nach dem, was gestern Abend passiert ist, weißt du ..." Ihre Stimme schnitt so scharf wie das Messer, das er in der Hand hielt.

Rickard hob den Kopf, entfernte ein Stück Ei zwischen seinen Zähnen und schluckte es herunter.

„Er wird sicher bald nach Hause kommen."

„Du hast ihn noch nie geschlagen, auch nicht, als er klein war. Nicht mal einen Klaps. Was ist in dich gefahren? Und vor den Augen seiner Freundin. Du bist verachtenswert."

Rickard fuhr mit der Zunge über seine Zähne, nahm seine Gabel und beendete sein Frühstück. Er rührte drei Löffel Zucker in seinen Tee und trank ihn mit lauten Schlucken.

Er sagte: „Er hängt mit den falschen Leuten herum. Ich werde dem noch heute ein Ende setzen."

„Dir ist doch klar, dass da draußen einen Mörder herumläuft und unser Sohn verschwunden ist."

„Sei nicht albern", sagte er. „Er hat wahrscheinlich die Nacht um die Kleine gewickelt verbracht."

„So wie du? Wohin bist du gestern Abend so spät noch verschwunden?"

„Fang nicht damit an, Melanie." Rickard beobachtete sie durch die Zinken seiner Gabel.

„Du schlägst unseren Sohn, dann verschwindest du", höhnte Melanie. „Warst du mit deiner parfümierten Blondine zusammen?" Sie schnupperte an der Luft, als würde er den Duft der anderen Frau mit sich herumtragen.

Rickard füllte seine Tasse nach. Er fragte sich, in wie viele Stücke die Teekanne zerspringen würde, wenn er sie an die Wand warf. Oder vielleicht an ihren Kopf.

Im Flur klingelte ein Telefon. Rickard stand auf, um ans Telefon zu gehen, und dachte, dass es ihn gerade vor einer Wahnsinnstat bewahrt hatte.

Katie Parker erwachte mit hämmernden Kopfschmerzen hinter ihren Augen. Sie zog ihr Handy unter dem Kissen hervor. Keine verpassten Anrufe. Keine SMS.

Sie tippte Jasons Nummer an. Warum war sein Vater so wütend gewesen? Voicemail. Er sprach mit lachender Stimme. „Hey Kumpel, ich bin offensichtlich nicht in der Lage, deinen Anruf anzunehmen, mach dir nicht die Mühe, eine Nachricht zu hinterlassen. Ha. Ha."

Katie lächelte.

„Hi, Schatz. Ich hoffe, du bist okay. Ruf mich an, wenn du aufwachst. Liebe dich." Sie legte auf, dann schickte sie ihm eine SMS mit zwei Zeilen glücklicher Emojis.

Sie kuschelte sich in ihr Kissen und stöhnte, als die Erinnerungen an die letzte Nacht wieder hochkamen.

Sie hatte ihre Mutter eine Säuferin genannt.

Sie vergrub ihren Kopf unter ihrer Bettdecke und stöhnte.

. . .

Tom Rickard starrte auf das Telefon in seiner Hand. Das Handy seines Sohnes; schnell wurde ihm klar, dass Jason gestern Abend ohne sein Handy weggelaufen war. Es hörte auf zu klingeln. Er sah den Namen „Katie" auf dem Bildschirm und das Symbol für die Voicemail blinkte.

Er hörte sich die Worte des Mädchens an und es wurde ihm klar, dass Jason die Nacht nicht mit ihr verbracht hatte. Er schaute auf das Telefon in seiner Hand. Jason ging nirgendwo ohne sein Handy hin. Also wo war er?

Als er zurückging, um sein Frühstück zu beenden, dachte Rickard, dass er das kleine Arschloch nicht hart genug geschlagen hatte.

Jason Rickard wachte zu kratzenden Geräuschen über seinem Kopf auf. Er versuchte, sich aufzusetzen. Konnte es nicht. Seine Hände und Füße waren mit einem Seil gefesselt, das um seinen Oberkörper und seinen Hals gewickelt war. Zitternd verkrampfte sich sein Körper. Scheiße, Scheiße, verdammte Scheiße. Was war passiert? Er versuchte, sich zu erinnern, aber sein Kopf war leer.

Er drehte seinen Hals ein wenig und versuchte, sich umzusehen. Nichts. Dunkel. Schwarz. Er drehte den Kopf. Das Seil an seiner Kehle wurde enger. Der Schmerz pochte, als hätte sich ein Käfer durch sein Ohr gegraben und sich in seinem Gehirn festgesetzt. Er war gebunden wie ein Weihnachtsputer.

Dies war kein Scherz.

Dies war ernst.

Er ließ seinen Körper auf den kalten Dielenboden sinken und versuchte zu rufen, aber stattdessen begann er laut zu schluchzen.

Er wollte seine Mutter.

Er wollte Katie.

Er wollte seinen Scheißkerl von einem Vater umbringen.

Lottie folgte Boyd in die Schrankküche. Er setzte den Wasserkocher auf. „Was glaubt Corrigan, wer er ist?", zischte sie. Sie biss die Zähne zusammen und haute auf die behelfsmäßige Arbeitsplatte.

„Er ist der Boss, was sonst", sagte Boyd. Er fand zwei saubere Becher und löffelte Kaffee hinein.

Sie lehnte sich an die Wand, die Arme verschränkt, als ob sie so ihre Wut unter Verschluss halten könnte, und sagte: „Ich habe sogar die Untergebene gespielt. Hat es mir nicht abgekauft. Wollte mir nicht mal zuhören."

„Ich würde dir auch nicht zuhören", sagte er. „Betrachte es mal von seinem Standpunkt aus. Für keinen der Morde wurde ein handfestes Beweisstück gefunden. Jetzt, wo herausgekommen ist, dass Sullivan in der Suppenküche arbeitete, ist sie wieder in den Schlagzeilen. Corrigan muss sich vor seinen Vorgesetzten und vor der Öffentlichkeit verantworten. Die örtliche Bevölkerung denkt, wir tun absolut gar nichts, um den Mörder zu finden."

„Weißt du was, du klingst genau wie er", fauchte Lottie zurück. Sie holte ein paar Mal tief Luft. „Ich habe möglicherweise eine solide Spur in Rom, aber er wollte nichts davon wissen."

„Wovon redest du?"

Sie erzählte ihm von ihrem Gespräch mit Pfarrer Joe. Boyds

Gesicht blieb passiv. Sie wünschte, er würde irgendein Gefühl zeigen, auch wenn es Ärger war.

„Sei vernünftig, Lottie“, sagte er. „Mit der modernen Technologie kann *dein* Priester sicher einen Weg finden, diese Informationen weiterzuleiten.“ Das Wasser kochte und er goss es in die Kaffeebecher. „Wir haben keine Milch.“

„Ich will keine Milch. Ich will Antworten. Eine mögliche Spur und ich werde abgeblockt.“ Sie nahm den Becher, nippte an dem Kaffee und ließ die Stille ihren Geist wieder zur Ruhe bringen. „Vielleicht hast du recht“, sagte sie schließlich.

„Womit?“

„Vielleicht sollte ich Pfarrer Joe noch einmal anrufen. Fragen, ob er einen Weg finden kann, mir zu schicken, was er gefunden hat.“

„Das wäre jedenfalls ein Anfang“, sagte Boyd.

Ihr Telefon klingelte. Sie guckte auf den Bildschirm.

„Es ist Katie. Noch ein Problem, das ich lösen muss.“

„Da kann ich dir nicht helfen. Klar, was weiß ich denn schon davon?“

Boyd schob sich an ihr vorbei und sein Körper berührte ihren. Er neigte den Kopf zur Entschuldigung und ging weiter.

Sie tat so, als hätte sie seine flüchtige Berührung nicht bemerkt, aber sie wärmte sie. „Katie, ist alles okay?“

„… und ich habe kein einziges Wort von ihm gehört“, sagte Katie gerade.

„Fang noch mal an. Ich war abgelenkt“, sagte Lottie.

„Meeensch, Mama! Es geht um Jason. Ich weiß nicht, wo er ist. Seine Mutter hat mich von seinem Handy aus angerufen. Er ist letzte Nacht nicht nach Hause gekommen.“

Lottie schaute auf die Uhr.

„Es ist gerade erst sieben. Er hat wahrscheinlich irgendwo bei einem Freund übernachtet.“

„Mama! Er geht nirgendwo ohne sein Handy hin. Mrs Rickard sagte, er sei kurz nach mir gegangen. Nachdem sein Vater ihn geschlagen hatte. Ich mache mir Sorgen.“

„Nun, es gibt keinen Grund, sich Sorgen zu machen. Vertrau mir. Er pflegt wahrscheinlich nur sein verletztes Ego. Es war falsch von seinem Vater, ihn zu schlagen, aber Jason muss das selbst regeln. Sobald er weiß wie, wird er nach Hause gehen. Er ist neunzehn, nicht neun."

„Ich hoffe, du hast recht", sagte Katie. „Und es tut mir leid."

„Was tut dir leid?"

„Das ich dich eine Säuferin genannt habe. Ich habe es nicht so gemeint. Ehrlich. Du bist die beste Mutter, die man haben kann." Katies Stimme füllte sich mit Tränen.

„Danke", sagte Lottie, und eine Woge der Erleichterung ließ den Becher in ihrer Hand erbeben. „Hör mal, ich muss Schluss machen. Wir reden später. Ich habe eine Warnung vom Schlachtross Corrigan bekommen. Iss Frühstück und sag mir Bescheid, sobald du von Jason hörst."

Lottie ging zurück in den Einsatzraum. Als sie einen Blick auf die Tafel warf, bemerkte sie, dass Kirby das Foto von Pater Joe Burke aufgehängt hatte.

67

Mike O'Brien arbeitete hart daran, so zu tun, als würde er arbeiten.

Seine Assistentin Mary Kelly wackelte mit dem Hintern, als sie sich vor seinem Büro über ihren Schreibtisch lehnte. Einen Moment lang studierte er ihre Figur durch die offene Tür. Aber er war nicht interessiert. Zu viele Gedanken vernebelten sein Gehirn. Bischof Connor hatte ihn letzte Nacht verunsichert. Tom Rickard hatte ihn verärgert. Alle zusammen brachten sie ihn an den Rand des Abgrunds.

Seine Finger zitterten, als er versuchte, Zahlen einzutippen. Es war Kauderwelsch. Luft. Er brauchte Luft. Schöne kalte Winterluft. Er loggte sich aus und zog seinen Mantel an.

„Mary, ich muss kurz weg. Nimm Nachrichten entgegen, falls jemand nach mir sucht. Ich bin bald zurück."

Er knöpfte seinen Mantel zu.

„Wenn die Zentrale wegen der Zahlen anruft, die Sie gestern geschickt haben, was soll ich ihnen dann sagen?"

„Sagen Sie ihnen, Sie sollen sie sich sonst wohin stecken", sagte O'Brien, ohne stehenzubleiben.

Bischof Connor schloss seinen Wagen auf und setzte sich in den cremefarbenen Ledersitz. War er gestern Abend zu hart zu

O'Brien gewesen? Vielleicht hätte er nicht so sehr darauf bestehen sollen, die Kommissarin loszuwerden. Das könnte sie sogar noch misstrauischer machen. Gott wusste, was O'Brien tun würde, und wenn er durchdrehte, war er zu allem fähig. Er war die schwache Karte im Spiel. Aber man braucht immer einen Geldmann, dachte er.

Was getan war, war getan. Er war nicht jemand, der seine Überzeugungen verleugnete. Wenigstens war Pater Angelotti aus dem Weg. Gut so. Es gab genug Leute, die sich in seine Angelegenheiten einmischten. Genug bis zum Ende seines Lebens. Das Projekt würde weitergehen. Ein neues Hotel und ein Golfplatz. Mitgliedschaft auf Lebenszeit, mit aller Zeit der Welt, um sie zu genießen.

Alles lief gut. Endlich.

Er drehte das Radio auf und summte zur Musik, während er fuhr.

Der Verkehr kroch auf der eisigen Straße dahin.

Gerry Dunne hatte früh bei der Arbeit sein wollen. Jetzt sah es nicht danach aus. Er musste die Akte ein letztes Mal durchgehen. Sein Telefon klingelte. Bea Walsh. Er ignorierte den Anruf. Sie war eine lästige Wichtigtuerin. Erst gestern hatte sie versucht, ihm zu sagen, dass die Akte für St Angela's fehlte. Er hatte ihr höflich gesagt, er habe alles in der Hand. In der Hand? Noch ein Tag, dann würde es nicht mehr in seiner Hand liegen und er wäre fein raus mit einem dicken Umschlag voller Euros. Er überlegte, ob seine Frau Hazel wohl Lust auf noch eine Woche in der Sonne hätte.

Als der Wagen an der Ampel an der Kreuzung der Main Street und der Gaol Street im Leerlauf stand, sah er in seinem Rückspiegel Mike O'Brien aus einer Parklücke herausfahren, die Straße hinunterrasen und direkt über die rote Ampel fahren. Warum hatte er solche Hummeln im Hintern? Dunne konnte es kaum erwarten, dass das alles vorbei war.

Noch eine Woche in der Sonne? Das wurde von Minute zu Minute verlockender.

68

„Was machst du da?" fragte Boyd und spähte über Lotties Schulter. „Ich prüfe die Flüge nach Rom", sagte sie und verfluchte Ryanair und die gefühlte Million Kästchen, die sie ankreuzen musste.

„Bist du total verrückt? Wer zahlt denn?"

„Ich."

„Na, das ist neu. Ich habe noch nie in meinem Leben von einem Kriminalbeamten gehört, der für irgendetwas, das mit der Arbeit zu tun hatte, selbst bezahlt hat."

Er rollte seinen Stuhl heran und setzte sich neben sie.

„Guck nicht, was ich mache, dann musst du keine Lügen erzählen", sagte sie und tippte auf die Tastatur.

„Hast du gehört, was ich vorhin zu dir gesagt habe? Das ist verrückt."

„Das hast du schon gesagt. Hör auf, dich zu wiederholen."

„Ich will damit nichts zu tun haben." Boyd stand auf.

„Wer hat dich darum gebeten?"

Kirby blickte zu ihnen auf und schüttelte den Kopf.

„Warum gehst du nicht und machst etwas Sinnvolles?", murmelte Lottie.

„Zum Beispiel?", fragte Boyd.

„Sprich noch einmal mit Browns Liebhaber Derek Harte.

Versuche, ob du noch etwas aus ihm herausbekommen kannst. Er verheimlicht etwas. Sprich dann mit dem jungen Priester im Haus des Bischofs, Pater Eoin. Ist das sein Name? Sprich mit Patrick O'Malley. Finde den schlüpfrigen Pater Con. Soll ich dir eine Liste aufstellen?" Sie hatten auf ihrer Suche nach Pater Con, wer auch immer er war, kein Glück gehabt, und ihr wurde klar, dass es viele Dinge hab, die sie noch nicht im Griff hatten.

Boyd kickte den Stuhl zurück, ließ ihn gegen einen Heizkörper krachen, schnappte sich seinen Mantel und knallte auf dem Weg nach draußen die Tür.

Ein Flug ging um 13:30 Uhr. Sie schaute auf die Uhr. Genug Zeit, um zum Flughafen zu kommen. Wenn sie sich beeilte. Neunundsiebzig Euro inklusive Steuern. Gar nicht so schlecht. Eigentlich konnte sie sich das nicht leisten. Oder? Die da oben würden es ihr nur mit vorheriger Genehmigung erstatten, und dafür hatte sie keine Zeit. Es würde auf ihre Kosten gehen. Aber sie musste es tun. Sie klickte drauf.

„Zum Teufel", sagte sie.

„Was ist los?", Kirby guckte über seinen Monitor.

„Nichts."

Sie suchte in ihrer Schublade nach einer Tablette, um ihre Nerven zu beruhigen. Sie konnte keine finden. Als sie die Schublade zuschob, bemerkte sie die alte Akte. Allein inmitten des Chaos. Lag sie da. Und wartete. Auf eine Antwort? Konnten die alten Akten, die jetzt in Rom lagen, ihr nach all der Zeit Antworten geben? Wenn ja, war es den Preis wert.

„Neunundsiebzig Euro für den Hinflug; Rückflug am Morgen, weitere fünfundfünfzig", sagte sie. Kirby tat so, als hörte er nicht.

Kann ich mir definitiv nicht leisten. Sie suchte in ihrem Portemonnaie nach ihrer Kreditkarte. Die Rechnung war fällig. Sie biss sich nachdenklich auf die Unterlippe und ging in ihrem Kopf alles noch einmal durch. Hatte Pfarrer Joe wirklich etwas Brauchbares gefunden? Was, wenn sie sich in ihm getäuscht hatte? Was, wenn er derjenige war, der Sullivan und Brown ermordet hatte, und sogar Pater Angelotti? Was war die Wahrheit? Aber ihr wurde klar, was immer sie auf ihrer Visa-Rechnung schuldig sein mochte, das war sie den Opfern schuldig.

Sie griff in die Schublade und nahm die alte Akte über den vermissten Jungen heraus. Sie verfolgte sie wie ein hartnäckiger Geist. Sie legte sie neben ihre Tastatur, öffnete sie und sah sich das Foto des Jungen an. Fuhr mit dem Finger über seine Sommersprossen. Traf ihre Entscheidung. Wenn Corrigan mich suspendieren will, kann ich ihm genauso gut einen guten Grund geben. Sie gab ihre Kartendaten ein. Transaktion abgeschlossen. Bordkarte ausgedruckt. Bevor sie ihre Meinung ändern konnte.

„Scheiße." Sie fuhr sich mit beiden Händen durch die Haare und knetete sie fest.

„Was ist jetzt?", fragte Kirby.

„Ich muss jemanden finden, der sich um meine Kinder kümmert."

Kirby schüttelte den Kopf und kehrte zurück zu dem, was er gerade tat. „Das steht definitiv nicht in meinem Lebenslauf."

Lottie grub ihre Fingernägel in den Kopf. Sie schluckte ihren Stolz herunter und rief ihre Mutter an.

69

Er musste wieder eingeschlafen sein, denn als er die Augen öffnete, konnte er einen dünnen Lichtstrahl sehen.

Der Mann. Er stand in der Tür. Jason blinzelte. Er konnte nicht richtig sehen.

„Was haben Sie mit mir vor?", krächzte er.

„Ich bin mir nicht sicher. Ganz und gar nicht. Ich habe dich aus einer Laune heraus mitgenommen. Das habe ich noch nie gemacht. Es fühlte sich ziemlich aufregend an, so junges Fleisch neben mir sitzen zu haben."

„Sie sind pervers."

„Dummer Junge, mich zu beschimpfen. Es könnte dir leidtun."

„Was haben Sie mit mir gemacht? Wenn Sie mich angefasst haben, schwöre ich bei Gott, wird mein Vater Sie umbringen."

„Nach dem, was du mir gestern Abend erzählt hast, würde ich mich nicht auf ihn verlassen."

„Haben Sie ...?" Jasons Stimme zitterte.

„Habe ich was?",

Jason wusste, dass er verspottet wurde.

„Habe ich dich angefasst? Nein. Jedenfalls noch nicht. Ich denke darüber nach. Lange und hart." Er lachte und rieb mit der Hand an seiner Leiste entlang.

Jasons Körper zuckte.

„Haben Sie mir Drogen gegeben?"

„Eine Pille hat dich ins Land der Träume geschickt. Ich konnte nicht riskieren, dass du dich wehrst. Das würde den Zweck der Übung verfehlen."

„Welcher Übung?"

„Wie gesagt, bin ich mir darüber noch nicht ganz im Klaren. Hast du Hunger?"

„Ich habe Durst. Bitte binden Sie mich los."

Ein Geräusch wie eine Windböe erfüllte den Raum, als der Mann schnaubte.

„Vielleicht etwas zu essen und Wasser. Nächstes Mal."

Er wandte sich zum Gehen.

„Bitte lassen Sie mich hier raus. Ich möchte nach Hause", sagte Jason und atmete einen weißen Nebel in die kalte Luft.

„Du wirst genau das tun, was ich dir sage." Die Stimme erhob sich, verklang dann und hinterließ eine unausgesprochene Drohung.

Die Tür knallte zu und ein Schlüssel drehte sich im Schloss.

Jason wartete. Lauschte. Kratzen in der Decke über ihm und ein Vogel, der irgendwo in der Ferne krächzte.

Das war alles, was er hörte, ansonsten war es totenstill.

Nach zahlreichen Protesten willigte Boyd ein, sie zu decken.

„Es ist ja nur bis morgen", sagte Lottie.

„Ich sollte das nicht..."

„Danke, Boyd. Ich wusste, ich kann auf dich zählen." Sie drückte seinen Arm. „Falls jemand nach mir fragt, bin ich dabei, die Häuser der Opfer noch einmal zu durchsuchen. Gehe Hinweisen nach. Spreche mit Verdächtigen."

„Welche Verdächtigen? Welche Hinweise?"

„Gibt es hier drin ein Echo?" Lottie hielt sich eine Hand hinters Ohr. „Dir fällt schon was ein."

Wenn Pfarrer Joe etwas Lohnenswertes gefunden hatte, war sie aus dem Schneider, aber Corrigan würde sie wahrscheinlich sowieso suspendieren, sobald er herausfand, dass sie seine Anweisungen missachtet hatte. Andererseits hatte er auch nicht kategorisch nein gesagt. Oder doch? Scheiß auf ihn.

Wieder zu Hause leerte Lottie Seans Schulrucksack, stapelte seine Bücher auf den Trockner und rannte nach oben, um saubere Kleidung zu finden. Sie zerrte Blusen und Pullover von den Bügeln und sah zu, wie der Stapel auf dem Bett zu einem schiefen Turm anwuchs.

„Was machst du da?", fragte Chloe, die in der Tür stand, immer noch in ihrem Schlafanzug.

„Ich fliege nach Rom. Beruflich. Ich habe eure Oma angerufen, damit sie über Nacht bleibt."

„Was? Och nee."

„Ich weiß, ich weiß", sagte Lottie. „Aber ich muss sicher sein, dass ihr alle gut aufgehoben seid." Sie hielt sich eine rote Satinbluse vor die Brust und schaute Chloe fragend an.

Die Sechzehnjährige rümpfte die Nase und schüttelte den Kopf. „Lass mich mal sehen", sagte sie. „Was brauchst du?"

„Etwas Hübsches und Sauberes."

Chloe zog eine cremefarbene Seidenbluse mit winzigen Knöpfen, ein Trägertop und eine dunkelbraune Jeans aus dem Haufen heraus.

„Was meinst du?", fragte Chloe. „Das passt zu deinen Uggs."

„Perfekt", sagte Lottie. „Kannst du sie zusammenfalten und in die Tasche legen? Du weißt ja, wie ich bin."

Sie durchsuchte ihre Klamotten, fand ein marineblaues, langärmeliges T-Shirt und zog es an. Sie prüfte, ob ihre Jeans vorzeigbar waren, und beschloss, dass sie genügen mussten.

„Eines Tages werde ich diese T-Shirts verbrennen", sagte Chloe.

„Sie sind bequem. Bei dieser Bluse bin ich mir allerdings nicht so sicher."

„Sie ist umwerfend. Du solltest dir mehr Mühe geben. Vielleicht fängst du dir einen netten Mann ein", sagte Chloe.

Lottie starrte ihre Tochter mit hochgezogenen Augenbrauen an.

„Wo kommt das denn her?"

„Du musst ausgehen und Leute kennen lernen. Du bist zu jung, um für den Rest deines Lebens Single zu sein. Ich weiß, Papa würde wollen, dass du mit jemandem zusammen bist." Chloe nahm einen kleinen Tiegel mit Feuchtigkeitscreme vom Schminktisch. „Ich hole einen durchsichtigen Gefrierbeutel dafür. Für die Sicherheitskontrolle am Flughafen."

Lottie schaute ihrer Tochter hinterher, als sie das Zimmer

verließ. Es war ihr nie in den Sinn gekommen, dass ihre Kinder wollen könnten, dass sie jemand Neues kennenlernte. Nach allem, was sie mit Adams Krankheit durchgemacht hatten, überraschten sie sie doch immer wieder.

Auf dem Bett sitzend, betrachtete sie ihren geschändeten Kleiderschrank. Als sie einen dicken Strickpullover im obersten Fach bemerkte, sprang sie auf und zog ihn herunter. Adams Angelpulli. Sie hielt ihn an ihre Nase, sehnsüchtig nach einer Spur von ihm, aber sie wusste, dass sie durch die Wäsche ausgelöscht worden war. Sein einzigartiger Geruch, der seinen Kleidern anhaftete, war das einzig Körperliche, das ihr geblieben war, bevor Rose Fitzpatrick letzten Sommer alles in die Waschmaschine geworfen und sich über Motten beschwert hatte. Der schwelende Zwiespalt war an dem Tag ausgebrochen. Lottie war ausgerastet, hatte ihre Mutter aus dem Haus verbannt und in den Korb mit der feuchten Wäsche geweint. Es war nicht die Schuld ihrer Mutter, tief im Inneren wusste sie das, aber sie hatte sich verletzt gefühlt. Alles, was ihr geblieben war, war ein überwältigendes Gefühl des Verlustes.

Sie drückte ihr kleines Stückchen Erinnerung an Adam fest an ihre Brust, bevor sie es faltete und zurück ins Regal legte. Sie würde sich mit ihrer Mutter versöhnen müssen. Bald.

Chloe kam mit einer durchsichtigen Plastiktüte zurück, warf die Dose mit der Feuchtigkeitscreme hinein und legte sie oben in den Rucksack.

„Hast du Unterwäsche zum Wechseln eingepackt?", fragte Chloe.

Lottie kramte in einer Schublade, zog einen BH und einen Schlüpfer heraus und stopfte sie in den Rucksack.

„Was würde ich nur ohne dich tun, Chloe Parker?"

„Das weiß ich auch nicht, Mutter", sagte Chloe und schüttelte lachend den Kopf.

„Oma wird bald hier sein."

„Ich nehme an, wir können sie eine Nacht lang ertragen."

„Noch eine Sache. Hab ein Auge auf Katie. Sie war sehr durcheinander gestern Abend. Und streitet euch nicht."

Chloe verdrehte die Augen.

„Es geht immer nur um Katie. Was ist mit mir und Sean?"

„Ich weiß, dass ich mich auf dich verlassen kann. Bitte?"

„Klar", sagte das Mädchen. „Ich verspreche, Katie nicht umzubringen, zumindest nicht, bis du zurückkommst. Nimm dich vor den italienischen Hengsten in Acht."

Lottie drückte Chloe fest an sich und gab ihr einen Kuss auf die Stirn, dann verabschiedete sie sich von ihren beiden anderen Kindern.

„Hast du was von Jason gehört?", fragte sie Katie.

„Nein", sagte sie. „Ich gehe nachher bei ein paar Freunden vorbei, um zu sehen, ob ich etwas herausfinden kann."

„Mach dir keine Sorgen", sagte Lottie. „Er hat wahrscheinlich zu viel Gras geraucht und pennt."

„Mama!"

„Und wenn ich zurückkomme, werden wir über Gartenbau reden", sagte Lottie.

„Was?"

„Wie man Unkraut loswird."

Katie lächelte. Lottie umarmte sie.

Sean stand an der Tür.

„Wann kann ich die neue PlayStation bekommen?"

Als Lottie ihre Haustür hinter sich zuzog, war es kurz nach elf Uhr morgens. Boyd lehnte an seinem Auto. Er nahm den Rucksack von ihrer Schulter.

„Ich fahre", sagte er und stieg in sein Auto.

„Ich will keine Predigten", sagte Lottie und setzte sich neben ihn.

„Und ich verstehe nicht, was in dich gefahren ist", sagte er und setzte den Wagen zurück. „Okay. Ich werde nichts dazu sagen. Hast du was gegessen?"

Sie schüttelte den Kopf. Er lehnte sich hinüber, nahm eine

Tafel Schokolade aus dem Handschuhfach und warf sie ihr auf den Schoß.

Boyd konzentrierte sich auf das Fahren auf den vereisten Straßen, und sie fuhren schweigend und erreichten den Flughafen trotz des Wetters in fünfzig Minuten. Er parkte an einer Absetzstelle vor der Abflughalle. Sie zog den Rucksack auf ihre Knie.

„Wenn ich mich irre, dann habe ich Pech gehabt. Aber ich bin es den Opfern schuldig, alles herauszufinden, was ich kann."

„Es ist ein Karriereselbstmord, das weißt du. Du solltest nicht fliegen", sagte er.

„Wart's ab", sagte sie.

So aufrecht wie sie konnte, ging Lottie durch die Glastüren, ihre Schritte trugen sie mit einem Gefühl von vager Zielstrebigkeit – wahrscheinlich, weil sie keine Ahnung hatte, was sie tat.

Boyd fuhr zurück nach Ragmullin, ohne dass sich sein Ärger verflüchtigte. Er setzte sich an Lotties Schreibtisch und fragte sich, wie sie sich aus diesem Schlamassel befreien wollte. Sie mochte ein Querdenker sein, aber diesmal ging sie zu weit.

Das Büro war leer ohne sie. Genau wie sein Herz. Er nahm ihren Kaffeebecher. Unordentliche Lottie. Als er aufstand, stieß er an die alte Akte auf ihrem Schreibtisch. Sie hütete sie wie ein Staatsgeheimnis. Er hatte sich noch nie darüber Gedanken gemacht. Aber jetzt war sein Interesse geweckt und er öffnete den Aktendeckel.

Der Junge auf dem Foto hatte einen schelmischen Zug um die Lippen, als dächte er darüber nach, welchen Unfug er als nächstes anstellen könnte. Boyd las schnell. Eingesperrt in St Angela's. Von seiner Mutter als vermisst gemeldet, als die Leiter der Anstalt sie informierten, dass er heimlich davongelaufen war. Er sah sich noch einmal den Namen des Jungen an. Da wusste er, warum die Akte und der vermisste Junge für Lottie so wichtig waren. Warum hatte sie ihm nicht genug vertraut, um es ihm zu sagen? Zählte ihre Freundschaft denn gar nichts?

Er las weiter, und als er fertig war, fragte sich Boyd, ob er überhaupt irgendetwas über Lottie Parker wusste.

71

Als Lottie am Hauptbahnhof Rom-Termini aus dem Flughafenexpress stieg, prickelte ihre Haut vor Vorfreude. Es war ein milder Abend mit einem leichten Sprühregen. Sie stellte ihre Uhr wegen des Zeitunterschieds um eine Stunde vor.

Sie ging hinaus auf eine kopfsteingepflasterte Straße und überquerte die Fahrbahn. Sie war noch nie in Rom gewesen, aber sie hatte sich im Zug die Stadtkarte angesehen und sich den Weg zu ihrem Hotel eingeprägt. Geradeaus, dann links und da müsste es sein. Und da war es.

Sie stand auf einer kleinen Piazza gegenüber der Basilica di Santa Maria Maggiore. Ihre Pracht ließ sie innehalten. Die Glocken läuteten die sechste Stunde ein, und der Platz erwachte zum Leben, als Tauben vom Picken feuchter Krümel auf dem Kopfsteinpflaster in den grauen Himmel flogen.

Als sie das Hotelfoyer betrat, war sie augenblicklich geblendet von den unglaublichen Marmorböden und -wänden. Der Rezeptionist begrüßte sie.

„*Buongiorno, Signora.*"

Lottie liebte seinen Akzent und wünschte sich, sie könnte Italienisch sprechen. Er bestätigte ihre Reservierung und überreichte ihr einen Schlüssel.

„Das ist unser Deluxe-Zimmer, *Signora*. Fahren Sie mit dem Fahrstuhl in die vierte Etage."

„*Grazie*", sagte Lottie. Wenigstens ein Wort konnte sie auf Italienisch.

Sie fand ihr Zimmer am Ende eines Korridors mit weißem Marmor. Kompakt, sauber und einladend. Im Stillen bedankte sie sich bei Pfarrer Joe, dass er so kurzfristig ein Zimmer gefunden hatte, nachdem sie ihm vom Dubliner Flughafen aus eine SMS geschickt hatte. Und, er bestand darauf, dafür zu bezahlen. Aus Mitteln der Diözese, hatte er gesagt. Sie hatte sich nicht widersetzt.

Sie öffnete das Fenster, und die Geräusche Roms wirbelten draußen herum, um sich dann im Raum niederzulassen. Von der Espressobar unten stieg der Duft von aromatischem Kaffee empor. Der Blick über die Dächer erfüllte sie mit Begeisterung. So gerne würde sie die Stadt besichtigen. Vielleicht ein anderes Mal.

Aus der Dusche kam ein mühsamer Strahl lauwarmes Wasser. Sie hielt durch und kam erfrischt wieder heraus. Sie zog ihre braune Jeans und die langärmelige, cremefarbene Seidenbluse an. Vor dem Spiegel öffnete sie die beiden obersten Knöpfe und ließ den Kragen locker hängen. So ist es besser, dachte sie, und schloss die Knöpfe wieder. Sie schaute auf ihre Uhr. Pfarrer Joe wartete sicher schon auf sie.

Die engen, gewundenen Straßen führten sie tief in das Herz des alten Roms. Autos hupten, Mopeds rasten vorbei und Sirenen heulten. Als der Nieselregen nachließ, verließ sie schließlich das Labyrinth aus Kopfsteinpflaster und sah den Petersdom auf der anderen Seite des Tibers, der im Schein der Straßenlaternen schimmerte. Sie überquerte eine Brücke und begab sich in die Vatikanstadt. Sie überprüfte die Straßennamen anhand der Wegbeschreibung in der Textnachricht, bog um eine Ecke und sah ihn.

„Inspector Parker, willkommen in Rom."

„Schön, Sie zu sehen", sagte sie und streckte ihre Hand aus, überrascht, dass sie ihn so schnell gefunden hatte.

Er umarmte sie ungestüm. Sie spürte, wie ihr eine heiße Röte in die Wangen stieg. Er ließ sie los und hielt sie auf Armeslänge.

„Sie haben abgenommen, seit ich Sie das letzte Mal gesehen habe. Sie arbeiten zu viel. Und die blauen Flecken sind schlimmer geworden."

Lottie grinste. „Seien Sie nicht albern, Sie haben mich vor ein paar Tagen gesehen."

„Ich bin froh, dass Sie gekommen sind", sagte er. „Ich möchte Ihnen ganz Rom zeigen. Sie werden es lieben."

„Ich bin beruflich hier", warnte sie. „Ich habe nur ein paar Stunden."

„Genießen Sie es, während Sie hier sind", sagte er. „Eine schnelle Runde durch den Petersdom, bevor er schließt?"

Sie wusste, dass sie sich besser sofort an die Arbeit machen sollte, aber den Petersdom wollte sie zu gerne sehen.

„Okay, aber lassen Sie uns nicht bummeln."

Während sie neben ihm herging, wies er sie auf die architektonischen Merkmale des Gebäudes hin, bevor er sie die Treppe hinauf und durch die Sicherheitskontrolle führte.

„Wow", sagte sie und hielt den Atem an.

Drinnen war es genauso prächtig wie von draußen. Weihrauch erfüllte die Luft. Sie gingen durch die beeindruckenden Seitenschiffe. Lottie wurde von Michelangelos Pietà angezogen, deren polierter Stein unter Scheinwerfern hinter Schutzglas glänzte. Das Gesicht Mariens war traurig und gleichzeitig resigniert, wie sie ihren toten Sohn in den Armen hielt. Lottie dachte an Adam und wie sie seinen Körper umarmt hatte, während er im Tod abkühlte. Sie hoffte, sie würde nie ihren Sohn so halten müssen. Ein Seufzer entwischte ihr und Pfarrer Joe legte seine Hand auf ihre Schulter.

„Es ist wunderschön", flüsterte sie.

„Überwältigend", antwortete er.

Sie verließen den Petersdom und gingen durch enge Gassen, bis sie nach zehn Minuten vor einer viereinhalb Meter hohen

Holztür stehen blieben. Pfarrer Joe hatte sich unterwegs geweigert, ihre Fragen zu beantworten, und nur gesagt, dass er sie zur Fundquelle bringen würde. Er drückte auf den Knopf einer Sprechanlage. Eine unscharfe Stimme antwortete auf Italienisch und die Tür öffnete sich knarrend.

Vor ihnen lag ein schmales Vestibül mit einem Brunnen in der Mitte, umgeben von tänzelnden steinernen Cherubinen. Zahlreiche Treppen schlängelten sich hinauf zu den Appartements. Es erinnerte Lottie an Gregory Pecks Domizil in dem Film *Ein Herz und eine Krone*. Halb erwartete sie, dass Audrey Hepburn ihren Kopf über eines der Treppengeländer stecken würde.

Zwei Stockwerke über ihnen öffnete sich eine Tür, und ein rundlicher, ein Meter fünfzig großer Mann in einem wallenden schwarzen Gewand eilte die Treppe hinunter, wobei er einen melodischen Fluss von Italienisch von sich gab.

„Joseph, Joseph!", sagte er und schlang seine Arme um Pfarrer Joe. „Pater Umberto. Dies ist Detective Inspector Lottie Parker", sagte Pfarrer Joe und löste sich aus der Umarmung. „Die irische Kommissarin, von der ich Ihnen erzählt habe."

Der kleine Mann stellte sich auf die Zehenspitzen und legte seine Wange an die ihre.

„Umberto", sagte er. „Nennen Sie mich Umberto."

„Sie können mich Lottie nennen."

Sie folgte, als Pater Umberto Pfarrer Joe an der Hand die Treppe hinaufführte, wie eine Mutter, die ihr Kind von der Schule nach Hause bringt. Oben stand eine Tür weit offen. Als sie sich in den Raum zwängte, war Lottie erstaunt über die vielen Bücher, die überall verstreut lagen. Der kleine Priester versuchte aufzuräumen und fuchtelte nervös mit den Händen herum.

„Entschuldigung, ich keine Zeit zu Aufräumen", sagte er in gebrochenem Englisch. Seine Brille schien auf seiner Nase zu kleben, als wäre sie zu dick für sie geworden. Lottie setzte sich an einen Mahagonischreibtisch, der vor Papierkram überquoll. Die beiden Priester unterhielten sich auf Italienisch. Lottie fing einen Blick von Pfarrer Joe auf.

„Vielleicht sollten wir Englisch sprechen", sagte er.

„*Si*", sagte der Italiener.

„Umberto, bitte sagen Sie Inspector ... Lottie, warum Pater Angelotti nach Irland gegangen ist", sagte Pfarrer Joe.

Umberto war plötzlich zurückhaltend. Seine Überschwänglichkeit verschwand.

„Er ist tot. Es ist ... wie sagt man ... schrecklich." Er bekreuzigte sich und senkte den Kopf. Als er mit seinen gemurmelten Fürbitten fertig war, huschten seine Augen durch den Raum. „Ich weiß, es geht schlecht. Ich weiß."

„Was meinen Sie damit?" fragte Lottie. Eine Kirchenglocke ertönte und sie zuckte zusammen. Sie war so laut, sie hätte in demselben Raum sein können.

„Ich denke ... er versucht zu vertuschen. Fehler vertuschen." Umberto setzte sich plötzlich auf den Fußboden. Es gab sonst nirgendwo Platz zum Sitzen.

„Pater Umberto ist der Verwalter der irischen Bischofsakten", erklärte Pfarrer Joe. „Das heißt, er ist dafür verantwortlich, alle Akten oder Korrespondenzen, die von den Bischöfen an den Papst geschickt werden, zu katalogisieren und abzulegen. In jüngster Zeit sind einige irische Diözesanakten hier untergebracht worden. Sein unmittelbarer Vorgesetzter war Pater Angelotti."

Umberto löste seine Brille los, und seine frühere leidenschaftliche Inbrunst verwandelte sich in heftiges Weinen. Lottie starrte durch das winzige Fenster hinaus, um ihn nicht ansehen zu müssen. Emotionale Männer waren nicht ihre Stärke.

„Ich Entschuldigung. So traurig. Angelotti, er mein Freund." Pfarrer Joe fragte: „Soll ich Ihnen etwas Wasser holen?"

„Nein, ich okay. Ich kann nicht glauben, mein lieber Freund wird nicht nach Haus kommen. Es brechen mein Herz." Seine Schultern hoben und senkten sich, als weitere Schluchzer aus ihm herausbrachen.

Lottie sah Pfarrer Joe fragend an. Er wandte den Kopf und wich ihrem Blick aus.

„Können Sie uns helfen?", flehte sie Pater Umberto an.

„Ich helfen, *si*." Er stand auf und klemmte sich die Brille auf die Nase. „Niemand kann mir etwas tun. *Si?*" Er wischte sich die Tränen weg und bemühte sich, sich einigermaßen zu beruhigen.

„Warum ist Pater Angelotti nach Irland gereist?", fragte Lottie und hoffte, dass der Priester ihnen bald etwas Nützliches sagen würde. Die Zeit verging wie im Flug, und die Aussicht, ihren Job zu verlieren, schien mit jeder Sekunde realistischer zu werden.

„Er bekommt Korrespondenz ... darum geht er."

„Haben Sie eine Kopie dieser Korrespondenz?", fragte sie.

„Nein. Eine Nachricht. Auf seinem Telefon."

„Aber Sie müssen doch etwas wissen", beharrte sie.

Der Priester seufzte, warf einen Blick auf Pfarrer Joe und wandte dann seine Aufmerksamkeit Lottie zu. „Ich erinnere nicht wann. Sommer vielleicht? Er bekommt Telefonanruf von einem Mann. James Brown. Er bittet um Untersuchung. Von St Angela's. Er sagt, es für wenig Geld verkauft. Er sagt, Pater Angelotti muss auch adoptiertes Baby suchen. Sie verstehen? Mein Englisch nicht gut."

Lottie antwortete: „Ich verstehe."

„Pater Angelotti, er verbringt viele Stunden mit den Büchern danach. Ich weiß, da war mehr Korrespondenz mit diesem James. In Dezember, Pater Angelotti, er sagt mir, er muss gehen. Er sagt, er macht großen Fehler. Er sagt, er muss mit Leuten reden. Um Dinge richtig zu machen."

„Welchen Fehler?", fragte Lottie.

„Er sagt, er verwechselt Zahlen. Das ist alles er sagt. Er sagt mir, keine Fragen zu stellen. So ich frage nicht."

„Kann ich Inspector Parker die Bücher zeigen?", fragte Pfarrer Joe.

Der Priester nickte.

„Mein lieber Freund, er ist tot." Er hielt inne, dann sagte er: „Ich gehe auf eine *passeggiata* ... einen Spaziergang. Dann ich erzähle keine Lügen, wenn ich nicht sehe." Er zog einen Mantel an, ging ohne ein weiteres Wort in die Nacht hinaus und ließ sie allein.

Pfarrer Joe stand auf.

„Bischof Connor war es, der anordnete, dass alle alten St Angela's-Bücher von Irland hierhergebracht werden sollten. Das war vor etwa zwei Jahren. Ich habe keine Ahnung, warum. Sie sind jetzt im Keller untergebracht. Kommen Sie", sagte er und öffnete eine Tür, von der Lottie gedacht hatte, dass sie zu einem Badezimmer führte. Hinter der Tür war eine Wendeltreppe.

„Sollten sie nicht an einem sichereren Ort aufbewahrt werden?", fragte Lottie.

„Dies ist ein sicherer Ort. Es gibt unzählige Büros wie dieses, überall in Rom verstreut. Nur sehr wenige Leute wissen davon." Sie stiegen drei Treppenläufe hinunter.

Am unteren Ende war eine dicke Holztür. Sie stand offen und im Schloss steckte ein Eisenschlüssel. Lottie sah Pfarrer Joe an und betrat den Raum.

72

„Unglaublich", sagte Lottie.

Regal um Regal voller ledergebundener Bücher. In die Seitengassen Roms verbannte Geschichte.

Pfarrer Joe öffnete ein Buch, das auf dem Schreibtisch lag. „St Angela's", sagte er.

Lottie merkte, dass sie den Atem angehalten hatte, und holte tief Luft. Vorsichtig blätterte er die verblichenen Seiten um, bis er zu dem Jahr kam, das er suchte: 1975. Sie warf ihm einen Blick zu, bevor sie sich ansah, was dort vor Jahrzehnten niedergeschrieben worden war.

Listen. Namen, Alter, Daten, Geschlecht. Alle weiblich.

„Was ist das?, fragte sie, obwohl sie es schon ahnte.

„Diese Seiten beziehen sich auf Mädchen, die 1975 in St Angela's untergebracht wurden", sagte er. „Ich bin sie durchgegangen, aber ich kann nirgendwo eine Susan Sullivan finden."

Lottie setzte sich hin, blätterte die Seiten um und ging die Listen durch. „Hier ist sie", sagte sie. „Sally Stynes. Sie hat ihren Namen geändert." Sie fuhr mit dem Finger die Zeile entlang.

„Darum konnte ich sie nicht finden", sagte er.

„Das sind Verweisnummern", stellte sie fest. „Da, neben Sallys Namen, AA113. Was bedeutet das?"

„Es bezieht sich auf ein anderes Buch, das irgendwo hier sein muss", sagte er. „Ich habe es noch nicht gefunden. Aber sehen Sie sich das an." Er gab ihr ein anderes, kleineres Buch.

„Großer Gott", flüsterte sie. „Nicht zu fassen. Geburtsdaten. Sterbedaten. Joe, das waren alles Babys und kleine Kinder." Lottie überflog die Seiten, Entsetzen schnürte ihr die Kehle zu.

„Ich weiß", sagte er leise.

„Todesursache – Masern, Kolik, unbekannt", las sie. „Mein Gott. Wo haben sie sie begraben?"

„Ich habe keine Ahnung."

„Es scheint alles so methodisch, so unpersönlich", sagte sie. „Es waren irgendwelcher Leute Kinder."

„Ich bin mir nicht sicher, ob es etwas mit Ihren Ermittlungen zu tun hat. Die Verweisnummer, auf die Sie hingewiesen haben, sehe ich hier nicht", sagte er und beugte sich über ihre Schulter.

Lottie versuchte, ihren zitternden Körper zu kontrollieren. Schockierende Schlagzeilen über tote Babys in Klärgruben fielen ihr wieder ein. Das war vor ein paar Jahren international in den Nachrichten gewesen. Jetzt hielt sie den Beweis für etwas Ähnliches in Händen. War das der Grund, warum die Bücher verlegt worden waren? Sie betrachtete wieder das erste Buch, das er ihr gezeigt hatte.

„In diesem Buch", sagte sie, „sind nur die Mädchen, die aufgenommen wurden, eingetragen. In St Angela's waren auch Jungen." Sie dachte an die Akte des vermissten Jungen, die in ihrer Schublade vergraben war. Noch ein Geheimnis, das mit St Angela's verbunden war. Sie hoffte, dass dieser Ort etwas Licht darauf werfen würde.

„Sie sind bestimmt in einem anderen Buch. Ich werde weitersuchen. Es waren über die Jahre so viele Kinder in dieser Schule", sagte er und deutete auf die Reihen schwarzer Buchrücken in den Regalen.

„Nennen Sie es nicht eine Schule", sagte sie und haute auf den Tisch, unfähig, ihre Wut länger zu unterdrücken. „Es war eine Anstalt. Eine, die dem Radar entgangen ist."

„Bis jetzt." Seine Stimme war flach. Resigniert.

„Wer ist dieser Pater Cornelius, der jede Seite unterzeichnet hat?", fragte Lottie und wandte ihre Augen von der verschrifteten Tragödie vor ihr ab. Konnte er der Pater Con sein, von dem O'Malley gesprochen hatte? Er musste es sein, dachte sie.

Pfarrer Joe holte ein weiteres Buch vom Regal.

„Zuerst müssen Sie sich dies ansehen", sagte er und öffnete eine Seite, die er bereits markiert hatte. „Diese Aufzeichnungen sind wie ein Ortungssystem", erklärte er. „Sie listen die Priester auf und wo sie gedient haben."

Lottie nahm das kleine Buch und legte es mit zitternden Händen oben auf die anderen. Oben auf der Seite stand der Name in sauberer Tintenschrift – Pater Cornelius Mohan. Die Zeilen darunter bestätigten den Wechsel zwischen Pfarreien und Diözesen. Der Grund für die Versetzungen wurde nicht genannt.

„Die meisten Priester dienen in ihrem Leben in drei, vielleicht vier Gemeinden", sagte Pfarrer Joe.

„Hier haben wir zwanzig oder dreißig." Sie fuhr mit dem Finger über die Seite und zählte. Dann blätterte sie auf die nächste Seite. Noch mehr Gemeinden. Sie zählte weiter.

„Er hat in zweiundvierzig verschiedenen Gemeinden im ganzen Land gedient", sagte sie und schüttelte den Kopf.

„Das sagt schon alles, nicht wahr", sagte er. Eine Feststellung, keine Frage. Er ging in dem engen Raum umher.

„Er wurde wegen Missbrauchs versetzt?", fragte sie.

„Das steht da zwar nicht, aber Priester werden normalerweise nicht auf diese Weise von Gemeinde zu Gemeinde versetzt. Ich bin sicher, es gibt prall gefüllte Akten mit Anschuldigungen gegen ihn. Irgendwo."

„Mein Gott, seine letzte Adresse ist in Ballinacloy. Das ist nicht weit von Ragmullin", sagte Lottie. „Wissen Sie, ob er noch lebt?"

„Ich bin sicher, ich hätte es gehört, wenn er gestorben wäre, auch wenn er im Ruhestand ist", sagte Pfarrer Joe und nickte mit hängenden Schultern. „Er muss schon über achtzig sein."

„Kennen Sie ihn? Sind Sie ihm mal begegnet?"

„Ich kenne ihn nicht. Ich war schockiert, als ich dies hier entdeckte." „Hat jemand diese Bücher von Hand aktualisiert?"

„Nichts davon kommt in einen Computer. Würden Sie wollen, dass so etwas zurückverfolgt wird? Nicht die katholische Kirche. Sie würde es totschweigen, verstecken und vertuschen wollen."

„Kann ich Kopien machen?"

„Das ist nicht erlaubt."

Lottie beobachtete ihn einen Moment lang, und seine Augen sagten ihr, was sie wissen musste. Sie fingerte an dem Handy in ihrer Tasche herum.

„Sagten Sie nicht, Sie müssten auf die Toilette?", fragte sie.

„Reißen Sie keine Seiten aus", sagte er. Er wusste, was sie plante.

„Danke."

„Ich vertraue Ihnen."

Während sie lauschte, wie Pfarrer Joe langsam die Treppe hinaufstieg, dachte Lottie, dass seine Schritte schwer klangen vom Gewicht der Sünden seiner Kirche.

Sie fühlte sich körperlich krank beim Studieren der Bücher und konnte nicht weiterlesen, also fotografierte sie schnell die Seiten mit ihrer Handykamera. Sie versuchte, so viel von dem großen Buch aufzunehmen, wie sie konnte. In ihrem Kopf berechnete sie ein Raster und fotografierte in chronologischer Reihenfolge; sie würde sie auf ihrem eigenen Computer zusammensetzen. Dies wird nicht verborgen bleiben, schwor sie sich im Stillen. Die mit Tinte auf den Seiten eingetragenen Namen wirkten so unpersönlich, ohne jede Menschlichkeit; gerne hätte sie jeden einzelnen in Ruhe gelesen. Sie bedeuteten eine Lebensgeschichte, einen Herzschlag und einen Herzschmerz. Und sie war sich sicher, dass sie mit den aktuellen Morden in Ragmullin zu tun hatten. James Brown und Susan Sullivan hatten gemeinsam Zeit in St Angela's verbracht. Und sie war sicher, dass die Verbindung zu ihren Morden irgendwo in diesem Kerker von Büchern vergraben war.

Als sie mit dem Fotografieren fertig war, wandte sie ihre Aufmerksamkeit den Regalen zu und prüfte die Daten, die auf den staubigen Buchrücken standen. Von den frühen 1900ern bis zu den 1980er Jahren. Sie ging ein Stück zurück und zog ein dünnes Buch aus den 1970ern mit den Nummern A100 bis AA500 heraus. Sie fand die Seiten, von denen sie meinte, dass sie die relevanten Informationen enthalten mussten, fotografierte sie eilig ab, ohne sie zu lesen, und stellte das Buch wieder ins Regal. Sie suchte nach den Büchern mit den Jungen. Sie entdeckte sie in einem unteren Regal, fand 1975, fotografierte jede Seite und stellte das Buch wieder an seinen staubigen Platz zurück. Dasselbe tat sie mit der ersten Hälfte von 1976. Sie konnte sich nicht dazu durchringen, das alles jetzt zu lesen. Und sie fragte sich, warum Pfarrer Joe die Seiten nicht einfach fotografiert und ihr per E-Mail zugeschickt hatte.

Die Tür ging auf. Pfarrer Joe stand da, die Hände tief in den Taschen.

„Sie haben gestern Abend angedeutet", sagte Lottie, „dass das alles etwas mit Bischof Connor zu tun hat, aber ich sehe hier keinen Hinweis darauf."

„Schauen Sie sich die Unterschrift am Ende jeder Zeile der Versetzungen des Priesters an", wies er sie an.

Sie gehorchte. Ein spindeldürres Gekrakel, aber es gab keinen Zweifel, wessen Name das war. Terence Connor.

„Ich muss Boyd anrufen", sagte sie.

„Warum?"

„Ich möchte, dass er mit diesem Pater Cornelius Mohan spricht. Er hat in der Gemeinde Ragmullin gedient und war drei Jahre lang in St Angela's." Sie schaute auf ihr Telefon. Kein Empfang.

„Lassen Sie uns etwas frische Luft schnappen", sagte sie.

Übelkeit drohte sie zu übermannen, nach dem, was sie gerade gelesen hatte. Sie drängte sich an Pfarrer Joe vorbei, nahm zwei Schritte auf einmal und eilte die Treppe hinauf, als wären die Toten von den staubigen Seiten auferstanden und hinter ihr her.

Draußen drehte sie kleine Kreise unter einer Straßenlaterne. Die hohen Gebäude, die sich über die Gasse lehnten, schienen die

Schatten zu ergreifen und sie um sie herum zu werfen wie Kies in einer Sandgrube.

„Werden Sie die anderen Bücher weiter für mich durchsuchen?", fragte sie. „Um zu sehen, was Sie finden? Ich bin sicher, dass alles mit St Angela's in Verbindung steht."

„Ja, natürlich", sagte Pfarrer Joe. „Aber wie können Sie so sicher sein?"

„Es muss sich um eine Verschleierung drehen, und der Fehler, den Pater Angelotti gemacht hat, muss etwas mit den Verweisnummern zu tun haben." Lottie tippte auf ihr Handy. „Die Dinge fangen an, einen Sinn zu ergeben."

Sie prüfte den Empfang und rief Boyd an.

73

Es war Ladenschluss im Fitnessstudio. Die hämmernde Musik wurde in die Tiefen des Nichts verbannt und jemand knipste das Licht an und aus. Boyd beendete seine Auslaufphase, schaltete das Laufband aus und eilte in die Umkleidekabine.

Mike O'Brien knöpfte gerade sein Hemd am Hals zu und drehte dann seine Manschettenknöpfe ein. Sein Gesicht war rot und von der Anstrengung aufgedunsen. Er hatte sich umgedreht und zog gerade seine Jacke an, als Boyds Telefon klingelte.

Boyd überprüfte die Anrufer-ID, fluchte und nahm ab.

„Boyd", sagte er und hörte zu, während Lottie sprach.

„Pater Cornelius Mohan", wiederholte er und durchsuchte seine Sporttasche. „Ich kann keinen Stift finden, warte."

O'Brien hielt ihm einen Kugelschreiber hin, den er aus seiner Brusttasche gezogen hatte. Boyd nahm ihn und nickte dankend.

„Okay. Ja, ich hab's. Ballinacloy. Sehr gut. Ja, jetzt sofort."

Er wollte Lottie noch eine ganze Menge fragen, aber sie hatte schon aufgelegt.

„Und ich liebe dich auch", sagte er sarkastisch zu dem Telefon in seiner Hand. Er gab O'Brien den Stift zurück, nahm seine Tasche und verließ das Fitnessstudio ohne jeglichen Smalltalk.

. . .

Ballinacloy, ein Dorf mit fast zweihundert Seelen oder Sündern – je nachdem, wie man es betrachten wollte – lag fünfzehn Kilometer außerhalb von Ragmullin, an der alten Athlone Road.

Pater Cornelius Mohan war im Hof hinter seinem Haus und packte Torf in einen Korb. Eine Zigarette hing von seinen rissigen Lippen. Sonst stolz auf seine Agilität in seinem Alter, war er frustriert darüber, wie sehr ihn der Schnee behinderte. Er fürchtete zu stürzen und sich eine Hüfte zu brechen.

Als er sich umdrehte, um wieder ins Haus zu gehen, verdunkelte sich das Licht. Jemand war vor die Tür getreten und blockierte den Schein der Glühbirne. Der alte Priester hob seinen weißen Kopf und blickte direkt in ein Paar dunkler Augen. Er spürte, wie der Schmerz sein Herz ergriff und sein Atem schwer wurde. Der Korb mit Torf krachte auf den Boden und die Zigarette fiel aus seinem Mund in den Schnee und zischte kurz, bevor der rote Stummel schwarz wurde und erlosch.

„Erinnern Sie sich an mich?" Die Stimme hallte wider und wurde durch einen Windstoß verzerrt.

Der alte Priester blickte auf das Gesicht, das teilweise unter einer schwarzen Kapuze verborgen war. Obwohl das Gesicht älter war, hatten die Augen die gleiche Kälte wie vor langer Zeit; ein emotionsloses Wesen, das er selbst mit aufgezogen hatte. Und er hatte gewusst, dass dieser Tag kommen würde.

Er wandte sich ab, stieß gegen den Korb und versuchte wegzulaufen. Aber seine alten Beine weigerten sich, sich schnell zu bewegen.

„Gehen Sie weg", rief er. „Lassen Sie mich in Ruhe."

„Sie erinnern sich also an mich."

Eine Hand packte seine Schulter. Der Priester schüttelte sie ab und humpelte zur Hausecke, bevor er über ein Eisengitter über einem Abfluss stolperte. Als er rückwärts hinfiel, sprang sein Angreifer auf ihn drauf und drückte ihn zu Boden.

„Was wollen Sie von mir?", krächzte der alte Priester.

„Sie haben mich bestohlen." Der Ton war drohend.

„Ich habe in meinem ganzen Leben noch nichts gestohlen."

„Sie haben mein Leben gestohlen."

„Sie hatten damals schon kein Leben", fauchte er. „Sie sollten mir danken, dass ich Sie vor dem Bösen bewahrt habe."

„Sie haben mich mit dem Bösen bekannt gemacht, Sie verrückter alter Drecksack. Mein ganzes Leben habe ich auf diesen Moment gewartet und nun kann ich Sie endlich auf Ihren Weg in das ewige Feuer schicken."

„Gehen Sie zur Hölle."

Pater Cornelius rang bereits nach Luft, als sich die Schnur um seine Kehle zuzog. Er glaubte, Glocken läuten zu hören, bevor seine Welt schwarz wurde.

Boyd hielt seinen Finger auf der Türklingel gedrückt. Es war hell drinnen und er konnte sehen, dass das Licht im Hinterhof an war.

Keine Antwort.

„Kommen Sie", sagte er zu Lynch und ging um das Haus herum. Der Hof wurde von einer einsamen Glühbirne beleuchtet, deren Wattzahl zu gering war, um das Licht weit zu werfen. Der Mond stand zwar tief am Himmel, zeichnete aber eine zarte Silhouette um die Bäume. Lynch schlich auf Zehenspitzen hinter ihm her. Er war froh, dass er sie angerufen hatte. Er brauchte die Gesellschaft.

Auf der Rückseite des Hauses lag eine Gestalt regungslos auf dem Boden. Boyd streckte seinen Arm aus, um Lynch zu stoppen.

„Was?", fragte sie, als sie mit ihm zusammenstieß.

Boyd sah sie an, legte einen Finger an seine Lippen und lauschte. „Warten Sie hier", flüsterte er und näherte sich der Gestalt, wobei er darauf achtete, nicht auf etwas zu treten, das ein Beweismittel sein könnte.

Er ging neben dem weißhaarigen Priester in die Hocke und hielt zwei Finger an seine Kehle. Er wusste, dass seine Maßnahme sinnlos war, als er die Schnur sah, die fest um den Hals gelegt war. Das von dem schummrigen Licht beleuchtete Gesicht war blau, die Zunge ragte heraus und die leeren Augen schienen direkt durch ihn hindurchzustarren. Der ranzige Gestank der im Tod entleerten Fäkalien wehte zu ihm her und verdrängte alle anderen Gerüche. Boyd richtete sich auf und musterte seine Umgebung, soweit es die schwache Glühbirne zu ließ.

„Lynch?"

„Was?"

„Die Büsche ... da drüben. Ich glaube, ich habe etwas gesehen."

„Ich sehe nichts."

„Da! Haben Sie das gesehen?" Boyd rannte durch den dunklen Garten.

„Warten Sie", rief Lynch. „Was meinen Sie, wo Sie hinlaufen?"

Er sprang über die Hecke und schaltete die Taschenlampe an seinem Telefon ein. Es begann zu klingeln. Er ignorierte den Ton und konzentrierte sich auf die dunkle Gestalt, die vor ihm den schmalen Weg entlanglief.

„Boyd, Sie Idiot", schrie Lynch. „Warten Sie!"

Er rannte so schnell konnte, rutschte und schlitterte, während er versuchte, das Ziel im Auge zu behalten. Zweige schlugen ihm ins Gesicht, nasse Blätter flogen und ohrfeigten ihn heftig. Ein Dornenbusch riss sein Nasenloch auf und ein Ast zerkratzte seinen Kopf. Er musste seine Beute fangen. Es war der Mörder. Dessen war er sich sicher. Adrenalin trieb seine Beine voran und unterbewusst war er dankbar für die Stunden, die er schwitzend im Fitnessstudio verbracht hatte.

Das Mondlicht war stark, aber es war schwierig, auf den glitschigen Pflastersteinen zu laufen. Sein Atem rasselte, schnell und hohl. Eine Mülltonne krachte ihm in den Weg und der Schatten raste den Weg hinauf. Am Ende war eine Mauer. Boyd kletterte mit einem Satz darüber und folgte dem Gespenst in die Nacht.

Vor ihm erstreckte sich ein Feld in die Finsternis. Er blieb stehen und holte Luft. In welche Richtung war er gelaufen? Boyd konnte nichts sehen. Frustration wallte auf und er fluchte.

Ohne ein Geräusch zu hören, spürte er plötzlich, wie sich etwas um seinen Hals legte. Er riss die Hände hoch, griff ins

Nichts und verfluchte seine Dummheit. Er war stark, aber so überrumpelt, war er im Nachteil. Lottie würde einiges dazu zu sagen haben, dachte er wild. Er rammte seinen Ellbogen in den Mann hinter ihm. Der Griff blieb unerschütterlich.

Er trat nach hinten. Sein Fuß krachte gegen einen Knochen. Gut. Die Schlinge zog sich zu. Schlecht. Finsternis senkte sich herab, während die kalte Luft wie ein dunkler Schauer um ihn herum wartete. Er fühlte sich machtlos und hysterisch zugleich. Seine Kehle schnürte sich zusammen, er schlug wild mit den Händen um sich und das Kabel wurde enger. Verzweifelt kämpfte er gegen den Druck an. Aber seine Knie gaben nach, und der Schnee drang in seine Knochen.

Er konnte nichts sehen, aber er spürte, wie der Mann sich über ihn beugte. Ein Messer schnitt durch seine Kleidung, in sein Fleisch. Er spürte einen scharfen Schmerz in seiner Seite. Er schrie gurgelnd auf. Sein Telefon klingelte in einer fernen Welt. Lottie würde stinksauer auf ihn sein, wenn er jetzt den Geist aufgab. Ein Knie bohrte sich in seine Wirbelsäule. Er würgte, und der Mond beleuchtete für eine Sekunde die Schatten, bevor sich völlige Dunkelheit wie ein schwarzer Witwenschleier legte.

Dunkelheit.

74

Lottie spürte, wie Pfarrer Joes Arm durch den ihren glitt und sie entlang der ummauerten Stadt durch Borgo Pio und über den Fluss führte.

„Ich hoffe, die Bücher werden Ihnen helfen", sagte er. „Wie laufen die Ermittlungen insgesamt?"

„Fragen Sie nicht."

„Wollen Sie nicht darüber reden?"

„Nicht mit Ihnen, Joe. Sie sind immer noch ein Verdächtiger." Ein Hauch von Beklommenheit schlich sich in ihre Stimme.

Er lachte. „Ah, und das nennt sich Dankbarkeit. Ich habe Ihnen doch gesagt, dass ich für das, was ich Ihnen gezeigt hat, exkommuniziert werden könnte."

„Es tut mir leid. Vielen Dank."

„Gern geschehen."

„Ich kann immer noch nicht verstehen, warum Pater Angelotti nach Ragmullin gereist ist", sagte sie. „Es scheint nicht plausibel, dass er allein wegen der Korrespondenz mit James Brown gefahren ist."

„Ich weiß nicht", sagte er und neigte sich näher zu ihr, während sie gingen.

„Was wissen Sie nicht?"

„Warum er nach Ragmullin gereist ist."

Sie blickten zurück über den Tiber auf den Petersdom. Pfarrer Joe kratzte sich am Kopf. „Lottie, in meinem Kopf krabbeln lästige Dinge herum. Und das Gefühl mag ich nicht."

„Fahren Sie fort", sagte sie.

„Im Laufe der Jahrhunderte hat es immer Skandale im Zusammenhang mit der katholischen Kirche gegeben. In den letzten Jahrzehnten waren es die Gerüchte über unredliche Finanzgeschäfte und die schandhaften Fälle von sexuellem Kindesmissbrauch." Er schloss einen Moment die Augen. „Ich denke, dass Pater Angelotti möglicherweise auf einer Mission war, etwas zu vertuschen, das zu explodieren drohte. Ich werde versuchen, herauszufinden, wer ihn geschickt haben kann. Aber es ist möglich, dass er auf seine eigene Initiative handelte."

„Es hat eine Vielzahl von Missbrauchsfällen gegeben. Die Babys von Tuam, die Magdalenenheime. Warum jetzt? Warum ihn töten? Es ergibt keinen Sinn." Lottie hob ihre Hände, dann ließ sie sie wieder fallen. Er ergriff ihren Arm und drehte sie zu sich um.

„Nichts davon macht Sinn, Lottie. Aber es muss ein plausibles Motiv oder Szenario geben. Und ich bin sicher, Sie werden etwas finden, wenn Sie sich die Kopien der Bücher näher ansehen."

„Dieser Fall ist wie ein Spaghettiknoten", sagte sie. Sie fühlte seine Finger durch ihre Jacke. „Er führt überall und nirgends hin. Keine Spuren, kein Nichts. Und diese Akten nach Rom zu bringen, das ist sehr unorthodox."

„Nicht unorthodox, nur die katholische Kirche, die tut, was sie am besten kann. Vertuschen." Er setzte sich wieder in Gang. „Morgen früh gehe ich wieder zu Umberto und sehe die anderen Bücher durch."

„Ich bin Ihnen sehr dankbar für alles, was Sie tun, das wissen Sie."

„Aber ich bin immer noch ein Verdächtiger?", fragte er.

Lottie sagte nichts. Den Rest des Weges schlenderten sie schweigend. Als sie auf dem Bürgersteig vor ihrem Hotel standen, fragte Lottie: „Wohin gehen Sie jetzt?"

„Ich weiß es nicht, um ehrlich zu sein."

Sie spürte sanfte Regentropfen auf ihrem Kopf.

„Möchten Sie auf einen Kaffee reinkommen?" Sie wollte nicht allein sein mit den Bildern, die die alten Bücher heraufbeschworen hatten, und sie spürte, dass Joe ihr Freund sein könnte.

„Ja, warum nicht", antwortete er und folgte ihr in die warme Lobby.

„Scheiße", sagte sie.

„Was ist los?"

„Die Bar ist zu."

„Vielleicht hätte ich ein vornehmeres Hotel für Sie buchen sollen", scherzte er.

Lottie dachte einen Moment nach. „Es ist zwar nicht sehr schicklich, aber wollen Sie mit in mein Zimmer kommen? Da habe ich einen Wasserkocher und Tassen."

„Inspector Parker, das ist ein absolut unschicklicher Vorschlag", sagte er und brach in ein strahlendes Lächeln aus. „Und ich nehme ihn an."

Im Aufzug hielt Lottie Abstand zu ihm, drückte ihre Tasche an die Brust und seufzte. Was hatte sie jetzt angerichtet? Sie mochte Pfarrer Joe. Aber nur so wie einen Bruder oder war es mehr als das? Sie war sich ganz und gar nicht sicher.

Das Zimmer war, wie sie es verlassen hatte. Die Vorhänge flatterten in der Brise und der Duft von frischem Regen ruhte auf der Fensterbank. Als sie sich umdrehte, stand er direkt hinter ihr. Der Raum war plötzlich zu klein.

„Entschuldigen Sie", sagte sie und schob sich an ihm vorbei, um den Wasserkocher zu holen.

Sie füllte ihn mit Wasser aus dem Badezimmer. Als sie zurückkam, saß er auf dem schmalen Holzstuhl am Schreibtisch und hatte seinen Mantel über das Bettende geworfen. Seit sie die Lobby verlassen hatten, hatte er kein Wort gesagt. Sie schaltete den Wasserkocher ein und beschäftigte sich damit, die kümmerlichen Kaffeebeutel aufzureißen und die kleinen Körner in Tassen zu schütten.

Eine Woge der Erschöpfung sickerte durch ihre Sehnen. Sie rieb sich den Nacken. Schon erhob er sich vom Stuhl und stand hinter ihr.

„Sch!", sagte er und massierte die Stelle, wo ihre Finger gewesen waren. Beben wanderten wie Blitze bis zu ihren Zehen hinunter. Meine Güte, dachte sie, ich bin ein lebendes Klischee. Er ist ein Priester. Es ist okay. Er reibt nur meinen müden Hals.

Sie fühlte den Ärmel seines Pullovers, rau gegen die Seide ihrer Bluse. Sie roch seine Seife. Sie stand still, eingeschlossen von seiner Berührung, und fragte sich, ob sie sich nach diesem Kontakt sehnte, damit er sie von allen Schrecken der letzten Stunden, der letzten Tage, der letzten Jahre und von den Schrecken, die noch kommen würden, freisprechen konnte.

„Das reicht jetzt, Joe", lachte sie nervös und entschlüpfte ihm. Sie begann, sich mit dem Wasserkocher zu beschäftigen. „Lassen Sie uns den Kaffee trinken."

„Natürlich", sagte er und setzte sich wieder auf den Stuhl.

Sie reichte ihm eine Tasse und sagte: „Ich hoffe, ich habe keine falschen Signale ausgesendet. Ich mag Sie als Freund. Mehr nicht. Mein Leben ist kompliziert genug."

Dann lachte er, und die Spannung im Raum schien mit dem wehenden Vorhang zum Fenster hinaus zu entfliegen.

„Lieber Gott, ich hoffe, ich habe mich nicht unpassend verhalten. Ich habe nur versucht, Ihren Nacken zu entspannen. Es war ein harter Tag für Sie."

Sie spürte, wie ihr die Röte in die Wangen schoss. Scheiße, sie hatte sich lächerlich gemacht. Sie stellte die Tasse hin und wandte sich ab.

Er stand auf, legte seine Hände auf ihre Schultern und zwang sie, ihn anzusehen.

„Sie sind eine gute Frau, Lottie Parker. Ich möchte, dass Sie wissen, dass ich Ihr Freund bin und mein Bestes tun werde, um Ihnen bei der Aufklärung der Morde zu helfen." Er hielt ihr die Hand hin. „Freunde?"

„Ja", sagte Lottie und schüttelte seine Hand. Er umklammerte ihre Hand und hielt sie in seiner eigenen.

Dann ging er, ohne noch etwas zu sagen.

Sie lehnte sich gegen die Tür und hörte, wie seine Schritte den Marmorkorridor hinunter verschwanden. Sie wartete, bis sich ihre Atmung normalisierte. Sie wartete auf das Läuten der Glocken von Maggiore.

Als Lottie sich endlich bewegen konnte, versuchte sie, Boyd anzurufen. Sie wollte nur eine vertraute Stimme hören.

Keine Antwort.

Sie blickte über die Stadt hinaus und zählte die Silhouetten der Türme. Sie zählte die Autohupen und die Sirenen. Als sich ihr Körper entspannte, klappte sie ihren Laptop auf. Sie musste nach Hause. Heute Nacht. Sie fand einen Flug, der in zwei Stunden ging, buchte ihn, stopfte in aller Eile alles in ihren Rucksack, verließ das Hotel und rannte, um den Shuttlezug zu erwischen.

Wieder rief sie Boyd an.

Keine Antwort.

75

Eine Glocke bimmelte und ein Licht flackerte über seinem Kopf. Jason öffnete die Augen, drehte langsam den Kopf und versuchte, durch die Schatten zu sehen.

„Zeit für eine kleine Zeremonie, Dienerjunge."

Die Stimme summte einen Singsang von Beschwörungen. Ein Licht verdunkelte sich und flackerte.

„Was wollen Sie von mir?", krächzte Jason.

„Was immer du mir zu bieten hast, wird nie genug sein."

„Mein Vater..."

„Dies ist zum Teil seine Schuld. Also kannst du ihn verantwortlich machen."

„Was ... was meinen Sie?"

„Darum brauchst du dich nicht zu kümmern."

Jason kniff die Augen zu, damit ihnen keine Tränen entweichen konnten. Hände lösten seine Fesseln und zerrten ihn auf die Beine. Ein Finger fuhr seine Wirbelsäule hinunter. Der Mann stieß einen lauten Seufzer aus und schob ihn aus der Tür, einen Korridor entlang und eine Treppe hinunter.

Er war in einer kleinen Kapelle. Der Mann trug eine Glocke und klingelte damit zu einem unbekannten Takt in seinem Körper.

Die Holzbänke boten Jason keinen Komfort; er war gezwungen zu stehen, hypnotisiert von der Szene vor ihm.

Der Mann war in ein fließendes weißes Gewand gekleidet, das vom Saum bis zum Hals zugeknöpft war, und sang seine verrückte Melodie. Seine Stimme hob und senkte sich, fast im Reigen der Kerzen, die sich sanft und langsam in einer gefangenen Brise wiegten.

„Ich habe heute Nacht einen Mann getötet", sang die Stimme.

Jason wurde kalt, obwohl seine Haut Schweiß ausströmte. Die Mischung aus den Drogen, die der Mann ihm gegeben hatte, den flackernden Kerzen und dem unaufhörlichen Gesang machte ihn schwindlig.

„Vielleicht habe ich sogar zwei getötet." Sein hysterisches Lachen hallte durch das steinerne Vestibül.

Eine Krähe kreiste hoch in den Dachsparren und flog in ein Buntglasfenster; eine Feder schwebte hinter ihr durch die Luft. Ein Nebel senkte sich über Jasons Augen, als der Marmor seinen Sturz auffing. Er fiel auf den Boden und blieb bewusstlos neben der schwarzen Feder liegen.

76

Lottie lehnte sich gegen das ovale Flugzeugfenster. Sie schloss die Augen und ließ die wenigen Stunden, die sie in Rom verbracht hatte, Revue passieren. Ihre Gedanken waren von den alten Büchern eingenommen. Nummern gingen ihr durch den Kopf. Susan Sullivan war eine Nummer. Ihr Kind war eine Nummer. Plötzlich setzte sie sich in ihrem Sitz kerzengerade auf, sodass die Frau neben ihr aufwachte.

„Entschuldigung", sagte Lottie. „Ich glaube, wir haben noch eine Stunde vor uns."

Die Frau senkte ihr Kinn auf die Brust und schlief wieder ein. Lottie starrte auf den Sitz vor ihr. Etwas lag zum Greifen nahe, was war es? Ein Hinweis. Etwas, das sie bereits gesehen, aber noch nicht registriert hatte. Sie würde darauf kommen. Das wusste sie. Die fotografischen Beweise waren auf ihrem Telefon. Sobald sie hochgeladen waren, würde sie sicher alles zusammenfügen können.

Sie konnte sich nicht entspannen und war neidisch auf die Frau, die leise neben ihr schnarchte. Sie musste mit jemandem reden. Sie brauchte Boyd. Sie musste wieder zur Arbeit. Sie brauchte Schlaf.

Ihr Herz sank tiefer, als das Flugzeug höher über die dunklen

Wolken stieg und sie quälte sich mit den Sünden, die sie begangen hatte und denen, denen sie fast erlegen war.

Würde sie jemals wieder schlafen können?

77

Der Junge sah aus wie eine unvollendete Skulptur, dachte der Mann. Genau wie er selbst. Schwach. Bruchstückhaft. Unvollständig. Hier in St Angela's – seiner Nemesis.

Er hatte seine trostlose Kindheit in dieser Klausur verbracht und war wie Efeu an einer rissigen Betonwand, wild und ungebändigt, gewachsen. Seine Seele hatte sich von Tag zu Tag verfinstert, während er sich in seiner eigenen Welt einschloss. Missbrauch und Falschheit hatten ihn verschlungen, aber mit den Jahren hatte er gelernt, das embryonale Böse unter einer täglichen Fassade der Normalität zu begraben.

Und nun hatte St Angela's den Teufel wieder zum Leben erweckt, die Dunkelheit exhumiert und ihn zu dieser letzten Reise verleitet.

Dahin zurück, wo er angefangen hatte.

Und er wusste, dass es hier enden würde.

Er trat den am Boden liegenden Jungen, und als dieser stöhnte, zerrte er ihn auf die Beine, schob ihn die Treppe hinauf und zurück in das Zimmer. Er stieß ihn auf die schimmeligen Dielen, knallte die Tür zu und schloss sie ab. Er lehnte sich gegen das verwitterte Holz und atmete schwer.

Er hatte den Jungen verschont.

Hatte die Dämonen in Schach gehalten.

Aber für wie lange?

30. Januar 1976

Die vier kauerten zusammen, obgleich sie hätten rennen sollen. Die Tür schwang auf. Brian stand da in einem weißen Gewand. Sein dünner Arm wanderte an der Wand hoch und seine schmalen Finger knipsten das Licht an. Sally hielt die Hand vor die Augen gegen die Helligkeit.

„Bist du okay?", fragte sie.

„Nein", sagte Brian. „Ich bin nicht okay. Und du auch nicht. Ihr sollt alle runter in die Kapelle kommen. Pater Con befiehlt euch zu kommen."

„Bist du verrückt, oder was?", fragte Patrick und stellte sich vor Sally. Sie wollte ihm sagen, dass sie mutig genug war, für sich selbst einzustehen, tat es aber nicht. Weil sie es nicht war.

„Ich habe dir eine verdammte Frage gestellt", sagte Patrick.

„Ihr müsst alle mit mir kommen", sagte Brian, seine Stimme so ausdruckslos wie seine Augen. Auf Sally wirkte er viel älter, wie er da in der Tür stand. Sie legte ihre Hand auf seinen Arm und fühlte Knochen unter der Haut. Er zuckte zusammen, als ob sie ihn gekniffen hätte. Er ergriff ihre Hand und zog sie zur Tür hinaus. Sie schrie auf, und Fitzy erwachte wie aus einem Stupor und zerrte sie zurück ins Zimmer, während Brian sie immer noch festhielt.

Sally fiel hin und rollte sich zu einem kleinen Haufen vor den nackten Füßen der Jungs zusammen. Ihr Körper wurde von Schauern geschüttelt.

„Bitte, Brian", flehte sie. „Lass uns alle wieder ins Bett gehen und das hier vergessen."

„Ihr kommt besser mit mir. Er wartet", sagte Brian. Plötzlich wurde er in den Raum gestoßen.

Hinter ihm stand Pater Con, die Augen schwarz wie die Nacht, griff nach Sally und riss sie hoch. Ein Schrei entrang sich ihrer Kehle, als er sie hinaus und die Treppe hinunter zerrte. Sie hörte das Schlurfen der Jungen, als sie ihnen folgten.

Am Altar starrte er auf sie herab und sie zu ihm hoch. Sie kannte jede Linie in seinem Gesicht, jedes Haar in seinen Augenbrauen, jedes Barthaar an seinem Kiefer, jeden Zahn in seinem Mund, und sie hasste jeden Zentimeter von ihm.

„Böses Mädchen", sagte er, fletschte die Zähne, biss sich auf die Unterlippe, und seine Finger schnitten in ihren Arm.

„Sie sind es, der mich zu einem bösen Mädchen gemacht hat", sagte Sally.

Der Anflug von Wagemut war eine Lüge. Wenigstens waren die Jungen da. Sie standen wie eine Schar von Kriegern, obwohl keiner von ihnen eine Waffe hatte.

Einer von ihnen rief: „Sag's ihm, Sally." Wahrscheinlich Patrick, dachte sie. Der Priester streckte seine Hand aus und packte den Jungen, der ihm am nächsten stand: Fitzy, mit seinem roten Haar, das im Kerzenlicht schimmerte. Sie konnte die großen flachen Sommersprossen auf seiner Nase zählen. Und sie sah Feuerflammen in seinen Augen brennen.

„Ich habe keine Angst, Sie Tyrann", sagte Fitzy und straffte die Schultern. Sally wünschte sich, er würde den Mund halten. Er war zu jung, um so mutig zu sein, oder war er einfach nur dumm?

Der Priester musterte ihn wie einen Siegerfisch.

Sally schaute sich hektisch um. Sie mussten hier raus. Hilfe holen. Aber wen? Nicht die Nonnen. Sicher hatten alle Angst vor Pater Con. Er war der Boss. Sie wusste nicht, was sie tun sollte. Sie sah Patrick an. Er schien genauso hoffnungslos zu sein wie sie. Dann, abseits in dem flackernden Schatten hinter dem Altar, entdeckte sie den jungen Priester mit den hässlichen Augen. Er stand da, in der dunklen Nische, und tat nichts. Er starrte vor sich hin und rieb sich mit den Händen durch sein dickes, schwarzes Haar, als wüsste er auch nicht, was er tun sollte. Seine stille, passive Präsenz war genauso furchterregend wie der Wahnsinnige, der Fitzy festhielt. Was sollten sie tun?

Ein Schrei von Fitzy lenkte ihren Blick zurück auf Pater Con. Er hatte dem Jungen den Arm auf den Rücken gedreht.

„Ich werde dich lehren, vor Älteren Respekt zu haben. Du hast

vom ersten Tag an, als du diese Mauern betreten hast, Unheil angerichtet. Und du wirst Unheil anrichten, bis zu dem Tag, an dem du
sie wieder verlässt", sagte er.

„Sie sind ein Nichts", sagte Fitzy tapfer. Er sah sehr klein aus.

Der Priester hielt ihn mit einer Hand noch fester und schnappte
mit der anderen eine Kerze vom Altar. Er hielt sie an Fitzys
Gesicht. Die Flamme flackerte und tanzte und versengte sein rotes
Haar schwarz. Sally musste bei dem Geruch würgen.

„Sag, dass es dir leidtut. Du bist nichts als ein mieser Bastard
und deine Mutter ist eine Hure." Fitzy zappelte und wand sich. Er
konnte sich nicht aus dem Würgegriff befreien.

Sally sah zu, wie sein hilfloser Körper zuckte, und wünschte, sie
könnten etwas tun. Irgendetwas. Sie waren so machtlos wie die
blöden Statuen an den Wänden. Warum tat der andere Priester
nicht etwas? Sie sah zu ihm hinüber. Er stand immer noch da.
Unbeweglich.

Pater Con warf die Kerze auf den Boden, stieß seine gefalteten
Kleider um und nahm seinen langen Ledergürtel in die Hand.

„Brian, nimm die Kordel von deinem Gewand und binde
diesem Mörderbalg die Hände auf den Rücken."

Sally sah einen Schweißfilm auf Brians Stirn. Mit fragenden
Augen schaute sie von Patrick zu James. Was geht hier vor? Sie
schüttelten energisch die Köpfe.

Fitzy trat und schlug um sich und biss. Der Priester ließ nicht
los. Brian tat, was ihm befohlen wurde. Sobald er gefesselt war,
wurde Fitzy von Pater Con vor dem Altar auf die Knie gezwungen.

„Du hast das Baby ermordet, nicht wahr?", rief der Priester.
„Das Baby, das wir unter dem Apfelbaum gefunden haben."

Fitzy spuckte einen Mund voll Schleim aus. „Das habe ich
nicht, Sie verlogene Drecksau." Der Priester spannte den Gürtel um
seine Hand, holte aus und schlug Fitzy mit dem Leder ins Gesicht.
Die Messingschnalle schnitt in seine Wange und Blut strömte aus
der Wunde. Wieder und wieder schlug der Priester zu. Sally hielt
sich die Hände vor die Augen und blinzelte dann durch die
gespreizten Finger. Als sie es nicht mehr ertragen konnte, schrie sie,

nahm all ihren Mut zusammen und ging auf Pater Con los. Er drehte sich um und peitschte sie mit dem Leder. Patrick zog sie weg und zerrte sie den Gang hinunter. Sie überlegte zurückzurennen, aber es war hoffnungslos. Sie fasste James bei der Hand und die drei jagten die Treppe hinauf und schrien um Hilfe.

Über ihre Schulter sah Sally, wie Brian Fitzy an den Schultern festhielt, während der Irre wieder und wieder mit dem Leder ausholte und zuschlug. Solange sie lebte, würde sie nie das Geräusch des Leders, wie es das Fleisch zerriss, und die hilflosen Schreie des Jungen vergessen. Und den hässlichen jungen Priester mit dem dicken schwarzen Haar, der in der Ecke stand, zusah und nichts tat.

Als sie in Richtung des Korridors flohen, hörte Sally eine Stimme laut und deutlich hinter ihnen.

„Halt!"

Die drei drehten sich gleichzeitig um und sahen sich dem jungen Priester gegenüber, der von dem Lichtschein aus der Krypta umgeben war wie von einem satanischen Feuer.

Er ging auf sie zu. Sally lehnte sich an die Körper der Jungs. Sie waren drei, miteinander zu einem Schatten verschmolzen.

„Seid leise. Wir wollen doch nicht alle aufwecken, oder?" Der Priester lächelte verschlagen, sein Gesicht kälter als Eis, die Augen schwärzer als Kohle, die Stimme schärfer als ein Rasiermesser.

„Ihr müsst Euch nicht darum kümmern, was Ihr gesehen habt. Ich werde mich darum kümmern. Sagt niemandem etwas von diesem Vorfall. Niemandem! Hört ihr?" Seine Stimme war ein langsames, strenges Flüstern.

Die drei nickten mit den Köpfen, wie hölzerne Marionetten, deren Fäden von einer unsichtbaren Macht gehalten wurden.

„Wenn ich jemals etwas davon höre ... nun, ihr habt ja gesehen, was mit dem Jungen passiert ist. Ich werde euch nicht ein zweites Mal warnen. Geht jetzt zurück in eure Betten."

Er glitt wieder die Treppe hinunter. Sally und die Jungs sahen sich mit großen, tränenüberströmten Augen an.

„Was ist mit Fitzy?", flüsterte Sally.

„Du hast gehört, was er gesagt hat. Wir müssen ihn vergessen", sagte Patrick.

„Er ist ein Unglückskind", sagte James. Er rutschte zu Boden und ließ sich gegen einen eisernen Heizkörper fallen, die Arme um die Knie geschlungen, zitternd und schluchzend.

Sally setzte sich neben James. Patrick setzte sich dazu. Und dann weinten sie alle drei um Fitzy.

ACHTER TAG

6. JANUAR 2015

78

Es war fünf Uhr morgens, und Lottie stand vor der Ankunftshalle des Dubliner Flughafens und verfluchte die Tatsache, dass sie kein Auto hatte. Sie schaltete ihr Handy ein.

Fünf verpasste Anrufe von Kirby. Nichts von Boyd. Bei ihm versuchte sie es zuerst. Keine Antwort. Dann rief sie Kirby an.

„Mein Gott, Boss, ich versuche schon seit Stunden, Sie zu erreichen", schnaufte er.

„Was ist los? Meine Kinder! Ist alles in Ordnung?"

„Es geht ihnen gut."

„Gott sei Dank. Boyd geht nicht ans Telefon. Und ich brauche jemanden, um mich abzuholen."

„Er ist im Krankenhaus."

„Was? Was ist passiert? Ist er okay? Sagen Sie mir, dass er okay ist, Kirby."

„Nein, ist er nicht. Er wurde niedergestochen, gewürgt. Er ist im OP. Sehen Sie besser zu, dass Sie herkommen."

„Was zur Hölle ist passiert?"

„Der Priester, zu dem Sie ihn geschickt haben, um mit ihm zu reden, ist tot. Ermordet. Boyd hat den Mörder verfolgt und wurde dabei fast getötet."

„Oh mein Gott. Wird er durchkommen?"

„Ich habe keine Ahnung."

„Ich werde in weniger als einer Stunde da sein."

„Und Boss?"

„Was?"

„Superintendent Corrigan sucht Sie."

Lottie legte auf, lief zum Taxistand und sprang in das erste Auto. Sie ließ sich in den Sitz sinken, schaute hinaus in die graue Morgendämmerung, die am Horizont aufstieg, und dachte nur an eine Person.

Boyd.

In dem schmalen Krankenhauskorridor, der von leeren Betten und Spinden gesäumt war, huschten Mitarbeiter in grünen Kitteln, nicht als Ärzte oder Krankenschwestern zu erkennen, mit gesenkten Köpfen umher und prüften Patientenakten. Sie eilten durch die Schwingtüren der Intensivstation hinein und hinaus und schickten Windstöße durch die stickige Luft. Lottie war versucht, die Tür einzurennen, um selbst zu sehen, wie ernst es mit Boyd war, aber die Vernunft siegte. Zwei Plastikstühle mit Blick auf die Intensivstation waren frei, daneben döste Detective Lynch. Detective Kirby lungerte neben ihr herum.

„Wann ist er aus dem OP gekommen?", fragte Lottie.

„Vor einer halben Stunde", sagte Kirby und stellte sich gerade hin. „Wir haben noch nichts gehört."

Lottie ging umher, dann setzte sie sich hin.

„Holen wir uns einen Kaffee", sagte Lynch und streckte sich.

„Nein, das tun wir nicht", fauchte Lottie.

„Beruhigen Sie sich", sagte Kirby.

„Erzählen Sie mir genau, was passiert ist."

Lynch klärte sie auf.

„Und Pater Cornelius ... Ich nehme an, es ist der gleiche Modus Operandi, wie bei den anderen Morden."

„Ja. Stranguliert. Die Jungs durchsuchen die Datenbank, um

zu sehen, ob er irgendeine Verbindung zu den anderen Opfern hatte", sagte Lynch.

„Ich habe in Rom eine Verbindung gefunden. Deshalb habe ich Boyd angerufen, um mit dem Priester zu sprechen", sagte Lottie.

„Was haben Sie gefunden?", fragte Lynch.

„Patrick O'Malley hat bei seiner Vernehmung einen Pater Con erwähnt. Ich habe herausgefunden, dass Pater Cornelius Mohan Priester in St Angela's war, als Sullivan und Brown dort waren. Dann wurde er öfter zwischen Institutionen und Gemeinden herumversetzt als beim Bäumchen wechsle dich. Er muss ein Serien-Kinderschänder gewesen sein."

„Aber was ist das Motiv für die Morde?", fragte Kirby. „Und wie passt ein pädophiler Priester da hinein?"

„Er passt da rein. Irgendwie."

Lottie hielt ihren Kopf in dem Versuch, ihren Kopfschmerzen Einhalt zu tun.

„Boyd muss einfach durchkommen", sagte sie und sie verfielen in Schweigen.

Ein Arzt kam aus der Intensivstation geeilt. Lottie sprang vom Stuhl auf und marschierte zu ihm hinüber.

„Ich bin Detective Inspector Parker. Ich muss Detective Sergeant Boyd sehen."

„Es ist mir egal, wer Sie sind, niemand geht da rein, bis er stabil ist."

„Wie lange wird das sein?"

„So lange, wie es dauert."

„Doktor? Bitte."

„Ich habe es geschafft, seine gerissene Milz zu retten. Er hat sehr viel Glück gehabt. Keine weiteren inneren Verletzungen, soweit ich sehen konnte. Er wird für den Rest des Tages auf der Intensivstation bleiben. Ich schlage vor, dass Sie alle erst einmal nach Hause gehen und später wieder anrufen."

Lottie schwankte im Luftzug der Schwingtür, als der Arzt vorbeiging.

„Kommen Sie", sagte sie. „Wir können mehr für Boyd tun, wenn wir den mordenden Dreckskerl finden, der ihm das angetan hat. Dies ist gerade zu einer persönlichen Angelegenheit geworden."

79

Kirby brachte Lottie nach Hause, um ihr Auto abzuholen. Ihre Mutter war damit beschäftigt, den Küchenfußboden zu wischen.

„Hast du jemals von einem Pater Cornelius Mohan gehört?", fragte Lottie, nachdem sie Rose dafür gedankt hatte, dass sie sich um die Kinder gekümmert hatte.

„Ja, habe ich. Er lebt draußen in Ballinacloy. Ist schon lange im Ruhestand."

Himmel, ihre Mutter kannte wirklich jeden. „Und?"

„Er war Ortspfarrer in Ragmullin, damals in den siebziger Jahren."

„Weißt du sonst noch etwas über ihn?" Lottie beobachtete das Gesicht ihrer Mutter,

Rose Fitzpatrick starrte zurück.

„Worum geht es hier?", fragte sie und drückte den Mopp aus.

„Hintergrundinformationen."

„Soweit ich mich erinnern kann, war er eine Zeit lang einer der Kapläne in St Angela's."

„Wirklich?" Lottie wusste, dass ihre Mutter ihr auswich.

„Komm schon, Lottie. Ich habe deine Fragen zu meinem Gespräch mit Susan Sullivan beantwortet und ich weiß, dass es dich juckt, mich etwas anderes zu fragen."

„Gab es jemals einen Hauch von Skandal um ihn, besonders in St Angela's?"

Rose drehte sich um, stellte den Mopp und den Eimer in die Waschküche, griff nach ihrem Mantel und knöpfte ihn zu. Sie zog sich ihre Mütze über die Ohren und hielt an der Tür inne.

„Ich weiß genau, Lottie Parker, dass du die Antwort bereits kennst."

„Und du weißt genau, dass du Eddie dorthin abgeschoben hast, nachdem Papa gestorben ist," stellte Lottie grimmig fest. Es war das erste Mal, dass sie ihre Mutter beschuldigte.

Roses Hand fiel von der Türklinke. Sie machte einen Schritt auf Lottie zu. In ihren Augen standen Tränen.

„Du weißt so gut wie ich, dass dein geschätzter Vater sich umgebracht hat. Er ist nicht einfach gestorben." Ein Schluchzer brach aus ihrer Kehle. „Und ich habe niemanden irgendwohin abgeschoben."

„Es tut mir leid." Lottie zog die Schultern ein, streckte eine Hand aus und legte sie ihrer Mutter auf die Schulter. Sie erwartete, dass Rose sie abschütteln würde. Sie tat es nicht.

„Nein, mir tut es leid. Du warst zu jung, um das alles zu verstehen. Ich konnte nie darüber sprechen, und ich habe immer um sie getrauert. Du weißt alles über Trauer – wie schwer es ist, ohne einen Ehemann an deiner Seite weiterzumachen. Ich habe alles getan, was ich konnte, um für dich alles richtig zu machen. Alles."

Lottie wusste das, aber sie hatte jede Sekunde des Tages mit dem klaffenden Loch in ihrer Existenz gelebt. Jetzt wollte sie Antworten.

„Ich will wissen, was passiert ist und warum es passiert ist. Mindestens so viel bist du mir schuldig."

Rose entzog sich Lotties Hand und senkte ihre Stimme.

„Nach allem, was ich für dich und deine Kinder getan habe, glaube ich nicht, dass ich dir irgendetwas schuldig bin."

„Aber warum hat Papa sich umgebracht?", beharrte Lottie.

„Ich weiß es nicht."

„Okay, ich akzeptiere das. Vorläufig. Aber Eddie? Mein kleiner

Bruder? Du hast ihn dorthin gegeben und hast ihn dort verrotten lassen. Das kann ich nicht akzeptieren."

„Du weißt nicht, wie es damals war. Das Stigma, das mit Selbstmord verbunden war. Ich war eine Witwe mit zwei kleinen Kindern. Und Eddie, er … er war unmöglich. Ich hatte keine Wahl."

„Es gibt immer eine Wahl, Mutter. Nur hast du die falsche getroffen."

„Verurteile mich nicht, Lottie."

„Dann sag mir, warum du Eddie dort untergebracht hast."

„Es war der einzige Ort, wo sie mit ihm fertig werden konnten."

Lottie lachte ironisch. „Nur konnten sie es nicht, stimmt's? Er ist weggelaufen, nicht wahr? Wie muss es für ihn gewesen sein?" Sie schüttelte sich, als sich ihr die Schreckensbilder von Anstalten der 1970er aufdrängten.

Rose streifte ihren Mantel über und ging zur Tür. „Ich lebe mit dem, was ich getan habe, jeden Tag meines Lebens. Und jetzt gehe ich. Ich bin nicht hergekommen, um verhört und beschuldigt zu werden. Auf Wiedersehen."

Lottie stand noch lange aufgebracht da, nachdem ihre Mutter gegangen war. Sie verkrallte ihre Finger ineinander und zählte die Spinnweben über den Schränken. Sie atmete tief durch. Versuchte, sich zu erden. Wie schaffte es Rose, jede Frage in eine Anschuldigung zu verwandeln? Sie war die einzige Person, die sie wirklich erschüttern konnte.

———

Nachdem sie nach Katie, Chloe und Sean gesehen hatte, und immer noch benommen von der Unwilligkeit ihrer Mutter, ihr die Antworten zu geben, die sie schon so lange begehrte, zog Lottie sich um, drückte sich um eine Dusche herum und fuhr zum Revier. Adrenalin machte ihren Schlafmangel wett.

Sie sorgte dafür, dass Kirby und Lynch sich an die Arbeit

machten. Sie mussten sich von Boyds kritischem Zustand ablenken und einige konkrete Beweise finden, um die Mordermittlungen voranzutreiben. Sie war überzeugt, dass die Tode der beiden Priester Cornelius und Angelotti mit Susan Sullivan und James Brown zusammenhingen, und der rote Faden war St Angela's.

Lottie lud die Fotos der Bücher von St Angela's von ihrem Telefon auf den Computer hoch und blinzelte mit müden, brennenden Augen, als die Einträge auf dem Bildschirm erschienen. Jeder Eintrag stand für eine ungeschriebene Geschichte, jeder Name für jemandes Kummer. Und der Schauplatz dieser Pein waren die Flure, die Zimmer und das Gelände von St Angela's. Sie brauchte Zugang zu dem Gebäude, um ein Gefühl für den Ort zu bekommen, um herauszufinden, ob er die Antworten barg, die sie suchte.

„Drucken Sie diese Fotos aus und ordnen Sie sie chronologisch", wies Lottie Lynch an, bevor sie sich auf den Weg zu ihrer provisorischen Kantine machte. Sie setzte den halbleeren Wasserkocher auf. Als sie sich mit dem Kaffeebecher in der Hand umdrehte, stand Corrigan im Türrahmen. Nicht jetzt, dachte sie.

„Guten Morgen, Sir." Lottie nippte so nonchalant wie möglich an ihrem Kaffee.

„Sie sehen beschissen aus, Parker." Er verschränkte die Arme.

Es gab kein Entkommen, er hatte nicht die Absicht, zu gehen. Sie streckte ihren müden Körper, richtete sich zu ihrer vollen Größe auf und unternahm einen lahmen Versuch, ihm draufgängerisch zu begegnen.

„Danke", sagte sie und zwang sich zu einem Lächeln.

„Ich bin nicht dumm", sagte Corrigan ruhig. Zu ruhig. Sie wappnete sich für den Angriff.

„Ich weiß", sagte sie. Was sollte sie sonst sagen?

„Kommen Sie mir nicht frech", sagte er und löste seine Arme. Er lehnte sich hinter sie. Sie zuckte zurück und duckte sich, dann bemerkte sie, dass er nur den Wasserkocher einschaltete, während er weiterhin den Ausgang versperrte.

„Sie sind nach Rom geflogen", knurrte er.

„Ja, Sir." Es hatte keinen Sinn, es zu leugnen.

„Sie haben sich meinem direkten Befehl widersetzt. Ich könnte Sie suspendieren, ich könnte Sie feuern oder mir Ihre Eier auf einem silbernen Tablett servieren lassen, wenn Sie welche hätten."

„Ja, Sir." Lottie zupfte am Ärmel ihrer Bluse. Sie hatte nicht die Absicht, irgendetwas von dem, was er sagte, zu bestreiten.

„Ich hoffe, es war die Probleme wert, die Sie für sich und alle anderen geschaffen haben", sagte er und schüttete die paar Tropfen Wasser in eine Tasse.

„Ich glaube, das war es." Lottie reichte ihm einen Karton und rümpfte ihre Nase bei dem Geruch der Milch, die kurz davor war, sauer zu werden.

„Ich bin ganz Ohr", sagte er, die Arme wieder verschränkt, der Becher auf der Arbeitsplatte aus Kisten.

„Okay, Sir. Wie ich es sehe, stehen die Morde mit Vorfällen in Zusammenhang, die sich in den Siebzigern in St Angela's ereignet haben. Möglicherweise ein Mord, wenn nicht zwei. Und ja, ich gebe zu, ich war in Rom. Ich habe eine Spur verfolgt."

„Und was war das für eine Spur?"

„Pfarrer Burke hat Akten mit Informationen gefunden. Er bat mich, sie mir anzusehen. Er hatte keine Möglichkeit, mir die Informationen zu schicken."

„Erzählen Sie weiter."

„In diesen Akten sind die Aufnahmen von Kindern in St Angela's verzeichnet. Daten, Namen, Adoptionen, Todesfälle. Ich muss die Informationen noch analysieren und habe keine Ahnung, wie wichtig sie sind, aber die Unterschrift auf einigen der Seiten ist bedeutsam."

„Ich höre."

„Pater Cornelius Mohan."

„Das Ballinacloy-Opfer von letzter Nacht?", fragte Corrigan, öffnete seine Arme, nahm seinen Becher und verschüttete Kaffee auf seinen Hemdsärmel.

„Ja", antwortete sie. „Und in einem anderen Buch sind Einzelheiten über seine Versetzungen aufgelistet, einschließlich seiner Zeit in St Angela's. Er hat in über vierzig verschiedenen Gemeinden gedient. Das spricht für sich, finden Sie nicht?"

„Und da war er, lebte fünfzehn Kilometer außerhalb von Ragmullin, direkt neben einer Grundschule. Wahnsinn."

„Alles genehmigt von Bischof Connor. Der, nebenbei bemerkt, dafür gesorgt hat, dass die Bücher nach Rom gebracht wurden." Lottie beobachtete Corrigans Gesicht, während er das alles verdaute. Sie fügte hinzu: „Ich habe Boyd gestern Abend angerufen und ihn gebeten, nach Ballinacloy zu fahren und Cornelius Mohan zu vernehmen. Ich glaubte, er könnte Informationen über die Opfer haben."

Corrigans Lippen schwebten über dem Rand seines Bechers. „Ich glaube nicht an Zufälle", sagte er, „also wie konnte der Mörder vor Boyd zu Mohan kommen? Wurde er gewarnt?"

„Ich bin mir nicht sicher, aber es trifft sich alles zu gut", sagte Lottie. „Ich muss herausfinden, wer wusste, dass wir hinter dem Priester her waren. Er musste etwas wissen, das seine Ermordung rechtfertigte."

Corrigan blies die Backen auf und sagte: „Ich gewähre Ihnen einen Vollstreckungsaufschub. Mit Boyd aus dem Spiel kann ich es mir nicht leisten, noch einen Kriminalbeamten zu verlieren. Aber wenn das alles vorbei ist, kann es gut sein, dass Sie wegen Disziplinlosigkeit vor dem Chief Superintendent landen. Einstweilen machen Sie sich wieder an die Arbeit. Und Parker", sagte er, indem er sein Gesicht mit ihrem auf eine Höhe brachte.

„Ja, Sir?"

„Ich werde Sie auf Schritt und Tritt beobachten."

Sein Blick bohrte winzige Löcher in ihre Augen, so dass sie fast aus den Höhlen fielen, bevor er kopfschüttelnd davon ging.

Lottie seufzte. Nun schwebte die Androhung eines Disziplinarverfahrens über ihrem Kopf. Aber noch hatte sie ihren Job. Vorläufig. Ein Positivum in einem Sumpf der Negativität.

80

Detective Maria Lynch warf ihr die Kopien auf den Schreibtisch. Lottie nahm sie. Namen schwirrten vor ihren Augen, als ihr ein Gedanke kam. Pfarrer Joe hatte ihr erlaubt, die Fotos zu machen. Und er war dabei gewesen, als sie Boyd angerufen hatte. Ihr Herz fiel ganze fünf Zentimeter in ihrer Brust. Er war der Einzige, der wusste, was sie Boyd erzählt hatte. Nein. Konnte er jemanden auf den alten Priester angesetzt haben? Sicher nicht. Oder? Ihr wurde heiß und kalt. Hatte er sie nach Rom geholt und ihr all die Akten gezeigt, um sie dann zu hintergehen? Er war ihr Freund. Oder? Es machte keinen Sinn. Andererseits, welche andere Erklärung könnte es geben? Nichts ergab einen Sinn. Sie sprang auf, als hätte sie sich verbrüht.

„Kirby?", rief sie.

Er blickte hinüber. „Alles in Ordnung, Boss?"

„Gibt's was Neues aus dem Krankenhaus?"

„Noch nicht."

„Haben wir Pfarrer Joe Burke überprüft?" Sie zwang ihre Stimme, normal zu klingen.

„Erster Mord, zweite Person am Tatort, Joe Burke?"

„Ich bin nicht in der Stimmung, Kirby."

„Ich drucke es für Sie aus."

Seine Finger hallten laut, als der den Namen in seinen Computer hämmerte. Klick-klack, klick-klack.

Sie fuhr sich mit der Hand über den Nacken und wusste nicht, ob sie der Erinnerung an Pfarrer Joes Finger nachspürte oder versuchte, die hochkommende Galle zu stoppen.

Während Kirby auf seine Tastatur haute, hörte Lottie Tom Rickard bevor sie ihn sah, als die Stimme des Bauträgers am Ende des Korridors donnernd schimpfte. Das Geräusch, wie lose verzinkte Bleche auf einem Schuppendach bei Windstärke zehn, eilte ihm in das Büro voraus. Superintendent Corrigan lungerte hinter ihm.

Lottie schwenkte herum und sah in Rickards dunkle, wütende Augen. Der Sturm steigerte sich vielleicht gerade zu einem Orkan.

Er durchquerte das Büro zu ihrem Schreibtisch. „Inspector."

„Guten Morgen, Mr Rickard", sagte sie in ihrer süßesten Stimme.

Sie rollte Boyds Stuhl heran. Rickard setzte sich, mit dem Gesäß prekär auf der Stuhlkante balancierend. Mit einem Nicken deutete sie Corrigan an, dass sie alles unter Kontrolle hatte, und er eilte davon.

„Sind Sie wegen St Angela's hier?" Lottie nahm ein Notizbuch und einen Stift.

„St Angela's hat mit all dem nichts zu tun", sagte Rickard und zog ein weißes Taschentuch. Er wischte sich über seine puckernde Stirn. „Es geht um meinen Sohn, Jason. Er ist verschwunden."

Lottie kritzelte etwas, ohne den Kopf zu heben. Katie hatte gesagt, dass sie Jason gestern nicht hatte erreichen können. Sie hätte aufmerksamer zuhören sollen. Sie versuchte, einen Anflug von Panik zu unterdrücken. Bestimmt hätte Jason zumindest Katie kontaktiert? Irgendetwas stimmte da nicht.

„Verschwunden? Katie zufolge hatten Sie und Jason eine Art Auseinandersetzung. Wann war das?"

Rickard sah aus als wollte er ihr widersprechen, aber er sagte: „Das stimmt. Vorgestern Abend. Er ist aus dem Haus gestürmt und seitdem nicht nach Hause gekommen."

„Haben Sie bei seinen Freunden nachgefragt? An seinen üblichen Aufenthaltsorten?"

„Ja. Und die Stadt und das Seeufer abgesucht", sagte er. „Wir hatten einen Streit. Er ist abgehauen." Seine Füße standen fest auf dem Boden, aber sein Kopf bewegte sich von einer Seite zur anderen.

„Ich verstehe, wie besorgt Sie sind, aber Jason ist über achtzehn und erwachsen. Glauben Sie, dass sein Verschwinden etwas mit Ihren St Angela's -Geschäften zu tun haben könnte?", fragte sie und betonte den Namen der Einrichtung.

Rickard schoss vom Stuhl hoch. Lottie wich instinktiv zurück.

„Sie sind ein kaltschnäuziges Biest", sagte er.

„Setzen Sie sich, Mr Rickard", sagte sie und machte sich weitere Notizen, um ihm Zeit zu geben, seine Fassung wiederzuerlangen.

„Irgendwelche Lösegeldforderungen?"

„Was?" Rickard ballte die Fäuste auf dem Schreibtisch. „Das ist absurd."

„Also keine Lösegeldforderungen." Sie schrieb etwas auf und hob dann den Kopf. „Mr Rickard, ich muss Ihnen unangenehme Fragen stellen. Sie sind ein wohlhabender Geschäftsmann. Entführung ist eine Möglichkeit. Selbstmord oder Weglaufen sind weitere Möglichkeiten. Wenn Sie wollen, dass wir ermitteln, müssen Sie kooperieren." Das war Quatsch, aber sie würde nicht lockerlassen. Es war vielleicht ihre einzige Chance sein, Informationen von ihm zu bekommen.

„Wie können meine geschäftlichen Angelegenheiten irgendetwas mit Jason zu tun haben?"

„Wahrscheinlich nichts, wie ich es sehe, haben Sie Ihren Sohn geschlagen, er ist beleidigt weggelaufen und jetzt dreht er irgendwo Däumchen, bis er sich überlegt hat, wie er Sie damit konfrontiert."

„Warum hat er sich dann nicht bei Ihrer Tochter verkrochen? Warum hat er niemanden kontaktiert? Sein Telefon ist zu Hause, aber alle seine Freunde haben Handys, Facebook und Twitter und so. Würde er nicht wenigstens seine Freundin anrufen? Was hat sie Ihnen erzählt?"

„Katie war sehr verängstigt, als sie nach Hause kam, und sie sagte mir, dass Sie Ihren Sohn geschlagen haben. Sie hat seitdem nichts mehr von ihm gehört, aber Jason ist erwachsen, Mr. Rickard. Unter normalen Umständen würde ich Ihnen raten, nach Hause zu gehen, Ihrer Frau die Hand zu halten und zu warten, während wir Nachforschungen anstellen."

Das Blut stieg ihm in die Wangen. Er schwieg.

„Aber wie Sie wissen", fuhr Lottie fort, „sind die Dinge in Ragmullin im Moment nicht normal. Es sind Leute ermordet worden, also haben Sie Grund zur Sorge." Sie war ehrlich besorgt um Jason, aber sie musste einfach zickig sein. Sie musste wissen, was Rickard wusste.

Er blieb unbeweglich, bis auf ein Zucken seiner Unterlippe, als ob er etwas sagen wollte, aber die Worte nicht herausbekam.

„Es ist nicht das übliche Verfahren, da er kein Minderjähriger ist, und wir sollten wirklich noch ein bisschen warten, aber ich werde eine Vermisstenanzeige erstellen und eine Bekanntmachung veröffentlichen", sagte sie.

„Das ist alles? Eine Vermisstenanzeige?"

„Und damit umgehe ich schon die Vorschriften."

„Vorschriften, Sie können mich mal. Wo ist Corrigan?" Rickard stand auf.

„Erzählen Sie mir von St Angela's", sagte Lottie, ohne den Kopf zu heben.

„St Angela's hat nichts mit Jason zu tun." Er setzte sich wieder hin.

Auf ihrem Stift kauend, tippte Lottie ihren Computer wach und drückte ein paar Tasten. Sie klickte auf Susan Sullivans Obduktionsbericht, scrollte hinunter zu den Fotos, zoomte auf den Hals des Opfers und drehte den Bildschirm zu Rickard. Sie hatte nichts zu verlieren.

„Was soll das?", fragte er und zückte wieder sein Taschentuch.

„Das ist unser erstes Opfer."

Sie war ein totales Arschloch, ihm das anzutun, aber da er sich in einem Tief befand, würde er vielleicht ein paar nützliche Informationen preisgeben.

„Bitte ... Inspector, nicht", sagte er. „Glauben Sie wirklich, ich hatte etwas mit dieser ... dieser Ungeheuerlichkeit zu tun?" Er blähte seine Brust auf und schüttelte den Kopf.

Lottie schloss das Dokument und öffnete ein anderes.

„James Brown." Sie musterte Rickard.

„Er hat Sie angerufen, kurz bevor er starb. Also sagen Sie mir. Worum ging es?"

Rickard kaute auf der Innenseite seiner Wange.

Sie stellte sich vor, wie sein Gehirn eine Reaktion formulierte. Bevor er antworten konnte, sagte sie: „Denken Sie an Ihren Sohn. Möchten Sie, dass ich in ein paar Tagen hier sitze und für Ihre Frau seine Post-mortem-Fotos scrolle?"

Er schluckte geräuschvoll und lehnte sich zu ihr vor. Sie wartete. „Nichts von alldem hat irgendetwas mit St Angela's zu tun", sagte er durch zusammengebissene Zähne. „Ich bin ein Geschäftsmann, ich arbeite Pläne aus, schließe Geschäfte ab, mache Geld, entwickle Immobilien und erziele Gewinne. Manchmal verliere ich, aber meistens gewinne ich. St Angela's war reif für die Entwicklung, eine Möglichkeit, mir das zurück zu erkämpfen, was ich mit den Geistersiedlungen verloren hatte. Ich hatte eine Vision für das Anwesen, einen Masterplan. Ich wollte ein wunderschönes Hotel daraus machen, einen herrlichen Golfplatz bauen, der Stadt Geschäfte und Arbeitsplätze bringen." Er richtete seinen Rücken auf. „Und es hat nichts mit dem Verschwinden meines Sohnes zu tun."

„Tun Sie mir den Gefallen", sagte Lottie.

„Sie geben nicht auf, was?"

„Nie."

Sie wusste, dass Rickard sie abwog und eine Antwort formte, von der er dachte, dass sie sie vielleicht hören wollte. Sie wartete unbeweglich und zeigte keine Emotion. Er sah sich im Raum um, dann wieder zu ihr hin und schien eine Entscheidung zu treffen.

„Erstens möchte ich, dass Sie sich darüber im Klaren sind, dass ich diese Leute nicht ermordet oder ihre Ermordung veranlasst habe. Ich hatte mit diesen Verbrechen überhaupt nichts zu tun. Ich mag vieles sein, Inspector, aber ich bin kein Mörder."

„Fahren Sie fort", sagte Lottie.

„Sollte ich meinen Anwalt dabeihaben?"

„Das hängt davon ab, ob Sie etwas getan haben, für das Sie einen brauchen."

Rickard atmete aus. „James Brown hat mich an jenem Abend angerufen, bevor er getötet wurde."

„Fahren Sie fort", wiederholte Lottie. Das war nichts Neues. Sie hatten den Beweis.

„Ich kannte sowohl Brown als auch Susan Sullivan durch ihre Arbeit an dem Bauantrag. Er sagte mir, dass Susan Sullivan tot sei, dass sie möglicherweise ermordet wurde. Er sagte, er wolle mich treffen. Das war die Quintessenz des Gesprächs."

„Warum hat er Sie angerufen?" fragte Lottie.

„Ich weiß nicht. Er sagte, er wolle mir etwas mitteilen, dringend." „Haben Sie sich mit ihm getroffen?"

„Nein. Ich sagte ihm, ich sei beschäftigt. Habe aufgelegt. Dann wurde er ein paar Stunden später getötet."

„Jemand hat sich mit ihm getroffen und ihn dann möglicherweise umgebracht. Wen haben Sie kontaktiert, nachdem James Sie angerufen hatte?"

„Niemanden."

„Kommen Sie, Mr Rickard. Wir können auf Ihre Telefondaten zugreifen."

„Ich habe meine Partner angerufen, um sie über Sullivans Tod und Browns Anruf zu informieren."

„Ihre Partner?"

„Sie brauchen nicht zu wissen, wer sie sind, nicht wahr?"

Sie würde es später aus ihm herausbekommen. „Hatte einer von ihnen einen Grund, Sullivan und Brown zu töten?"

„Woher soll ich das wissen?"

„Sie müssen doch irgendeine Vorstellung haben. Was hatten die Opfer vor?"

Rickard atmete ein paar Mal tief durch.

„Brown und Sullivan. Ein ziemliches Paar, wenn sie in Fahrt kamen", sagte er. „Sie wussten, dass ich die Änderung des Bebauungsplans für die Grafschaft durchgesetzt hatte, um meine Pläne für St Angela's voranzutreiben. Sie hatten es auf mich abgesehen, die beiden. Versuchten, mich zu erpressen. Sagten, sie wollten Wiedergutmachung für vergangene Sünden oder irgend so einen Scheiß. Ich hatte keine Ahnung, wovon sie redeten. Als Brown mir das erste Mal mit ihrer ... ihrer Erpressungsmasche kam, damals im Juli, sagte ich ihm, er könne mich mal."

Lottie dachte an das Geld auf den Bankkonten der Opfer und an das Bargeld in Susan Sullivans Kühlschrank.

„Aber Sie haben nachgegeben."

„Das habe ich nicht." Er schlug auf den Schreibtisch. „Ich stehe über solchen Herausforderungen, Inspector. Ich gebe nicht nach."

„Und was haben Sie getan? Sie hatten Ihnen mit Erpressung gedroht."

„Ich berief eine Besprechung mit meinen Partnern ein. Ich erzählte ihnen von den Erpressungsdrohungen und wir beschlossen, die Sache auszusitzen. Brown und Sullivan waren keine Gefahr für unsere Pläne. Sie hatten keine konkreten Beweise für irgendein Fehlverhalten. Ganz ehrlich, es gab kein Fehlverhalten – nur eine Beschleunigung des Planungsprozesses."

„Und wie wurde das gemacht?"

„Ein paar Pfund in ein paar Gesäßtaschen von Grafschaftsräten. Aber das ist nicht der springende Punkt, oder?"

Lottie beschloss, sein Eingeständnis einer Planungsmanipulation zu ignorieren. Sie hatte schon genug um die Ohren. Sie entschied sich, die Richtung zu ändern. „Haben Sie jemals in St Angela's gewohnt, Mr Rickard? Als Kind?"

„Nein, habe ich nicht, und ich weiß nicht, was das mit irgendetwas zu tun hat." Lottie war sich nicht sicher, dass das die Wahrheit war, aber sie brauchte seine Bestätigung.

„Wer ist noch an diesem Projekt beteiligt?", fragte sie. Wenn er die Wahrheit sagte, und sie vermutete, dass er das tat, wer hatte dann das Geld auf die Konten der Opfer überwiesen?

„Ich sehe nicht ein, dass die Information, wer meine Partner sind, etwas mit dem Verschwinden meines Sohnes zu tun hat."

„Man weiß nie. Ich will wissen, wer sie sind."

„Werden Sie meinen Sohn finden?"

„Ich werde mein Bestes tun", sagte Lottie.

„Lebendig?", fragte Rickard. Der massige Mann schien geschrumpft zu sein, seit er den Raum betreten hatte.

Sie antwortete nicht. Das war ein Versprechen, das sie nicht geben konnte, so sicher sie auch war, dass der Junge abgehauen war, um seinem übermächtigen Vater zu entkommen. Sie hoffte, dass das der Fall war, und dachte an ihre letzte vermisste Person. Pater Angelotti.

Er nannte ihr die Namen. Gerry Dunne, Mike O'Brien und Bischof Terence Connor.

„Sie müssen mir die ganze Geschichte erzählen", sagte sie; ihre vom Schlafmangel verursachte Müdigkeit war verflogen.

„Es gibt keine Geschichte, Inspector. Nur ein paar Männer, die ein paar Hebel in Bewegung gesetzt haben, um schnelles Geld zu verdienen. Bischof Connor hat mir die Immobilie unter Marktwert verkauft, im Austausch für eine lebenslange Mitgliedschaft im neuen Golfclub. Mike O'Brien hat ein paar Zahlen beschönigt, damit ich das Geschäft finanzieren konnte, und Gerry Dunne hat die Aufgabe sicherzustellen, dass das Projekt komplett genehmigt wird. Das ist alles. Wir sind in nichts verwickelt, das dunkel genug ist, um einen Mord zu rechtfertigen. Ich schlage vor, Sie fangen an, woanders zu suchen. Sonst vergeuden Sie wertvolle Zeit, in der Sie nach Jason suchen könnten." Rickard suchte etwas in seiner Tasche. „Da Sie anscheinend eine Faszination für St Angel's hegen, hier, nehmen Sie die", sagte er, und legte einen Schlüsselbund auf den Schreibtisch. „Gehen Sie, überzeugen Sie sich selbst. Es ist nur ein altes, renovierungsbedürftiges Gebäude. Ziegel und Mörtel. Befriedigen Sie Ihre Neugierde. Und dann, um Gottes willen, finden Sie meinen Sohn."

Lottie legte ihre Hand auf die Schlüssel und zog sie zu sich heran, bevor er es sich anders überlegen konnte.

„Danke", sagte sie. „Gehen Sie nach Hause zu Ihrer Frau. Sagen Sie mir sofort Bescheid, wenn Sie etwas von Jason hören. Ich werde dasselbe tun."

Sie deutete an, dass ihr Gespräch beendet war.

Rickard stand auf und ging, ohne ein Wort oder einen Blick zurück, plattfüßig aus dem Büro, sein Maßanzug so zerknittert wie sein zerfurchtes Gesicht.

Lottie öffnete die unterste Schublade, holte den vergilbten Manila-Ordner heraus und betrachtete den kleinen Jungen auf dem Foto. Sie wusste genau, wie es war, wenn eine Person vermisst wurde. Sie hoffte inständig, dass Jason Rickard nur ein verletztes Ego pflegte. Wenn es etwas Ernsteres war, betraten sie eine völlig neue Dimension.

81

Sean Parker hörte, wie Katie in ihrem Schlafzimmer nebenan schniefte. Es erinnerte ihn an das nächtliche Weinen seiner Mutter, nachdem sein Vater gestorben war. Der Unterschied war, dass seine Mutter zwar jeden Morgen mit roten Augen aufstand, aber trotz allem ihre Arbeit machte, als ob nichts wäre. Er wollte sie anschreien, sie an das Weinen erinnern, das ihn nachts wachhielt. Aber er sagte nichts und sein junges Herz brach für sie, für seine Schwestern und für ihn selbst.

Katies Schluchzen war anders, und sie tat ihm leid. Er war voller Ehrfurcht vor Jason, seit er ihn an einem Spliff hatte ziehen lassen. Er hatte ein paar Züge gemacht, bevor das Wohnzimmer in einer Myriade von Formen und Farben verschwamm. Dann hatte er zwanzig Minuten lang gekotzt. Das hatte er Jason nicht erzählt.

Er drückte auf seinen Camouflage-Controller und setzte die Aktion eines Soldaten auf dem Bildschirm aus. Er wünschte sich, seine Mutter wäre öfter zu Hause. Aber sie hatte ihren Job und war mit den Mordermittlungen beschäftigt. Alle sagten ihm, er sei der Mann im Haus, jetzt, wo sein Vater nicht mehr da war. Also, was würde der Mann im Haus tun?

Er versuchte die PlayStation abzuschalten, aber sie stürzte ab. Ließ sich weder ein- noch ausschalten.

Er brauchte eine neue Konsole. Dringend, besser gesagt, jetzt sofort.

Er hatte ein paar Ersparnisse. Als er in seinem Nachttisch nach seiner Bankkarte suchte, berührten seine Finger kalten Stahl und schlossen sich um das Schweizer Taschenmesser, das sein Vater ihm vor Jahren gekauft hatte. Er liebte es, die verschieden geformten Klingen aufzuklappen und so zu tun, als wäre er eine Figur aus Grand Theft Auto. In all den Jahren, seit er das Messer hatte, hatte er es noch nie mitgenommen, wenn er das Haus verließ. Heute würde er es mitnehmen. Schließlich lief ein Mörder herum. Man konnte nie wissen, wann man ein Schweizer Taschenmesser brauchen würde. Das hatte sein Vater ihm gesagt. Er schaute auf die Uhrzeit auf seinem Handy. Gerade halb zwölf vorbei. Er würde noch vor dem Mittagessen wieder zurück sein.

Er steckte seine Bankkarte zusammen mit dem Messer in die Tasche, zog sich zwei Kapuzenpullis über und hörte, als er das Haus verließ, noch gerade, wie Chloe Katie eine hysterische Tussi nannte.

82

Lottie schleuderte ihre Stiefel von sich und massierte mit einer Hand ihren Fuß, während sie in der anderen die Schlüssel zu St Angela's hielt. Sie ertappte Kirby dabei, wie er sie über seinen Monitor hinweg musterte.

„Was?", fragte sie.

„Nichts." Er richtete seinen Blick wieder auf den Computer.

„Kirby, würden Sie einmal in Ihrem Leben sagen, was Sie denken?"

Sie steckte die Schlüssel ein, stampfte mit dem Fuß auf den Boden und steckte ihre schmerzenden Füße zurück in ihre Stiefel. Sie fuhr sich mit der Hand durch ihr schlaffes Haar und schaltete ihr Handy wieder auf laut. Keine Nachrichten. Keine verpassten Anrufe. Kein gar nichts. Sie hoffte, dass es Boyd gut ging. Als sie aufblickte, stand Kirby neben ihr mit einem Blatt Papier in der Hand. Er drückte ihre Schulter.

„Sie wollten etwas über Pfarrer Burke", sagte er und ging zurück an seinen Schreibtisch.

Lottie betrachtete das passbildgroße Foto von Pfarrer Joe mit seiner jungenhaften Ponyfrisur, seinen blauen Augen und einem offenen und einladenden Lächeln. Sie überflog den Bericht, bis ihre Augen auf einem Artikel aus der Lokalzeitung von Wexford landeten.

„Haben Sie das gelesen?", fragte sie.

„Habe ich", sagte Kirby. „Er scheint so etwas wie ein Frauen-
held zu sein."

Die Worte auf der Seite verschmolzen ineinander. Koffein-
mangel oder Schlafentzug? Ihr war zum Kotzen zumute. Sie
versuchte, sich zu konzentrieren, aber ihr Verstand weigerte sich,
zu registrieren, was sie da las. Der kleine Artikel zitierte eine Frau
aus der Stadt Wexford. Sie behauptete, Pfarrer Joe Burke habe ihr
nachgestellt und eine Beziehung gewollt. Sie habe seine Annähe-
rungsversuche ignoriert und als er beharrte, habe sie ihn angezeigt,
aber die Polizei habe nichts dagegen unternommen. Lottie konnte
nicht glauben, dass das tatsächlich gedruckt worden war. Dann
dachte sie an den Journalisten Cathal Moroney und seine geheime
Quelle. Sie musste immer noch herausfinden, wer hinter dieser
undichten Stelle steckte.

Sie hob den Kopf und sah Kirby an.

„Weiblichen Gemeindemitgliedern nachzulaufen", sagte er,
„ist nur in der katholischen Kirche ein Verbrechen. Zölibatsge-
lübde und so weiter. Wenn Sie mich fragen..."

„Habe ich nicht", fuhr sie ihm über den Mund.

Sie hatte sich von Pfarrer Joes gutem Aussehen und seinem
Charme einnehmen lassen. Hatte er versucht, sie zu verführen,
während sie nur Freundschaft wollte? Hatte er deshalb darauf
bestanden, dass sie nach Rom kommen musste, obwohl er die relevanten Buchseiten in Wirklichkeit hätte abfotografieren und per
E-Mail schicken können?

Sie schob ihren Stuhl zurück, schnappte sich ihr Telefon und
war, mit einem Arm in ihrer Jacke, aus der Tür, ohne ein weiteres
Wort von Kirby zu hören.

Sie hatte eigentlich vor, sich in St Angela's umzusehen, aber als sie
das Büro verließ, stieß sie auf dem Parkplatz mit Maria Lynch
zusammen.

„Ich fahre nach Ballinacloy", sagte Lynch. „Kommen Sie mit?"

„Klar. Ich fahre", entschied Lottie sich auf der Stelle. St Angela's konnte warten. Vielleicht würde sie im Haus des alten Priesters etwas finden. Pater Cornelius Mohan hatte in einem Bungalow links von der kleinen Kirche gewohnt. Vier Häuschen aus dem frühen zwanzigsten Jahrhundert säumten die Straße zur Rechten, dahinter schlängelte sich ein mit Hecken gesäumter Feldweg. Zwischen den kleinen Häusern und der Kirche stand eine fünfklassige Grundschule, auf dem Öltank war *Thomas die Tenderlok* gemalt. Ein Spielplatz umgab die Schule. Und während der letzten zehn Jahren hatte ein pädophiler Priester nebenan gewohnt. All das war von keinem Geringeren als Bischof Connor abgesegnet worden. Lottie schüttelte fassungslos den Kopf.

Der Garda, der am Tor Wache stand, hob das Tatortband an und ließ sie durch. Während Lynch im Hinterhof mit der Spurensicherung sprach, zog Lottie Latexhandschuhe an und öffnete die Haustür. Sie betrachtete den dunklen, verwinkelten Flur und betrat die Küche mit ihrer hohen Decke. Alles war schmutzigbraun und die Luft stank nach Rauch – Torf und Zigaretten. Ein übervoller Aschenbecher stand auf dem Tisch neben einer angeschlagenen Tasse, die halb voll mit abgestandenem Tee war. Die Ofentür war offen, die Asche so kalt wie der tote Priester.

Sie stieß eine weitere Tür auf. Ein schmaler Streifen Vormittagslicht sickerte unter den dünnen Vorhängen hindurch. Als sie den Baumwollstoff beiseite zog, beleuchtete ein heller Lichtstrahl eine in der Luft schwebende Staubwolke und darunter ein ungemachtes Einzelbett, einen Nachttisch, eine Kommode und einen zweitürigen, freistehenden Kleiderschrank.

Lottie hob eine schlichte blaue Decke an, schob die behandschuhten Finger unter das Kissen, tastete herum und zog eine prall gefüllte Brieftasche hervor. Sie war voll mit Fünfzig- und Hundert-Euro-Scheinen. Ein Fünfhundert-Euro-Schein steckte zusammengefaltet hinter einem laminierten Bild des Heiligen Antonius, der das Jesuskind hielt. Alles in allem zählte sie eintausendsechshundertzwanzig Euro. Raub war definitiv nicht das Motiv von Cornelius' Mörder. Es war offensichtlich, dass der alte Priester die einzige Person war, die diesen Raum betreten hatte, seit sehr langer Zeit.

Sie öffnete die Schubladen, dann den Kleiderschrank. Beide enthielten eine minimale Menge an Kleidungsstücken; alle waren schwarz und muffig und rochen nach Mottenkugeln. Sie kniete sich hin und schaute unter das Bett. Zwei Paar schwarze Schuhe standen dort nebeneinander und dahinter lag ein brauner Lederkoffer. Sie zog den mit einer Schmutzschicht überzogenen Koffer hervor und öffnete die Schlösser. Vergilbte Zeitungsausschnitte, Schnellhefter und Notizbücher.

Sie nahm eines der Notizbücher mit festem Einband heraus und öffnete es. Kurze Bleistiftstriche reihten sich säuberlich auf Seite um Seite. Nach Spalten angeordnete und aufaddierte Zahlen. Haushaltsrechnungen, vermutete sie, und nahm ein anderes Notizbuch. Das Gleiche. Mach schon, Mohan, flehte sie, gib mir etwas.

Auf dem staubigen Holzfußboden kniend, blätterte sie durch sechs Notizbücher, die alle Zahlen enthielten. Sie reihte sie neben sich auf und nahm das nächste heraus. Ein ähnliches, marineblaues Hardcover. Sie öffnete es. Keine Zahlen. Handgeschriebener Text. Sie hielt den Atem an. Ein methodisches, sogar strukturiertes Manuskript geschrieben in gut geschulter Handschrift mit dem inzwischen vertrauten Bleistift.

Die Worte verschmolzen und flatterten, während sie las. Eine Geschichte des Missbrauchs, dokumentiert in verblassendem Bleistift, fiel von den Seiten, Buchstabe für Buchstabe, Wort für Wort, und schwebte um sie herum, in unfasslichen Schwaden von Sätzen. Es war nicht genug, dachte sie, dass er solche Taten an Unschuldigen verübt hatte, er hatte sie auch noch aufgezeichnet. Eine Chronik der Geheimnisse in verbleichender Bleistiftschrift, in einem marineblauen, fest eingebundenen Notizbuch, eingesperrt in dem braunen Lederkoffer eines ermordeten, kinderschändenden Priesters. Es tat ihr in der Seele weh. Sie spürte, wie ihr Herz brach und gleichzeitig hart wurde.

Unfähig, zu Ende zu lesen, steckte sie das Notizbuch in einen

Plastik-Beweisbeutel und schob ihn in ihre Jackeninnentasche. Es war egal, wo sie es hinsteckte, sie wusste, dass sie diese von der Hand eines Dämons beschriebenen Grauen niemals würde auslöschen können. Er hatte offensichtlich nicht darüber nachgedacht, was mit diesen Notizbüchern passieren würde, wenn er starb. Sonst hätte er sie vernichtet. Es sei denn, er hatte sie benutzt, um seine Verbrechen wieder zu durchleben. Was für ein sadistisches Tier war er gewesen?

Sie rief nach Lynch, ließ es vom Spurensicherungsteam absegnen und trug den Koffer zum Auto. Dann entfloh sie dem Haus, unfähig das Geräusch leiser Schritte kleiner missbrauchter Kinder hinter ihr abzuschütteln.

Die Glocke in der kleinen Landkirche schlug und das Dorf hallte von dem hohlen Mittagsläuten wider.

83

Die Schlange vor dem Bankautomaten schien endlos.

Sean stampfte mit den Füßen im Schnee auf und beschloss, sein Glück drinnen zu versuchen. Wenigstens war es dort wärmer. Er stellte sich an und wartete darauf, dass ein Automat frei wurde.

Schließlich gelang es der Frau vor ihm, die sich mit einem Kleinkind und einem schreienden Baby in einem Kinderwagen abmühte, ihr Geld abzuheben. Er gab seine PIN ein und hob zweihundert Euro ab. Das müsste reichen, dachte er, und wusste, dass er jetzt nicht mehr viel hatte. Er konnte seine alte PlayStation verkaufen, um den Verlust etwas auszugleichen.

Er fragte sich, wo Jason sein konnte. Er beschloss, seine eigenen Freunde zu fragen, ob einer von ihnen ihn gesehen hatte. Nicht, dass seine Freunde mit Leuten wie Jason Rickard verkehrten. Aber man wusste nie, es konnte nicht schaden zu fragen. Er stopfte das Geld in seine Hosentasche und ging zur Tür.

Der Mann beobachtete den Jungen.

Er fuhr mit den Händen an seiner Anzughose auf und ab und schaute sich um, um sicherzugehen, dass ihn niemand bemerkte.

Er erkannte den jungen Teenager. Detective Inspector Parkers einziger Sohn. Er trat hinter einen Ständer mit Prospekten. Die

Regung in seiner Hose war so stark, dass er die Hände in die Taschen steckte, um die anschwellende Härte zu unterdrücken.

Es war zu riskant. Er hatte schon einen Jungen. Aber wenn er das damalige Erlebnis wirklich reinszenieren wollte, brauchte er doch zwei, oder?

Als der Junge den grünen Knopf an der inneren Sicherheitstür drückte, beeilte sich der Mann, um sich hinter ihm anzustellen. Als sich die Tür öffnete, betrat er die kleine Sicherheitsschleuse und lächelte. Der Junge grinste zurück.

84

Der Mittagshimmel war dunkel wie an einem späten Nachmittag, und es schneite wieder einmal.

Als sie das Dorf Ballinacloy verließ, schaute Lottie nach, ob sie irgendeine Nachricht aus dem Krankenhaus bekommen hatte. Nichts. Am Revier angekommen, half sie Lynch, den Koffer hineinzutragen. Sie protokollierten den Inhalt und Lottie blätterte erneut durch das alte Notizbuch. Es graute ihr vor den dort beschriebenen Schrecken und sie tütete das Buch als Beweismittel ein.

„Ich bin bald zurück", sagte sie.

Da sie dringend eine Dusche brauchte, nahm sie ihr eigenes Auto. Außerdem wollte sie Boyd besuchen. Aber der erste Halt, jetzt, da sie die Schlüssel hatte, würde St Angela's sein.

Eine Halsentzündung drohte Fuß zu fassen. Lottie hustete und es schmerzte noch mehr. Sie stand an ihrem Auto, blickte zu dem alten Gebäude hinauf und musste zuerst den Stress abbauen, der ihren Verstand einengte. Sie zählte die Fenster einmal, dann noch einmal. Vorsichtig, um nicht auf dem frischen Schnee auszurutschen, ging sie die Stufen hinauf.

Als sie an der Tür stand, den Schlüssel in der Hand, überkam sie eine ungewöhnliche Woge des Grauens. Sie hatte Angst um sich selbst, um ihre Vergangenheit, ihre Entscheidungen, ihre Einstellung, ihren Kummer und das, was aus ihr wurde. Im selben Moment wünschte sie sich, Boyd wäre bei ihr und würde sich über sie lustig machen. Sie vermisste ihn.

Sie streifte sich Latexhandschuhe über die gefühllosen Finger, drehte den Schlüssel in dem alten Schloss und stieß die Tür auf, überrascht, wie leicht sie sich öffnen ließ.

Die Eingangshalle war kleiner, als sie erwartet hatte. Eine eisige Kälte raubte ihr den Atem. Drinnen war es kälter als draußen. Halb erwartete sie, Wasser aus geplatzten Rohren an den Wänden herunterlaufen zu sehen. Vor ihr lag ein großes Treppenhaus. Das Mahagonigeländer an den breiten Betonstufen wand sich nach oben und führte zu einer Kreuzung dunkler Gänge. Mit dem Lichtschalter hielt sie sich gar nicht erst auf, vielleicht funktionierte er nicht, und sie wollte es lieber nicht wissen. Manchmal war es besser, etwas nicht zu wissen, als buchstäblich im Dunkeln zu sein. Mit diesem Gedanken tröstete sie sich.

Sie lauschte. Drinnen herrschte Stille, während draußen der Wind den Schnee gegen die Fensterscheiben schleuderte, dass die Fensterrahmen klapperten. Ein Luftzug ließ tote Blätter zu ihren Füßen rascheln. Sie schloss die Haustür und kickte die Schneereste von ihren Stiefeln. Sie beschloss, sich in den oberen Stockwerken umzusehen.

Oben am ersten Treppenlauf angekommen, ging sie einen Flur entlang, der auf der einen Seite von Türen und auf der anderen von Fenstern gesäumt war. Unterbewusst zählte sie die Fenster – sie konnte nicht anders – und legte die Zahlen geistig ab. Sie kehrte um, ging den anderen Flur hinunter und zählte auch dort die Fenster. Die Fensterrahmen ächzten und kamen dann wieder zur Ruhe. Sie wiederholte die Übung im nächsten Stockwerk. Zählte. Die Rechnung ging nicht auf.

Sie rannte die Treppe hinunter. Zählte nochmal. Nur dreizehn Fenster. Von außen waren es sechzehn. Beide Flure endeten vor einer Betonwand. Sie fuhr mit der Hand an den Wänden entlang und klopfte in Abständen, um zu sehen, ob sie hohl waren. Sie schienen massiv zu sein. Vielleicht konnte Tom Rickard die Antwort liefern. Sie war neugierig, was diese Unstimmigkeit anging, hatte aber keine Ahnung, welche Bedeutung sie haben könnte, wenn überhaupt.

Ein Vogel kreischte über ihrem Kopf, seine Flügel schlugen gegen die hölzernen Dachsparren und er verschwand. Sie hätte geschrien, wenn ihre Kehle nicht schon wund gewesen wäre. Sie lehnte sich an die Wand und spürte die Schwingungen der Vergangenheit. O'Malleys Geschichte hallte in ihrem Kopf nach. Sie hörte das Lärmen der Kinder, die durch die Gänge rannten, die Nonnen, die hinter ihnen herschrien und sie an den Haaren zogen, und das schrille Kreischen, wenn die verhutzelten Händerücken auf Kiefer prallten. Das Bild war so lebendig, dass Lottie dachte, sie brauchte nur die Hand auszustrecken, um es zu berühren. Der Kummer, die Einsamkeit verlassener Kinder. Da war kein Platz für Träume oder Erwartungen, da waren nur Verzweiflung und Verlust.

Wieder einmal kam ihr das Bild der vergilbten Akte in ihrer untersten Schreibtischschublade in den Sinn. Die Vermissten. Die Toten. Der rothaarige Junge – war er ermordet worden oder hatte O'Malleys alkoholumnebeltes Hirn ein Märchen erfunden? Sie erinnerte sich an die Worte in dem marineblauen, gebundenen Notizbuch und an die Akten, die voller Wahrheiten und Lügen waren. Sie fühlte sich von einem erdrückenden Gefühl vernichtender Hilflosigkeit durchströmt.

Die Amsel verstummte, ließ sich in der Dachtraufe nieder, und Lottie ging den Weg zurück, den sie gekommen war, und zählte die verblichenen braunen Türen entlang des Flurs, mit ihren angeschlagenen Messingknäufen, von denen die Farbe abblätterte, weil sie jahrelang von jungen und alten Hände gedreht und gewendet worden waren. Seit das Gebäude sich selbst überlassen worden war, war es gestorben.

Türen mussten wieder geöffnet werden. Türen zu einer vergessenen Vergangenheit. Vielleicht hatten Susan und James versucht, sie aufzuschließen, im metaphorischen Sinn. Und sieh an, was ihnen passiert war. Ihr Bauchgefühl sagte ihr, dass dieses Gebäude den Schlüssel zum Gesamtbild barg. Sie öffnete und schloss ein paar Türen zu leeren, trostlosen Räumen, und sie nahm an, dass die Zimmer einst kleine Schlafsäle gewesen waren. Sie drehte den Griff der nächsten Tür und betrat den Raum.

Er war ähnlich wie die anderen, nur dass hier schwarze Plastiktüten die Fenster bedeckten und den Raum in Dunkelheit versanken. Sie tastete an der Wand entlang und betätigte einen Schalter. Eine schwache Glühbirne an einem staubbedeckten Kabel verbreitete ein wenig Licht in dem Raum. Lottie sah sich um.

An der Wand stand ein eisengerahmtes Bett, das mit weißen Laken bezogen war. Als sie auf den nackten, unebenen Dielen weiter in den Raum ging, zuckte Lottie mit der Nase. Ein schwacher Hauch von Waschpulver haftete an der Baumwolle. Sie drehte das Kissen um und hob die Matratze an. Nichts.

Ein klimperndes Geräusch ließ sie innehalten, das Laken in der Hand. Stille. Sie spitzte die Ohren, hörte aber nur den Wind, der den Schnee gegen das Fenster fegte, und den Müllsack, der in einem Lüftchen, das durch einen Fensterspalt kam, raschelte. Sie musterte den Raum. Ein Bett, ein kleiner Gasheizer in der einen und ein Holzstuhl in der anderen Ecke. Sonst nichts, außer der von der Decke abblätternden Farbe und den Schatten, die sich in dem zitternden, gelben Licht der leicht schwankenden Glühbirne vertieften.

Als sie sich umdrehte, um zu gehen, erhaschte sie einen flüchtigen Blick auf einen Metallsplitter am Fußende des Bettes. Sie wischte mit den Fingern durch den Staub und berührte den Gegenstand. Sie zog ihn zu sich hin, hob ihn mit kalten Fingern auf und hielt in ins Licht. Der silberne Anhänger schimmerte an ihrer mit Latex überzogenen Hand. Sie wusste genau, wem dieser Anhänger gehörte.

· · ·

Jason drehte den Kopf, sicher, dass er ein Klopfen an der Wand gehört hatte. Die Fesseln an seinen Armen und Beinen hielten ihn am Boden. Der Knebel in seinem Mund hinderte ihn daran, zu schreien.

Jemand suchte ihn! Ein Hochgefühl durchströmte ihn und er stemmte seinen Körper gegen die Seile. Aber er war sicher gebunden.

Verzweiflung überkam ihn, und er sackte auf den Boden. Wenn sie im Hauptteil des Gebäudes waren, würden sie dann weiter in diesem Teil suchen? Würden sie wissen, dass er überhaupt existierte? Er hoffte, sie würden nicht so schnell aufgeben. Er wurde immer schwächer. Er strengte seine Ohren noch einmal an, lauschte, suchte nach einem Geräusch, egal wie klein.

Der Moment der Hoffnung zerschlug sich, ein unheilvolles Gefühl breitete sich in seiner Magengrube aus und schlingerte dort hin und her. Zum Echo des Vogelkrächzens hoch oben in den Dachsparren erbrach er sich.

„Hallo. Sean Parker, stimmt's?"

Draußen vor dem Gameladen drehte Sean sich um.

„Warum fragen Sie?" Er lehnte sich gegen das Schaufenster.

„Ich habe dich wiedererkannt, das ist alles."

„Und was wollen Sie von mir?", fragte Sean und winkte einem seiner Freunde auf der anderen Straßenseite zu.

„Ich kenne deine Schwester und Jason sehr gut. Weißt du, dass er vermisst wird?"

Sean trat einen Schritt zurück, aber er konnte nirgendwohin ausweichen.

„Ja, ich weiß."

„Du wirst dich wundern, aber er ist nicht verschwunden. Ich weiß sogar, wo er ist."

„Warum gehen Sie dann nicht zu den Gardaí?"

„Jason will nicht, dass sie sich einmischen. Es hat einen Familienstreit gegeben oder so."

„Kann sein, aber das hat nichts mit mir zu tun." Sean rückte näher an die Ladentür heran.

Der Mann schüttelte den Kopf und trat einen Schritt zurück.

„Wie du willst. Entschuldige, dass ich dich aufgehalten habe." Er wandte sich zum Gehen.

Sean biss sich auf die Lippe und musterte den Mann von oben

bis unten. Er wirkte seriös, war gut gekleidet und sauber, auch wenn er in dem eiskalten Schnee keinen Mantel trug. Seltsam. Er kam ihm bekannt vor. Hatte er ihn kürzlich irgendwo gesehen? Er konnte sich nicht erinnern. Er schien keine Bedrohung zu sein. Nur irgendein alter Typ, der seine Schwester kannte.

Sean fragte: „Wo ist er?"

Der Mann sah ihn an. „Ich kann sein Vertrauen nicht missbrauchen, aber ich kann dir zeigen, wo er ist. Dann kannst du sagen ... du kannst sagen, dass du zufällig auf sein Versteck gestoßen bist."

„Sicher."

„Komm mit."

86

Lottie schlug gegen das Lenkrad. Das Auto wollte nicht anspringen. Dicker Schnee lag auf dem Boden. Nicht gefroren. Noch nicht.

Sie drehte weiter den Zündschlüssel und erhielt als Antwort ein leeres Klicken. Mit dem Anhänger in einer Plastiktüte in ihrer Tasche saß sie da und dachte nach. Sie wusste, wem er gehörte, und glaubte zu wissen, wie er dorthin gekommen war. Und sie musste mit Rickard über die Fenster reden. Die Anomalie störte sie, kroch ihr unter die Haut.

Die Nummer von Jane Dore blinkte auf ihrem Telefon.

„Hallo, Jane."

„Ich habe Pater Mohans Obduktion abgeschlossen."

„Sie sind fleißig und schnell", sagte Lottie. „Alles genauso, wie bei den anderen?"

„Nein, nicht genauso", sagte die Rechtsmedizinerin. „Der Täter hat weniger Gewalt angewendet, aber er war ja auch ein alter Mann."

„Glauben Sie, dass es ein Nachahmungstäter gewesen sein könnte?"

„Das bezweifle ich. Cornelius Mohan hat die gleiche Tätowierung wie Susan Sullivan und James Brown."

Lottie hielt einen Moment lang den Atem an. Ein alter Priester mit einer Tätowierung? Was kam als Nächstes?

„Es ist wie die anderen, alt, aber deutlicher. Ich habe das Bild gescannt und vergrößert", sagte Jane. „Die Tätowierungen der anderen Opfer waren verblasst und sahen aus wie Linien in einem Kreis, aber bei diesem kann ich die Zeichnung tatsächlich erkennen."

„Fahren Sie fort", sagte Lottie und hoffte, es würde etwas Konkretes sein.

„Es sieht aus wie die Ikone der Madonna mit dem Kind, die oft als Skulptur in Kirchen zu sehen ist. Laut Wikipedia."

Lottie warf einen Blick auf den oberen Teil des Gebäudes vor ihr. Die Statue, die sie in der anderen Nacht mit Boyd in St Angela's in der Dunkelheit auszumachen versucht hatte, war die Jungfrau Maria mit dem Jesuskind in den Armen.

„Sie könnten Recht haben", sagte sie. „Aber ich verstehe immer noch nicht, warum Susan und James sie hatten." Und Patrick O'Malley, erinnerte sie sich.

„Wenn es etwas zu bedeuten hat, finden Sie besser heraus, was. Bevor noch mehr Leichen hier landen."

Lottie lauschte dem Freizeichen und wusste, dass sie noch einmal mit O'Malley sprechen musste. Er schien zunehmend sehr wichtig zu sein. Als Zeuge eines Mordes, der Jahrzehnte zuvor verübt wurde, oder war er damals daran beteiligt gewesen, vielleicht sogar jetzt? Egal was, er hatte möglicherweise wesentliche Informationen. Sie würde ihn dazu bringen müssen, sich zu erinnern. Ihr Handy unterbrach ihre Gedanken.

„Inspector, hier spricht Bea Walsh ... vom Grafschaftsrat."

„Hallo, Bea. Wie geht es Ihnen?"

„Ich wollte Sie nur wissen lassen, dass der Bauantrag für St Angela's heute genehmigt wurde."

„Ich vermute, es ist einfach, den Toten die Schuld dafür zu geben", sagte Lottie. „Das heißt, Rickard kann seine Hotelpläne durchziehen?"

„Nicht ganz. Es gibt eine Wartezeit für das öffentliche Einspruchsverfahren, obwohl ich nicht glaube, dass es zu viele

Einsprüche geben wird. Diese Entwicklung wird Arbeitsplätze schaffen."

„Danke, dass Sie mich informiert haben."

„Und, Inspector, die Akte war überhaupt nicht verschwunden. Gerry Dunne, der Grafschaftsratsvorsitzende, hatte sie."

Lottie grübelte über die beiden Telefonate nach. Sie versuchte, die Informationen in ihrem Kopf zusammenzufügen, aber sie scheiterte. In ihre Grübeleien mischten sich die Tatsache, dass ihr Auto nicht ansprang, und die Kosten für die Reparatur des Wagens.

Sie sehnte sich nach einer Zigarette oder irgendetwas anderem, auf das sie sich konzentrieren konnte, und ließ ihren Blick über das schneebedeckte Gelände schweifen. Ihr Blick blieb an einer ummauerten Enklave hängen, die sich hinter St Angela's erstreckte. Ein Halbmond aus schneebedeckten Bäumen ragte über die Steinmauern hinaus. Der Obstgarten. Ein Bild schoss ihr durch den Kopf. Die junge Susan und James, mit O'Malley und Brian, wer oder wo auch immer er war, wie sie von Pater Con terrorisiert wurden.

Mindestens drei von ihnen waren jetzt tot.

87

„Wissen Sie wirklich, wo Jason ist?", fragte Sean den Mann, als er ins Auto stieg.

„Ja, ich weiß es."

„Das ist aber ein Zufall, oder?"

„Was ist ein Zufall?"

„Dass Sie mich kennen und Jason auch", sagte Sean. „Könnten Sie die Heizung anmachen?"

„Natürlich kann ich das."

Der Mann fuhr vom Parkplatz in den Straßenverkehr und drehte die Heizung auf. „Gleich wird dir warm werden, junger Mann."

Sean fragte: „Woher wissen Sie, wer ich bin?"

„Ich kenne auch deine Mutter, weißt du, und du bist ihr wie aus dem Gesicht geschnitten. An deiner Ähnlichkeit mit ihr würde ich dich aus einer Meile Entfernung erkennen."

„Alle sagen, ich sehe meinem Vater zum Verwechseln ähnlich."

„Ich kenne deinen Vater nicht", sagte der Mann, während er darauf wartete, dass die Ampel grün wurde.

„Er ist tot."

„Das tut mir leid."

„Und woher kennen Sie meine Schwester und Jason?"

„Ich bin ein Freund von Jasons Vater. Wir sind Geschäftspartner, könnte man sagen."

Sean verfiel in Schweigen, während der Mann den Wagen vorsichtig durch die Stadt lenkte. Wegen des wirbelnden Schnees musste der Mann langsam fahren. Sobald Jason zu Hause war, würde Katie glücklich sein. Sie würde ihm, Sean, etwas schuldig sein, sozusagen für immer. Sean grinste, stolz auf sich selbst.

„Warum lächelst du?", fragte der Mann.

„Ach nichts", sagte Sean immer noch grinsend.

„Wohin?", fragte Kirby, der auf seiner unangezündeten Zigarre kaute.

„Dieses Auto stinkt", sagte Lottie, während sie sich anschnallte.

Abgestandener Tabakrauch kroch von den Sitzen in ihre Kleidung. Sie hatte ihr Auto stehen lassen müssen, bis sie ein Starthilfekabel bekamen. Kirby hatte keins.

„Ich möchte mit Tom Rickard sprechen, aber zuerst muss ich Boyd sehen."

„Sie werden Sie nicht zu ihm lassen", sagte Kirby.

„Das ist mir scheißegal", erwiderte sie. „Achten Sie auf die vereiste Straße." Sie hielt sich am Armaturenbrett fest, als Kirby ausscherte und knapp einem entgegenkommenden Auto auswich. „Rauchen Sie Ihre Zigarre, wenn Sie wollen."

„Ihr Wunsch ist mir Befehl." Er schnipste einmal mit seinem Feuerzeug und zündete die Zigarre an.

„Ich habe das hier in St Angela's gefunden." Lottie hielt einen kleinen durchsichtigen Beweisbeutel mit dem silbernen Anhänger darin hoch.

Kirby beäugte es von der Seite. „Hübsch. Wie ist er wohl in das alte Haus gekommen?"

„Das werde ich herausfinden."

„Sie wissen also, wem er gehört?"

„Genau", sagte Lottie. „Wird es viel kosten, das Auto zu reparieren?"

Kirby antwortete: „Ein Pint."

„Ein Pint kann ich Ihnen kaufen. Für zwei reicht mein Budget nicht."

„So schlimm, was?", brummte Kirby.

Lottie nickte. „Sie wissen nicht zufällig, wie man eine PlayStation repariert?"

„Idiot", sagte der Mann und richtete seinen Wagen wieder gerade aus.

Er verließ die Hauptstraße und fuhr die Seitenstraße hoch und durch das hintere Einfahrtstor zu St Angela's.

„Wohin fahren wir?", fragte Sean.

„Du stellst eine Menge Fragen", sagte der Mann mit zusammengebissenen Zähnen.

„Ich dachte nur."

Der Mann fuhr seinen schnittigen Wagen hinter die kleine Kapelle und stellte den Motor ab.

Sean schloss seine Hand um das kalte Metall in seiner Tasche, froh, dass er diesen Talisman bei sich hatte. Plötzlich sagte ihm eine Eingebung, dass er wie verrückt und so weit wie möglich von hier wegrennen sollte. Bevor er reagieren konnte, packte der Mann seinen Ellbogen und steuerte ihn auf eine Holzbogentür mit einem glänzenden neuen Vorhängeschloss zu.

Obwohl er noch keine vierzehn war, war er groß, aber in der Zeit, die der Mann brauchte, um die Tür mit dem Vorhängeschloss zu öffnen, fühlte sich Sean winzig. Er wusste nicht, ob es an den Augenbrauen des Mannes lag, die sich zu einem finsteren Blick zusammenzogen, oder daran, dass er seinen Arm fest im Griff hatte. Eines war sicher, er war froh, dass er sein Messer dabeihatte.

Die Tür schloss sich und der Mann schob einen Riegel vor.

„Warum haben Sie das getan?"

„Sicherheit. Hier lang."

Sean blieb standhaft.

„Wenn die Tür von außen verschlossen war", begann er, „wie kann Jason dann freiwillig hier drinnen sein?"

Der Kiefer des Mannes straffte sich. Sean lehnte sich an die Tür.

„Ich habe dir gesagt, ich würde dich zu Jason bringen. Sei ein guter Junge und tu, was ich dir sage."

„Er ist überhaupt nicht hier", kreischte Sean. „Wer sind Sie?"

Er hielt das Messer in seiner Tasche fest und hoffte, der Mann würde es nicht bemerken. Wie dumm, sich hierher schleppen zu lassen. Was sollte er jetzt am besten tun? Hoffen, dass Jason hier war und mit dem Mann mitgehen, um es herauszufinden, oder sich wehren und sofort fliehen? Wenn er das Messer benutzte, konnte er durch die Tür entkommen. Aber was, wenn Jason hier war? Was würde seine Mutter tun? Er musste schnell denken, oder er würde bis zum Hals in der Scheiße stecken.

„Hör auf, Fragen zu stellen. Komm."

Sean traf seine Entscheidung und ließ sich durch den düsteren, engen Flur führen, die Hand fest um sein Messer geballt.

88

Als sie vor der Schwesternstation standen, sagte Kirby: „Wenigstens ist er nicht mehr auf der Intensivstation." Lottie rollte mit den Augen. Er nervte sie zu Tode. Nie hielt er die Klappe, immer musste er etwas sagen. Sie atmete tief durch und versuchte, sich eine spürbare Gelassenheit einzuflößen.

„Wie ist es Ihnen in Rom ergangen?", fragte er.

„Haben Sie mir gerade zugezwinkert?" Lottie ging zu ihm hin und sah ihm in die Augen.

Er wich einen Schritt zurück.

„Es war keine Absicht. Es ist einfach so passiert." Kirby zog an seinem unrasierten Kiefer.

„Versuchen Sie nicht, wie Boyd zu sein. Das passt nicht zu Ihnen."

„Sie können den Patienten für fünf Minuten sehen. Nicht länger. Er ist schwach, aber bei Bewusstsein." Eine junge, blauuniformierte, blauäugige Krankenschwester hielt die Tür auf.

„Nur einer von Ihnen", sagte sie und stoppte sie mit einer nach außen gekehrten Handfläche.

„Gehen Sie." Kirby ließ Lottie vorbei.

. . .

Boyd lag hochgelagert auf dem Bett und zahlreiche Kabel schlängelten sich von verschiedenen Stellen an seinem Körper zu Monitoren, die wie Roboter um ihn herumstanden. Die Krankenschwester drückte auf einen Schlauch und guckte auf die hindurchlaufende Flüssigkeit. Nachdem Sie sich überzeugt hatte, dass alles in Ordnung war, drehte sie sich zu Lottie um.

„Fünf Minuten." Sie ließ Lottie mit Boyd allein.

Lottie zog einen Stuhl heran und setzte sich dicht neben Boyds Kopf. Seine Augen blinzelten als er sie erkannte, aber ihre haselnussbraune Farbe war getrübt. Erfolglos bemühte er sich zu lächeln.

„Es tut mir leid", flüsterte sie „Ich hätte nicht nach Rom abhauen und dich ohne mich in Schwierigkeiten geraten lassen sollen."

Sie lächelte, als Boyd ein schwaches Grinsen versuchte.

„Ich weiß, du sollst nicht reden, aber kannst du dich an irgendetwas über deinen Angreifer erinnern?"

„Kein Smalltalk?", kam ein raues Krächzen von Boyd.

„Als Kirby mir erzählt hat, was passiert ist, hatte ich schreckliche Angst", sagte Lottie. „Ich fürchtete, du würdest sterben, aber ich habe versucht, nicht daran zu denken. Du kennst mich – ich habe mich den ganzen Morgen in Arbeit vergraben."

Sie ergriff seine Hand, fühlte seine langen Finger zwischen ihren, neigte ihren Kopf und küsste ihn auf seine zerkratzte Stirn.

„Weine nicht", flüsterte Boyd.

„Schön wär's", sagte Lottie.

„Ich habe den Mörder von hinten gesehen ... bekannt ... nicht sicher. Ich bin keine Hilfe."

„Könnte es O'Malley gewesen sein?"

„Ich weiß nicht."

Lottie fand Taschentücher auf dem Nachttisch und wischte ihm die Spucke aus dem Mundwinkel.

„Macht nichts. Ich werde ihn kriegen. Er wird ein nutzloses Stück Dreck sein, wenn ich mit ihm fertig bin."

„Sei vorsichtig", sagte Boyd mit kräftigerer Stimme. „Es bringt nichts, wenn du auch hier landest. Oder vielleicht haben sie ein Doppelbett."

„Witzbold", sagte Lottie. „Es ist mir ein Rätsel, warum der Mörder zugeschlagen hat, als du auf dem Weg zu dem Priester warst. Hast du außer Lynch noch jemandem davon erzählt?"

„Nein ... niemandem."

Sie grübelte einen Moment darüber nach. Sie war sich sicher, dass Lynch nichts damit zu tun hatte, und wenn Boyd es niemandem sonst erzählt hatte, dann war die einzige andere Person, die davon wusste, Pfarrer Joe. Sie bemerkte, wie müde Boyd aussah. Es war nicht der richtige Zeitpunkt, ihm von ihrem Verdacht zu erzählen. Seine Augen schlossen sich

„Werd schnell gesund. Ich bin verloren ohne dich." Sie küsste ihn flüchtig auf die Stirn, als die Krankenschwester zurückkam.

Mit einem Blick zurück auf den nun schlafenden Boyd verließ sie den Raum, entschlossen, dem Mörder das Handwerk zu legen.

89

„Ich habe keine neuen Informationen über Ihren Sohn, Mrs Rickard, aber ich muss mit Ihrem Mann sprechen."

Lottie lehnte sich gegen den Türpfosten der Rickard-Residenz. Melanie ging hinein. Sie folgte ihr. Tom Rickard erhob sich erwartungsvoll aus seinem Sessel. Sie schüttelte den Kopf. Sein Gesicht fiel.

„Wie ich Ihrer Frau schon sagte, habe ich keine neuen Informationen über den Verbleib Ihres Sohnes. Wir haben eine Presseerklärung abgegeben. Sie ist in den sozialen Medien und es wird im Fernsehen darüber berichtet werden."

„Inspector, ich mache mir schreckliche Sorgen", sagte Rickard.

„Wir tun alles, was wir können."

Lottie setzte sich ihm gegenüber auf den Stuhl, den er angedeutet hatte. Rickards Anzug war zerknittert und seine Augen waren rot umrandet. Ein Holzfeuer loderte. Der Raum war warm.

„Tee? Kaffee?", fragte Melanie Rickard.

„Tee bitte, danke", sagte Lottie. Sie spürte etwas in der Atmosphäre zwischen Melanie und Tom Rickard. Eis? Melanie flüchtete in die Küche.

„Apropos St Angela's ...", begann sie.

„Ich mache mir im Moment mehr Sorgen um das Wohlergehen meines Sohnes", sagte er.

„Wer hat noch Schlüssel zu dem Gebäude?"

Rickard zuckte mit den Schultern. „Meine Partner. Sie haben meine."

„Warum haben sie alle Schlüssel?"

„Ich habe ihnen schon vor Ewigkeiten Schlüssel gegeben, für den Fall, dass sie sich das Haus ansehen wollten. Ich habe sie nie zurückverlangt. Ich habe keine Ahnung, ob sie sie benutzt haben oder nicht", sagte Rickard. „Was hat das mit irgendetwas zu tun?"

„Ich weiß es nicht, ist die ehrliche Antwort", sagte Lottie. Sie hielt den Beutel mit dem Anhänger hoch. „Erkennen Sie das?"

Rickard schaute weg. „Nein. Sollte ich?"

„Ich dachte, sie würden ihn erkennen. Sind Sie sicher?"

„Verdammt noch mal. Können Sie mir sagen, was Sie tun, um meinen Sohn zu finden?"

Sie stand auf, um zu gehen. Das Feuer war zu behaglich, um noch länger sitzen zu bleiben. „Noch etwas, haben Sie die Original-Grundrisse von St Angela's? Ich muss die räumliche Anordnung sehen."

Rickard zuckte mit den Schultern, seufzte und hievte seine Masse aus dem Sessel, wie ein Bär, der aus dem Winterschlaf erwacht. Er zog ein zusammengerolltes Dokument aus einem Schreibtisch in der Ecke und reichte es ihr.

„Behalten Sie es. Ich habe jedes Interesse an dem Projekt verloren", sagte er und blieb neben seinem Sessel stehen.

„Obwohl Sie jetzt Ihre Baugenehmigung haben?"

„Mein Sohn ist mir jetzt wichtiger. Wenn Sie mit den Unterlagen fertig sind, können Sie sie verbrennen. Finden Sie nur Jason. Machen Sie es zu Ihrer Priorität. Ich flehe Sie an."

Rickard wandte sich dem Feuer zu und starrte auf die orangefarbenen Flammen, die über das brennende Holz sprangen.

Lottie stand auf, um zu gehen. Melanie kam mit einem Tablett. Sie stellte es auf den Tisch und legte eine Hand auf ihren Arm, die Lippen stumm, die Augen flehend.

Lottie spürte die Angst der anderen Frau und nickte.

Sie überließ das Paar seiner einsamen Verzweiflung.

90

„Sehen Sie sich das an, Kirby", sagte Lottie und zeigte auf die Pläne, die auf einem Schreibtisch im Einsatzraum lagen. „Ich hatte recht."

„Womit?"

Sie krempelte ihre Ärmel bis zu den Ellbogen hoch und zeichnete mit einem gelben Textmarker einen Kreis auf das Blatt.

„Die Pläne zeigen den Flur mit sechzehn Fenstern im zweiten Stock. Drinnen habe ich dreizehn gezählt, aber draußen sechzehn."

„Und das bedeutet was genau?", fragte Kirby, der in seiner Tasche nach etwas suchte.

Sie klopfte mit dem Marker auf die Zeichnung.

„Das bedeutet, dass drei der Fenster hinter einer Wand sind, was weiterhin bedeutet, dass es dort noch ein oder mehrere Zimmer gibt, die abgesperrt sind."

„Na und?", äußerte er vorsichtig.

„Warum?", fragte Lottie. „Warum das? Wer hat das getan? Wann? Das ist es, was ich wissen will. Was hat es zu bedeuten?"

„Was hat das mit den Morden zu tun?"

„Das weiß ich nicht, aber wir haben nichts anderes und ich muss es herausfinden. Haben wir eine Adresse von O'Malley?"

„Er lebt auf der Straße."

„Gehen Sie ihn suchen."

Sie sah sich im Raum um und bemerkte Lynch, die die Einsatztafel studierte.

„Irgendetwas stimmt da nicht", sagte Lynch.

„Was meinen Sie damit?"

„Derek Harte. Browns Liebhaber. Ich habe seine Aussagen überprüft, und ich glaube, da stimmt etwas nicht. Er hat uns entweder angelogen oder nicht die ganze Wahrheit gesagt. Ich kann ihn in keiner Schule als Lehrer finden."

„Gehen Sie der Sache so schnell wie möglich nach."

Lottie hatte jetzt keine Zeit dafür. Sie war auf einer Mission. „Ich glaube, Mrs Murtagh, die Frau, die die Suppenküche leitet, könnte wissen, wo Patrick O'Malley sich herumtreibt. Geben Sie mir die Autoschlüssel, Kirby."

„Ich habe ihn nicht gesehen", sagte Mrs Murtagh, ging Lottie voran ins Haus und scheuchte den Hund hinaus.

Der Kessel kochte, und vor Lottie lag warmes Brot auf einem Teller.

„Wo hält er sich normalerweise auf?", fragte Lottie.

„Patrick O'Malley könnte überall sein, Inspector. Nachts schläft er gewöhnlich in der Main Street. Manchmal kann man ihn hinter dem Bahnhof antreffen, in den Waggons oder in einem dieser Häuser, Sie wissen schon, die alte Häuserreihe mit den eingefallenen Dächern. Aber in den letzten paar Nächten habe ich ihn nirgends gesehen."

Lottie seufzte. „Ich werde jemanden schicken, nach ihm zu suchen."

Mrs Murtagh schenkte den Tee ein und sie tranken aus ihren Tassen.

„Wo ist Ihr magerer Partner heute, Detective Dottie?"

„Mein Name ist Lottie und DS Boyd wurde letzte Nacht verletzt. Er ist im Krankenhaus."

„Das ist ja furchtbar. Ich werde für ihn beten. Was ist denn passiert?"

„Nichts, worüber Sie sich Sorgen machen müssten." Lottie prüfte die Uhrzeit auf ihrem Handy. „Ich sollte mich auf den Weg machen. Vielen Dank für den Tee."

„Das erinnert mich an das, was mir nicht einfallen wollte, als Sie das letzte Mal hier waren."

„Was erinnert sie?"

Mrs Murtagh spielte mit den Krümeln auf ihrem Teller herum. „Das Telefon."

„Was ist damit?"

„Nicht Ihr Telefon." Die alte Frau zögerte und sagte dann: „Ich habe Susan Sullivans Handy."

„Sie haben was?" Lottie hörte auf zu lächeln und ballte die Fäuste. „Wo ist es? Es könnte wesentlich für unsere Ermittlungen sein. Warum haben Sie es mir nicht schon früher gegeben?"

„Ich hatte vergessen, dass ich es hatte, und jetzt bin ich mir nicht sicher, ob ich es Ihnen überhaupt geben will", sagte Mrs Murtagh und verschränkte streng die Arme.

„Ich könnte Sie wegen Behinderung einer Mordermittlung anklagen. Wir hätten vielleicht einen weiteren Mord verhindern können. Es könnten wichtige Informationen auf dem Telefon sein."

Lottie wusste, dass sie irrational war. Sie hatten alle Informationen von dem Dienstanbieter bekommen. Als sie den verwirrten Gesichtsausdruck von Mrs. Murtagh sah, versuchte sie, ihre Stimme zu mildern.

„Es ist schon okay. Machen Sie sich keine Gedanken. Solange Sie es mir jetzt aushändigen, ist alles in Ordnung."

„Vielleicht funktioniert es ja gar nicht."

„Das tut nichts zur Sache." Lottie grub ihre Nägel in die Handfläche und knirschte mit den Zähnen. „Wie kommt es, dass Sie es haben?"

„Gerade ist mir alles wieder eingefallen. Susan hat es in die Suppe fallen lassen. Damit war eine Ladung komplett ruiniert. Wir mussten mehr machen. So ein Trara."

„Wann war das?"

„An dem Abend, bevor sie ermordet wurde. Ich habe es in einer Schüssel mit Reis in den Trockenschrank getan. Susan sagte, dass man das so machen müsse.

„Warum hat sie es nicht mitgenommen?"

„Wir waren beschäftigt und haben das Telefon vollkommen vergessen, als wir von unserer Suppenfahrt zurückkamen. Dann wurde die arme Seele getötet."

„Und Sie haben das Telefon behalten?"

„Sie wurde am nächsten Tag ermordet", erklärte Mrs. Murtagh mit Tränen in den Augen.

„Sie hätten es mir geben sollen."

„Ich hatte vergessen, dass ich es hatte." Sie hielt fragend die Teekanne hoch.

Lottie legte ihre Hand über ihre Tasse und lehnte das Angebot ab.

„Susan ist tot. Ihre Geheimnisse könnten helfen, ihren Mord aufzuklären. Können Sie mir jetzt bitte das Telefon holen?"

Mrs Murtagh stand langsam auf und ging in den Flur. Lottie hörte, wie ein Schrank geöffnet und geschlossen wurde.

„Es ist schwer zu sagen, was noch darauf sein könnte, nachdem es so durchnässt wurde." Die Frau kehrte zurück und gab Lottie das Telefon.

Nicht viel, dachte Lottie, während sie es in einen Plastikbeutel und dann in ihre Handtasche steckte.

„Da ist noch etwas ...", begann Mrs Murtagh und rieb sich die Stirn.

„Nur zu."

„St Angela's. Susan erwähnte, dass es dort zwei Priester gab."

„Ja?"

„Nachdem sie Bischof Connor getroffen hatte, war sie in einem furchtbaren Zustand. Sie hatte sich mit ihm verabredet, um zu sehen, ob er Unterlagen herausgeben könnte, die ihr bei der Suche nach ihrem Baby helfen würden. Ich dachte, sie hätte einen Geist gesehen. Habe ich Ihnen das erzählt? Sie sagte mir, dass sie den Bischof als einen Priester aus ihrer Jugendzeit in Ragmullin wiedererkannt habe."

„Was?"

„Ich sage Ihnen, was sie mir erzählt hat."

Lottie hatte Mühe, die Tragweite dessen zu begreifen, was sie gerade gehört hatte. Natürlich, Susan war erst seit ein paar Jahren wieder in Ragmullin gewesen. Sie hätte keinen Anlass gehabt, den Bischof vor ihrem vereinbarten Treffen mit ihm zu sehen. Bedeutete das auch, dass Bischof Connor zwei der Opfer aus ihrer Zeit in St Angela's kannte? Er hatte es nicht erwähnt. Andererseits könnte er es auch gar nicht gewesen sein. Noch etwas, was Kirby an die Einsatztafel heften konnte.

„Susan und James haben sich über die Jahre füreinander eingesetzt. Jetzt, wo sie nicht mehr da sind, müssen Sie sich für sie einsetzen", sagte Mrs. Murtagh.

Lottie stand auf und versuchte verzweifelt, ihren Ärger zu unterdrücken.

Die alte Frau wickelte das Schwarzbrot in Alufolie. „Es tut mir leid", sagte sie und reichte Lottie das Brot.

„Mir auch", sagte Lottie und legte das Brot auf den Tisch. „Und wenn Sie Patrick O'Malley sehen, rufen Sie mich sofort an." Bevor Sie es vergessen, dachte sie. „Ich muss mit ihm sprechen."

Mrs Murtagh sah plötzlich älter aus als sie war. Sie fasste den krummen Griff ihres Stocks und begleitete Lottie zur Tür.

Lottie verabschiedete sich nicht einmal, als sie sich in Kirbys nach Zigarren stinkenden Wagen setzte.

Sean öffnete die Augen. Sein Kopf pochte.

Als er versuchte, sich vom eiskalten Boden aufzusetzen, stellte er fest, dass er ein Seil um den Hals hatte und auch seine Arme und Beine gefesselt waren. Er bemühte sich zu erinnern, wo er war. Was war passiert? Er lag still und lauschte. Kein Geräusch. Er dachte angestrengt nach. Erinnerungen blitzten auf und verdüsterten sich. Der Mann hatte ihn durch die Tür gestoßen und auf den Boden geworfen und ... und das war's.

Er drehte sich um und versuchte, etwas zu sehen, irgendetwas. Eingehüllt in Dunkelheit, fokussierte er seine Augen, aber es war schwärzer als überall, wo er jemals gewesen war. Sein Magen brodelte vor Angst und der Schrecken kroch ihm unter die Haut.

Sein Handy vibrierte in seiner Tasche. Er hatte keine Möglichkeit, es in die Hand zu bekommen, und ihm wurde klar, dass der Scheißkerl es ihm nicht weggenommen hatte und also vielleicht das Messer übersehen hatte. Schwer zu sagen. Tränen huschten unvergossen aus seinen Augenwinkeln. Es spielte keine Rolle. Es gab nichts, was er jetzt tun konnte. Plötzlich war er ein kleiner Junge, dessen ganzer Mut sich auflöste, als ihm die Hoffnungslosigkeit seiner Situation bewusst wurde.

Und er begann zu weinen, wie der Junge, der er im Herzen war.

Lottie lief in dem beengten Büro umher, nachdem sie Susans Telefon an die Technikfreaks weitergegeben hatte.

Sie erzählte Kirby, was Mrs Murtagh darüber gesagt hatte, dass Susan Bischof Connor erkannt hatte.

„Ich habe Ihnen gesagt, Sie sollten mich die Scheiße aus dem verlogenen Dreckskerl rausprügeln lassen", sagte Kirby.

„Auf ein Wort?" Lynch berührte Lotties Ellbogen.

„Nur eine Minute, ich muss zu Hause anrufen."

Sie rief Chloe an. „Wie läuft's bei euch?"

„Gut. Sean ist vorhin in die Stadt gegangen."

Lottie fragte: „Warum ist er in die Stadt gegangen?"

„Er hat nicht aufgehört, sich über seine PlayStation zu beschweren, vielleicht wollte er sich eine neue ansehen?"

„Gib ihn mir."

„Er ist noch nicht zurück. Er ist wahrscheinlich zu Niall gegangen. Ich habe ihm getextet, um zu fragen, was er zum Mittagessen will. Er hat nicht geantwortet."

„Wahrscheinlich kein Guthaben."

„Typisch", lachte Chloe.

„Schreib ihm eine Nachricht auf Facebook."

„Warum ist mir das nicht selbst eingefallen, Mutter?", sagte Chloe mit gespieltem Sarkasmus.

„Was macht Katie?"

„Schreit vor Dummheit. Wie üblich. Irgendeine Spur von Jason?"

„Ich arbeite daran", sagte Lottie. „Sag mir Bescheid, wenn Sean nach Hause kommt."

„Mach ich."

Sie legte auf und wandte sich an Lynch: „Sie wollten mich etwas fragen?"

„Ich wollte mit Ihnen über Derek Harte sprechen. Ist jetzt eine gute Zeit?"

„Ich brauche etwas, das mich ablenkt. Schießen Sie los."

Lynch verschränkte die Arme, eine Akte an die Brust gepresst. „Ich habe den ganzen Papierkram durchgesehen, seine Aussage noch einmal gelesen und dann habe ich ihn überprüft."

„Sagen Sie es mir."

„Ich glaube, wir haben es vermasselt, Inspector. Total."

„Oh Scheiße."

Lottie zog zwei Stühle zu einem zischenden Heizkörper und sie setzten sich neben seine Wärme. Lynch blätterte durch die Akte auf ihren Knien.

„Harte hat uns gesagt, er arbeite in einer Schule in Athlone. Wir sind davon ausgegangen, dass er Lehrer ist."

„Aber das ist er nicht?" Lottie starrte Lynch an. „Um Gottes willen!"

„Er ist nirgendwo als Lehrer registriert. Aber er macht Gelegenheitsjobs. Sein letzter bekannter Arbeitsplatz war das St Simon-Gymnasium in Athlone. Er hat bei seiner Bewerbung falsche Angaben gemacht und eine Adresse in Dublin angegeben. Ich habe PULSE durchsucht. Und ihn gefunden."

„Verurteilt für irgendwas?"

„Hat fünf Jahre einer achtjährigen Haftstrafe wegen Entführung und sexueller Nötigung eines Minderjährigen abgesessen. Wurde vor elf Monaten aus dem Arbour Hill-Gefängnis entlassen."

Lottie wog im Geiste das Ausmaß von Lynchs Enthüllung ab.

Wessen Schuld war dieser Schlamassel? Ihre eigene, alles lag in ihrer Verantwortung als leitende Ermittlungsbeamtin. Sie würde definitiv vor den Chief Superintendent geschleppt werden, wenn nicht sogar vor den Garda Commissioner. Corrigan würde explodieren. Und Lynch würde ohne Tadel davonkommen. Scheiße! Was die Schule anging, so hatten die ihn wohl überhaupt nicht überprüft. Und was war mit der Befähigung zur Unterrichtserteilung durch die Garda? Was für ein Fiasko.

„Herr Gott nochmal", rief sie. „Warum wurde das nicht schon vor Tagen entdeckt? Ich kann Inkompetenz nicht tolerieren. Und wenn man bedenkt, dass ich mit dem kleinen Arschloch in seiner vorgetäuschten Trauer mitgefühlt habe. Ich werde ihn selbst umbringen, wenn wir ihn erwischen."

„Ich habe die Adresse, die er uns gegeben hat, nachgeprüft. Er mietet eine Einzimmerwohnung." Lynch reichte Lottie ein Foto von dem verurteilten Derek Harte. Er sah ganz anders aus als der untröstliche Mann, der die Leiche von James Brown gefunden hatte. Zotteliger Bart, lange Haare. Dunkle, tote Augen. Das Arschloch. Er war nun zur Nummer eins auf ihrer Verdächtigenliste aufgestiegen.

„Jetzt die gute Nachricht", sagte Lottie, warf das Foto hin, zog an ihren verschlissenen Ärmeln und spürte ein Engegefühl in der Brust. Sie begann zu husten.

„Alles in Ordnung?", fragte Lynch.

Lottie versuchte zu antworten, aber sie konnte nicht. Lynch holte einen Pappbecher und füllte ihn mit Wasser aus dem Spender.

„Was ist los?" Sie gab Lottie den Becher.

Lottie trank und spürte, wie die Welle abebbte.

„Sie sind erschöpft", sagte Lynch.

Sie wollte Lynchs Mitleid nicht.

„Es ist nur eine Erkältung. Finden Sie Harte. Sie und Kirby, spüren Sie ihn auf. Bevor Superintendent Corrigan Wind von diesem neuesten Patzer bekommt."

„Wird gemacht."

„Drucken Sie seine Vorgeschichte aus. Ich muss wissen, womit wir es zu tun haben." Lynch eilte zur Tür hinaus, wobei ihr Pferdeschwanz gegen ihre Schultern schlug.

Lottie blickte aus dem Fenster über die Straße hinweg auf die Kathedrale, die majestätisch im nachmittäglichen sepiafarbenen Nebel stand. Die Straßenlaternen wurden warm. Die Szene wirkte surreal. Gerade als sie dachte, sie hätte alles im Griff, wurde ihr eine weitere unangenehme Überraschung beschert.

Und sie hatte noch andere Dinge mit ihrer Ärztin zu besprechen als eine Erkältung. Sie öffnete ihre Schublade, nahm den silbernen Anhänger heraus, den sie in St Angela's gefunden hatte, steckte ihn ein und knallte die Schublade zu.

93

Annabelle O'Shea sah genauso fantastisch aus wie immer in einem tadellosen marineblauen Rockanzug, einer weißen Bluse und einem durch die hauchdünne Seide zu erahnenden roten BH. Ein Statement-Look, dachte Lottie. Nach ihrem fünfminütigen Fußmarsch über vereiste Gehwege zur Hill Point-Praxis der Ärztin war sie schweißgebadet.

„Ich hatte keine Zeit, einen Termin zu vereinbaren."

„Du siehst grässlich aus. Setz dich hin." Annabelle bot Lottie einen Stuhl an und setzte sich auf die Kante ihres lederbezogenen Schreibtisches. „Ich habe dein Rezept."

„Ich habe keine Zeit zur Apotheke zu gehen. Kannst du mir nicht ein paar Pillen geben? Nur für jetzt."

„Was ist los?", fragte Annabelle. Sie lehnte sich zu einem Schrank hinter ihr herüber, holte ein paar Schachteln heraus, las die Etiketten und reichte eine davon weiter.

Nachdem sie sich vergewissert hatte, dass sie Benzodiazepin enthielt, steckte Lottie sie ein und nahm die kleine Plastiktüte aus ihrer Tasche und legte sie auf den Schreibtisch.

„Das gehört dir", sagte sie und zeigte auf den silbernen Anhänger in dem Beutel. „Erkläre mir, wie es kommt, dass ich ihn unter einem Bett in St Angela's gefunden habe."

Annabelle blickte auf den Anhänger, ihr Gesicht undurchschaubar. Lottie stellte sich vor, wie ihre Freundin geistig eiligst eine Antwort formulierte, die sie für zufriedenstellend hielt.

„Das ist nicht meiner", sagte Annabelle und schob ihn von sich weg.

Lotties Lachen wurde von einem Husten unterbrochen.

„Andere würden dir vielleicht glauben, Annabelle O'Shea, aber ich nicht."

Die Ärztin nahm den Anhänger wieder in die Hand. „Ich bin sicher, viele Leute haben einen ähnlichen Anhänger."

„Ich habe keine Zeit für Spielereien, und ich bin definitiv nicht in der Stimmung dafür", sagte Lottie. Annabelle warf den Schmuck auf den Schreibtisch, stand auf und ging zur Tür. Mit kurzen, harten Schritten. „Du hast bekommen, was du wolltest. Geh jetzt bitte." Lottie blieb sitzen und drehte den kleinen Plastikbeutel in ihrer Hand im Kreis herum.

„Sag es mir bitte, Annabelle. Ich will es wissen."

„Und wenn es meiner ist, was kümmert es dich?"

„St Angela's ist Teil meiner Ermittlungen der Morde in dieser Stadt."

„Das hat nichts mit mir zu tun."

„Um Himmels willen, Annabelle. Sag es mir."

„Okay. Beruhige dich."

Annabelle setzte sich. Lottie ebenfalls.

„Ich gehe ab und zu dorthin. Mit meinem Liebhaber", sagte Annabelle.

„Wer ist dieser Liebhaber?", fragte Lottie und putzte sich die Nase, zu laut in dem beengten Raum.

„Das brauchst du nicht zu wissen."

„Oh doch."

Nach einer Pause sagte Annabelle: „Tom Rickard."

„Was?"

„Er sagte, er würde seine Frau verlassen", sagte Annabelle. „Wenn wir genug Geld hätten, um gemeinsam etwas aufzubauen. Er ist immer in irgendein Vorhaben verwickelt." Sie hielt inne, schloss die Augen und öffnete sie dann weit.

„Um dir die Wahrheit zu sagen, ich werde ihn langsam müde."

Lottie schnaubte angewidert. „Genau wie immer. Du willst das, was du nicht haben kannst. Hat dich aber noch nie abgehalten."

„Nicht jeder hat eine Ehe wie du sie hattest."

„Aber was ist mit Cian ... euren Kindern?"

„Aber was, Lottie, was? Du denkst, es bin nur ich." Sie lachte bitter. „Das denkst du, nicht wahr? Du denkst, ich bin die Einzige, die herumschläft?"

„Du bist eine Schlampe", sagte Lottie und lehnte sich über den Schreibtisch.

„Du kennst mich. Ich nehme mir, was ich will, und ich wollte Tom Rickard."

„Warst du an dem Tag, an dem Sullivan und Brown ermordet wurden, mit ihm zusammen?"

„Wahrscheinlich. Wann war das noch mal?"

„Du weißt ganz genau, es war der dreißigste Dezember."

„Hmm ... warte." Sie sah in ihrem Computertagebuch nach. „Ja, ich glaube, da waren wir zusammen. Irgendeine Versammlung von ihm wurde abgesagt und ich arbeitete nicht, also haben wir uns getroffen."

Und für Lottie fügten sich noch ein paar Puzzleteile zusammen. „Darum konnte er kein definitives Alibi liefern. Er wollte dich nicht verraten."

„Er wollte nicht, dass seine Frau es herausfindet."

„Du hättest mir das sagen sollen, als ich mit dir über Susan Sullivan gesprochen habe."

„Du hast nicht gefragt."

„Clevere Antwort", sagte Lottie. Sie hatte genug von Annabelle, von ihren Geheimnissen und Lügen. Sie stand auf und ging zur Tür. „Manchmal bist du zu clever für dein eigenes Wohl."

Annabelle schwieg.

„Wann hast du ihn zuletzt gesehen?", fragte Lottie.

„Vor zwei Tagen." Sie zuckte mit den Schultern. „Glaube ich."

„In St Angela's?"

„Natürlich."

„Du tust mir leid, Annabelle. Du hast Köpfchen, Geld, eine gute Familie und du benimmst dich wie die verzogene Göre, die du immer warst. Auf Wiedersehen."

Vor der Arztpraxis lehnte Lottie sich an die Wand, bis sich ihre Atmung wieder normalisierte. Tom Rickard hätte ihr eine Menge Ärger ersparen können, wenn er vom ersten Tag an mit seinem Alibi ehrlich gewesen wäre. Sie machte sich auf den Weg zurück zum Büro.

Sirenen heulten unten am Bahnhof, als sie die Kanalbrücke überquerte. Das Wasser war gefroren und die Schneedecke darauf glitzerte im schwachen Licht der Lampen. Blaulicht blinkte jenseits der alten Waggons. Sie eilte den Hügel hinunter und durch die Stadt, ohne auf die immer noch glitzernden Weihnachtslichter zu achten, die trübselig nicht vorhandene Kunden in die Geschäfte einluden. Die Kälte nagte an ihren Knochen, aber innerlich fühlte sie sich zu taub, um sie auf ihrer Haut zu spüren.

Auf der Treppe des Garda-Reviers saß eine schwarze Krähe auf den Schneeflocken, der Schnabel hart und grau, die Krallen lang genug, um ein Auge aus seiner Höhle zu hacken. Sie schlug einmal mit den Flügeln, blieb aber sitzen. Lottie spürte, wie sie sie anstarrte, als sie die Treppe hinaufging. Ein eisiger Schauer lief ihr über den Rücken, und sie wusste, was die Leute meinten, wenn sie von Vorahnung sprachen.

Das Geschnatter im Einsatzraum wurde um ein Dezibel leiser, als sie eintrat.

„Was ist los?", fragte sie. Oh Gott, dachte sie, und fasste mit verschränkten Armen ihre Seiten. „Boyd?"

„Nein", sagte Kirby und drehte sich in seinem Stuhl herum.

„Nun, werden Sie es mir sagen?"

„Wir haben noch eine Leiche gefunden", antwortete er.

„Jason?" Lottie setzte sich schnell hin.

„Nein. Die Leiche wurde hinter den alten Eisenbahnwaggons, in einem der baufälligen Reihenhäuser gefunden."

„Ich hoffe, es ist nicht O'Malley." Sie stand auf und ging um die Schreibtische herum. „Er sah nach einem unserer vielversprechendsten Verdächtigen aus."

Lynch sagte: „Die Leiche lag wahrscheinlich schon ein paar Tage da. Das Gesicht ist von Ungeziefer angenagt. Ein Arm fehlt und dazu zwei Finger von der anderen Hand. Die Zehen ebenfalls. Ein Bündel von Knochen und Lumpen." Sie sprach abstrakt, ohne die Leiche als menschliches Wesen zu betrachten. Das half, das Grauen auf Distanz zu halten.

„Wenn es nur nicht O'Malley ist", schimpfte Lottie. „Laut Mrs. Murtagh war diese Gegend einer seiner Schlupfwinkel. Sie schlug frustriert auf den Schreibtisch. „Gibt es schon irgendwelche Anzeichen, ob es sich um Mord handelt?"

„Möglicherweise Unterkühlung", sagte Lynch. „Die Rechtsmedizinerin ist am Tatort. Sollen wir hinfahren?" Sie schnappte sich ihren Mantel. Ein leises geschäftiges Gemurmel setzte ein, als die Kriminalbeamten wieder an ihre Arbeit gingen.

„Sie fahren. Ich bleibe hier." Lottie packte die Rückenlehne ihres Stuhls und hoffte, dass sie es nicht mit noch einem Mord zu tun hatten. Wenn O'Malley tot war, wer blieb dann übrig, um ihre Fragen zu beantworten? Würde das Böse von St Angela's für immer ein Geheimnis bleiben? Sie hoffte nicht.

„Haben Sie Derek Harte aufgespürt?", fragte sie.

„Er ist an keiner seiner Adressen und sein Telefon ist tot", antwortete Lynch von der Tür.

„Finden Sie ihn." Lottie setzte sich, um an ihrem Schreibtisch Trost zu finden.

„Und holen Sie mir den Journalisten, Cathal Moroney."

94

Draußen musste es wohl schon dunkel werden, dachte Sean, denn ihm war jetzt viel kälter. Er hoffte, dass seine Mutter nach ihm suchte. Würde sie überhaupt schon wissen, dass er verschwunden war? Hoffentlich.

Er hörte Schritte und strengte die Ohren an. Die Tür öffnete sich und in dem gedämpften Lichtstrahl sah er die Silhouette des Mannes in der Türöffnung.

„Wie geht es meinem jungen Mann?" Die Stimme war heiser und schroff.

„Was ... was wollen Sie? Wo ist Jason?", fragte Sean.

„Ach, keine Geduld, die Jugend von heute", mokierte sich der Mann und betrat den Raum.

Sean spürte, wie sich die Seile und die Kette lockerten. Als er auf die Füße gezerrt wurde, stolperte er zuerst und richtete sich dann auf. Doch seine Knie knickten erneut ein. Der Mann legte seinen Arm unter Seans und führte ihn aus dem Raum. Sollte der Mistkerl ruhig denken, er sei schwächer, als er tatsächlich war.

Der Mann blieb vor einer anderen Tür stehen und öffnete sie. Sean erhielt einen Stoß in die Rippen und taumelte hinein. Der Gestank von Erbrochenem erfüllte die Luft. Mit zusammengekniffenen Augen versuchte er, in der Dunkelheit etwas zu erkennen. Auf dem Betonboden lag Jason in der Embryonalstellung und mit den Händen über dem Kopf. Seine Brust und seine Füße waren nackt und seine Jeans war aufgeknöpft.

„Du wolltest Jason sehen. Da ist er", sagte der Mann und stapfte zu dem Jungen auf dem Boden hinüber.

Jason bewegte keinen Muskel, und Sean fragte sich, ob er schlief oder womöglich tot war. Was war los? Sollte er weglaufen? In der Zeit, die er brauchen würde, um den Weg nach draußen zu finden, könnte Jason sterben. Instinktiv wusste er, dass der Scheißkerl sie beide umbringen würde.

Sean raffte seine ganze Energie zusammen, rannte schnell zurück in den Flur, zog die Tür zu und drehte den Schlüssel im Schloss. Vielleicht schickte er Jason in den Tod, aber wenn dies seine Chance war, zu entkommen, dann ergriff er sie.

Er atmete erleichtert auf und lehnte sich an die Tür, dann drehte er sich um, um den Weg aus dem Gebäude zu finden. Und blieb stehen. Der Mann stand vor ihm, ein Seil in den Händen.

„Wie ... wie ...?", stammelte Sean, die Füße wie festgenagelt.

Der Mann packte seinen Arm und drehte das Seil zu einem Knoten um Seans Handgelenk und um seine Hände. Sean trat aus und traf das Knie des Mannes. Er zielte zwischen die Beine. Daneben. Er drehte sich um, zog an dem Seil und versuchte zu entkommen, seine ganze Energie auf die Flucht konzentriert.

„Hör auf", keuchte der Mann, packte Sean und verdoppelte das Seil um seine Taille, sodass er sich nicht mehr bewegen konnte. Unfähig gemacht, brach Sean zusammen und fiel gegen den Mann.

„Wo sind Sie hergekommen? Wie sind Sie...?"

„Hast du jemals von einem Raum mit zwei Türen gehört?"

Der Schlüssel drehte sich und die Tür öffnete sich wieder. Sean wurde hineingestoßen.

„Unterhaltet euch gut", sagte der Mann. „Ich komme wieder."

Von Jason kam kein Ton. Die Arme immer noch gefesselt, kroch Sean zu ihm hinüber.

„Bist du okay, Kumpel?"

Jason stöhnte; er klang wie ein Tier, das in einer Falle gefangen war. Sean hatte so ein Geräusch schon einmal gehört, das einzige Mal, als sein Vater ihn zur Jagd mitgenommen hatte. Was würde ein Jäger tun, wenn er in der Falle säße? Die Gedanken wirbelten ihm im Kopf herum, und er schaltete geistig um zu seinen PlayStation-Spielen. Vielleicht würde er in der virtuellen Welt eine Antwort finden – in dieser Domäne gewann er immer. Er schloss die Augen und legte seine gefesselten Hände sanft auf Jasons Schulter.

„Wir werden hier rauskommen. Keine Sorge", flüsterte er. Aber er war sich nicht so sicher.

95

„Haben unsere Techniker etwas auf Susans Telefon gefunden?",
fragte Lottie.

„Sie arbeiten dran", antwortete Kirby. „Aber ich bezweifle, dass
sie etwas anderes finden, als wir vom Dienstleister bekommen
haben. Die einzigen Anrufe waren von und zur Arbeit. Simsen
scheint nicht ihr Ding gewesen zu sein. Oh, und Tom Rickard ruft
alle fünf Minuten hier an."

„Wir werden Jasons Verschwinden in den Sechs-Uhr-Nachrichten bringen. Haben Sie ein Foto?"

„Das habe ich von der Facebook-Seite des Jungen", sagte Kirby
und winkte Lottie mit einem Foto zu. „Kein schlecht aussehender
Junge. Nur das Tattoo ist hässlich. Ihre Katie geht mit ihm?"

„Scheint so", sagte Lottie, des Smalltalks überdrüssig. Boyd
verstand es wenigstens, eine banale Situation aufzulockern. Sie
vermisste ihn. Sie nahm ihr Telefon, um das Krankenhaus
anzurufen.

Corrigan steckte seinen Kopf durch die Tür.

„Cathal Moroney ist an der Rezeption und fragt nach Ihnen",
sagte er und zeigte mit einem vorwurfsvollen Finger auf Lottie.

„Das ist in Ordnung. Ich möchte mit ihm sprechen. Über Tom
Rickards Sohn", sagte Lottie und legte ihr Telefon weg.

Cathal Moroney drängte sich an Corrigan vorbei in das Büro.

„Wie sind Sie hier raufgekommen?" Lottie stand auf.

„Ich habe die hübsche junge Frau an der Rezeption angelächelt", sagte Moroney. Corrigan zog sich aus dem Büro zurück. Kirby sammelte ein paar Akten ein und schlurfte hinter ihm her. Moroney setzte sich unaufgefordert an Boyds Schreibtisch. Lottie wollte gerade Einspruch erheben, beschloss aber, dass sie Moroney auf ihrer Seite brauchte.

„Was ist das mit noch einer Leiche?" Moroney schaltete den Recorder in seinem Handy ein. „Kann ich mein Kamerateam zum Tatort schicken?"

„In einer Minute. Erst brauche ich Ihre Hilfe", sagte Lottie und versuchte, höflich zu sein. „Und machen Sie das aus."

Moroney hielt dramatisch sein Telefon hoch und steckte es in seine Jackeninnentasche. „Wie kann ich Ihnen behilflich sein?"

Sie zeigte ihm das Foto von Jason Rickard.

„Ist er tot?", fragte Moroney.

„Ich hoffe nicht. Er ist der Sohn des Bauträgers Tom Rickard von Rickard Construction. Er ist verschwunden und wir brauchen Hilfe, ihn zu finden. Können Sie in den AbenDNSchrichten darüber berichten?" Sie gab ihm die Einzelheiten.

„Steht das im Zusammenhang mit den Morden?"

„Soweit wir wissen, nicht."

„Ist es auf Facebook und Twitter?"

„Ja. Wir beobachten die sozialen Medien auf Reaktionen hin. Ich wäre dankbar für eine Berichterstattung im Fernsehen." Es ärgerte sie, zu Mr Megawatt nett sein zu müssen.

Sie gab ihm noch ein Foto. „Nach dem Mann suchen wir auch."

„Ich erkenne ihn." Moroney tippte auf das Bild. „Aber mir fällt sein Name nicht ein. Hatte er früher einen Bart?"

„Derek Harte", sagte Lottie.

„Das Arschloch, das vor sechs oder sieben Jahren diesen Jungen in Dublin missbraucht hat? Ist er nicht hinter Gittern?"

„Nicht mehr."

„Ein verurteilter Sexualstraftäter und ein vermisster Teenager.

Kommen Sie, Inspector, ich bin nicht von gestern. Klären Sie mich auf. Warum wollen Sie sein Fahndungsfoto in den Nachrichten?" Moroney lehnte sich über den Schreibtisch, ein Funken Interesse blitzte in seinen Augen auf.

Lottie musste ihre Worte vorsichtig wählen. Realistisch betrachtet konnte sie nicht sagen, dass er ein Verdächtiger war, sonst könnte sie verklagt werden. Es war besser, den Reporter in dieser Sache im Unklaren zu lassen.

„Wir sind um Jason Rickards Sicherheit besorgt. Wir müssen Derek Harte ausfindig machen. Können Sie uns helfen?" Sie lächelte süß.

„Gewiss", sagte Moroney. „Ihr Gesicht heilt gut ab, Inspector."

„Kümmern Sie sich nur um die Gesichter auf diesen beiden Fotos, Mr Moroney."

Nachdem sie Moroney endlich losgeworden war, fand Lottie Chloe und Katie vor ihrem Büro.

Chloe hielt einen Pizzakarton und eine Zwei-Liter-Flasche Cola.

„Wir dachten, du könntest einen Energieschub gebrauchen. Ich wette, du hast den ganzen Tag noch nichts gegessen", sagte sie.

„Du bist genau wie deine Oma", sagte Lottie, „und natürlich hast du recht. Ich habe nichts gegessen."

Sie führte die Mädchen ins Büro. „Wo ist Sean?", fragte sie.

„Ich habe ihn nicht gesehen", sagte Chloe. „Er ist sicher bei Niall."

Katie setzte sich an Boyds Schreibtisch. „Mama, wo ist Jason?"

„Wir suchen nach ihm. Mach dir keine Sorgen."

Chloe saß auf der Kante von Lotties Schreibtisch. „Er ist wahrscheinlich irgendwo auf einer Gras-Party. Du bist nur eifersüchtig."

„Mädels, bitte. Ich bin müde. Fangt nicht an, euch zu streiten."

Lottie legte den Karton auf ihren Schreibtisch und verteilte die

warme Pizza. Sie war hungrig, war aber nicht in Essstimmung. Sie
aß trotzdem.

Die Mädchen schwiegen mit niedergeschlagenen Augen.
Schuldgefühle wallten in Lottie auf. Sie wünschte, sie könnte
mehr Zeit zu Hause verbringen. Sie dachte an die Mütter, die ihre
Kinder in St Angela's zurückgelassen hatten. Ihre eigene Mutter
hatte Eddie im Stich gelassen. War sie genauso schlimm? Lag es in
ihren Genen?

„Ich wünschte, Sean wäre hier", sagte Chloe.

„Sean geht es gut", sagte Lottie. „Ich rufe ihn jetzt an."

„Hinterlass ihm eine Voicemail, wenn er nicht antwortet",
sagte Chloe.

„Sean, ich rate dir, mich zurückzurufen oder, wenn du kein
Guthaben hast, den Mädchen eine Nachricht auf Facebook zu
schicken. Ich gebe dir fünf Minuten."'

Chloe sagte: „Du bist so einschüchternd, wenn du wütend
bist, Mutter."

„Nein, bin ich nicht." Lottie lächelte.

„Erst Jason, jetzt Sean", sagte Katie.

„Halt die Klappe", sagte Chloe und knallte den Pizzakarton
zu.

„Mach dich nicht verrückt, Katie, es ist erst fünf Uhr." Lottie
wischte sich die Hände an ihrer Jeans ab und rief ein Taxi, damit
es ihre Töchter nach Hause brachte. Sollte sie sich Sorgen
machen?

„Meinst du ... Ist Sean okay, Mama?", fragte Katie. „Ich habe
solche Angst um Jason."

„Es geht ihnen gut. Fahrt jetzt nach Hause und wartet. Ich
werde meine Mutter bitten, vorbeizukommen."

„Nein!", sagte Chloe. „Wir kommen auch ohne Oma zurecht.
Du kommst doch bald nach Hause, oder?"

„Im Moment ist alles ein bisschen hektisch, aber ich verspreche, sobald ich entkommen kann, bin ich zu Hause."

„Erst Jason, jetzt Sean", wiederholte Katie, als sie mit Chloe
den Flur hinunterging.

Lottie rieb mit ihren Händen an ihren Armen auf und ab in dem Versuch, die aufsteigende Gänsehaut zu unterdrücken. Sean sah lieber zu, dass er zu Hause war, wenn die Mädchen dort eintrafen. Ihr Telefon klingelte. Pfarrer Joes Name blinkte in der Anruferkennung.

„Ich hoffe, es ist wichtig", sagte Lottie kurz.

„Ich wollte mich nur vergewissern, dass Sie gut nach Hause gekommen sind", sagte er.

„Ich bin beschäftigt. Ich muss Schluss machen." Lottie beendete den Anruf. Sie brauchte keine weiteren Komplikationen an diesem Minenfeld von einem Tag.

Ihr Telefon klingelte wieder. Pfarrer Joe. Sie leitete den Anruf an die Voicemail weiter. „Beantworten Sie das nicht?", fragte Kirby, während er schwerfällig durch die Tür kam.

„Kümmern Sie sich um Ihre eigenen Angelegenheiten", sagte Lottie.

„Ich habe den Ausdruck von Susan Sullivans Telefon. Dieselbe Info, die wir vom Dienstleister bekommen haben."

„Also, keine neuen Spuren."

„Aber wir haben auf ihre Fotos zugegriffen."

„Tatsächlich? Sicher sagen Sie mir jetzt, dass auch da nichts von Interesse ist."

„Nur das hier." Kirby reichte Lottie einen Abzug.

Susan Sullivan hatte in ihrem Haus kein einziges Foto, aber sie hatte eines auf ihrem Handy. Seltsame Frau, dachte Lottie bei sich.

Ein dunkles Farbfoto von einem winzigen Baby. Helles Haar und dünne Wangen, die Augen geschlossen. War das alles, was Susan geblieben war? Das einzige Bild, das die arme Frau von dem Kind hatte, das sie zur Welt gebracht hatte? Und woher hatte sie das Foto?

Lottie hielt das Bild in der Hand und empfand Traurigkeit für die ermordete Frau und ihre vergebliche Suche nach ihrem Kind. Sie hoffte, dass sie wenigstens Susans Mörder seiner gerechten Strafe würde zuführen können.

„Gibt es etwas Neues über die Leiche am Bahnhof?", fragte Lottie.

„Sie ist vom Tatort fortgebracht worden", sagte Kirby.

Ihr Handy klingelte.

Boyd.

„Ich habe mich an etwas erinnert." Seine Stimme war leise und brüchig.

„Du solltest dich ausruhen."

„Ich bin mit Schläuchen und Drähten an dieses Bett gefesselt. Ich gehe nirgendwo hin."

„Gut. Du musst gesundwerden. Schnell." Über einen arbeitsunfähigen Boyd wollte Lottie gar nicht erst nicht nachdenken. „Woran hast du dich erinnert?"

„Nicht viel, aber etwas an meinem Angreifer kam mir irgendwie bekannt vor. Ich kann immer noch nicht genau sagen, was. Er war fit und stark. Ich habe ihm einen guten Tritt verpasst und ich glaube, ich habe ihn mit der Faust am Kiefer getroffen. Also, wer auch immer es ist, es könnte sein, dass er stark hinkt oder Prellungen im Gesicht hat."

„Ich habe Prellungen im Gesicht", sagte Lottie und fühlte zum ersten Mal an diesem Tag eine Last von sich abfallen.

„Ich denke, dein Gesicht ist hübscher als seins."

„Danke, Boyd. Du bist ein Stärkungsmittel."

„Ich könnte eins gebrauchen."

„Ich werde Ausschau halten nach fitten Kerlen mit blauen Flecken und Hinkebein." Boyd lachte schwach.

Lottie sah den verpassten Anruf mit Pfarrer Joes Namen auf ihrem Telefon blinken. „Boyd, kannst du dich daran erinnern, wer sonst noch gewusst haben könnte, dass du Pater Con besuchen wolltest?"

„Als ich deinen Anruf entgegengenommen habe, war ich im Fitnessstudio."

„Im Fitnessstudio? Könnte jemand mitgehört haben?"

„Klar. Es waren eine Menge Leute da. Mike O'Brien hat mir sogar seinen Stift zum Schreiben gegeben."

„Mike O'Brien?"

„Ja, Lottie, und eine ganze Reihe anderer Leute. Zieh keine voreiligen Schlüsse, nur weil du ihn wegen seiner Schuppen nicht magst." Lotties Magen regte sich. Vielleicht war es die Pizza oder vielleicht, nur vielleicht, war Pfarrer Joe unschuldig. Was bedeutete das für Mike O'Brien?

„Ich muss herausfinden, wohin O'Brien nach dem Fitnessstudio gegangen ist", sagte sie.

„Ich wünschte, ich wäre da, um dir zu helfen."

„Ich auch", erwidert Lottie und legte auf.

Maria Lynch trat von hinten an sie heran.

„Hier sind die Informationen über Derek Harte."

Lottie begann zu lesen. Sie bemerkte das Geburtsdatum: 1975. In ihrem Gehirn machte etwas klick.

„Ich muss die Kopien von den Akten in Rom sehen."

Sie saugte die Lippen ein und betrachtete das Bild von Derek Harte und seine darunter abgedruckten persönlichen Daten.

Lynch breitete die Seiten aus. Lottie hatte seit ihrer Rückkehr aus Rom noch keine Zeit gehabt, sie zu analysieren, und jetzt fuhr sie mit dem Finger über die Einträge und hielt bei einem an. Die Verweisnummer. Sie hob den Kopf.

„Was ist es?", fragte Lynch.

„Ich bin nicht sicher." Lottie überprüfte noch einmal das Geburtsdatum in der Akte. „Bedeutet das, was ich denke, dass es bedeutet?", fragte Lynch, indem sie über Lotties Schulter blickte.

„Ich weiß nicht, was es bedeutet", antwortete Lottie und schloss die Augen.

96

Als Lottie aufblickte, war sie überrascht, Jane Dore im Büro stehen zu sehen. „Hallo, Jane, stimmt etwas nicht?" Lottie runzelte die Stirn. Warum kam die Rechtsmedizinerin aufs Revier?

„Ich bin am Bahnhof fertig. Ich dachte, das interessiert Sie vielleicht."

„Danke", sagte Lottie, die immer noch nicht verstand, was Jane hier machte.

„Ich habe die Leiche am Tatort einer kurzen Voruntersuchung unterzogen. Soweit ich sehen konnte, ist da keine Tätowierung an der Innenseite des Oberschenkels. Die Leiche ist in einem schlechten Zustand, also werde ich es erst sicher wissen, wenn ich die Autopsie mache."

„Was?" Lottie setzte sich aufrecht hin. Sie zermarterte sich den Kopf, um sich zu erinnern, was O'Malley ihr gesagt hatte. Sie war sicher, er hatte gesagt, dass er auch eine Tätowierung habe. „Ich dachte, es könnte Patrick O'Malley sein."

„Wer auch immer es ist, meine Vermutung ist, dass er der Unterkühlung erlegen ist", sagte Jane. „Obwohl ich normalerweise keine Vermutungen anstelle."

Lottie lachte müde.

Jane lächelte und reichte Lottie ihr Handy.

„Was ist das?", fragte Lottie und schaute mit zusammengekniffenen Augen auf das dunkle Bild. Es war ein Foto.

„Das lag in der Nähe der Leiche."

„Ich kann es nicht erkennen."

„Warten Sie einen Moment. Ich maile es Ihnen", sagte Jane und schickte das Foto von ihrem Telefon aus. „Die Leiche lag in einer Gegend, die von vielen Obdachlosen benutzt wird. Schlafsäcke, Kisten, Pappe, Plastikflaschen, alles Mögliche. Das haben die Spurensicherer in einem Schlafsack gefunden. Ich dachte, es könnte so wichtig sein, dass Sie es sofort sehen müssen."

Lottie klickte auf ihre E-Mail und rief den Anhang auf. Ein handgeschriebener Text. Sie las die Worte und sie fuhren durch sie hindurch.

„Ist es für die Morde in letzter Zeit von Bedeutung?", fragte Jane und legte eine Hand auf Lotties Schulter.

„Ich bin mir nicht sicher. Es könnte ein altes Verbrechen betreffen", sagte Lottie. In dem Bemühen, weitere Fragen zu vermeiden und Janes Hand abzuschütteln, fragte sie: „Möchten Sie einen Kaffee?"

„Ich fahre besser zurück zum Totenhaus. Es füllt sich schneller als Tesco an Heiligabend."

Lottie versuchte zu lächeln. Es gelang ihr nicht.

„Sie sind erschöpft", sagte Jane.

„Langer Tag."

Lottie druckte das Bild aus. Als sie aufblickte, war Jane weg.

Kirby und Lynch beobachteten sie.

„Was steht da drauf?", fragte Lynch.

Lottie nahm das Blatt Papier vom Drucker und las vor:

„Liebe Frau Inspector, der rothaarige Junge, der mit dem Gürtel totgeschlagen wurde, hieß Fitzy. Sie müssen Brian finden ..." Die Worte endeten abrupt, als wäre der Stift abgebrochen oder als hätte der Autor nicht mehr den Willen gehabt, weiterzuschreiben. Das Blatt Papier war verschmiert und zerknittert, die Bleistiftstriche zittrig.

Lottie nahm die alte Akte aus ihrer Schublade und schob den Zettel unter das Foto des Jungen. Er war seit fast vierzig Jahren verschwunden, aber er lächelte immer noch in seinem Schulhemd. Sie fuhr mit dem Finger über die sommersprossige Nase, dann schloss sie die Mappe. War er Fitzy, der Junge, der in St Angela's ermordet worden war? Lieber Gott, sie hoffte nicht, denn dann wäre es zu persönlich.

Sie fragte sich, ob Sean schon zu Hause war. Sie versuchte noch einmal, ihn anzurufen. Keine Antwort. „Ich werde dich umbringen, Sean Parker", sagte Lottie zu dem Telefon in ihrer Hand. Und immer noch nichts über den Verbleib von Jason Rickard.

Sie musste Patrick O'Malley finden.

Zuerst fanden sie Derek Harte.

97

Uniformierte Gardaí brachten Harte auf die Wache, anderthalb Stunden nachdem die Sechs-Uhr-Nachrichten ausgestrahlt worden waren. Moroneys Bericht in den Fernsehnachrichten hatte die Öffentlichkeit aufgerüttelt, und eine Flut von Anrufen führte dazu, dass Harte fast zufällig ausfindig gemacht wurde.

Lottie und Kirby saßen in dem warmen, stickigen Vernehmungsraum. Harte hatte der Aufzeichnung zugestimmt und auf sein Recht auf einen Anwalt verzichtet.

„Mr Harte, Sie wurden heute Abend, am 6. Januar, um 19.13 Uhr festgenommen, als Sie versuchten, sich Zugang zu einem Grundstück zu verschaffen, das dem verstorbenen James Brown gehörte. Können Sie uns über Ihre Gründe und Absichten aufklären?"

Lottie saß auf der anderen Seite des Tisches und musterte Harte. Es fiel ihr schwer, ihre Abscheu zu verbergen, als sie an das ruchlose Verbrechen dachte, für das er fünf Jahre hinter Gittern verbracht hatte. Entführung und Missbrauch eines Minderjährigen. Sein selbstgefälliger Gesichtsausdruck hatte etwas von einer Beleidigung. Er rieb sich unaufhörlich die Hände. Sie hatte Lust, ihn zu ohrfeigen, damit er aufhörte. Stattdessen fingerte sie eine Pille aus der Packung in ihrer Jeanstasche und steckte sie in den Mund. Sie musste ihre Emotionen unter Kontrolle halten. Und

Jason Rickard finden und in Erfahrung bringen, was ihr Sohn trieb. Sie bewegte sich unruhig. Sie hätte Lynch bitten sollen, die Vernehmung mit Kirby durchzuführen. Zu spät.

Harte blieb stumm, atmete durch geblähte Nasenlöcher in kurzen, abgehackten Zügen, und ein hinterhältiges Grinsen verzog seine Wangen.

„Ich habe keine Zeit für so was", sagte Lottie und stieß ihren Stuhl zurück an die Wand. Sie lehnte sich über den Tisch, packte ihn an seinem Hemd und zog ihn zu sich heran. Kirby sprang auf, bereit, einzugreifen. Hartes Mund schürzte sich zu einer hässlichen Grimasse.

In diesem Moment sah sie seine wahre Persönlichkeit, als seine Fassade verblasste und ein grausamer, sadistischer Perverser zum Vorschein kam. Der wahre Derek Harte. Sie verstärkte ihren Griff und drückte ihre Fingerknöchel gegen seine Kehle, bis sich sein Gesicht rötete. Es war ihr egal, dass es aufgezeichnet wurde. Er war Abschaum.

„Das ist Brutalität", protestierte Harte, seine ersten Worte, seit er festgenommen worden war. „Vielleicht sollte ich doch einen Anwalt verlangen."

Lottie drückte ihre Hand fester gegen seinen Adamsapfel, wollte ihm Schaden zufügen, ihr Zeichen hinterlassen. Wenn Boyd hier wäre, hätte er sie schon zurückgezogen und sie würden hinterher darüber lachen. Sie schüttelte Harte ein letztes Mal und stieß ihn zurück in seinen Stuhl. Sie wäre auf und ab gegangen, wenn es genug Platz gegeben hätte. Kirby war im Weg. Es blieb ihr nichts anderes übrig, als ihren Stuhl zu nehmen und sich zu setzen.

„Wo ist der Junge?", fragte sie durch zusammengebissene Zähne. Der Drang, ihn zu erwürgen, war überwältigend. Sie musste sich konzentrieren.

„Junge? Ich weiß nicht, wovon Sie reden", höhnte er.

„Sie mögen kleine Jungs, Teenager." Lottie schob das Foto von Jason Rickard über den Tisch.

Er blickte hinunter, dann sah er schnell zu Lottie auf. „Ich kenne ihn nicht."

„Warum glaube ich Ihnen nicht?" Lottie nahm das Foto zurück. „Die Poster im Haus von James Brown, haben Sie die aufgehängt?"

„Kein Kommentar."

„Warum haben Sie sich in sein Leben reingemogelt?"

„Das geht Sie nichts an."

„Es geht mich sehr wohl etwas an. Ich könnte Sie wegen Mordes verhaften."

„Verhaften Sie drauflos. Sie haben keine Beweise." Harte tippte mit dem Zeigefinger auf den Tisch und knirschte mit den Zähnen. „Weil ich es nicht getan habe."

„Brown war eine Abweichung von Ihrem normalen Beuteschema, nicht wahr? Kein saftiges, junges Kind. Warum haben Sie sich diesmal an einen älteren Mann rangemacht? Hatte er etwas, das Sie wollten? Geld? Informationen?"

„Sie reden reinen Blödsinn. Ich habe keine Ahnung, was Sie meinen." Harte verschränkte die Arme.

„Warum die Scharade, dass Sie Lehrer sind?"

„Das habe ich nie gesagt."

Lottie dachte an ihre früheren Gespräche mit ihm zurück. Er konnte recht haben. Sie hatte das, was er ihnen anfangs gesagt hatte, falsch interpretiert.

„Dann sagen Sie mir, warum haben Sie heute Abend versucht haben, in Browns Haus einzubrechen?", wechselte Lottie schnell das Thema.

„Ich war nicht dabei, einzubrechen. Ich war dabei, ins Haus zu gehen. Ich wusste, wo der Schlüssel lag. Nur war er nicht da. Ich habe die Hintertür und das Fenster probiert. Ich habe nicht daran gedacht, dass ihr den Schlüssel genommen und den Alarm eingeschaltet haben würdet."

Lottie betrachtete ihn. Er sah so anders aus als der Mann, der Kummer vorgetäuscht hatte. Sie war wütend auf sich selbst, weil sie auf seine List hereingefallen war. Sie hatte gedacht, er sei aufrichtig. So viel zu ihrer Intuition und ihrem Bauchgefühl. Du lässt nach, Parker, schimpfte sie mit sich selbst.

„Jetzt haben Sie die Gelegenheit, die Sache richtig zu stellen", sagte sie.

„Wenn es Ihnen nichts ausmacht, Inspector, werde ich nichts sagen, bis ich einen Anwalt habe."

„Mr Harte, das Mindeste, was ich Ihnen vorwerfen kann, ist, unsere Ermittlungen zu behindern. Und das werde ich. Dies ist Ihre letzte Chance."

Lottie las eine Reihe von Emotionen, die über Hartes Gesicht liefen, wie rollende Isobaren auf einer Wetterkarte. Sein Körper sank in den Stuhl, als er eine Entscheidung zu treffen schien.

„Okay. Was springt für mich dabei heraus?"

„Reden Sie mit mir, dann weiß ich, womit ich es zu tun habe." „Kann ich zuerst einen Kaffee haben?"

Lottie wollte nein sagen, aber die Wahrheit war, dass sie von dem selbstgerechten Harte wegkommen musste. Wenn auch nur für ein paar Augenblicke.

„Okay", sagte sie, „Vernehmung unterbrochen." Sie schaltete das Aufnahmegerät aus. Er war ihr unter die Haut gegangen und es juckte schlimmer als ein Mückenstich. Sie brauchte Luft.

Lottie nahm das Zellophan von der Packung und zog mit tauben Fingern eine Zigarette heraus. Sie lehnte sich gegen das Fenster des Zeitungsladens, schnipste ein Feuerzeug an und inhalierte. Hartes Worte schwirrten ihr im Kopf herum.

Die Markise über dem Laden hing wegen des angesammelten Schnees in der Mitte durch. Der Verkehr kroch in der Straße hin und her und sie zählte müßig die roten Autos. Schnee fiel in dicken Klumpen. Eine Gruppe von Jungen lungerte an einer Straßenecke auf der anderen Seite herum. Sie trugen Kapuzenpullis, die ihre Gesichter verdeckten, und tranken aus Dosen. Hin und wieder ertönte ein „Juhu" aus ihrer Mitte und Lottie dachte an Sean. Sie schaute auf ihr Telefon: immer noch kein Anruf. Sie rief Chloe an.

„Nein, er ist nicht zu Hause", sagte Chloe. „Katie macht mich wahnsinnig."

„Kümmere dich nicht um sie. Versuch's noch mal bei Niall und Seans anderen Freunden."

„Welche anderen Freunde?"

„Tu's einfach, Chloe."

Das sah Sean gar nicht ähnlich. Ein Knoten der Angst bildete sich in Lotties Magengrube, aber sie fühlte sich irgendwie losgelöst. Wie konnte sie so ruhig sein, wenn ihr Sohn möglicherweise verschwunden war? War es die Pille, die sie gerade genommen hatte, oder war es, weil sie glauben wollte, dass es ihm gut ging? Natürlich ging es ihm gut.

Lottie schüttelte ihre Grübeleien ab. Sie wusste, dass in ihrer Stadt etwas faul war, und zwar schon lange. St Angela's, mit seinen eingemauerten Geheimnissen, bildete den Kern. Die Tätowierungen, die Akten, Pater Con, Patrick O'Malley, Susan und James, sogar Derek Harte. St Angela's war *der* Sündenpfuhl.

Als sie ihre Kapuze über den Kopf zog, erhaschte sie in einem Schaufenster einen Blick auf ihr Gesicht. Eine geisterhafte Erscheinung starrte sie an. So schnell sie konnte, ging sie ins Revier. Harte war ihr nächstes Ziel. Sie war bereit für ihn.

Lottie ging auf und ab, einen Schritt in die eine Richtung, einen in die andere. Sie musste sich irgendwie beschäftigen, um ihn nicht zu schlagen.

„Also, Mr Harte, was haben Sie uns zu sagen?"

„Ja", sagte er, „Sie klagen mich besser nicht an. Ich will nicht zurück ins Gefängnis."

Sie wartete, ohne zu antworten. Sie hatte nicht vor, dem Mistkerl irgendetwas zu versprechen.

„Ich nehme an, ich sage Ihnen besser, was ich weiß", sagte er.

Lottie nickte Kirby zu, um sicherzustellen, dass alles aufgezeichnet wurde.

„Ich bekam einen Anruf von einem Priester in Rom. Pater Angelotti." Das hatte sie nicht erwartet. Sie setzte sich hin.

„Er sagte, er habe Informationen für mich. Er erzählte mir, dass ich adoptiert worden sei und meine leibliche Mutter mich kennen lernen wolle." Seine Augen huschten durch den Raum.

„Fahren Sie fort", sagte sie.

„Ich wusste, dass ich adoptiert war, aber ich hatte nie viel darüber nachgedacht. Aber als er mich anrief, wurde ich neugierig." Seine Augen hörten nicht auf, sich zu bewegen.

„Sie waren als Baby in St Angela's", stellte Lottie fest. Sie hatte seinen Namen vorhin in der Rom-Akte gesehen. „Sie wollen mich glauben machen, dass Sie der Sohn von Susan Sullivan sind?"

„Schwer zu glauben, ich weiß. Ich konnte es selbst kaum glauben. Dieser Priester klang am Telefon sehr überzeugend. Sagte, er würde später im Jahr nach Irland kommen, mit dem Beweis."

„Wie hat er Sie gefunden?"

„Er sagte mir, er habe Anfragen von einer Frau bekommen, die ihr Kind suchte. Anhand des Datums, das sie ihm gab, hatte er die Adoptionsunterlagen gefunden oder so etwas. So hat er es mir jedenfalls gesagt."

„Hört sich fantastisch an", sagte Lottie, aber sie dachte an die Aktenkopien auf ihrem Schreibtisch. Sie stand auf und ging wieder auf und ab.

„Ich sage Ihnen, was ich weiß. Ich war fünf Jahre lang im Gefängnis; mein Name war in den Nachrichten, es kann nicht so schwer gewesen sein, einen Knastbruder in diesem Land zu finden." Er grinste.

Lottie zuckte zusammen. Pater Angelotti war ein besserer Detektiv gewesen, als sie es war. Wieso hatte die Schule, in der Harte arbeitete, ihn nicht überprüft? Jemand würde deswegen tief in der Scheiße sitzen.

„Und er hat mir ihren Namen genannt. Dann entschuldigte er sich über und über. Meinte, er hätte ihn mir nicht sagen dürfen."

„Haben Sie sich mit dem Priester getroffen?"

„Nein, habe ich nicht", sagte Harte und hob den Kopf. Die tanzenden Augen sahen hohl aus. „Er sagte mir, dass er nach Irland kommen würde. Er fragte mich, ob ich bereit wäre, meine leibliche Mutter zu treffen. Er wollte wissen, ob ich einverstanden wäre, bevor er mit ihr sprach. Mir war es egal, so oder so."

„Also haben Sie Pater Angelotti getroffen?"

„Nein, ich bin ihm nie begegnet."

„Und doch haben wir seine Leiche in James Browns Garten gefunden. Merkwürdig, finden Sie nicht auch?"

„Ich habe den Priester nicht getroffen. Niemals. Ich habe ihn nicht umgebracht. Ich kann es nicht erklären."

„Merkwürdig ist auch, dass Sie ausgerechnet mit James Brown liiert waren."

„Zufall."

„Daran glaube ich nicht", sagte Lottie.

Sie betrachtete Harte. Er schien seine Strategie abzuwägen.

„Okay", sagte er. „Als der Priester mich das erste Mal kontaktierte, sagte er mir, dass die Nachforschungen von einem James Brown im Auftrag dieser Frau gemacht wurden. Daraufhin stellte ich selbst ein paar Nachforschungen an. Ich fand heraus, dass diese Frau, die er erwähnt hatte, Susan Sullivan, hier in Ragmullin im Rat arbeitete. Ich ging online, sah, wo sie arbeitete und mit wem sie arbeitete. Ich googelte ein paar von den Mitarbeitern und stolperte über James Brown auf dieser Dating-Seite. Das war die Wahrheit und wir mochten einander wirklich. Es tat mir leid, als ich hörte, dass er ermordet wurde."

„Das glaube ich nicht eine Minute lang", sagte Lottie. „Also, warum haben Sie Ihren Liebhaber ermordet?"

Er lachte. „Ich bin vieles, Inspector, aber ich bin kein Mörder."

„Haben Sie versucht, mit Susan Kontakt aufzunehmen?"

„Nein. Das habe ich dem Priester überlassen."

Lottie ging immer zwei Schritte weit vor ihm auf und ab, während sich die Müdigkeit in ihre Gelenke fraß. Sie beäugte Kirby. Dies brachte sie nicht weiter.

„Zufälle, alles Zufälle. Ich glaube Ihnen nicht", brach Kirby sein Schweigen.

„Ich weiß, dass ich in St Angela's war. Ich bin sicher, Sie

können es nachprüfen, und ich hatte keinen Grund, jemanden zu töten."

Der erste Teil seiner Aussage war wahr, das wusste Lottie. „Warum haben Sie heute Abend versucht, in Browns Haus zu kommen?"

Harte saugte seine Wangen ein. Debattierte er mit sich selbst? Er täte besser daran, diesmal die Wahrheit zu sagen, dachte Lottie.

„James hatte Geld in seinem Haus und Susan Sullivan hatte Geld in ihrem Haus."

Lottie setzte sich. „Was für Geld?"

„Sie erpressten jemanden. Fragen Sie mich nicht, wen, denn James hat es mir nie gesagt. Eines Abends rutschte ihm heraus, dass sie sowohl Bargeld in die Hand als auch Geld auf ihre Konten bekamen. Mehr hat er dazu nicht gesagt, nur, dass ich keine Fragen darüber stellen sollte."

„Das können Sie mir nicht weismachen", sagte Lottie. „Also wo ist dieses Phantomgeld?"

„Weiß nicht genau. Irgendwo im Haus."

Lottie starrte ihn an.

„Also gut", gab er nach. „Der Spiegel über dem Bett ... da ist das Geld versteckt."

Lottie sah Kirby an. Sie hatten es übersehen.

„Was ist mit dem Bargeld von Susan Sullivan? Wissen Sie, wo das ist?"

„Sie haben es doch gefunden, nicht wahr?"

Lottie sah ihn an und fragte sich, ob er die Ursache für ihren Überfall war. Er senkte die Augen und mied ihr zerschrammtes Gesicht.

„Haben Sie ...?" Lottie langte über den Tisch hinweg nach ihm. Harte drückte sich zurück an die Wand, sein Stuhl quietschte auf dem gefliesten Fußboden.

„Ganz ruhig, Inspector. Ich konnte nicht rein. Ein Wachmann saß im Streifenwagen vor dem Haus. Ich sah Sie herauskommen. Bin Ihnen gefolgt. Dachte, Sie hätten vielleicht das Geld."

Lottie schoss aus ihrem Stuhl. Harte machte einen Satz zurück gegen die Wand. Sie stieß ihren Finger in seine Brust.

„Sie Arschloch...", sagte sie. Kirby packte sie am Ellbogen.

„Ich wollte Sie nicht so schlimm verletzen. Aber Sie sind doch okay."

„Woher wussten Sie von meinen Kindern?"

„Ich habe geraten", antwortete er. „Ich wollte Sie erschrecken, damit Sie denken, der Straßenräuber könnte der Mörder sein."

„Raten Sie mal, was ich jetzt gerade denke?", schrie Lottie und haute auf seine Brust.

„Ich habe Sie nicht umgebracht und ich habe auch sonst niemanden umgebracht."

Lottie setzte sich. Und als Harte wieder Platz genommen hatte, griff sie nach seiner Hand und verdrehte sie, bis er stöhnte.

„Sie sind ein kleiner Wichser", sagte sie.

„Wie Sie meinen, Inspector", sagte er, seine Arroganz wiederhergestellt. Er beäugte die Kamera in der Ecke der Decke. Lottie ließ seine Hand los.

Kirby rutschte auf seinem Stuhl herum, und sie wusste, dass es auch ihn in den Fingern juckte, Harte zu verprügeln. Aber wenn er die Wahrheit sagte, bedeutete das, dass der Mörder immer noch da draußen war. Aber warum sollte sie ihm glauben?

„Jason Rickard", sagte Lottie. „Wo ist er?"

„Ich kenne keinen Jason Rickard", beharrte er.

Lottie seufzte schwer, schaltete den Rekorder aus, folgte Kirby nach draußen und ließ Harte mit seinem selbstgefälligen Blick allein.

98

Im Einsatzraum sahen sich Lottie, Kirby und Lynch die Fotos an der Tafel an.

„Wir verhaften ihn wegen Einbruch. Und Raubüberfall. Gibt es sonst noch etwas, das wir ihm zur Last legen können? Kommt schon, Leute, helft mir mal."

„Wir haben keine Beweise, dass Harte jemanden getötet hat, wenn er es also nicht war, wer ist dann der Mörder?", sagte Kirby.

„Und wo ist Jason Rickard? Wurde er entführt? Wenn ja, warum?" Und wo ist Sean? fragte sie sich. Hoffentlich war er inzwischen nach Hause gekommen. Die Eiszapfen ignorierend, die ihre Wirbelsäule gefrieren ließen, ging Lottie von der Tafel weg und wühlte sich durch die Aktenkopien, las die Namen und Daten, ohne sie wirklich zu sehen. Versuchte, sich O'Malleys Geschichte ins Gedächtnis zu rufen. Konnte er ihr Hauptverdächtiger sein?

„In St Angela's gab es vor Jahren einen Mord", fügte sie hinzu, „und meine Theorie ist, dass jemand die Zeugen tötet. Das ist die einzige Schlussfolgerung, zu der ich kommen kann. Aber was hat Jason Rickard damit zu tun? Und Pater Angelotti. Wie passt er da rein?"

„Gerade habe ich den Bericht der Uniformierten bekommen. Sie haben mit allen Taxifahrern gesprochen. Nicht einer von ihnen hat eine Aufzeichnung einer Fahrt zu Browns Haus an Heiligabend", sagte Kirby.

„Er ist unmöglich so weit gelaufen", meinte Lottie. „Nicht in dem Wetter, also hat ihn jemand hingefahren."

„Der Mörder?", suggerierte Kirby.

„Möglich. Mehr als wahrscheinlich", sagte Lottie.

Lynch spähte über ihre Schulter. „Warum passiert das alles jetzt?"

„Wir müssen noch einmal mit Bischof Connor sprechen. Noch so ein verlogener Dreckskerl." Lottie nahm ihre Tasche. „Und wir müssen Mike O'Brien aufsuchen. Boyd hat gesagt, er war in dem Fitnessstudio, als er meinen Anruf über Pater Con entgegengenommen hat."

„Verschwörungstheorien, jetzt?", fragte Kirby.

„Und ich brauche ein Starthilfekabel für mein Auto."

„Ich kümmere mich drum."

„Zuerst will ich sehen, wo diese letzte Leiche gefunden wurde." Sie steckte den alten Manila-Ordner in ihre Tasche.

„Haben Sie inzwischen was von Sean gehört?", fragte Lynch.

Lottie hielt an der Tür an. „Wie spät ist es?" „Ungefähr acht Uhr zweiundvierzig."

Sie versuchte, nicht in Panik zu geraten. „Kirby, dies ist Seans Telefonnummer. Könnten Sie unsere Techniker bitten, per GPS zu orten, wo er ist?"

„Klar, Inspector. Wird sofort erledigt."

„Ich versuche, mir keine Sorgen zu machen," sagte Lottie, „aber das ist völlig untypisch für Sean. Ich gehe ihn jetzt besser suchen."

„Beunruhigen Sie sich nicht", sagte Lynch. „Ich werde die Verkehrspolizei bitten, nach ihm Ausschau zu halten. Wir werden ihn finden. Haben Sie eine Liste seiner Freunde?"

Lottie sagte: „Chloe hat es schon versucht, aber kontaktieren Sie sie noch einmal. Chloe hat die Nummern." Sie kämpfte mit Tränen der Besorgnis. „Wir müssen herausfinden, wo Mike O'Brien um diese Abendzeit sein könnte."

Ihr Telefon klingelte.

Pfarrer Joe.

„Nicht jetzt", sagte sie und legte gleich wieder auf. „Vielleicht sollte ich hierbleiben, falls Sean nach mir sucht."

„Wenn er kommt, rufe ich Sie sofort an", sagte Lynch.

„Okay", erklärte Lottie sich einverstanden. „Ich werde mich beschäftigen."

Aber wo war ihr Sohn? Ihre Brust zog sich vor Angst zusammen, und die Erschöpfung drohte sie zu überwältigen. Sie suchte in ihrer Tasche nach einer Pille und erinnerte sich, dass sie erst vor kurzem eine genommen hatte. Sie erblickte den silbernen Anhänger in ihrer Tasche, zog ihn heraus und warf ihn auf den Schreibtisch.

„Was ist das?", fragte Kirby.

„Tom Rickards Alibi", sagte Lottie. „Beeilen Sie sich, Kirby. Wir haben einiges zu tun."

99

Jim McGlynn und sein Spurensicherungsteam waren immer noch am Tatort in einem der dachlosen Reihenhäuser am Bahnhof.

Lottie musterte die Gegend im grellen Licht der provisorischen Beleuchtung. Kein Anzeichen von anderem Leben außer den Beamten der Spurensicherung, die wie Ameisen arbeiteten, schnell und effizient. Sie ließ sie machen, betrat einen der alten Waggons zu ihrer Linken und schaltete ihre Taschenlampe ein.

„Er muss hier irgendwo sein", sagte sie und drehte leere Schlafsäcke um, wobei von dem Stoff in ihren Händen ein übler Gestank aufstieg.

„Er ist nicht hier", sagte Kirby aus sicherem Abstand zu Lottie und ihrer hektischen Suche.

Lottie hörte jemanden rufen.

„Suchen Sie nach mir?"

Sie drehte sich um und ließ den verfilzten Stoffstreifen fallen, der sich von einem feuchten Pappkarton gelöst hatte. Patrick O'Malley. Er stand außerhalb des Tatortbands, die Hände tief in den Taschen. Er sah viel sauberer aus als das letzte Mal, als sie ihn gesehen hatte.

„Wo sind Sie gewesen?", fragte sie und ging auf ihn zu. Sie konnte ihn sich nicht als Mörder vorstellen, aber die Beweise deuteten auf etwas anderes hin.

„Ich versuche, mein kaputtes Leben wieder zusammenzusetzen", sagte er. Lottie duckte sich unter dem Band durch, packte ihn am Ellbogen und steuerte ihn den Hügel hinauf zum Auto. Sie wollte so schnell wie möglich weg von der bedrückenden Luft der Entbehrung, die von den alten hölzernen Eisenbahnwaggons ausging. Sie kratzte hinten in ihrer Kehle. Aus dem Augenwinkel sah sie einen kleinen schwarzen Klumpen, der sich bewegte, und sie beschleunigte ihre Schritte, als sie an das Ungeziefer dachte, das sich an dem gesichtslosen Mann gütlich getan hatte, der nichts weiter als Schutz gesucht hatte.

O'Malley lehnte sich gegen die Autotür.

„Setzen Sie sich rein, da ist es wärmer", sagte Lottie und setzte sich neben ihn auf den Rücksitz. Kirby saß vorne, kaute an seiner Zigarre und sah in den Rückspiegel. O'Malley war sauber rasiert, seine Kleidung frisch. Verschwunden war der Geruch von kränklicher Ungepflegtheit.

„Wo sind Sie gewesen?", fragte sie wieder. „Im Obdachlosenheim in der Patrick Street", sagte er. „Sie haben mich aufgenommen."

„Warum sind Sie nicht früher dahin gegangen?" Sie drehte sich herum und sah ihn an.

„Ich habe mich nie um etwas gekümmert. Habe mich einfach treiben lassen. Aber ... nach Susan und James ... fühlte ich mich irgendwie anders." Er hielt inne. „Inspector, ich bin es den beiden schuldig, die Scherben meines Lebens aufzusammeln und neu anzufangen."

„Mr O'Malley, ich sollte Sie zum Verhör auf die Wache bringen." „Okay, kein Problem. Ich habe nichts zu verbergen."

Lottie betrachtete ihn. Sein Gesicht zeigte keine Spur von Angst oder Schuldgefühlen.

„Der Zettel", begann sie, „den wir in einem Schlafsack gefunden haben. Haben Sie den geschrieben?"

„Ah ja. Das könnte man so sagen", antwortete er. „Ich habe ihn angefangen. Habe ihn aber nicht zu Ende geschrieben. Ich beschloss, mich aufzurappeln. Kam nie zurück, um meine Sachen zu holen. Nicht, dass da irgendwas war, das es die Mühe wert gewesen wäre."

„Und warum sind Sie jetzt hier?"

„Ich habe heute Abend gehört, dass eine Leiche gefunden wurde. Ich bin nur gekommen, um zu sehen, was der Aufruhr soll. Ich glaube, das ist der alte Trevor da drüben. Erfroren, das arme Schwein."

„Sagen Sie mir, was Sie schreiben wollten", beharrte sie.

„Verschiedene Dinge sind mir wieder eingefallen. Nachdem wir auf dem Revier miteinander gesprochen hatten, wissen Sie. Ich dachte, ich würde der Nächste sein. Ich wollte nicht sterben, also raffte ich mich auf, bürstete mich ab und sagte mir, dass ich nicht kampflos gehen würde. Genau wie der junge Fitzy."

Lottie zog die alte Akte aus ihrer Tasche und zeigte ihm das Foto von dem vermissten Jungen.

„Könnte das Fitzy sein?"

O'Malley zog und kratzte an seinem Kinn. „Ich bin mir nicht sicher, Inspector. Es ist schon lange her."

„Aber denken Sie, er könnte es sein?"

Er studierte das Gesicht des Jungen noch ein paar Sekunden lang. „Wie gesagt, ich bin mir nicht sicher."

„Der Mord, den Sie beschrieben haben, können Sie sagen, wann er stattgefunden hat? In welchem Jahr?"

„Ich kann mich nicht an viel erinnern. Zu viele Flaschen Wein seitdem. Aber wie ich Ihnen schon sagte, wir nannten es die Nacht des schwarzen Mondes. '75 oder vielleicht '76. Es war nach Weihnachten, also könnte es im Januar gewesen sein."

„Der schwarze Mond", sagte Lottie.

„Wenn in einem Monat zweimal Neumond ist", meldete sich Kirby vom Vordersitz aus.

„Wenn das Böse die Erde heimsucht", sagte O'Malley.

Lottie spürte, wie ihr ein Eiszapfen über die Wirbelsäule glitt.

„Mr O'Malley, Sie verwirren mich. Haben Sie Susan und James getötet? Und sogar Pater Con?"

„Ich bin schockiert ... total schockiert, dass Sie ... dass Sie überhaupt so etwas von mir denken können. Aber andererseits, wer bin ich schon? Für Sie bin ich nur ein Niemand."

„Das ist keine Antwort", sagte Kirby.

Lottie zuckte mit den Schultern. „Es ist mir klar, dass alles mit St Angela's zusammenhängt. Sie auch. Sie kannten Susan und James, und Pater Con, damals. Jetzt sind sie tot und Sie sind der Letzte, der noch steht."

„Vergessen Sie nicht Brian ..."

„Was ist mit ihm? Wir haben versucht, etwas über ihn herauszufinden, aber es ist möglich, dass er seinen Namen geändert hat. Vielleicht ist er sogar schon tot. Können Sie mir irgendetwas über ihn sagen?"

„Ich habe ihn von dem Tag an bis heute nicht gesehen."

Lottie erinnerte sich an die jüngsten Enthüllungen von Mrs Murtagh. „Mr O'Malley ... Patrick, sind Sie jemals Bischof Connor begegnet?"

Sein Lachen wurde von einem Hustenanfall unterbrochen.

„Was ist so lustig?" fragte Lottie.

„Ich? Ich! Sie denken, ich könnte einen Bischof kennen. Ich bin ein Penner, ein obdachloser Niemand. Was sollte ich mit einem Bischof machen?"

„Ich nehme an, das ist ein Nein."

„Auf jeden Fall!", sagte er, „und ..."

„Und was, Mr O'Malley?", fauchte Lottie. Sie war gefangen in seinen Rätseln und er strapazierte ihre Geduld.

„Tun Sie Ihren Job, Inspector", sagte er. „Tun Sie einfach Ihren Job und halten Sie mich da raus."

„Mike O'Brien ist der Nächste auf meiner Liste."

Lottie beobachtete O'Malley, wie er träge den Hügel hinaufging, weg vom Bahnhof. Sie glaubte nicht, dass er es in sich hatte, ein Mörder zu sein. Aber er war ein tief verwundeter Mann mit einer vernarbten Vergangenheit. Alles war möglich.

„Sie lassen O'Malley einfach so gehen?" fragte Kirby.

„Ich habe nichts, womit ich ihn festhalten könnte", sagte Lottie. „Außerdem glaube ich nicht, dass er die Kraft hat, ein Kätzchen zu erwürgen, geschweige denn drei Menschen."

Sie meldete sich bei Lynch, während Kirby den Wagen wendete.

„Scheiße", sagte sie, als sie den Anruf beendete.

„Was?", fragte er, während er die Scheibenwischer auf höchster Stufe einschaltete.

„Keine Spur von Sean. Aber sie sind dabei, seine Freunde noch einmal anzurufen, und auch deren Eltern. Ich muss ihn finden."

„Warten Sie, bis sie seine Freunde überprüft haben."

„Und Lynch kann O'Brien nicht ausfindig machen", sagte Lottie. „Er ist weder zu Hause noch im Fitnessstudio."

Sie verfolgte O'Malley auf seinem Weg. Er überquerte die Kanalbrücke und verschwand im gelben Schein der abendlichen Straßenlaternen. Er schien irgendwie kleiner zu sein, als ob das Gewicht, das ihn sein ganzes Leben lang auf einem instabilen Grund verankert hatte, plötzlich in einem schlammigen Ufer eingebettet war. Sie bezweifelte, dass er jemals freigeschnitten werden würde, um mit dem Wind im Rücken zu segeln.

Im Stillen wünschte sie ihm Glück. Er würde es brauchen. Sie auch.

100

Es war dunkel. ‚Stockfinster', würde seine Mutter sagen. Sean spürte Jasons sanfte Atemzüge an seiner Schulter. Er war verkrampft, musste dringend pinkeln und hatte keine Ahnung, wie lange es her war, dass der Mann gegangen war. Jason bewegte sich.

„Bist du wach?", fragte Sean.

„Ja. Was ist los?"

Sean setzte sich anders hin, stand auf und versuchte, das Seil um seine Handgelenke zu lockern. „Wer ist dieser Spinner?"

„Ich bin mir nicht sicher, aber ich habe ihn schon mal gesehen. Oh, das ist alles so verrückt." Jason blieb zusammengesackt auf dem Boden liegen.

„Komm schon, Alter. Du musst dich rühren, sonst können wir nichts tun."

„Was meinst du denn, was wir tun können? Nichts können wir tun."

„So leicht gebe ich nicht auf. Wir müssen hier raus."

„Hoffnungslos", sagte Jason.

Sean drehte und wendete seine Hände. Endlich schaffte er es, das Seil zu lockern, und es fiel ab. Er tastete sich in der Dunkelheit durch den Raum, bis seine Hand den Türknauf fand. Er drehte, zog und drückte. Der Knauf rührte sich nicht. Er ging weiter, indem er die Wände abtastete. Er fand die zweite Tür. Dasselbe

Ergebnis. Und keine Fenster. Es musste einen Weg geben zu fliehen. Er steckte seine Hand tief in seine Kampfhose und zog sein Messer heraus. Wenigstens hatte er eine Waffe.

„Ich habe ein Messer", sagte er.

„Was willst du damit machen? Dich umbringen?"

„Sei kein Arsch. Komm schon. Zwei Köpfe sind besser als einer. Wir müssen nachdenken."

„Ich habe keine Energie zum Denken."

Sean ging zu Jason hin und gab ihm einen Tritt.

„Ich kann das nicht ohne dich machen."

„Was machen?"

Sean dachte nach. Es musste etwas geben, was sie tun konnten.

„Hilf mir wenigstens. Du bist der mit dem Köpfchen."

„Ich war dumm genug, um in diesem Schlamassel zu landen", sagte Jason.

Sean setzte sich auf die kalten Dielen und holte sein Handy heraus. Es war leer. Er befingerte das Messer. Würde er den Nerv haben, den Mann niederzustechen? Er war sich nicht so sicher.

„Bitte ... denk nach", flüsterte er. „Wir brauchen einen Plan."

Jason raffte sich auf in eine sitzende Position und Sean schnitt die Seile durch, die ihn fesselten.

„Okay. Wenigstens können wir kämpfend untergehen." Sean gab Jason das Messer.

„Ein Schweizer Taschenmesser?", fragte Jason, als er eine der glatten Klingen befühlte.

„Ich hatte noch nie eine Gelegenheit, es zu benutzen. Bis jetzt." Sean nahm das Messer zurück und schnippte die verschiedenen Klingen heraus. „Damit könnten wir einigen Schaden anrichten." Er öffnete die längste Klinge und schob die anderen wieder hinein.

„Ich halte zu dir", sagte Jason. „Wir brauchen immer noch einen Plan."

In der Stille sitzend, ließ Sean die Waffe zurück in seine Tasche gleiten. „Einen Schlachtplan."

101

Bischof Connor blickte zu Mike O'Brien, der auf der Kante eines Stuhls mit goldenen, filigranen Beinen saß. O'Brien sah müde aus, die Augen klein und schwarz. Er hingegen fühlte sich gut.

„Wo ist Rickard? Er sollte hier sein."

„Er geht nicht ans Telefon", sagte O'Brien.

„Der Bauantrag ist genehmigt", sagte der Bischof. „Dunne hat seinen Teil der Abmachung eingehalten, jetzt müssen wir sicherstellen, dass Rickard seinen auch einhält."

„Ich habe meinen Kopf dafür hingehalten."

„Tom Rickard ist ein Mann, der zu seinem Wort steht. Sie werden Ihr Geld bekommen."

„Sein Saldo ist ein einziges Chaos." Mike O'Brien hob den Kopf.

„Was meinen Sie damit?" Bischof Connor richtete sich ruckartig auf.

„Ich habe seit Monaten die Zahlen manipuliert und gefälschte Renditen an die Zentrale geschickt. Das war Teil der Vereinbarung mit Rickard. Ich weiß nicht, wie lange das noch so weitergehen kann, bevor sie die Manipulation entdecken, anfangen, unangenehme Fragen zu stellen, und die Rückzahlung seiner massiven Schulden fordern."

Bischof Connor warf ihm einen wütenden Blick zu. „Ich brauche mein Geld auch. Warum ist er nicht hier? Was kann in dieser Phase unserer Pläne wichtiger sein?"

O'Brien zuckte mit den Schultern.

„Wie schnell kann Rickards Firma damit beginnen, diese Monstrosität von einem Gebäude abzureißen?" Bischof Connor war bestrebt, das Sachzeugnis, das ihm im Laufe der Jahre so viel Probleme bereitet hatte, loszuwerden.

„Es gibt eine Wartezeit für Einwände. Ein Monat oder so, glaube ich. Kann auch noch länger sein."

„Was? Noch ein Monat?" Bischof Connors Wangen leuchteten knallrot. Er nahm ein Glas Wasser und trank es in einem Zug aus.

„So ist das System", sagte O'Brien. „Und das Gebäude kann nicht abgerissen werden. Es steht in irgendeiner Denkmalliste."

„Sie wissen, was ich meine. Aber es wäre schön, wenn es in den Boden gestampft würde."

„Es ist schwierig, Geheimnisse zu begraben, nicht wahr?" O'Brien sah unter schweren Augenlidern zu ihm auf.

„Wenn dieses Gebäude weg ist, verschwindet alles Böse mit ihm. Und es wird ein fantastischer Ort sein, wenn alles fertig ist", sagte Bischof Connor. Einhundertzwanzig Hotelzimmer und ein Achtzehn-Loch-Golfplatz. Mitgliedschaft auf Lebenszeit. Und die Geschichte von St Angela's begraben. Für immer.

„Wenn er das Geld dafür hat", sagte O'Brien.

„Ich hoffe, Sie meinen das nicht ernst."

„Wie ich schon sagte, Rickards Firma sitzt auf einem Haufen von Krediten. Wenn auch nur eine Bank ihren Anteil einfordert, bricht die ganze Sache zusammen und Rickard ist bankrott."

Bischof Connor drückte die Wahlwiederholungstaste.

„Rickard, wir könnten Sie bei diesem Treffen gebrauchen. Es gibt einiges zu klären." Dann hielt er das Telefon auf Armeslänge, schaute es an und sein Gesicht zog sich wütend zusammen. „Er hat einfach aufgelegt."

„Ich will nur mein Geld." O'Brien erhob sich, um zu gehen.

„Wohin gehen Sie? Wir sind noch nicht fertig", sagte Bischof Connor.

„Ich glaube, ich bin fertig", erwiderte O'Brien. „Fix und fertig."

102

Tom Rickard beendete den Anruf, als Melanie die Treppe herunterkam und einen Koffer in den Flur stellte. Er sah seine Frau wortlos fragend an.

Sie stand mit verschränkten Armen auf ihrem lächerlich teuren italienischen Marmorboden und starrte ihn an.

„Wohin gehst du?", fragte er.

„*Ich* gehe nirgendwohin", zischte Melanie durch geschlossene Lippen. Ihr Make-up und ihre Kleidung waren makellos.

„Aber, Mel ...", begann er.

„Hör bloß auf mit Mel. Ich kann sie riechen, weißt du. Jedes Mal, wenn du von einer eurer Soirees nach Hause kommst. Unser Sohn ist verschwunden und ich habe es satt, Tom. Satt!"

Rickard seufzte und knöpfte seinen Mantel zu.

„Das war's also?", fragte er.

„Wie man sich bettet, so liegt man."

„Aber Jason ... wir müssen unseren Sohn finden ..." Er gestikulierte wild mit seinen Armen.

„Du hast meinen Jungen vertrieben. Hau ab."

Sie drängte sich an ihm vorbei ins Wohnzimmer und das Echo ihrer hohen Absätze betäubte seine Ohren. Er sah sich um, betrachtete, wofür er gearbeitet hatte, und sah nur Leere. Er hatte alles verloren. Er nahm den Koffer und zog die Haustür mit einem dumpfen Schlag hinter sich zu.

Er fuhr fort und ließ seine Frau und sein Leben hinter sich. Er musste seinen Sohn finden.

Mike O'Brien gefiel es nicht, wie das Treffen mit dem Bischof geendet hatte. Er fuhr wild durch Ragmullin. Hoffte er, wegen gefährlichen Fahrens verhaftet zu werden? Er wusste es nicht. Er wusste nicht mehr, wer oder was er war. Er war verloren. Verlorener als je zuvor in seinem Leben, und das wollte etwas heißen.

Tom Rickard hatte alles ruiniert. Aber war es nicht auch seine eigene Schuld? Vom Bischof schikaniert zu werden. Er hätte stark bleiben müssen im Angesicht dieses Widersachers. Aber er wusste, er war nie stark gewesen. Schwach und manipulierbar – das war es, was er war. Der Kohlenstoff hinter dem Diamanten, wie die verfluchte Lottie Parker gesagt hatte. Wir werden sehen, dachte er und trieb achselzuckend Entschlossenheit zurück in seine Knochen.

Er parkte vor dem Haus des Bauträgers. Alle Fenster warfen Licht auf den Schnee und färbten ihn gelb. Was konnte er zu Rickard sagen? Sollte er sich entschuldigen? Für das, was er getan hatte, und das, was er im Begriff war zu tun? Nein! Er war fertig damit, sich zu entschuldigen.

Er würde Farbe bekennen. Es war Zeit für ihn, aus dem Schatten zu treten.

Er ließ den Motor aufheulen und fuhr davon.

Er würde seine Spuren hinterlassen.

Bischof Terence Connor fuhr sich mit den Fingern durch sein Haar. Das Treffen hatte bestätigt, was er bereits wusste. Rickard hatte vor, ihn reinzulegen.

Er marschierte mit nackten Füßen auf dem Plüschteppich von Wand zu Wand und hinterließ Fußabdrücke in dem hohen Flor.

Er hatte einen zu weiten Weg hinter sich, um jetzt alles zu verlieren. Er würde die Dinge nicht kampflos aufgeben. Es stand zu viel auf dem Spiel. St Angela's war ihm etwas schuldig.

Er zog seine Socken und Schuhe an. Dann seinen Mantel.

Eine stechende Kälte tief in seinen Knochen sagte ihm, es würde eine lange Nacht werden.

Er ließ den Motor seines Wagens warmlaufen, bevor er durch das automatische Tor in den prasselnden Schnee hinausfuhr.

Die vier Wände begannen, über ihm einzustürzen. Derek Harte umfasst seine Kehle. Wasser, er brauchte Wasser. Er musste hier raus.

Er hatte bereits fünf Jahre im Gefängnis hinter sich und er wollte keine Minute länger dort verbringen. Er hatte sich von diesem Leben verabschiedet. Metall krachte auf Metall, Türen öffneten und schlossen sich, Schlüssel klapperten in Schlössern, Lachen und Weinen, Rufen und Schreien. Sein Leben bestand aus schlechten Entscheidungen. Angefangen mit seiner Schlampe von einer Mutter. Er hoffte, dass es Susan Sullivan war. Denn sie war tot und er würde sie nicht suchen und umbringen müssen.

„Lasst mich hier raus", schrie er die Wände an. „Lasst mich raus ... raus ... raus."

Er rollte sich auf dem Boden zu einem Ball zusammen und schrie vor der Ungerechtigkeit, die sein Scheißleben prägte.

Patrick O'Malley stand lange und schaute auf den Kanal. Das kalte Eis war an einigen Stellen gesprungen, an anderen fest. Die Straßenlaternen warfen Schatten und Formen durch den fallenden Schnee.

Er sehnte sich nach einem Drink, nur einem, einem Schluck – nicht mehr. Zwei Tage ohne dass Alkohol durch seine Adern floss. Und er fühlte sich schlechter als je zuvor. Nein, das stimmte nicht. Die schlimmste Zeit in seinem Leben war die Nacht des schwarzen Mondes. Nie hatte er solche Schrecken erlebt wie damals. Die Erinnerungen blitzten auf und verdunkelten sich. Fitzy, der um sein Leben schrie. Mit seiner sommersprossigen Nase und dem leuchtenden Haar. Tapferer Junge. Ein kleiner Held. O'Malley hatte das Gesicht jetzt deutlich vor Augen und ein Funke prickelte in seinem Hinterkopf. Er dachte an das Foto, das ihm die Kommissarin gezeigt hatte. War es Fitzy? War der Junge in dem Foto der gleiche Junge, der unter dem Apfelbaum begraben war? Er schüttelte den Kopf. Er war sich immer noch nicht sicher, aber er hielt es für möglich.

Noch ein Bild erschien auf dem schimmernden Eis des Kanals. Susan, James und er, wie sie vom Fenster aus zusahen, wie sein kleiner zerbrochener Freund Fitzy in die Erde geworfen wurde. Er schloss die Augen. Die Erinnerung flackerte wie ein Film aus Einzelbildern. Die Männer mit ihren Schaufeln, die die harte Erde aufbrachen, um Platz für die junge Seele zu schaffen.

Er öffnete die Augen, und die Szene blieb da, eine lebendige Vision. Plötzlich konnte er die Gesichter der beiden Männer sehen, die sich im Eis spiegelten und aus seinem Unterbewusstsein heraufschwebten. Und der Schrecken kehrte zurück, stärker und heftiger als zuvor.

Er brauchte einen Drink.

Aber zuerst, beschloss er, würde er der Kriminalpolizistin alles erzählen, was er wusste.

103

Lottie telefonierte. Sie ging die Treppe vor dem Garda-Revier auf und ab.

„Ich weiß, Chloe. Ich tue, was ich kann", sagte sie und raufte sich die Haare. Wo war ihr Sohn?

„Aber Mutter ... Mama ... bitte ... du musst ihn finden", weinte Chloe. „Er ist mein einziger Bruder."

„Er ist mein einziger Sohn." Lottie würgte ihre Panik hinunter. „Ich werde ihn finden."

Sie legte auf und rief ihre Mutter an, damit sie den Mädchen Gesellschaft leistete.

Sie war auf der obersten Stufe, als sie Tom Rickard bemerkte, der an seinem Auto lehnte.

„Ist Ihr Sohn auch verschwunden?" Rickard kam herüber und sah zu ihr hoch.

„Das geht Sie nichts an", antwortete Lottie und drehte sich um, um hineinzugehen.

Er packte sie am Ärmel und zog sie zu sich heran. „Jetzt wissen Sie, wie das ist."

Instinktiv holte Lottie mit ihrem anderen Arm aus, um ihn zu schlagen. Er zuckte nicht zurück, sondern fing ihr Handgelenk auf und näherte sein Gesicht dem ihren.

„Finden Sie meinen Sohn", sagte er und ließ sie los.

„Ich werde ihn finden."

„Tun Sie das, Inspector." Er entfernte sich, langsam und bedächtig. Der Wind trug seine Stimme. „Tun Sie das."

Sie sah zu, wie er sich in sein Auto setzte. Sie sah zu, wie er die Straße hinunterfuhr. Sie sah zu, bis die roten Rücklichter in der Ferne verschwanden.

Und eine Kälte erfasste alle Sehnen ihres Herzens und senkte sich über ihr ganzes Wesen. Die gleiche Kälte hatte sie an dem Morgen, an dem Adam starb, gespürt, obwohl an jenem Morgen die Sonne hoch am Himmel stand. Heute Abend war der Himmel schwarz und der Boden gefroren, während ein weiterer Schneeschauer sanft auf die Erde fiel.

„Inspector?"

Lottie drehte sich auf der Treppe um und sah Patrick O'Malley den eisigen Fußweg entlang stapfen.

„Ich muss Ihnen etwas erzählen", sagte er.

Und er erzählte ihr, was in der Nacht des schwarzen Mondes geschehen war.

104

Nachdem er sein Auto wieder hinter der Kapelle geparkt hatte, ging er durch die Seitentür. Er hoffte, dass die Jungs geschlafen hatten. Er hatte Pläne für sie.

Er trug eine Plastiktüte mit Chips und Softdrinks. Jugendliche lebten von Müll. Er leuchtete mit seiner Taschenlampe den Korridor entlang, und Schatten sprangen ihm entgegen. Vögel flatterten wütend über seinem Kopf und er sehnte sich nach dem Tag, an dem dieser Ort ein Haufen staubiger Trümmer sein würde. Er hoffte, die beiden Jungen würden seinen Appetit stillen. Er beschleunigte seinen Schritt und genoss seine wachsende Erregung.

Er schloss die Tür auf und trat ein. Der erste Schlag erwischte ihn an der Schläfe, und als er fiel, sah er das Glitzern eines Messers vor seinem Gesicht aufblitzen. Dann kam Dunkelheit.

„Was machen wir jetzt?", kreischte Sean. Sie zerrten den betäubten Mann in den Raum.

Jason trat der liegenden Gestalt mit dem bloßen Fuß in die Rippen.

„Scheiße. Das tat weh", sagte er und humpelte davon.

„Flipp jetzt nicht aus", rief Sean und fragte sich, auf was für einen Schwachkopf sich Katie da eingelassen hatte. „Wir werden ihn fesseln."

Er sammelte die Seile ein, mit denen sie gefesselt gewesen waren. Als er daran zog, spürte er einen Schlag in den Unterleib und wurde gegen die Wand geschleudert. Er ließ das Messer fallen. Er blinzelte schnell und sah, wie der Mann sich aufrichtete, umdrehte und Jason unter das Kinn schlug. Jason fiel bewusstlos auf den Boden.

Sean kauerte sich gegen die Wand, als der Mann ihm ins Gesicht schlug, das Messer aufhob und auf ihn zu wankte. Er hielt Sean die Waffe an die Kehle.

„Schlauberger." Er ritzte Sean mit dem Messer die Haut auf. „Das ist es, was ihr seid. Verdammte kleine Schlauberger."

Der Mann senkte das Messer schnell und schnitt Sean in den Bauch.

Dann versetzt er ihm an derselben Stelle einen harten Tritt.

Sean brüllte. Blut sickerte durch seine Kleidung und hinunter zu seinen Jeans. Seine Finger fanden die Wunde. Sie war nicht tief, aber er fühlte sich schwach. Er hörte Stimmen, weit weg in der Ferne, und kämpfte darum, die Augen offen zu halten. Weiße Sterne schwebten vor ihm.

„Ich denke, es ist an der Zeit, dass du und dein schwachsinniger Freund mich unterhalten." Der Mann wischte das Messer an Seans Jeans ab, klappte es zu und verstaute es in seiner Tasche. „Ich bin gleich wieder da."

Er stand auf, gab Jason einen Tritt und verließ dann den Raum; seine leisen Schritte hallten den Korridor entlang.

Schmerz durchdrang Seans Körper. Er würgte und Blut lief aus seinem Mundwinkel; der kupferne Geschmack schnürte ihm die Kehle zu. Tränen liefen ihm über die Wangen, als er sich im Dunkeln zu der Plastiktüte auf dem Boden tastete. Er zog daran und holte eine Dose heraus. Mit zitternden Fingern riss er sie auf, trank und sein schmerzender Körper tankte Energie. Er zog seinen Hoodie aus, wobei er bei jeder Bewegung aufjaulte, und hielt ihn fest auf seine Wunde. Sie war nicht so tief, wie er zuerst gedacht hatte. Er versuchte, den Blutfluss einzudämmen, indem er den behelfsmäßigen Verband in seinen Hosenbund steckte und die Ärmel um seine Hüften band.

Er weinte weiter. Schluchzte laut und verängstigt.

Keiner würde sie finden.

Sie würden sterben.

Er sackte zurück auf den kalten Boden.

105

„Können Sie nicht schneller fahren?", fragte Lottie.

Kirby trat das Gaspedal durch und der Wagen geriet ins Schleudern. Er brachte ihn wieder auf Kurs und klemmte sich eine Zigarre zwischen die Lippen.

„Wir wissen nicht mit Sicherheit, dass er dort ist."

„Nach dem, was O'Malley mir erzählt hat, glaube ich, dass Jason dort festgehalten wird, und ich weiß, wer ihn entführt hat."

„Ist das nicht ein bisschen weit hergeholt?"

„Wenn ich mich irre, dann irre ich mich halt. Beeilen Sie sich."

Sie war überzeugt, dass sie wusste, wer Brian war. Er musste wegen irgendetwas, das mit der Entwicklung von St Angela's zu tun hatte, durchgedreht sein. Und er ließ es an Rickard aus, indem er Jason entführt hatte. Sie versuchte immer noch, es sich zusammenzureimen, als ihr Telefon klingelte.

„Nach einigem Gerangel mit dem Dienstanbieter, haben wir Seans Handy über GPS geortet", sagte Lynch.

„Und?" Lottie klammerte sich an die Sitzkante. Lieber Gott, bitte mach, dass Sean nichts passiert ist.

„Na ja, es ist ein großes Gebiet. Vom Krankenhaus bis zum Friedhof und hinten um die Stadt herum. Etwa vier Quadratkilometer."

„Schauen Sie, ob Sie sie dazu bringen können, es genauer

einzugrenzen. Danke." Lottie beendete den Anruf. „Er hat lebens-
langen Hausarrest", sagte sie, aber sie konnte das Grauen in ihrer
Stimme nicht unterdrücken. Was es möglich, dass Brian auch Sean
entführt hatte?

„Es geht ihm gut. Machen Sie sich keine Sorgen. Wahrscheinlich trinkt er gerade ein paar Dosen mit seinen Freunden", sagte
Kirby.

„Er ist erst dreizehn, aber in diesem Moment wäre mir das
lieber", sagte Lottie.

„Das GPS-Gebiet ..."

„Was, Kirby?" Lottie drehte sich zu ihm um.

„Es schließt St Angela's ein."

Lottie öffnete den Mund, um etwas zu sagen, aber es kam
nichts heraus. War ihrem Sohn etwas Schreckliches zugestoßen?

„K ... Kirby ... schneller." Und sie begann zu weinen; unkon-
trollierbare Schluchzer brachen aus ihr heraus. Sie hatte Adam
verloren, sie konnte nicht auch noch ihren Sohn verlieren.

St Angela's tauchte in der Dunkelheit auf.

Kirby hielt neben Lotties verlassenem Auto an. Schnell
musterte sie die schwarzen Fenster, ihre Augen wurden von der
kleinen Kapelle an der Seite des Hauptgebäudes angezogen. Sie
dachte daran, was O'Malley ihr über den Priester und die Kinder
und Kerzen und Peitschen erzählt hatte. Lieber Gott.

Sie blinzelte. Blinkte da ein Licht in einem der Fenster? Sie
setzte sich aufrecht hin. Ein Lichtblitz, dann noch einer. Jemand,
der mit einer Taschenlampe herumlief?

„Sehen Sie. Kirby. Da oben. Sehen Sie da ein Licht?"

Er war vor ihr aus dem Auto und ging auf die Treppe zu. Sie
sprang heraus, schlitterte auf dem Eis und kam hinter ihm zum
Stehen.

„Sieht aus, als liefe da einer mit einer Taschenlampe herum",
sagte er.

„Kommen Sie." Lottie lief die Stufen hinauf.

Wild suchte sie in ihrer Tasche nach dem Schlüssel, fand ihn
und steckte ihn in das Schlüsselloch. Als sie die Verdammnis von

St Angela's betraten, fühlte sie all die böse Vorahnung, die auch die junge Sally Stynes so viele Jahre zuvor empfunden haben musste.

Der Mann war zurück, gekleidet in eine lange weiße Robe. Sean hätte gelacht, wenn er sich nicht in Todesangst verkrampft hätte.

„Was machen Sie da?", stöhnte er, als er sah, wie der Mann ein Seil um Jasons Taille schlang und ihn auf die Füße zog.

Jason taumelte, blieb aber stehen, die Augen wie Glas. Sean wurde aufrecht gezerrt, seine Füße schleiften über den Boden, dann wurde ein Seil um seine Handgelenke gewickelt und festgezogen. Er wurde hinter Jason angebunden.

Sean wankte vor Schwindel. Plötzlich fühlte er sich wie ein kleiner Junge. Er wollte zu Hause sein und mit seiner beschissenen PlayStation spielen. Er brauchte keine neue. Er würde seiner Mama sagen, dass seine alte gut genug war. Niall würde sie reparieren. Er wusste, dass sein Freund das konnte. Ja, er würde ihn anrufen, damit er mit seinem Werkzeugkasten vorbeikäme, und zusammen würden sie sie zum Funktionieren bringen. Er würde im Haushalt helfen, ohne sich zu beschweren. Den Geschirrspüler ausräumen, staubsaugen, sein Zimmer aufräumen. Er versprach sich selbst, dass er all diese Dinge tun würde, wenn er nur wieder hier rauskam und spürte, wie seine Mutter ihm mit den Fingern durch die Haare fuhr und ihn umarmte. Er würde nicht weinen. Nein. Aber dann tat er es doch. Sean Parker weinte und es war ihm egal.

„Halt die Klappe, du Waschlappen", knurrte der Mann und leuchtete mit der Taschenlampe an den Wänden auf und ab, während er die beiden Jungen hinter sich her durch den Flur zerrte.

„Oh nein", murmelte Jason.

„Was?", flüsterte Sean zwischen zwei Schluchzern; bei jedem Schritt schoss ihm der Schmerz durch den Bauch.

„Oh nein ...", begann Jason mit schwächer werdender Stimme.

„Oh nein, was?"

„Dieses M-Mal ... wird er ... mich ...t-t-töten."

„Dieses Mal?", fragte Sean. „Gab es ein anderes Mal?" Es tat weh, zu sprechen, aber er wollte wissen, wovon Jason redete.

Sean zog ihn herum und sah die wilde Angst in den Augen des anderen Jungen, die sein eigenes Herz einen Schlag aussetzen ließ.

Der Mann sang, ein langsames, bedrohliches Mantra, und führte sie wie in einer Prozession eine Steintreppe hinunter und in eine kleine Kapelle. Lodernde Kerzen warfen ihr Licht seitwärts und nach oben. Über dem Altar hing ein Seil von den Dachsparren herab, an dessen Ende eine Schlinge geknotet war.

Seans qualvolle Schluchzer hallten durch die kalte Luft.

Das war nicht gut.

Überhaupt nicht gut.

„Sch!", sagte Lottie und blieb auf der Treppe im Hausflur stehen.

„Ich habe nichts gesagt", erwiderte Kirby.

„Seien Sie still und hören Sie."

Sie lauschten.

„Ich dachte, ich hätte einen Schrei gehört."

„Ich habe nichts gehört", sagte Kirby. Ein Geräusch dröhnte zu ihnen hinunter. „Es ist nur eine Tür, die knallt."

Lottie rannte die Treppe hinauf, zwei Stufen auf einmal.

„Nein. Davor ... Ich habe einen Schrei gehört. Hier ist jemand."

„Klar, wir wissen, dass hier jemand ist. Das haben wir an dem blinkenden Licht gesehen."

„Kirby? Halten Sie den Mund."

Oben an der Treppe angekommen, schaute sie den Korridor entlang. In der Dunkelheit konnte sie nichts sehen. Keine Bewegung. Keine Geräusche. Nur Kirbys schweres Atmen von der Anstrengung.

„Singen. Ich höre Singen oder einen Singsang oder sowas", flüsterte Lottie.

„Bei allem Respekt, Inspector, aber ich glaube, Sie hören Stimmen." Kirby blieb stehen, um zu verschnaufen.

Lottie warf ihm einen schmutzigen Blick zu und schlich weiter in Richtung des Geräusches. Vielleicht bildete sie es sich ein. Vielleicht auch nicht. Sie würde es herausfinden. Mit oder ohne Kirby.

„Warten Sie auf mich", sagte er, während sein Körper sich bemühte, mit seiner Stimme Schritt zu halten.

Sie seufzte und wünschte sich zum hundertsten Mal, sie hätte Boyd hinter sich und nicht Kirby.

Seans Hände waren immer noch gefesselt.

Der Verrückte band Jason los und trieb ihn vorwärts. Der Junge stolperte auf den Altar zu, fiel hin und das Krachen seines Schädels gegen den Marmor sandte eine Stoßwelle durch Sean.

Er saß in der ersten Bank und versuchte, nicht an seine Schmerzen zu denken. Er sah sich um. Es musste einen Ausgang geben. Einen Fluchtweg. Wenigstens hatte er aufgehört zu weinen. Er musste die Kontrolle behalten. Das war es, was seine Mutter immer über ihren Job predigte. Die Situation unter Kontrolle haben.

Die Kapelle war ein Wust von Nischen und hölzernen Beichtstühlen. Er konnte keine Ausgangstür sehen. Er musste den Mann ausschalten. Aber mit gefesselten Händen würde er ihn nicht überwältigen können. Denk nach. Schnell. Sein Kopf war leer. Seine Atmung beschleunigte sich, als sich eine erstickende Angst in seiner Brust aufbaute. Er versuchte, seine Atemzüge zu einem langsamen und regelmäßigen Tempo zu beruhigen. Er versuchte, sie zu zählen. Er konnte es nicht. Sie purzelten aus seinem Mund, einer nach dem anderen, bis seine Augen tränten und ihm der Rotz aus der Nase lief.

Er wagte einen Blick zum Altar. Und wusste sofort, dass er das nicht hätte tun sollen. Alle virtuellen Spiele der Welt hätten ihn nicht auf die Szene vorbereiten können, die vor seinen Augen ablief. Galle stieg in seiner Kehle auf und er war sicher, dass er sich übergeben würde.

Der Mann schaute geradewegs in seine Richtung, die blassen Lippen zu einem Kranz gerundet. Seine Augen reflektierten das Kerzenlicht, und sein Haar lag in feuchten Strähnen an seiner Kopfhaut. Er hatte dem bewusstlosen Jason ein Seil um den Hals gelegt und zog die Schlinge mit geschickten Fingern zu. Sean sah zu, wie er das Ende des Seils von der vorderen Kirchenbank löste und Jason daran hochzog. Er begann wieder mit seinem Singen, leise und angestrengt, während er ihn aufwärts hievte. Sean schaute weg und versuchte, das Erbrechen in seiner Kehle zu unterdrücken.

Raus. Er musste da raus.

Als sich Jasons Fußsohlen vom Boden lösten, band der Verrückte das Seil um die Kirchenbank, zerrte es fest, und seine Beschwörungen intensivierten sich.

Lottie tastete mit den Händen, auf und ab und über die ganze Wand am Ende des Korridors. Kirby versuchte es auch.

„Es ist definitiv Gesang. Es kommt von hier. Aber ich kann keine Tür finden", sagte sie.

„Es gibt keinen Durchgang", keuchte er.

„Es muss einen geben. Hier habe ich das Licht gesehen.

Die Fenster ..." Sie erkannte, dass das, was sie gesehen hatte, nicht von hier hatte kommen können. Es war das Ende des Korridors. Sie rief sich die Anzahl der Fenster wieder ins Gedächtnis. Fieberhaft rannte sie bis zum anderen Ende des Korridors und wieder zurück und zählte. Sie erinnerte sich an Rickards Pläne und die seltsame Reihenfolge der Fenster.

„Ein Raum ist abgesperrt", sagte sie.

Sie versuchte die Tür neben sich zu öffnen. Verschlossen. Kirby rammte sie mit der Schulter und sie zersplitterte und öffnete sich. Sie trat ein. Zu ihrer Rechten befanden sich drei Fenster. Sie leuchtete mit ihrem Handy herum und sah eine zweite Tür.

„Das ist es", flüsterte sie Kirby zu.

Der Duft brennender Kerzen wehte ihr entgegen, als sie die Klinke drehte. Ein flackerndes Licht beleuchtete eine Steintreppe. Sie wandte sich zu Kirby um und legte einen Finger an die Lippen. Leise schlich sie vorwärts und spähte über das Geländer in den Saal darunter.

Lottie unterdrückte einen Schrei. Kirby legte eine Hand auf ihre Schulter.

„Was geht da vor?", flüsterte er.

„Wahnsinn", antwortete Lottie, als sie sah, wie der Mann, den sie kannte, Jason Rickard eine Schlinge um den Hals legte.

Und dann sah sie ihren Sohn.

106

Sean hörte ein Geräusch oben an der Treppe. Er erstarrte. Da war jemand. Er versuchte, sich nicht umzusehen. Er wollte nichts tun, was den mordenden Drecksack warnen könnte, aber instinktiv drehte er den Kopf und starrte geradewegs hinauf in das Weiß der schreckensgeweiteten Augen seiner Mutter. Ein ersticktes Wimmern entfuhr seiner Kehle. Der Mann drehte sich um und hob ebenfalls den Blick.

Seine Mutter preschte die Treppe hinunter, und Sean wusste, dass dies vielleicht seine einzige Chance war. Er ignorierte seine blutende Wunde und stürmte von der Bank auf den Altar zu. Durch seine gefesselten Hände aus dem Gleichgewicht gebracht, stolperte er und fiel hin. Anstatt seinen Griff um das Seil zu lockern, zog der Mann es noch fester. Jasons Augen traten hervor, als er begann zu ersticken.

Sean rappelte sich auf und zielte mit der Schulter auf die Magengegend des Mannes. Er traf auf straffe Muskeln und ein Arm legte sich um seinen Hals und hielt ihn fest. Er hörte seine Mutter durch den Gang donnern; sie rannte schreiend auf ihn zu, bis sie einen Meter entfernt stehen blieb.

· · ·

Lottie stoppte ihren Lauf. Das Arschloch hatte Sean. Sie kämpfte um Kontrolle. Wenn sie eine plötzliche Bewegung machte, konnte das tödlich sein. Ihr Herz pochte und hämmerte in ihrer Brust, so laut, dass sie es in ihren Ohren wild pulsieren hörte.

Professionell. Sie musste professionell sein, sonst könnte ihrem Sohn Gott weiß was passieren. Ein Knoten verkrampfte ihren Brustkorb, griff sie wie ein Schraubstock. Eine Gänsehaut drohte ihre Haut zu zerfetzen. Eine heftige Angst brach in ihr aus und sie betete zu einem Gott, an den sie nicht mehr glaubte. Sie betete zu Adam. Sie betete und dann sprach sie.

„Lassen Sie die Jungs gehen", sagte sie, „Brian."

Sie wagte sich ein Stück vor, als Mike O'Brien bei der Erwähnung seines Geburtsnamens zurückwich. Immer noch hielt er Sean fest und zog an dem Seil, das Jason den letzten Rest Leben entriss. Der Kopf des Jungen sackte zur Seite. Das Seil blieb straff.

Lottie sah ihrem Sohn in die Augen und beschwor ihn im Stillen: *Nur noch ein paar Minuten, mein Sohn.*

„Sehr clever, Inspector. Ich habe hier noch etwas zu erledigen. Wollen Sie zusehen?" O'Briens Stimme hob und senkte sich in einem Singsang.

Lottie kämpfte gegen den Krieg an, der in ihr tobte. Sie musste ruhig und rational bleiben. Sie sah kurz zu Kirby hinüber. Er hatte seine halbautomatische Pistole gezogen. Mit den gefangenen Jungen war es zu gefährlich, sie zu benutzen. Sie sah ihn finster an. Er schob die Pistole zurück in seinen Seitenholster. Sie unterdrückte einen Anflug von Übelkeit, als O'Briens Arm sich um Seans Hals schloss, und wollte nach vorne stürmen, um ihren Sohn aus diesem Wahnsinn zu befreien.

Sie kramte ihr ganzes Training aus und kalkulierte, wie weit sie von O'Brien entfernt war. Er hatte keine sichtbare Waffe, aber sie wusste, dass die lange Robe so ziemlich alles verbergen konnte. Sie zwang sich, ihrer Stimme Entschlossenheit und Ruhe zu verleihen.

„Sie müssen das nicht tun, wissen Sie", sagte sie. „Sie *sind* Brian. Ich weiß, was Ihnen hier widerfahren ist. Es war falsch, aber

Sie können es wiedergutmachen. Lassen Sie sie frei. Es bringt nichts, wenn Sie sie noch mehr verletzen."

Sie näherte sich langsam.

„Inspector, *ich* werde mich besser fühlen, wenn ich das tue, was ich vorhabe. Sie können mich nicht aufhalten", sagte O'Brien, seine Stimme hoch und überspannt, während seine weißen Knöchel Sean sichtlich fester griffen.

Er ist stark und fit, erinnerte sich Lottie. Mit Mühe unterdrückte sie den Drang, sich auf ihn zu stürzen, sein stahlgraues Haar zu packen und es ihm vom Kopf zu reißen.

„Wie können Sie sich dadurch besser fühlen? Sie sind ein erwachsener Mann, das sind zwei hilflose Kinder", flehte sie.

Aus dem Augenwinkel sah sie, wie Kirby langsam rechtsherum ging.

„Ich war ein hilfloses, verlassenes Kind und niemand hat mir geholfen", knurrte O'Brien.

„Ich werde Ihnen Hilfe verschaffen. Es ist nicht zu spät. Lassen Sie sie gehen."

Er lachte. Lottie zuckte zusammen, als die Akustik in der Kapelle das grausame Geräusch zurückwarf. Kirby war fast auf gleicher Höhe mit O'Brien auf den Stufen.

Das Lachen hörte nicht auf, es klang unbändig und dämonisch in ihren Ohren. Sie musste es abstellen. Das Gesicht ihres Sohnes war rot, seine Augen tränten. Dann sah sie das Blut, das aus seinem Bauch sickerte.

Außer sich vor Angst um Sean erinnerte sich Lottie an das, was Patrick O'Malley ihr über Brian erzählt hatte. Hatte er wirklich ein wehrloses Baby getötet? War er maßgeblich am Tod von Fitzy beteiligt gewesen? Warum hatte er Sullivan und Brown ermordet? Welcher Wahnsinn lauerte in seiner Seele noch darauf, geweckt zu werden? Sie fand keine Antworten, während die Panik durch ihre Adern zog. Verzweifelt fokussierte sie ihre Gedanken wieder auf die Szene vor ihr.

„Sie gehen lassen?", fragte O'Brien, seine Stimme hoch und hysterisch. „Vielleicht lasse ich einen gehen und erlaube Ihnen, zuzusehen, wie ich den anderen vernichte. Wen werden Sie wählen, Lottie Parker? Wer ist der Diamant und wer ist der Kohlenstoff? Werden Sie ihren Sohn retten und diesen anderen Jungen vor Ihren Augen sterben lassen? Was sagen Sie dazu, Inspector?"

„Ich sage, Sie sind völlig wahnsinnig!"

Lottie verlor die letzte Spur von Kontrolle. Sie trat einen Schritt vor. O'Brien wich zurück, einen Arm immer noch um Seans Hals geklemmt. Sein wehender Umhang schürte die Kerzen auf den Altarstufen. Eine kleine Flamme erfasste den Saum von Jasons Jeans und begann zu schwelen.

„Sie können sie nicht beide töten", sagte sie. Jason war vielleicht schon tot. Er war so still, sein Gesicht war violett und seine Zunge ragte heraus. „Lassen Sie sie gehen. Ich verspreche, dass ich Ihnen danach helfen werde."

Sie bemühte sich um den Anschein äußerer Ruhe und rief ihre jahrelange Erfahrung herauf in diesen einen Moment.

„Sie wissen nichts von den Qualen, die ich erlitten habe", schrie O'Brien. „Versuchen Sie gar nicht erst, sie sich vorzustellen."

Sie musste ihn am Reden halten, seine Aufmerksamkeit von Kirby ablenken.

„Warum Susan und James? Warum haben Sie sie umgebracht?" Noch ein Schritt nach vorne.

„Sie glauben, *die* habe *ich* umgebracht? Warum sollte ich das tun?"

Seine schrille Stimme erfüllte ihre Ohren. Sie warf einen Blick auf Kirby. Er war fünf Meter von O'Brien entfernt, auf gleicher Höhe mit ihm auf der breiten Stufe.

O'Brien wich zurück, nahm etwas vom Altar, sein Mantel flatterte auf und zeigte die Nacktheit darunter, seine kreuz und quer mit alten Narben überzogene Brust. Der Stahl eines Messers funkelte in seiner Hand. Lottie erhaschte einen flüchtigen Blick auf die Tätowierung an seinem Bein. Tief und dunkel.

„Sie hatten auch diese Tätowierung. Wofür war sie?" Sie musste ihn hinhalten. Kirby kam ihm immer näher.

„Der allmächtige Cornelius Mohan sagte uns, wir seien mit dem Blut des Teufels befleckt und er müsse uns für das Leben markieren. Um die Dämonen fernzuhalten. Ha!" Er stieß einen durchdringenden Schrei aus. Lottie zuckte zurück, als er seinen Arm noch enger um Seans Hals legte.

„Er säte böse Geister in unseren Seelen; es war seine Art, uns zu besitzen. Er war der leibhaftige Teufel." Seine Stimme war ein hohes, unnatürliches Jammern.

Er zog Sean am Hals aufrecht. Lottie sah das Weiße der Augen ihres Sohnes, als sie sich verdrehten.

Sie machte einen Satz nach vorne und Kirby bewegte sich im selben Moment. Sie griff nach dem Messer, aber O'Briens Hand schnellte nach unten, und die Klinge schnitt durch das Futter ihrer Jacke und in ihren Oberarm. Von Adrenalin angetrieben, ignorierte sie den Schmerz und setzte entschlossen ihren Angriff fort. Sie hob den anderen Arm, stieß ihren Ellbogen in die Kehle des Mannes und drückte, bis er ihren Sohn losließ. Der Junge brach zusammen. Kirby hob seinen großen gestiefelten Fuß und trat O'Brien direkt in die Brust.

O'Brien fiel rückwärts zu Boden und rauschende Flammen schlugen hinter ihm auf. Schnell packte sie Sean. Kirby hob das Messer auf, durchtrennte das Seil und zog Jason aus der Schlinge.

Lottie trat mit dem Fuß nach O'Brien, als er sich aus dem Feuer erhob und traf ihn am Oberkörper. Er fiel in die Kerzen und sein brennender Umhang entzündete sich weiter, als er mit den Armen ruderte und versuchte, die Flammen zu löschen. Sein Fleisch knisterte. O'Brien gab rohe, unmenschliche Schreie von sich, während er wild um sich schlug und die Flammen noch anfachte. Er raffte sich auf in eine kniende Position, stand in einer Woge aus orangem und gelbem Licht auf und riss an seinem brennenden Gewand, die Hände in Flammen. Seine Haut brutzelte bereits, triefte, glitt an seinem Körper herunter. Er fiel zurück in das Inferno.

Auf den Knien, erfüllt vom Geruch versengter menschlicher

Haut, schleppte Lottie Sean über den Boden, weg von den lodernden Flammen.

„Ich habe James und Susan nicht umgebracht, auch nicht Angelotti", kreischte die Stimme aus der Hölle, als O'Brien sich drehte und wendete und versuchte, sein brennendes Fleisch zu löschen. „Cornelius Mohan, ja, den Satan habe ich erledigt." Er schrie im Todeskampf und wurde von Rauch und Feuer verschlungen.

Kirby hatte sein Telefon in der einen Hand und rief fieberhaft Befehle, während er sich den leblosen Jason über die Schulter hievte. Lottie drückte ihren Sohn an ihre Brust und löste das Seil, mit dem er gefesselt war. Kirby drosch wild drauflos und löschte das Feuer an Jasons Jeans. Sie bewegte sich erst, als Kirby sie in Richtung Treppe steuerte.

„Wir können ihn nicht so zurücklassen", sagte sie und sah sich nach dem Mann um, der wie eine aufgezogene Ballerina in einem Schmuckkasten aus Feuer tanzte. Kirby hielt ihre Hand fester.

„Erschießen Sie ihn", rief sie.

„Er ist es nicht wert, eine Kugel zu verschwenden. Kommen Sie", sagte er. „Jetzt!"

Lottie folgte Kirby, der Jason sicher auf seinen breiten Schultern trug, und sie fasste Sean um die Taille und zog ihn mit sich die Treppe hinauf. Auf der obersten Stufe sah sie sich noch einmal um. Der Mann stand in Flammen, seine Haut war ein schmelzender Schleim. Er sank nach unten und seine Schreie erstarben, als das Inferno auf die hölzernen Kniebänke übergriff. Dicker, schwarzer Rauch erfüllte die Luft.

Ihr Sohn war in Sicherheit. Das war alles, woran Lottie in diesem Augenblick denken konnte. Ihr Sohn war in Sicherheit.

Sie schaute nicht mehr zurück.

Sie schleppte Sean den Korridor entlang, die Treppe hinunter, durch den Hausflur und nach draußen. Sie ließ sich auf den gefrorenen Stufen auf die Knie fallen, ihren Sohn in den Armen. Sie begrüßte die kalte Luft, hustete den Rauch aus ihrer Lunge und verharrte dort, statuenhaft, bis das Heulen der Sirenen die Stille der Nacht zerriss.

31. Januar 1976

Sally hielt die ganze Nacht über die Augen offen, die Nacht des schwarzen Mondes, wie Patrick sie nannte.

Sie lauschte den nächtlichen Geräuschen, dem leisen Atmen der anderen Mädchen in ihrem Zimmer, dem Kratzen in den Fußleisten und an der Decke. Sie stellte sich groteske Gestalten vor, die im Mondlicht tanzten, Gürtel und Kerzen, die sich auf sie zu und von ihr weg wiegten, wie ein obszönes Ballett. Sie hörte die Babys im Kinderzimmer weinen, aber keine Schritte eilten herbei, um sie zu beruhigen. Sie waren allein. Sie war allein, Und die Nacht schien ewig zu dauern.

Sie wusste nicht, was mit ihrem Baby geschehen war, sie wusste nicht, warum Fitzy gestorben war, aber in dieser Nacht schwor sie sich, dass eines Tages, egal wie lange es dauern würde, die Wahrheit ans Licht kommen würde. Sie würde sich für den Rest ihres Lebens daran erinnern.

Sie lag wach, als das erste Licht der Morgendämmerung durch das Fenster fiel und der Mond nur noch ein Schatten am Himmel war.

NEUNTER TAG

7. JANUAR 2015

107

Die ersten orangefarbenen Strahlen der Morgendämmerung brachen durch den verschneiten Horizont jenseits der Krankenhausmauern, während die Krankenschwester Seans Vitalzeichen kontrollierte, wie sie es in den letzten fünf Stunden alle zwanzig Minuten getan hatte. Nachdem sie sich überzeugt hatte, dass ihr Patient stabil war, nickte sie Lottie zu.

„Der Arzt wird in einer Minute hier sein, aber Sean geht es gut." Die Krankenschwester ging.

Lottie küsste die Hand und die Stirn ihres Sohnes, fuhr mit dem Finger sanft über seine Augen und sagte ihm immer wieder, dass es ihr leidtat.

Sie beobachtete, wie der Infusionsschlauch Leben in ihn hineinschleuste, und zählte jeden Tropfen, der nach unten fiel. Eins, zwei, drei ...

Seans Augenlider flatterten. Von innerer Wut erfüllt, hatte Lottie ihre Finger auf seinen Augen liegen lassen. Sie nahm ihre Hand weg, als habe sie sich verbrüht, und fragte sich, wie lange sie ihren Kindern noch Pein bereiten würde.

Die Tür ging auf. Boyd stand da in einem marineblauen Baumwollbademantel, der ordentlich um seine schmale Taille gebunden war. Sein Gesicht, immer noch zerschrammt und blass, war ernst. Lottie senkte den Kopf und er war an ihrer Seite.

„Was machst du hier? Sie werden dich rauswerfen", sagte sie.

„Sollen sie doch", sagte er und küsste sie sanft auf den Kopf. „Pfui, Rauch."

„Verpiss dich, Boyd", schluchzte sie.

„Es ist okay zu weinen." Er rieb ihre Schulter.

„Nein, ist es nicht. Ich habe versagt. Ich habe meinen Sohn, meine Familie im Stich gelassen. Jason auch."

„Du hast Sean gerettet."

„Ja", sagte sie, unfähig, die Bitterkeit aus ihrer Stimme zu verbannen, „aber was ist mit Jason? Ich hätte es früher herausfinden müssen."

Er gab keine Antwort. Sie schob ihn weg.

„Du siehst schrecklich aus", sagte sie.

„Du auch", sagte er und zeigte auf die Wunde an ihrem Arm. „Der Mörder, hatte er einen Bluterguss und hinkte?"

„Jetzt ja. Du solltest gehen."

„Ich verlasse sowieso das Krankenhaus."

„Was?"

„Du hast zu viel um die Ohren und ich sitze hier überflüssig wie ein Kropf und gucke mir Seifenopern im Fernsehen an. Du brauchst mich."

Sie widersprach ihm nicht. Sie brauchte Boyd, auch wenn er wie etwas aus *The Walking Dead* aussah.

Als sich die Tür hinter Boyd schloss, ließ Lottie ihre Finger noch einen Moment auf dem Gesicht ihres Sohnes verweilen, bevor die Krankenschwester mit dem Arzt zurückkehrte und sie hinausdrängte.

Superintendent Corrigan ging im Flur auf und ab, Lynch und Kirby hinter ihm her. Keine Spur von Boyd.

„Inspector Parker", sagte Corrigan und legte ihr eine Hand auf die Schulter.

Lottie wusste nicht, was sie sagen sollte, also sagte sie nichts.

„Der Dreckskerl ist kaum noch am Leben und muss in die

Spezialabteilung für Schwerbrandverletzte in Dublin. Er wird warten müssen, bis der Schneesturm nachlässt. Die Flugambulanzen haben Flugverbot", sagte er.

„Er ist noch am Leben?", fragte Lottie ungläubig.

„Die Prognose ist nicht gut. Achtzigprozentige Verbrennungen."

„Gut", sagte Lottie. „Und St Angela's?" Sie vermied die Frage, von der sie wusste, dass sie sie stellen musste.

„Das Feuer wurde auf die Kapelle begrenzt. Wir werden sie als Tatort abriegeln, wenn die Feuerwehrleute fertig sind."

„Jason?", fragte sie schließlich.

„Sie wissen, dass Sie zu spät waren." Corrigan schüttelte den Kopf. „Verdammtes Scheißpech."

Lottie schwankte. Sie hatte bereits gewusst, dass Jason tot war. Sie musste es nur bestätigt bekommen.

„Wenigstens haben wir unseren Mörder", sagte Corrigan.

„Da bin ich mir nicht so sicher", sagte sie zögernd. Hatte O'Brien ihr nicht gesagt, dass er weder Susan noch James oder gar Angelotti getötet hatte? Er hatte keinen Grund zu lügen. Zumal er zugegeben hatte, Pater Cornelius Mohan getötet zu haben.

Kirby stützte sie, als die Rickards am anderen Ende des Korridors auftauchten. Corrigan ging ihnen entgegen. Tom Rickard starrte direkt durch sie hindurch, bevor er Corrigans teilnahmsvollen Händedruck annahm. Lottie erlaubte Kirby, sie in die andere Richtung zu führen.

„Kann ich Sie kurz sprechen, Boss?", fragte Kirby.

Lottie lehnte sich gegen die Wand und nickte.

„Ich weiß, es ist kein guter Zeitpunkt, aber ich muss Ihnen sagen ...", begann er.

„Spucken Sie es aus, Kirby."

„Moroney, der Journalist ..."

„Fahren Sie fort." Irgendwie wusste sie, was er sagen würde.

„Der Scheiß, den er berichtet hat, von wegen, James Brown sei ein Pädophiler, na ja, ich habe wohl etwas gesagt, was ich nicht hätte sagen sollen."

„Ach, Mensch, Kirby. Was haben Sie gesagt?"

„Moroney hörte zufällig mit, als wir darüber sprachen, was wir in Browns Haus gefunden haben. Er rief mich an, damit ich ihm das bestätige. Wir steckten bis zum Hals in Berichten und so weiter, also habe ich beigepflichtet, nur um ihn loszuwerden."

Lottie schüttelte den Kopf. Wenigstens wusste sie nun, woher Moroney seine Informationen hatte. Zu Unrecht hatte sie Lynch verdächtigt. Wahrscheinlich hatte Kirby wirklich nur einen Fehler gemacht. Zumindest hoffte sie das. Sie beschloss, die Sache auf sich beruhen zu lassen, und sagte: „Sehen Sie zu, dass es nicht wieder vorkommt."

Kirby atmete aus und tastete seine Tasche nach einer Zigarre ab. „Danke, Boss."

„Und das mit O'Brien haben Sie gut gemacht." Zu mehr von einem Kompliment war sie unter den Umständen nicht fähig. Sie sah Kirby hinterher, wie er durch den Flur ging, als Lynch zu ihr kam.

„Sean? Wie geht es ihm?", fragte sie, während sie gingen.

„Er wird sich erholen. Mit der Zeit", sagte Lottie.

Tom Rickards Augen. Sie wollte diesen Blick so schnell nicht wiedersehen. Sie hatte seinen Sohn gefunden, wie sie es versprochen hatte, aber sie war auf die schlimmstmögliche Weise gescheitert.

Lynch sagte: „Kinder kommen immer zurecht."

„Und wie zum Teufel wollen wir das wissen?", murmelte Lottie.

Sie ging weiter.

108

Als sie um die Ecke bog, stieß sie mit Pater Joe zusammen, der bei der Schwesternstation stand.

„Es tut gut, Sie zu sehen", sagte er, strich sich eine Haarsträhne aus der Stirn und lächelte traurig. Aber Lottie las Kummer in seinen Augen. Willkommen in meiner Welt, dachte sie.

„Joe." Er hielt einen dicken A4-Umschlag in der Hand. Sein Gesicht war knittrig vor Müdigkeit wie zerknautschtes Leinen. „Warum sind Sie schon wieder zu Hause?", fragte sie.

„Wie geht es Sean?", fragte er, ihre Frage ignorierend.

„Gut", sagte sie. „Nein. Nicht gut. Ach Gott, ich weiß es nicht."

„Es tut mir so leid, Lottie."

„Allen tut es leid. Was nützt mir das?"

„Ich komme später wieder."

„Bemühen Sie sich nicht", rief sie. „Ich will Sie nicht mehr sehen. Mein Sohn wäre fast gestorben. Und es ist alles meine Schuld."

„Nichts, was ich sage, kann im Moment etwas daran ändern", sagte er und senkte den Kopf.

„Warum sind Sie dann noch hier?"

Er reichte ihr den Umschlag.

„Ich habe Pater Angelottis Büro einen Besuch abgestattet. Da hat man mir das hier gegeben."

„Was ist das?" Immer noch gereizt, drehte sie den Umschlag in ihrer Hand um.

„Sehen Sie sich den Absender an."

„James Brown. Er hat das an Pater Angelotti geschickt?" Sie bemerkte den Poststempel. „Dreißigster Dezember. Der Tag, an dem er starb." Sie sah ihn fragend an. „Aber da war Angelotti schon tot."

„Ich nehme an, dass Brown das noch nicht wusste."

„Ich verstehe nicht."

„Ich weiß nur, dass Pater Angelottis Mitarbeiter vorhatten, den Brief zurückzuschicken, also habe ich mich freiwillig angeboten, ihn mitzunehmen. Ich habe den nächsten Flug nach Hause genommen." Er nahm ein Bündel Papiere aus seiner Mantelinnentasche und gab es ihr.

Lottie zog eine Augenbraue hoch. „Und was ist das?"

„Ich bin noch einmal zu Pater Umberto gegangen, habe die Unterlagen durchgesehen und weitere Informationen gefunden, die für Sie von Interesse sein könnten."

„Ich habe jetzt keine Zeit für all das", sagte sie und lehnte sich gegen die Wand.

„Ich weiß", sagte er und ließ die Schultern hängen.

Er steckte die Hände in die Taschen, wandte sich um, ging den überfüllten Korridor hinunter und ließ sie dort stehen.

Sie sah ihm nach, bis er hinter den sich schließenden Aufzugtüren verschwand. Ihre Wut verflüchtigte sich; stattdessen empfand sie eine tiefe Einsamkeit.

109

„Was ist in dem Umschlag?"

Boyd lehnte an der Wand neben Seans Tür. Er war vollständig angezogen, aber er sah aus wie eine Leiche.

„Was zur Hölle? Boyd? Ist das dein Ernst?"

„Du brauchst Hilfe und ich bin sie."

„Du bist halbtot", sagte Lottie. „Geh zurück in dein Zimmer. Ich habe das Team."

„Der Umschlag?", wiederholte er.

„Ich habe ihn noch nicht aufgemacht." Sie drehte ihn in ihrer Hand um. „James Brown hat ihn an Pater Angelotti geschickt. Joe hat ihn aus Rom mitgebracht."

„Joe? Wie traulich."

„Boyd?"

„Was?"

„Fang nicht damit an."

„Ich habe dich vermisst, Lottie", sagte Boyd.

„Ich habe dich auch vermisst, du Dummkopf, und jetzt muss ich nach Sean sehen."

Stimmen hallten aus dem Aufzug wider. Katie und Chloe kamen herbeigerannt, mit tränenüberströmten Gesichtern und ausgestreckten Armen. Rose Fitzpatrick eilte hinter ihnen her.

Lottie lächelte ihrer Mutter ein müdes Dankeschön zu.

Ihre Familie, verletzt und angeschlagen, aber komplett.

Als Sean endlich wach war und es sich bequem gemacht hatte und seine Schwestern auf beiden Seiten des Bettes seine Hände hielten, konnte Lottie sich nicht mehr zurückhalten. Sie riss den Umschlag auf und las die Worte von James Brown. Sie flogen in ihr durcheinander, huschten umher wie ein Bild von der verrückten Teeparty aus Alice im Wunderland und fügten sich dann zu einem geschlossenen Bild ohne den verrückten Hutmacher zusammen. Jetzt hatte sie die ganze Geschichte, geschrieben in Times New Roman und fest in ihrem Kopf eingeprägt.

Sie musste noch einmal mit Patrick O'Malley sprechen. Ehe es zu spät war.

110

Eigentlich hätte sie bei ihrem Sohn und den Mädchen sein sollen, aber ihre Mutter hatte ihr gesagt, sie solle tun, was sie tun müsse, und dann zurückkommen.

An ihrem Schreibtisch sitzend, fühlte sich Lottie völlig uneins mit sich selbst, aber wenigstens war ihr Sohn in Sicherheit mit seiner Oma, die sich in seinem Zimmer verschanzt und wie immer die Kontrolle übernommen hatte. Aber ausnahmsweise war sie froh über die Hilfe ihrer Mutter. So hin- und hergerissen sie auch war, Lottie wusste, sie musste diesen Fall zu Ende bringen. Danach würde sie Freiraum schaffen, um Zeit mit ihren Kindern zu verbringen. Sean brauchte sie, Katie brauchte sie und sogar Chloe brauchte sie auf ihre eigene, eigensinnige Art. Was Rose Fitzpatrick anging, so wusste Lottie, dass ihre Mutter eine Überlebenskünstlerin war, mit oder ohne sie. Zum ersten Mal erkannte sie den Kummer und das Trauma an, das ihre Mutter durchgemacht hatte. Es konnte nicht einfach für sie gewesen sein. Sie hatte sich durch alles hindurchgekämpft. Jetzt musste sie das Gleiche tun.

Kirby ließ ein Happy Meal auf ihren Schreibtisch fallen.

„Mittagessen", sagte er.

Lottie schaute auf die Uhr. In der Tat. Sie gähnte und konnte sich nicht erinnern, wann sie das letzte Mal etwas gegessen oder geschlafen hatte. Eine künstliche Energie gab ihr Antrieb, also dachte sie nicht weiter darüber nach.

Sie las die Kopien, die Pfarrer Joe ihr gegeben hatte.

„Boyd, ich glaube, ich weiß, wie Derek Harte, James Browns Liebhaber, in all das verwickelt wurde."

Er saß auf der Kante ihres Schreibtisches. Sie war froh über seine lockere Vertrautheit und hoffte gleichzeitig, dass er nicht umkippen würde.

„Okay, Sherlock", sagte er. „Erkläre es mir."

„Er ist eine falsche Nummer."

„Das kannst du laut sagen."

„Ernsthaft, Boyd, sieh dir das an." Sie zeigte auf einen Eintrag auf einer der Buchseiten. „Die für Susan Sullivan eingetragene Verweisnummer ist AA113." Sie nahm eine andere Kopie. „Jetzt sieh dir die Aufzeichnungen für die Babys an und suche die Nummer AA113."

Boyd überflog die Seite und fand die Nummer. „Da steht Derek Harte."

„Aber diese Nummer wurde geändert."

„Woher weißt du das?"

„Schau sie dir genau an. Du kannst sehen, wo die Tinte wegge-rieben wurde und anstelle einer Fünf eine Drei eingetragen wurde. Ich glaube, das wurde absichtlich geändert. Jemand wollte nicht, dass die wahre Identität von Susan Sullivans Kind entdeckt wird."

„Also ist Harte doch nicht Susan Sullivans Sprössling", sagte Boyd. „Wenn ich mir das so ansehe, kann ich verstehen, warum Vater Angelotti einen Fehler gemacht hat. Aber wer ist ihr Kind?"

Lottie zeigte auf die richtige Verweisnummer und Boyd starrte sie an, wobei ihm die Kinnlade herunterfiel.

„Meinst du das ernst?", fragte er.

„Es sei denn, jemand hat sich auch an den anderen Nummern zu schaffen gemacht, meine ich es sehr ernst." Lottie schüttelte wehmütig den Kopf. „Es ist so traurig."

„Weiß er es?", fragte Boyd.

„Ich glaube nicht."

Boyd rieb sich mit der Hand über seinen vernarbten Hals und sagte: „Also wurden all diese Leute getötet, um diese Tatsache geheim zu halten?"

„Das ist ein Teil der Geschichte."

„Was ist der Rest der Geschichte?"

Lottie zog die alte Akte aus ihrer Tasche. Sie nahm das Foto des kleinen Jungen mit dem schelmischen Lächeln, der sommersprossigen Nase und dem schiefen Hemdkragen heraus. „Dies ist der andere Grund."

„Der vermisste Junge?", fragte Boyd.

„Ich glaube schon."

„Wirst du warten, bis ich auf Knien um Antworten bettle?"

Lottie lächelte. Sie hatte Boyd wirklich vermisst.

„Seine Mutter meldete ihn Anfang 1976 als vermisst, nachdem sie ihn Monate zuvor in St Angela's untergebracht hatte. Die Kirchenbehörde stempelte ihn als Ausreißer ab. Er wurde nie gefunden." Das war genug Information für Boyd für den Moment, dachte sie.

„Und was bestätigen James Browns Informationen?"

„James Brown und andere wurden Zeugen eines Mordes in St Angela's, verübt von Pater Cornelius Mohan mit Brians Unterstützung. Und als James und Susan drohten, ihn aufzudecken, wurden sie ermordet, damit diese Tatsache vergraben blieb."

„Okay. Lass mich das klarstellen. Mike O'Brien, der ursprünglich Brian hieß, wurde von Pater Con gezwungen, an einem kranken Ritual teilzunehmen, das den Tod eines Jungen zur Folge hatte, vor fast vierzig Jahren."

„Ja", sagte Lottie.

„Und wer ist der Junge auf dem Foto?", fragte Boyd.

„Nicht jetzt, Boyd."

„Lottie, ich habe die Akte gelesen."

„Warum stellst du dann noch dumme Fragen? Lass uns mit Patrick O'Malley sprechen", sagte Lottie und schloss die Akte. Sie schob sie zurück in ihre Tasche.

„Aber wir wissen, dass der Drecksack O'Brien der Mörder war", sagte Boyd und rieb sich wieder die Narben an seinem Hals.

„Er hat nur zugegeben, Pater Con getötet zu haben."

„Ja. Und mich hat er auch halb umgebracht. Das hat er nicht zugegeben, oder?"

„Nein, aber ich glaube, dass jemand anderes Pater Angelotti, Susan

Sullivan und James Brown ermordet hat."

„Ich komme nicht mehr mit, Lottie."

Lynch stürmte ins Büro, das Haar lose um ihr Gesicht fliegend. „Wir haben überall gesucht. Keine Spur von O'Malley."

„Er kann nicht einfach verschwinden", sagte Lottie. „Er ist irgendwo da draußen."

Sie drehte sich zu Boyd um. „Denk nach. Wohin würde O'Malley gehen? Seine Vergangenheit ist zurückgekehrt, um ihn heimzusuchen. Wohin würde eine gequälte Seele gehen?"

„Zurück an den Ursprung seiner Qualen?", fragte Boyd.

Lottie sprang vom Stuhl auf, schlang ihre Arme um ihn und küsste ihn auf die Wange. „Du hast recht. Komm."

„Wenn du meinst", sagte er mit einer Grimasse. „Wenn du mich das nächste Mal umarmst, denk an meine Wunden."

„Das nächste Mal?" Sie zwinkerte ihm zu. „Ich fahre."

Sie rief ihre Mutter im Krankenhaus an. Sean ging es gut. Lottie warf das Happy Meal in den Mülleimer und folgte ihrem Team zur Tür hinaus.

Bei Tageslicht war die unheimliche Atmosphäre von St Angela's verschwunden. Es war nur noch ein verwinkeltes altes Gebäude mit Türen und Fenstern. Aber Lottie wusste, dass es hinter seinem Beton und Stein Geheimnisse von entsetzlicher Brutalität verbarg. Sie hatte den Wahnsinn in Cornelius Mohans verblichenem Notizbuch gelesen und die Geschichte in James Browns Umschlag verfolgt. Sie hatte die Verschleierung in den Büchern von Rom entdeckt. Und letzte Nacht war sie Zeugin geworden, wie das Vermächtnis wieder auferstand. Wofür? Zerrissene Leben und beschädigte Seelen. Die Leichen waren begraben, aber die Lebenden trugen die Last. Das war es, was sie vor ein paar Tagen an Adams Grab empfunden hatte. Erst jetzt verstand sie wirklich, was sie in dem Moment gedacht hatte, und eine erdrückende Traurigkeit ließ sich in ihrem Herzen nieder.

Sie holte tief Luft und ging zu der Gestalt hinüber, die an einem vernarbten, kahlen Baum lehnte.

„Gute Arbeit, wie sie den Rest gerettet haben", sagte Pfarrer Joe und nickte in Richtung des Gebäudes.

Das Gelände war fast menschenleer. Die Feuerwehrleute hatten ihre Schläuche aufgerollt, die Leitern auf die Dächer der Feuerwagen geschoben und das Gelände verlassen. Ein paar

Gardaí bemannten die flatternden Tatortbänder. Brandgeruch hing in der Luft, aber der Rauch war verflogen, und nur die schwelende Glut blieb. Die Wände der Kapelle waren schwarz versengt, die Fenster zersplittert, das Dach eingestürzt. Aber das Hauptgebäude von St Angela's hatte das Feuer unbeschadet überstanden.

„Schade, dass nicht alles niedergebrannt ist", fügte er hinzu.

„Was machen Sie hier?" Lottie zog ihre Kapuze herunter, um ihn besser sehen zu können.

„Ich fühlte mich davon angezogen. Nach all den Lügen."

„Joe ...", begann sie.

„Nicht, Lottie. Sagen Sie nichts."

Er stieß sich vom Baum ab. Sie legte eine Hand auf seinen Arm. „Haben Sie vielleicht irgendeine Spur von einem Obdachlosen gesehen? Patrick O'Malley. Wir sind auf der Suche nach ihm."

„Genau der richtige Ort für Obdachlose", sagte er. „Bischof Connor schnüffelt herum."

Lottie winkte Boyd herbei. Lynch und Kirby bildeten die Nachhut.

„Bischof Connor ist hier", sagte sie. „O'Malley muss auch hier sein. Verteilt euch und sucht nach ihnen", sagte sie. „Du nicht, Boyd. Du siehst aus, als würdest du gleich in Ohnmacht fallen."

„Mir geht's gut", sagte er und wandte seinen Blick von Lottie ab, die immer noch den Priester am Ärmel hielt.

Sie ließ ihre Hand fallen, zuckte mit den Schultern und ging in den ummauerten, schneebedeckten Obstgarten außerhalb des abgesperrten Bereichs. Boyd stapfte hinter ihr her, Pfarrer Joe an seiner Seite. Lynch und Kirby überquerten den gefrorenen Rasen und eilten links um die Rückseite von St Angela's herum.

Lottie war zum ersten Mal in dem kleinen, eingefriedeten Obstgarten. Im leblosen Winter war er karg, die Bäume waren kahl und der Boden war von einem reinen, weißen Laken bedeckt. Sie glaubte wirklich, dass es an diesem Ort nichts Reines gab. Das Böse lauerte in allen Mauerspalten, und Leichen lagen unruhig in ungekennzeichneten Gräbern. Sie blickte nach oben zu dem Fenster, von dem aus drei Paar verängstigte Augen Zeugen von Gräueltaten geworden waren, die kein Kind beobachten oder begreifen sollte.

Schatten breiteten sich am Fuße der Bäume aus, und die Sonne kämpfte darum, ihren Platz tief im grauen Nachmittagshimmel zu finden. Sie entdeckte sie in der hintersten Ecke des Obstgartens. Zwei Gestalten. Im Schattenriss gezeichnete Marionetten, die sich umkreisen und dabei Spuren im Schnee hinterließen.

Sie legte einen Finger an die Lippen und ging langsam weiter.

Die Marionetten hörten auf zu tanzen, unterbrochen von Vögeln, die im Schwarm aus den Ästen flohen.

O'Malley drehte sich um und sah ihr direkt in die Augen. Blut lief von seiner Wange und ein blaues Nylonseil lag nutzlos um seinen Hals.

Bischof Terence Connor drehte sich langsam um und ließ das andere Ende des Seils fallen.

„Es ist alles vorbei, Bischof Connor", sagte Lottie. Sie wunderte sich über seine Dreistigkeit zu versuchen, nur wenige Meter von den Gardaí entfernt ein Verbrechen zu begehen. Er musste verrückt sein.

„Vorbei?", rief Bischof Connor. „Vorbei? Noch nicht." Er stand da mit seinen Armen zum Himmel gestreckt. „Es ist vorbei, wenn mein Gott es mir sagt."

„Sie sind am Ende." Pfarrer Joe trat neben Lottie.

„Sie!", explodierte der Bischof und zeigte mit dem Finger auf den Priester. „Sie sind an all dem schuld."

„Ich? Sie sind wahnsinnig", sagte Pfarrer Joe und sprach damit Lotties Gedanken aus. „All diese Menschen sind tot. Und wofür? Um die missbräuchliche Vergangenheit von St Angela's zu vertuschen?" Er öffnete seine Hände mit den Handflächen nach oben. „Wie konnte Ihr Gott das zulassen?"

„Mein Gott? Er ist auch Ihr Gott."

„Da irren Sie sich." Pfarrer Joe riss sich sein Collar vom Hals und warf es in den Schnee, wo es mit dem Weiß verschmolz.

„Blasphemie. Ich habe das alles für Sie getan", brüllte Connor.

O'Malley bewegte sich auf ihn zu. Lottie drängte ihn stillschweigend, sich von Connor zu entfernen. Sie blieb an Pfarrer Joes Seite. Boyd trat ein paar Schritte vor, näher an O'Malley heran. Der Obdachlose kniete in dem tiefen Schnee, blutverschmiert und unbeweglich.

„Sie war Ihre Mutter, wissen Sie", sagte Bischof Connor, und ein Lächeln verzog sein Gesicht langsam zu einer unheimlichen Maske. „Susan Sullivan."

Pfarrer Joe taumelte vorwärts, die Hände ausgestreckt, um den anderen Mann an der Kehle zu packen. „Sie sind ein Schurke", schrie er.

Lottie packte ihn am Zipfel seines Mantels, bevor er Connor berühren konnte.

„Susan Sullivan", wiederholte Bischof Connor und trat einen Schritt zurück. „Ja, Joe, Sie sind ihr Sohn. Sie hat es nie herausgefunden. Ich habe die Akten geändert und dann nach Rom geschickt. Ich habe eine falsche Spur gelegt. Pater Angelotti half dabei, unwissentlich, wie ich hinzufügen möchte. Sobald diese Susan Sullivan anfing, sich einzumischen, wusste ich, sie würde vor nichts Halt machen, um die Wahrheit aufzudecken. Ich wollte Sie nur beschützen."

„Sie lügen", rief Pfarrer Joe.

Lotties Herz zersplitterte für ihn in kleine Stücke. Die einzigen Male, die er Kontakt zu seiner Mutter gehabt hatte, waren der Tag seiner Geburt und der Tag ihres Todes, als er ihr die Sterbessakramente gespendet hatte, während sie zu seinen Füßen lag.

„Sie sind der uneheliche Sohn eines pädophilen Priesters und eines Mädchens, das kaum der Kindheit entwachsen war.

„Lügner", flüsterte Pfarrer Joe und schüttelte den Kopf in dem Versuch, die Vision zu vertreiben, aber Lottie wusste, dass sie immer bei ihm bleiben würde.

„Ich hätte es in meiner Geburtsurkunde gesehen, wenn ich

adoptiert worden wäre.'" Seine Stimme war gebrochen wie eine Million Glasscherben.

„Damals", höhnte Connor, „haben die Nonnen, Pater Con und ich dafür gesorgt, dass keine Zeit mit Adoptionsurkunden verschwendet wurde. Die Geburtsurkunden der Babys, mit denen wir zu tun hatten, sahen nur aus wie echt, aber wir haben die Details der ursprünglichen Geburten in Büchern festgehalten." Er versuchte, sich vorwärtszubewegen, aber seine Füße sanken tiefer in den Schnee.

„Sie haben die Referenznummern geändert", sagte Lottie. „Warum?"

„Weil ich konnte. Und weil Susan Sullivan wissen wollte, wer und wo ihr Bastard war. Ich musste ihn beschützen."

„Warum haben Sie Pater Angelotti umgebracht?", unterbrach ihn Lottie.

„Weil Angelotti die Wahrheit enthüllt hätte, sobald er seinen Fehler erkannt hatte. Er hatte gemerkt, dass die Unterlagen geändert worden waren, also organisierte er ein Treffen mit Brown, um ihn dazu zu bringen, mit Susan zu reden. Natürlich bot ich ihm an, ihn zu fahren, um zu sehen, wie sich die Dinge entwickeln würden. Brown kam nicht und ich nutzte die Gelegenheit. Ich hatte gehofft, dass Brown die Schuld bekommen würde. Leider hat mich das Wetter im Stich gelassen."

Pfarrer Joe schüttelte wieder den Kopf. „Ich kann nicht glauben, was ich da höre."

„Es ist die Wahrheit. Ich habe mein Leben für Sie gelebt. Ich habe Sie vor all den Jahren in St Angela's verschont. Ich habe Sie bei einer guten Familie untergebracht. Habe mein Leben damit verbracht, die Kirche zu decken."

„Und Sie haben den Mord an einem Jungen vertuscht", sagte Lottie.

„Ich habe getan, was ich tun musste", sagte Bischof Connor. Plötzlich ließ er die Schultern hängen.

Lottie wusste, dass er seinen Kampf verloren hatte.

„Warum haben Sie Susan und James umgebracht?", fragte sie.

„Sie haben mich erpresst. Sie wollten die Geheimnisse aufdecken, die ich mein ganzes Leben lang zu verbergen gesucht hatte. Ich musste sie stoppen. Ich konnte es mir nicht mehr leisten." Er lachte zynisch. „Wenn ich gewusst hätte, dass Susan Sullivan bereits an Krebs starb, wäre das alles vielleicht nicht nötig gewesen."

Überzeugt, dass sie dem Teufel selbst in die Augen sah, sagte Lottie: „Sie haben den Missbrauch von Kindern vertuscht. Sie haben Pater Cornelius Mohan herumversetzt und ihm erlaubt, in neuen Gemeinden weiteren Missbrauch zu begehen. Babys, die diesen Ort nie verlassen haben, haben Sie in ungekennzeichnete Gräber geworfen. Ein kleiner Junge wurde hinter diesen Mauern zu Tode geprügelt und kurzerhand hier begraben." Sie wies mit der Hand um die Einfriedung. „Irgendwo."

„Sie können nichts beweisen." Seine Augen forderten sie heraus.

Lottie hielt seinem Blick stand und zählte bis neunzehn, bevor er wegschaute. Lynch und Kirby, unnötigerweise mit gezogenen Waffen, stellten sich an der Mauer hinter dem Bischof und O'Malley auf.

„Und warum ist der Tod eines Jungen so wichtig für Sie, Inspektor Parker?"

„Er ist für alle wichtig", sagte Pfarrer Joe. „Besonders für die, die Sie ermordet haben, um die Dinge geheim zu halten."

Lottie zog ihn am Ärmel, um ihn zum Schweigen zu bringen.

„Sie sind eine Schande für das Collar, das Sie tragen", fauchte Bischof Connor.

„Nein, das bin ich nicht", erwiderte Pfarrer Joe. „Aber Sie." Er machte einen Schritt nach vorne. Lottie zog ihn zurück.

O'Malley löste sich aus Boyds Griff, sprang hoch, stürzte sich auf Connors Schultern und stieß ihn in den Schnee. Lottie zog Connor hoch, während Boyd O'Malley packte.

„Ich habe Sie mit meinen eigenen Augen gesehen", sagte O'Malley, wobei ihm das Blut aus dem Mund spritzte. „Von den

Fenstern da oben. Ich und Susan und James. Wir haben gesehen, wie Sie den armen Fitzy in ein Loch unter einem Baum geworfen haben." Er zeigte wild um den Obstgarten herum. „Und Sie waren in der Kapelle. Wir haben gesehen, dass Sie nichts getan haben, als er schrie und weinte. Brian und Pater Con haben ihn geschlagen, bis er keine Haut mehr am Körper hatte, und was haben Sie getan? Absolut gar nichts. Sie hätten es verhindern können."

Boyd zerrte O'Malley von seinem Peiniger weg.

„Sie verdammter Mörder", schrie O'Malley Connor an. „Aber mich haben Sie nicht gekriegt."

Lottie legte Connor Handschellen an. All seine Arroganz war verschwunden, was blieb, war eine tote Schwärze in seinen Augen.

„Mein Bruder", flüsterte sie ihn sein Ohr. „Eddie Fitzpatrick. Was haben Sie mit ihm gemacht?"

„Ihn begraben. Was sonst hätte ich mit seinem zerschlagenen Körper tun sollen?" Mit einer schnellen Kopfbewegung sah er sich im Obstgarten um. „Hier. Irgendwo hier."

Lottie verpasste ihm eine harte Ohrfeige. Er zuckte nicht zurück. Wenn überhaupt, dann verdunkelten sich seine Augen, als finstere Schatten sie verdüsterten.

„Ihre Familie hat den Jungen verlassen", höhnte er. „Ihr Vater hat sich mit einer Kugel durch den Mund erschossen, Ihre Mutter hat einen trauernden Zehnjährigen hinter diesen Mauern abgesetzt und ist weggegangen. Und Sie ... Sie ..."

„Ich war vier Jahre alt", murmelte Lottie.

„Und warum hat Ihre Mutter das getan? Die reizende, aufrechte, katholische Rose Fitzpatrick. Ich werde Ihnen sagen, warum. Weil Ihr Bruder ein stehlender, nichtsnutziger Flegel war. Und weil die Witwe die zusätzliche Schande, dass der Junge ihr Leben ruinierte, nicht ertragen konnte. Also hat sie ihn weggesperrt."

„Halten Sie den Mund", rief Lottie.

„Fragen Sie sie, fragen Sie sie nur."

Lotties Wangen waren nass von Tränen und Schnee rieselte sanft zur Erde. Seine Worte hatten ihr Dinge eingehämmert, die in ihrer Familie nie laut ausgesprochen worden waren. Dinge, die ihre Mutter ihr hätte sagen müssen. Und sie war sich immer noch nicht sicher, ob sie gefunden hatte, was sie vor all den Jahren verloren hatte.

Boyds Hand glitt in die ihre.

EPILOG

„Charlotte Brontë, nach der haben wir dich benannt."

„Ich weiß, Mutter", sagte Lottie. „Du hast es mir schon oft gesagt." Vorher hatte sie ihre Mutter nicht dazu bringen können, über ihren Bruder oder ihren Vater zu sprechen. Jetzt konnte sie sie nicht zum Schweigen bringen. Rose hatte Lottie erklärt, dass Eddie nach dem Selbstmord ihres Vaters furchtbar schwierig gewesen war. Sie war verzweifelt gewesen und hatte nicht mehr gewusst, was sie mit ihm machen sollte, und hatte ihn schließlich auf Anraten des Gemeindepfarrers für sechs Monate in die Obhut von St Angela's gegeben. Und dann war er verschwunden.

„Und den armen Eddie benannten wir nach..."

„Edward Rochester. *Jane Eyre*", sagte Lottie. „Ich weiß." Aber sie wusste gar nichts mehr.

Der Baggerführer hob die Hand und schaltete die Maschine ab. Es wurde dunkel, und Lottie wusste nicht, ob er etwas gefunden hatte oder für heute Feierabend machte.

Sie entfernte sich von ihrer Mutter und ließ sie bei Chloe stehen. Katie war zu Hause und kümmerte sich um Sean. Beiden ging es nicht besonders gut. Die Rickards hatten Jason fünf Tage nach seinem Tod in aller Stille beerdigt. Keiner von Lotties Familie war da. Die Rickards wollten Katie nicht sehen. Das Mädchen konnte das nicht verstehen. Lottie schon. Boyd hatte Sean eine

PlayStation 4 gekauft. Sie war immer noch in ihrem Karton, unge-öffnet. Sie hatte ihm eine neue Hurling-Ausrüstung gekauft; er hatte sie unter sein Bett geworfen.

Jetzt kämpfte sie darum, ihre Familie intakt zu halten. Ihre Kinder brauchten sie mehr als jemals zuvor, seit sie ihren Vater beerdigt hatten. Sie waren Sohn und Töchter, Schwestern und Bruder. Lottie wusste, wie die überstürzte Handlung einer Mutter diese Dynamik für immer verändern konnte, und sie konnte sich keinen Fehler leisten, nicht wenn es um ihre Kinder ging.

Was ihren Job betraf, so wusste sie immer noch nicht, ob es irgendwelche disziplinarischen Maßnahmen bezüglich ihres Fluges nach Rom und ihrer Handhabung der Mordermittlungen geben würde. Superintendent Corrigan war nicht geneigt, sich dafür zu entschuldigen, wie er den Bischof gedeckt hatte, und ging ihr aus dem Weg. Vorläufig hatte sie bezahlten Urlaub genommen. Die Arbeit konnte warten.

Der Himmel verfärbte sich von grau zu schwarz, und die Nacht senkte sich herab, bevor der Tag sich erfüllen konnte. Genauso erging es Lottie.

Ein Scheinwerfer richtete einen Lichtstrahl in das ein Meter tiefe Loch. Sie wusste, es war so weit.

Der Neumond schimmerte in der Dunkelheit.

Der schwarze Mond.

Vielleicht lagen die bösen Omen hinter ihnen. Vielleicht auch nicht.

Sie stand am Rande eines Abgrunds und fragte sich, wo sie die innere Kraft finden würde, davon wegzugehen. Aber Lottie Parker ging nie einfach weg.

Sie bemerkte Pfarrer Joe, der an der Mauer beim Torbogen stand. Er trug Jeans und einen schwarzen Rollkragenpullover unter seiner großen Jacke. Er nahm eine Auszeit. Sein ganzes Leben lang hatte er unwissentlich eine Lüge gelebt, und nun trau-erte er um seine tote leibliche Mutter, die er nie gekannt hatte. Er sah verloren aus, eine tiefe Traurigkeit überschattete seine Augen.

Lottie winkte ihm zu, dann ließ sie die Hand fallen, als er wegging. Er litt für die Geheimnisse anderer.

Das erinnerte sie wieder an ihr eigenes Familiengeheimnis, das durch diesen Fall geweckt worden war. Die vergilbte Vermisstenakte ihres Bruders in der Schublade – sie würde es nie wieder leugnen können. Und sie war stolz auf seinen Heldenmut. O'Malley hatte die Geschichte erzählt und Fitzys – ihres Bruders – Zeit in St Angela's in bunten, kühnen Farben geschildert. Ihre Mutter hatte tagelang geweint.

Lottie spürte, wie Boyd neben ihr auftauchte. Sie fühlte seine Hand auf ihrem Rücken, sanft und beruhigend.

„Da werden nur Knochen sein. Du musst es dir nicht ansehen, Lottie."

Sie blickte zu den dunklen Fenstern hinauf, dann ging sie näher an das unmarkierte Grab unter dem kahlen Apfelbaum heran, das vom Schein der Mondsichel beleuchtet wurde.

„Oh doch", sagte Lottie und spähte über den Erdhügel. „Das muss ich."

EIN BRIEF VON PATRICIA GIBNEY

Ich möchte mich ganz herzlich dafür bedanken, dass Sie sich entschieden haben, *Die vergessenen Kinder* zu lesen. Wenn Ihnen das Buch gefallen hat und Sie gerne mehr über meine Veröffentlichungen und andere handverlesene Publikationen erfahren möchten, die nur für Sie zusammengestellt wurden, melden Sie sich über den untenstehenden Link für unseren Newsletter an. Ihre E-Mail-Adresse wird nicht weitergegeben und Sie können sich jederzeit wieder abmelden.

www.bookouture.com/bookouture-deutschland-sign-up

Ich begann, diesen Roman zu schreiben, um die dunkelsten Tage meines Lebens, als mein Mann Aidan nach kurzer Krankheit starb, zu überstehen. Ich füllte Notizbücher mit Zeilen um Zeilen von Worten, was ich damals als Therapie betrachtete. Aber je mehr ich schrieb, desto mehr wurde mir klar, dass ich die Worte mit viel harter Arbeit zu einem Buch gestalten konnte. Und das tat ich. Es war keine leichte Reise, aber ich glaube, ich bin fast am Ziel!

Alle Charaktere in dieser Geschichte sind fiktiv, ebenso wie die Stadt Ragmullin, obwohl Lebensereignisse mein Schreiben stark beeinflusst haben.

Ich hoffe sehr, dass Sie *Die vergessenen Kinder* gerne gelesen haben. Es ist mir ein bisschen peinlich Sie darum zu bitten, aber wenn Ihnen mein Buch gefallen hat, würde ich mich freuen, wenn Sie eine Rezension schreiben. Es würde mir sehr viel bedeuten.

Sie können sich auch über meinen Blog, den ich mich bemühe

auf dem neuesten Stand zu halten, oder über Facebook mit mir in Verbindung setzen.

Nochmals vielen Dank, und ich hoffe, dass Sie mir auch beim zweiten Buch der Detective-Lottie-Parker-Reihe Gesellschaft leisten werden. Sie können es jetzt vorbestellen.

Wenn Sie über Neuigkeiten zu meinem nächsten Buch auf dem Laufenden gehalten werden möchten, abonnieren Sie bitte meinen Newsletter. Wir werden Sie auch nicht mit irgendwelchen anderen Dingen bombardieren.

Liebe Grüße,

Patricia

 facebook.com/trisha460

twitter.com/trisha460

 instagram.com/patricia_gibney_author

DANKSAGUNG

Einen Roman zu schreiben ist eine persönliche Reise, und ich hätte mein Ziel nicht erreicht ohne die Unterstützung und Ermutigung vieler Menschen auf dem Weg dorthin.

Erstens möchte ich Ihnen, meiner Leserin, meinem Leser, dafür danken, dass Sie sich die Zeit genommen haben, *Die vergessenen Kinder* zu lesen. Ohne Sie wäre mein Schreibabenteuer umsonst gewesen.

Ich danke dem Bookouture-Team, insbesondere meiner Lektorin Lydia, dafür, dass sie mir zuerst sagte, dass ihr mein Roman gefiel, und ihn dann auch annahm. Danke, dass Sie an mich geglaubt haben.

Ich danke meiner Agentin, Ger Nichol von The Book Bureau, dafür, dass sie mich unter Vertrag genommen hat. Die erste E-Mail von Ger, in der sie mir mitteilte, dass sie das Buch zur Hälfte gelesen habe und es kaum erwarten könne, es zu Ende zu lesen, erfüllte mich mit dem Selbstvertrauen zu denken: Ja, ich kann eine Schriftstellerin sein!

Das Irish Writers' Centre ist eine unschätzbare Ressource. Die Kurse und Tutoren sind hervorragend und ich habe dort Freunde fürs Leben gefunden. Arlene Hunt, Conor Kostick und Louise Phillips haben mir durch ihre Kurse geholfen, mein Potenzial und meine Schreibfähigkeiten zu entwickeln. Auch an Carolann

Copland von Carousel Writers' Retreat, an alle Mitarbeiter der Irish Crime Fiction Group und an Vanessa O'Loughlin von Writing.ie. – Vielen Dank.

Ich danke Niamh Brennan für ihren Rat, ihre Weisheit und ihr Adlerauge bei der Kritik meiner laufenden Arbeit. Und natürlich für all die Texte und E-Mails, die mich anspornten, wenn ich nachließ. Ich schätze deine Meinung sehr.

Ich danke Jackie Walsh dafür, dass sie mich zu Krimi-Festivals und Schreiburlauben begleitet hat. Niamh und Jackie sind zu großartigen Freundinnen, Schreibkameradinnen sowie Testpersonen für die Handlungsentwicklung und den Aufbau von Vertrauen in mein Schreiben geworden.

Ich danke Teresa Doran, Liam Manning und Padraig McGovern dafür, dass sie mir beim Lesen der ersten Entwürfe in unserer wöchentlichen Write-1-Gruppe zugehört haben.

Ich danke Tara Sparling für das Lesen des Manuskripts.

Alan Murray und John Quinn danke ich für ihre Hilfe in Sachen Polizeiarbeit; jegliche Fehler sind allein meine Fehler. Um den Fluss der Erzählung zu fördern, habe ich mir bei den polizeilichen Abläufen viele Freiheiten erlaubt.

Ich danke Antoinette und Jo dafür, dass sie immer für mich da waren. Ihr seid die besten Freundinnen.

Ich danke meiner Schwester Marie dafür, dass sie mir bei allem, was mir das Leben vorgesetzt hat, zu Seite gestanden hat.

Ich danke meiner Schwester Cathy und meinem Bruder Gerard, Familie ist alles.

Ich danke meiner Mutter und meinem Vater, Kathleen und William Ward, dafür, dass sie an mich geglaubt haben und mir mein ganzes Leben lang geholfen haben, besonders in den schwierigsten Zeiten.

Ich danke meiner Schwiegermutter, Lily Gibney, und ihrer Familie.

Ich danke meinen Kindern, Aisling, Orla und Cathal. Ihr gebt meinem Leben einen Sinn. Ich liebe euch so sehr. Und das neueste

Mitglied unserer Familie, meine kleine Enkelin Daisy, ist der Beweis, dass das Leben voller Überraschungen ist.

Aidan, mein lieber Mann, den ich zutiefst vermisse, ermutigte mich, meinem Traum zu folgen. Er wäre heute so stolz und ich wünschte, er wäre hier, um diesen Moment mit mir zu teilen. Ich liebe dich sehr. Du bist immer in meinem Herzen.

Made in United States
Troutdale, OR
12/27/2024

27274560R00343